카페 확성기 1

바리스타가 읽은 말 | 꽃

이호걸 지음

도서출판 청어

바리스타가 읽은 말-꽃

카페 확성기 1

이호걸 지음

발행처·도서출판 **청어**
발행인·이영철
영　업·이동호
홍　보·최윤영
기　획·천성래 | 이용희
편　집·방세화 | 원신연
디자인·김바라 | 서경아
제작부장·공병한
인　쇄·두리터

등　록·1999년 5월 3일
(제321-3210000251001999000063호)

1판 1쇄 인쇄·2017년 3월 1일
1판 1쇄 발행·2017년 3월 10일

주소·서울특별시 서초구 효령로55길 45-8
대표전화·02-586-0477
팩시밀리·02-586-0478

홈페이지·www.chungeobook.com
E-mail·ppi20@hanmail.net
ISBN·979-11-5860-468-4(04810)
979-11-5860-472-1(세트)

이 도서의 국립중앙도서관 출판시도서목록(CIP)은 서지정보유통지원시스템 홈페이지(http://seoji.nl.go.kr)와 국가자료공동목록시스템(http://www.nl.go.kr/kolisnet)에서 이용하실 수 있습니다.(CIP제어번호: CIP2017003847)

확성기

네가 소리 지르면 더 크게 지를 거야
너와 만인을 위해서

카페 조강도®

머리말

나는 경산에서 카페를 한다. 실은 카페뿐만 아니라 커피에 관한 웬만한 일은 하는 편이다. 그러니까 바리스타로서 커피 뽑는 일, 커피 교육, 커피 기계 판매, 수리, 카페 건축에 이르기까지 안 해본 일이 없다. 젊을 때는 그나마 일은 쉬웠으나 나이가 들수록 일이 힘에 부친다. 일도 권태기가 온 것 같고 나이도 권태기에 접어 든 것이다.

뭐든지 반복적인 것은 몸을 빨리 지치게 한다. 이러한 반복적인 일을 20년 했다. 일은 뜻대로 되지 않았다. 늘 힘들었다. 경쟁에 밀리지 않으려고 부단히 노력했다. 이러한 노력에 힘을 보탰던 건, 책이었다.

문학은 좋은 취미가 될 수 있다. 커피를 하다 보니까 경제적으로 넉넉지 못해 선택한 것도 있고 대학 다닐 때부터 책을 좋아한 것도 그 이유가 되겠다.

처음은 읽는 것에 관심이었지만, 점차 일기를 쓰기 시작하다가 좋은 글을 쓰고 싶다는 충동이 일었다. 이러한 마음에 그간 책도 많이 내보았지만, 하나같이 마음에 들지는 않는다. 어떻게 하면 좋은 책을 만들 수 있을까 하는 고민도 많았지만 역시나 생업은 어쩔 수 없는 일이었다.

일기로 책을 내는 것도 부끄럽기만 하고 또 나에게 가장 좋은 책은 일기보다 더 좋은 것은 없는 것 같기도 하다. 좋은 문장을 써보는 것이 글쟁이의 바람이라면 좋은 문장을 많이 보아야 할 것이다. 이런 목적에 시를 읽고 읽는 것에 그치지 말고 풀어보자는 마음에 한 권의 책을 만들었다.

책 이름을 '카페 확성기'로 했다. 카페라는 말의 뿌리는 에티오피아 지역명인 '카파caffa'에서 유래한다. 커피라는 말로 변천되기까지는 수많은 세월이 흘렀다. 우리나라는 다소 포괄적이다. 커피, 음료, 술 또는 가벼운 서양 음식을 파는 집으로 부르기도 하고, 인터넷의 어떤 모임과 가상의 여유 공간까지 그 의미가 확대되었다. 확성기擴聲器는 소리를 크게 하여 멀리까지 들릴 수 있도록 하는 기구다. 이 책은 많은 시인의 작품이 들어가 있기에 카페며, 시를 보다 알기 쉽게 감상하는 맛을 제공하였기에 확성기라 했다.

이 책에 담긴 시 감상과 해석은 독자와 의견이 다를 수 있다. 시 문장은 다의적이라 사람마다 달리 해석할 수 있기 때문이다. 여기에 담은 감상과 해석은 이 글을 쓴 시점에 필자의 마음 한 편이 묻어 있음이라 너그럽게 보아주길 바란다. 물론 이번에도 최근 나의 일기 몇 달 치는 담았다.

한 가지 일러 둘 것은 이 책에 실린 시는 현 문단에 등단한 시인의 시며 발표한 시며 더 나가 '올해의 좋은 시'로 선정된 작품이다. 좋은 시는 많은 사람에게 알려져 읽는 것은 시인의 명예이기도 하지만, 무엇보다 이 시를 통해 많은 사람에게 좋은 영감을 얻게 하고 삶의 희망을 안겨다 주었다면 더 바랄 게 있겠는가! 시인의 시는 생명력을 부여하여야 한다. 하지만, 시인의 원 바탕에 누가 되지 않았으면 하는 마음이다. 시를 쓰신 시인께 지면으로나마 감사의 말씀을 드린다. 혹여나 이 글을 읽다가 생각나면 경산 **'카페 조감도'**에 오시라. 따뜻한 커피 한 잔 마시며 마음을 나누고 싶다.

시인, 미래의 시인, 또 독자는 아무쪼록 이 글을 통해 좋은 만남이었으면 좋겠다.

이 책을 낼 수 있게 보이지 않는 곳에서 많은 도움을 주신 우리 시마을 동인께 먼저 감사하다는 말씀을 드린다. 카페리코와 카페 조감도 임직원께 감사하다. 어려운 경기에 모두 가슴 조이며 일하는 가운데 대표의 책임을 담담히 받아 주었다. 무엇보다, 아내와 준과 찬이에게 고맙다는 말을 하고 싶다.

압량 임당에서

작소鵲巢

contents

감나무

9시간 동안 읽어야 하는 시 _ 김승일

교양 잡지를 읽고 있었다 거기서 어떤 시를 보았다 83쪽에 있었다 제목이 9시간 동안 읽어야 하는 시였다 시가 무척 길었기 때문에 나중에 읽기 위해 페이지를 넘겼다 그러자 9시간 동안 읽어야 하는 시를 읽지 않고 읽으면 이해할 수 없는 시라는 제목의 시가 있었다 그다음 장에는 9시간 동안 읽어야 하는 시를 읽지 않고 읽으면 이해할 수 없는 시를 읽지 않았다면 이해할 수 없는 시가 있었다 그는 그가 이러한 말장난을 왜 하는지 이해할 수가 없었다 나는 그가 이해하지 못한 것을 이해하려고 노력하는 편이다 그러나 나는 이해할 수 없을 것이다 그래도 우리는 9시간 동안 읽어야 하는 시를 타이핑해 보았다 그 시를 타이핑하는 데 5분 정도 걸렸다

鵲巢感想文

시제時制가 과거형이다. 시제詩題는 9시간 동안 읽어야 하는 시고 시제詩題는 시제試題로 오늘을 풀어야 하는 나의 시제施濟다.

우리는 어떤 한 사건에 대하여 고민하고 생각해 볼 필요가 있지는 않은가! 피상적으로 보며 지나는 무수한 일들이 많다. 마치 교양 잡지를 읽고 무심코 넘기는 것처럼 우리는 우리가 몸담은 사회를 그렇게 보고 있지는 않은가!

세상은 넓고 세상은 더욱 좁아졌다. 각종 미디어와 디지털 매체는 세상과 소통하는 측면에서 더욱 넓고 깊으며 신속한 세계를 만들었다. 하지만, 기존의 아날로그인 인간적이며 정감이 나는 소통은 없어졌다. 화자는 이러한 현대사회의 단절성을 강조했던 것은 아닐까!

교양은 있지만 교양은 없는, 9시간 동안 잠을 자고 9시간 동안 일을 하며 혹은 9시간 동안의 우리의 행적은 당사자만의 아는 일이다. 이웃은 어떤

일을 하는지 모르지만, 나의 일은 우리의 일은 9시간마다 척척 나오고 이러한 일을 우리가 읽는 시간은 또 필사하는 시간은 단지 5분이면 충분하다.

그 내막은 왜 그래야만 했는지 어떤 계기로 그렇게만 했는지는 모를 일이다.

공자의 말씀 논어論語에 '화이부동 동이부화和而不同, 同而不和'가 있다. 군자는 조화를 이루되 끼리끼리 모이지 않고 소인은 자기들끼리 모이지만 조화를 이루지 못한다는 말을 줄인 말이다. 사람은 저마다 특수성과 독립성을 유지하며 사회에 필요한 사람으로 조화를 가꾸어야 한다. 하지만 소인은 끼리끼리 모이면서 특수성을 거부하고 같음을 요구한다.

이것은 또 다른 치우침이나 당파를 만들고 천편일률적 사고는 좋은 결과를 낳기 힘들다. 다원화와 다양화를 추구하면서 조화를 꾀할 때 발전 가능성이 높다. 조화와 화합은 상호 간의 차이, 구별, 갈래가 있음을 인정하는 것을 전제로 한다.

이 시는 어쩌면 우리는 우리 것만 강조하지는 않았는지 이웃을 돌아보며 진지하게 생각해 보지는 않았는지 반성하게끔 한다.

시 제2호 / 이상

나의아버지가나의곁에서졸적에나는나의아버지가되고또나는나의아버지의아버지가되고그런데도나의아버지는나의아버지대로나의아버지인데어쩌자고나는자꾸나의아버지의아버지의아버지의……아버지가되느냐나는왜나의아버지를껑충뛰어넘어야하는지나는왜드디어나와나의아버지와나의아버지의아버지와나의아버지의아버지의아버지노릇을한꺼번에하면서살아야하는것이냐.

이상은 오감도 시 제2호를 조선중앙일보(1934년 7월 25일)에 발표했다. 그는 일제 강점기에 살았던 인물이다. 시 오감도를 조선중앙일보에 발표할 때, 많은 시인의 개탄 속에 글을 내려야 했던 비운의 시인이었지만, 우리 문학의 다다라는 풍조와 초현실적 작품세계를 열었던 것만은 높이 살만하다.

이상은 전통성을 탈피하고 싶은 마음을 시 제2호에 심었다. 위 시 「9시간 동안 읽어야 하는 시」는 마치 이상을 생각게 한다. 어떤 전통성과 윤리성을 부정하는 새로운 패러다임을 요구하는 시인의 마음이 약간 보이는 것은 나만 느끼는 것일까!

그의 시 시 제2호의 패러디한 글이다.

커피 2잔* / 鵲巢

나의커피가나의곁에서볶을적에나는나의커피가되고또나는나의커피의커피가되고그런데도나의커피는나의커피대로나의커피인데어쩌자고나는자꾸나의커피의커피의커피의…….커피가되니나는왜나의커피를덜덜볶아마셔야하는지나는왜드디어나와나의커피와나의커피의커피와나의커피의커피의커피맛을한꺼번에맞추면서살아야하는것이냐

어제 볶은 커피와 오늘 볶은 커피가 서로 맛이 다르다면 단골은 없겠다. 왜? 커피에 믿음을 부여하지 못했으니까? 무슨 커피를 볶았는지 어떤 포인트를 두고 볶았는지 모를 일이다. 하지만, 로스터들은 새로운 맛을 추구하기 위해 오늘도 새로운 것에 도전한다. 새로운 맛을 추구한다는 것은 위험한 일이다. 하지만, 세상은 변하지 않는 것은 그 어떤 것도 없기에 새로움을 마련해야 한다.

시 「9시간 동안 읽어야 하는 시」 신맛을 강조하든 쓴맛을 강조하든 아니면 그 어떤 맛을 추구하였던가! 어쨌거나 오늘도 커피를 볶았다는 거, 그 볶은 커피를 한 잔 마셨다는 거, 9시간이고 뭐고 간에 커피 한 잔 마시는 데는

불과 몇 분 걸리지 않았다는 거 말이다.

*김승일: 경기도 과천에서 출생. 2009년 〈현대문학〉 신인추천으로 등단.
*필자의 詩集『카페 鳥瞰圖』, 18p

가까운 혹은 너무 먼·1 _ 문수영

"끝물 단풍 보러 왔다 내 속을 들여다보네 멀어서 볼 수 없는 그대 모습 그려보네 팔공산 휘 굽은 길을 한 발 앞에 펼치며"

鵲巢感想文

短時調單時調다. 時調의 형태는 3장 6구 45자 내외로 한다. 초장 3·4·3·4 중장 3·4·3·4 종장 3·5·4·3의 형태다. 이중 初章과 中章은 한 음절씩 가감하기도 한다. 물론 終章도 마찬가지다. 하지만 종장 첫 구는 될 수 있으면 3음절로 시작하여야 時調다. 이를 정격시조라 하며 평시조라 하고 短時調라 일컫기도 한다.

위 時調는 형태미를 볼 때는 음절이 조금 더 들어가 보이기도 한다. 初章이 그렇다. 하지만 종장은 잘 맞췄다. 詩를 보면 때는 가을이다. 아무래도 연인관계에 작가의 어떤 감정을 표현한 詩다. 가을이며 연애도 그 막바지에 이른 가을이다. 끝물 단풍 보러 왔으니 그 감정은 이미 이에 이르렀다. 중장은 멀어서 볼 수 없는 그대 모습이라 했다. 그 객체가 들어나 있지 않지만, 종장을 보면 팔공산이라 했다. 여기서 팔공산은 실지로 단풍구경 나온 산이자 님을 환유한 객체적 성질이 강하다. 이 산을 오르는 길도 휘 굽었고 님을 그리는 것도 이와 같다. 산만큼 높은 이상이다.

여기서 詩題를 다시 더 보자. 가까운 혹은 너무 먼, 단지 연인이라고 보기에도 어렵다. 그렇다고 이 시를 두고 시인의 私生活을 들여다보기 위함이 아니라 글을 보자는 뜻이다. 가까운 것은 아무래도 부부 아니면 부모와 자식 간 아니면 나와 부모의 관계 또 이것도 아니면 작가가 그리는 어떤 이상향일 수도 있다. 다시 말하자면, 가깝지만 너무 멀다. 그대와 나 사이에 마음이, 마치 저 팔공산을 바라보는 것과 같이 팔공산 끝물 들인 단풍 보는 것과 같이, 저 산을 바라보며 한 발 앞에 펼치며 오르는 구불구불 이 길과 같이 그대 마음을 보고 함께 걸으려고 하니 말이다.

詩가 짧지만, 머리에 선하게 다가온다. 이렇게 나열하며 읽으면 時調인지도 모르겠다. 그렇다고 時調라 해서 모두 시대에 뒤떨어진다거나 文學이 아닌 것은 아니다. 기본적인 형태를 갖췄을 뿐이다. 위 詩는 자연을 비유 들어 내 마음을 표현했다. 팔공산을 가지 않아도 어떤 묘한 산의 위엄이 보이기도 한다. 더욱 그 산의 단풍까지 그러니까 시작에서 끝에 이르기까지 四季를 넘어 인간사 곳곳 感情까지 보이는 것이다. 누구나 한 번쯤은 이러한 사랑을 해보았을 것이라 여기며 이 詩의 感想을 마친다.

에휴~ 오늘 마감이야.

*문수영: 경북 김천 출생. 2003년 〈시를 사랑하는 사람들〉 시 등단. 2005년 〈중앙일보〉 신춘문예 시조 당선.

가운데 땅 _ 이재훈

어두운 숲속을 걷는다. 끈적한 머리칼이 나뭇잎 사이에 자꾸 걸린다. 어둠 속을 오래 걷다 보면 나무에 빛이 난다. 눈앞에 솟아 있는 수백 그루의 나무들. 빛나고 있는 나무에 등을 대고 있는 한 여인. 눈을 감고, 죽어 가고 있다.

그 나무에게로 가서 여인의 머리칼을 만진다. 마른 잎사귀처럼 머리칼이 부서진다. 어깨를 만지면 손가락이 살 속으로 푹 들어간다. 더 이상 만지지도 못한 채 숲속을 걷는다. 거대한 뿔이 달린 숫양이 다가와 고개를 숙인다. 숫양의 등에 타고 걷는다. 풀은 온몸을 흔들며 소스라친다. 나는 동굴 앞에 서서 한 노인을 만난다.

노인이 안고 있는 아이는 누구일까. 아이의 몸에 빛이 난다. 아이를 안고 새벽 여명이 올 때까지 풀숲에 앉아 있다. 노인은 또 다른 생을 훌쩍 뛰어넘는다. 풀이 부스럭거리며 웃는지 우는지 모르게 작은 빛을 낸다.

鵲巢感想文

나는 이 시를 읽으며 이러한 생각이 들었다. 아침 출근할 때였는데 오르막길 가에 세워둔 시청 공무원 차가 생각났다. 80년대 차량쯤 보였다. 이 차량 위에는 확성기가 달려 있고 한 번씩 산 주위를 맴돌며 '산불 조심' 하자며 소리 지르며 달리는 차였다.

원체! 등산객이 많으니 담뱃불로 산불 날까 조심하자는 경고 메시지다. 숲속을 생각하다가 떠올린 생각이었다. 하지만, 이 시는 이주 남미적이며 관능적이다. 숲속을 걷는 객체가 단지 여인으로 제유했을 뿐이다.

물론 내가 이 시를 잘못 읽을 수도 있다. 고대 문명의 발상 같은 이야기일 수도 있으며 어떤 신화적인 내용일 수도 있다. 시는 읽는 이에게 풍부한 상상을 제공하면 그 의무는 다한 것이다. 아무튼, 숲속과 끈적한 머리칼, 어둠 속을 오래 걸으면 나무에 빛이 나는 건 당연하다.

가끔, 시를 읽으면 이것은 뭐지 하며 풀리지 않는 실마리 같은 것도 있다. 예를 들면 어깨를 만지면 손가락이 살 속으로 푹 들어가는 것을 말하는 것인데 손가락보다는 여인이 낫지 않을까 하는 생각도 했다.

이 시는 총 3행으로 되어 있는데 마지막 노인과 아이는 1행의 여인과는 또 어떤 관계일까? 구부정한 노인을 생각하며 벌써 시간은 꽤 흘렀다. 숲속과 같은 이 자본주의 시장에 나는 무엇인가? 나뭇잎은 떨어지고 나뭇잎은 또 떨어지고 나무는 푸른 하늘만 그립다.

*이재훈: 1972년 강원도 영월 출생. 1998년 〈현대시〉 등단.

각인 _ 송진권

기억하니 / 물기 많았던 시절 / 그래서 더 깊이 패었던 시절

아직도 생각나니 / 달구지 타고 맨발 들까부르며 /우리 거기에 갈 때 / 지네뿔에 발굽이 크던 소 / 양쪽 뿔에 치렁치렁 늘인 칡꽃 / 질컥한 길에 빗살무늬로 새겨지던 바큇자국 / 뒤따르던 질경이꽃 / 햇볕 사려감던 바큇살 / 어룽대며 곱던 햇발이며 / 연한 화장품 냄새

다시 돌아올 사람들과 / 다시 오지 못할 사람들이 / 나란히 앉아 발을 들까부르며 / 쇠꼬리에 붙는 파리나 보며 시시덕대던 시절

물기 많았던 / 그래서 더 깊이 패었던 시절을

鵲巢感想文

찜닭 / 鵲巢

기억하니 / 하늘 맑았던 시절 / 백 다방만 보다가 정면 돌파하던 시절

아직도 생각나니 / 찜닭은 젖었다며 고개 절래 저으며 / 밥상만 비리볼 때 / 이깨에 배인 갖은 양념 내 / 불어터진 감자와 한 풀 꺾은 버섯 / 까만 프라이팬에 껌딱지처럼 눌어붙은 마늘 / 졸였던 다진 생강 / 젖은 닭살 휘감던 주걱과 / 샘솟듯 칼칼한 국물이며 / 피어오르는 향긋한 냄새

수북이 쌓은 그릇과 / 씻고 닦아야 할 그릇이 / 흐뭇하게 바라보며 만연 잊고 콧노래 부르며 / 연기처럼 발 빠르게 움직였던 시절

마른 찜닭이라 / 그래서 더 아팠던 시절을

시인 송진권 선생의 시 「각인」을 나름대로 패러디한 글이다. 선생께서 별로 좋아하시지는 않겠지만, 독자로서 시의 풍미를 느껴본다. 시인은 나보다는 한 해 더 살았다. 고향이 옥천이라 고향 땅 흙내는 폭폭 맡으며 살았지 싶다. 소싯적에는 소달구지도 보며 자랐고 초등학교 다닐 때는 야트막한 야산도 매일 넘어야 했다.

시제가 '각인刻印'이다. 각인은 도장을 새기거나 다 파놓은 도장이다. 또 은유적 표현인 잊히지 않는 생각도 각인이다. 이때 '각刻' 자는 새긴다는 뜻이 있다. 여기서는 아무래도 詩니까, 어떤 충격적이거나 잊을 수 없는 어떤 일을 승화해놓은 글에 더 가깝다고 본다.

그렇다고 보면 이 글은 매우 탐미적이며 관능미적인 작품이라 할 수 있겠다. 물론 내가 잘못 읽은 게 틀림없겠지만 말이다. 그냥 독자로서 무한한 상상만 한다.

그러면, 시인께서 쓰신 시어를 보자. 물기가 많거나 깊게 팬 자국, 달구지, 맨발, 지네뿔, 발굽, 치렁치렁, 칡꽃, 질컥한, 빗살무늬, 바퀴자국, 질경이꽃, 바큇살, 햇발 같은 시어를 볼 수 있는데 그냥 의도적으로 썼다고 보기에는 너무나 다채롭다.

필자가 쓴, 찜닭은 좀 더 이해하고 싶어, 쓴 글에 지나지 않으니 너무 괘념치 말자. 참고로 시인께서 쓰신 시집 『자라는 돌』은 예전에 직접 사서 읽었음을 덧붙인다. 아! 참 시인의 시 감상에 행 가름하지 않고 죽 붙여 쓴 점에 송구하며 이에 양해 있으시길, 감사하다.

*송진권: 1970년 충북 옥천 출생. 2004 〈창작과 비평〉 등단.

거대한 밥 _ 한혜영

밥이라고 생각하면 / 아무리 긴 대사도 외워진다는 / 늙은 여배우의 고백을 들으며 / 산다는 것은 전쟁이지, / 웅얼거리다 / 적과 싸우기 위해 / 불쌍한 백성의 밥을 얻어먹을 수밖에 없었던 / 이순신의 밥을 떠올린다 / 세상엔 너무 작아서 / 안 보이는 것만이 있는 것이 아니라 / 너무 커서 안 보이는 것도 있다는 것 / 거대한 밥에 대해서 생각하다가 / 가스배관을 타고 오르는 / 도둑의 머리 위에서, 홀로 / 빛나는 스텐 밥그릇을 올려다본다 / 그리고 먼 바다로 나가 밥알 / 건져 올리는 어부들의 그물을 생각하다가, / 영어 단어 하나하나가 밥알인 / 이민자들의 밥공기를 어루만지다가 / 지구라는 거대한 밥그릇을 깨닫는다 / 다닥다닥 / 붙은 밥알이 우리라는 거 / 서로가 서로에게 / 밥이 되기도 한다는 거

鵲巢感想文

밥, 쌀을 씻고 안치며 밥을 한다. 물이 너무 많으면 찰진 밥이 되고 물이 너무 적으면 고된 밥이 된다. 밥, 아주 맛깔스럽게 잘 버무린 밥이다.

늙은 여배우도 전쟁 통에 적과 싸우기 위해 장군 이순신도 밥을 먹어야 했다. 우리는 하루라도 밥을 먹지 않고는 살 수 없다. 밥은 우리에게 생명을 유지하게끔 에너지를 준다.

우리는 보이지 않는 밥도 있다는 사실을 시인은 일깨운다. 너무 작아서 안 보이는 것도 있을 것이지만 너무 커서 안 보이는 것도 있다. 미생물에서 산소에 이르기까지 그 하나라도 없다면 우리의 존재는 어렵겠다.

우리는 사회에 밥처럼 누구에게 따뜻한 밥으로 있었던가!

설 대목이 코앞으로 다가왔다. 제삿밥도 밥이고 조상님께 올리는 전도 밥

이다. 요즘 달걀값이 천정부지다. 달걀 한 판이 만 원 가까이 한다. 미국 산 달걀을 수입했다는 기사가 실렸다.* 우리 달걀은 노란 빛을 가졌다면 미국 산 달걀은 하얗다. 달걀 한 판 9,000원 정도 측정될 거라는 정부의 의견도 있었다. 모 기자는 1597년 정유재란丁酉再亂을 빗대어 2017년은 정유계란丁酉鷄亂이라며 한 소리 했다.

그나마 다행한 것은 정부의 재정은 사상 초유의 흑자라고 한다. 세수가 다른 어떤 해보다 많았다. 소득세, 재산세, 각종 부가세에 이르기까지 세수 확대는 명확했다. 세금을 내는 것만큼 서민은 없는 살림 쪼개며 살았다. 이러한 가운데 정부의 오리파동(레임덕 lame duck)은 끊이지 않는 국가의 밥 짓는 소리다.

우리의 대통령은 많은 국민의 아쉬움 속에 정권 말기를 보낸 미국의 대통령과는 아주 대조적이었다. 내가 맡은 일에 소임을 다하지 못한 즉 국조 운영에 제대로 밥 짓지 못한 최고 책임자는 어떤 마음일까! 밥이 아니라 죽도 아닌 현 시국을 우리는 어떻게 보내야 하는가 말이다.

*한혜영: 1954년 충남 서산에서 출생. 1989년 〈아동문학연구〉 동시조 당선. 1996 〈중앙일보〉 신춘문예 당선.

*2017년 1월 13일자 신문의 내용이다.

거울의 문 _ 강희안

한때 그의 거울은 나에게 화들짝 문을 열어 주었다 거기엔 환한 빛살로 부서지는 한 소년이 서 있었다 그 이후 그는 거울을 품에 집어넣은 채 사라졌다 다시 그가 허기진 노을 그림자를 끄을며 돌아와 문을 두드렸을 때 거울은 그의 까슬한 수염과 눈빛만을 비쳐 주었다 한때 그의 거울은 나를 푸르게 펼쳐 내는 힘이었다 그의 거울이 텅 빈 정수리 지나 뒤통수로 넘어 가는 순간 거기에는 나를 닮은 한 소년이 멀뚱히 서 있었다 그날 이후 나는 거울로 들어가는 문을 찾을 수 없었다

그의 거울은 등 뒤에서도 나를 향했다는 걸 몰랐다

鵲巢感想文

指 / 鵲巢

읽을 수는 있어도 쓸 수 없는 진보를 생각한다 언제나 보수는 새벽에 꾀꼬리처럼 깃발을 올렸다 무게 없는 밤은 눈 사탕처럼 늘 그렇게 무너졌다 진보는 태양처럼 읽으며 태양처럼 쓰고 싶었다 저문 태양을 안고 희미하게 닿는 별빛만 그리는 그런 의자였다가 강물처럼 배를 만들었다 강물에 부서지고 바닥에 그을리면서도 주어진 몫이라 생각했다 보수는 그런 진보를 한 번도 원망하지 않았다 강물이 점점 빠르다는 것을 느꼈을 때 지도처럼 한 번쯤은 부두에 앉고 싶었다 지렛대 같은 노를 우리는 꼭 잡고 있다

이제는 읽을 수도 없는 시간을 함께할 것이다 어쩌면 그 긴 시간을 위해 우리는

*강희안: 1965년 대전 출생. 1990 〈문학사상〉 등단. 시집『물고기강의실』

검은 구두 _ 김성태

그에게는 계급이 없습니다 / 그는 세상에서 가장 좁은 동굴이며 / 구름의 속도로 먼 길을 걸어온 수행자입니다 / 궤도를 이탈한 적 없는 그가 걷는 길은 / 가파른 계단이거나 어긋난 교차로입니다 / 지리멸렬한 지하철에서부터 먼 풍경을 지나 / 검은 양복 즐비한 장례식장까지 / 그는 나를 짐승처럼 끌고 왔습니다 / 오늘 나는 기울기가 삐딱한 그를 데리고 / 수선가게에 갔다가 그의 습성을 알았습니다 / 그는 상처의 흔적을 숨기기 좋아하고 / 내가 그의 몸을 닳게 해도 불평하지 않습니다 / 나는 그와 정면으로 마주한 적은 없지만 / 가끔 그는 코를 치켜들기 좋아합니다 / 하마의 입으로 습기 찬 발을 물고 있던 그가 / 문상을 하러 와서야 나를 풀어줍니다 / 걸어온 길을 돌아보는 마음으로 그를 만져보니 / 새의 날개 안쪽처럼 바닥이 움푹 파였습니다 / 두 발의 무게만큼 포물선이 깊어졌습니다 / 그의 입에 잎사귀를 담을 만큼 / 소주 넉 잔에 몸이 가벼워진 시간 / 대열에서 이탈한 코끼리처럼 / 이곳까지 몰려온 그들이 서로 코를 어루만지며 / 막역 없이 어깨를 부둥켜안고 있습니다 / 취한 그들이 영정사진처럼 계급이 없어 보입니다 / 그가 그에게 정중한 인사도 없이 / 주인이 바뀐지도 모르고 / 구불구불 길을 내며 집으로 갑니다

鵲巢感想文

시인 김성태는 젊은 시인이다. 시 「검은 구두」는 시인의 신춘문에 당선작이다. 이 시를 한께 보자. 여기서,

시 「검은 구두」는 의인화 기법으로 쓴 것이다. 더 나가 활유법으로 쓴 문장이라 볼 수 있다. 검은 구두는 시인의 개인적 경험을 통한 육화한 시이지만, 사회 통념적으로 우리의 생활문화를 말한다.

시 문장에서 인칭대명사 '그'는 곧 구두를 얘기하면서도 시인 자신이다. 그는 계급이 없다. 가장 낮은 곳에 있으며 주인이 가고자 하는 곳이면 늘 따라나서는 하수인과 다름없다.

세상에서 가장 좁은 동굴이며 구름의 속도로 먼 길을 걸어온 수행자는 구두를 신고 다니는 자신을 얘기한 것이지만, 이 사회를 사는 모든 이를 반영한다. 세상은 동굴처럼 좁고 구름처럼 암담하다. 모두가 빨리빨리 젖는 문화는 사회 통념이 되었다.

직장인의 비애라고 할까 궤도를 이탈한 적 없는 우리는 어쩌면 가파른 계단을 스스로 만드는 일일지도 모르며 혹은 어긋난 교차로에 들어선 것처럼 미래가 불확실한 것만은 분명하다. 결국, 이리저리 흩은(지리멸렬한) 지하철 풍경이나 검은 양복 즐비한 장례식장까지 우리는 짐승처럼 그렇게 갈지도 모를 일이다.

한동안 반듯한 무게를 받치기도 하지만, 다른 한편은 비틀거리는 삶을 보조하는 역할도 담당한다. 검은 구두는 나의 이야기지만, 우리의 사회상이다.

이 시와 관계없는 말이지만, 구두는 우리가 신고 다니는 구두도 있고 구두口頭도 있다. 구두로 약속한다고 표현할 때는 후자다. 구두의 일반적인 색상은 까맣다. 사물의 까만 색상을 구두로 표현하는 것은 좋은 시적 상상이다. 예를 들면, 지금 읽고 있는 이 글은 까맣다.

나는 오늘도 구두를 신으며 상상의 나래를 펼친다. 어쩌면 이 구두를 신고 나는 잠시 외출 중이다. 외출은 단지 시간을 보내는 한 방법일 수도 있을 것이며 좋은 작품을 쓰려는 방편일 수도 있다.

어쨌거나 나는 이 구두를 신고 있는 것은 분명하다. 육체적인 것도 정신적인 것도 모두 구두처럼 나를 안으며 영정사진처럼 계급이 없어 보이기도 하니까, 지금 이 순간은 어깨를 나란히 하며 막역 없이 부둥켜안고 있으니까 말이다.

시인이 걸었던 그 길처럼 우리도 마냥 비틀거리며 하루를 보낸다. 이것은 서민이면 모두가 통감하는 내용이다.

*김성태: 1986년 대전 출생. 2010년 〈한국일보〉 신춘문예 시 당선.

골목의 각질 _ 강윤미

골목은 동굴이다 / 늘 겨울 같았다 / 일정한 온도와 습도가 유지되었다 / 누군가 한 사람만 익숙해진 것은 아니었다 / 공용 화장실이 있는 방부터 / 베란다가 있는 곳까지, 오리온자리의 / 1등성부터 5등성이 동시에 반짝거렸다 / 없는 것 빼고 다 있다는 표현처럼 / 구멍가게는 진부했다 속옷을 훔쳐가거나 / 창문을 엿보는 눈빛 덕분에 / 골목은 활기를 되찾기도 했다 / 우리는 한데 모여 취업을 걱정하거나 / 청춘보다 비싼 방값에 대해 이야기했다 / 닭다리를 뜯으며 값싼 연애를 혐오했다 / 청춘이 재산이라고 말하는 주인집 아주머니 말씀 / 알아들었지만 모르고 싶었다 / 우리가 나눈 말들은 어디로 가 쌓이는지 / 궁금해지는 겨울 초입 / 문을 닫으면 고요보다 더 고요해지는 골목 / 희미하게 새어 나오는 인기척에 세를 내주다가 / 얼굴 없는 가족이 되기도 했다 / 전봇대, 우편함, 방문, 화장실까지 / 전단지가 골목의 각질로 붙어 있다 붙어 있던 / 자리에 붙어 있다 어쩌면 / 골목의 뒤꿈치 같은 이들이 / 균형을 잡으려고 안간힘을 쓰다가 / 굳어버린 희망의 자국일 것이다

鵲巢感想文

시제가 골목의 각질이다. 각질은 껍질, 껍데기다. 골목이라는 명사도 여기서는 부정적 의미다. 그러니까 큰 길이 아닌 좁고 구불구불한 어떤 길을 의미한다. 순탄하지가 못하고 어렵고 힘든 과정에 그 잔재, 그 기억쯤으로 보면 좋겠다.

시를 보자. 첫 행에 골목은 동굴이라 했다. 직유다. 그러면 다음 행부터는 동굴과 같은 골목에 대한 묘사다. 여기서부터 시인의 마음이 들어가는데

늘 겨울 같다고 했다. 춥고 아리다. 일정한 온도와 습도가 유지되었다는 것은 큰 변화는 없었다는 얘기다. 고만고만하게 살았다는 의미다. 이러한 골목은 누군가 한 사람만 익숙한 것은 아니었다. 또 한 사람이 나가면 또 한 사람이 들어오고 들어온 이 사람도 이러한 골목에 익숙해져 갔다.

방도 여러 가지다. 없는 것 빼고 다 있다는 표현처럼 구멍가게는 한마디로 시대에 뒤떨어졌고 창문을 엿보거나 속옷을 훔쳐가는 어떤 사건이 일어나기라도 하면 골목은 활기를 되찾았다. 취업을 걱정해야 하고 연애는 꿈도 못 꿀 일이다. 청춘이 재산이라는 아줌마의 말씀은 잊고 싶을 뿐이다. 이러한 골목의 갖가지 심정은 전단처럼 마음에 덕지덕지 붙었다. 불확실한 미래를 향해 현재는 온갖 힘을 써보지만, 이는 단지 굳어버린 희망의 자국이겠다. 각질처럼 말이다.

이 시를 읽으면 나는 여태천 시인의 시 「골목」을 떠올린다. 이참에 여태천 시인의 「골목」도 들여다본다.

> 조금 우스워지고 싶을 때 / 골목을 걷는다. // 김씨 아저씨가 구워내는 / 붕어빵 냄새는 즐겁다. / 달콤한 붕어빵 생각에 / 나는 조금 가벼워진다. // 종일토록 종이만 줍는 이씨 노인과 / 날씬해지고 싶은 홍씨 아줌마는 / 황금잉어빵을 먹으며 / 기억상실증에 걸린 붕어처럼 / 매일매일 골목을 이야기한다. // 아이들은 꼬리가 잘릴까 두려워 / 꼬리를 물고 골목을 달리지만 / 골목은 붕어의 것이다. // 나는 삼다수 한 병을 들고 / 목구멍이 간질간질할 때까지 / 골목을 걷는다. / 골목은 사라지기 좋은 곳이다.

시인 김윤미 시는 골목에 현실적인 삶을 그린 것이라면 시인 여태천 시는 골목에 얽힌 사연과 골목 같은 기억력을 바탕으로 우리의 뇌를 중첩해 승화한 작품이겠다.

시인 강윤미는 「골목의 각질」로 문화일보 신춘문예 시 부분에 당선되었다. 2010년도였다. 그때와 지금을 비교한다. 솔직히 조금도 나아진 게 없는 서민의 삶이다. 세계일보 2016년 12월 23일 자 신문 내용이다. 우리나라 자영업자 중 다섯 명 중 한 명은 월 소득이 100만 원이 되지 않는다는 내용이다. 이것은 통계청에 발표한 자료를 바탕으로 한다. 실 상황은 더 심각하다는 것이 신문의 내용이었다. 물론 도표로 더 자세하게 눈으로 확인할 수 있도록 발표했다. 경기가 심각하다. 이런 와중에도 창업에 뛰어드는 서민은 생각보다 많다. 특히 카페 업종은 경기가 무색할 정도다. 작은 카페도 많이 개업하지만, 대형 카페의 출현은 기존의 영업하는 카페까지 영향을 미치니 심각한 사회현상이 되었다.

*강윤미: 1980년 제주 출생. 2005년 〈광주일보〉 신춘문예 시 당선.

곰곰 _ 안현미

주름진 동굴에서 백 일 동안 마늘만 먹었다지
여자가 되겠다고?

백 일 동안 아린 마늘만 먹을 때
여자를 꿈꾸며 행복하기는 했니?

그런데 넌 여자로 태어나 마늘 아닌 걸
먹어본 적이 있기는 있니?

鵲巢感想文

시를 쓴다는 것은 염원이자 희망 같은 것을 품기 위한 하나의 주술행위 같다. 어쩌면 신화와 같은 이야기를 쓰는 것인지도 모르겠다. 하지만 21c는 신화 같은 이야기를 쓰기에는 문명은 이미 많이 발전하였다. 시인 안현미께서 쓴 「곰곰」은 신화 같은 이야기와는 다르지만, 우리의 단군신화를 바탕으로 시를 쓴 것은 분명하다. 시제도 '곰'이 아니라 '곰곰' 두 번 강조했다.

곰을 의식하며 쓴 글이지만, 어떤 일이든 깊이 생각지 않을 수 없는 거라 '곰곰'이라는 부시를 시제로 쓴 것인지도 모를 일이다. 이건 지나가는 얘기지만, 요즘 뜨는 상호로 '봄봄'이라는 상표가 있다. 단어를 하나만 놓고 볼 때는 평이하다가도 중복하여 보면 그 자체로 운이 따르며 읽는 맛이 나, 인식이 더 빠를 때가 있다.

하나만 예를 더 들어보자. '싱싱'이라는 상호도 있는데 냉동기만 다루는 업체다. 정말 '싱싱' 만 들어도 냉장고에 든, 상추가 살아 숨 쉬며 뛰쳐나올 것 같지 않은가! 나는 이러한 예를 들면서도 압량 조감도만 생각한다. 대도로 변에 하루 매출이 얼마 되지 않는다. 아예 도시락 집으로 바꿔 상호를 '깡깡'이라고 하면 어떨까 하며 궁리한다. 깡깡 도시락 말이다. 소싯적 도시락 까먹던 기억도 뭔가 열어보고 싶은 마음도 깡그리 먹고 싶은 마음도 든다. 하여튼,

시 1연을 보면 주름진 동굴에서 백 일 동안 마늘만 먹었다, 여자가 되겠다고 하며 물음표?를 붙였다. 1행은 시인이 하고 싶은 말에 동의를 구하는 문장이다. 여기서 동굴과 마늘과 여자는 일차적인 뜻으로 보기에도 무관하겠지만, 다른 뜻도 있겠다. 그러니까,

주름진 동굴은 시인의 세계관이다.(온전한 세상이 아니라는 것이다.) 어떤 일이든 마음만 먹으면 백 일은 충분하다. 어떤 한 작품을 남기는 것도 백 일이면 완성한다. 나는 시 감상문으로 책을 낸 적 있는데 부끄러운 일이지만 석 달 만에 읽은 시집이 100권 가량 되었으며 이 결과로 『구두는 장미』라는 책을 낼 수 있었다. 지금에 와서 생각하면 아찔하다. 좀 더 묵혔다가 제대로 냈어야 했다.

어떤 작품을 남기는 것도 어떤 일을 해내는 것도 몰입이 필요하다. 창공을 나는 독수리도 강가에 물고기 하나 낚더라도 몰입이 없으면 낚을 수 없다. 시 2연을 보면 백 일 동안 아린 마늘만 먹을 때 / 여자를 꿈꾸며 행복하기는 했니? 하며 의문형으로 묻는 것 같아도 어떤 일에 대한 반어적 표현이다.

초식동물이 고기를 먹을 순 없듯이 일에 대한 한탄 같은 것이 시 3연에서 얘기한다. 다람쥐 쳇바퀴 돌리듯 어떤 공정의 기간을 거치면 끝나는 것이 아니라 새로운 시작을 알리는 서막에 불과하다. 한 단계가 끝나면 또 다른 단

계가 우리를 기다리고 있다는 것이 우리의 삶인 것이다.

신화信話 즉, 詩는 신화神話를 너머 신화信話로서 우뚝 설 때 정말 우리의 신화로 남는 것은 아닐지! 마치 우리의 민족을 묶는 것은 단군신화가 그 바탕이듯 커피를 마시면 죽지 않는다는 칼디의 신화와 같은 시, 인간은 끊임없는 창작과 몰입만이 순간순간 찾아드는 행복임을 어쩌면 이 시는 표현하고자 한 것인지도 모를 일이다.

*안현미: 1972년 강원도 태백 출생. 2001년 〈문학동네〉 등단.

과일의 세계 _ 박진성

모르는 여자의 이름을 불러보는 밤엔 누워 있는데도 복숭아뼈를 다친 발목이 문지방을 넘는다

과일이 신체에 들어 있는 건, 신체로 들어와서 뼈가 되어서 걸을 때마다 사방으로 향기의 얼룩을 흘린다는 건 무슨 뜻일까 모르는 여자는 모르는 여자로 자신의 숲을 걸어야 하는데 이름만 부르는 데도 내 품에서 다치는 이유가 무얼까

꿈꾸다가 막 깨어났을 때 그 여자가 전생과 이생의 절취선을 자르고 있는 것이다 뼈를 다칠 때마다 수레바퀴가 곡선만 들고 통증을 넘어 오는 것이다 나 대신 꿈을 꾸는 모르는 여자

잠든, 네 복숭아뼈를 만지면 그곳이 내 슬픔의 기원 같다 어떤 슬픔은 과일에서 맴돌다가 혀끝에서 녹는다

모르는 여자는 모르고 싶은 여자, 복숭아뼈를 만진다 불면이 잠시 멎는다 네가 다녀갔다

鵲巢感想文

시를 읽기 전에 이러한 생각을 했다. 영화 '매트릭스'를 보면 네오의 연기는 꽤 볼만하다. 현실과 가상현실을 오가는 내용을 다룬다. 오라클의 수발을 드는 소년이 숟가락을 구부리는 것을 보고 네오도 숟가락을 구부려보지만

요지부동이다. 여기서 중요한 영화의 대사 한 마디가 나온다. '숟가락을 휘게 하려는 생각은 하지 말아요. 그건 불가능해요. 진실만을 인식하세요. 숟가락이 없다는 진실'이라고 말한다.

시를 읽는데 뜬금없는 영화와 숟가락을 나는 얘기했다. 그러니까 시인이 제시한 시어를 일차적인 뜻, 표면적인 의미를 벗어나는 게 관건이다. 빨리 잊으려고 해야 한다. 이 속에 벗어나는 순간 나는 날개를 단다.

시제가 '과일의 세계'다. 과일이라고 하면 우리가 먹을 수 있는 열매가 있고 과일이라고 하면 과일科日도 있고 과일過日도 있다. 여기서는 과일過日이다. 지나간 일에 대한 시인의 어떤 고민 같은 것이 묻어 있다. 첫 문장을 보자.

여자라는 시어가 나온다. 여자는 여자女子가 아니라 여자(余子, 나 여余 자와 아들 자子 자)다. 나의 아들, 다시 말하면 시인이 쓴 글이나 다른 어떤 작품으로 보는 게 맞다. 복숭아뼈는 한자로 변환하면 복사뼈다. 이것도 어쩌면 복사+뼈로 읽힌다. 문지방은 현실과 자아의 내면과의 경계를 뜻한다. 시 1연은 시의 도입부다.

시 2연, 화자의 글과 이 글로 인해서 갈등하는 시인의 모습을 볼 수 있다. 예를 들면 보증을 잘못 섰다거나 또 다른 무엇이 있겠다. 그러니까 시를 이해하기 위해 추측을 해 보는 것임으로 시 해석에 좀 더 가까웠으면 하는 바람임을 너그럽게 이해해 주기 바란다. 시 전개다.

시 3연, '그 여자가 전생과 이생'이라는 시구가 나온다. 전생은 다른 것으로 태어난 것으로 다른 뜻을 말하는 것이며 이생은 원뜻에서 분리한 어떤 의미다. 결국, 같은 말인 것 같아도 시적 착란을 위한 장치로 보인다. 절취선은 시의 경계 상을 말하며 여기서도 오타가 발견되었다. '자르고'가 맞지 싶은데 도서출판 시인광장에서 낸 책엔 '자루고'로 되어 있다. 뼈는 화자를 은유한 시어다. 수레바퀴란 인생을 제유한 시어로 보이며 곡선은 직선에 대치되는 말로 굴곡진 삶을 표현한다. 그러므로 여자는 또 다른 자아로 그 자체 꿈을 꾸게 됐다. 시 발단이다.

시 4연, '잠든 네 복숭아뼈를 만지면'이라는 시구에서 소강상태로 접어든 어떤 복사물, 물론 자아의 기록 같은 것인데 이것을 보면 그곳이 내 슬픔의 기원 같다. 어떤 슬픔은 지난날에 맴돌다가 혀끝에 머문다.

시 5연은 시의 결말이다. 화자의 희망이 묻어 있다. 모르는 나의 글은 모르고 싶은 나의 글로 마! 그렇게 있어라! 잠은 오지 않고 고민은 극에 달하는 현실, 지난날 나의 글이 언뜻 스쳐 지난다.

이 시를 읽으니까! 나 또한 마찬가지다. 되지도 않은 글만 만발했다. 어떤 것은 문장도 되지 않는다. 이러한 모든 작업은 한가지뿐이다. 더욱 나은 글을 쓰고 싶은 부단한 노력뿐이라 것을 말이다. 어쩌면 좋은 글, 어쩌면 멋있는 글, 어쩌면 가슴이 뭉클하면서도 용기와 희망을 안겨줄 수 있나 뭐 그런 것이었다. 글의 자전거는 계속 타야 한다. 타다 보면 안정적인 운전은 나올 거로 믿는다.

이 시와 관계는 없다. 복숭아뼈를 생각하다가 복사뼈가 스친다. 복사꽃이 생각나는 것은 어떤 일인가! 미당의 시가 자꾸 떠오른다. 이참에 필사해 본다.

봄 / 미당 서정주

복사꽃 피고, 복사꽃 지고, 뱀이 눈뜨고, 초록제비 무처오는 하늬바람우에 혼령있는 하늘이어. 피가 잘 도라…… 아무병도 없으면 가시내야. 슬픈일좀 슬픈일좀, 있어야겠다.

『미당 시전집』에 있는 시다. 원문 그대로 필사했다. 미당의 시집을 읽으면 전라도 특유의 말씨가 살아 있다. 마치 옆에서 듣는 듯 구수하게 읽힌다. 전라도는 하늘을 하눌이라 한다. 경상도는 하날이라 하는데 그러니까 경상도 나이 많은 어르신의 말씀, 야야 하날이 참 맑다고 표현한다. 봄을 묘사한 시다. 여러 가지로 해석할 수 있음인데 봄을 얘기한 것 같기도 하고 봄의 그 노곤함과 더불어 일상의 권태가 보인다.

시어 '여자'만 읽어도 생각나는 시인이 있다. 시인 오규원 선생이다. 선생의 시 「한 잎의 여자」는 시를 쓰고 시를 읽는 시인으로서는 모르는 사람이 없을 것이다.

한 잎의 女子 / 오규원

나는 한 女子를 사랑했네 물푸레나무 한 잎같이 쬐그만 女子, 그 한 잎의 女子를 사랑했네. 물푸레나무 그 한 잎의 솜털, 그 한 잎의 맑음, 그 한 잎의 영혼, 그 한 잎의 눈, 그리고 바람이 불면 보일 듯 보일 듯한 그 한 잎의 순결과 자유를 사랑했네.

정말로 나는 한 女子를 사랑했네. 女子만을 가진 女子, 女子 아닌 것은 아무것도 안 가진 女子, 女子 아니면 아무것도 아닌 女子, 눈물 같은 女子, 슬픔 같은 女子, 病身 같은 女子, 詩集 같은 女子, 그러나 누구나 영원히 가질 수 없는 女子, 그래서 불행한 女子.

그러나 영원히 나 혼자 가지는 女子, 물푸레나무 그림자 같은 슬픈 女子.

시 감상은 하지 않겠다. 전에 필자의 책, 『구두는 장미』에 실은 바 있어 생략한다.

시인 박진싱의 시 「과일의 세계」를 보있다. 시를 읽으면 어떤 혼돈의 세계에 빠진다. 혼돈의 세계는 수많은 이미지를 생산하며 재생산한다. 모르는 여자를 읽다가 아는 여자가 떠오를 수도 있으며 밤샘 분간이 안 가는 절취선 따라 이생과 전생을 논하기도 한다. 현실과 가상의 혼돈은 예술의 경지에 이르기도 한다. 아마 시는 신을 능가하는 어떤 유기물체와 같은 눈에 보이지는 않지만 믿음이 서는 종교와도 같은 역할을 한다. 그러므로 시는 짧지만, 여운이 오래 남는 것도 여기에 있겠다.

*박진성: 1978년 충남 연기에서 출생. 2001년 〈현대시〉 등단.

구름의 율법 _ 윤의섭

파헤쳐 보면 슬픔이 근원이다 / 주어진 자유는 오직 부유浮遊 / 지상으로도 대기권 너머로도 이탈하지 못하는 궤도를 질주하다 / 끝없는 변신으로 지친 몸에 달콤한 휴식의 기억은 없다 / 석양의 붉은 해안을 거닐 때면 저주의 혈통에 대해 생각해 본다 / 언제 가라앉지 않는 생을 달라고 구걸한 적 있던가 / 산마루에 핀 꽃향기와 / 계곡을 가로지를 산새의 지저귐으로 때로 물들지만 / 비릿한 물내음 뒤틀린 천둥소리의 본성은 바뀌지 않는다 / 다만 묵묵히 나아갈 뿐이다 / 한 떼의 무리가 텅 빈 초원을 찾아 떠나간 뒤 / 홀로 태양에 맞서다 죽어가고 혹은 / 잊어버린 지상에서의 한 때를 더듬다 희미한 미소를 지으며 사라져간다 / 현생은 차라리 구천이라 하고 / 너무 무거워도 너무 가벼워도 살지 못하는 중천이라 여기고 / 부박한 영혼의 뿌리엔 오늘도 별빛이 잠든다 / 이번 여행은 오래 전 예언된 것이다 / 사지死地를 찾아간 코끼리처럼 / 서녘으로 떠난 무리가 어디 깃들었는지는 아무도 모른다 / 성소는 길 끝에 놓여 있다

鵲巢感想文

1.

카멜레온의 눈빛 / 鵲巢

짚어보면 개울의 울음은 얄팍하다 / 은행잎 부들부들 떨면서 바퀴에 떨어지는 바람 / 휩쓸려 갈 수도 있는 그런 습자지 같아 / 아라비안나이트의 칼을 갖다 대기만 하면 카멜레온의 눈빛은 마치 갈고리 같았다 / 달빛에 조각 케이크의 목덜미 잡

고 긴 포크 같은 장화로 지정된 장소에 풀어놓는다는 것은 주름의 환생이었다 / 개수대에 담근 물 내와 지그시 감기는 눈꺼풀로 내일을 그리면 달빛 담은 잔은 밤하늘만큼 던져버린 혜안이라 쟁반은 절대 무겁지 않다 / 다만 받고 받아들며 있을 뿐이다 / 하루살이가 계곡처럼 바닥으로 돌진할 때 / 까만 뱀은 죽처럼 맞서다가 식어가고 혹은 / 골목의 쓰라린 목도와 골목대장의 고함으로 언뜻 가죽나무 끼고 숨었던 습자지 한 장 가느다랗게 전등을 담았다 / 비율수록 갈증만 더하고 흰 절벽은 점점 높아만 갈 때 끊은 꼬리만 파닥거렸다 / 여기는 비 오는 사거리 적색 신호등, 클래식처럼 젖은 장화를 탁탁 틀고 있다 / 피아노 건반 위 떼 죽은 하루살이가 맑은 하늘은 기억에 없듯이 도구 치는 날은 오겠지 / 습자지 한 장 손끝에 놓여 있다

2.

詩는 들어가는 입구가 있다면 나오는 출구도 있어야 한다. 막다른 길목으로 몰다가도 그 출구는 열어놓고 몰아야 궁지에 닿지 않는다.

詩는 창고다.* 밀폐된 컨테이너 상자의 밝은 전등 하나 걸은 침대다. 각종 서류의 4단 서랍이다. 입지 못하는 사계절 옷만 담은 까만 봉지가 몇 봉지다. 나무 침대와 간이용 베개와 허름한 이불 같은 게 어쩌면 詩다. 그러니까 詩는 비정규직이다.

詩는 보아도 보았다고 말할 수 없는 철창이며 멀미나는 문장의 절벽에서 기준 하나 없는 몽타주다. 실은 만질 수 없는 액정판이며 빼지 못하는 진흙 밭이나 다름이 없다. 그래서 詩는 더욱 물 위를 걷는 소금쟁이처럼 파장만 몬다.

詩는 커피 담는 포타필터와 은빛의 탬핑기다. 떨어지려야 떨어질 수 없는 한 쌍이며 찾아드는 고객의 말 등에 업은 한잔의 에스프레소다. 따끈한 물에 희석한 마음이며 말없이 그대 가슴을 적시는 물이다. 그러므로 물의 세계를

직관하고 그 물을 더 아름답게 보는 눈을 가진다.

詩는 한마디로 증거 없는 죄다. 하얀 이 철창에 숨겨야 할 바람은 생명의 움트는 소리에 그만 참지 못한 조음調音문자다. 흐릿하게 비춰 말하는 지하의 생경生硬이며 허공을 떠도는 사생아의 양생이다.

문장의 잔해가 별의 비늘처럼 은빛 날 가른다. 그러므로 바람은 그 누구도 살해할 수 없는 죄며 진리를 바꿀 수 없는 달은 오늘도 뜬다.

문턱을 넘은 개미가 문턱을 넘는 개미를 보고 있다. 詩란 무엇인가?

*윤의섭: 1968년 경기도 시흥 출생. 1994년 〈문학과 사회〉 등단.
*필자의 책, 『사발의 증발』, 94p~95p

귀종불역방鬼腫不易方 _ 조연호

소중히 꿰인 날들이 바늘을 돌려주지 않으니까

아욱이 자라고 있었다

잔멸이 떠다니는 여름

혼자 꼬리를 말고 파양罷養을 다했다

창애에 걸쳐 저희가 헛됨을 잃은 이 귀종鬼腫으로 연우延虞하소서

밤을 기어 다니는 잿빛 연기물緣起物이 있었지만

그 권 一은 낙질되어 비둘기가 토한 것 같이 되었다

너희 정상물은 이 변신물 위로 걸어오라, 불뢰자不牢者여

악신일惡神日에, 사람의 풍식風蝕이 식기를 기다린다

몸에서 나온 변물變物을 끼얹은 곳에

아욱이 자라고 있었다

鵲巢感想文

까마귀가 흰 고양이 위에 앉았다. 흰 고양이는 꼬리 한 번 치켜세우더니 깊은숨 몰아쉬다가 파릇하게 뜬다. 까마귀는 본능적으로 묵등墨等의 길을 걷는다. 밤비의 치맛자락 아래 고장 난 확성기는 금이 간 선글라스 낀 저녁을 향해 먹먹 노을만 그린다.

의자에 놓인 판자때기가 결국 검은 갈퀴에 밀쳐 툭 떨어진다. 왼쪽 오른쪽, 오른쪽 왼쪽 훅처럼 치다가 문밖으로 나간다. 단추 같은 눈동자만 하늘 바라본다. 언어의 바다에 뚜껑 없는 병이다. 거저 침묵한다.

서두가 길었다. 언뜻, 詩人 조연호의 詩를 읽다가 한 줄 긁적였다. 시인은 한때 미래파라 불리며 난해한 詩 쓰기로 많이 알려져 있다. 이 미래파라는 말도 시인 권혁웅에 의해 불리게 된 거로 알고 있지만, 시간은 참 오래된 것 같다.

그러면 미래파란 무엇인가? 뭐 나는 문학비평가가 아니니까, 권혁웅의 '미래파'를 추천한다.

위 詩를 보듯이 詩가 무엇을 뜻하는지 일반 독자라면 이해하기 어려울 것이다. 한글로 써도 알아보기 힘 드는 일인데 한자어까지 많아 특히 더 어렵다. 몇 줄 읽다가 그만 덮어버리는 독자도 많을 것이다. 詩가 뭔 대수로운 일이라고 하며 말이다.

시인이면 우선, 우리말을 사랑해야 한다. 나는 수년을 커피로 보냈지만, 이 업계에도 유식하다고 하면 대체로 해외 안 다녀본 사람이 없고 유창하지는 않지만, 영어 몇 마디 못하는 사람이 없다. 이들 대부분은 컵이나 각종 유인물까지 영어 표기를 좋아하는데 참 한마디로 꼴사납다. 나는 영어 못해서 안 쓰는 것이 아니라 우리나라 사람이면 한글 사랑이 먼저다.

나는 개인적으로 詩人 조연호의 詩라면 「저녁의 기원」에 한 표 던진다. 정말 이 시집을 읽을 때가 좋았다. 조연호는 시간이 갈수록 점점 먹의 세계에 더 가까워졌다. 이제는 그의 시집을 사다 보기에는 부담이 간다. 위 詩는 아무래도 자신의 어떤 작품집에 대한 평가와 거기서 나온 반향에 못 견디는 어떤 심정이 들어가 있다고 보면 된다. 아니면 말고.

*조연호: 1969년 충남 청원 출생. 서울예전 문창과 졸업. 1994년 〈한국일보〉 신춘문예 시 부문 당선. 시집 『죽음에 이르는 계절』 『천문』 등.

그녀의 골반 _ 석미화

1

나비 꿈을 꾸고 엄마는 날 낳았다 흰 꿈, 엄마는 치마폭에 날 쓸어 담았다 커다란 모시나비, 손끝에 잡혔다가 분가루 묻어나갔다 날개 끝에 고인 몇 점 물방울무늬, 방문 밖으로 날았다 돌담에 피는 씀바귀꽃 그늘을 옮겨다녔다 나비 날개엔 먼지가 끼지 않았다 한 꿈, 계단 입구에서 두 날개 맞잡고 오래 기도하고 있었다 환한 꿈, 나는 오래 전 그녀의 골반을 통과한 나비였다

2

초음파상 골반뼈는 하얀 나비 같았죠 그녀의 골반뼈에 종양이 생겼을 때 보았던 그 나비, 그러니까 그녀의 꺼먼 엉덩이살 안에 나비 날개가 굳어 있었던 거죠 나는 잘 벌어지지 않는 날개 사이로 미끄러져 나왔던 거죠 나도 작은 나비모양 엉덩이를 달고 나왔던 거죠 그러니까 그녀가 힘겹게 좌판에 쪼그리고 있었을 때, 날품팔이, 품앗이할 때 그녀 속의 나비가 조금씩 앓고 있었던 거죠 이 지상 마지막까지 날고 있을 나비, 그러니까 내 속을 빠져나간 어린 나비는 지금 내 앞에서 폴짝폴짝 날아오르고 있는데요

鵲巢感想文

그녀의 골반도 나비 같고 나비처럼 가볍고 나비처럼 하늘 나는 삶을 그렸다. 이 시는 나비에 상징적 의미를 담은 삼 대가 그려진 인생을 이야기한다.

시 1연을 보면 흰 꿈, 한 꿈, 환한 꿈으로 단계적 점진적 묘사로 한 인생

을 그렸다. 흰 꿈은 하얀 꿈을 몹시 강조한 언어다. 백석의 나와 나타샤와 흰 당나귀와 같이 하얀 당나귀가 아니라 흰 당나귀라 했다. '흰'은 '하얀'보다는 강조적 언어다. 어떤 무게감(부담)에 의한 나를 낳은 것이 아니라 나비처럼 자유롭고 희망적인 꿈을 갖고 어머니는 나를 낳았다. 여기까지가 흰 꿈이다.

한 꿈은 여기서 '한'은 몇 가지 뜻이 있겠다. 한스럽다 할 때의 그 한, 아주 '큰'이라는 의미가 있고, 바깥이라는 의미가 있다. 여기서 '한'은 복합적으로 읽힌다. 나비 날개엔 먼지가 끼지 않을 정도니 귀한 딸이었을 것 같다는 의미가 닿는다. 하지만, 돌담에 피는 씀바귀꽃이나 그늘을 옮겨 다닌 것은 대조적이다. 물방울(땡땡이)무늬와 분가루가 묻어나간 것은 모두 그 뒤 문장(나비 날개엔 먼지가 끼지 않았다)을 대변하는 어떤 이미지다.

환한 꿈은 어떤 일이 발생한 것인지는 모르나 계단 입구에서 두 날개 맞잡고 오래 기도한 것을 보면, 모녀가 함께하는 어떤 고통으로 읽힌다. 모두 과거형이다. 예전에 있었던 일로 시 1연은 마감한다. 나는 오래전 그녀의 골반을 통과한 나비였기 때문이다.

시 1연은 나비와 꿈을 생각하면 장자의 '나비의 꿈'이 언뜻 스쳐 지나간다. 그러니까 내가 꿈속에서 나비로 변한 것인지 나비가 꿈속에서 나로 변한 것인지 모호한 삶과 같은 것이다. 현실이 가상 같고 가상 같은 현실이 현실에서 벌어지고 있다는 것이 시 1연의 환한 꿈으로 승화한다. 그러니 세상 환하다. 여기서 환하다는 것은 부정적 의미를 내포한다.

다시 시간을 되돌리면 한 꿈은 그다음의 환한 꿈을 읽지 않는다면 넓고 환한 큰 뜻을 품은 나비 같은 꿈인데 뒤 문장 환한 꿈을 읽게 되면 역설적으로 이러한 모든 것이 한스럽기까지 하다.

시 2연을 보면 1연보다는 묘사가 더 명확하다. 하얀 나비 같은 골반에 종양이 있었음을 확인한다. 어머니의 골반이지만, 이는 유전으로 나 또한 달고 나왔다. 하지만, 인생은 거칠고 험난하고 힘겨운 나날이었다. 시장바닥에 좌판을 펼쳐야 했고 날품팔이도 해야 했다. 품앗이로 생계를 이어나갈 때부터 이미 종양은 시작된 거라 믿는다. 아마, 땅에 발붙이고 사는 날까지는 나비를 안고 살아야 할지도 모른다. 이러한 마당에 내 몸에서 또 한 생명의 나비를 보며 나는 엄마가 되었고 엄마와 같은 인생을 사는 것이겠다.

이 시에서 아쉬운 것은 골반 뼈다. 그냥 골반이라고 하면 되는 것을, 언어가 중복된다.

*석미화: 1969년 경북 성주 출생. 2010년 〈매일신문〉 신춘문예 시 당선.

껍질 _ 강기원

양들의 침묵, 그 미치광이 / 렉터 박사가 아니어도 / 피부는 모으고 싶지 / 퀼트처럼 조각조각 잇대어 보고 싶지 / 맘에 안 드는 얼굴은 / 깔아뭉갤 엉덩이로 / 분주했던 팔다리는 / 의연한 등판으로 / 냉정한 척하는 두피는 / 뜨거운 가슴으로 / 아니, 아예 여자를 남자로 / 천사를 악마로 바꾸어 보고 싶지 / 스무 살의 피부 / 마흔 살의 피부 / 오르가슴에 젖은 피부 / 고독의 소름 박힌 피부 / 때에 따라 적절히 / 갈아 붙이고도 싶지 / 늙은 피부는 얼마나 많은 사연을 / 능청스레 감췄는지 / 늘이고 늘여도 끝없이 늘어날걸 / 수줍은 창조주는 아니지만 / 이건 은밀하게 이루어져야 하는 / 거룩한 제사 / 태우는 대신 벗겨 내어 / 한 땀 한 땀 다시 새기는 / 피의 박음질 / 껍질만으로 잘도 속는 / 시력 나쁜 세상에게 / 멋지게 복수하는 일 / 아니, 아니 / 그냥 농담 거는 일

鵲巢感想文

우리는 피부 같은 시를 쓰고 싶다. 마치 퀼트처럼 조각조각 난 삶을 하나씩 이어 붙이고 싶듯 마흔 살의 나이지만, 스무 살의 앳된 얼굴로 오르가슴에 적고 싶다. 때에 따라서 고독은 갈아버리고 능청스럽게 흐린 하늘 보아도 창조주는 절대 수줍지 않게 은밀하게 쓰고 싶다. 내 우울함과 삶의 고통을 치료할 수 있는 이 한 땀씩 깁는 피의 박음질, 껍질과도 같은 나의 이야기를 적고 싶다. 세상은 모두 외면할지라도 나는 농담처럼 나 자신을 그냥 내버려 두고 싶진 않다.

원래 이 詩는 행 가름 되어 있다. 지면상, 붙여 쓴 것에 시인께 송구하다.

껍질은 보이는 외면을 말한다. 공자께서는 여유주공지재지미如有周公之才之美, 사교차린使驕且吝, 기여부족관야이其餘不足觀也已이라 했다. 설령 주공과 같은 훌륭한 재능이 있다고 하더라도 교만하고 인색하다면 그 나머지는 보지 않아도 뻔하다는 말이다. 그러니까 훌륭한 재능보다 겸손과 후함이 먼저다.

사회는 나만 사는 것이 아니다. 서로 나누며 살아야 하는데 인색하고 교만하다면, 누가 나에게 붙어 있겠는가! 즐거움과 행복은 결코 돈만이 아님을 알 수 있다. 껍질, 남에게 보여줄 재력이 뭐에 필요하며 남에게 보여줄 권력이 또 뭐에 필요한 것인가! 정작 바르게 쓰지 못한 재력과 남용한 권력은 오히려 나를 더 위험에 빠뜨리기 쉽다.

詩「껍질」을 읽다가 진정 껍질다운 것은 무엇인지 한 번 생각해보았다.

*강기원: 1958년 서울 출생. 1997 〈작가세계〉 등단.

나막신

나의 가장 오래된 어처구니와 감히 _ 박라연

불의 밥으로 태어나
만물에게 하루치의 양식으로 서서히
전사하는 저 태양 속에 숨어서

뜨겁게 바칠 몸을
다시 받으려고 12시간 만에 운행되는
저 윤회 속에 끼어서

만상의 호르몬으로 방울
방울 구르는
저 단추 구멍 속에 끼어서

잠글 수도
열 수도 없는 저 비밀 속에 숨어서

어김없이 동명동체同名同體로 윤회하는
저 빛 속으로
나,
사라지는 것

鵲巢感想文

1.

시는 만물에 하루치의 양식 즉, 삶의 지식과 지혜, 도전과 용기를 제공하는 것과 같아서 그러는 시는 태양과도 같으며 태양이 내뿜는 불과 같아서

시는 하루 뜨겁게 살도록 12시간 만에 돌고 도는 고리 같아서

온몸 흐르는 교감으로 단추처럼 나를 조이는 것과 같아서

어떻게 쓸 수도 풀 수도 없는 저 비밀과도 같아서 하지만, 어김없는 영혼과 육체 한 몸에 한껏 부여받는 빛과 같아서

2.

시는 달이다. 우리 인간은 태곳적부터 달과 태양을 신성시했다. 옛 성인들은 이 거대한 자연에 철저한 숭배로 한 인생을 점치기도 했으며 그 운대로 모든 것을 의지했다. 우리가 듣지도 보지도 못한 달나라에는 옥토끼가 살고 있듯 그렇게 믿었으며 방아 찧는 그림을 그리기도 했다. 이런 달은 우리의 먼 미래였으며 우리가 도달할 수 없는 이상이었으며 이 이상을 좇으려고 하루 그 힘든 노동을 해왔다.

3.

옛사람이 이르기를 사람이 가난하면 지혜도 짧아지고, 복이 이르면 마음이 영특하다고 했다.* 가난을 극복하기는 어려울 수도 있으나 마음에 이르는 공부는 어찌 손 놓을 수 있으랴! 하얀 달빛 그리며 달 같이 마음을 그리며 달처럼 이르기를 매일 고대한다면 가난이 가난으로 끝나지는 않을 것이다.

4.

하루 푸는 맛은 역시 태양의 저편 마치 단추처럼 밤을 꽃 피워야겠다.

*박라연: 전남 보성에서 출생. 1990년 〈동아일보〉 신춘문예 등단.

*인빈지단人貧智短, 복지심영福至心靈 사람이 가난하면 지혜도 짧아지고, 복이 이르면 마음이 영특해진다.

남해 _ 허연

여자는 바다를 밀었다. 여자가 바다를 밀어낸 만큼 여자의 생은 앞으로 나아갔다. 여자는 말없이 바다를 밀었다. 여자에게 밀린 바다는 잔물결로 뒤로 밀려나고, 여자는 또 무심히 다음에 몰려오는 바다를 밀었다.

잔물결에 그려진 생, 여자는 바다만을 밀고 있는 게 아니었다. 여자는 바다에 비친 자신의 생을 밀고 있었다. 간혹 물살이 뱃전에 부딪히는 소리가 나기는 했지만 전반적으로 이 의식은 고요했다.

가까워졌다가 밀어지는 저 섬들의 세밀화, 난대림의 북방한계선에서 날아다니는 배고픈 새들. 여자가 바다를 밀어낼 때마다 흰 새들은 발레리나처럼 난대림 위로 살짝 날아올랐다가 다시 내려앉고는 했다.

여자가 미는 바다 여자에게 밀리는 바다.

조용한 의식 속에 델타의 하루가 저물어갔다.

鵲巢感想文

이 시에서 여자는 상징이 된다. 상징법과 대유법은 엄연한 차이가 있다. 상징법은 어떤 사물이나 의미나 특징을 잘 덜어내지 않고 다른 사물에 비유하여 쓰는 것을 말한다. 원관념을 좀처럼 찾기 힘들다. 대유법은 제유법과 환유법으로 나뉘는데 전자는 한 부분을 가지고 전체를 후자는 하나의 사물을 다른 명칭을 들어 비유하는 방법이다. 예를 들면, 나는 빵만으로는 살 수 없어, 라는 문장을 볼 때 여기서 빵은 식량을 축소하여 표현한 것으로 제유가 된다. 저 사람은 스타가 되었다는 문장에서 스타는 유명한 사람을 표현한 것으로 환유가 된다.

그러므로 이 시에서는 '여자'라는 시어는 좀처럼 무엇인지 확인할 길은 없으나 정 읽기가 어려우면 여러분 관심 가는 어떤 한 종목을 넣어서 읽으면 보다 명확하다. 예를 들면, 골프나 글이나 시, 또는 다른 무엇을 바꾸어도 관계는 없다. 될 수 있으면 취미가 좋겠지! 바다는 바다와 같은 화자가 떠안은 현실 세계를 말한다. 바다만큼 무겁고 바다만큼 처리해야 할 일로 보면 좋겠다. 섬은 화자의 이상향, 새는 이상과 현실을 잠시 이어주는 어떤 매개체다.

군이 감상하자면 이렇다.

골프는 현실 세계를 잊게 했다. 골프가 현실을 잊게 한 만큼 골프의 기술은 점점 나아졌다. 골프는 말없이 현실을 잊게 했다. 골프로 잊은 현실은 잔잔하게 뒤로 밀려나고, 골프는 또 무심히 다음에 밀려오는 현실을 잊게 했다.

잔잔하게 그려진 나의 삶, 골프는 현실만 잊게 하는 게 아니었다. 골프는 현실에 비친 나의 삶을 잊게 했다. 간혹 현실문제가 파도처럼 온몸에 닿기도 했지만, 전반적으로 이러한 것은 고요하게 지나갔다.

가까워졌다가 멀어지는 저 꿈, 잠시 푸른 잔디밭에 닿았다가 떠나가도 늘 부족한 이 마음, 골프는 현실을 잊게 할 때마다 흰 공은 발레리나처럼 푸른 잔디밭 위로 살짝 날아올랐다가 다시 내려앉고는 했다.

골프가 잊게 하는 현실 골프에 잊는 현실

조용한 의식 속에 나(델타)의 하루가 저물어갔다.

이러한 의식 속에 델타의 하루가 저물어갔다. 델타는 화자다. 물론 여기서 골프로 치환하였지만, 詩라는 단어로 바꾸어도 무관하다. 글쟁이는 詩만큼 좋은 것은 없으니까!

이 시 제목이 '남해'다. 남해만 들어도 그 유명한 이성복 시인의 「남해 금산」이라는 시가 스쳐 지나간다.

한 여자 돌 속에 묻혀 있었네
그 여자 사랑에 나도 돌 속에 들어갔네
어느 여름 비 많이 오고
그 여자 울면서 돌 속에서 떠나갔네
떠나가는 그 여자 해와 달이 끌어주었네
남해 금산 푸른 하늘가에 나 혼자 있네
남해 금산 푸른 바닷물 속에 나 혼자 잠기네

시인 허연 선생께서 쓴 「남해」는 남+해(바다)로 읽힌다. 남은 남쪽을 뜻하는 단어가 아닌 다른 사람(혹은 다른 무엇)으로 읽게 되는 이유가 이 시에서 바다에 관한 설명을 잘 묘사 해주고 있기 때문이다.

*허연: 1966년 서울에서 출생. 1991년 〈현대시세계〉 등단.

누워있는 나부裸婦* _ 김진수

눈을 감았다. 다 벗었다.

활활 타는 불이다. 붉은 젖꼭지 젖무덤 휘감아 내린 계곡과 능선, 염소를 태우고, 눈썹을 태우고, 손톱과 발톱을 태우고, 치우쳐버린 편견을 태우고, 바람은 동쪽으로 분다. 아득한

불이 흐른다. 붉은 어쿠스틱기타, 줄을 뜯는다. 첫 음, 알싸한 불꽃이 인다. 발가락부터 핥고 오르는, 입속으로 밀고 들어오는 불의 혀, 변주에 들어가자 숲의 소리, 아득하다. 활활! 치닫는 오르가즘, 동굴은 넘치고, 숲은 하얗게 화르륵.

불티로 날린다.
불티 속

염소가 웃는다. 푸르른 몽파르나스. 늘 함께했던 황소, 노래하고, 술을 마시고, 염소는 칼을 잡는다. 그리고 그려 넣는다. 목이 긴

여인의 푸른 눈에 갈색 연민을,

鵲巢感想文

향호 김진수 先生은 시마을(시와 그리움이 있는 마을) 동인으로 형이다. 이번 시와 세계에 시부분 신인상으로 당선하심에 다시, 축하의 말씀을 놓는다. 당

선작 다섯 편(1. 당신의 무지개는 어디에 있습니까?, 2. 주문진, 3. 붉은 포도주, 4. 누워있는 나부裸婦, 5. 가면무도회) 모두 읽었다. 솔직히 향호 선생은 필자와는 나이 차가 꽤 된다. 선생의 시를 읽는 데는 무릇 이 시차부터 극복해야 함도 있다. 그러니까 경륜에 따라가지 못하는 경험과 지식의 부족 같은 것이다. 하지만, 선생의 시 한 편을 감상하겠다는 버릇없는 작소를 형은 용서하시리라 믿어 의심치 않으며 한 줄 쓴다.

시제가 '누워있는 나부裸婦'다. 모딜리아니 작품 제목을 빌어 왔다. 모딜리아니는 1884년 이탈리아 토스카나 지방의 항구도시 리보르노에서 유대계 가문의 3남 1녀 중 막내아들로 태어났다. 1906년 파리로 이주한 모딜리아니는 몽마르트르에 정착하게 된다. 그리고 1917년 잔 에뷔테른을 만나 운명적인 사랑을 한다. 파블로 피카소, 지노 세베리니, 앙리 툴루즈-로트레크, 폴 세잔, 콘스탄틴 브랑쿠시 등의 영향을 두루 받았지만, 특정한 사조에 참여하지 않고 모딜리아니만의 독창적인 작품 세계를 개척했다. 율동적이고 힘찬 선의 구성, 미묘한 색조와 중후한 질감을 특징으로 하는 그의 작품은 초상화와 누드화가 주를 이루고 있으며, 특히 긴 목을 가진 단순화된 여성상은 무한한 애수와 관능적인 아름다움을 표현한다.

36세의 짧은 생애를 살았지만, 그의 작품은 상상 이상의 대우를 받고 있다. '누워있는 나부裸婦'는 그의 작품 중 최고가다.

詩는 詩人의 마음이다. 시제 누워있는 나부와 같은 마음으로 아니면 누워있는 나부와 같은 모습을 떠올리게 한다. 실지로 향호 선생의 등단작 다섯 편은 모두 어딘가 여행을 다녀오셨거나 나들이 갔다가 어떤 감상문 같은 것으로 읽힌다. 제대로 읽었는지는 모르겠다. 그러니까 시제 누워있는 나부도 동해안 어딘가 여행을 다녀온 듯 보이는데 시 2연에 보면, '바람은 동쪽으로 분다'는 것에 그 의미를 심을 수 있음이다.

詩 1연을 보면 눈을 감고 벗었다. 언어 도치법인데 실제는 먼저 벗고 눈을 감았을 것이다. 이러한 도치는 시를 더 오래 읽히게 하는데 눈을 감고 지난 추억을 회상하는 장면과 또 모딜리아니의 누워있는 나부의 어떤 여인성과 같이 포근한 마음으로 함 벗어 보자라는 뜻도 있다. 시의 도입부다.

詩 2연은 활활 타는 불, 붉은 젖꼭지 젖무덤 휘감아 내린 계곡과 능선, 염소를 태우고, 눈썹을 태우고, 손톱과 발톱을 태우고, 치우쳐버린 편견을 태우고, 라고 했다. 목적한 여행지 아니면 다녀온 자연을 여성으로 치환하여 작가의 마음을 얹었다. 시인은 아직도 활활 타는 불같이 다녀온 마음을 저버릴 수 없음이고 누워있는 나부와 같은 자연에 폭 빠졌음이다. 여기서 시인이 사용한 시어를 보면, 염소, 눈썹, 손톱과 발톱으로 시적 효용 가치를 더 높이고 있다. 마치 누워있는 나부를 생각게 하듯이 말이다.

詩 3연은 시인께서 모닥불 피우고 나름의 즐거움을 찾는 느낌이 들었다. 자연과의 교감은 불이 매개체며 발가락부터 그 온기를 느낀다. 모딜리아니의 누워있는 나부와 같이 느끼고 있을 화자를 생각게 한다. 약간은 관능적일 것 같기도 하지만, 시적 표현이다. 통키타를 치거나 발가락부터 핥으며 입속으로 밀고 들어오는 불의 혀라든가 변주에 들어가니 숲의 소리가 난다거나 하는 표현은 시에 대한 열정이다.

詩 4연, 불티로 날리며 그 불티 속, 시의 승화다.

詩 5연, 염소가 웃고, 푸르른 몽파르나스. 늘 함께했던 황소, 노래하고, 술을 마시고, 염소는 칼을 잡는다. 그리고 그려 넣는다. 목이 긴, 염소와 황소 여기서 염소는 앞의 염소와는 다른 개념인 것 같아도 실은 같다. 근데 염소는 칼을 잡는다는 표현에서 칼 같은 어떤 극한 행위나 율동 같은 것으로 보인다. 그리고 그려 넣는다. 목이 긴, 그러니까 생각은 한없이 길다. 마치 노천명의 사슴을 연상케 하는데, 이때 사슴은 목이 길어 사슴이 아니라 그의 이상향을 그리듯 말이다. 하지만 여기서는 노천명의 사슴과는 그 개념이 다르다. 목이 길기는 하지만, 사색의 깊이를 말하는 것이겠다.

詩 종연은 여인의 푸른 눈에 갈색 연민을, / 동그랗게. 실지로 모딜리아니의 작품 중 최고가를 기록한 누워있는 나부는 눈을 감고 있다. 그 눈이 푸른 눈인지는 모를 일이나 아무래도 화자는 특별한 뜻을 담았으리라! 갈색 연민 보다는 시적효용을 더 높일 방 안이 있었으면 하는 바람도 조심스럽게 놓아본다. 좀 더 동그스름한 먹빛 노을이라든가 에휴, 이 버릇없는 작소 용서하시기를.

*김진수: 필명 향호. 1952년생. 2015년 시마을 문학상 대상 수상.
*모딜리아니 1884~1920, 캔버스 유채, 599×920

눈길 _ 반칠환

저 순백의 눈길을 밟지 않으면 생명이 없고 밟으면 죄가 되니, 죄를 멈추어 생명을 부정할 것인가, 죄를 얻고 눈길을 걸어갈 것인가 두근거리는 심장으로 생각느니 누가 죄 없이 꽃 필 수 있으며 죄 없이 노래할 수 있는가 저 아름다운 붉은 울새의 노랫소리도 방금 산란했던 풀여치를 덥석 삼킨 입술 아니던가 천진한 저 아기는 눈 하나 깜빡 않고 붉은 꽃목을 떼어버리지 않는가 잃어버린 낙원을 아파하는 사람들아, 죄보다 삶이 크니 나는 저 눈길 걸어가야겠다 이브는 아이를 낳고, 나는 땀을 흘리며 저 눈길 건너야겠다 뚜벅뚜벅 새기느니 진흙 발자국뿐일지라도, 꽃을 보면 웃어주고 가 시를 보면 아파하며 가야겠다 낙원 대신 얻은 밝은 눈 있으니 숫눈 길 밟더라도 네 아픔 골라 딛을 수 있을까 경계를 넘어 날아가는 새들아, 삶이 계율보다 앞서니 아침에 저질러 피운 꽃잎 저녁에 회개하며 떨굴지라도 살아서 저 눈길 건너야겠다

鵲巢感想文

한 세상 사는 것은 저 순백의 눈길을 걷는 것과 같다. 걷지 않으면 한 생명 부지하기도 어렵고 삶을 유지하기도 어렵다. 그렇다고 저 순백의 길을 밟고 걷는다면 그 생명을 죽이는 것과 같고 어쩌면 상대에 피해를 준 것 같은 느낌도 든다. 저 아름다운 울새의 노랫소리도 방금 산란했던 풀여치를 덥석 삼켰듯이 나는 또 이 순백의 시를 읽고 감상하지 않는가!

우리는 모두 한 생명을 유지하며 지켜나가야 하는 것은 자연의 의무다. 노자는 도법자연道法自然이라고 했다. 세상에는 큰 것이 네 개나 있다. 그중 하나가 사람이다. 사람은 땅을 본받고 땅은 하늘을 본받고 하늘은 도를 도는

자연을 본받는다고 했다. 우리가 나아가야 할 길인 것이다. 이러한 모든 것은 자연이다. 자연스러운 것이다.

하지만 우리는 우리가 했던 일에 대하여 반성은 있어야겠다. 혹여나 그릇된 일로 상대의 마음을 상하게 하지는 않았는지 피해는 가지 않았는지 곰곰 생각해야겠다. 또 내가 바르다고 행했던 일이 제삼자에게 잘못된 일인지도 살펴야겠다.

이 시를 읽으며 커피 업계를 생각한다. 많은 사람이 커피에 희망을 걸고 이 업계에 진출했다. 누구는 이제 포화가 아니냐며 말하는 이도 있다. 하지만, 어느 업체든 커피 교육을 하지 않는 곳도 없다. 이제는 창업과 컨설팅은 기존 카페의 하나의 생존방식이 되었으며 또 이것은 훈장처럼 되기도 했다. 어떤 것이 양심인가는 기존의 카페가 더 잘 아는 사실이다.

새로운 세대는 다시 떠오르는 법이다. 경쟁은 또 다른 활로를 개척할 것이다. 얼마 전이었다. 대구에 S 커피라는 기업이 있다. 한때는 가맹점이 100여 개를 열다가 경기악화로 근 90% 가까이 문을 닫았다. 이 회사는 어떻게 살아가는지 어느 지인을 통해 어쩌다가 알게 되었다만, 놀라운 사실을 들었다. 일본에 브랜드 수출로 약 몇 억을 벌었다는 얘기다. 나는 이 얘기를 듣고 놀라지 않을 수 없었다. 좁은 시장에서 경쟁은 더 큰 활로를 개척한 셈이다.

하얀 눈 밭길 거저 바라보는 것이 아니라 씀벅씀벅 직접 걷는 것이 중요하다. 흰 당나귀를 타고 가든 까만 쏘렌토를 타고 가든 가자! 가자꾸나! 먹고 살아야겠지!

*반칠환: 1964년 충북 청주 출생. 1992년 〈동아일보〉 신춘문예 당선.

단지

단풍 _ 오영록

트렉트 사용료 삼마넌

밑거름 퇴비 오처넌

비니루 씌운 값 품값 빼고 마넌

웃거름으로 요소비료 칠처넌

살충제 값 팔배권

제초제 이처넌

종잣값 삼천 이배권

농사꾼 품값은 치지도 말라고

빈둥대면 뭐하나

노느니 염불한다고 눈 오는 날

훑으면 되니 탈곡비 빼도

도합 오만 팔처넌

풋옥수수 여남은 통 삶아 먹은 것 빼고

오만 오처넌 나왔으니

또 뻘건 글씨다

잘못한 것이라곤 천직으로 흘린 땀뿐인데

씨 값이 또 모자라니

올해도 가을산은 여지없이 붉겠다.

鵲巢感想文

우리 집 어른도 처가도 모두 농사를 짓는다. 아버님은 벼농사를 지으시고

장인어른께서는 과수농사를 꽤 하신다. 아버님 짓는 농사는 그리 많지도 않다. 가진 논도 거의 다 팔고 남은 건 서 마지기뿐이다. 이것도 도지 줄까 하다가 이 일도 하지 않으면 할 게 없다며 운동 삼아 농사하신다. 얼마 안 되는 땅이지만, 이것도 매년 풍년이라 쌀이 남아도는 실정이다. 올해는 20kg 한 포 기준에 4만 원은 꼭 받아야 한다며 말씀까지 하셔 직접 거래처 돌며 팔아 드렸다. 그래도 우리 집은 꽤 많이 판 셈이다.

한 번씩 촌에 가면, 주위 농가는 묵은쌀도 꽤 있었어, 모두 쌀을 팔지 못해 애먹는 실정이다. 물론 4만 원씩 판 것도 지금은 아주 다행한 일이라며 어머니는 말씀하신다. 이제는 이 가격도 못 받는다. 3만 원대까지 내려온 데다가 이것마저도 무너질 기미다. 4만 원씩 받아도 모두 다 팔아야 한 해 농작에 들어간 비용 정도는 건진다는 얘기다. 물론 인건비는 생각지 않은 가격이다.

처가는 또 괜찮은가 싶었다. 과수는 좀 나을런가 싶더니, 장인어른 말씀은 놀랍기만 하다. 포도농사, 600여 평에 도지賭只로 나가는 돈이 200, 포도 상자 사는데 200, 거름과 기타 비용으로 200이 쓰인다는 말씀이다. 소출은 900만 원 정도 얻는다. 그러니 300여만 원 남기는 남으나 내년 농사를 준비하기 위해 거름과 비료를 아니 살 수는 없는 일이니 그러고 보면 남는 게 없다. 거저 농사로 한 해 노동만 하는 셈이다.

오영록 선생의 시 「단풍」은 농가의 현실을 잘 보여주는 수작이다. 특히 삼마넌, 오처넌, 칠처넌은 마치 옥수수 몇 알 빠뜨린 웃지 않을 수 없는 농사꾼의 외모까지 보이니 서글픈 현실이다. 이 하나 해 넣는 것도 어려운 실지 농가의 모습이다. 그래도 농사꾼은 천직이라 생각하며 씨 값이 모자라도 가을 하늘처럼 맑고 단풍처럼 붉다. 돈이 전부가 아니라지만, 돈 생각지 않을 수 없고 땀 뻘뻘 흘리며 자연에 순응하며 사는 것이 오히려 건강하고 오래 사는 것일지도 모르겠다는 생각도 든다.

*오영록: 강원도 횡성 출생. 다시올 문학 신인상 수상. 〈문학일보〉 신춘문예 당선. 시마을 동인. 시집 『빗방울의 수다』

데드볼 _ 김이듬

나빴던 적이 없습니다 나는
모가 난 순간도 없습니다
커브를 그리거나 직구로 가거나
묵직하게 굴러갈 때도
누군가를 해칠 의도가 없었습니다

다친 후 벤치에 앉아 있는 후보 선수처럼
실밥 아래 상처가 있어도
부르면 두말없이 살아납니다

손가락 끝으로 쥘 때도
몸 깊숙이 누군가를 맞힐 때에도
나는 당신의 확장된 몸
깨달을 수 없는 나의 진심

나를 죽은 공이라고 부르지 마세요
전력으로 날아갑니다 나는 바로 그 지점
당신의 온몸이 우주의 한 점으로 모여 마주치는 찰나

담장을 넘어
두꺼운 바람을 가르며 날아갑니다
붉은 실밥 사이로 날개를 꺼냅니다

터지는 환호성과 탄식으로 뒤섞인 주말의 그라운드를 지나
전광판이 없는 시간 속으로
해변의 조약돌처럼 반짝거리며 시간의 잔물결 너머로

鵲巢感想文

데드볼dead ball은 몇 가지 뜻을 가진다. 첫째는 럭키풋볼이나 농구, 배구 따위에서 경기가 잠시 중단된 상태, 둘째는 야구에서 투수가 던진 공이 타자의 몸에 닿는 일을 데드볼이라 한다. 여기서는 둘 다 보기는 어렵다. 그냥 우리식 표현으로 하자면 말 그대로 죽은 공이다. 하지만, 이 시는 데드볼이지만 데드볼로 끝날 것이 아니라 희망찬 내일을 그린다.

이 시는 좁은 의미에서 시인이 쓴 시 즉 데드볼과 이 시를 읽는 독자와의 거리를 말하는 것이며 넓은 의미에서는 새로운 세계의 창조와 이 속에서의 적응과정에 대한 비애감이라고 할까 다시 말하자면 현대 사회의 군중의 소외감과 비루한 일상을 한 방에 날려버리고 싶은 시인의 의도가 숨어 있다고 본다.

그러면 이 시를 자세히 들여다보자.

이 시는 총 5연으로 이룬다. 1연은 공의 형태와 속성에다가 자아의 내면적 심리묘사와 중첩한다. 공의 형태는 모가 난 것도 없지만, 화자 또한 유순한 성품을 갖는다. 공의 속성은 커브를 그리거나 직구로 가거나 묵직하게 굴러갈 때도 누군가를 해칠 의도가 없듯, 화자 또한 어디를 가든 소신껏 일하는 이 사회의 단지 일꾼이다.

시 2연은 자본주의 사회에 겪어나가는 자아의 심적 묘사다. 바쁜 일상을

소화해야 하며 그런 와중에도 아픈 일상을 떠날 수 없는 것도 문제지만 주력 선수로 뛰지 못한 자아를 그렸다. 부르면 두말없이 뛰어나가야 하는 현실이지만 존재감을 만끽한다. 직장인의 어떤 비애감을 느낄 수 있는 대목이다.

시 3연, 이러한 것은 시련과 고통은 따르지만 나를 부른 상대(어떤 존재)에 만족감을 불러일으켰다면 다만 그 존재에 확장된 몸으로 인증을 바라는 시인의 마음이 묻어 있다. 여기서도 사회에 대한 비애감을 느끼지만, 어쩔 수 없는 일이다. 얼마 전에 읽은 고은강 시인의 '물고기 화법'에서도 얘기한 바 있지만 경쟁과 생존은 일단 그 무리에서 이질감을 극복하는 것이 먼저다.

시 4연, 누구는 나를 데드볼이라 여길지도 모르지만, 나는 이를 극복하고 나의 꿈을 실현키 위해 전속력을 다해 일한다. 어떤 기회의 포착도 어렵지만, 만약 이러한 기회가 닿았다면 손 불끈 쥐며 악착같이 나의 것으로 만드는 것도 중요하겠다. 물론 나의 것으로 만든다는 것은 악의적인 것이 아니다. 나의 일과 이 일을 통해 나의 발전과 사회에 대한 공헌을 말한다. 실력은 그냥 생기는 것이 아니기 때문이다. 무엇이든 선의의 경쟁에 발전이 오기 때문이다.

시 5연, 사회에 물들며 어떤 고통과 역경은 두꺼운 바람을 가르며 도로 날개가 되고 야구장의 그 많은 관객과 같은 사회의 환호성을 받으며 인정받는 시인으로서 또 우리의 각자 책임자로서 우뚝 서게 될 것이다. 이는 나의 시간을 자유롭게 설, 몇 안 되는 기회 자가 될 것이며 반짝거리는 조약돌보다 더 멋진 삶을 부를 것이다.

나는 이 시를 읽으며 나의 일, 커피를 생각했다. 처음 이 일을 시작할 때는 부끄러움 같은 것이 있었다. 능력이나 실력도 없는 한 사람이었다. 차츰 이 일을 시작하여도 능력이나 실력은 더욱 안 중에 없었다. 영업이 되지 않았으니까! 어떻게 하면 내가 안은 사업체를 바르게 세우느냐가 가장 큰 문제였다. 어떤 일이든 기회는 누가 만들어 주는 것이 아니다. 문제는 모두 나에게 있었다. 홍보를 위한 교육과 나를 다듬는 것이 가장 중요했다.

나의 일자리를 만들고 사회에 인정받는 사람으로 우뚝 서고 싶다면 먼저 나를 바르게 세우는 일이다.

*김이듬: 2001년 계간 〈포에지〉 나남출판사로 등단. 시집 『별 모양의 얼룩』

도라지꽃 _ 김제현

뿔 여린 사슴의 무리
신화같이 살아온 산

서그럭 흔들리는
몸을 다시 가눈 곳에

이 고장 마음색 띠고 도라지꽃 피는가

신음과 기도 위로
선지피 뚝뚝 듣던 산

이대로 이울고 말
목숨인가 말이 없이

먼 하늘 머리에 이고
도라지꽃 피었다

鵲巢感想文

도라지꽃은 초롱꽃과의 여러해살이 풀이다. 보통 먹으려면 3년은 기다려야 한다. 흰색 꽃과 보라색 꽃 두 종류가 있다. 도라지꽃에 관한 說話가 있다. 도라지라는 이름을 가진 어여쁜 소녀와 이 소녀를 친동생처럼 보살피며 아껴주던 오빠가 있었다. 오빠는 돈 벌러 중국에 떠났고 다시 돌아오겠다던 약속을 했다. 하지만, 10년을 기다려도 20년을 기다려도 결국 돌아오지 않았다. 도라지는 늘 오빠가 하마 올까 싶어 산등선에 올라 망망대해만 바라본다. 근데 뒤에서 누가 도라지야? 하며 불렀건만, 뒤돌아보는 순간, 도라지는 하얀 꽃으로 환하게 보았다. 山神靈이었다.

도라지에 관한 說話를 이렇게 적어두는 이유는 詩를 보는 데 있어 꽤 도움이 될까 싶어 적었다. 위 詩는 時調로 두 수로 이룬 聯詩調다. 詩는 어렵게 보면 한없이 어려운 것이지만, 단순히 마음이다, 詩人의 마음 표현이라 보면 더욱 읽기 편하다.

첫째 수 初章은 詩人께서 쓰신 문장의 은유가 돋보인다. '뿔 여린 사슴의 무리 / 신화같이 살아온 산' 여기서 산은 詩人 자신을 제유提喩한 시어詩語다. 그러니까 사슴은 산에 사는 무리이므로 여기서는 학생쯤 아니면 산보다는 더 작은 어떤 개념으로 보아야 한다.

詩 中章은 詩人의 세속에 대한 번뇌와 고뇌 끝에 다시 살피는 현실이며 詩 終章은 마음색이 곧 도라지꽃인데 여기서 도라지꽃은 하얗게 닿는다. 어떤 백지 상태, 공황 같은 것으로 그럼에도 불구하고 어떤 不屈의 歷史를 만들고자 하는 熱情 같은 것도 빈다.

둘째 수 初章을 보자 '신음과 기도 위로 / 선지피 뚝뚝 듣던 산' 여기서도 詩人을 대신하는 詩語가 나온다. 山이다. 약간은 언어言語 도치법적倒置法的 표현表現이라, 산은 신음과 기도에도 선지피 같은 고뇌를 들었다는 것이 맞겠다. 여기서 선지피는 선혈과 같은 어떤 숭고한 마음을 대신한다. 中章은 이대로 끝날 것인가? 하며 자문한다. 終章은 '먼 하늘에 이고 / 도라지꽃 피었다' 하지만, 다가설 수 없는 어떤 이상향理想鄕이지만, 즉 먼 하늘 바라보며 살아야 하지만, 도라지꽃 피듯 하늘의 숭고崇高한 마음을 그리며 世上 꿋꿋하게 살아야겠다는 意志가 돋보이는 詩라 할 수 있겠다.

도라지꽃에 얽힌 說話도 있지만, 이 時調는 說話하고는 아무런 관계가 없다. 도라지꽃에다가 詩人의 마음을 표현했다고 보면 좋을 듯싶다. 그리니까 詩에 대한 崇高한 마음으로 보아야겠다.

*김제현: 1960~1963년 〈조선일보〉 신춘문예 및 〈현대문학〉 천료로 등단. 시조시인. 현재 〈시조시학〉 발행인.

동지 _ 김민정

나는 너를 피해 달아났다. 숨이 가빠 헐떡거리는 사이 너는 나를 따라왔다. 우리는 좋은 친구 사이가 되었고 네 옆에는 자기 개를 발로 차는 여자가 있었다. 개의 목줄을 쥔 건 너였다. 발로 걷어차이면서도 너와 여자 곁으로 자꾸만 개가 왔다. 최대한 몸을 웅크려 제 살집을 딤섬처럼 오그려 빚긴 하였으나 원체 개가 컸다. 들통에야 들어갔겠지만 끓여서만이 능사는 아니었다. 이 겨울 팥죽처럼 환대받을 국물이 되기에 들깨는 지난 여름의 향이었던 것이다. 큰 개가 짖는 작은 울상 앞에서 평화는 욕실 욕조에도 거실 천장에도 안방 이불장에도 부엌 개수대 그 어디에서도 찾아볼 수가 없었다. 다만 오늘 저녁엔 조용해질 것이다. 옆집 남자의 전기톱 소리가 낮부터 엔진에 시동을 걸고 있으니 체크 모포를 두른 채 연신 귤이나 까먹는 나여, 무엇을 기다리나. 싸구려 연애소설 속 야한 페이지에나 끼워 넣던 피비 케이츠 책갈피보다 더 납작 엎드려서는,

鵲巢感想文

대통령 탄핵을 앞두고 있다. 불과 몇 시간 채 남지 않았다. 한 나라의 지도자가 민생 안정을 위한 정책은 펴지 못하고 재단을 형성하고 대기업 모금을 감행하여 전 국민 앞에서 지탄을 받게 되었다.

시인 김민정님의 시 「동지」를 읽으며 탄핵을 앞둔 대통령이 왜 자꾸 생각나는 걸까! 태블릿 PC는 누가 제보한 것인가?

동지는 동지 같으면서도 24절기 중 하나인 동지를 뜻한다. 문장에 개는 개狗도 있으며 개個도 보인다. 아직 팥죽 먹을 동지가 오려면 열흘 남았다. 동지는 팥죽에 쓸 개를 빚듯 새로운 역사의 장을 만들 것이다. 들통 같은 국

가에 펄펄 끓어오르는 촛불의 민심은 딤섬처럼 지켜볼 일은 아니다.

언제쯤 시국이 안정될까! 전기톱 엔진 같은 정치권 이야기는 한 구석에 처박아 놓은 싸구려 연애소설처럼 두고 볼 수는 없는 일인가 말이다. 지금 이 순간도 민심은 책갈피처럼 이 정국을 바라보고 있다. 팥죽처럼 따뜻한 겨울을 맞고 싶다.

*김민정: 1976년 인천에서 출생. 1999년 〈문예중앙〉 등단. 2007년 박인환 문학상 수상. 시집 『날으는 고슴도치 아가씨』

두꺼운 부재不在 _ 추프랑카

안 오던 비가 뜰층계에도 온다 그녀가 마늘을 깐다 여섯 쪽 마늘에 가랑비

육손이 그녀가 손가락 다섯 개에 오리발가락 하나를 까면 다섯 쪽 마늘은 쓰리고, 오그라져 붙은 마늘 한 쪽에 맺히는 빗방울, 오리발가락 다섯 개에 손가락 하나를 까면 바람비는 뜰층계에 양서류처럼 뛰어내리고, 타일과 타일 사이 당신 낯빛 닮은 바랜 시멘트, 그녀가 한사코 층계에 앉아 발끝을 오므리고 마늘을 깐다

매운 하늘을 휘젓는 비의 꼬리

마늘을 깐다 한 줌의 깊이에 씨를 묻고, 알뿌리 키우던 마늘밭에서 흙 탈탈 털어낸, 당신 없는 뜰층계에서 통증의 꼬리 하나씩 눈을 뜨며 낱낱이 톨 쪼개고 나와야 할 마늘쪽들, 층계 갈라진 틈 틈으로 촘촘하게 내리는 비, 집어넣는 비, 비의 꼬리도 꿰맬 듯 웅크려 앉아 그녀가 마늘을 깐다. 묵은 마늘껍질처럼 벗겨져, 하얗게, 날아가 버리는 맨종아리의 육남매 비안에 스며 있는 그늘의 표정으로 여섯 해, 꿈속 수면에 번지던 당신 뜰층계에 불쑥 붐비는 당신의 이름, 아멘 아멘 아멘 마늘은 여섯 쪽이고 육손이 그녀 뒤뚱거리며, 오리발가락 여섯 개에 손가락 여섯 개를 깐다

세 시에 한번 멎었다가 생각난 듯 쿵, 쿵 아멘을 들이받으며 아직 다 닳지 않은 비가, 다시 여러 가닥으로 쪼개진다

鵲巢感想文

매일신문 2017년 신춘문예 당선작이다. 아침 신문에 발표하였기에 읽었다. 읽으며 이러한 생각이 들었다. 신춘문예에 응모한 사람이 부지기수며 이들 중에는 필력도 상당한 사람이 많을 거로 생각한다. 선에 드는 것은 정말 운도 따라야겠다는 생각도 들고, 작가의 필력뿐만 아니라 다른 사람에 비해 특별한 경험도 있어야겠다는 생각이 들었다. 그러한 경험을 통해 감정은 풍부하고 이는 삭고 삭아 진득한 엑기스와 같은 시가 나오지 않을까 하는 생각 말이다.

위 시는 한 어머니가 마늘을 까면서 자식에 대한 어떤 그리움을 표현한 시다. 비유법이 맵고 아린 마늘에 한 것을 보면 부모의 마음이 어떠할 거라는 것은 읽는 첫맛에 마음 쓰리게 닿는다. 시제가 부재不在다. 무엇이 비어 있는 상태다. 여기서는 살피지 않는 효를 부각하기도 한다.

첫 문장을 보면 뜰층계와 마늘이란 시어가 나온다. 뜰층계란 마루로 올라가기 전에 밟는 층계로 어떤 안전과 위엄을 나타내는 것이 아니라 어떤 불안과 불완전성을 내포한다. 불안과 불완전성을 떨쳐버렸다면 마루의 세계다. 마늘은 우리 고유의 식자재로 색감이나 성질은 이 시를 읽는데 중점이자 요점이다.

마늘도 여섯 쪽이고 자식도 여섯이다. 육손이 그녀가 손가락 다섯 개에 오리발가락 하나를 까면 다섯 쪽 마늘은 쓰리다고 했다. 오리발가락을 내놓기야 했겠는가마는 한 자식이 애가 타 보아주기라도 하면 다섯도 부모 속 아린 것은 마찬가지다. 부모 마음은 빗방울 뚝뚝 떨어지듯 그렇게 눈물로 맺는다. 그렇다고 다섯을 봐주기라도 하면 하나는 때굴때굴 뒹구는 일까지 일어나니 부모 마음은 마루에 오를 일 없겠다. 그러니까 뜰층계며 마늘을 깐다. 여기서 문장이 좀 이상하다. 타일과 타일 사이 당신 낯빛 닮은 바랜 시멘트라 했는데 오히려 읽는 운에 맞춘다면 낮빛 닮은 빛바랜 시멘트라 하는 것이 더 좋을 뻔했다. 시멘트처럼 완고한 마음도 빛을 읽고 만다는 뜻이겠다.

시 4연은 시의 발단과 전개다. 자식을 키우는 과정과 어떤 역경을 그린다. 한 줌의 깊이에 씨를 묻고 마늘도 땅에 묻고 흙 탈탈 털며 수확하며 마늘을 깐다지만, 자식도 마찬가지다. 당신 없이 늘 불안과 불완전한 삶의 역경을 통해 키운 자식이다. 그렇게 자식은 묵은 껍질처럼(가볍게) 하나둘씩 떠났다. 늘 어머니 마음은 그늘처럼 자식 걱정에, 그렇게 기도하며 보내는 나날도 여섯 해 여섯 쪽 마늘을 깐다. 열 손가락 깨물어 안 아픈 손가락 없듯 그렇게 마늘 깐다.

가랑비가 뜰층계에 내리고 어머니는 기도하듯 자식 잘되라지만, 자식은 오리발가락 까듯 그렇게 가랑비만 내렸다. 부모 마음은 안중에 없는 듯 그렇게 비만 내렸다. 여섯 쪽 마늘 쪼갠다.

이 시를 읽다가 생각나 적는다. 예전이었다. 대학가 어느 고가 건물이 있었다. 어떤 사유로 이 건물이 팔렸다. 건물주는 이 건물 안에 산 것도 아니고 옥상에 어떤 가건물에 살았다. 건물 시가가 15억쯤 되었다. 자식은 모두 고등교육을 받아 외국에 나가 일하는 아들도 있으며 대학교수인 딸도 있었다. 이 시처럼 육 손이었다. 건물이 팔리자 자식 간의 싸움이 일었다. 재산분쟁이었다. 그 뒤로 부모는 어떻게 되었는지 모를 일이다. 참 안타까웠다.

*추프랑카: 2017년 〈매일신문〉 신춘문예 당선.

드뷔시 산장 _ 문수영

하루 종일 눈 내린다 시계소리 가득한 방의 벽지는 온통 한 사람으로 장식되어 있다

벗어나려 할수록 가운데로 자리 잡는 무지갯빛 천장, 그 아래 잎 넓은 떡갈나무, 그 아래 연분홍 수련 꽃잎, 그리고 부리 긴 물총새. 방 안을 울리는 그의 말-우린 모두 눈 같은 존재야 고개를 가로저으며 문 밖으로 나선다 느릿느릿한 발걸음, 어둠의 저편에서부터 흰 옷으로 갈아입는 대지 차들을 업고 드러누운 길, 고개 숙인 나무, 침묵하는 산과 녹지 않는 눈사람

내 안에 실밥 터지는 소리 밤새도록 듣는다

鵲巢感想文

사설시조辭說時調다. 初章과 中章이 매운 긴 형태를 보인다. 세제가 뒤뷔시 산장이다. 이러한 산장이 있는지는 실지로 모른다. 제목을 드뷔시라고 한 것도 의미가 있는 듯하다. 드뷔시는 작곡가 이름이다. 그가 작곡한 '달빛'은 꽤 유명한 거로 알고 있다. 1899년 프랑스 파리에서 열린 세계 박람회 때 자바의 전통음악을 듣고 영감을 얻어 작곡했다고 한다. 그러고 보면 여기서 이 詩는 달빛이 되겠다. 산장은 산속에 있는 별장이다. 산장도 환유한 개념이다. 굳이 드뷔시라는 곳에 산장을 생각하지 않아도 어떤 이상향에 대한 그리움이 밀려오는 또 한 여성으로서 채택할 만한 좋은 시제로 보인다. '드뷔시 산장'

詩 첫 행을 보자. 하루 종일 눈 내린다. 하얀 눈이 펄펄 내리고 있다. 詩人의 마음을 묘사한다. 모두 하얗다. 님에 대한 그리움이겠다. '시계소리 가득한 방의 벽지는' 여기까지가 주어부다. 나는 시계소리 가득한 방에 벽지와 같다. 그러니까 詩人의 혼란스러운 마음과 누굴 떠날 수 없는 어떤 벽에 착 달라붙은 그리움에 빠져나올 수 없는 상황이다. 그것은 한 사람으로 장식된다. 마치 벽지에 장식한, 한 벽을 위한 마음과 같이 말이다.

둘째 행은 詩人의 마음을 각각 환치하는 수법으로 나열했다. 그리고 둘째 행 끝에 침묵하는 산과 녹지 않는 눈사람이라 했다. 客體와 主體로 나뉜다.

내 안에 실밥 터지는 소리 밤새도록 듣는다 마지막 행은 時調의 終章으로 '3-5-4-3'의 음수로 보면 많이 빗나가 있다. 내 안에 / 실밥 터지는 소리 / 밤새도록 / 듣는다. 결국 詩人은 밤을 새웠다. 먹을 수 없는 아이스크림만 내내 빨았다. 에휴~ 사랑이 뭔지. 하지만, 좋은 작품을 쓸 수 있다면야 이러한 사랑도 기대해 볼 만하다고 많은 시인은 느끼겠지. 한때다.

덧붙이자면 님은 님만이 아니라는 만해 한용운 선생의 말씀을 익히 알아두자. 그러니까 님은 국가가 될 수 있으며, 詩人이 그리는 글과 맵시, 다른 어떤 이상향이라 적어둔다.

詩人의 詩集『먼지의 행로』 책거리 삼아 적는 것이라 딱 한 편만 더 본다. 詩人께서는 많이 이해하시라. 혹여나 경산 오실 일 있으시다면 맛난 커피 한 잔 직접 따라 드릴 것을 약속한다. 필자는 카페 조감도 경영하는 鵲巢라 하며, 연락은 조회하면 뜨는지라 생략한다.

*문수영: 시조 시인.

마른 장작

마감뉴스 _ 여태천

오늘밤 내가 사는 이곳은 조용하다. 다시 돌아오지 않을 애인이 막차를 타고 올 것 같은 밤이다. 막 피어난 꽃 향기가 날 듯 말 듯 바람은 불어 그 바람에 가는 비가 조금 오고 내가 사는 이 작은 동네에 아주 조금은 비가 와서 버스는 제때 오지 않아 버스를 타지 않으리라고 굳게 마음먹는 그런 밤이다. 사실은 저 혼자서 떨어져 내린 명자꽃 때문이다. 먼저 간 이의 마음 같은 이름 때문이다. 사실은 아무 일도 없다는 오늘의 마감뉴스 때문이다. 먼 타지에 마음을 부려버린 남자처럼 오늘밤은 조용하다. 다른 이름을 생각할 수 없어 제발 저물지 말았으면 하는 밤이다.

鵲巢感想文

마감뉴스는 하루가 아직 마감되지 않은 사람만이 보는 뉴스다. 마감뉴스는 시를 사랑하는 사람만이 가지는 그리움이다. 마감뉴스는 절대 마감되지 않을 시인의 삶이며 육탈한 시며 하얗게 부서지는 파도의 그 끝자락에 피는 꽃이다.

이 시는 원래 행 가름이 되어 있는 시다. 문장으로 보아도 크게 손상이 가거나 이미지가 변하는 것은 아니라 행을 줄여 필사했다.

뉴스는 소식이다. 마감뉴스는 하루를 마치고 하루에 있었던 어떤 소식을 전하는 것으로 마감한다. 하지만, 시인은 마감뉴스처럼 하루를 마치기에는 뭔가 석연찮은 게 있다. 아직 오지 않은 애인을 기다리듯 막 피어난 꽃향기가 날 듯, 이러한 밤에 먼저 간 명자꽃처럼 따라붙고 싶은 꽃을 피우고 싶은 게다.

사실, 창작이란 독창성을 기반으로 한다. 우리는 명자꽃을 그리워하지만, 명자꽃 같은 어설픈 시를 쓴다면, 작가로서는 명예의 실추다. 나만의 명자꽃, 명자꽃이 아닌 또 다른 이름을 만들기 위해 밤은 늘 마감뉴스다.

하루는 젊은 화가를 만난 적 있다. 유화를 그린다. 그림을 보는 눈이 없는 내가 보아도 범상치 않았다. 화백은 어떤 사람에게도 자신의 화실을 남에게 공개하지 않는다며 얘기한다. 자신만의 독창성을 고수하기 위한 전략 같은 것이었다.

예술의 영역에 있는 문학도 마찬가지다. 자신의 글을 절대 보여주지 않는 어떤 작가도 있을 것이다. 마치 영화 '은교'에서 본 스승 이적요(박해일 역)처럼 말이다. 광에 넣어두고 곰곰 생각해보는 것이다. 아직 숙성이 덜 되었거나 발표하기에는 이르다는 뭐 그런 이유도 있겠다.

하지만 다 부질없는 말이다. 예술은 삶을 일깨우는 데 그 목적이 있다고 나는 본다. 죽고 나서 어찌 되었다는 것은 소용없는 말이다. 살아서 더 많이 쓰고 더 그리며 존재를 일깨우며 그 즐거움을 만끽하며 삶에 더 충실했다면 이것만큼 더 좋은 것은 없을 것이다.

아무튼,

창작에 꽃을 피우지 못한 밤은 어느 예술인에게나 마감뉴스처럼 괴롭기만 하다. 다른 어떤 것도 생각할 수 없는 밤이다. 오로지 명자꽃보다 더 나은 어쩌면 애인은 돌아오지 않더라도 꽃향기만은 피웠으면 하는 그런 마감뉴스 같은 꽃-말이다.

꽃을 피워야겠다는 그 사명감으로 밤잠 스치는 것이 예술인이다.

*여태천: 1971년 경남 하동에서 출생. 2000년 〈문학사상〉 등단.

마른 들깻단 _ 정진규

다 털고 난 마른 들깻단이 왜 이리 좋으냐 슬프게 좋으냐 눈물 나게 좋으냐 참깻단보다 한참 더 좋다 들깻단이여, 쭉정이답구나 늦가을답구나 늙은 아버지답구나 빈 밭에 가볍게 누운 그에게서도 새벽 기침 소리가 들린다 서리 맞아 반짝거리는 들깻단, 슬픔도 저러히 반짝거릴 때가 있다 그런 등성이가 있다 쭉정이가 쭉정이다워지는 순간이다 반짝이는 들깻내, 잘 늙은 사람내 그게 반가워 내 늙음이 한꺼번에 그 등성이로 달려가는 게 보인다 늦가을 앞산 단풍은 무너지도록 밝지만 너무 두껍다 자꾸 미끄럽다

鵲巢感想文

한 해 농사를 잘 지으면 들깨는 알차고 차지겠다. 봄, 여름, 가을, 겨울로 가는 들깨다. 여기서는 인생을 이야기한다. 늦가을로 접어든 한 남자의 인생으로 읽었다.

이 시를 읽으니 미당 서정주의 시 「시론詩論」이 생각나는 것은 이참에 필사해 본다.

시론詩論 / 서정주

바다속에서 전복따파는 濟州海女도
제일좋은건 님오시는날 따다주려고
물속바위에 붙은그대로 남겨둔단다
詩의전복도 제일좋은건 거기두어라

다캐어내고 허전하여서 헤매이리요?

바다에두고 바다바래여 詩人인것을……

나이 드는 것도 서러울 텐데. 털어도 나오지 않는 쭉정이 같은 늙음은 슬프기까지 하다. 가을은 가고 겨울은 오겠지만, 사람은 참된 일은 있어야겠다는 생각이다. 참된 일은 전복을 만드는 거겠지. 쭉정이가 쭉정이다운 마지막까지 빛을 발하는 들깻내로 앞산 단풍이 안 부러운 그런 겨울을 맞고 싶다.

*정진규: 경기도 안성 출생. 1960년 〈동아일보〉 신춘문예 등단.

머리 흰 물 강가에서 _ 송찬호

봄날 강가에서 배를 기다리며 머리 흰
강물을 빗질하는 늙은 버드나무를 보았네
늘어진 버드나무 가지를 밀고 당기며
강물은 나직나직이 노래를 불렀네
버드나무 무릎에 누워 나, 머리 흰 강물
푸른 머리카락 다 흘러가 버렸네
배를 기다리다 기다리다 나는 바지를
징징 걷고 얕은 강물로 걸어 들어갔네
봄날 노래 소리 나직나직이
내 발등을 간질이며 지나갔네
버드나무 무릎에 누워 나, 머리 흰 강물
푸른 머리카락 다 흘러가 버렸네

鵲巢感想文

나는 이 시를 읽으며 마치 동양화 한 폭 보는 것 같았다. 강 그리고 버드나무가 있고 올 듯 말 듯 한 배가 있으며 버드나무 아래 머리 흰 노파가 앉은 수묵화 한 장 연상하게 한다. 논어에 있는 말이다. 사이우칙학仕而優則學하고 학이우칙사學而優則仕라 했다. 벼슬을 하면서 여력이 있으면 배우고 배우면서도 여력이 있으면 벼슬에 나간다는 뜻이다. 그러니까 시인은 전자다. 이렇게 느낄 수 있었던 것은 시 5행에 '버드나무 무릎에 누워 나' 시구가 이를 대변한다. 그러니까 시인은 버드나무에 의존한다. 봄날은 어느 한 시기를 말하며 강물은 세상 풍파를 뜻한다. 강가는 세상 풍파의 가장자리다. 배는 여기서는 이상향이다. 늙은 버드나무는 의인화한 어떤 기관을 말하기도 하고 실제 의인화한 것인지도 모른다. 강물을 빗질한다는 표현은 아주 산뜻하다. 어찌 강물을 빗질할 수 있겠는가마는 그만큼 세상 풍파를 가름하며 요리조리 재본다는 뜻으로 쓴 하나의 은유겠다. 그러나 강물은 쉽게 넘어가는 그런 쉬운 존재는 아닌 듯하다. 왜냐하면, 나직나직 노래를 불렀으니까! 한마디로 말하자면 능글능글하였거나 상대의 가치만 떠보는 격이다. 결국, 버드나무나 버드나무에 누워 있는 나나 세월만 다 보냈다. 시인은 버드나무 무릎에 누워 있기만 한 것도 아니었다. 물론 버드나무 가까이에서 강가로 걸어가는 시인을 볼 수 있음이다. 바지를 징징 걷고 얕은 강물로 가보았지만, 역시나 배는 오지 않았다. 평생 배를 기다렸지만, 결국 세월만 보낸 격이다.

이 시를 보면 '보았네, 불렀네, 버렸네, 들어갔네, 지나갔네, 버렸네'로 각운을 쓰고 있다. 더욱 조사의 경제적 생략은 이 시를 읽는 맛이 다분하기까지 한다.

*송찬호: 1959년 충북 보은 출생. 1987년 〈우리 시대의 문학〉 6호에 「금호강」, 「변비」 등을 발표하면서 시단에 나왔다.

모든 가구는 거울이다 _ 이승희

왜 모든 세간은 나를 보는지 생각하는 저녁이 시작되었다. 마주 앉은 자세로 가구의 물음에 답을 하다가 가구에 등을 기대면 우린 같은 방향이 되어 전속력으로 내달리는 침묵이 된다. 가구들의 이마는 때로 비정상적으로 증식되어 방 안엔 온통 가구들의 이마만이 있다. 나는 가구들 사이를 오가며 오늘은 어떤 비밀을 풀어 밥을 해먹나 생각한다. 가구들이 더 멀리 달아나지 않는 것은 이미 달아나서 여기에 있는 것. 그건 지금 내가 여기 있는 이유와 같은 것. 그것은 마치 물고기가 가만히 멈춰 서서 낯설게 바라보는 어항 같아서 어떤 날은 이야기를 시작하지도 않은 채 잠들었다, 어떤 날은 내게 아예 오지 않았다. 부주의한 날들은 그렇게 흘러간다. 사이는 살면서 생기는 것, 살아서 생기는 것, 가끔 그 사이에 사다리를 놓고 달에 오르듯 가구에게로 건너간다. 그래도 어쨌든 다른 곳으로 가려고 한다. 사이에 또 무수한 사이가 생길 때까지는 말이다.

鵲巢感想文

이 시를 읽으니까 어느 광고 문구가 떠오른다. 가구는 과학이다. 어떤 이는 침대는 과학이 아니라 가구라고 얘기하는 사람도 있고 어느 초등학생은 침대는 과학이라고까지 이해하기도 했다. 광고와 마케팅전략에 따른 현대사회의 한 단면을 본다.

이 시는 가구는 우리가 생각하는 가구家具가 아니라 가구架構다. 물론 이외의 가구家口라는 단어도 있으며 허구라는 또 다른 말, 가구假構도 있다. 즉 집 안에 쓰는 기구 주로 장롱이나 책장, 탁자라는 가구가 아니라 어떤 구조물에 쓰이는 낱낱의 재료를 말한다. 이것이 가구架構다. 시렁 가架 자에 얽는다는 뜻을 지닌 구構 자다.

첫 문장을 보면 세간이라는 단어도 나오는데 이는 집안 살림에 쓰는 물건이 아니라 세상을 말한다. 세상을 들여다보며 자기 성찰에 가까운 그런 저녁이 시작되었다는 말이다. 가구의 물음이라는 시구는 독서를 은유한다. 독서와 함께 독서에 몰입함으로써 속도는 빠르고 침묵은 흐른다. 책을 읽음으로 나의 머리는 온통 상상의 구조물로 가득하다. 밥을 해 먹는 생각은 독서의 결과를 끌어내는 어떤 작업의 실마리다. 시 후반에 들어서면 달이라는 시어가 나온다. 달은 화자의 이상향이다. 사다리를 놓는다는 말은 이상에 다다르기 위한 끊임없는 노력 같은 것을 은유한다. 가구의 이마를 보고 밤새 생각하고 생각한 나머지 사이를 벌려놓는 것은 시인의 일이다. 이 사이로 인해 또 다른 사이(틈)가 나온다면 가구의 이마를 보는 것은 헛된 일은 아닐 것이다.

전에도 한 번 설명한 바 있다. 우리나라 말은 동음이의어가 상당히 많다. 시를 쓰는 데 어떤 착란을 유발하며 재미난 표현으로 엮을 수 있어야 시인이겠다.

이렇게 시 감상문 적다가 보면 수많은 사이(틈)가 생각난다. 방금 떠오른 시어 하나가 생각났다. 연탄이다. 연탄으로 예를 들어 시를 지어보자.

나란히 앉은 연탄 / 鵲巢

따뜻한 연탄은 하루를 말끔하게 씻는다. 연탄 둘레에 앉아 낮은 음부를 읽을 때면 세상은 까맣게 잊어버리고 토네이도에 가까운 몰입에 들어간다. 높은 음부는 낮은 음부의 배꼽 위와 같다. 마치 걷는 토끼처럼 낮은 신발을 보듬는다. 진흙에 묻은 곰 발바닥은 물 위를 걷는 것과 같다. 운명으로 치자면 마늘과 쑥 같은 것 달을 향한 열 손가락은 춤을 춘다. 분홍 나막신은 구름을 몰며 하얗게 바람 불어오라! 다시, 다시 춤을 춘다. 악보에 없는 차이콥스키가 잠자는 숲속의 공주를 깨운다. 지휘

봉처럼 너는 웃었지만, 활활 불붙는 하루 열기는 온전히 받아준다. 두 손 씻고 두 눈 닦고 맑은 귀로 듣는 연탄, 나란히 앉아 하루는 따뜻하다. 깊고 우묵한 주름이 펴지고 날아가는 새에 얼굴을 묻고 겨울 온도를 잊은 듯 흑·백을 논하는 자리 음부, 연탄은 따뜻하다.

*이승희: 1965년 경북 상주 출생. 1997년 〈시와 사람〉 시 당선. 1999년 〈경향신문〉에 신춘문예 시 부분 당선.

모란이 피네 _ 송찬호

외로운 홀몸 그 종지기가 죽고
종탑만 남아 있는 골짜기를 지나
마지막 종소리를
이렇게 보자기에 싸 왔어요

그게 장엄한 사원의 종소리라면
의젓하게 가마에
태워 오지 그러느냐
혹, 어느 잔혹한 전쟁처럼
코만 베어 온 것 아니냐
머리만 떼어 온 것 아니냐,
이리 투정하신다면 할 말은 없지만

긴긴 오뉴월 한낮
마지막 벙그는 종소리를
당신께 보여 주려고,

꽃모서리까지 환하게
펼쳐 놓는 모란 보자기

鵲巢感想文

詩는 문학의 꽃이다. 그만큼 시인의 언술과 언어의 기교를 들여다볼 수 있는 말의 꽃이다. 시詩는 말씀 '언言' 자와 절 '사寺' 자가 합쳐진 합성어다. 말의 절간이기도 하고 말로서 경전을 이루는 성전 같은 곳이 詩다. 그만큼 언어의 예술로 절묘하게 승화한 것이 시다.

詩를 처음 접할 때는 이게 무슨 뜻인지 도무지 이해가 안 될 때도 있다. 어떤 그림을 그려내기도 어렵다. 하지만, 詩는 철저한 서정적 작품이므로 시인의 마음을 옮겨놓은 것이다.

이 詩를 감상하는데 어려운 점도 영 없지는 않으나 혹여 잘못 읽을 수 있으니 필자의 마음도 어쩌면 다른 이면 같은 게 나올 수도 있겠다.

이 詩는 시제가 '모란이 피네'로 여기서 모란이 중요한 시어로 등장한다. 모란은 4월에서 5월쯤 피는 꽃이다. 꽃의 개화와 더불어 모란은 모란謀亂으로 읽을 수도 있다. 여기서 모란謀亂은 난을 꾀한다는 뜻으로 어떤 일을 도모하겠다는 시인의 마음이 들어있음이다.

자 그러면 詩를 보자!

이 시는 총 4연으로 이룬다. 1연은 모란과 화자의 중첩으로 종지기에서 승화한 종탑, 종탑에서 승화한 종소리로 잇는다. 그러니까 종소리는 화자의 결정체인 시가 된다. 종지기→종탑→종소리는 모두 화자를 은유한다.

詩 2연은 시인의 능청이라 보기에는 어렵지만 익살스러운 면을 읽을 수 있다. 가끔 시인 송찬호 선생의 시를 읽으면 웃음이 일기도 한다. 재미있다고 얘기하면 실례가 아닐지는 모르겠다. 하여튼 詩 2연을 보면 의젓하게 가마에 태운다거나, 어느 잔혹한 전쟁을 얘기하면서도 마치 임진왜란에 있었던 구체적 사실을 얘기한다. 이는 전쟁을 얘기하는 것이 아니라 코만, 머리만 떼어 온 것 아니냐고 하는 것은 거저 실체는 없고 이러한 마음만 가진 게 아니냐는 뜻이다.

모란도 오뉴월에 피는 것이고 시인의 작품도 마지막 벙그는 종소리와 같이 당신 즉 독자들에게 모란꽃처럼 보이고 싶은 열망이 있다. 아마, 링 제본을 했거나 가제본한 어떤 『모란謀亂』(작품)을 모란꽃처럼 환하게 펼쳐 보였으리라!

우리나라 말은 동음이의어가 상당히 많다. 지금 이 시를 보는 것과 같이 모란이라는 말도 언뜻 읽기에는 꽃 이름으로 생각하다가도 모란謀亂이라는 말도 있지 않은가! 모란과 모란謀亂의 절묘한 중첩, 여기에다가 화자의 마음을 표현한 수작이 아닐 수 없다.

끝으로, 그러면 동음이의어는 어떤 것이 있을까? 눈, 배, 다리도 있을 것이며 사과나 구두 같은 단어도 있다.

*송찬호: 1959년 충북 보은 출생. 1987년 〈우리 시대의 문학〉 6호에 「금호강」, 「변비」 등을 발표하면서 시단에 나왔다.

모른다고 하였다 _ 권지현

우루무치행 비행기가 연착되었다 / 북경 공항 로비에서 삼백삼십 명의 여행자들은 / 여섯 시간째 발이 묶인 채 삼삼오오 몰려다녔다 / 현지 여행객들은 아무렇지도 않은 듯 / 여행가방에 다리를 올리고 앉아 / 떠들어대거나 서로 담배를 권했다 / 담배를 피워올리건 말건 / 나는 도시락으로 식사를 했다

비행기는 언제 올지 오지 않을지 / 아무도 모른다고 하였다 / 연착한다는 안내표시등 한 줄 뜨지 않았다 / 사람들은 연신 줄담배를 피우고 / 나는 로비를 몇 바퀴나 돌고 / 하릴없이 아이스크림을 핥다가 / 마침내는 쪼그리고 앉아 지루하게 졸았다 / 항의하는 나를 마주한 공항 여직원 / 가슴께에 걸린 얼굴 사진이 흐릿하게 지워져 있어 / 내가 가야 할 길마저 희미해 보였다

비행기는 오지 않고 / 결리는 허리뼈를 아주 잊을 때까지 오지 않고 / 우루무치행 비행기는 언제 올지 / 아무도 모른다고 하였다

鵲巢感想文

이 詩를 읽으면 중국 철학 사상의 한 구절이 생각난다. "글은 말을 다 나타낼 수 없고 말은 뜻을 다 나타낼 수 없다"고 했다. 하지만 이 시는 시인이 처한 상황을 잘 묘사해 주고 있다. 북경 공항 로비에서 언제 올지 모르는 우루무치행 비행기를 기다리는 상황이다.

내가 가야 할 목적지는 공항 여직원 가슴께에 걸린 흐릿한 얼굴 사진을 보듯 암담하다. 어쩌면 인생은 이 흐릿한 얼굴 사진 한 장 보듯 불안하고 두

렵고 명확하지도 않은 마치 안개 밭을 걷는 길이겠다. 우리는 인생을 살면서 이와 같은 일이 종종 생긴다. 하지만, 주위는 이러한 일을 거들떠보기는커녕 마치 무관심 조다.

얼마 전에 사회면에 나온 뉴스였다. 어느 여대생이 실종된 지 8일 만에 시신이 수습되었다. 경찰은 실족사한 것으로 이 사건을 단정 지었다. 한 편은 대통령과 비선 실세로 온 국민이 촛불시위를 하지만, 한 편은 불경기에 못 견디다가 문을 닫는 카페가 있다.

군중의 힘에 내몰리기도 하며 군중의 무관심에 사라져가는 개인도 있다. 사회에 영향력이 있거나 지배적인 어떤 성취가 있다 하더라도 이 모든 것이 한순간에 사라졌다고 해도 또 크게 영향을 받는 사회가 아니다. 사회가 발전하면 발전할수록 군중 속에 외로움은 더 한다.

우리는 어쩌면 시인의 목적지인 우루무치행 비행기를 기다리듯 이는 시인의 사정이듯 우리는 또 우루무치행과 같은 어떤 목적지로 가고자 무심코 기다리는 삶을 살고 있는지도 모르겠다.

사람은 스스로 도와야 한다. 그 누구도 나를 도와주는 이는 없다. 가장 절친한 친구가 있으면 다름 아닌 나며 가장 악한 친구가 있다면 그것은 나여야 한다. 세상은 我를 인식한 가운데 非我가 있다. 단재 선생의 말씀이 스쳐 지나간다. 역사는 我와 非我의 鬪爭이라 했다.

*권지현: 1968년 경북 봉화 출생. 2006년 〈농민신문〉 신춘문예 당선.

목련이 자신의 극極을 모르듯이 _ 이혜미

너를 안으니 상한 꽃 냄새가 난다 손톱이 파고든 자리마다 무르게 갈변하는 초승달들, 희게 진물 토해내는 상한 눈빛들

내 오래된 침대 위에 고인 흉한 냄새들이여 너에게 입 맞추는 동안 검은 잇몸들이 줄지어 늘어선다 사람의 반대편에서 괴사한 공중이 온통 얼룩져 내리고

손가락을 버리고 빈 곳을 움켜잡고서야 만개滿開를 짐작한다 나무들이 자신이 가진 초록을 모르듯 버려진 잎사귀들 잘린 혀로 꿈틀대다 자신의 색을 잊어가듯

죽은 성기들을 밟고 흰 계절이 온다 너의 입술이 열려 이 밤 가득 썩은 목련들로 낭자해질 때 갓 태어난 시체 위로 내려앉는 눈송이가 자신의 온도를 모르듯이

순간들 사이에 거처를 마련하고 사라지는 방들을 내어주면 상한 달무리들 일제히 쏟아져 들어와 도사리는 저 검고 깊은 아가리 속

鵲巢感想文

문학은 사상이나 감정을 언어로 표현한 예술이다. 시는 문학의 한 종류로 시인이 말하고 싶은 내용을 글로 표현한 것이다. 목련은 이른 봄에 하얗게 피는 꽃나무다. 향기가 매우 좋고 잎은 넓고 타원형으로 달걀모양을 한다. 시제에 극極이라는 시어가 있지만, 극성을 잘 표현한 글은 좋은 시다. 좌파와 우파, 진보와 보수, 종이와 볼펜, 달과 해, 하늘과 땅 등, 물론 확연히 드러나

는 표현도 있지만, 문맥상 극을 따져보는 것도 좋겠다. 주체와 객체로 말이다.

여기서 목련은 씨氏=詩를 제유한 표현이다. 극極은 어떤 정도가 더할 수 없을 만큼 막다른 지경이다. 한계점이다. 나는 어쩌면, 상한 꽃 냄새를 맡고 있는 것인지도 모른다. 하지만, 이 목련시은 아주 잘 피운 꽃시이다. 나는 오늘도 주체할 수 없는 본능에 하얀 목련과도 같은 모니터로 와 앉았다.

나는 너와 침대 위에서도 교감하였고 너와 입 맞추는 동안은 너의 검은 그림자를 빠끔히 들여다보기까지 했다. 너를 읽을 때마다 사람의 반대편에 온전히 잡히지 않은 심적 묘사만 얼룩져 내렸다.

내가 판단한 이치를 버리고 나서야 만개한 꽃처럼 윤곽이 보였다. 네가 이루었던 모든 문장(경력, 경험, 과정)을 완벽하게 읽지 못하다가 나 자신을 잃어가듯

네가 이룩한 형세聲技, 星氣, 盛氣를 읽고서야 표현의 기술을 얻을 수 있었다. "너의 입술이 열려 이 밤 가득 썩은 목련들로 낭자해질 때 갓 태어난 시체 위로 내려앉는 눈송이"라는 말은 생명詩의 탄생이지만, 탄생은 곧 죽은 거나 다름없다. 정보의 혁명은 차별을 두지 않는다. 모두 공평하고 거래비용은 제로가 된다. 솔직히 이 글도 생산과 동시에 죽은 거나 다름없다. 시마을에 공개하였으니까 말이다. 단지 생산의 능력과 이 능력을 바탕으로 얼마만큼의 네트워크를 구성하느냐다. 이러한 네트워크는 사회인식과 존재성뿐이다.

자신의 온도를 모른다는 말은 시는 변온동물인 것만 분명한 것 같다. 일정한 온도를 유지하는 포유류와는 구별된다. 다족류나 변온동물쯤으로 보면 좋겠다. 물론 이러한 시어를 많이 사용하기도 한다.

우리나라 말은 근 70% 이상이 한자어다. 한글로 표기한 시도 가끔은 한자표기에 따라 그 내용이 다른데 시인은 고의로 이를 이용하기도 한다. 특히 조연호 시인은 한자를 많이 사용하는 시인이다. 이 시에서도 순간들 사

이에 거처를 마련했다는 말에서 순간은 무엇을 뜻하는지 곰곰 생각해 볼 필요가 있다. 그러니까 아주 짧은 시간을 말하는 것인지, 아니면 간행물을 이야기하는지 분간하기 어렵지만, 문맥을 통해 안개 밭을 더듬을 수밖에 없다.

물론 이 시를 어떻게 감상하느냐에 따라 글의 내용은 달라지기도 하지만, 관능적인 표현을 아끼지 않은 것은 사실이다. 예를 들면

손톱(~지指 or 分身)과 무르게 갈변하는 초승달,

희게 진물 토해 내는 상한 눈빛들, 침대 위에 고인 흉한 냄새들과 검은 잇몸(보통 눈썹이라는 표현도 많이 쓰기도 한다.)

만개(滿開, 어떤 시인은 활짝 핀 벚꽃으로 표현하기도 하지만)와 저 검고 깊은 아가리 속은 아마도 검은 잇몸을 생각게 하는데 극성을 잘 나타낸 문장이라 할 수 있다.

*이혜미: 1987년 경기도 안양에서 출생. 2006년 〈중앙신문〉 문학상 시 부문 당선.

물거울 _ 박정원

내가 만든 감옥에 물을 붓습니다. 이름도 얼굴도 모르는 물이 여생을 보내야 할 곳입니다.

금강석으로도 깰 수 없는 유리창입니다. 누구라도 들 수는 있으나 허투루 풀려날 수 없는 방입니다.

물구나무서거나 뒤집히지 않고서는 기거할 수 없는 철창입니다. 떠밀어도 흐르지 않습니다. 섬뜩한 고요만이 물의 숲에 빼곡합니다.

물을 잡기 위해 핸드폰 카메라를 들이댑니다. 인화되지 않는 강물은 허물 많은 해안으로 잠입했을까요.

늦었다고 얘기하는 것은 내 그림자와 서먹서먹하기 때문입니다.

황홀했던 그림자가 파문으로 번집니다. 하루에도 수십 번씩 나를 올려다보는 뒤태가 스르르 잠입합니다.

저 홀로 나오지 못합니다. 내가 보이지 않고서는 마주할 수 없습니다. 당신은 내 속의 비경秘境을 속속들이 알고 있습니다.

鵲巢感想文

물거울은 자아의 내면세계를 말한다. 시는 역지사지易地思之다. 처지를 바꾸어 생각해 보는 것이다. 종이 한 장은 백만 평이다. 물론 이 말은 어떤 속어라든가 흔히 쓰는 말은 아니다. 방금 떠올라 적어본 것이다. 한 장의 거울에 자아를 담는 것은 그 무엇과도 비교할 수 없는 작품이며 시간과 관계없는 영속성과 수많은 창작의 씨앗이라 나는 백만 평이라 했다. 그러니까 백지장은 거울이며 감옥이다. 일기를 적는다는 것은 하루를 성찰한다는 말이다. 내가 만든 감옥에 물을 붓는다는 말은 거울 같은 흰 종이에 맑고 깨끗한 마음을 담는다는 말이다.

이러한 자아의 내면세계를 그린 물은 금강석으로도 깰 수 없는 유리창과 같다. 안을 훤히 들여다볼 수 있는 그 유리창 말이다. 누구라도 안을 들여다볼 수 있지만, 누구나 허투루 풀 수 없는 것이 자아의 세계관이다. 이를 시인은 물이라 했으며 더 나가 물거울이라 했다.

물을 잡기 위해 핸드폰 카메라를 갖다 대보지만 물은 여간 잡히지 않는다. 물은 그 내면의 세계이니까 어찌 자아의 속을 핸드폰으로 찍을 수 있을까 그러니까 인화되지 않은 강물은 해안으로 잠입했을까 하는 의문형을 내세웠다. 물은 깨끗하고 한 점 허점 하나 없는 걸러진 진실이라면 강물은 그 세월을 말하며 물의 포괄적이라 순수성은 좀 떨어진다.

물을 얻기 위해서는 내면의 순수성을 포착하며 이것을 예술로 승화하는 것이 그 목적이다. 그러니까 자아의 내면에 대한 성찰로 그 그림자를 시인은 화두로 삼았다. 그림자는 곧 자아가 아니라 자아로부터 육탈한 구름과도 같다. 이것의 결정체인 물방울이 되기 위해서는 시인의 수많은 노력이 필요하겠다.

물방울이 고여 있는 곳을 어떤 호수라고 치자! 시인은 이를 물의 숲이라고 표현했다. 이는 내가 보는 것 같아도 호수(물의 숲)가 보는 것이다. 그러니까 나의 완전체이므로 비경의 속속들이 아는 것이 된다. 물방울은 시를 제유한 시어라고 보면 물의 숲은 시집을 은유한 시구라고 보면 좋겠다.

그러면,

나의 물거울에 돌을 던져본다. 던진 돌에 대하여 바람을 가르는 속도에 관하여 파문은 알고 있다. 물거울을 금강석으로도 깰 수 없는 유리창이라 치자! 금강석보다 덜 야문 돌에 대하여 사과의 진실을 모르고 바람을 억세게 밀치며 날아가는 새가 있다. 새의 이마에는 쑥대밭 같은 깃털은 생소하다. 황홀한 뒤태 같은 것도 없다. 투명한 바람에 풍경을 만끽하며 날아가는 새만 있다.

*박정원: 충남 금산에서 출생. 1998년 〈시문학〉 등단.

물고기 화법 _ 고은강

예컨대 내 입술이

찢어진 지느러미 같다는 생각

채광을 자주 바꾸었다 채광이 한 번 바뀔 때마다 시선이 조금 틀어졌다 틀어진 시선에서 가장 잘 굴절하는 남자와 놀았다 남자가 한 번 바뀔 때마다 색이 바뀌었다 색이 바뀔 때마다 그 색에 가장 잘 번지는 남자와 놀았다 캄캄하도록 놀았다 캄캄하면 모든 색은 다 비릿하다 비릿함에 내성을 흐느적거리며 놀았다 한번 흐느적거릴 때마다 조류가 뒤바뀌었다 조류가 한 번 뒤바뀔 때마다 달라지는 비위 때문에 생존을 장악하는 슬픔 속에서 아래턱을 덜덜 떨며 놀았다 차가운 햇살 속에서 공명하는 이질감을 데리고 놀았다 점점 팽팽해지는 그늘의 부력으로 뻐끔뻐끔 내가 떠올랐다

鵲巢感想文

이 시는 2015년 올해의 좋은 시로 선정된 시다. 웹진 시인광장에서 선정했다. 시제가 물고기 화법이다. 물고기 처지에서 이야기한다는 말이다. 예컨대 내 입술이 찢어진 지느러미 같다는 생각은 그만큼 나불거렸다는 뜻이다. 생각해보라! 찢어진 지느러미가 물속을 헤쳐 간다면 나불거리는 것도 그렇지만, 내가 가고지 히는 방향을 정방향대로 길 수 있다는 말이겠나. 물론 시는 주관적 입장에서 쓰는 것이지만, 이 시는 모든 시인에게 또 이 사회의 모든 개개인에게도 해당하는 말이며 그것을 바르게 뉘우칠 수 있는 따끔한 바늘과 같은 역할을 한다.

채광彩光은 채광採光이 아니다. 여기서는 아름다운 무늬나 색깔 다시 말하면 다채로운 문화나 형식, 어떤 틀로 보는 것이 맞다. 이러한 형식이 바뀔 때마다 화자는 시선이 조금 틀어졌다. 여기서 화자는 우리를 대표한다. 우리도 마찬가지다. 그러니까 우리의 문화를 말한다. 어떤 형식이 바뀔 때마다 잘 굴절하는 남자와 놀았다. 잘 굴절하는 남자란 이러한 변화에 잘 적응하는 사람이겠다. 이러한 틀에 잘 적응하는 사람이 나오면 색(형식과 문화, 틀)은 바뀌고 색이 바뀌면 또 그에 잘 적응하는 부류의 사람과 어울려 놀았다.

캄캄하면 모든 색은 다 비릿하다 비릿함에 내성을 흐느적거리며 놀았다는 것은 그렇게 적응하며 놀수록 화자는 고민을 하면서도 적응해나갔다는 말이다. 경제도 10년이면 장기다. 요즘 같은 변화의 시대는 10년은 아주 장기며 1년도 장기가 되었다.

세계일보 2017년 1월 3일자 내용이다. 하루 3,000명이 자영업자의 길을 선택했고 하루 2,000명이 폐업 신고를 했다. 이는 2016년 한 해 마무리한 자료를 세무서에서 발표한 내용이다. 변화에 잘 적응했다고 보기에는 어려운 사실이다. 가게 운영은 단지 점포를 개점한다고 해서 모든 것이 끝나는 게 아니다. 항상 현재 시점에서 고객의 동향을 살펴야한다. 기존의 것을 완벽히 소화한 상태에서 새로운 메뉴의 개발과 홍보 그리고 판매에 이르는 일련의 과정을 철저히 수행하여야 이 사회에 적응할 수 있음이다. 어쩌면 이 시에서 말한 '생존을 장악하는 슬픔 속에서 아래턱을 덜덜 떨며 놀았다'는 표현과 같이, 한 업계에서 생존이란 아래턱을 덜덜 떨며 놀아도 모자랄 판이다.

자영업자의 세계는 24시간이 아니라 25시간의 몰입과 몰입과정에 일어나는 일련의 정신적 활동은 모두 생존과 연계되어야 한다. 마치 아프리카 사바나 공원, 허허벌판에 가젤 한 마리 툭 던져놓은 것 모양으로 말이다. 보이지 않는 턱은 보이지 않는 턱과의 경쟁도 무시 못 하는 과정을 거쳐야 하므로 가젤의 생존은 장담 못 한다.

가젤이, 가젤이 아니듯 마치 고양이도 아닌 것이 사자도 아닌 것 모양으로 산다는 것은 이질감을 극복하며 진정 내 것을 찾을 때까지는 그 무리와 비릿함을 꺾어 올라 놀아야 한다. 생존 전선에서의 아주 탄력적인 숨 졸임이 있고 나서야 그 부력으로 빼끔빼끔 나를 찾을 수 있을지도 모른다.

인류 문명 태초에 돌도끼를 만들며 살았던 종족도 돌을 갈고 닦아 어깨에 울러 맨 신석기 사람도 청동 거울과 청동 검이 휩쓸고 지나면 이에 적응해 나갔다. 그들의 문화를 받아들이고 새로운 정복세계에 나갔다. 철기와 기마민족의 하강, 건조지대가 본거지였던 스키타이, 동방의 흉노를 거쳐 몽골 부여 고구려는 신예 무기와 말을 타고 한반도 거쳐 기타큐슈까지 진출했다. 성을 쌓는 자는 망하고 길을 닦는 자는 흥한다는 말도 있다. 돌궐제국을 부흥시킨 당대의 명장 돈유쿠크 비문에 새긴 글이다.

나는 마지막으로 이런 말을 하고 싶다. running by doing, 뛰면서 생각하고 생각하다가도 뛰어야 하는 즉시 실행만이 생존한다.

*고은강: 1971년 대전에서 출생. 2006년 제6회 〈창비〉 신인시인상을 수상하며 등단.

물의 주소 _ 권행은

강물도, 가끔은 / 구름의 등뼈를 물어뜯어서 / 부드러운 이빨 사이로 새의 깃털이 씹힌다 // 칼로 베여도 아프지 않는 육체 / 무수히 많은 칼을 문 입들에게 베이며 / 외줄을 타는 물의 혈관에는 / 골격을 바꿀 수 없는 새의 눈물이 한 움큼 / 무뎌지는 발톱을 세우고 있다 // 기척이 밀리는 밤 / 길은 어디로도 뻗을 수 있어서 / 미처 방향을 잡지 못한 고요가 소란하고 / 삶은 즐거운 것일까 / 지느러미는 벌써 제 몸에서 나온 시간에 쫓기고 있다 // 둥근 소용돌이 속에서 / 풀지 못한 울음이 부패되어 희게 반짝일 때 / 지상의 가장 낮은 곳으로 떠밀리는 물낯들, / 비손들, 저 사소한 약속들 / 그러나 / 지느러미가 그물에 걸리는 건 물고기가 된 새들의 숙명이다 // 양수리에서 / 갈라지지 않으려고 밤새 깍지를 끼어도 / 아침이면 어김없이 풀려있는 우리들의 물목, / 팔뚝에서 뚝뚝 물의 피가 흐른다 // 강에 물려서 / 아픈 새 한 마리 / 버려진 물의 주소를 물고 힘껏 행간을 날아오른다

鵲巢感想文

1.

시를 읽으면 재밌다. 마치 강물에서 바로 낚은 언어 횟감을 놓고 회칼로 등뼈를 기대며 한 꺼풀 벗겨내는 작업과 같다. 아주 잘게 쓸어 한 입 입 안 가득 넣고 씹을 때는 어감은 팔딱팔딱 산, 낙지가 아닌 낙지 같기도 하며 젤리 같은 것도 아닌 것이 향긋하며 그 씹는 맛은 가히 뭐라 할 수 없다.

이 시는 제유로 쓴 시어가 많다. 강물이거나 물이거나 구름과 등뼈 그리고 새의 깃털이나 발톱, 물목과 물낯. 이러한 표현은 독자가 읽기에 혼돈이 올 수 있지만, 함수관계를 따져 읽으면 그리 복잡한 글은 아니다.

비유를 놓을 때, 미당은 이렇게 얘기했다. 부드러운 것은 여자, 강하고 억센 것은 남자로 비유한다고 했다. 자연적인 산물로 예를 들면 강물이나 옹달샘, 빗물, 바다 같은 것은 여자, 돌멩이, 산, 그리고 나무는 남자로 비유하기 좋은 시어다. 강물은 시간을, 새는 하늘 높이 날고 싶은 인간의 욕망 같은 것이다. 여기서는 물고기, 지느러미, 부드러유 이빨, 물낯 같은 시어는 강물에 속하며 깃털과 발톱, 구름의 등뼈는 새에 속하는 극성이 확연한 시어다.

위 시를 보면, 시 쓰는 작업에 대한 시인의 고뇌 같은 것이 보인다. "강물도, 가끔은 / 구름의 등뼈를 물어뜯어서 / 부드러운 이빨 사이로 새의 깃털이 씹힌다//"는 문장에서 '강물도 가끔은'은 주어부지만 엄연히 객체다. 주체는 구름의 등뼈가 된다. 새의 깃털은 강물로 회귀하고픈 어떤 귀소본능을 그린다. 시 문장에서는 구름의 등뼈를 뜯기는 거로 표현했지만, 이는 강물의 입장에서 쓴 것이다. 전지적 화자 시점으로 쓴 글로 실은 구름의 등뼈가 강물을 뜯고 있다.

"칼로 베여도 아프지 않는 육체 / 무수히 많은 칼을 문 입들에게 베이며" 이 문장은 강물이 가진 고유한 특성을 말한다. "외줄을 타는 물의 혈관에는 / 골격을 바꿀 수 없는 새의 눈물이 한 움큼 / 무뎌지는 발톱을 세우고 있다" 외줄을 타는 물의 혈관은 구름의 등뼈 즉 새의 갈망이다. 구름의 등뼈는 화자다. 마치 인디언식 이름 붙이기가 되었지만, 재밌는 표현이다. 골격을 바꿀 수 없는 새의 눈물이 한 움큼이라는 말은 시에 맹신과 절대 지지와 절대 해체를 강하게 보여주는 화자의 신념이다. 결국, 무뎌지는 발톱을 세우듯 도달할 수 없는 갈등과 몰입하는 자세를 보여주고 있다.

"길은 어디로도 뻗을 수 있어서 / 미처 방향을 잡지 못한 고요가 소란하고 / 삶은 즐거운 것일까 / 지느러미는 벌써 제 몸에서 나온 시간에 쫓기고 있다" 시 해체에 대한 화자의 고뇌다. 결국, 이러한 모든 것이 마음의 동화가 된 것은 부패다. 함께 썩어가는 길로 화자는 표현했다. 그만큼 시에 대한 몰입이겠다. 부패는 곧 바닥이며 바닥은 모든 것을 내려놓을 때 어떤 기반의 토대가 된다.

노자의 말씀 중에 대영약충大盈若沖 기용불궁其用不窮이라는 말이 있다.* 이 말은 크게 찬 것은 비어있는 것과 같으나 그 쓰임은 다함이 없다는 뜻이다. 모든 것을 내려놓을 정도면 모든 것을 안을 수 있는 자세가 된다.

"풀지 못한 울음이 부패되어 희게 반짝일 때 / 지상의 가장 낮은 곳으로 떠밀리는 물낯들, / 비손들, 저 사소한 약속들 / 그러나 / 지느러미가 그물에 걸리는 건 물고기가 된 새들의 숙명이다" 공부는 그 끝이 없건만, 이러한 도가 극에 다다를 때 시의 승화와 이로써 별빛 같은 존재가 된다. 불교의 윤회사상을 이 시에서는 잠깐 빌려 넣었다. 강물→구름의 등뼈→새의 깃털→발톱→물고기→새, 이때 새는 또 다른 새로 물의 주소를 물고 행간을 박차 오르는 것을 우리는 보고 있다.

바다가 그립다 / 鵲巢

어머니는 예전에 나를 묻어놓고 떠났다. 흔들의자에 앉아 있다. 어렴풋한 아물지 않은 뼈가 모래에 억눌려 숨을 쉴 수가 없다. 파도가 철썩철썩 창 너머 바다만 본다. 모래사장에 갓 깨어난 북별은 바다냄새만 그립다. 내 입에서 바다 냄새가 난다. 바다 기러기가 새카맣게 하늘 뒤덮었다. 눈, 코, 귀, 입 모두 모래주머니다. 치약처럼 고름이 난다. 이렇게 끝날 순 없다. 얼룩무늬 따라 지워진 것을 다시 찾는다. 쓰레기통처럼 틈새를 비집고 바늘 같은 구멍에 날카로운 발톱만 본다. 미아처럼 등껍질이 따갑기만 하다. 안단테 아다지오, 아다지오 안단테 저 멀리 뱃고동 소리가 난다. 떠나야 한다. 나는 떠나야 한다. 바다가, 바다가 그립다.

*권행은: 2006년 〈미네르바〉로 등단. 2013 영주신문 신춘문예 당선.
*필자의 책, 『카페 간 노자』, 260p~261p 참조

미궁 _ 박주택

언제나 미궁은 있지
길을 찾다 길에 갇히는 것처럼 비 그친 저편
소문을 헤쳐 또 다른 소문을 만들지, 집은 살아 있는 사람들을
하나씩 집 박으로 추방하지, 그래서
집의 기록은 이별만큼 따분하고
별은 빛나면서 버림받은 자를 조롱하지
환하게 볕 좋은 꽃핀 고속도로
잘 꾸며진 무덤 스치듯 보았네, 정자까지 세웠으니
적적하면 정자에도 앉아보시라는 뜻
무덤에도 등급이 있다면 죽는 것도 쉽지 않으이

언제나 미궁은 있지
낮을 위해 있는 날개가 눈을 활짝 열어 솟아오를 때
진리를 모방하는 싸움의 공장인 말
손닿지 않는 잠 너머의 꽃, 잠 너머의 꽃
죽은 자들은 어디에 모여 밥을 먹는가?
죄는 왜 저녁의 혀를 놓아주지 않는가?
불빛을 저주하는 어둠은 왜 깃털을 미소에 던지고 있는가?

鵲巢感想文

미궁迷宮이라는 말은 들어가면 쉽게 빠져나오지 못하는 것을 말한다. 또

어떤 한 사건이 여러 문제로 얽히고설켜 잘 해결할 수 없는 상태다. 여기서는 미궁이라 하면 미궁迷宮일 수도 있으며 미궁美宮일 수도 있겠다는 생각을 했다. 이 시를 감상하자면 이렇다.

어떤 글을 읽다가 보면 항상 풀리지 않은 길이 있네. 그 길을 찾다 보면 어느 작은 문을 열고 들어가 또 다른 작은 문을 열어야 하듯 꼭꼭 숨겨놓은 듯하지. 그래서 시집은 따분하기도 해서 쉽게 이별하듯 손 놓아버린다네. 시인은 참, 별만큼이나 빛나는 존재지. 여기에 끼지 못하는 자는 조롱받기 쉽지. 유명 시인이 쓴 글은 환하고 볕도 좋아 마치 고속도로 보는 듯하네. 정자 같은 글방에도 꽤 장식해두었지. 적적하면 와서 보라는 뜻이지. 시인도 등급이 있다면 글쓰기도 쉽지 않네.

언제나 미궁은 있지 낮은 독서삼매경에 빠지더라도 진리를 찾는 싸움은 그 끝이 없다네. 진리를 바로 세우는 것이야말로 진정 시인이 할 일이지. 모방은 절대 안 되네. 내가 닿을 수 없는 그런 꽃 같은 말, 말이야. 항상 부족한 잠을 앗아가지. 이렇게 완성된 말은 무엇으로 먹고사느냐 말이지. 이러한 죄스러운 말은 굳이 저녁이 되어서야 나오느냐 말이지. 유명 시인의 글을 보고 이 글을 깨치며 어두운 밤을 지새우며 말이야. 아! 정말이지 깃털 같은 참한 글을 쓰고 싶네. 이리하여 마음껏 한 번 미소라도 짓고 싶네.

*박주택: 1959년 충남 서산 출생. 1986년 〈경향신문〉 신춘문예로 등단.

미역귀 _ 성영희

미역은 귀로 산다
바위를 파고 듣는 미역줄기들
견내량 세찬 물길에 소용돌이로 붙어살다가
12첩 반상에 진수珍羞로 올려졌다고 했던가
깜깜한 청력으로도 파도처럼 일어서는 돌의 꽃
귀로 자생하는 유연한 물살은
해초들의 텃밭 아닐까

미역을 따고나면 바위는 한동안 난청을 앓는다
돌의 포자인가,
물의 갈기인가, 움켜쥔 귀를 놓으면
어지러운 소리들은 수면 위로 올라와
물결이 된다
파도가 지날 때마다
온몸으로 흘려 쓰는 해초들의 수중악보
흘려 쓴 음표라고 함부로 고쳐 부르지 마라
얇고 가느다란 음파로도 춤을 추는
물의 하체다

저 깊은 곳으로부터 헤엄쳐 온 물의 후음이
긴 파도를 펼치는 시간
잠에서 깬 귀들이 쫑긋쫑긋 햇살을 읽는다

물결을 말리면 저런 모양이 될까

햇살을 만나면 야멸치게 물의 뼈를 버리는

바짝 마른 파도 한 뭇

鵲巢感想文

시 미역귀는 2017년 경인일보 신춘문예 당선작이다. 성영희 시인께 지면으로 다시 축하의 메시지를 놓는다. 시인은 이번 경인일보뿐만 아니라 대전일보 신춘문예에도 영예를 안았다. 물론 당선작 모두 훌륭한 작품이지만, 나는 미역귀가 더 산뜻하게 닿았다.

파도 한 뭇은 시다. 이 詩는 시에 대한 열망을 아주 잘 표현한 시다. 우리의 세계관을 넓고 넓은 바다로 옮겼다. 바다에서 자생하는 미역은 시인을 희망하는 글꾼들을 은유한다. 바위는 그 견고함도 하나의 속성이지만, 이 바위를 뚫고 지나야 완벽한 미역이 되는 것은 어쩌면 글을 희망하는 우리의 꿈이다.

시 1연은 시인으로서 고뇌와 열망이 보이며 이러한 결과로 얻은 시는 만인들께 12첩 반상에 진수로 오르듯 12달 진수로 우리는 읽게 된다. 그러므로 돌의 꽃에 비유할 만하고 이러한 물살과 같은 세파에 우리의 교본으로 시는 또 헌신하는 것은 아닐까.

신춘문예나 등단의 여러 기회와 같은 이러한 행사가 지나면 1년은 무색할 정도로 어두운 세계다. 마치 돌의 포자인 듯 물의 갈기인 듯 귀를 놓고 사는 우리다. 이런 와중에 잔잔한 소식과 희망은 많은 글꾼들에게는 악보처럼 기회를 잡기도 하며 세상을 이야기할 기회를 얻기도 한다. 이는 단지 민초의 삶을 대변한다.

구중궁궐과 같은 저 깊은 심해와도 같은 세상을 속속들이 읽는 지각이 오랫동안 심혈을 기울인 시간과 더불어 시는 비로소 햇살처럼 깨어난다.

군살을 깎고 군더더기를 제거하며 오로지 문장의 꽃으로 피는 일련의 과정을 거쳐야 바짝 마른 파도 한 뭇인 미역을 만들 듯 시의 길은 완성한다.

물론 이 글을 감상함에 글의 세계와 시인의 생명인 시는 바다와 미역으로 제유한 것이지만, 시는 또 달리 해석해 볼 수 있는 여러 의미를 담고 있음이다. 사회의 여러 이야기를 축소한 우리의 미역귀처럼 어떤 희망으로 보아도 무관하기 때문이다.

끝으로 이 시를 감상함에 성영희 시인께 어떤 양해도 없었다. 신춘문예 당선작이라 이미 세상에 발표한 것이므로 독자의 몫으로 보아도 괜찮으리라 본다. 아무튼, 좋은 작품에 누가 되지는 않았는지 시인께 송구할 따름이다. 다시 축하의 메시지를 놓는다.

*성영희: 1963년 태안 출생. 시흥문학상 우수상 수상. 2017 〈경인일보〉, 〈대전일보〉 신춘문예 시 당선.

밀밭 소나타 _ 강서완

눈이 부셔요, 단지 바라보았을 뿐인데요

미소 하나가 천만 햇살로 비추는데요 모퉁이도 뜨거워요 그늘이 빛을 먹어요 잃어버린 소중한 것들이 고개를 들어요 내 안에 청춘이 출렁거려요

웃는 얼굴 수없이 다녀갔지만 그때마다 황폐화되기만 했던 가슴

어떻게 미소 하나가 천만 볼트로 다가올까요 어떻게 천만 줄기가 한 몸이 될까요 내 안에 머나먼 입맞춤이 자라요

바람이 불어요 한 방향으로 흔들리는 국경

열린 적 없던 바위를 열어요 차가운 바위를 열어요 파묻혔던 무릎을 세워요 태양이지지 않는 한,

그에겐들 푸른 잎이 없겠어요?
꽃인들 피지 않겠어요?

鵲巢感想文

시인의 독백이다. 밀밭은 자아를 제유한 시어며 소나타는 그녀의 노래다. 생물을 낳은 시인은 임과 교감이 없다면 단지 무생물에 지나지 않는다. 무생

물이 생물이 되는 순간은 역시 열어보고 교감하는 것뿐이다. 독자와의 교감은 예술인에게는 그 어떤 것과도 바꿀 수 없는 행복이다. 물론 여기서는 예술인에 한정해서 얘기한 것뿐이다.

내가 글쟁이라면 내가 영화배우라면 내가 목수라면 말이다. 갑에 대한 을의 행복과 그에 따른 반향은 거래의 미다. 이 시는 이러한 교감을 강조한다.

생각해보라! 열린 적 없던 바위 같은 시가 차갑기만 했던 시집이 내가 모르는 어느 독자께 열리는 순간, 그 눈부심은 이루 말할 수 없으리라! 진정 그대의 미소 하나는 천만 볼트의 전기보다도 더 짜릿한 교감이며 천만 줄기로 잇는 감정이 한 몸이 되어 입맞춤으로 자라지 않겠는가!

이런 마음을 깨친 독자라면 역시, 푸른 잎이 없겠어요?
꽃인들 피지 않겠어요?

나에게도 밀밭 소나타와 같은 느낌을 받은 적 있었다. 『커피향 노트』를 내고 강원도에서도 울산에서도 부산에서 찾아온 독자와의 만남은 잠시 행복을 느꼈다. 특히 대전에서 오신 모 선생은 정말 커피를 하고 싶은 분이었는데 많은 질문을 하셔 꼼꼼히 짚어주었다. 나이 꽤 있으신 남자분이었다. 어떤 길이든 직접 걸어야 한다. 서점에서 잠깐 읽은 내용이지만, 진실로 글은 자신의 경험이 묻어나야 진정한 글이다. 자신의 피로 쓴 글이어야 한다.

*강서완: 1958년 경기도 안성에서 출생. 2008 〈애지〉 신인상 등단.

배꼽

바늘의 무렵 _ 김경주

바늘을 삼킨 자는 자신의 혈관을 타고 흘러 다니는 바늘을 느끼면서 죽는다고 하는데

한밤에 가지고 놀다가 이불솜으로 들어가 버린 얇은 바늘의 근황 같은 것이 궁금해질 때가 있다

끝내 이불 속으로 흘러간 바늘을 찾지 못한 채 가족은 그 이불을 덮고 잠들었다

그 이불을 하나씩 떠나면서 다른 이불 안에 흘러 있는 무렵이 되었다
이불 안으로 꼬옥 들어간 바늘처럼 누워 있다고, 가족에게 근황 같은 것도 이야기하고 싶은 때가 되었는데

아직까지 그 바늘을 아무도 찾지 못했다 생각하면 입이 안 떨어지는 가혹이 있다

발설해서는 안 되는 비밀을 알게 되면, 사인死因을 찾아내지 못하도록 궁녀들은 바늘을 삼키고 죽어야 했다는 옛 서적을 뒤적거리며

한 개의 문門에서 바늘로 흘러와 이불만 옮기고 살고 있는 생을, 한 개의 문文에서 나온 사인과 혼동하지 않기로 한다

이불 속에서 누군가 손을 꼭 쥐어 줄 때는 그게 누구의 손이라도 눈물이 난다
하나의 이불로만 일생을 살고 있는 삶으로 기꺼이 범람하는 바늘들의 곡선을 예

우한다

鵲巢感想文

木

식목일 행사처럼 나는 매일 나무를 심었다. 어두운 산 그림자 밑에 햇볕도 보지 못할 그런 나무를 어두운 땅에다가 옮겼다. 날씨 꽤 흐린 날 나는 숲에 갔는데 정말 나무와 같은 나무를 보았다. 아니 나무였다. 내가 좋아하는 나무도 있었다. 내가 우울할 때 구름 핀셋으로 숲에서 나무를 뽑기도 했다. 정말 나는 나무를 뽑았다고 생각했다. 나무는 아무 말 없이 그 자리에 있었다는 것을 그 날카로운 사자의 발톱과 들소의 발굽과 곰 갈퀴 받으며 그렇게 있었다는 것을 나는 왜 몰랐을까!

사족이 길었다. 여기서 바늘은 어떤 무엇을 제유한 것으로 보면 된다. 그러니까 바늘과 같은 고통이나 어떤 비평, 또는 논설과 같은 것이다. 호 또 그 무엇이 있다는 것은 우리는 잘 안다. 무렵이라는 단어도 여기서는 심오하다. 어떤 한 사건이 터질 시점이나 그즈음이다. 여기서 시, 한 행마다 해석하는 것보다는 그냥 크게 보아 넘기고자 한다.

시인이 쓴 시어를 보면 첫째 바늘이 있고 둘째 이불도 있다. 시 후반부에 들어서면 궁녀와 곡선 같은 것도 있다. 이러한 시어는 이 시를 읽는데 실마리다. 실을 푸는 데 있어 어떤 감은 있어도 그 무엇은 정확히 어떤 것이라고 얘기하면 웃기는 일이다.

나는 예전에 다산의 글을 읽은 적 있다. 다산은 당대에 석학이었다. 나보다는 정확히 200년 앞서 사신 선생이었다. 선생의 호가 '여유당'이었는데 우리가 익히 아는 다산이라 불리는 것을 그다지 좋아하지는 않았다. 여유당이라는 호는 선생께서 직접 지은 거로 안다. 왜 여유당으로 지었을까?

뭐 이 시와 크게 다를 바 없는 얘기 같아도 나는 횡설수설한다. 이불은 우리가 잠잘 때 덮는 어떤 피륙이다. 우리는 사회를 살면서 이 피륙 같은 것으로 스스로 보호하기도 하고 또 이 속에 함께 사는 가족으로부터 상처를 받기도 한다. 사람마다 다르겠지만, 심지어 이불 같은 이 비슷한 것에 의존하며 사는 사람도 있다.

생각해 보라! 바늘이 이불에 들어갔다면 이 사실을 알고 있는 자로 발설하지도 못하고 또 함께 덮고 잘 수도 없는 그런 입장이라면, 심지어 이 바늘을 바늘이라 끔뻑 잊어버리고 내가 우리가 함께 덮고 잘 이불에 넣었다면, 나는 오늘도 이불을 덮고 잔다. 나의 손을 꼭 잡아주는 내 가족의 손은 무엇인가? 아직 삶이 남았다면 바늘의 곡선은 기꺼이 예우해야겠지!

*김경주: 2003년 〈대한매일〉 신춘문예로 등단.

반성 79 _ 김영승

아내가 내 빤스를 입고 갔다. 나는 아내 빤스를 입어본 적이 없다.

아내는 내 빤스를 입고 가 버린 것이다. 나는 빤스가 없다. 일주일 후에 아내는 내 빤스를 빨아서 갖고 왔다.

나는 빤스를 입었다.

鵲巢感想文

시인 김영승은 '반성'이라는 시제 하나로 몇 편의 시를 썼던가! 시 한 편 한 편 읽기가 편하다. 그렇게 어렵지 않다. 일상적인 이야기다. 반성이다. 나는 이 시를 읽으며 아내에게 제대로 빤스 한 장 사 준 적은 있었던가 하며 반성한다. 아내는 빤스가 없더라도 내 빤스는 입고 가지는 않을 것 같다는 생각도 해본다. 하지만, 빤스야 뭔 일이 있을까마는 살면서 여행 한 번 같이 가지 않은 것은 반성한다. 오늘은 계원과 함께 부산에 나들이 갔다. 1박 2일로 해서 다녀오겠다고 하며 떠났다. 늘 옆에 있던 아내가 없으니 좀 허전하기도 하다. 원체! 어데 다니는 것을 좋아하지 않으니, 계원끼리라도 재미있게 놀다 왔으면 싶다.

시를 그렇게 어렵게 쓸 필요가 있겠나 싶어도 또 그렇지 않은 이유도 있을 것이다. 김영승 시인의 시 「반성」을 읽으면 나 또한 무언가 잘못한 것만 같다는 생각이 자꾸 든다.

*김영승: 1958년 인천 출생. 1986년 〈세계의 문학〉 반성 시 발표하며 등단.

발광의 주파수 _ 우대식

단원의 그림 모구양자도母狗養子圖를 보다가 눈이 흐려졌다. 어미와 새끼 개의 눈. 이 그림은 다 지우고 세 개의 눈만 남겨 놓아도 좋으리. 어미의 눈은 파철지광波鐵之光의 그것이었다. 사람들은 자꾸 인자한 눈빛이라 하는데 내 눈에는 미친 듯한 나선형의 발광으로 보였다. 어린 새끼의 눈이 순진무구라는 것은 동의하겠다. 그러나 어린 새끼를 향한 당당한 미침, 뻗힘 어떤 도발이 어미의 눈동자에 돌고 있었다. 오로지 하나의 생명만을 향한 인자함이 낭자하게 고여 있었다. 생명이 간혹 잔인하도록 모진 이유도 이 눈빛 언저리 어딘가에 있을 것이다. 발광의 주파수가 희미해질 때 우리는 고아가 된다.

鵲巢感想文

이 시를 감상하기에 앞서 잔소리 좀 하고 시작해야겠다. 시를 읽는 것도 감상하는 것도 글쟁이의 취미다. 좋은 시는 자신만의 좋은 단지에다가 묻어 놓고 생각나면 꺼내어서 자주 읽는 맛도 쏠쏠하다. 이런 좋은 시를 선택하기에는 필자는 일도 많고 신경 써야 할 일도 많아 될 수 있으면 웹진 시인광장에서 선정한 『올해의 좋은 시』라는 책자를 들여다보게 되었다.

그러나 이 책은 오타도 많고 한자표기도 잘못된 곳이 한두 군데가 아니다. 읽다가 보면 좀 짜증 날 때도 있다. 옛 진 시황 시절에는 오타나 획 하나 빠뜨려도 목이 날아갔다. 명색이 시인이고 시인이 선정한 시라면 책을 낼 때도 신경 써서 내야 하지 않을까 말이다. 물론 그런 걸 따져가며 읽으라면 어쩔 수 없는 일이다만, 이건 너무 많아서 하는 소리다.

여기서는 모구양자도母狗養子圖라는 말에 개 구 자狗를 써야 옳으나 잡을 구 자拘를 떠어억 하니 써놓았으니 웃긴 일 아닌가! 바로 잡아 놓는다. 혹여나 웹진 시인광장 관계자께서 이 글을 읽는다면 다음에라도 똑바로 하자.

단원은 김홍도의 호다. 김홍도는 조선 시대18c~19c 때 화가다. 모구양자도는 그가 그린 그림인데 어미 개가 하나 있고 강아지 두 마리가 노니는 모습의 그림이다. 이 그림을 자세히 보면 시인께서 말한 어미 개의 눈언저리가 꽤 볼 만하다. 마치 불을 켜듯 부라리는 눈빛 모양인데 색채는 아주 진하고 눈동자는 더욱 진해서 강아지로 향한 그 관심은 일절 굽힘이 없다. 그러므로 시인은 세 개의 눈만 남겨놓아도 이 그림은 아무런 관계가 없을 정도라고 표현했다. 여기서 파철지광波鐵之光이라는 말은 그 눈빛이 한 철 굽힘이 없다는 말이겠다.

동물도 자기 새끼에 대한 연민과 사랑은 이 그림을 보듯 어린 새끼를 향한 당당한 미침, 뻗침 어떤 도발적 어미의 눈동자로 묘사했다. 오로지 하나의 생명만을 위한 인자함이다. 하물며 요즘 세상은 어떤가! 인간은 부모로서 그 부모의 역할을 바르게 하는지 말이다. 입에 담기 어려운 일도 많이 벌어지고 있는 것이 인간사다.

끝으로 시인은 발광의 주파수가 희미해질수록 우리는 고아가 된다고 했다. 어떤 일에 관심사다. 그러니까 발광의 주파수다. 발광發狂이란 비정상적으로 격하게 행동한다는 뜻과 어떤 일에 몰두하거나 격한 행동을 낮잡아 부르는 말이다. 발광發光이란 단지 빛을 뿜어내는 것도 있다. 여기서는 전자가 맞다. 주파수란 전파나 음파가 어느 기간 동안 진동하는 횟수를 말한다. 다시 말하면 우리는 고아가 되지 않으려면 발광해야 한다는 말이다. 그것도 자기만의 행보가 있어야겠다. 지치지 않고 꾸준한 주기적인 걸음이야말로 나를 깨닫는 길이며 나를 드러내는 길이다.

일도 취미도 당당한 미침, 뻗침이 있어야 스스로 설 수 있는 자리를 마련하는 것이며 그 존재도 확인하는 일이겠다.

*우대식: 1965년 강원도 원주 출생. 1999년 〈현대시학〉 등단.

百年 _ 문태준

와병 중인 당신을 두고 어두운 술 집에 와 빈 의자처럼 쓸쓸히 술을 마셨네

내가 그대에게 하는 말은 다 건네지 못한 후략의 말

그제는 하얀 앵두꽃이 와 내 곁에서 지고
오늘은 왕버들이 한 이랑 한 이랑의 새잎을 들고 푸르게 공중을 흔들어 보였네

단골 술집에 와 오늘 우연히 시렁에 쌓인 베개들을 올려보았네
연지처럼 붉은 실로 꼼꼼하게 바느질해놓은 百年이라는 글씨

저 百年을 함께 베고 살다 간 사랑은 누구였을까
병이 오고, 끙끙 앓고, 붉은 알몸으로도 뜨겁게 껴안자던 百年

등을 대고 나란히 눕던, 당신의 등을 쓰다듬던 그 百年이라는 말
강물처럼 누워 서로서로 흘러가자던 百年이라는 말

와병 중인 당신을 두고 어두운 술집에 와 하루를 울었네

鵲巢感想文

이 시에서 百年은 무엇을 뜻하는 것인가? 百年, 부부는 백년가약百年佳約이라 했다. 나는 이 시를 읽고 가슴이 먹먹했다. 百年, 부부가 함께하는

시간, 즐거운 일도 슬픔 일도 행복과 불행은 파도처럼, 밀려왔다가 밀려가는 세월이다.

詩人 오영록 선생의 詩「고등어자반」에서도 부부의 정은 이러하다는 것을 보여주는데 필사해 본다. “부부로 산다는 것이 고행임을 저들도 알고 있는지 / 겹으로 포개진 팔 지느러미로 / 고생했다고, 미안하다고 / 가슴을 보듬고 있다.” 그렇다, 부부는 자반고등어처럼 있는 거 없는 거 다 드러내 보이며 가슴으로 껴안는 거다.

아마 시인의 아내는 이 시를 지을 때만 해도 불치병으로 고생한 거로 보인다.

이 시를 읽으며 더욱 가슴 아프게 하는 것은 종결어미로 사용한 ‘마셨네, 보였네, 보았네, 울었네’와 틈틈 써 내려 간 百年이라는 시어는 백년처럼 백년과도 같이 더욱 아득하고 먹먹하게 했다.

사랑한 사람 그것도 아내가 이리 아프다. 아픈 아내를 보고도 어떻게 할 수 없는 남편의 고뇌를 나는 읽고 있다. 나는 아내에게 어떻게 돼 했던가? 함께 일하며 두 아들을 키우는 부모로 양가 어른을 함께 보살피는 아내로 말이다.

공자께서는 ‘군군君君, 신신臣臣, 부부父父, 자자子子’라 했다. 임금은 임금다워야 하고 신하는 신하다워야 한다. 아비는 아비다워야 하고 아들은 아들다워야 한다는 말이다. 아비가 아비답지 못하면 온전한 가정을 이룰 수 없고, 임금이 임금답지 못하면 국가가 어찌 온전할 수 있을까 말이다. 세월은 어찌 가는지 모르는 것이 百年이다.

약관과 이립에 결혼하여 함께 꿈을 가지며 이상을 펼쳐 나간다. 불혹에 위기를 가질 수도 있으며 다질 수도 있다. 지천명에 이르러 아이들의 출가를 바라보며 이순에 세상 가장 푸른 잔디밭에 함께 누워 무지갯빛 하늘을 보아야 한다. 퍼뜩 지나고 말 百年, 깨닫다시피 하면 벌써 후딱 가버린 百年, 잠시 눈뜨고 살아 있을 때만이라도 고등어자반처럼 있자며 百年을 읽었다.

가슴 먹먹했다.

*문태준: 1970년 경북 김천 출생. 1994 〈문예중앙〉 등단.

백색 _ 임봄

—모서리를 읽다

둥근 앉은뱅이 밥상이 사라진 후부터 방 안엔 점점 모서리가 생겨났다 네모난 식탁 모서리들을 쓰다듬는 달빛만 갈수록 둥글어졌다 밤이 깊어지면 누군가가 딱딱이를 부딪치며 울었다 울음은 어둠의 모서리에 부딪쳐 되돌아올 때 더 또렷이 존재를 드러냈다 불온한 혀끝에서 망을 보던 단어들이 조용히 밥 알갱이 속으로 스며들었다 결별을 선언하지도 못했는데 모든 것이 일시에 사라졌다 처마 밑에서 노란 주둥이를 벌리던 제비가 사라지고 마당을 기어가던 지렁이가 사라지고 무릎걸음으로 문턱을 넘어오던 말들이 사라졌다 슬픔은 어떻게 일상이 되는가 환한 대낮이 어둠을 낳고 아무렇지 않게 웃는다 이방인의 눈물이 가득한 방에서 우리는 각자 몸을 웅크리고 모서리에 등을 댄 채 잠이 든다

鵲巢感想文

흔히 아는 단어라도 시에서만 보면 뭔가 새롭게 보이는 것도 사실이다. 백색이라고 하면 흰색이다. 자본주의를 상징하며 또 대표하는 색깔로 이 흰색을 많이 쓰기도 한다. 우리 민족은 이 흰색을 즐겨 입었기에 백의민족이라 불리게 되었으며 또 이 흰색은 아무것도 없는 공백을 나타내기도 했다. 나는 이 백색, 흰색만 생각하면 이중섭의 '흰 소'가 생각난다. 흰색으로도 역동성을 나타낼 수 있었다.

시인은 시제 백색에 부제를 달았다. '모서리를 읽다' 모서리는 어쩌면 불완전한 어떤 의미를 담은 듯 그렇게 느낀다. 또 둥글지 못한 어떤 마음처럼 닿기도 한다. 우리는 모서리가 아닌 곳에서 하루를 살았던가! 아침에 일어나면 네모난 식탁과 그것도 가족과 함께하였으면 다행한 일이며 출근하면 네모난

자동차, 가게나 직장이면 네모난 사무실이다. 이 네모난 곳은 우리의 완전한 꿈을 실현하기 위한 운동장이다.

이 네모난 영업장은 하루에도 낯선 사람으로 붐비며 네모난 종이 한 장에 우리의 인생을 걸기도 한다.

무엇보다 시인은 네모난 책과의 싸움만큼 더 고독한 일도 없을 것이다. 수많은 장서는 내 모르는 사람의 이면이며 제비가 날아들었는지 애는 커 가는지, 이 네모난 바탕은 늘 하얗다. 삶의 눈물이다. 오늘도 둥근 달빛 그리며 네모난 무덤 같은 네모난 독방에 앉아 글을 파는 것이 시인이다.

*임봄: 1970년 경기도 평택에서 출생. 2009년 〈애지〉에 시를 발표하며 작품 활동 시작.

보리밭을 흔드는 바람* _ 허연

형제는 같은 둥우리 안에서 어미 새의 사랑을 놓고 싸운다. 먼저 태어난 형은 큰 덩치로 둥우리를 장악한다. 엄마의 사랑을 가진 형에게 둥우리는 세계다. 보수주의자가 되는 것이다. 동생은 할 수 없이 진보주의자가 된다. 먼저 태어나 덩치가 큰 형에게 이기려면 녀석은 둥우리를 부정해야 한다. 둥우리를 긍정하는 건 죽음이다. 그래서 동생은 평등을 외친다. 진보는 늘 성공 아니면 죽음이다. 동생으로 태어난 새가 할 수 있는 건 혁명밖에 없다. 새로운 둥우리를 만들지 않는 이상 그에게 미래는 없다. 그런데 혁명의 성공확률은 낮아서 대부분 실패하고 모든 것은 유지된다. 둥우리 안에서 형은 눈물을 흘리며 동생을 밖으로 밀어낸다. 역사다.

보리밭에는 언제나 바람이 불었다.
보릿대가 쓰러졌고 시간은 흘렀다.
새들이 하늘을 난다.

鵲巢感想文

이 시는 총 2연으로 구성한다. 1연은 진술이고 2연은 묘사다. 1연은 시를 쓰게 된 동기로 상황을 아주 자세하게 언급한다. 시 1연만 읽어도 강자와 약자, 보수와 진보와의 대결 속에서 역사는 항상 강자, 보수의 역사였다. 시 2연, 보리밭은 민중을 뜻한다. 민중은 언제나 꿈과 소망이 일었다. 하지만, 그 꿈은 늘 꺾였고 기회를 잡은 측 보수는 늘 승리했다.

시인은 영화 '보리밭을 흔드는 바람'을 보았다. 아일랜드의 완전 독립을 꿈꾼 두 젊은 형제간의 싸움이다. 물론 시인이 말하고 싶은 것은 이 영화의 줄거리를 얘기하고 싶은 것이 아니라 역사다. 역사는 진보와 보수의 진영에서 싸움이었다.

이 시에서는 진보와 보수로 얘기했지만, 이는 좌익과 우익이었으며 그 이전에는 공화당과 왕당파로 나뉘었다. 우리의 정치 상황은 해방과 동시에 강대국의 정치 상황과 맞물려 좌익과 우익이라는 두 개의 성부로 나뉘었다. 벌써 70년 이상이나 한 민족이 분단으로 나뉘어 살았다. 우익정부는 정치적 발전과 경제의 부흥을 이끌었지만, 정치는 불안했다.

지금 현재의 민주주의를 갖추기에는 상당한 시간이 필요했다. 이러한 민주주의 바탕에서도 16년 겨울 초입에 터진 국정농단과 비선 실세인 최순실 게이트의 파문은 우리의 정치 수준이 어떠한지를 보여주는 단적인 예다.

우리는 자유와 평등, 더 나가 공정한 사회를 만들고 싶다. 누구나 능력껏 취업하며 소신껏 자아를 일깨우는 공정한 기회를 원한다. 정치가 무엇인가?

논어의 안연颜渊편에 나오는 말이다. 제齐나라 임금이 공자에게 정치란 무엇이냐고 물었다. 공자의 대답은 "君君(군군), 臣臣(신신), 父父(부부), 子子(자자)", 즉 "임금은 임금답고 신하는 신하다우며 아버지는 아버지답고 아들은 아들다워야 한다." 각자에게 소임에 충실할 때 조화롭고 안정된 사회를 만들어 갈 수 있다는 말이다.

우리는 우리가 맡은 소임을 바르게 행하고 있는가?

그러면 정치는 어떻게 해야 하는가? 공자께서는 족식足食하고 족병足兵하여 민신지의民信之矣라 했다. 굶지 않을 만큼의 양식과 안전한 군사력, 무엇보다 중요한 것은 상호신뢰를 통한 건전한 나라를 만드는 것이라 했다.

인류역사상 가장 민주주의를 이룩한 현대 사회도 공자의 말은 하나의 이상이었다. 보릿대가 쓰러지지 않고 바람에 휘날리는 보리밭은 없는가?

*허연: 1966년 서울 출생. 1991년 〈현대시세계〉 등단.
*보리밭을 흔드는 바람: 켄 로치 감독의 영화
허연 시인께서 쓴 시 「보리밭을 흔드는 바람」을 감상하다가 좋은 영화가 생각났다.

네덜란드 영화 '미힐 드 로히테르'로 우리나라 이순신 장군을 떠올리게 한다. 민중을 대표하는 공화당 그리고 왕권 중심의 보수 세력인 왕당파의 정치적 대립과 여러 강대국 사이의 한 국가의 생존을 펼친 영화라 보면 좋겠다.

봄 밤 _ 김정숙

겉늙은 누렁이

바람피우러 나간 사이

왕 촛대 양손에 들고

봄 마중

가는 목련

덩달아 열사흘 달이

뒷짐 지고

나선다

鵲巢感想文

詩人이 말하고 싶은 의도를 다른 이미지를 끌어다가 표현했다. 시제가 '봄밤'이다. 初章은 누렁이 中章은 목련 終章은 달이 주어다. 누렁이도 그냥 누렁이가 아니고 겉늙은 누렁이다. 목련을 표현하는 것도 왕 촛대 양손에 들고서 있듯 한다. 목련의 이미지와 왕 촛대가 서 있는 그림을 상상해보자. 정말 눈에 선하게 닿는다. 終章에 이르면 달이 아니라 열사흘 달이다. 보름에 한 이틀 못 미친다. 시가 무엇을 얘기하는지 익히 풀어 쓰지 않아도 이 문장은 참 예쁜 그림 한 장 보듯 감상했다.

*김정숙: 1960년 제주 출생. 2009년 〈매일신문〉 신춘문예 당선시조.

봄날 가고 봄날 온다 _ 박성우

이장님 댁 애먼 사과나무 묘목을 깡그리 뜯어먹어 사과나무 꼬챙이로 만들어놓던 염소 깜순이, 좁은 흙길 풀 뜯어 먹어 우리집으로 드는 흙길을 음메헤에 음메헤에 넓혀주던 깜순이, 뽕잎가지 감잎가지를 꺾어내면 검은 눈 끔뻑끔뻑 짧은 꼬리 톡톡 다가오던 깜순이, 겨우내 철골 개막에서 마른 콩대와 콩깍지로 버티더니 봄 강변 매실나무 밑에 들어 첫 새끼를 놓는다 혼자 까막까막 산통을 앓고 혼자 까막까막 새끼를 받고 혼자 까막까막 새끼를 핥아 세워, 봄 강변 매실나무 연분홍 꽃잎이 어메에 어메헤에 어메에 흩날린다

鵲巢感想文

묘이부수자유의부苗而不秀者有矣夫 수이부실자유의부秀而不實者有矣夫

싹은 돋았으나 꽃이 피지 않는 것이 있고 꽃은 피었으나 열매가 맺지 않는 것이 있다. 싹―꽃―열매로 인생을 이야기한다. 싹 틔우는 과정이 있다면 꽃을 피워야 할 단계가 있다. 꽃을 피웠다면 열매로 맺는 과정도 이루어야 한다. 모든 싹이 모두 열매로 맺는 것은 아니다. 수많은 풍파를 겪어야 이룬다.

무엇을 그리 먹었는지 깜순이는 이것저것 가릴 것 없이 먹었다. 이장님의 사과나무 묘목도 깡그리 뜯어 먹고 결국 꼬챙이로 만들었다. 좁은 흙길, 풀도 이리저리 다 뜯어 먹었다. 겨울철 마른 콩대도 콩깍지도 없어 못 먹지 생존에 가릴 것은 없었다. 봄이 오고 까막까막 새끼를 낳았다.

사업도, 글쓰기도 뭐 하나 제대로 된 것도 없지만, 또 제대로 안 한 것도 없다. 그냥 꾸준히 먹고 그냥 꾸준히 싸질렀다. 용기다. 생존에 가릴 것이 뭐 있겠나 말이다. 見義不爲無勇也다. 마땅히 해야 할 일을 보고도 하지 않는 것

은 용기가 없는 것이다. 내가 필요한 것은 해야겠다. 단지 의義로 와야 한다.

*박성우: 1971년 전북 정읍 출생. 2000년 중앙일보 신춘문예 「거미」 당선.

봄비, 가을비 _ 박기섭

봄비는 봄비라서
산개울 빗장을 풀고

거년에 이운 꽃을
다시 물어 올리고

파 고추 모종을 내고
상추씨를 뿌리고

가을비는 가을비라서
눈썹을 적시다 말고

잦아든 봇도랑이
혀짤배기 소리를 하고

깨타작 콩타작을 하고
저녁밥을 안치고

鵲巢感想文

박기섭 선생은 시조 시인이다. 위 시는 선생의 시조집『角北』에서 뽑았다. 현대시가 길고 장황한 나머지 읽기가 불편하고 거기다가 난해하기까지 하여 대중의 관심 밖으로 밀려난 지 오래된 건 사실이다. 시조는 정형시라 읽을 게 없는 게 아니라 압축적이면서도 익살스럽고 여백의 미를 충분히 살려 동양화 한 폭 감상하듯 하고 거기다가 자연미까지 더한 것도 꽤 있다.

나는 박기섭 선생을 처음 만난 건 『현대문학』 월간지에서다. 몇 년 선이었지 싶다. 선생의 시 「물항라 하늘빛」이었다. 나는 이 시조가 시조인지도 모르고 읽었다. 짧고 간결하면서도 읽는 맛이 꽤 있었는데 읽다가 보니까 아! 이거 괜찮다 하는 생각이 들어 퍼뜩 필사하여 시마을에 올린 적 있다. 물론 감상문도 적어 올렸다마는 시가 이러했으면 하는 마음은 필자나 선생이나 같은 마음일 게다.

위 시조를 읽으면 나는 소싯적 생각만 떠오르는데 갱분에서 놀기도 한 적 있고 서당꼴에 가 논 적도 있었다. 수제비 참 좋아했다. 얄팍한 돌을 들고 흐르는 물 위나 고여 있는 물 위에다가 참방참방 띄우는 일인데 친구들끼리 내기도 했다. 그때가 참 좋았다. 세월은 벌써 이만치 흘러 머리는 셀 정도니까!

선생의 시조 '봄비, 가을비'는 뭔지는 모르겠지만 어떤 이미지를 참방참방 띄우는 수제비 같다. 탐미적인 색채가 강하다. 봄비, 산개울, 빗장, 거년, 이운 꽃, 씨를 뿌리고, 가을비, 눈썹, 잦아든 봇도랑, 혀짤배기 소리, 깨타작, 콩타작, 저녁밥을 안치고……. 이러한 시어는 모두 일차적 의미를 떠나 자연적이면서도 결코 자연적이지가 않다. 가만히 생각하면 웃음도 일어서 하루가 그냥 녹는다.

*박기섭: 1954년 청도 각북에서 삶. 1980년 〈한국일보〉 신춘문예 당선.

붉은 소벌 _ 성기각

벼락 내린 봄뫼처럼 타오르는 늪이 있다 / 아름다워서 서러운 목숨 / 그랬다 내 열 두 살 적이었던가 / 늪에는 온통 암내 무성하였다 / 밤꽃 냄새 견디지 못해 끙끙대던 과수댁 / 발밑이 늪이었으나 / 는개 뽀얗게 젖은 속살로 / 황홀한 지옥 한가운데 있었다 / 머슴이랑 배 맞아 도망한 여편네 / 미안타 미안타 / 인편으로도 안부 부치지 못했다 / 바람난 며느리 남세스러웠으나 / 두남두는 이웃 하나 없어 / 경운기 밧줄에 목매고 죽은 상촌할배 / 이제는 며느리밥풀꽃으로 피는데 / 늪을 돌아 나가던 꽃상여가 봄햇살 받고 / 저리 붉었으랴 / 명당明堂자리라고 고래고래 고함지르며 / 천기누설天氣漏泄하는 물닭 쇠물닭 / 붉은 주둥이 둥지 찾는 저녁 / 과수댁 달거리 서답이 저리 붉었으랴 / 상복喪服 입은 배추흰나비도 / 노을에 붉게 젖어 / 꼴깍, 또 하루가 저물고 있다 / 백로 백로 날개짓 활활 붉다 못해 / 불타는 봄날 / 바싹 마른 갈비 긁어 불을 당기는 / 붉디붉은 소벌이 있다.

鵲巢感想文

붉은 소벌은 소벌에 얽힌 이야기다. 붉다는 말은 소벌에 얽힌 이야기로 강한 이미지로 떠오른다는 말이며 소벌은 경남 창녕 우포늪의 또 다른 이름이다.

이 시를 쓰신 선생의 출생이 1960년이니까 72년쯤이나 있었던 일을 되새기며 지은 시 같다. 선생의 시집 대부분이 꽤 향토적인데 읽는 맛이 다분하여 필사하며 감상해본다.

벼락 내린 봄뫼처럼 타오르는 늪이 있다, 시의 묘사다. 봄뫼가 봄뫼 같지 안 읽히고 늪이 늪 같지가 않다. 고향에 얽힌 이야기로 남녀 간 어떤 문제의 시발점이다. 봄뫼는 봄 산이라는 뜻으로 활기가 있는 어떤 남성의 묘사며 늪은 여성을 제유한 시어다. 그러니까 이 문장 하나만 보더라도 경제적이며 복합적이며 다의적이다.

늪의 그 퀴퀴한 냄새 즉 암내와 밤꽃 냄새, 여기서 밤꽃 냄새는 남자의 정액 냄새를 대신하는 것으로 사내의 정을 은유한다.

는개 뽀얗게 젖은 속살로, 는개는 안개비보다는 무겁고 이슬비보다는 가벼운 비다. 사부작사부작 내리는 비쯤으로 보면 되는데 이것도 묘사다. 아낙의 바람은 표나지 않은 것 같아도 어떤 잦은 느낌이 든다.

며느리밥풀꽃이라는 시어가 나오는데 이 꽃에 얽힌 전설이 있다. 막무가내인 시어머니에게 맞아 죽은 한 많은 며느리가 하얀 밥알을 물고 다시 꽃으로 피어났다는 고부간의 갈등을 표현한 꽃 이름이다. 꽃은 실지 보면 하얀 밥풀떼기 두 알 맺힌 듯 그렇게 보인다.

서답이라는 말은 빨래를 말하기도 하고 70년대였으니까 그때는 생리대가 없었을 것이다. 여성의 샅에 차는 기저귀정도로 보면 좋겠다. 여기서는 남성에 대한 열정적인 어떤 그리움을 표현한다.

시의 이야기는 남편을 일찍 잃은 어느 과부가 집안의 머슴과 바람이 나, 도망가고 시아비는 목매고 죽은 이야기다. 근데, 시의 내용은 참 슬프기 짝이 없지만, 시를 지음에 쓴 시어가 구수하다. 봄뫼라든가 늪이나 뽀얗게, 두남두는(애착을 가지고 돌보는), 상촌할배, 꽃상여, 물닭, 쇠물닭, 노을, 같은 시어가 목가적인데다가 꽤 향토미가 흐른다.

시를 읽는 데 지겹지 않을 정도로 운도, 이 시는 꽤 따르는데 마치 슬픈 노래처럼 읽힌다.

지금은 도시문화가 꽤 발달했다. 어느 집 과부가 바람이 났거나 어쨌거나 간에 알 수 없는 일이다. 성문화가 예전과 달리 많이 바뀐 것도 사실이다. 마음 맞으면 어떻게 됐는지 모를 일이니 말이다. 더욱 부추기는 것은 주택이나 학군까지 밀려드는 모텔은 커가는 아이들 보기에도 좋지 않음에도 모텔 사업은 각광받는 시대가 되었다.

아직도 시골은 이 시와 다름없이 어른들 동 회관에 모였다 하면 천기누설도 아닌 물닭 쇠물닭 뛰어오르고 백로 백로 활활 붉다 못해 마른 등짝 효자손 긁어야 할 판이다.

*성기각: 1960년 경남 창녕 출생. 1987년 〈소설문학〉 등단.

붉은 시간 _ 우은숙

삶이 꽤
악착같이 들러붙을 때가 있다

절박한
시간만이 내게로 올 때가 있다

퇴근길
쪼그라든 해가 등 뒤에 걸린 그때

鵲巢感想文

그러고 보면 人生은 순탄한 길만은 아니다. 평민의 대다수는 이와 같을 것이다. 뉘는 삶을 포기하는 사람이 있는가 하면 뉘는 또 시간을 쪼개며 시간을 쫒으며 시간을 만드는 사람이 있다. 詩題 붉은 시간은 열정이 배인 꿈 같은 믿음을 심는다.

詩가 짧다. 短時調다. 길다고 뭐 좋은 詩가! 잠시 앉아 아주 짧은 생각으로 여유를 가져보는 것도 좋겠다. 오늘 신문에서 읽은 내용이다. 청도 역간에 도서를 대여하며 보내는 모 씨가 있다. 요즘은 책을 빌려 가는 사람이 거의 없다고 했다. 그래도 이 일을 천직으로 아직도 누군가는 책을 빌려 가지 않을까 하는 마음에 일한다. 이 일을 수십 년 해온 것으로 안다. 선생은 연세가 칠순이었던가 하여튼 그랬다. 세태가 신문이나 책을 보지 않고 조그마한 액정판 들여다보기 바쁜 세상이다.

전자책보다는 활자가 신문보다는 책을 보는 세대, 뭐 고리타분한 세대라 얘기할지도 모르겠지만, 생각을 깊게 다져보자. 책을 통해서 말이다.

詩人 우은숙 시집을 한 번 죽 읽었다만, 나는 솔직히 실망스러웠다. 時調를 짧게 짓다보면 의미가 깊지 못할 때가 더러 있다. 거저 독자로서 소감 한마디 적는다. 시집을 샀으므로,

글을 읽으면 어떤 느낌이 닿아야 한다. 물론 나의 독해가 영 문제가 없는 것도 아니겠다.

*우은숙: 강원도 정선 출생. 1998년 〈동아일보〉 신춘문예 당선.

비 _ 서숙희

아무도 없는 밤을 누가 톡톡 두드린다

창문을 활짝 열고 귀마저 환하게 연다

늦도록 불 켜진 창에 빗금들이 깃을 부빈다

가볍게 스치는 여린 물빛의 느낌표들

빗금과 빗금 사이 번짐이 함뿍 젖어

투명한 울먹임으로 가슴에 스며든다

뒤척이는 한 영혼과 명징한 빗소리가

적막이라는 따스한 둘레 안에 깨어서

가만히 밤을 넘고 있다, 서로를 기댄 채

鵲巢感想文

밤에 듣는 빗소리는 명징하다. 조용한 세상에 하늘에서 내리는 비는 곧 시인과 함께 벗이 된다. 창문을 두드리는 빗소리에 귀마저 환하게 열고 마는 시인, 이 비는 곧 작가의 마음을 옮겨가기까지 한다. 깃을 비빔으로서 이는 곧 시의 발단이다.

시조 둘째 수는 시인의 마음을 옮겨놓는다. 근데, 이 비만큼 명징한 그 어떤 사유는 없다. 오로지 가볍게 스치는 여린 물빛뿐이다. 그러니까 삶의 무게, 시인이 감당할 수 없는 어떤 고뇌 같은 것이라고만 추증할 뿐이다. 빗금과 빗금 사이 번짐뿐이며 이것도 아닌 것 같고 저것도 아닌, 오로지 가슴에 스미는 아픈 현실들, 그것이 무엇인지는 모른다.

시조 셋째 수는 뒤척이는 한 영혼, 곧 시인이겠다. 명징한 빗소리는 시인의 마음을 환유한다. 적막이라는 따스한 둘레 안에 깨어서, 이러한 표현도 빗방울에 착안하여 어떤 세계관을 대신한다. 이 적막한 밤을 서로의 마음을 기댄 채 넘는다. 결국, 혼자서 이겨낸다.

이건 사족이다만, 필자가 사는 집은 패널 집이라 빗소리는 누가 두드리는 것처럼 오지는 않는다. 천만 대군쯤 되는 이 천만 대군이 탄 말이 마치 힘차게 달려오는 듯하다. 가히 장관을 이룬다. 두두두두두두두두두두 거린다. 처음 이 집에 잠잘 때는 잠이 오지 않았다. 지붕이 무너지는 듯해서 두 눈 똑바로 천장만 봤다. 지금은 자장가다. 그 어떤 바이올린보다도 피아노 협주곡 황제를 듣듯 구슬이 막 굴러간다. 조선을 세운 이성계도 운명을 작곡한 베토벤도 이러한 지붕 밑에서 잠자지는 않았을 거로 생각하면 무척이나 행복하다.

비 오면 천만 대군쯤은 사열하고 있을 테니 그 어떤 두려움도 없이 잠만 자는,

*서숙희: 경북 포항 출생. 시조시인. 1992년 〈매일신문〉과 〈부산일보〉 신춘문예에 시조 당선.

비문非門들 _ 고은강

입술을 공백으로 남겨두었더라면 말은 세속화되지 않았을 것이다 만져보면 입술은 차고 습한 사물이다 언어가 아직 태어나지 않았을 때 우리는 우랄산맥을 오르는 캄차카반도의 길들여지지 않은 사나운 순록이었고 그때 우리에게 아버지 따위는 없었다 언어가 아직 태어나지 않았을 때 우리는 우리의 야만과 혼례를 치르고 옛날을 달리는 짐승처럼 신성했고 그때 우리에게 두려움 따위는 없었다 마침내 삶은 불멸로 타락했고 마침내 삶은 아버지라는 궁리로 전락했다 그리하여 오늘은 불임의 태초, 아무것도 수태하지 않는 말들의 순례는 시작되었다 이 말이 다형체다 언어는 언어와의 교미만을 지향한다 만삭의 밀어들이 새까맣게 말라죽을 때까지 입속의 내 말이 다형체다 당신은 현재에서 현재로 불멸하는 종이다 그러므로 당신은 당신에게로 회귀하는 자, 신화여 미래는 어디에 있습니까 우리는 어원으로부터 너무 멀리 왔다 당신의 화법이 내 입속의 혀처럼 부드러워 이 말이 다형체다

鵲巢感想文

시를 읽으면 우리의 뿌리가 보인다. 비문은 비문碑文인 것 같기도 하고 비문秘文인 것 같기도 하다. 물론 이 시는 비문非門이라고 명백히 밝혀두고 있지만, 이는 다채로운 여러 문文, 門 중에 하나로 그 어떤 문도 아님을 말한다.

시를 읽을 때는 주어진 시어가 일차적인 뜻에서 빨리 벗어날 필요가 있다. 예를 들면, “입술을 공백으로 남겨두었더라면 말은 세속화되지 않았을 것이다”라는 문장에서 입술만 생각하다가는 공백을 메워 넣기에는 어렵다. 입술은 그녀의 책이라든가 그녀의 몸짓이라든가 또 모르는 그녀의 어떤 그 무엇

으로 생각해 볼 필요가 있다. 그러니까 입술은 공백이 아니었고 이 말은 세속화되었다. 한마디로 물들었다는 말이다. 입술은 차고 습하기까지 하다. 입술의 성질을 말한다.

시인은 우리의 언어가 어디서 왔는지 그 출현과 파생을 통해서 우리가 얘기하는 詩를 중첩한다. 물론 언어의 출현과 파생에 관한 설명은 턱없이 부족하다. 단지 우랄산맥과 캄차카반도라는 시어만 제시하였을 뿐이다. 더 명확하게 제시했더라면 시로 보기는 어렵겠지.

아버지 따위는 없었다거나 삶은 불멸로 타락했고 마침내 삶은 아버지라는 궁리에서 여기서 말한 아버지는 아버지가 아니라 나의 언어를 낳게 한 그러니까 시인에게는 성경 같은 말씀, 시집일 뿐이다.

나의 시를 쓰는 것은 아무래도 순례가 필요하며 언어의 교미가 필요하다. 이러한 문장의 은유는 모두 시를 위한 묘사다. 그러므로 모든 시는 한 갈래에서 나왔다. 현존 인류가 한 어머니에게서 나왔듯이 말이다.

“만삭의 밀어들이 새까맣게 말라죽을 때까지 입속의 내 말이 다형체다” 시를 읽는다는 것은 마음을 정화하는 것과 마찬가지다. 시를 쓴다는 것은 정화한 찌꺼기를 말끔히 벗겨내는 것과 같다. 시 쓰는 작업은(새까맣게 말라죽을 때까지) 곧 또 다른 모양임을 강조하는 문장이다. 물론 여기서는 다형체로 말하고 있지만, 다족류로 치환해도 무관하겠다. 더 나가 거미나 지네 같은 더욱 사실적으로 묘사해도 관계는 없지만, 인류 문명의 태동과 언어와 문자는 나족류와는 거리가 번 섯노 사실이라 다형체로 쓰는 것이 맞다.

시인이 쓴 시는 방금 진화한 산물이며 이는 불멸에 가깝다. 누가 열어보거나 누가 평을 하거나 또 수세대를 거쳐 다시 볼 수 있으니 말이다. 물론 볼 수 없다 하더라도, 생산은 무생물에 가까운 거라 언제든 부활의 기미는 있는 법이다. 그러니까 씨앗 같은 것인데 벌써 이 한 나무는 자라 꽃 피웠잖은가! 이 나무는 사과로 맺어 수많은 시인이 사과로 들여다보게 했다. 그러니 현재에서 현재로 불멸하는 종이 되었다.

우리는 신화 같은 존재로 서고 싶지만, 미래는 이를 인정할 것인가! 단지 우리 민족의 뿌리와 어원에서 멀리 와 있을 뿐이다. 여러 모양을 한 시, 장족의 발전만이 신화를 쓰는 길이며 존재를 확인하는 일일 뿐이다. 하지만 다 부질없는 일이다. 우리는 결국 한 뿌리에서 나온 인류며 이 많은 시에서 수천수만이 흘러 결국 하나만 생존하여도 인류는 성공한 것이다. 시는 유형무형의 존재 종교는 아니지만, 어떤 믿음을 부여하며 인류가 살아 있는 한, 우리 모두의 존재며 피며 DNA다.

*고은강: 1971년 대전에서 출생. 2006년 제6회 〈창비 신인시인상〉 등단.

삼색나물

삼색 나물 _ 최정신

시간이 묻힌 땅에
도라지가 알싸한 정향情香을 피운다
산비알 묵정밭 공손히 고개 숙인
고사리에서 속연에 맺은 젊은 아비 어미를 기린다
아직 남은 길이 멀다는
시금치가 심장에 초록 피돌기를 한다

누세에 올리던 제에
습관으로 해 오던 무심함,
그 까닭이 사뭇 사려 깊다

근원에서 어제를 복기함은
이별 예감을 두려워 말라는
삼색 지침서로 읽는다

뿌리에서 줄기로 이파리가 서술한 장서의 계보 한 권,

무궁한 꽃차례 엉킨 실핏줄 식솔들이
따듯한 살갗을 어루만진다

백채, 갈채, 청채,
모자람도 나누던 백토 된 어제와

물욕의 수위가 넘실대는 오늘을 반성하고

다시 신세계로 열릴 후대가

어랑 다랑 살갑다

鵲巢感想文

삼색 나물은 무엇인가? 시금치, 도라지, 고사리다. 그러면 삼색 나물에 얽힌 뜻을 알아보자.

도라지는 道를 알라는 뜻인가? 도를 알지, 돌아지, 도라지 道+我+知 노자의 도덕경 읽던 기억을 되살려본다. 도道라고 하는 것은 가는 길을 뜻한다. 필자의 책 『카페 간 노자』를 잠깐 빌려 본다. 우리가 어떤 길을 걸을지는 내가 안은 뜻이 무엇이냐에 따라 선택한다. 젊을 때는 어떤 길을 걸을까 하며 생각지도 않았다. 나는 거저 막연하게 처한 생활에 내맡겨 그냥 열심히 살았기 때문이다. 그렇게 열심히 살아보니 인생이 무엇인지 조금 알 것도 같다. 하지만, 그 속도는 젊을 때 비할 바 못 되고 일은 더 많아 어깨가 무겁기만 하다. 도라고 일컫는 도는 흔히 도가 아니다. 노자의 말이다. 커피 인생을 걸어왔지만 정말 커피 인생을 걸었을까!

고사리는 이치에 닿는 높은 사고의식으로 일하라는 의미인가? 고사리는 하늘로 뻗어 가는 기운의 모습을 한다. 그러면서도 손의 모습과 흡사하다. 고사리 손은 일의 시작을 의미한다. 고사리高事理는 높은 이치가 담긴 일을 한다는 뜻이며 그 모양은 하늘 세계로 기운이 피어오르는 모습이다. 옛날 유물 또는 벽화에서도 고사리 문형은 많이 그렸다. 이것은 氣의 발생 모습을 나타낸다.

시금치는 항상 푸르다는 뜻인가? 일의 높은 뜻을 가지라는 말이다. 더 나가 도를 행하는 것도 늘 푸르게 가지라는 뜻으로 읽힌다.

우리의 미풍양속을 저버리지 말자는 삼색지침서, 오늘을 사는 우리의 물질만능을 비판하는 장서의 계보 한 권보다 아주 따끔한 시, 후생後生이 가외可畏니 언지래자지불여금아焉知來者之不如今也리오. 공자의 말씀도 있듯이 어찌 후대 사람이 우리보다 못하다고 생각할 수 있겠는가! 그러니 현재 우리의 삶을 꿰뚫는 성찰하는 그 마음을 가지라는 시,

시인의 숨소리까지 그야말로 삼색지침서, 절묘한 시 한 수다.

*최정신 경기도 파주 출생. 〈문학세계〉 신인상 수상으로 등단.

삽 _ 장진규

삽이란 발음이, 소리가 요즈음 들어 겁나게 좋다 삽, 땅을 여는 연장인데 왜 이토록 입술 얌전하게 다물어 소리를 거두어들이는 것일까 속내가 있다 삽, 거칠지가 않구나 좋구나 아주 잘 드는 소리, 그러면서도 한군데로 모아지는 소리, 한 자 정子正에 네 속으로 그렇게 지나가는 소리가 난다 이 삽 한 자루로 너를 파고자 했다 내 무덤 하나 짓고자 했다 했으나 왜 아직도 여기인가 삽, 젖은 먼지 내 나는 내 곳간, 구석에 기대 서 있는 작달막한 삽 한 자루, 닦기는 내가 늘 빛나게 닦아서 녹슬지 않았다 오달지게 한번 써볼 작정이다 삽, 오늘도 나를 염하며 마른 볏짚으로 한나절 너를 문질렀다

鵲巢感想文

한때 한글에 관한 우수성을 다룬 프로그램 몇 편 본 적 있다. 우리 民族은 정말 대단한 민족임은 틀림없다. 한글을 만든 동기 제작 반포일까지 명확한 국가, 世界 어느 나라를 들여다보아도 이런 국가는 없다. 그러면 이 한글을 이루게 한 우리의 말은 어떤가! 우리가 타는 말 또한 그 어느 나라보다 우수하다고 나는 본다. 세계 어느 나라에 비해도 배우기 어려운 언어, 4위에 랭킹 됐지만, 세계 어느 나라 사람도 가장 배우고 싶은 말과 문자가 우리의 언어다.

뭐 여기서는 言語와 말에 관해 말하고자 함은 아니다. 위 詩人께서 詩題 '삽'에 관해서 나름의 哲學을 남겼기에 언뜻 스치는 생각을 적은 것뿐이다. 나는 詩人께서 쓴 詩題 '삽'을 소리 나는 대로 읽었다. 정말 소리를 거두어들

이는 어떤 묘한 느낌이다. 땅을 파며 무엇을 묻거나 또 열 수 있는 도구다. 詩人은 이를 비유로 자정에 책상 앞에 앉아 정말 내 무덤을 참한 무덤 하나를 짓고자 한다. 삽은 삶과 죽음의 경계며 또 이어주는 매개체다. 삽을 통해 죽음도 삶도 시인의 마음을 은유한다.

詩를 읽으며 나는 또 뭔가 하는 생각이 들었다. 나는 마치 코모도같이 여러 무덤만 팠다. 진실 된 알 하나 까지 못하고 오늘도 파는 이 鵲巢는 무엇인가! 하는 생각이 들었다. 삽, 참말로 참한 알까기다. 알까기 해놓았다. 詩人은

에휴, 마! 그냥 가자. 시속 45마일 속도는 여간 빠른 것이니 이 속도나 줄이자며 나는 삽을 질질 끌며 제동을 건다. 불똥 튀기는 것도 흙먼지가 이는 것도 아닌, 이 하얀 맨드라미꽃은 미친 듯이 오늘도 내 얼굴을 보고 있다.

삽, 마른 볏짚 같은 옷에 갇혀 있는 삽은?

*정진규: 경기도 안성 출생. 1960년 〈동아일보〉 신춘문예 등단.

소나기 _ 송종규

숟가락과 블라인드와 사람들의 목소리가 허공에서 맴돌았다 소요와 구름도 공중에서 떠다녔다 바퀴 달린 의자가 빙글빙글 내 곁에서 맴돌았다

별들이 딸랑거리며 푸른 손을 흔들고 있었을 때,
일식은 지나갔다
수많은 아이들이 별처럼 쏟아져 내렸고 나는
한 우주 속으로
배추흰나비들이 떼를 지어 날아오르는 것을
지켜보고 있었다

들끓고 있던 주전자가 고요히 멈춰 섰다, 만리 밖에서 국경선은 증발했다라고 당신이 파발을 보내왔다
초록 잎사귀들을 데리고, 가문비나무가 수평선 쪽으로 걸어 들어갔다

鵲巢感想文

이 시는 전적으로 묘사로 이루어낸 시로 보인다. 그러면 여기서 시의 표현방법은 크게 진술과 묘사로 나뉘는데 먼저 진술이란 일이나 상황을 자세히 얘기하는 것이며 묘사란 어떤 대상이나 사물, 현상 따위를 언어로 서술하거나 그림을 그려서 표현하는 것을 말한다. 한마디로 '그려 냄'으로 얘기하는 것이 맞겠다.

시제가 '소나기'다. 소나기에 얽힌 사연 같은 게 있나 싶어 유심히 읽어도 도무지 그런 것은 여기서는 발견하기 어렵다. 단지 소나기에 대한 느낌을 표현한즉슨 언어로 이미지화한 것에 불과하다. 물론 내가 시를 잘못 읽을 수도 있겠지만, 이 글을 쓰는 시점의 나의 독해讀解다.

그러면 시를 보자.

숟가락과 블라인드와 사람들의 목소리가 허공에서 맴돌았다는 문장에서 소나기가 이러한 느낌으로 왔다는 것을 표현했다. 숟가락처럼 덜거덕거렸거나 블라인드처럼 어두컴컴하거나 사람들의 목소리처럼 웅성웅성했다는 어떤 밑그림을 띄운다. 소요와 구름도 공중에서 떠다녔다는 것은 진술에 가깝다. 실지, 소나기가 오기 전까지 하늘의 모습이다. 바퀴 달린 의자가 빙글빙글 내 곁에서 맴돌았다는 것은 마치 육중한 몸무게를 실은 동태가 구르듯이 어지럽거나 소리의 대체적 표현이다.

시 1연은 소나기가 내리기 직전 상황이다.

별들이 딸랑거리며 푸른 손을 흔들고 있었을 때, 일식은 지나갔다는 말은 푸른 나무가 일제히 바람에 나부끼고 이것은 마치 일식처럼 잠시 어두운 하늘, 그 별들에 손짓하는 아이처럼 느꼈다. 수많은 아이는 소나기를 은유한다. 배추흰나비들이 떼를 지어 날아오르는 것을 지켜보고 있다는 것은 그만큼 하얗게 소낙비 내리는 상황을 지켜보았다는 말이다. 너무 센 어떤 무리의 하강은 도로 날아가는 모습으로 시각적 착각을 일으키기도 한다.

시 2연은 소낙비가 내리는 상황을 묘사한다.

들끓고 있던 주전자가 고요히 멈춰 섰다는 말은 소낙비가 마치 들끓은 주전자처럼 왔다는 표현이다. 상황은 이것이 갑자기 멈춘 것과 같다. 만리 밖에서 국경선은 증발했다고 당신이 파발을 보내왔다는 말은 이미 소나기는 갔지만, 자연의 어떤 경계 즉 나와 너(자연)와의 국경선은 이미 사라진 것이 된다.

이것을 파발로 보내왔으니 소나기는 파발처럼 지나간 것을 표현했다. 초록 잎사귀들을 데리고, 가문비나무가 수평선 쪽으로 걸어 들어갔다는 말은 초록 잎사귀를 흠뻑 적시기도 했지만, 여기서 가문비나무라는 표현이 웃긴다. '가물다'는 명사형인 '가문'으로 보이는 것도 나무는 소낙비를 하나의 생명체로 비유한 합성어 같다. 그러니까 가물었던 어떤 상황에 이러한 소낙비는 수평선 즉 땅바닥에 흠뻑 적시고 마치 걸어가듯이 하였으니 수평을 이룬 셈이다.

시 3연은 소낙비가 끝난 상황을 묘사한다.

이 시는 시인께서 '소낙비'라는 주제에 언어로 그림을 그렸다. 물론 소낙비로 다른 어떤 이는 또 다른 그림이 나올 수도 있겠다. 더 나가 '커피', '누룽지', '선풍기', '난로' 등 여러 가지 심적 용어를 구사하여 시를 그려보는 것도 좋겠다.

*송종규: 경북 안동 출생. 1989년 〈심상〉으로 등단.

수학자 누Nu 7 _ 함기석

항아리에서 귀가 수련처럼 자란다 실뿌리가 희다 나비가 다가오면 무서워하는 꽃을 피우다가 누가 다가오면 어린 창녀처럼 뒤돌아 앉아 시든다

폐를 도려낸 집, 갈라진 벽을 따라 빛이 예각으로 누수되고 있다 모든 소리와 색깔과 피를 흡수하는 삼각형 집, 나무는 없고 나무그림자 혼자 물속을 거니는

모든 모서리가 직각으로 꺾인 무채색 정원, 나비들은 나풀나풀 피살된 노부부의 주검 곁을 날고 귀 잃은 얼굴로 정오가 정원을 배회하며 망각되고 있다

넝쿨장미 담을 따라 늘어선 해바라기 전경들, 5월의 정원에서 하늘은 지렁이처럼 몸을 비틀며 마르는데 귀가하지 못한 귀가 하나 항아리에서 수련처럼 떨고

갈라진 벽 속으로 은폐된 비명이 둔각으로 흡수되고 있다 터질 듯 몽우리를 맺는 귀, 무서운 꽃을 피우다가 누가 다가오면 무서워하며 시든다

鵲巢感想文

시제가 수학자 누Nu 7이다. 여기서 수학자는 수학자數學者가 아니라 수학자修學者다. 누는 센다는 의미가 있다. 이것도 누수의 새는 것으로 이두식 향찰표기 같은 거로 보인다. 7은 행운의 숫자지만 칠한다는 그 칠이다.

전에 시인의 시집 『오렌지 기하학』을 사다 본 기억이 있다. 이 속에 든 시 「ING 살인 사건」은 아직도 잊지 않고 있다. 시집 전체가 수학 도식 같은 것

도 많아서 시인은 아마도 수학자가 아닌가 하는 생각도 든다. 내 느낌은 대체로 어렵게 닿았다. 이 시 또한 수학의 느낌을 주는 시제부터 범상치 않기는 하나, 이 시 전체는 '詩'를 묘사한 작품이다. 그러니까 묘사로 이룬 시다.

시 1연을 보면 항아리라는 시어가 나오는데 이는 자아의 세계관이자 글의 세계다. 시집에 든 글은 모두 귀가 수련처럼 자라나 보이는 거고 또 귀自我는 현 세계를 향해 또 열어놓고 있다. 수련이라는 말도 수련修鍊, 즉 학문과 기술을 닦으며 단련한다는 뜻도 있으니 의미의 중첩적인 효과를 자아낸다. 실뿌리가 희다는 것은 본디 글은 백지 위에 쓰지는 거니까, 귀가 변이한 수련修鍊은 하얗기만 하다. 사색의 확장이다. 수련은 여러해살이로 뿌리가 수염처럼 나는 수초다. 수련修鍊과 수련睡蓮의 이미지 중첩을 노렸다. 여기서 '나비'와 '누가'는 목적성이 같은 인물들이다. 어린 창녀처럼 뒤돌아 앉아 시든다는 말은 그만큼 미숙한 어떤 글에 대한 화자의 마음이겠다.

시 2연, '폐를 도려낸 집'은 시를 은유한다. 이미 숨소리가 멎어 마치 냉동된 것 같은 글을 은유한다. 갈라진 벽은 화자의 마음이다. 그만큼 공부에 대한 결과로 이 틈으로 빛이 예각豫覺, 즉 보일 듯 말 듯, 읽을 듯 말 듯 표현의 은유다. 삼각형 집은 화자를 뜻하는 것으로 어떤 현실 세계에 대한 인식의 완전체다. 더 나가 삼이라는 숫자는 북방 유목민족의 뿌리를 두는 우리로서는 문화 곳곳 중요하게 와 닿는 수다. 삼족오라든가 단군신화, 삼재, 저승사자, 금줄, 솟대 등 안 미치는 곳이 없다. 나무는 없고 나무 그림자 혼자 물속을 거닌다는 말은 형체는 없고 형상만 떠오른다는 말이다.

시 3연, 모든 모서리가 직각으로 꺾인 것은 시집이다. 반듯하다. 무채색 정원은 어떤 빛깔로도 가름할 수 없는 일정한 규정의 수를 말함이며, 피살된 노부부의 주검이란 무서워하는 꽃이 될 수도 있으며 어린 창녀처럼 시들 수도 있는 글을 은유한다. 시인 김언희 시 「캐논 인페르노」에서는 노모로 표현한 것도 기억하자. 노모, 노부부, 아버지, 어머니와 같은 시어는 詩라는 표현의 그 원뿌리다. 정오가 정원을 배회한다는 말은 정오는 반듯한 나正吾로 정원詩集을 배회하며 망각되고 있다.

시 4연, 넝쿨장미 담을 따라 늘어선 해바라기 전경은 시 문장을 은유한다. 넝쿨장미처럼 뻗어 오르는 글은 제 주인을 바라보며 서 있는 전경이다. 하늘은 지렁이처럼 몸을 비틀며 마르는 표현과 귀가하지 못한 귀가 항아리에서 수련처럼 떠는 것은 모두 화자의 공부에 대한 갈등이다. 여기서 귀는 자아의 세계다.

시 5연, 둔각은 예각의 대치되는 말로 수학적인 뜻의 둔각이 아니라 둔하고 무딘 어떤 표현으로 시의 완성을 본다. 그러므로 시는 무서운 꽃이며 누가 다가오면 무서워하며 시드는 그런 꽃이다. 마음이기 때문이다.

동공이 굳은 눈 / 鵲巢

김이 난다 손목 없는 기계가 김을 내 뿜는다 손잡이 없는 잔이 바닥 위에 떠 있고 천정의 불빛이 깜빡거린다 음악처럼 무심코 집어 든 모서리는 둥근 잔 안에 담는다

볶고, 갈고, 뽑고, 내리고, 나가는 모든 커피에 모서리가 있다 진열장처럼 놓인 둥근 잔들 자주 감기는 눈꺼풀을 걷어낸다

밤새 자고 일어나면 제빙기 안은 얼음이 가득하고 마른 헝겊에 담은 얼음, 부은 눈을 닦는다 물방울 한 방울 한 방울…….

퉁퉁 부은 눈, 창밖에 벚나무 본다 시력은 먼 거리를 자주 보는 것, 안구 통증은 모서리로 파는 것, 구름 하나 없는 창공에 붉은 태양이 떠 있는 오후, 바람은 불고 동공이 굳은 눈, 눈 하나가 커피잔 안에 하얗게 식어간다

이제 모서리도 식상한 시어가 됐다. 모서리라는 말에 우리는 둥글지 못한 마음을 표현하기도 하고 그 마음의 결정체를 담은 시집으로 제유하기도 했다. 어떤 시인은 식탁에서 모서리로 모서리에서 자아의 세계관으로 확장 해석하며 시를 쓰기도 했다. 어떤 시인은 모서리가 하나의 벽에 갇힌 자아를 둥근 세계로 탈피하고픈 마음을 그리기도 했다. 우리가 사는 세계는 모서리다. 이 모서리를 어떻게 깎느냐에 따라 나의 완전한 모습을 기대할 수 있겠

다. 삶도 글의 세계도 모두 모서리다. 오로지 둥근 세계로 옮기는 것이야 말로 자아를 위하는 것이며 나의 완전한 모습을 갖추는 것이다. 부단한 노력, 노력만이 모서리를 깎는다.

*함기석: 1966년 충북 충주 출생. 1992년 〈작가세계〉 등단.

시론 _ 조동화

가령 화폭에다 산 하나를 담는다 할 때
그 뉘도 모든 것을 다 옮길 순 없다
이것은 턱없이 작고 저는 너무 크므로.

그러나 그렇더라도 요량 있는 화가라면
필경은 어렵잖아 한 법을 떠올리리
고삐에 우람한 황소 이끌리는 그런 이치!

하여 몇 개의 선, 얼마간의 여백으로도
살아 숨 쉬는 산 홀연히 옮겨 오고
물소리, 솔바람 소리는 덤으로 얹혀서 온다.

鵲巢感想文

오래간만에 시 감상한다. 시가 어려워 시조에 눈이 갔지만, 시조도 어려운 것은 마찬가지다. 하지만, 우리 고유의 정형시며 약 칠백 년의 역사를 자랑한다. 자유시와 더불어 詩지만, 명칭은 時調라 한다. 여기서 시는 詩가 아니라 時를 쓰는 이유는 다름 아닌 당대의 정서, 당대의 시대상황을 담는 문학 양식이기 때문이다.

위 조동화 선생의 시조「시론」은 마치 산수화 한 폭을 감상하는 기분이다. 여기서 산이 없다면 이중섭의 흰소가 떠오리기도 하는 작품이다. 역시 동양의 미는 여백이다. 어찌 산 하나를 다 끌어다가 놓을 수 있을까! 시조 둘째 수에 보면, 필경이라고 했다. 여기서 필경은 붓으로 농사를 대신한다는 뜻으로 직업으로 글이나 그림을 그리는 뜻으로 읽는 것이 좋겠다. 그러니까 붓으로 농사를 지으니 단연, 농사의 그 비유가 나온다. 즉, 고삐에 우람한 황소 이끌리는 그런 이치다. 황소를 몰고 가는 듯해도 황소가 이끄는 그 자연스러운 붓 놀림이야말로 시 쓰는 이치다.

하여, 몇 개의 선, 얼마간의 여백으로도 살아 숨 쉬는 산을 홀연히 옮겨 올 수 있음이요. 물소리 솔바람 소리는 덤으로 얻게 된다.

시조 시인 조동화 선생은 구미가 고향이다. 이렇게 시집 한 권을 읽고 보니 필자와 같은 고향이다. 참으로 여기 경상도는 시조와 인연이 깊다는 것을 공부하면서 깨닫는다. 앞으로 될 수 있으면 시조 한 수씩 감상에 붙일 것을 나 자신에게 약조해본다. 잘해낼까 모르겠다마는,

*조동화: 1948년 경북 구미 출생. 1978년 중앙일보 신춘문예 등단.

시를 베다 _ 윤종영

캄캄한 밤의 모가지에

잘 벼린 한 칼 긋는다

떨어지는 별들의 붉은 잔해

언어의 조각들이 도로에 머리를 박는다

질주하는 자동차가 밀고 간다 쏜살같이

시는 베어졌다 그러므로 창백하게 아침이 올 것이다

시인이여 기침을 하자고 김수영이 가래침을 뱉으며 기어 나올 것이다

현실은 풍자다 도적들이 신문의 활자마다 웃고 있다

자살하지 못하는 시는 그래서 베어져야 한다

목 잘린 시들은 아파트 주차장 사이 빌딩의 엘리베이터 안을

배회해야 한다 기침을 하던 시인이 다시 기어 나오고

베어진 시는 떠돌아야 한다

흩날리는 자음과 모음들 찢긴

살점들 저 붉은

피붙이들

鵲巢感想文

얼핏 읽어도 뭐가 뭔지 헷갈린다. 하지만, 찬찬히 들여다보면 시에 대한 성찰과 반성이다. 첫 문장을 보면 '캄캄한 밤의 모가지에 잘 벼린 한 칼 긋는다'고 했다. 밤이 모가지가 있겠는가마는 여기서는 의인화다.

시인에게는 밤은 작업과 하루 성찰할 수 있는 좋은 시간이기 때문에 잘

드는 칼처럼 한칼 먹이는 것과 같이 날카로운 반성은 있어야겠다. 이러한 성찰과 반성은 그냥 나오지 않으므로 여기서 밤은 제유적 성격도 강하다. 예를 들면 성경 같은 말씀이나 경전을 치환한 어떤 매개체로 보이는데 이러한 깨달음은 칼처럼 닿았다.

'떨어지는 별들의 붉은 잔해 언어의 조각들이 도로에 머리를 박는다' 화자의 시에 대한 이해와 의지를 보여주는 대목이다. 그러니까 도로라는 말은 머릿속 확연히 넣는 어떤 일련의 행위를 말한다. 한마디로 공부하였으니까!

'질주하는 자동차가 밀고 간다 쏜살같이 시는 베어졌다' 도로나 자동차는 모두 화자의 분신과도 같은 것이다. 머릿속에 정신적 교감을 나타내는 심적 용어다. 시는 베어졌으니 시의 탄생을 보는 것이다. 그러므로 화자는 아침을 창백하게 맞는다. 밤새 노력의 결과다.

시 7행에서는 시인 김수영 선생의 시 「눈」*에서 나오는 시어, 기침과 가래침을 인유한다. 기침하는 행위는 존재의 확인이며 가래침을 뱉는 행위는 눈처럼 깨끗해야 할 세상은 그렇지 못한 것에 대한 분노다. 그러니 이 행은 존재의 확인과 더불어 절대 순수해야할 자아(우리)에 대한 자기성찰과 반성이다.

현실은 풍자다. 현실은 부정적이고 모순 따위로 판치는 세상이다. '도적들이 신문의 활자마다 웃고 있다' 깨끗지 못한 현실은 신문마다 활자로 보란 듯이 내놓고 있다.

시 9행에 자살하지 못하는 시는 깨끗지 못한 사회, 즉 부정부패가 들끓는 비윤리적이며 공정하지 못한 사회를 말한다. 이러한 것은 베어져야 한다는 말은 윤리적이며 공정한 사회를 희망한다.

시 10행에 '목 잘린 시들은' 이미 발표한 여러 경전 같은 말씀을 통틀어 일컫는다. 이러한 경전 같은 말귀가 우리 생활문화 곳곳에 즉, 아파트 주차장 사이 빌딩의 엘리베이터 안을 배회함으로 정착을 뜻하고 밝은 사회를 기리는 것이다. 기침을 하던 시인이 다시 나오고 그러니까 사회를 꼬집는 시인은 다시 나와서 올바른 사회를 얘기할 수 있는 그런 사회가 되었으면 하는 게 이 시의 주지다.

이 시를 읽다 보면 시어가 좀 강력하다 못해 날카롭다. 밤의 모가지, 붉은 잔해, 베어졌다, 목 잘린 시, 베어진 시, 살점, 피붙이, 이와 같은 언어는 읽는 이로 하여금 범상케 한다. 어떤 도살장에 온 듯 그런 느낌이다. 독자께 강력하게 던지는 메시지다.

*윤종영: 1968년 대전 출생. 1992년 〈문학과 비평〉 등단.
*김수영 전집 1시, 민음사 2008. 7. 14. 123p
***눈 / 김수영**
눈은 살아 있다
떨어진 눈은 살아 있다
마당 위에 떨어진 눈은 살아 있다

기침을 하자
젊은 시인이여 기침을 하자
눈 위에 대고 기침을 하자
눈더러 보라고 마음 놓고 마음 놓고
기침을 하자

눈은 살아 있다
죽음을 잊어버린 영혼과 육체를 위하여
눈은 새벽이 지나도록 살아 있다

기침을 하자
젊은 시인이여 기침을 하자
눈을 바라보며
밤새도록 고인 가슴의 가래라도
마음껏 뱉자

시인의 말 _ 오영록

모과처럼

단맛도

꿀맛도 아닌

그렇다고 신맛도 아닌

떫은 듯 시큼털털하니 거북한

그냥 먹을 수도

술을 담글 수도 없는

어디 한군데 반반한 곳도 없고

제멋대로 울퉁불퉁

마구 생긴

하지만,

어느 부잣집 거실이나

어느 선비 서재 귀퉁이는 아니더라도

어느 청춘 냄비 받침이거나

어느 촌부 청측에

걸려

조용히 삭아지고 싶은

鵲巢感想文

12월 들어 가장 추운 날, 이리 따뜻한 시집을 선물 받았다. 옆집 아저씨 같다면 무례한 말일까! 아니면 집안 큰형님쯤으로 생각하면 또 어떨까! 훈훈하며 인자하며 말씀은 여유가 있고 웃음은 늘 잃지 않으시니 누군들 대화하고 싶은 선생이다. 시마을 가입한 지도 이제 9년이다. 처음과 끝, 한결 시를 좋아하시며 글벗으로 지냈다. 글만큼은 한 치 흩트림 없는 분이다. 나는 이리 오래 함께하여 늘 외롭지 않다. 멀리 계시지만, 옆에 있는 것보다 더 가까이 계시니 하루가 훈훈하다.

선생께서 주신 시집을 따뜻하게 읽었다. 이 중 선생의 서시이자 서두 인사 말씀은 영 안 잊히기에 나는 필사하며 선생의 용안을 떠올려본다. 정말 선생은 겸손을 빼고 나면 아무것도 없다. 오늘도 나는 어느 지인이 카페에 와 모과차 한 잔 내 드리며 얘기를 나누었다. 이 모과는 원산지가 중국이다. 우리 몸의 순화기 계통에 아주 유익한 과실이다. 이뇨작용과 기침 천식에 좋고 유기산이 많아 신진대사를 원활히 하여 소화효소 분비를 촉진하니 위가 편안하다. 그러니까 어디 한 군데 버릴 게 없다. 이 모과 같은 선생의 귀중한 말씀은 우리의 마음을 다 녹이고도 남는다. 그러니 하루 일을 따뜻하게 보내고 왠지 선생을 생각하면 피식 웃음이 인다.

모과와 같은 선생의 말씀을 생각하면 중국 고사성어인 '악발토포握髮吐哺'를 떠올리게 한다. 머리털을 잡고 먹은 것을 토한다는 뜻으로 그만큼 내 집에 오신 손님을 먼저 정중히 맞는다는 뜻이다. 주周나라 무왕武王의 아우 주공周公에서 나온 말인데, 주공은 누가 보아도 신분이 특별하지만, 손님을 맞을 시는 격을 떠나 자신을 낮췄다. 선생은 이와 같았다.

노자의 말씀에도 '선용인자위지하善用人者爲之下'라는 문장이 있다. 즉 사람을 잘 쓰는 자는 그 아래에 처한다는 뜻인데 언제나 뵈어도 선생은 높이

자처함을 본 적이 없었다.

마지막 결구에 선생은 '조용히 삭아지고 싶은'이라 했다. 나는 여기서 또 곰곰이 생각했다. 조용히 삭고 싶은 것이 아니라 삭아지고 싶다고 했다. 더블어함께 하며 어떤 희생을 자처하겠다는 말씀이다.

'삭다'는 말은 물건이 오래되어 본바탕이 변하고 없어지는 것을 말한다. 읽는 운율 상 '삭고'가 맞을 것 같아도 이는 이기적인 표현임을 나는 알았다. 시마을 오랜 지기로 덤덤한 당수나무와 같은 마을 이장으로서 굳건히 지켜주셨으면 하는 바람이다.

선생의 시가 시마을과 애독자께 훈훈하게 닿아 정말 마음 따뜻이 삭았으면 싶다. 이제 바깥은 맑고 깨끗한 눈이 내렸으면 한다. 백석과는 다른 까만 당나귀가 와 그 등에 휘둘러 앉아 저 흰 눈을 곱게 밟았으면 싶다.

끝에 이르러 부회 형님과 선생과의 끈끈한 정도 느꼈다. 참말로 훈훈했다.

부디 건강하여 멀리서나마 함께함을 정을 보낸다.

*오영록: 강원도 횡성 출생. 다시올 문학 신인상, 문학일보 신춘문예 등단. 시마을 동인. 시집『빗방울의 수다』

식물 _ 고영민

코에 호스를 꽂은 채 누워 있는 사내는 자신을 반쯤 화분에 묻어놓았다 자꾸 잔뿌리가 돋는다 노모는 안타까운 듯 사내의 몸을 굴린다 구근처럼 누워 있는 사내는 왜 식물을 선택했을까 코에 연결된 긴 물관으로 음식물이 들어간다 이 봄이 지나면 저를 그냥 깊이 묻어주세요 사내는 소리쳤으나 노모는 알아듣지 못한다 뉴스를 보니 어떤 씨앗이 700년 만에 깨어났다는구나 노모는 혼자 중얼거리며 길어진 사내의 손톱과 발톱을 깎아준다 전기면도기로 사내의 얼굴을 조심스레 흔들어본다 몇날며칠 병실 안을 넘겨다보던 목련이 진다, 멀리 천변의 벚꽃도 진다 올봄 사내의 몸속으론 어떤 꽃이 와서 피었다 갔을까 병실 안으로 들어온 봄볕에 눈꺼풀이 무거워진 노모가 침상에 기댄 채 700년 된 씨앗처럼 꾸벅꾸벅 졸고 있다

鵲巢感想文

시제가 식물이지만, 시 내용은 식물에 관한 내용은 아니다. 어머니와 아들과의 관계다. 아들은 식물처럼 몸을 움직일 수 없는 뇌사 상태로 보인다. 코에 호스를 꽂은 채 누워 있는 사내다. 사내는 말은 할 수 없지만, 의식은 분명하다. 저렇게 나이 많은 노모께서 나의 몸을 반쯤 돌렸다가 다시 또 반쯤 돌려가며 닦아 준다. 나는 어머니께 어떤 말 한마디 할 수 없지만, 어머니의 고생을 생각하면 오로지 빨리 죽고 싶을 뿐이다.

뉴스는 어떤 씨앗이 700년 만에 깨어났다는데 아들은 깨어날 기미는 없고 나이 많은 어머니는 아들의 손톱과 발톱을 깎는다. 봄은 오고 꽃은 피었다가 지는데 세월만 원망스럽다. 노모는 이제 봄볕에 눈꺼풀이 무겁다. 아들의 침상에 기대어 700년 된 씨앗처럼 꾸벅꾸벅 졸고 있다. 아!

가슴 먹먹하게 읽었다.

소고기국밥집으로 유명한 식당이 있다. 가끔 시간 나면 가족과 함께 가기도 하고 지인과 같이 가 먹을 때도 있다. 이 집에는 유명인이 있다. 다운증후군으로 가게에 들어오고 나가는 차를 관리한다. 차가 들어오면 거수경례하며 반듯하게 손님을 안내한다. 식사 마치고 나가는 차가 있으면 지휘봉으로 나갈 길 안내하며 거수경례한다. 다운증후군은 평균 수명이 얼마 되지 않는다고 들었다. 하지만, 이렇게 사회에 봉사하며 사는 모습은 늘 밝고 긍정적이며 더 나가 적극적이다.

우리 주위의 사회를 돌아보면 식물인간은 아니지만, 이 시 내용처럼 식물과 같은 사람은 얼마나 많은가! 부모님께 받은 우리의 생명이다. 무슨 일이든 사회에 봉사하며 적극적이며 어울려 살아야 하지 않은가! 이런 일감 속에 내일을 위한 희망을 품으며 하루를 보람 있게 보낼 수 있지 않은가! 대학 졸업하고 마냥 집에만 있는 아이는 그 부모의 마음은 어떠하겠는가! 우리는 절대 시간에 승복할 수 없는 생명을 가진 존재다. 우리는 모두 죽어간다. 한 생명을 바라보며 노모도 죽어가는 것은 마찬가지다. 우리의 역할은 무엇인지 한 번 더 생각하게 하는 시다.

씨앗, 우리는 이 씨앗과 같은 존재로 이 사회에 몸담고 있느냐 말이다.

*고영민: 1968년 충남 서산 출생. 2002년 〈문학사상〉 등단.

이어도

아무도 기억하지 않는 죽음 _ 이성복

나방이 한 마리 벽에 붙어 힘을 못 쓰네 방바닥으로 머리를 향하고 수직으로 붙어 숨 떨어지기를 기다리네

담배 한 대 피우러 나갔다 온 사이 벽에 나방이가 없네 그 몸뚱이 데불고 멀리 가지는 못했을 텐데 벽에도 방바닥에도

나방이는 없네 아직 죽음은 수직으로 오지 않았네 잘 살펴보면 벽과 책꽂이 사이 어두운 구석에서 제 몸집만큼 작고

노란 가루가 묻은 죽음이 오기를 기다리네 아무도 기억하지 않는 죽음은 슬프지 않아라, 슬프지 않아라

鵲巢感想文

삐둥삐둥 살 찐 고양이 보네 사방은 벽과 벽, 밥그릇과 물 그릇 사이 동네처럼 뛰어다니네 때론 어두운 책 상 밑에서 웅크리며 숨죽이는 고양이 보네 그르렁그르렁 주인장 보면 빠끔히 보다가 낯선 사람이라도 오면 재빨리 달리네 숨어도 다 보이는 좁은 공간에 경계의 눈빛은 전봇대처럼 살벌하지만 몸집은 아주 작다네 오늘도 밥그릇과 물 그릇 사이 한 번 더 질주했다가 흙먼지만 진탕 덮어쓰며 빈 밥그릇만 빙빙 돌다가 가네 숨 죽이네

오늘 고양이 사료 샀다네.

*이성복: 1942년 경북 상주 출생. 1977년 「정든 유곽에서」 등을 『문학과 지성』에 발표, 등단.

양전동 암각화에 숨어 _ 문수영

천년이 흘렀어도 지워지지 않은 그리움!

가면을 쓰고 얼굴을 가리고 싶었다 돌고 돌아도 동그라미 안, 생각해 보면 나는 늘 꽃의 웃음 근처에서 서성거리는 바람이었다 간절히 사랑하지 못했으므로 한 번도 뜨겁게 타오르지 못했다 물안개 자욱이 피어나는 밤이면 낮게 엎드려 내 몸 구석구석에 물고기와 해초를 그려 넣었다 울음 멈추지 않는 갈매기와 칭얼대는 파도를 밤새워 달래며

초막과, 아득한 섬도 내 몸에 새겨 놓았다

鵲巢感想文

양전동은 경북 고령에 있다. 물론 筆者는 아직 가보지는 못했다. 세상이 좋아 인터넷 검색하니 암각화를 쉽게 볼 수 있었다. 우리나라 두 번째로 발견한 암각화로 기하학적 무늬를 이룬다. 암각화는 선사시대까지 거슬러 오르는데 선조는 어떤 꿈과 이상을 변하지 않는 바위에다가 새겨 두곤 했다.

詩 初章을 보면 '천 년이 흘렀어도 지워지지 않은 그리움!'이라 했다. 詩題에 든 詩語 암각화와 조화를 이룬다. 詩 中章은 야릇하면서도 애틋하고 애틋하면서도 약간은 탐미적이듯 또 아닌 듯, 詩의 묘미를 이룬다. 여기서 客體는 '꽃의 웃음 근처와 물안개 자욱이 피어나는 밤'이다. 그리고 이 주위로 해서 詩 主體의 묘사를 해두고 있다. 특히 물고기와 해초를 그려 넣었다

는 표현과 울음 멈추지 않는 갈매기와 칭얼대는 파도를 밤새워 달랜다는 것은 호! 어찌 이런 표현을 할 수 있었을까! 갈매기 울음소리를 한 번 상상해보자. '끼룩끼룩' 아니다. 아무튼, 이와 비슷할 거로 생각하면 가슴 콩닥거린다. 물론 물고기와 해초도 그렇다. 물고기를 물고기로만 보지 말고 이 물고기를 만졌을 때 느낌 같은 것도 상상해보라! 해초는 바다에서 나는 풀로 이 또한 무엇을 제유한 것이지만, 시인의 마음이겠다. 칭얼대는 파도 또한 좋은 표현이 아닐 수 없다. 에궁 금시 파도 한 자락이 움푹 팬 문자 향으로 닿는다.

詩 終章 '초막과, 아득한 섬도 내 몸에 새겨 놓았다' 그러니까 마음 하나를 놓은 셈이다.

時調集이다. 현대시조가 어떠한지 볼 수 있는 좋은 詩集이었다. 특히 辭說時調는 時調로 보기 어려운 시편들이었다. 그만큼 깊이 있음을 느꼈다. 이 詩集을 읽게 한, 詩人 문수영 선생께 다시금 감사하다는 말씀을 놓는다.

*문수영: 시조시인. 경북 김천 출생. 2003년 〈시를 사랑하는 사람들〉 등단.

어떤 경영 1 _ 서벌

목수가 밀고 있는
속살이 훤한 각목
어느 고전의 숲에 호젓이 서 있었나
드러난
생애의 무늬
물젖는 듯 선명하네
어째 나는 자꾸 깎고 썰며 다듬는가
톱밥
대팻밥이
쌓아가는 적자더미
결국은
곧은 뼈 하나
버려지듯 누웠네

鵲巢感想文

두 수로 이룬 연시조다. 이 시를 읽기 전에 서벌의 일대기를 먼저 읽는다면 시가 더 감동 있게 다가온다. 서벌은 가난한 시인이었다. 하지만, 문학에 대해서는 그 열정을 다한 것으로 보인다. 어려운 살림에도 불구하고 각종 문예지와 또 시문학계에 활동은 꾸준하게 이룬 시인이었다.

서벌이 살았던 시대에 비하면 나는 참 어렵다고 하나 진정 어려운 것인가! 하는 생각도 든다. 경영을 잘하든 못하든 어찌 되었든 간에 돌아간다. 그나

마 이룬 것은 있어 앞을 헤쳐 나갈 수 있는 안목도 있으리라 하여튼,

시제가 어떤 경영이다. 목수가 어느 각목을 밀고 있다. 제 뼈를 깎듯 시를 만든다. 시를 만드는 것은 자신의 삶을 되돌아보는 것이다. 경영이란 시를 적듯이 어쩌면 돈도 되지 않는 어떤 작업일는지도 모르겠다. 하지만, 작품은 곧 삶이란 것을 나는 깨닫는다.

소소하게 사는 우리의 삶이다. 인생이란 어쩌면 뼈 하나 남기듯 하여, 이 뼈 하나라도 제대로 남겼다면 잘 살다가 가는 것이 아닐까!

*서벌: 본명은 서봉섭. 1939년 경남 고성 출생.

어린이들 _ 최금진

그때 황혼은 지고, 나는 노인처럼 어쩔 줄 몰라 하며 쩔쩔맸지
타고 온 자전거는 고삐를 풀고 우주로 달아나고
나는 빈 목줄만 들고 터벅터벅 코스모스 꽃잎 속으로 걸어들어갔지
마음은 날마다 흰 문종이 펄럭거리는 빈 방이었어
이불 속에서 몰래 씹는 칡뿌리처럼 밤은 아리고 달콤해서
어머니는 나를 근심하셨지
어머니가 아는 걸 나도 알고 있었으니까
꽃상여가 마을 산등성이를 돌아 나가는 환각과 환청이 코스모스 속에 피었어
내가 키우던 개는 턱뼈가 부서진 채 끙끙 앓았지
나는 어린이였어, 그러나 어머니도 어린이였지, 모든 어른들은 어린이였어
우리는 짐승 같은 눈을 껌뻑거리며 서로의 상처를 혀로 핥아 줄 뿐
그 크고 따듯하고 비릿한 혓바닥이 우리들 위로의 전부였지
저녁연기가 마을 사람들 영혼 몇 개를 감아 하늘로 오르고
국수에서 나는 밀가루 냄새 같은
그 밋밋하고 초라한 저녁을 후루룩 마시며
우린 커다란 탈바가지처럼 서로 마주보며 까르르 웃었다

鵲巢感想文

날아가는 돌도끼 / 鵲巢

들판이었어 으뜸의 말 뛰기는 바짝 엎드려 있었지
우리는 저 번득이는 맹수의 이빨을 보고 있었어
들고 온 뭉뚝한 창은 던질 수 없었지
거저 입을 다물 수 없을 정도였어
벌겋게 흐르는 초원의 피는 흰 갈대꽃만 직셨던 거야
갈대밭 사이 숨어, 숨만 졸이고 있었지
갈대밭 흔들릴 것 같아 도저히 숨 쉴 수 없었니깐
맹수의 이빨이 큰 바위를 돌아 초목이 우거진 쪽으로 사라졌을 때
들소의 잔해를 들고 노을로 향해 뛰었어
말 그대로 말 뛰기였어
이미 결딴난 들소의 잔해뿐인 동굴 어귀에
돌 볼끈 쥔 주먹이 뼈마디를 부러뜨리기 시작했어
골수만 빼먹기 시작했지
화톳불 가 앉아 달을 보며
으뜸의 말 뛰기, 큰 목소리, 개망초, 고들빼기도 모르고 말이야
오로지 돌 볼끈 쥔 주먹의 허공만 가르는 날개뿐이었어
그때, 윙 거리는 소리와 fuck 돌도끼 가슴에 와 박혔지

시는 한 편의 소설을 읽는 것보다 더 재미가 있을 수 있다. 시인의 무한한 상상은 과연 어디까지 미치는 건가! 시를 읽다가 보면 도저히 맞지 않은 내용인 것 같아도 시만 생각하면 그런대로 맞아 들어가는 게, 시다.

위 최금진 선생의 시 「어린이들」 감상하면 시인의 소싯적 추억을 되살리며 어떤 이야기를 하는 것 같아도 자세히 들여다보면 또 그런 것도 아니다. 위 작품은 '詩'라는 주제 즉 시제는 '어린이들'이라고 했지만, 시를 묘사한 작품이다. '마음은 날마다 흰 문종이 펄럭거리는 빈 방이었어' 라는 시인의 말은 시를 향한 시인의 욕구임을 볼 수 있다.

시는 복잡한 칡뿌리 같기도 하지만, 씹으면 재밌고 맛있다. 더욱 재미난

표현은 시 9행에 '내가 키우던 개는 턱뼈가 부서진 채 끙끙 앓았지'라는 대목이다. 시인의 시에 관한 맹렬한 믿음과 공부다. 개는 시를 은유하는 말이며 턱뼈가 부서졌다는 말은 시 해체를 말한다. 그만큼 공부에 몰입했다.

시 후반부에 들어가면 '국수'라는 시어가 나온다. 국수의 색감은 하얗고 곧다. 뜨거운 물에 풀어지면 아주 맛깔스러운 요기로 한 끼 식사는 충분하다. 나의 뜨거운 열정에 아주 맛깔스러운 작품이 나왔다면, 국수에 비할 바 있을까! 초라한 저녁에 웃음을 자아낼 수 있는 작품이야말로 하루가 따뜻하지 않을까 말이다.

물론 나의 시 「날아가는 돌도끼」는 위 최금진 선생의 시를 읽고 번득이는 마음에 한 줄 읊은 거다. 예전, 대학 1학년 때였지 싶다. 소설가 이문열 선생의 작품 '필론의 돼지'를 읽었던 적 있었다. 이 속에는 '들소'라는 작품이 있었는데 어찌나 이미지가 강한지 아직도 잊지 못하고 있다. 그 들소를 그렸다. 우리의 인간은 옛 추억이 알게 모르게 머릿속 잠재되어 있음이다. 시가 더 재미나게 그리려면 시인의 풍부한 상상력도 한몫 있어야 한다. 금방 지은 거로 보면 시라고 보기는 어렵겠지만, 창작의 도움이 되었으면 하고 쓴 것이다.

*최금진: 1970년 충북 제천 출생. 1997년 〈경인일보〉 신춘문예 등단.

연꽃의 바깥 _ 서안나

당신은 모든 사랑의 질문이다

나는 입도 없이 고요하다 긴 머리카락 풀고 미끄러운 물의 경전을 읽는다 내가 늙어 가는 소리 들린다 당신을 지우는 건 마음의 오래된 치유의 기술

침묵은 비천한 사랑에도 향기를 돌게 하여 정인情人의 눈빛은 흐릿하고 향기롭다 비서秘書를 펼쳐 낡은 주술을 외운다 어둠으로 어둠을 뚫을 것이다

당신은 나의 왼뺨에서 오른뺨으로 건너간다 나는 진흙 손가락으로 당신의 등을 어루만진다 천 개의 발로도 떠날 수 없는 첫 마음은 뿌리에 왜 웅크려 있는지 당신을 생각하면 물결 속에서 아스피린 냄새가 난다

나는 긴 머리카락 풀어 비탄의 곡조로 흔들릴 것이다 꽃잎을 여는 건 연꽃의 바깥을 캄캄하게 읽는 일

죽은 발톱처럼 그대를 떠도는 일

鵲巢感想文

좋은 시는 하나의 경전과도 같다. 우리는 그 사람의 비밀을 알고 싶은 것이 아니라 꽃을 알고 싶은 것이다. 더 나가 꽃의 질문을 보았다면 꽃으로 환생할 수 있는 꽃씨를 얻은 셈이다.

꽃은 쉽게 피는 것이 아니다. 많은 시간과 노력과 거름이 필요하다. 밭을 갈고 씨앗을 뿌려야 하므로 나는 늙어간다. 이것은 곧 나의 마음을 치유하는 오래된 기술이다.

어떤 결과를 얻기 위해서는 침묵은 필수다. 수많은 별빛에 둘러싸인 꽃은 한 모금의 이슬을 채집하는 과정이 중요하다. 별빛이 내 안에 머금을 때 어둠은 스스로 물러나 꽃은 꽃씨를 생산할 것이다.

내가 꽃으로 환생하였다면, 나는 또 하나의 질문이 된다. 당신은 나의 겉옷을 왼쪽에서 오른쪽으로 벗겨나갈 것이다. 중요한 부위는 반듯한 자로 아프지 않게 그을 것이다. 그럴 때마다 노화에 따른 혈관 수축으로 두통은 따르겠지만, 당신도 모르는 꽃은 뿌리가 곧게 뻗겠다.

나는 드디어 긴 사연을 풀어 몹시 슬프지만 아름다운 곡조로 문을 열겠다. 그 어떤 것도 타협이 아닌 정의롭고 탄탄한 한줄기 빛처럼 꽃잎은 피겠다.

꽃처럼 그대의 가슴에 오래 피었으면 싶다. 꽃은 시다.

希 / 鵲巢

역사는 아득한 현실이다 200만 화소의 촛불시위로 출구 없는 희망을 품는다 나는 자꾸 가볍기만 하다 봉황을 그리는 건 한낱 정처 없는 안개 밭 걷는 길

팽팽한 붓끝의 행보에 묵향은 오른다

우직하게 뜬 눈과 정갈한 뿔을 누르고 고랑을 매던 구름이 지나간다 밭을 갈아엎는 쪽에서 밭을 지키는 쪽으로 견제의 꽃을 꺾어 쟁기의 균형을 이룰 것이다.

귤이 회수를 건너면 탱자가 되는 것은 슬픈 일이다 지나간 갈퀴 자국에 목련 꽃향기가 난다 참꽃이 흐드러지게 피는 날 멍에가 한결 가벼울 것이다.

*서안나: 1990년 〈문학과 비평〉 겨울호 등단.

외도 _ 박완호

그리움의 거처는 언제나 바깥이다 너에게 쓴 편지는 섬 둘레를 돌다 지워지는 파도처럼 그리로 가 닿지 못한다

저마다 한 줌씩의 글자를 물고 날아드는 갈매기들, 문장들을 내려놓지 못하고 바깥을 떠돌다 지워지는 저녁, 문득 나도 누군가의 섬일 성싶다

뫼비우스의 길을 간다 네게 가닿기 위해 나섰지만 끝내 다다른 곳은 너 아닌, 나의 바깥이었다

네가 나의 바깥이듯 나도 누군가의 바깥이었으므로, 마음의 뿌리는 늘 젖은 채로 내 속에 젖어 있다

그리운 이여, 너는 항상 내 안에 있다

鵲巢感想文

시제 외도는 우리나라 경남 거제에 딸린 섬이다. 여기서는 외도가 하나의 그리운 존재다. 그리운 존재로 외도지만 화자는 외도外道로 그 그리움을 표현한 것 같다. 이러한 외도에 닿을 수 없지만 즉, 그 아픔은 이루 말할 수 없겠지만 나도 누군가의 외도外島로 그러니까 누군가의 그리움 대상일 수도 있다. 이것은 마치 뫼비우스의 길을 가듯 너를 찾아 계속 걸어도 이는 결국 너를 만나는 것이 아니라 도로 나의 바깥일뿐, 그러므로 너로 향한 나의 마음은 늘 젖어 있다. 너를 언제나 그리워하듯이 말이다.

나무의 뿌리는 늘 젖어 있다. 나무는 곧 너를 안을 수는 없지만, 너의 그리움을 통해(나를 꼭 껴안았으므로) 나의 흡수력으로 나의 이파리를 다는 것이

다. 나무는 너의 몸속에 있으며 너는 나의 마음에 있다. 너는 나의 마음을 이불처럼 늘 덮고 있다. 그러므로 내가 존재한다.

우리는 외도 같은 존재다. 어떤 일이든 그 일에 몰입하지 않고는 제대로 수행할 수 없으며 부모의 한 치 보살핌이 없으면 어린아이가 제대로 커갈 수 없고 어떤 한 산업을 육성하기 위해서는 집중적인 보호가 따라야 가능한 게다. 하지만, 정작 당사자는 모른다. 오로지 이 시에서 말하는 뫼비우스의 띠와 같다. 너는 이쪽으로 이 면만 걸어가고 나는 이쪽으로 이 면만 걸어가는 어떤 존재일 뿐이다. 하지만, 이러한 연결고리가 돌고 돌지만 우리는 상대의 보살핌에 있다는 것은 분명하다. 이것이 바로 사회다.

우리는 대한민국의 주권을 가진 국민이며 커피 업계에 일하는 바리스타며 나를 뽑아준 카페의 한 일꾼이 아닌가! 하지만 국가에 커피와 카페에 조금이라도 고마워했던 적은 있었던가! 단지 나의 이익에 의해 살아오지는 않았던가!

시 감상문을 적다가 필자는 이런 생각을 했다. 어느 지인으로부터 새끼 고양이 두 마리를 얻어 키우게 되었다. 하나는 수놈으로 대체로 털이 하얗다. 하나는 완전 새카만 털로 암놈이다. 집에 애완용으로 키우는 동물로 거저 귀엽게만 볼 일이 아니다. 귀여운 것만큼 챙겨야 할 일도 꽤 많다. 그러니 그만큼 신경 써야 한다.

하루는 책상에 앉아 이것저것 적고 있는데 고양이 두 녀석은 옆에서 잠을 잔다. 어찌나 정신없이 자는지 이렇게 보고만 있어도 웃음이 일기도 하고 귀엽기도 하다. 근데 까만 털을 가진 암놈이 잠 깼는지 어정거리더니만 수놈 사타구니를 핥는 것 아닌가! 수놈은 저릿한지 아랫배 씰룩거린다. 암놈은 사정없이 핥는다. 그 옆 언저리까지 말끔히 제 혀로 다 닦았다. 또 하루는 이제 수놈이 암놈의 거시기를 아주 핥아 먹는 게 아닌가!

물론 이 시와 아무런 관계가 없는 사족이다. 나는 고양이를 보며 이런 생각이 들었다. 그리움이란 저 고양이처럼 상대의 똥구멍을 핥는 것이다. 상대의 똥구멍을 말끔히 핥아줄 수 있는 사람이야말로 진정 시인이 아닐까 하는 생각 말이다. 당신의 이야기를 잘 들을 줄 아는 사람 당신의 글을 잘 읽을 수 있는 사람 그러니까 사회에 몸담고 있으며 서로의 의지가 되며 서로 보탬이 되는 사람 말이다.

여하튼,

외도는 삼다三多다. 많이 읽고 많이 쓰고 많이 외우는 길밖에는 없다. 이것이야말로 외도다. 그리움이다.

*박완호: 충북 진천 출생. 1991년 계간 『동서문학』 등단.

움직이는 달 _ 민구

달이 먼저 나를 물기도 한다

줄을 풀고 창문으로 너머 들어온 달이 구석에 나를 몰고 어금니를 드러낸다

오줌발이 얼마나 센지 사방 벽으로 튀어 잘 지워지지 않는다

달은 나무를 잘 탄다

어두운 강을 곧잘 건넌다

물결에 비벼도 지워지지 않는 저 온순한 발자국은 한겨울 빙판을 내리치는 커다란 해머 수천수만의 얼음조각들이 밤하늘에 박혀 있다

순식간에 하늘을 나는 박새에 오른 달, 민첩하다

고양이 꼬리를 물다가 돌아보는 순간, 지붕 위를 걸어나가며 케케케 웃고 있다

멀쩡한 사내를 부축하는 달, 문지방에 걸터앉은 달, 작두로 깎은 발톱이 거기로 튀었나? 굶주린 소가 여물통을 바라본다

물에 뜬 시체를 가만히 덮고 있는 담요여

상갓집 늦은 조문객이 맨 근사한 타이여

공중에 집 한 채 놓고 숨죽여 울던 검은 짐승은

지금 해와 교미 중이다

鵲巢感想文

시를 읽을 때 이 시는 무엇을 뜻하는지 무엇을 비유했는지, 어떤 비유를 사용했는지 곰곰 생각해본다. 이것도 저것도 아닐 때, 시는 거저 시로 돌려본다. 그러니까 A = B로 치환해보고 B → C도 될 수 있으며 D도 될 수 있으며 그 무엇도 될 수 있음을 가정한다.

위 시를 볼 때 첫 문장을 보면 달이 먼저 나를 물기도 한다고 했다. 함수관계가 갑과 을이다. 달과 나뿐이다. 달은 비유다. 달 = 詩B가 된다. 시인은 그 무엇을 이상으로 놓고 시를 적었던 것인가? 시인은 연인관계를 이야기할 수도 있으며 정치나 사회, 문화 또 그 이변의 것을 시로 승화할 수도 있다. 하지만, 가장 높은 것은 역시나 詩다.

독자는 그 詩를 무엇으로 놓고 생각하느냐에 따라 각기 다른 생각을 한다. 그러니까 다의성이자 추상적이며 관념적이다.

시는 언제나 시인을 쫓는 검은 승냥이며 또 시인은 그 승냥이를 가만두지 않는다. 쫓고 쫓으며 날을 새는 것이 시인의 일이며 그러다 보면 그 승냥이의 새끼를 낳기도 하며 해가 버젓이 지켜보는 와중에도 끝나지 않은 교미로 열중할 때도 있다.

시를 볼 때는 색상과 어감 그리고 재질 같은 것도 생각해 보아야 한다. 예를 들면, 달이라 할 때 여기서, 달은 어떤 색상을 가지며, 어떤 모양을 하는지 말이다. 창문의 역할과 어금니는 무엇인지? 그 색상은 또 무엇인지 생각해 보아야 한다.

이 시에서 한 문장만 예로 들어보자. "멀쩡한 사내를 부축하는 달, 문지방에 걸터앉은 달, 작두로 깎은 발톱이 거기로 튀었나? 굶주린 소가 여물통을 바라본다"고 썼다. 그러니까 멀쩡한 사내는 화자를 뜻하며 '부축하는 달'은 문장이 된다. 화자가 글을 읽고 있거나 어떤 연인의 대상으로 치환하여 생각해도 무관하다. B = C나 D로 생각해도 괜찮다. '작두로 깎은 발톱이 거기로 튀었나?' 이는 어떤 고뇌를 통해서 성취한 결과물에 대한 부러움 같은 것일 수도 있다. 다음 문장은 "굶주린 소가 여물통을 바라본다" 이다. 즉 굶주린 소는 화자를 활유한 표현이며 여물통은 교과서이자 교본이자 시의 성경인 시집이 된다. 여물이 아니라 여물통이니까!

달은 그 이치상으로 보름달 이상은 더 크지 못한다. 그러니까 우리는 보름달만큼은 늘 희망이었으며 목표이자 꿈이었다. 심마니에게 달은 산삼이며 시인에게 달은 시며 어부에게 달은 월척 같은 물고기였다.

끝으로 석가의 달은 중생이며 칸트의 달은 철학이었다.

*민구: 1983년 인천 출생. 2009년 〈조선일보〉 신춘문예 등단.

월요일 _ 정원숙

침묵으로 가는 길은 멀었다. 귀에서 입으로 가는 길은 짧았다. 당신은 말했다. A급은 스페셜이고 질이 좋아. B급은 거짓 낭만이고 소설의 끝처럼 씁쓸하지. 길 위 꽃을 꺾어 방을 장식했다. 보이지 않는 향기가 시간을 왜곡했다. 노래는 아무것도 건설하지 못했지만 B급이 세상을 적셨다. 내겐 정전이 없다. 그러므로 나는 들을 것이다. 결코 나는 발설되지 않을 것이다. 서정의 방식으로, 거짓 낭만이 비에 젖고 있었다. 불멸이 방식으로, 보도블록이 장맛비에 부서지고 있었다. 향기와 시간이 걸어간 길을 따라 길이 흘렀다. 월요일은 모레일 수도, 영원할 수도 있다고 생각했다. 도살장으로 향하는 돼지들의 엉덩이가 보석처럼 빛났다. 입에서 항문으로 가는 길은 짧지 않았다. 아침이면 걸레 같은 태양이 떠올랐다.

鵲巢感想文

이 시는 B급 처지에서 쓴 것이지만, A급 질 좋은 시가 되었다. 모든 길은 이미 꽃이다. 길을 만들었다는 것은 새로운 사람이 걸어갈 수 있도록 방향을 제시해주었다는 것이다. 이러한 길은 자체 향기가 있으며 노래처럼 뻗었다. 이러한 길로 B급은 늘 가슴을 적신다. 이러한 B급은 마음을 오로지 한 곳에 집중하며 딴 마음을 갖지 않는다. 그러므로 나는 들을 것이다. 절대 발설되지 않을 거란 나의 이야기는 시로 환생하여 누구나 들을 수 있고 읽을 수 있으니 불멸이다. 보도블록 같은 시어가 우울한 마음에 부서진다. 꽃은 이미 걸어온 시간만큼 따라 흘렀으므로 길이 열렸다. 이제 시(월요일)는 영원한 꽃으로 자리매김했다. 마치 도살장으로 향하는 돼지처럼 무한한 상상만 안은 시는 보석처럼 빛나 보이기만 할까! 뱉고 쓰는 과정이 저렇게 짧지가 않다니 말이다. 아침이면 만신창이가 된 나를 발견하겠다.

수주대토守株待兎라는 말이 있다. 한비자에 나오는 말로 그루터기를 지켜보며 있다가 토끼를 기다린다는 말이다. 더 자세히 설명하자면, 밭을 갈던 농부가 갑자기 토끼 한 마리가 나타나더니 그루터기에 머리 박고 죽는 것을 발견한다. 이것을 본 농부는 더는 밭을 갈지 않고 토끼만 기다렸다. 지나는 사람이 이 광경을 보고 꽤 비웃었다는 얘기다. 낡은 관습을 버리지 못하고 새로운 것에 순응하지 못한 사람을 비유한다.

詩, 공부가 마치 수주대토와 같다는 생각이 들었다. 이미 나와 있는 글과 책은 그루터기나 마찬가지라는 생각 말이다. 또 그렇다 하더라도 옛것을 제대로 알아야 새로운 것을 찾을 수 있다는 공자의 말씀도 있지 않은가!*

이미 나는 길 위에 핀 꽃을 꺾었다. 이 꽃을 방에 장식하기까지 했다. 이 꽃향기가 나의 시간을 왜곡하였다 하더라도 또한 이 꽃으로 그 어떤 것도 건설한 것이 없다지만, 나는 세상을 적셨다. 까만 고양이가 제 털을 무한정 핥고 닦듯이 내일은 고운 빛깔로 나는 걸어갈 것이다. 세상을 보는 안목과 견해가 좋고 자신감으로 새로운 도전에 용기가 생긴다면 뭐에 부러운 것이 있을까 말이다. 내 마음이 시에 대한 열정으로 다 하였으니까! 하늘의 뜻에 부응할 따름이다.

*정원숙: 충남 금산에서 출생. 2004년 〈현대시〉 등단.
*논어: 子曰 溫故而知新, 可以爲師矣

유골 _ 유홍준

당신의 집은

무덤과 가깝습니까

요즘은 무슨 약을 먹고 계십니까

무덤에서 무덤으로

산책을 하고 있습니까

저도 웅크리면 무덤, 무덤이 됩니까

무덤 위에 올라가 망望을 보았습니까

제상祭床 위에 밥을 차려놓고

먹습니까

저는 글을 쓰면 비문碑文만 씁니다

저는 글을 읽으면 축문祝文만 읽습니다

짐승을 수도 없이 죽인 사람의 눈빛, 그 눈빛으로 읽습니다

무덤을 파헤치고 유골을 수습하는 사람의 손길은 조심스럽습니다

그는 잘 꿰맞추는 사람이지요

그는 살 없이,

내장 없이, 눈 없이

사람을 완성하는 사람이지요

그는 무덤 속 유골을 끄집어내어 맞추는 사람입니다

저는 그 사람이 맞추어놓은 유골

유골입니다

정말 우리의 뼈대는 무언가? 삶의 그 뼈대 말이다. 우리는 왜 사는가 말이다. 인간의 존엄성과 행복, 더 나가 어떤 목적을 위하여 이 삶을 영위해 나가느냐는 시인의 외침으로 읽었다. 당신의 집은 무덤과 가깝습니까? 하며 의문형으로 물은 것이지만, 이건 반문이다. 당신의 집은 무덤 아니냐는 말이다. 그러니까 집이 무덤이 되었어야 되느냐는 말이다. 집은 행복이 넘치며 삶의 원기를 불어넣고 내일을 위한 재충전의 장소라야 맞다. 하지만 현대사회는 집은 여관보다 못하고 마치 무덤을 드나드는 것과 같고 무덤에서 무덤으로 산책하듯 그렇게 직장을 다니며 산다. 사회가 온통 무덤 같기에 하는 말이다.

글 한 자 써도 비문을 새기듯 하여야 하고 글 한 자 읽어도 축문을 읽듯 가까이해야 한다. 우리는 글을 함부로 쓰지는 않았는지 뉘우치게 한다. 수많은 짐승을 죽인 사람의 눈빛은 가련하겠지만, 무엇이 요점인지 아는 사람이다. 우리는 얼마나 그 요점에 가까이 사는 것인가 말이다. 뼈대 있는 말은 그 살과 내장과 눈이 없어도 우리의 가슴을 적신다.

부재기위不在其位하여는 불모기정不謀其政이니라는 말이 있다. 물론 논어에 있는 말이다. 그 자리에 있지 않으면 그와 관련된 정사를 논의하지 않는다는 뜻이다. 공공연한 말 때문에 불거지는 일이 많기 때문이다. 뭐 정치만 그런 것도 아니다.

서민의 삶도 마찬가지다. 자신의 직분에 맞는 일에 매진하며 자기 일이 아닌 것은 함부로 말해서도 안 되며 섣불리 논해서도 안 되겠다.

5년 전이었지 싶다. 시인 유홍준 선생의 시집 『저녁의 슬하』를 읽은 적 있다. 이 속에 든 시다. 「노란 참외를 볼 때마다」를 읽고 감상한 바 있지만, 시인마다 보는 눈이 다르다는 것을 느꼈다. 어떤 분은 스페인의 토마토 축제와 이미지 중첩한 글이라며 이야기하는 분도 있었다. 그때 나의 시력은 돈으로 보았다. 지금에 와 다시 보면, 거저 시다. 시에 대한 성찰과 열정이다.

한 대목을 간단히 피력해본다. '노란 참외를 볼 때마다 나는야 살짝 흥분, 노란 참외를 잔뜩 쌓아놓고 파는 트럭을 지나갈 때마다 나는야 살짝 멈칫, 노란 참외 향기는 진하고 노란 참외 향기는 달콤해 노란 참외 향기는 지독하고 노란 참외 향기는 매혹적이야 한 덩어리 참외 향기의 마취, 한 덩어리 참외 향기의 황홀,'*

산 / 鵲巢

바깥은 적적한 겨울 한기만 서려 있습니다. 안에도 적막하기는 마찬가지입니다. 가만히 있으면 나태함은 눈처럼 내리는데 나는 바깥을 향해 걷기 시작했습니다. 꽉 덮은 마음의 산, 열면 보이고 닫으면 적막한 산, 가볍기 그지없으나 결코 가볍지 않은 산에 들어갑니다. 멧돼지 있고 산토끼 있고 노루와 꿩도 있어 프스석 거리며 산을 꾸밉니다. '너희는 무얼 먹고 사니?' 걸어도 숲이고 우거진 나무만 빽빽합니다. 눈은 나무마다 내려서 눈 산으로 보이고 나는 또 안에 들어갑니다.

경모는 커피 한 잔 내려서 가져다줍니다. 커피도 신맛, 쓴맛, 떫은 맛, 단맛이 있듯 카페는 장장한 사람만 보입니다.

*유홍준: 1962년 경남 산청 출생. 1998년 〈시와 반시〉 신인상 등단.
*유홍준 詩集『저녁의 슬하』 35p

유보트 _ 서효인

발밑에 물이 들어온다. 이 중에 사제 서품을 받은 자는 지저분한 털을 귀밑에서 아래턱까지 이어 기른 취사병뿐었다. 미끄덩한 문어 요리를 먹다가 짧게 구부러진 검은 이물질을 발견한 수병이 적지 않았다. 그럴 때마다 민머리가 유독 반짝였다. 우리가 문어를 먹다니, 수병들은 물에 나온 연체동물처럼 당황하지만, 성호를 긋고.

무릎까지 차올랐다. 지휘관은 제군들이 자랑스럽다. 너흰 지구의 가장 아래에서 장렬한 최후를 맞을 것이며 조국은 너희를 기억할 것이다. 취사병은 침을 뱉었다. 죽기 전에 수병들이 고해할 것은 차고 넘쳤다. 과연 바다 속살까지 그 분 뜻이 닿을 것인가. 하노이의 마을 창고에서 집단으로 저질렀던 추잡한 짓이 떠올랐지만, 기도합시다.

허리가 젖었다. 너희는 오백쉰일곱 척에 달하는 상선을 까부쉈고, 살려 달라 울부짖는 사람들을 과녁 삼아 내기로 소총을 쏘며 낄낄거렸다. 조국은 너희를 기억할 것이다. 사제는 흐느적거리며 양 손바닥을 마주 비볐다. 다른 오락 거리가 없었잖아. 그 문어가 진짜 문어였다고 생각해? 수병들은 상상을 자제했지만, 내 탓이오, 내 탓이오.

코밑에 물이 있다. 수상한 먹물처럼 어뢰는 갑자기 터졌다. 유보트의 옆구리는 허리가 잘린 다족류가 되어 꿈틀거린다. 살 수 있을 거라 생각하나. 이제껏 살아 있었다고 믿었나? 먹물은 검은색이고, 털보가 만들어 내는 물음은 역하다. 군수품은 바닥났고, 고향에서 문어와 먹물은 원래 먹는 게 아니나, 이는 내 살과 피니.

숨을 쉴 수 없다. 살고자 하면 죽을 것이요, 죽고자 해도 죽을 것이다. 변방의 제독을 떠올리며 수병들은 자신의 죽음이 뭍에 알려질까 궁금하다. 모든 게 조국 때문이었다. 아니다, 나 때문이다. 아니다, 문어 때문이다. 유보트는 침몰하기 위해 만들어졌지. 느린 고해 속, 털보와 취사병과 사제의 삼위는 절묘하게 일치하고.

鵲巢感想文

문학은 크게 시와 소설로 구분할 수 있을 것이다. 물론 희극이나 평론도 있겠지만 말이다. 이 중 시는 가장 짧으면서도 압축적이며 운율도 따르는 서정적인 작품이다. 요즘은 시가 시로 보이지 않을 때도 가끔 있다. 현대에 들어와 시는 하나의 공상과학처럼 창작의 일변도를 걷는다고 해도 과언은 아닐 것이다.

나는 이 시를 읽으며 일단은 함수관계를 살폈다. 무엇이 크고 무엇은 작은지, 또 무엇은 어디에서 나며 어디에 포함하는지, 또 어떤 것은 어느 부류에 넣어야 하며 이 부류는 어디에 소속한 것인지 말이다. 시는 역시 작난作難 같은 장난長難이다.

유보트U-boat는 일종의 작은 배로 여겼다. 사전적인 의미는 대형 잠수함으로 적고 있기도 하다. 여하튼, 배다. 함수 하나가 생긴 셈이다. 시 1연을 보면 서품이라든가 취사병과 문어와 수병, 민머리, 연체동물 같은 시어가 나오지만, 어렵게 생각지는 말자! 모두 유보트와 관련된 시어며 이러한 시어는 유보트에 종속한다. 여기서 문어 요리를 먹은 그것도 검은 이물질을 발견한 수병이 나온다. 대립관계다. 그러니까 문어 요리가 을이면 수병은 갑이다. 문어 요리가 시나 그 소재나 또는 그 무엇이 될 수 있으며 또 그 무엇도 아니기도 하지만, 수병을 이루게 한 그 무엇은 충분하다.

시 2연을 보면, 이제 물은 무릎까지 차올랐다. 물은 사회적 관계며 수준이며 어떤 잣대를 드리우는 기표다. 지휘관이나 제군이 나오며 조국도 나오는데 어떤 역사적 사실을 떠올리게 하는 시적장치다. 결국은 고해성사다. 시다. 그러니까 시는 거짓 없는 솔직함을 드러내는 문학이다. 솔직히 하노이의 마을 창고까지 들먹인 시인이지만, 분명 세계 2차 대전은 인류의 크나큰 오점과 상처를 남긴 건 사실이다. 일단은 기도하자는 여유가 있다. 나머지 시문장을 다 끌어내려면 상상을 발휘해야 한다.

이번은 허리까지 찼다. 그만큼 독해와 이해가 찼다는 뜻이다. 시 3연은 표면적인 뜻은 세계대전을 말하는 것 같아도 오백쉰일곱 권의 책을 읽었거나 그 무엇이다. 물론 시인은 글이 가장 좋은 놀이다. 이 놀이에 걸맞은 것은 당연히 찾기 어렵다. 문어는 시다. 여러 갈래의 뜻을 발산하는 다의성을 내포한 시는 문어에 비유할 만하다. 유보트에 탄, 수병이 가지고 놀 가장 좋은 먹거리는 문어다.

이제 물은 코밑까지 닿았다. 어휘는 하나의 기폭장치다. 어떤 결과물을 도출하는 데 큰 역할을 한다. 먹을 것만큼 먹었으면 나올 때도 있는 법이다. 여기서 '그물'이라는 영화가 왜 자꾸 생각나는 것인지, 주인공 남철우는 북에서 취조당하다가 결국 남쪽에서 받은 물건을 배설한다. 똥 묻은 달러다. 시는 똥 묻은 달러나 다름없다. 배출했으니까! 고향과 문어와 먹물은 하나의 수병을 이룬 어떤 기억과 추억 그리고 연고다. 이러한 모든 것은 곧 수병의 살과 피가 된다.

어차피 우리는 죽은 거나 다름없다. 시집을 내든 글을 써서 발표했던 나의 유보트는 바다를 향해 떠났다. 이 속에 탄 수병은 뭍에 알려질까 궁금하기까지 하지만, 시인은 널리 알려 꽤 많은 성취를 바란다. 이러한 문학 활동은 모두 조국을 위하는 것 같아도 나를 위하는 것이며 문어를 위하는 것 같다가 수병을 이루고 침몰은 곧 상생이며 이러한 상생 속에 시인은 고해성사를 마치게 된다. 절묘하고 일치하게 말이다.

*서효인: 1981년 전남 광주 출생. 2006년 〈시인세계〉 등단.

음모陰毛라는 이름의 음모陰謀 _ 김민정

머리털 나 처음으로 돈 내고 다리 벌린 날, 소중한 당신산부인과에는 다행히 여의사만 둘이었다. 어디 한번 볼까요? 자궁경부암 진단용 초음파 화면 가득 잘 익은 토마토의 속살이 비릿한 붉음으로 클로즈업되어 있었다. 깨끗하네요, 그런데 자궁 모양이 좀 특이해요, 뾰족하다고나 할까. 거웃 나 처음으로 내 아기집을 구경한 날, 어쩌다 뾰족한 자궁이 된 나는 콘헤드conhead의 아이 하나 고깔 쓴 제 머리 꼭지로 내 배를 콕콕 찌르는 상상만으로도 아 따가워 가시를 영 빼버릴 참이었는데 제모 어떠세요? 내 아랫도리를 헤집다 말고 얼굴을 쳐든 여의사가 코끝까지 밀려 내려온 안경테를 걷어 올리며 묻는 것이었다. 레이저 기계 새로 들여 행사 중이에요, 겨드랑이 털과 패키지로 하세요, 휴가철인데 비키니라인 신경 쓰셔야지요. 머리털 나 처음으로 거창까지 상가에 조문 가는 날, 안성휴게소 화장실에 쪼그려 오줌이나 누는데 문짝에 덕지덕지 이 많은 스티커는 누가 다 붙여놓은 것일까. 여성 희소식 당신도 아름다워질 수 있다! 02-969-6688 여성 무모증 빈모증 수술하지 않고 완전 해결! 마르크스도 이런 불평등은 미처 예상치 못했을 거다.

鵲巢感想文

새해가 밝았다. 다사다난했던 원숭이를 보내고 열정과 애정을 듬뿍 안은 닭의 해를 맞는다. 닭은 새벽이면 붉은 해를 안고 우는 것부터 시작이다. 닭 모가지 비틀어도 새벽은 온다는 말도 있다. 그 어떤 일이 있어도 내가 뜻하는 바가 있다면, 꼭 해내는 그런 한 해가 되었으면 한다.

새해 첫날에 나는 이 시를 선택했다. 어째 좀 민망한 것 같아도 시인이 무엇을 표현하고자 했는지는 분명하다. 글을 표면적으로 읽으면 개인의 신변까지도 들여다보이기까지 하지만, 이것은 시 쓰기 위한 하나의 이야기에 불과하다. 나는 그림은 잘 모르지만, 어떤 그림은 외설 같아서 이건 뭐지 하며 감상할 때도 있다. 하지만, 시대와 시기를 표현한 솔직 담백한 작품이라 볼 수 있다. 특히 에곤실레의 작품은 강력해서 언뜻 보기만 해도 이건 그의 그림이라 할 수 있다. 글도 마찬가지겠지.

이 글은 김민정 시인만이 쓸 수 있는 글이라 여길 수 있을 정도로 특색을 가진다. 여기서는 무모증과 빈모증에 대항하는 것은 거웃이다. 시인은 거웃처럼 사회를 들여다보며 비판하며 까발리는 자세가 필요하다. 또 이러한 시인의 글은 세상을 더 밝게 헤쳐 나가려는 젊은이를 양성하는 어떤 자궁의 역할을 한다. 하지만, 완벽한 글은 없듯 바늘 같은 따가움도 있으리라!

그러므로 시인은 아무것도 없는 말간 사회, 마치 자본주의의 어떤 모순을 타파하고픈 마르크스가 지향했던 사회주의 사상을 잠시 그리워했는지도 모르겠다.

이 시가 발표된 지는 꽤 되었지만, 원숭이를 보내고 닭의 해를 맞는 이 시점에서 가슴 깊이 다가오는 것은 무엇일까? 지난 한 해는 모든 국민이 실망이 컸던 한 해가 아니었을까! 가장 큰 사건이라면 역시 대통령 탄핵이었다. 누구보다도 공명정대했어야 할 이 나라 지도자께서 비선 실세와 기업모금을 통한 재단형성은 크나큰 실망을 안겼다.

올 한해는 음모陰毛와 같은 음모陰謀가 없는 밝은 사회가 되어야 하겠다. 이리하여 우리 모든 국민이 열정과 애정을 듬뿍 안은 붉은 닭처럼 뜻하는 일이 황금알과 같은 큰 성과로 빛길 바랄 뿐이다.

p.s

새해가 밝았습니다.

이 방에 찾아주신 모든 시인님, 그리고 사랑하는 형님 누님과 같은 시마을 동인 선생님 한 해 진심으로 감사드립니다.

글이 취미인 사람에게는 이러한 문학사이트가 사회생활에 얼마나 큰 역할을 하는지 다 아실 겁니다. 별로 잘 쓰는 글은 아니지만, 아끼고 사랑해주신 여러 선생님 덕택에 오늘도 존재감을 만끽하며 글을 올리나 봅니다. 서툰 점 한두 점이 아닐 텐데 참고 읽어주신 모든 선생님께 다시 존경의 인사를 드립니다.

모두모두 새해는 뜻하는 일이 잘되시길 바라옵고 이 결과로 굵고 아름다운 서책으로 소실을 보시옵길 기루어 바랍니다.

감사합니다.

鵲巢 인사올립니다.

*김민정: 1976년 인천에서 출생. 1999년 〈문예중앙〉 등단. 2007년 박인환 문학상 수상. 시집『날으는 고슴도치 아가씨』

이불 속의 마적단 _ 박 강

오오, 돌진하자꾸나, 우리에겐 방패도 투석도 없어, 국경을 무너뜨리라는데, 무한한 전리품을 획득하라는데, 전사여, 달려보자꾸나, 상사의 심부름으로 무기처럼 커피를 들고

제발 가르쳐 주세요, 적진은 어디에 있습니까, 보이지 않는 손이 정말 시장을 지배합니까, 발 닳도록 커피 나르며, 책상 밑 유령 같은 손으로 토익 책을 훔쳐보며, 세계는 넓고 할일은 없습니까, 사막에 플랜트를 세우겠습니다, 제게 불가능은 없습니다, 뽑아만 주신다면

사무실 곳곳에 왈칵 쏟겠습니다, 저의 패기를, 열정을, 오오, 뜨거운 커피를, 상사의, 우우, 바지가 젖었습니다, 이제 집에서 눈물 젖은 사전을 베고 잠들어야 하나요

이불 뒤집어쓰고 사막을 펌프질 하는 꿈, 탁 탁 타 타 탁, 원자잿값 상승에 맞춰 내 몸값 올릴 때까지, 이제 난 웅크린 자세로 화석이 되렵니다, 내 성기에서 석유가 뿜어져 나올 때까지,

鵲巢感想文

시제 이불 속의 마적단은 모두 제유적 표현이다. 이불은 잠을 잘 때 몸을 덮는 침구의 하나다. 마적단은 말을 타고 떼 지어 다니는 도적을 말한다. 마적이 아니라 마적단이다. 복수다. 이불처럼 따뜻한 어떤 그 무엇에 마적단과 같은 어떤 행위가 이 시를 쓰게 된 동기다.

오오, 돌진하자꾸나. 영탄법으로 쓴 문장이다. 화자의 감정을 강조하기 위해 감탄사나 감탄형 어미를 활용하여 표현한다. 사람 이름을 직접 호명하며 주의를 불러일으키는 돈호법(야야! 밥 먹자?)과는 다르다. 시의 첫 문장에서 벌써 관심이 확 끌리게끔 한다. 시 1연의 전체적인 내용은 전사의 마음처럼 커피 한 잔과 더불어 우리가 넘보지 못할 어떤 경계를 넘어서 보자는 얘기다. 시의 발단이다.

하지만, 상상의 나래는 영역도 없고 경계도 없다. 특별한 경계가 없으니 누가 적인지 아군인지 분간도 안 된다. 애덤 스미스가 말했던 보이지 않는 손에 의해 경제는 자율적으로 돌아가는 것뿐이다. 이 자본주의 시장에 하나의 부속품과 같은 우리는 일개 개인에 불과하다. 그렇지만, 이런 와중에서도 사상, 극에 달하는 실업률과 맞서야 하며 시장과 사회를 헤쳐 나가야 한다. 시의 전개다.

화자의 이상과 목표는 사무실에서도 표출하고 만다. 패기와 열정을 뜨거운 커피를 쏟으면서도, 결코 꿈을 포기하지 않는다. 꿈은 등단일 수도 있으며 에곤 실레의 자화상처럼 볼펜을 곧추세우는 것과 같은 일일지도 모른다.

이불을 덮어쓰고 메마른 감정(사막*)을 펌프질하는 꿈은 최소 마중물은 있어야겠다. 그러니까 두레박과 같은 시집은 있어야 한다는 말이다. 그러나 원자잿값 상승은 책 한 권 사다 보는 것도 부담이다. 시인은 글 쓰는 행위를 자위행위로 쓰기도 한다. 글 쓰는 행위야말로 자기위안이며 자기치료이기 때문이다. 이 시에서 성기는 내 마음 깊은 곳까지 완전히 까발리는 작업이야말로 시인으로서 온전히 설 수 있음을 내심 강조하는 단어다. 석유라는 시어도 보자. 원유는 그 자체가 까마니까 색감으로 감상하는 게 좋겠다. 글은 까마니까! 여기서 미당이 쓴 화사花蛇*와는 의미가 좀 다르다.

*박강: 1973년 인천 출생. 2007년 〈문학사상〉 등단.

*필자의 책, 『구두는 장미』, 159p, 「사막」이라는 시만 생각해도 송재학 시인의 '모래장'이 떠오른다. 지면상 옮겨놓지는 못하겠다. 좋은 시다.

*『미당 시전집』, 35p 참조
"石油 먹은 듯 …… 石油 먹은 듯 …… 가쁜 숨결이야" 여기서는 재질로 보아야 한다.
'미끄럽다, 부드럽다'는 뜻을 석유로 은유한 것이다.
미당은 우리 민족에 크나큰 오점을 남겼지만, 시는 큰 발자취를 남긴 시인이다.

자전거

조치원鳥致院 지나며 _ 송유자

밤 열차는 지금 조치원을 지나가고 있는 중이다
조치원이 어딘가, 수첩 속의 지도를 펼쳐보니
지도 속의 도계와 시계, 함부로 그어 내린 경계선이
조치원을 새장 속의 새처럼 가둬놓고 있다
나는 문득 등짝을 후려치던 채찍자국을 지고
평생을 떠돌던 땅속으로 들어가서
한 점 흙이 되어 누운 대동여지도 고산자를 생각한다
새처럼 자유롭고 싶었던 사나이, 그가
살아서 꿈 꾼 지도 속의 세상과
죽어서 꿈 꾼 지도 밖의 세상은 어떻게 다를까
몇 달째 가뭄 끝에 지금은 밤비가 내리고
논바닥처럼 갈라진 모든 경계선을 핥으며
비에 젖은 풀잎들이 스적스적 일어서고
나는 불우했던 한 사내의 비애와
상처를 품고 앓아누운 땅들을 생각한다
대숲이나 참억새의 군락처럼, 그어질 때마다 거듭
지워시면서 출링이는 경계선을 생각한다
납탄처럼 조치원 역에 박힌 열차는 지금
빗물에 말갛게 씻긴 새 울음소리 하나를 듣고 있는 중이다

鵲巢感想文

산다는 것이 마치 밤 열차 타고 내가 가고자 하는 목적지에 가듯 외로운 길이다. 조치원이 어딘가? 새가 이르는 집이라는 우리나라 행정 도시지만, 지명이 꼭 지명처럼 들리지 않는다. 새처럼 훨훨 날고 싶지만, 나는 지도처럼 도계와 시계에 갇힌 한 마리 새일 뿐이다.

지도를 생각하며 지도를 꺼내며 지도를 펼치며 나는 고산자를 생각한다. 고산자는 이 대동여지도를 어째서 그렸던가! 장사꾼이나 관아의 일꾼이나 이들 만인을 위해 목적한 곳을 안전하게 안내하기 위해 그렸을 법한데. 고산자는 평생을 땅과 싸웠다.

나는 뭔가? 등짝을 후려치던 나의 채찍이여! 이 채찍에 맞은 움푹 팬 자국이여! 나는 더디어 삶과 죽음의 경계를 향해 한 발 디디며 걷고 있다. 나는 불우했던 한 사내의 비애와 상처를 품고 앓아누운 이상을 생각한다.

청춘과 장년을 넘어 나의 한계를 생각한다. 납탄 같은 세월이 벌써 조치원에 와 이르렀다. 나는 다시 생각한다. 창밖은 비가 내리고 나는 다부지게 마음먹는다. 지금 막 새 울음 같은 기차 소리와 나는 이러한 신음을 내뿜고 하늘 높이 날아가리라!

글을 쓴다는 것은 좋은 비유를 든다는 것이다. 비유를 쓰지 않고는 좋은 글이 나오지 않는다. 현실은 언제나 감당하기에 어려운 높은 이상에 대한 장벽뿐이다. 이에 이르기에는 능력이 부족하고 그렇다고 좌절할 수 없는 처지를 사실 그대로 어찌 쓸 수가 있으리! 이미 역사에 남은 이는 이러한 고난과 역경을 모두 겪은 사람이다.

고산자는 우리나라 대동여지도를 남겼던 김정호 선생의 호다. 조선 말기, 격동의 세월을 보냈다. 지도에 한해서는 수많은 작품을 남겼음에도 신분이 미천하여 그의 가계에 관한 기록은 그리 많지가 않다.

이 시(조치원 지나며)를 쓴 송유자 선생께서도 아마, 고산자와 같은 처지로 보인다. 나는 선생의 얼굴을 본 적도 없고 나이도 모른다. 하지만, 이 시는 그만한 위치에 있겠다는 암시는 충분한 것 같다.

끝으로 노자는 대교약졸大巧若拙이라 했다. 큰 기교 즉 솜씨는 마치 서툰 것과 같다. 나의 시 감상문은 어찌 전문가의 솜씨에 이를 수 있으리! 그냥 막 쓰면서 하루 성찰하며 또 들여다보며 나의 길을 열어보기 위함이다. 서툴기 짝이 없는 길이지만, 그래도 내가 직접 걸었던 길이기에 뇌돌아 볼 수 있는 어떤 장관은 있으리라!

*송유자: 서울 출생. 1989년 〈심상〉으로 등단. 2002년 경향신문 신춘문예 시 당선.

주문진 _ 김진수

어판장을 기웃거리는, 건어물 가게에서 활어를 찾는 사람들 오징어포를 씹으며 "고래는 어디가야 볼 수 있나요" "예약은 해야 하나요"

눈시울이 뜨거워졌다 나는 이미 눈물을 흘리고 누군가 내 어깨를 토닥거렸다 나는 내색하지 않았고 그 손을 기억하지 못했다 훅 끼쳐오는

스마트폰을 들고 사람들이 바다를 들고 지나간다 토막 쳐진 파도의 혀는 더 이상 징징 거리지 않았다 나도 한 봉지, 떼 지어 춤추는 바다를 샀다 파도 없이도 서핑을 즐기는

빨대를 빠는 비닐봉지들, 나는 고래의 언어를 전송했다 답신 없는, 왜 나는 고래를 보고 싶어 하는가 누군가

때만 되면 판장 끝에서 호루라기를 불었다 숨을 불어 넣는 긴 숨소리, 호루라기는 더 큰, 더 많은 고래를 부르고 있었다

어디로 갔을까, 고래는? 주문진은?

鵲巢感想文

香湖 先生의 詩「주문진」을 읽으며 솔직히 이 詩를 感想하는 데는 주문진도 다녀오고 나서 詩人의 마음을 보아야 할 것이다. 거저 인터넷 서핑을 통

해 몇몇 사진으로 보고 感想한다는 것은 詩人께 예의가 아니겠다. 하지만, 글을 좀 더 진솔하게 읽기 위해 몇 자 글을 쓴다.

詩 종연을 보면 '어디로 갔을까, 고래는? 주문진은?'라고 했다. 나는 이 문장을 읽고 우리 민족을 생각했다. 그러니까 우리 민족은 7세기~10세기 때 고구려가 멸망하고 발해가 멸망했던 격동의 세월을 보냈다. 과연 우리는 어디로 갔을까! 영국의 어느 고고학자였다. 연해주에서 알류산 열도를 거쳐 알라스카 본토로 연결되는 아막낙 섬Amaknak Island이 있다. 우리 고유의 문화로 추정되는 한국식 온돌이 발견되기도 했다. 실제 이 온돌은 2천5백 년 전쯤으로 거슬러 오르기는 하지만, 우리 민족의 이동을 예상해 볼 수 있다. 이전의 시간에서도 민족의 이동을 가름해 볼 수 있지만, 7세기~10세기 때도 마찬가지 일 것으로 예상해 본다. 아메리카 대륙의 4대 문명은 툴레(북극), 마야, 잉카, 아즈텍 문명으로 지금으로부터 500년~1000년까지 거슬러 오른다. 특히 아즈텍 문명의 발상지인 멕시코, 이 원주민의 원어에서도 볼 수 있듯, 우랄 알타이어 계통의 민족이 대거 이동했음을 추측해 볼 수 있지 않겠나 하는 생각이다. 거저 필자 생각이다. 잘못됐으면 말고,

물론 향호 선생께서 쓴, 고래는 여기서는 상징이 될 수도 있으며 제유의 성격도 강하다. 대의적으로 이야기하자면 민족의 근원까지 생각해 볼 문제며 협의는 아무래도 詩人의 故鄕을 얘기할 수도 있지만, 각박한 社會를 사는 우리의 마음에 어쩌면 향수鄕愁를 일깨우듯 송곳처럼 닿는다. 필자 또한 타지에서 일하며 생세를 어렵게 꾸려가지만, 한 번씩 그 그리움은 이루 말할 수 없음이다. 나이 들수록 더하다. 그러니 필자와 연배로 보아도 꽤 높으신 선생의 처지로 보면 더하겠다 싶다.

詩 문장을 보면 詩人께서 사용한 언어의 妙味를 볼 수 있다. 예를 들면 詩 3연에 보면 '바다를 들고 지나간다', '토막 쳐진 파도의 혀' 더 나가 3연은 과

히 압도적이다. 은유한 문장은 시인의 말하고자 하는 그 느낌을 더 크게 또는 사실적으로 다가갈 수 있게 표현했음은 두말할 필요가 없겠다.

詩 5연에서 고래를 부르는 호루라기 소리에 지금은 고래사냥이 어느 정도 규제를 받고 있지만, 先史時代는 이 고래를 따라 이동했을 우리 민족을 다시금 생각게 한다. 물론 그때는 호루라기 같은 도구는 없었겠지만 진정 우리의 고래는 어디에 있는가? 두고두고 생각해 볼 문제다.

*김진수: 필명 향호, 1952년생, 2015년 시마을 문학상 대상 수상.

종시終詩 _ 박종만

나는 사라진다

저 광활한 우주 속으로

鵲巢感想文

가슴이 종일 답답했다. 일이 있어도 답답하고 일이 없어도 답답한 나이가 되었다. 그만큼 책임이 따르는 나이다. 내 어깨에 씌운 멍에를 벗는 날 나는 정말 홀가분해질 것인가, 하는 생각을 잠시 했다. 책임이 따를 때가 살아 있음을 느끼겠지.

거래처 찾아 나서는 일, 오시는 손님 맞아 이것저것 상담하고 손님께 시중드는 일, 이런저런 일 마치고 식사하며 하루 일기를 마감하고 내일을 위해 잠을 청한다. 시간은 되풀이하며 흘러도 우리는 점점 늙는다.

한 업계에 20년 이상 일을 했다. 매번 똑같은 일을 반복만 한 것 같은데 일은 꽤 성장했다. 성장의 원인은 역시 경쟁이었다. 죽지 않으려고 이 일을 포기하지 않았다. 다른 어떤 일에 대한 두려움이라든가 낯선 어떤 감정 같은 게 싫어 더욱 매진했던 일이었다. 경쟁을 뚫고 나가는 것은 역시 자본 증식을 꾀하며 부피를 키우는 것이었다. 부피는 인력이 더 필요로 하며 경비는 더욱 증가한다. 훨씬 효율적인 사업으로 진행하려면 가장 큰 경비인 인건비를 줄여야 한다. 어쩌면 혼자 조용한 카페를 하는 게 더 낫겠다는 생각도 여러 번 했다. 성장은 이런 모순까지도 극복해야 한다. 사업만 그런 것일까?

우리 인류는 어디에서 왔는가? 중·고등 역사 시간에서 배웠던 인류사가 떠오른다. 약 200만 년 전 오스트랄로피테쿠스의 직립보행과 그 이전의 우주 탄생과 더불어 지구의 탄생은 신비롭기까지 하다.

진화는 현생인류를 만들었다. 그사이 수많은 인종이 이 지구에 나타났다가 사라졌다. 어떻게 사라졌는지는 분명히 알 수 없으나 많은 인류학자는 이를 파헤쳐놓기까지 했다. 한때 제럴드 다이아몬드 교수의 『총, 균, 쇠』와 『문명의 붕괴』를 읽고는 밤잠을 스쳤던 적이 있었다. 인류는 낯선 환경을 이겨냈으며 경쟁자였던 수많은 집단과 싸움을 이겨냈다.

문명은 하루 24시간에 인류사로 비유한다면 23시 58분에 이르러서야 태동했다. 대륙 간의 문명의 격차와 그 원인을 읽고 제럴드 다이아몬드 교수의 설득력에 탄복했다. 그러는 인류는 어디로 가는가?

우리는 죽으면 흙으로 간다. 흙은 각종 만물의 어머니다. 씨앗을 품고 배양하고 또 다른 생물로 키워낸다. 나는 그렇다고 다른 생물로 환생하는 것일까? 한때는 불교의 윤회설 같은 것도 믿은 적 있었다. 하지만, 죽으면 모든 것은 끝이다. 한 생물로 유전인자는 소멸한 것이다.

시인 박종만 선생의 시 「종시」 짧지만 아득하게 읽힌다. 우주의 끝은 과연 있는 것인가? 끝없는 우주는 신비 그 자체다. 현대과학으로는 그 끝을 가름할 수 없다. 이 끝없는 우주에 생물체는 단지 이 지구뿐이다. 마치 남태평양상의 작은 섬 이스터 섬처럼 말이다. 이 섬에는 인구 약 4천 명 정도 모여 산다. 모아이 상이라는 거석 상을 만들었던 시대, 지금으로부터 천 년 전에도 마찬가지였다. 이 고립된 섬에서 살았던 사람은 외지로 나가려고 얼마나 많은 노력을 기울였을까! 그 한 방편이 거석상 모아이를 만들었던 것은 아닐까?

우주에 떠 있는 이스터 섬, 이 지구는 인류는 어떤 희망을 안으며 미래를 바라보아야 하는가!

얼마 남지 않은 우리의 생명은 어디로 가는가? 시인 박종만 선생의 시 「종시」 나는 사라진다. 저 광활한 우주 속으로 말이다.

*박종만: 1946년 전북 정읍 출생. 1968년 서울신문 신춘문예 등단.
*박종만 시전집 『해토』 641p

채송화

채련곡 _ 허난설헌

추정장호벽옥류 秋淨長湖碧玉流

해맑은 가을 호수 옥처럼 새파란데

하화심처계란주 荷花深處繫蘭舟

연꽃 우거진 곳에 목란배를 매었네

봉랑격수투련자 逢郎隔水投蓮子

물 건너 님을 만나 연꽃 따 던지고

요피인지반일수 遙被人知半日羞

행여나 뉘 봤을까 한나절 부끄러웠네

鵲巢感想

위 시는 허난설헌이 지은 것이다. 허난설헌은 조선 중기 문신으로 동인의 영수가 된 허엽의 딸로 태어났다. 그녀는 가풍에 따라 남자와 똑같은 교육을 받을 수 있었다. 15세 때 안동 김 씨 집안에 시집을 갔다. 하지만 남편 김성립과의 결혼생활은 그리 순탄하지만은 않았던 것 같다. 그녀가 낳은 아이들도 일찍 잃게 되고 시어머니의 학대와 무능한 남편은 그녀의 건강을 잃게 했다. 결국 27세의 나이로 세상 마감한다.

시의 내용은 이렇다. 남편 김성립은 과거를 핑계 삼아 바깥을 돌며 가정을 소홀히 했다. 허난설헌은 어느 큰 호숫가에서 남편을 보게 된다. 해맑은 가을 호수는 옥처럼 저리 푸른데 연꽃 또한 우거져 마치 배를 띄운 듯 가득하다만, 물 건너 당신을 보아 이 연꽃 한 송이 따서 반가이 던지니 행여 누가 봤을까 한나절 부끄러웠네.

촛농 _ 엄재국

야근 노동자의 담배 연기처럼

늙은 창녀의 빨랫줄 꽃 팬티처럼

소학교 소풍 꽁무니의 풍선 장수처럼

빛이 신고 건너는 신발이 있다

鵲巢感想文

촛농은 초가 탈 때 녹아서 흐르는 기름을 말한다. 시제는 촛농이며 시는 이를 각종 은유로 표현한 한 문장이다. 그러니까 촛농은 빛이 신고 건너는 신발이다. 신발이 없으면 빛은 승화할 수 없다. 이 촛농에 대한 각종 은유를 보자.

첫 행은 '야근 노동자의 담배 연기처럼'이라 했다. 나는 담배는 태우지 않지만, 담배의 매력을 주위 사람에게서 십분 들은 바는 있다. 하루 노동의 그 끝에 한 모금 당기는 맛은 그 무엇과도 바꿀 수 없는 어떤 매료가 있다. 그 매료 끝에 훨훨 날아가는 연기로 비유했다.

두 번째 행은 '늙은 창녀의 빨랫줄 꽃 팬티처럼'이라 했다. 나의 비약적인 생각일지는 모르겠지만, 어떤 희생의 끝에 따르는 안정을 상징한다고 하면 과언일까! 촛농은 마치 허물 벗는 꽃뱀 같다.

세 번째 행은 '소학교 소풍 꽁무니의 풍선 장수처럼'이라 했다. 소학교 소풍처럼 하늘 탁 트인 자유를 만끽한 것도 없을 것이며 소풍 그 끝에 풍선 장수처럼 어떤 해방감을 안은 느낌도 없을 것이다. 이러한 비유는 모두 빛이 신고 건네는 신발을 은유한다.

빛이 없다면 깜깜한 밤에 어떤 탈출구라도 찾듯 심오한 글쓰기도 없었을 것이며 이러한 시 또한 나오지 않는다. 빛은 노동과 그 희생 끝에 오는 마음의 평정과 그 결과로 맺는 자유와 현실 해방을 가져다준다.

물론 작가가 산 시대와는 요즘은 아주 다르다. 초로 방을 환하게 밝히는 시절은 끝났다. 이제는 형광등도 아닌 LED 등으로 방을 환하게 하는 시대에 살고 있다. 하지만, 빛은 만인에 평등에 가까운 기회를 제공한다.

이 기회를 이용하여 정말 빛에 가까운 삶의 시, 시와 같은 삶은 무엇인가? 인생, 틀에 짜인 시간의 해방과 공간의 자유를 만끽할 수 있는 그 무엇은 뭐냔 말이다.

*엄재국: 경북 문경 출생. 2001년 〈현대시학〉 등단.

카와에서 해바라기

칼과 사과 _ 서숙희

1

둥근 유혹으로 부푼 이브의 몸에 차갑게 세운 내 금속성의 본성이

최대한 객관적으로 개입하는 그 순간,

2

너와 나의 관계항은 단순 명쾌하다

꽉 물고 있던 긴장이 쩌억 갈라진다

오, 나의 불가항력은 깨끗하고 적나라하다

鵲巢感想文

연시조聯詩調다. 聯詩調는 두 수 이상의 平時調가 한 제목의 아래 엮은 時調를 말한다. 위 時調를 보면 이 詩가 時調인가 할 정도로 가름하기 어렵다. 왜냐하면, 첫 수 初章은 행 가름 하지 않았기 때문이다. 中章과 함께 나열한 형태다. 구태여 구분하자면, 初章은 "둥근 유혹으로 부푼 이브의 몸에", 中章은 "차갑게 세운 내 금속성의 본성이" 되겠다. 詩를 잠시 보자. 詩題가 칼과 사과다. 初章은 사과에 대한 묘사다. 이 사과는 무엇을 뜻하는지는 모르겠지만, 詩人의 어떤 이상향이라 적어둔다. 中章은 칼에 대한 묘사描寫다. 칼의 속성을 이야기하지만 결국은 詩人을 환유했다. 終章은 최대한 客觀的으로 개입하는 그 순간, 즉 너도 아니고 나도 아닌 최대한 제삼자 처지에서 보았을 때 그러니까 제삼자 처지에서 본 것도 아니다. 최대한 客觀的으로 개입

한다고 했으니 결국은 獨自的이며 다시 들여다봄으로써 그때,

詩 2연 너와 나의 관계항은 단순 명쾌하다. 칼 같은 나와 나를 물고 있던 너, 그리고 긴장은 풀린다. 오, 나의 불가항력不可抗力은 오, 저항할 수 없는 그 힘은 깨끗하고 적나라하다. 抵抗할 수 없는 힘은 불가항력이다. 사과에 대한 칼의 마음일까! 칼에 대한 사과의 마음일까! 사과에 대한 칼의 마음이라고 하자. 그렇다면 칼은 왜 깨끗하고 적나라하다고 표현했을까? 이 詩 1연의 初章을 보면 "둥근 유혹으로 부푼 이브의 몸에" 지나왔던 칼이다. 사과에 대한 절대 사랑인가 말이다. 사과의 몸을 지나왔던 것은 칼이므로 사과의 냄새가 묻어 있을 것이다. 칼의 몸은 더럽혔을지도 모르나 사과에 대한 마음은 一片丹心이란 말인가! 오로지 사과만 보겠다는 말인가! 그렇다. 詩人의 詩에 대한 굳은 의지를 여기서 볼 수 있음이다. 詩에 대한 저항할 수 없는 그 힘, 그것이 詩의 사랑이며 詩人의 길이다.

어쩌면 나는 칼 같은 마음으로 오늘 日記를 쓴 것은 아닐까! 이 時調는 詩人의 詩集『아득한 중심』序詩다.

*서숙희: 경북 포항 출생. 시조시인. 1992년 매일신문과 부산일보 신춘문예에 시조 당선.

캐논 인페르노 _ 김언희

손에 땀을 쥐고 깨어나는 아침이 있다 손에 / 벽돌을 쥐고 눈을 뜨는 아침이 있다 피에 / 젖은 벽돌이 있다 젖은 / 도끼 빗이 있다 / 머리 가죽이 벗겨질 때까지 나를 빗질해대는 가차 없는 / 빗살이 있다 가차 없는 톱니가 / 있다 옆집 개를 톱질하고 온 전기톱이 있다 / 전기 톱니가 있다 무서운 / 틀니가 있다 / 죽은 사람의 틀니를 끼고 씩 웃어 보는 子正이 있다 똥을 지리도록 / 음란한 子正이 있다 음란하기 짝이 없는 / 목구멍이 있다 입도 없이 / 나를 삼키는 목구멍 / 괄약근 없는 / 食道가 있다 대대로 물려받은 음탕한 / 괄호가 있다 그 괄호를 납땜하는 새파란 불꽃이 / 있다 내 배때기를 푸욱 찔러라 찔러 이 방 저 방 따라다니는 / 노모의 칼끝이 있다 밤새도록 콕콕콕 / 찍히는 마룻바닥이 있다 뒤통수가 / 있다 발이 푹푹 / 빠지는 거울이 있다 발이 쩍쩍 들러붙는 콜탈의 / 거울이 있다 거울 속에 시커먼 똬리가 있다 당신은 뱀에 / 감긴 사람이야 친친 감긴 채 살아 당신만 몰라 / 모르는 사람이 있다 모르는 손이 모르는 / 벽돌을 쥐고 진종일 떠는 / 하루가 있다 입에 / 담을 수 없는 곳에서 입에 담을 수 없는 것이 되어 / 눈을 뜨는 하루가 있다 내 혀가 뭘 / 핥게 될지 두려운 곳에서 / 내 두 손이 뭔 짓을 / 하게 될지 / 생각조차 할 수 없는 곳에서

鵲巢感想文

시 감상하는 오늘은 17년 1월 11일이다. 16년 한 해는 우리 국민의 분노가 가장 컸던 한 해로 기억될 것이다. 비선 실세인 최순실 게이트 또는 박근혜 게이트는 최순실이 박근혜 정부의 국정에 개입했다는 것과 미르재단·K스포츠재단의 설립에 관해 그 재단을 사유화한 사건, 최순실의 딸 정유라가 특혜를 받은 사건을 포함한다.

아마, 이 시를 읽는 감상만큼 국민은 분노했다. 손에 땀을 쥐고 깨어나는 아침이었다. 민중은 손에 벽돌을 잡지는 않았다. 촛불을 들고 시위하였으며 이는 피에 젖은 벽돌보다 더 강력한 메시지를 현 정부에 향해 던졌다.

월 소득 100만 원이 되지 않는 자영업자가 많고 하루 3,000명이 개업하며 2,000명이 폐점하는 이 시점에 올해 세수 확보는 정부수립 이후 최대다. 경기불안과 피부로 겪는 민생안정의 위험수위는 극에 달했지만, 정치는 오리걸음처럼 불안하기만 하다.

멕시코는 정부의 유가 상승에 반발하여 국민의 소요사태까지 일었다고 한다. 물가안정을 살펴야 하지만, 달걀 한 판은 서민이 사 먹기에는 고민해야 할 판이고 여타 물가 사정은 불안하기만 하다. 병든 오리에 무엇을 기대할까? 오리 파동이 빨리 끝났으면 싶다.

시인 김언희 선생의 시는 한마디로 외설적이며 도발적이고 에로틱과 혐오스러움, 노골적이며 매스꺼운 거침없는 말의 난발로 표현할 수 있겠다. 선생의 첫 시집 '트렁크'라는 시제만 보아도 범상 타. 각종 언어의 도살 현장을 보는 것 같다. 나는 선생의 시집 '요즘 우울하십니까?'을 소장하고 있다만, 첫 시집인 '트렁크'를 사다 보려고 도서판매사이트에 들어가 본 적이 있다. 놀라운 것은 모두 절판되었던 데다가 중고가 무려 7만 원, 어떤 곳은 4만 원 정도 호가했다. 아쉬우나마 인터넷에 유람하는 '트렁크'의 일부를 찾아 읽곤 했다.

그러면 위 시에서 사용한 시어(벽돌)나 시구를 보자. 벽돌, 피, 젖은 벽돌, 도끼 빗, 가죽이 벗겨질 때까지, 가차 없는, 빗살, 가차 없는 톱니, 옆집 개, 틀니, 똥을 지리도록, 음란한 子正, 목구멍, 괄약근, 음탕한, 새파란 불꽃, 납땜, 배때기, 노모의 칼끝, 콜탈, 시커먼 똬리, 등을 볼 수 있다.

벽돌이나 피, 도끼(문장의 발굽camel-toe), 가죽, 똥, 목구멍, 불꽃 노모의 칼끝, 콜탈, 시커먼 똬리는 모두 시를 은유한 시어다. 시인으로서 시에 열정과 분노, 이러한 투쟁에 치열한 글쓰기로 시인의 고민 같은 것으로 우리는 읽을 수 있지만, 시는 역시 다의적이라 우리의 현실을 속 시원히 배설한다.

시제가 캐논 인페르노다. 캐논canon은 기관포나 충돌, 세게 부딪치는 것을 말한다. 인페르노in·ferno는 미친듯한, 걷잡을 수 없는, 어쩌면 광적인 어떤 표현 같은 것이다. 영화로 예를 들면, 매드-맥스다. 분노의 도로다. 미친 듯이 달리는 차와 박진감 넘치는 음악, 스포터들의 연기는 한마디로 웃긴다. 기타를 치면서도 불이 착 터지며 질주하는 자동차와 영화의 대사 하나까지 긴장감 넘치는 이런 영화는 없을 것이다.

시인 김언희 선생의 시 또한 마찬가지다. 손에 땀 흘리며 벽돌 쥐고 눈을 뜨고 피에 젖은 분노와 가죽을 벗기는 도끼 빛이 있고 음란하기 짝이 없는 나의 머릿속 도로를 질주하며 참혹하게 지리도록 똥 던지는 이 화두, 노모의 칼끝에 선 언술에 밤새도록 폭폭 배때기를 쑤셔가며 발 폭폭 빠지는 자신의 거울을 보는 것은 이 시대의 시인으로서 누구나 표현할 수 없는 절정에 가깝다.

어쩌면 현대 사회는 이러한 매드-멕스에 가까울 정도로 미쳐야 한다는 것을 시인은 강조하는지도 모르겠다. 질주하라, 질주하라, 이 가난과 불평등과 부조화 속에서 미친 듯이 질주하라고 말이다.

*김언희: 1953년 진주 출생. 1989년 〈현대시학〉 등단.

틈을 읽다 _ 강정숙

생이 지루하다고 제 몸통을 그었는가

태고사 가는 길목 깊이 금 간 바위 한 채

틈새를

열어놓고서

개미 떼를

풀고 있다

삶도 가끔 출렁대야 쓸쓸하지 않다며

오월 젊은 하늘이 천둥 비 쏟아 내고

봄날은

공양간 열어

이팝꽃을

풀고 있다

鵲巢感想文

틈이 뭔가? 사이다. 물체가 벌어진 상태, 어떤 공간이 생긴 것을 틈이라 한다. 시인은 천 년 보존하며 지낼 것 같은 바위도 아주 빠개 젖혀 놓고 개미 떼를 풀고 있다. 봄날 젊은 하늘도 천둥 비 다 쏟아 내고 공양간 열 듯 이팝꽃 푼다. 시가 어쩌면 관능미 철철 흐른 것 같아도 이 속은 삶을 관조하는 철학이 있다.

천둥 치는 하늘이 있고 비 흠뻑 쏟아 낸다 하더라도 결국 끝장낼 것 같은 바위라도 생은 지루해서는 안 되는 것이다. 출렁대야 쓸쓸하지 않은 것이며 그러니 하늘도 바위도 이팝꽃도 있는 것이다.

하루는 세무서 볼일이 있어 다녀왔다. 물론 세무 관련 일 때문에 갔지만, 세무사는 나에게 이런 말씀을 주신다. '선생은 글 하니까 책도 쓰시고 대단하십니다.' 나는 거저 웃음이 일었다. 카페 하니까 돈이 궁하고 돈이 궁하니 틈을 제대로 메워야 할 취미는 있어야겠다 싶어 책을 좋아한 것이라는 궁색한 답변으로 얼버무렸다. 안 그러면 깃발 들고 러닝메이트에 착 달라붙어 신나게 달리고 있던가 말이다. 이러지도 못한 것이 또 시간이다. 어쨌거나, 틈은 메워야 삶은 환하다.

파도처럼 긴장되는 즉 생동감 넘치는 어떤 일이야말로 우리가 바라는 삶이다. 전 봉건 시인의 '피아노'처럼 끊임없이 서슬 퍼런 물고기를 낚아 올리는가 하면 그 바다로 뛰어가 아주 신나게 칼날 하나를 집어 드는 이도 있어야 진정한 삶이겠다.

그러니 틈을 만들자. 희망찬 내일을 위해서라도 그 틈을 만들자. 에궁, 나는 또 조만간 틈을 만들겠다고 써놓는다.

*강정숙: 경남 함안 출생. 2002년 중앙일보 중앙신인문학상 수상.

波瀾 _ 채상우

비가 온다 비가 온다라고 쓴다 고양이가 지나가고 있다 고양이가 지나가고 있다라고 쓴다 정말 고양이가 비를 맞으며 지나간다 모처럼 아프다 아프니까 착해진다 아프니까 착한 마음으로 쓴다 공들여 쓴다 오늘은 하루 종일 구름을 볼 수 있겠구나 오랜만이다 오랜만이다라고 쓴다 오랜만에 착한 마음으로 비 내리는 하늘을 바라본다 바라본다라고 쓴다 당신처럼 바라본다 당신이 나를 바라보았듯이 바라본다라고 쓴다 이 문장은 나흘째 내리는 빗소리보다 어둡다 어두운 여관방에서 내 정액을 자궁 속으로 자꾸 밀어 넣던 여자가 있었다 있었다라고 쓴다 어떤 문장은 계속 변태한다 마침내 반드시라고 쓴다 반드시를 뜻하는 한자어는 평생 심장에 꽂힌 칼을 본떠 만든 것이다 必 자를 쓰고 이를 악문다 이를 악문다라고 쓴다 이가 아프다 정말 아프다 아프니까 착해진다 착하게 살아야지 착하게 살아야지라고 다시 쓴다 착한 마음으로 라일락을 심으러 갈 것이다 이 비가 그치기 전에 그러나 비는 비가 온다라는 문장과는 상관없이 그치지 않는다 그치지 않는 빗속에서 라일락이 꽃을 피운다 한번 잘못 쓴 문장은 사라지지 않는다 그렇게 라일락은 피어난다 나는 나를 매번 誤記한다 라일락꽃 아래 고양이가 비를 맞으며 지나간다

鵲巢感想文

예전에 시인 채상우 선생의 시집『리듬』을 사다 읽은 적 있다. 시인의 문장은 딱딱 끊는 맛이 있다. 누구도 흉내 낼 수 없는 화법이다.

시제 '波瀾'이라 함은 波浪과 같은 말이며 어떤 일에 대해 순탄하지 못하고 어수선한 상태를 묘사한다. 비가 온다거나 고양이가 지나가고 아프고 종일 구름을 보는 것은 시인의 심적 묘사다. 시를 읽는 사람은 시를 좋아하는

사람이다. 시의 공급자는 시의 최대 소비자와 마찬가지다. 일상의 권태를 빨리 벗어나고 싶은 것은 창작의 몰입에 드는 길밖에 없다. 낯선 문장을 안고 며칠 째 고민하는 시인, 즉 우리의 모습이며 우울한 가운데도 마치 여관방 같은 메모지에다가 문장도 되지 않는 문장의 자위를 쏟아야만 했다. 내가 써 놓은 문장이라도 며칠이면 탈바꿈하는 마음에 시인은 반드시 생명을 불어넣겠다는 예술의 혼을 보인다. 이를수록 이는 아프고 수익이나 채산성도 없는 경지의 몰입은 모든 예술가에게는 낙담과 체념으로 이을 수도 있다. 그럴수록 시간에 대한 기회비용의 죄책감과 자괴감은 세상을 더 바르게 보려고 하며 착하게 살아야겠다는 마음이 드는 것이다.

정말 라일락 꽃 같은 향기만 그립다. 라일락꽃처럼 향기가 만발했으면 싶다.

라일락은 이른 봄에 핀다. 꽃향기가 무척 진하고 특색이 있다. 나는 이 꽃향기를 잊지 못한다.

산을 움켜잡고 / 鵲巢

까만 운동복과 가벼운 면 잠바 차림으로 가세 가을 운동회 때 청색 깃발 나부끼며 백기를 누런 땅바닥에다가 꽂기에 어울리는 것이지. 마치 까만 숲속을 헤매다가 소나무 향 짙게 깔린 어느 솔밭에 주저앉고 마는데 나도 모르게 송이버섯 하나쯤은 깔아뭉개듯 까만 운동복 차림은 얼마나 좋은 것인지! 그 높은 산봉우리 향해 조금씩 걸어가는 게 또 얼마나 알맞은 것인지 걸어보지 못한 사람은 이해 못 하지! 내리막길 있으면 오르막길이 있고 오르다가도 솔잎 향에 흠뻑 취하며 저 아래 계곡을 바라보며 물 한 모금 마시는 것도 얼마나 좋은 것이냐! 그리 먼 곳도 아닌 가까운 산을 움켜잡고 오르기라도 하면 까만 운동복과 가벼운 면 잠바는 껴입고 가야지

*채상우: 2003년 계간 〈시작〉 등단.

파랑의 습격 _ 안희연

그날 밤 나는 식물에 영혼이 있다는 것을 목격했습니다. 화분을 뚫고 두 다리가 자라났어요. 마치 구름이 움직이는 것처럼 자연스러운 동작으로

그는 자리에서 일어나 기지개를 펴고 주위를 두리번거렸습니다. 잠시 이쪽을 골똘히 바라보기도 했습니다. 그러니까 그건 내가 극심한 피로 속에서 "누군가 말하고 있기 때문에 빛이 생긴다"*는 문장을 막 읽었을 무렵이었습니다.

식물에 관해서라면 더 이상 축적해야 할 지식은 없다고 생각했습니다. 그러나 그날 밤, 나는 기이한 빛과 마주쳤습니다. 거듭 눈을 비비며 뒤쫓았지만 순식간에 사라져버렸어요. 그리고 바로 그 자리에 처음 보는 꽃이 피어 있는 것을 보면서…….

조소의 탁자에 불려와 있는 것 같았습니다. 지금껏 나는 무수한 꽃을 보아왔으나 꽃이 어떻게 피어나는지는 단 한 번도 질문해본 적이 없었던 것입니다.

방 안을 둘러보았습니다. 외출 중인 모든 정물들, 째깍째깍 돌아가는 시계 소리만이 천둥처럼 내리꽂히는 이곳에서…….

한 소년이 방문을 열어젖히고 묻습니다. "아침이 왜 아침인 줄 아세요? 보고 싶은 할머니, 꽃으로 돌아오라고요."

저 소년은 어떻게 식물학자가 됩니까. 책 속에 갇힌 삶은 어떻게 흉기가 됩니까. 나는 하루빨리 활자 밖으로 걸어 나가야 합니다.

鵲巢感想文

나는 시 「파랑의 습격」을 읽고 갑자기 두부가 생각이 났다. 두부는 한글로 표기하면 두 가지 뜻을 지니게 된다. 첫째 콩으로 만든 식품의 하나, 둘째 동물의 머리 부분을 두부라 한다. 두부는 우리의 식품 중 가장 영양가 높고 오랜 전통을 지녔다. 이 누부는 네모 반듯하여 벽돌과 비슷하다. 벽돌은 성을 이루는 소재다. 시는 하나의 건축이다. 벽돌로 건축하듯 시를 두부로 치환하여 어떤 글을 써도 괜찮겠다. 그러니까 시와 두부와 벽돌과 건축 그리고 다시 시로 들어오는 어떤 이미지 중첩을 노려볼 만하다.

여기서 식물이란 굳이 사전적 의미를 적지 않아도 아는 단어다. 동물에 대체되는 말로 우리가 이해할 수 있다. 또 다른 뜻은 먹을거리를 식물食物이라 표기하기도 하나, 여기서는 이래나 저래나 식물이다.

시 첫 행을 보면 식물에 영혼이 있다는 것을 시인은 목격했다. 화분을 뚫고 두 다리가 자랐다. 식물은 글을 제유하며 화분은 책을 뜻하는 은유다. 마치 구름이 움직이는 것처럼 자연스러운 동작이라는 말은 시인의 심리적 묘사다.

시 2행과 3행은 식물에 관한 시인의 시 전개다. 시 공부에 관한 묘사다.

시 4행은 식물에서 더 사실적인 '꽃'으로 전개되었다. 꽃은 문학의 꽃이다. 문학의 꽃은 시를 뜻한다. 시인은 여태껏 수많은 꽃을 보았지만, 그 꽃이 어떻게 피는지 단 한 번도 질문한 적이 없다. 글도 그렇고 삶도 마찬가지다. 질문하지 않으면 길은 묘연하다. 질문 속에 해답을 구한다. 질문은 가장 효과적인 학습방법이며 좋은 질문은 좋은 해답을 구한다. 이 세상에 멍청한 질문은 없다. 중국 속담에 나오는 말이다. '물어보는 사람은 5분은 멍청한 바보일지 모르나 묻지 않으면 영원한 바보가 된다.'는 말이 있다. 멍청하게 가만히 있지 말고 질문하라!

시 5행은 마치 이상한 나라의 엘리스와 같은 표현으로 어떤 동화 속에 들어와 있는 듯하다. 시의 역지사지다.

시 6행에 한 소년이 방문을 열어젖히고 묻는 것은 책 속의 인물이다. 물론 책 속의 인물로 보지 않아도 괜찮다. 책의 내용으로 보아도 무관하다. “아침이 왜 아침인 줄 아세요? 보고 싶은 할머니, 꽃으로 돌아오라고요.”라는 말은 화자에게 던지는 말이다. 그러니까 할머니는 화자 시인이다.

마지막 행에서 시인은 하루빨리 활자 밖으로 걸어 나가고 싶은 표현을 한다.

이 시에서 ‘식물’과 ‘빛’, ‘꽃’, ‘소년’은 모두 활자의 또 다른 표현이며 할머니와도 대치되는 시어다.

시 「파랑의 습격」은 독서를 은유한다.

*안희연: 1986년 경기도 성남 출생. 2012 〈창작과 비평〉 등단.
*프로이트

팔자 _ 반칠환

나비는 날개가 젤루 무겁고
공룡은 다리가 젤루 무겁고
시인은 펜이 젤루 무겁고
건달은 빈 등이 젤루 무겁다

경이롭잖은가
저마다 가장 무거운 걸
젤루 잘 휘두르니

鵲巢感想文

세상은 거저 죽으라는 법은 없다. 무엇이든 타고난 재능은 있다는 말이다. 이것을 발견하기까지는 시간 꽤 필요하다. 운 좋은 사람은 일찍 발견하여 승승장구하는 이가 있는가 하면 어떤 이는 평생을 일구어도 찾지 못한 사람도 아마 있을 것이다. 나는 무엇을 가장 좋아하며 무엇을 가장 잘하는지 한번 생각해보아야겠다. 그러는 나는 진정 커피를 좋아하는가! 참 생뚱맞은 질문이다. 커피를 20년이나 해놓고선 인제 와서 이런 질문을 하다니 어처구니없다. 커피, 상큼한 과일 맛 나는, 입안 가득히 퍼지는 향과 그 신맛은 어찌 잊을 수 있을까! 그러면 이 커피를 위해 내 온전한 삶을 다 받쳤던가! 여기서 문제다. 지금 생각해도 그렇게 힘껏 산 것 같지 않다는 느낌은 왜일까! 진정 커피만을 위해 살았다면 지금보다 몇 배나 더 큰 사업성장을 이루지는 않았을까! 아무튼, 제일 잘 다루는 일, 나에게 팔자는 커피다. 아니, 팔자가 된 커피다. 그렇다면 제대로 된 팔자가 되려면, 무엇이든 읽어야 한다. 주자朱子는 다음과 같이 말한 적 있다. 오늘 배우지 않고 내일이 있다고 말하지 말고, 올해 배우지 않고 내년이 있다고 말하지 말라. 勿謂今日不學而有來日, 勿謂今年不學而有來年 그러고 보면 나는 경이로운 일은 해내지 못한 것 같다. 가만, 생각하면 한 해 무엇을 하며 보내었나? 자괴감自愧感 든다. 지금도 늦지 않았다. 세상은 읽는 자만이 더욱 넓게 바라볼 수 있을 거라는 진리는 여러 선인을 통해 알 수 있었다. 내가 잘하는 관심 분야를 한 권 집어보자. 세상 정말 뽐나게 잘하는 그 몽둥이 한번 잡아보자. 힘껏 저 창공을 향해 쳐보자. 누가 보아도 홈런일세 야 그 참 홈런 맞아 하며 탄식하는 소리 들어보자. 그러면 읽자.

*반칠환: 1964년 충북 청주 출생. 1992년 동아일보 신춘문예 당선.

필담 _ 윤의섭

그제야 완성된 문장인 듯 목련이 피었을 때
비가 내렸다 이날 목련은 가장 위험한 서술어였다
그러므로 떨어지는 꽃잎은 소리를 내지 않는다 침묵은
스스로 초대한 종말 이후에 쓰이는 은유
화답을 요구하는 죽음이라는 진공
봄나무를 따라 한 줄 바람이 필적을 남기면 지상엔 꽃무덤의 비명이 새겨졌다
누군가 우산을 펼치자 때늦은 눈이 내렸고
그것은 적절하게 고른 낱말이라고 할 수 없었다
계절은 이어졌다 대답을 들으려면 대답을 끝내야 했던 것처럼
봄의 종족들은 짧은 말줄임표를 남긴 채 사라졌지만
당신은 아직도 말이 없다 노을이 묻힌 자리에 몇 번의 밤이 젖어 들도록
말이 없으므로 나는 영원의 말을 늘어놓는다 공원엔 이국의 언어 같은 꽃들이 새로 피어 났다
달빛이 쓰인 뒤에 태양이 열매가 맺힌 뒤에 겨울이 사람이 죽은 뒤에 천국이
모든 회답은 끝에서부터 시작된다는 이 증거를
당신은 전면 폐기 중이며
끝내 나는 다가올 날들에 대한 긴 후일담일 것이다
제 꼬리를 삼키며 간신히 연명하는 쓸쓸한 문장 그 무한한

鵲巢感想文

언제였는지는 모르겠다. 선생의 시집『마계』를 사다 읽은 적 있었다. 시집

『마계』를 다 읽고 난 후, 나는 마계가 마개(그러니까 병마개 같은 그 마개)라는 소리 은유일 거라며 히히덕 거리며 혼자 즐거웠던 적 있었다. 내 머리는 온통 난독증인데다가 음란증까지 더하여 한마디로 난잡한 그림만 그렸다. 이 시집에 '마력'이라는 시가 있는데 선생께서 사용한 시어, '소금 창고'라는 말에 그만 꽂힌 적 있었다. 내 나름으로는 그 후유증이 좀 오래갔다. 시는 결코 그런 뜻이 아니었는데 말이다.

루소의 말이었던가! 스스로 배울 생각이 있는 한, 천지 만물 중 하나도 스승이 아닌 것은 없다. 사람에게는 세 가지 스승이 있다고 했다. 하나는 대자연, 둘째는 인간, 셋째는 사물이다. 시인은 자연의 목련에서 비롯한 착안에서 절묘한 시 한 수를 얻었다. 여기서 필담筆談이라 함은 말이 통하지 않을 때 글로 써서, 서로 묻고 대답하는 것을 말한다.

시 1행에서 시 10행까지가 묘사다. 목련은 시인의 수제자쯤으로 보인다. 그러니까 목련은 객체다. 꽃잎은 목련이 생산한 일부분이며 문장을 제유한다. 시 11행에서 시 18행까지는 약간의 진술이 가미된 묘사다. 객체는 문장을 남겨놓고도 말이 없으므로 시인은 말을 늘어놓았다. 공원은 세계관이다. 이 세계는 여러 알아듣지 못하는 말로 도배하듯 피었다.

결국, 시인은 모든 회답은 끝에서 시작한다며 단언하기까지 한다. 열매가 맺힌 뒤에 겨울이 오고 사람이 죽은 뒤에 천국이 있듯 그렇게 객체는 아예 꽃 무덤을 없애려 한다. 그러니까 증거를 전면 폐기한다. 끝내 시인은 이는 긴 후일담으로 남을 거라는 쓸쓸한 문장만 남겨 놓는다. 그러므로 이 시 필담은 아직 그 회답이 오지 않은 상태다. 아직 천국이 오지 않았으므로,

20c 최고의 경영학자였다. 피터 드러커는 앞으로 다가오는 21c는 지식 정보화 시대가 도래할 거라는 명언을 남겼다. 교수의 말은 맞았다. 어느 업체든 그 생존은 홍보의 한 방편으로 자사의 제품이나 기업 이미지를 교육하기에 바빴다. 하물며, 커피 시장도 마찬가지다. 커피 한 잔을 팔기 위해 교육한다는 것은 예전은 생각지도 못했다. 필자는 매주 주말에 커피 문화 강좌를 개최

한다. 많은 사람이 이 교육을 통해서 정보를 가져갔다. 실지로 개업한 사람도 많으며 더 나은 교육을 받기 위해 길 나서는 사람도 꽤 보았다. 하지만, 이들이 제자리 갖추었을 때는 진정 그 뿌리를 알겠는가 말이다. 어떤 분은 극구 부인하는 사람도 많이 보아왔다. 경쟁은 그 뿌리를 부인하여야 잎을 맺을 수 있겠다는 잘못된 인식이다. 뿌리가 없다면 삶도 없다는 것을 모르고 있다. 무엇이든 서로 도움이 된다면 오히려 더 크게 일어날 것을 잘 모르는 것이다. 그러니까 우리나라는 대형 프랜차이즈만 성공에 더 가까운 것도 맞는 말이다.

*윤의섭: 1968년 경기도 시흥 출생. 1994년 〈문학과 사회〉 등단.

하모니카 _ 김지유

―외도

나는 땅의 불, 그대는 하늘의 얼음; 깊은 안개가 품은 하룻밤 날 위해 이불 펴고 귓불 가득 바람 불어넣던 그대는 하늘 몰래 내려온 초승달, 입술 녹여 음악을 만들던 관능의 하모니카 헐떡헐덕 얼음에서 불씨가 깜박이고 불꽃 속 얼음이 숨통을 이어붙이는 백발의 새벽, 한 자락 소스라침이 꺼낸 심장 가득 꽂히는 얼음비늘, 마른 가지처럼 부러지는 내 외마디 비명에 움찔, 화상 입은 등 돌려 휘청휘청 어둔 계단 오르는; 그대는 눈물 많은 하늘의 여자, 이 몸은 척박한 땅의 사내

鵲巢感想文

시제가 하모니카다. 시의 내용으로 보아서 굳이 부제목을 달지 않았다면 더 나았을 뻔했다. 여기서는 부제를 달아놓음으로써 시의 풍미를 더 떨어뜨린 것 같다.

하모니카는 악기의 한 종류다. 이 악기를 세워서 보면 꼭 아파트처럼 생겼다. 우리나라는 아파트라 하지만, 북한에서는 다세대주택을 하모니카집으로 불린다. 여기서는 밤의 세레나데나 아파트 세레나데쯤 보면 좋겠다.

필자 또한 하모니카라는 시어로 시를 지은 적 있다. 시제가 '커피 5잔'인데 이런 구절이 있다. 한 뭉텅이의 퇴계는 하모니카를 잡았다는 내용이 있다.* 퇴계는 천 원짜리 지폐를 제유한 것이다. 하모니카를 잡았다는 뜻은 흥이 날 정도로 아파트를 샀다는 얘기다.

위 시를 조목조목 설명하지 않아도 이해가 될 것이지만, 몇몇 문장을 본다.

깊은 안개가 품은 하룻밤, 하늘 몰래 내려온 초승달, 얼음이 숨통을 이어붙이는 백발의 새벽, 한자락 소스라침이 꺼낸 심장 가득 꽂히는 얼음비늘, 마른 가지처럼 부러지는 내 외마디 비명에 움찔, 화상 입은 등 돌려 휘청휘청 어둔 계단 오르는

이러한 표현은 어떤 한 사건을 설명하는 것보다 더 사실적이며 어떤 영화를 보는 것 같은 느낌이다. 쌍반점은 가로쓰기에 쓰는 쉼표의 이름으로 문장을 일단 끊었다가 이어서 설명이 더 필요할 때 쓴다. 시인은 쌍반점 아래 부부 사이의 미묘한 감정을 부연 설명한다.

*김지유: 1973년 서울 출생. 2006년 〈시와 반시〉 등단.
*필자의 시집 『카페 조감도』 21p 참조.

해질녘 _ 채호기

따뜻하게 구워진 공기의 색깔들

멋지게 이룩하는 저녁의 시선

빌딩 창문에 불시착한
구름의 표정들

발갛게 부어오른 암술과
꽃잎처럼 벙그러지는 하늘

태양이 한 마리 곤충처럼 밝게 뒹구는
해 질 녘, 세상은 한 송이 꽃의 내부

鵲巢感想文

자연의 아름다움을 표현한 시다. 더는 설명할 이유는 없지만, 시인께서 묘사한 그 순간의 포착은 실지 그 광경을 보는 것 같다. 따뜻하게 구워진 공기의 색깔만 읽어도 붉게 물든 노을이 생각나며 빌딩 창문에 불시착한 구름의 표정이라든가 삐쭉삐쭉 솟아난 아파트나 빌딩을 암술로 묘사한 것은 압도적이다. 모두가 붉게 물든 장면이다. 붉게 물든 세상이 꽃잎이라면 이 속에 든 모든 인공적인 것은 암술이다. 태양은 한 마리 곤충처럼 붉게 물든 꽃잎에 뒹구는 것 같아 맑고 아름다운 수채화를 보는 듯하다. 시인이 본 세상은 한 송이 꽃의 내부와 같다.

우리나라는 강력한 대통령제를 채택한 몇 안 되는 나라 중 하나다. 1987년 이후 단임제로 선출된 대통령은 모두 6명이었다. 정권 말기 때면 레임덕 현상으로 하나같이 절뚝거리는 오리와 다름없었다. 국민은 자기 대통령에 늘 희망을 걸었지만, 매번 실망은 감출 수 없었다. 채호기 선생의 시, 해 질 녘에서 볼 수 있듯 이리 자연적이며 감상적인 태양은 없는가 말이다. 붉게 물든 노을처럼 모두가 감동의 물결로 막 저무는 정권의 말기를 바라볼 수는 없는 것인가! 우리는 더는 한 사람의 영웅적인 인물은 기대하지 않는다. 사회는 이미 그 수준을 벗어났다. 이제는 대통령제는 맞지 않는다는 것을 조심스럽게 피력한다.

*채호기: 1957년 대구 출생. 1988년 〈창작과 비평〉 등단.

혼잣말 _ 서벌

이따금 고향 옛집 시누대 대밭 바람이 죽순보다 살지게 올라와 "요즘 어찌 사누?" 이러곤 한다.

대답은 "어찌 살기는……. 그저 살지." 아무렴, 그저 살지 그저 살지 않으면 당장 죽었것제. 그러나 이것만은 내 알고 살았제 먹이에 접근하는 사자의 참을성 말일세.

그렇게
사는 데까지
내 살고 갈거야.

鵲巢感想文

사설시조辭說時調다. 辭說時調는 초·중·종장 가운데 어느 한 장이 8음보 이상 길어지거나 각 장이 모두 길어진 산문시散文詩 형식의 時調다.

辭說時調는 平時調의 기본 음률과 산문율散文律이 혼용된 산문체의 時調형태를 말한다. 平時調가 사대부 문학이었다면 辭說時調는 서민층 문학이었다. 서강대 박철희 교수는 사설시조가 발전하여 현대 자유시의 모태를 이루었다며 얘기한 바 있다.

시조문단 일각에서 辭說時調에 대해 부정적인 시각을 가진 이들도 있다. 그렇지만 많은 이들이 사설시조에 열정을 쏟고 있으며, 근간에 "현대사설시조포럼"에서 첫 시화집 『청동의 소리』를 출간하여 큰 波長과 關心을 불러일으킨 것도 사실이다.

위 作品은 初章과 中章이 길어진 형태를 보인다. 여기서 시누대는 화살을 만들 수 있는 가는 대나무를 말한다. 물론 여기서는 제유로 쓴 문장이다. 죽순은 말할 것도 없어 시누대가 묻는다. "요즘 어찌 사누?" 이러곤 하는데 대답이 재밌다. "어찌 살기는……. 그저 살지." 그리고 먹이에 접근하는 사자의 참을성 말일세 하며 詩人은 말한다. 그러니까 詩人은 자연과 진화석 삶을 살다가 갈 걸세 하며 일축하는 것과 같다.

오늘 日記에 한 줄 썼다만, 自然과 交感할 때 진정 삶의 행복이 오지 않을까 하는 마음을 조심스럽게 쓴다. 아침마다 밥 달라고 조르는 고양이 울음소리를 듣거나 마당 한 모퉁이에 심은 왕 살구나무와 주렁주렁 여물은 살구 익어가는 모습을 볼 때 혹은 한줄기 비가 내리더라도 저 비와 交感하며 보내는 것이 인생 최고의 멋이며 또 바라는 것이다. 그 어떤 마음 섞을 필요가 없고 이 마음에 사각지대와 같은 위험에 빠지거나 할 필요가 없다.

에휴 또 茶山이 생각나는 밤이다.

*서벌: 본명은 서봉섭. 1939년 경남 고성 출생.

작소일기

鵲巢日記 16年 09月 01日

조금 흐리더니만 저녁때 비가 왔다.

이른 아침에 서울에서 기계가 왔다. 중량은 약 70여 킬로 나간다. 기계를 싣고 온 기사 아저씨가 한쪽을 들고 내가 그 반대편에 들며 본부에 옮겼다. 오늘은 택배비가 늘 물었던 가격보다 좀 더 싸다. 두 대해서 45,000원이면 괜찮은 가격이다. 전에는 한 대 오만 원에 내려온 적도 있었다. 두 대에 이 정도면 아주 괜찮은 가격이다. 아무것도 아닌 것 같아도 좀 흐뭇한 것은 무엇인가!

압량 조감도 마감했다. 한 달 총 판매금액이 140만 원 못 미친다. 카드금액은 팔십팔만 원이 나왔다. 월 임대료 30만 원, 전기요금 12만 원, 들어간 재료값이 약 30만 원이다. 이것저것 다 정리해서 오 씨께 2만4천 원 드렸다. 테이크아웃으로 한다지만 매출이 너무 작아, 손 뗀 지 오래다. 하지만 오 씨께는 미안한 마음이다. 오 씨는 괜찮다며 집에 노니 하는 거라 신경 쓰지 말라한다.

오후, 중앙병원 점장님 만나 뵙고 과일 한 상자 드렸다. 처가에 농사로 수확한 포도다. 사동 분점에 한학촌에 커피 배송했다. 사동 조감도에 전시해 놓은 기계를 가동해 보았다. 1년 6개월 사용한 기계다. 후배 이 씨가 중고 기계를 찾으니 제대로 돌아가는지 확인해 보았다. 괜찮다. 울진에 볶은 커피 40킬로 택배 보냈다.

저녁, 스팀과 추출만 되는 기계다. 아래 한 번 보아달라고 이 사장의 동업자께서 맡긴 기계를 점검했다. 기계가 워낙 작아서 스팀이 제대로 되려나 했는데 가동해 보니 괜찮다. 한 번 꼿꼿이 풀었다가 다시 몇 초 뜸 들이고 다시 풀어보니 스팀의 강도는 그런대로 괜찮다. 라떼 주문이 연속 두세 잔 들어온다고 해도 그렇게 달리거나 하지는 않겠다.

아내 오 선생과 사동 조감도 마감 일로 대화 나눴다. 근무시간과 인건비, 추석 상여금에 관한 내용이다. 오 선생은 직원 일 처리가 다소 못마땅함을 얘기했다. 내 마음과 같은 사람이 어디 있겠는가마는 그래도 함께하는 가족이다. 공자 말씀이 스쳐 지나간다. 기소불욕 물시어인己所不欲 勿施於人이라 했다. 그러니 솔선수범率先垂範해야 하는데 갖은 일이 너무 많다. 모두가 제 위치를 알아서 스스로 행한다면 얼마나 좋을까! 나, 스스로 밀대를 잡고 청소하며 곳곳 지령하며 청소하면 따를까! 그러니 사람을 부리는 일은 참으로 힘든 일이다.

새 책이 들어왔다. 오후 2시쯤 받았다. 이덕일 선생께서 쓰신 『조선왕을 말하다』를 조금 읽었다. 태종과 세조에 관한 내용을 읽었다. 전에 영화 〈관상〉을 본 적 있다. 영화 중반까지 주인공 수양대군은 등장하지 않는다. 수양대군이 등장할 때의 배경음악과 배역을 맡은 이정재의 카리스마적인 인상은 잊을 수 없다. 영화 평론가는 이렇게 말했다. 여태껏 수양을 제대로 표현한 영화라고 했다. 그러니까 무뢰배 같기도 하고 하여튼 도덕적이지 못한 그런 인물이다. 명분을 제대로 갖추지 못한 왕위찬탈과 그 기반을 다지기 위해 수양이 저질렀던 행위는 차마, 낯부끄러운 일로 그 수가 적지 않음을 볼 수 있었다. 왕위를 빼앗긴 단종의 나이를 생각하니 맏이가 생각난다. 수양은 이에 비하면 서른여섯이거나 서른일곱의 나이다. 정치 기반을 다지기에는 어린 나이다. 단종은,

역사를 읽으면, 인간의 속된 마음이 보인다. 권력 앞에는 가족도 없다. 친

인척을 정리해야만 했던 태종, 유교주의 기반을 다지고 튼튼한 왕권만이 왕조를 보전할 수 있겠다는 생각에서였다. 하지만, 세조는 조선 초 그나마 다진 유교의 이념을 무너뜨린 것밖에는 별달리 해석할 수가 없다. 명분이 없는 실행은 나의 기반을 잃을 수 있음이다. 이를 극복하기 위해 태종이 피의 숙청을 통해 법 아래의 존재로 끌어내린 공신들을 세조는 법 위의 존재로 다시 끌어올렸다. 태종이 국가권력을 천명의 실현 도구로 생각했다면 세조는 공신 집단의 사적 이익 실현의 도구로 사용했다. 그러니 세조의 왕위 찬탈은 공신의 천국이 되었으며 백성은 지옥과 같은 나날일 수밖에 없었다. 한 국가가 공신의 무법천지였으니 말이다. 그만큼 세조는 명분과 기반이 약해 공신을 끼고 돌 수밖에 없었다. 공신의 불법자행은 당연지사였다.

鵲巢日記 16年 09月 02日

종일 비가 내렸다. 죽죽 내리는 비가 아니라 가랑비 같기도 하고 잠시 흐리다가 내내 내리는 가벼운 빗줄기였다. 대구 저 서쪽 끝에 대곡에도 영천 저 동쪽 끝 야사동에도 비가 내렸다. 종일 빗길에 운전했다.

이른 아침 그러니까 8시 30분 신대부적리에 사업하는 ○○○○카페에 다녀왔다. 엊저녁에 전화가 왔다. 빙삭기 기계가 되지 않는다고 했다. 상황 설명을 듣고 전화상 어떤 조치를 얘기했지만, 연세가 좀 있으신 분이라 기계를 잘 만질 수가 없었다. 아침에 들러 확인해 보니 전기 코드가 문제였다. 기계는 아무런 이상이 없다. 원래 꽂혀 있던 코드를 뽑아서 다른 곳에 꽂으니 돌아간다.

사동 조감도, 신 메뉴를 시식했다. 예지와 인열 군이 함께 했다. 아침, 모닝커피 한 잔에 모두 앉아 맛을 보았는데 나는 맛이 꽤 있었다. 솔직히 전에 모닝 빵보다는 훨씬 맛이 좋았다. 포크로 뜯기에도 좋고 겹겹 쌓인 빵 조각을 떼어내기에도 좋아 그 한 겹을 집어 씹으니 촉촉하고 단맛이 어우러져 커피 맛을 더욱 돋웠다. 인열이는 그런대로 괜찮은 반응이었고 예지는 이게 왜 몽블랑인지 이해가 안 된다며 한마디 했다. 예지 말로는 몽블랑에는 밤이 들어가야 하고 또 뭐이라고 했는데 그게 없다는 것이다. 하지만, 전보다는 빵이 좋아진 것은 틀림없지만, 시판하기에는 뭔가 부족한 거 같다는 얘기다. 예지는 제과제빵 자격 소지자라 일침을 놓은 셈이다. 그렇다 하더라도 나는 그 어떤 빵보다 맛이 있었다. 아내 오 선생께 문자 넣었다. 빵 맛 최고였어! 하여튼, 많이 나갈 것 같은 기대감 가져본다.

오전에 잠깐 연산군에 관한 내용을 읽었다. 우리가 아는 연산군은 폭군으로 이해한다. 이덕일 선생께서 쓰신 『조선왕을 말하다』에서는 실상 그렇게 폭군으로 묘사하기에는 석연찮은 점이 많아 연산군 시절 치세와 이 치세를 기록하는 사관의 형편을 이야기한다. 연산군은 사대부의 원한을 살만한 치세가 많았다. 공신들에게 빼앗은 재산이나 죽은 지 수십 년이 지난 한명회나 정창손의 부관참시가 그렇다. 더욱 이렇게 빼앗은 재산은 백성들에게 나누어주었다면 성군으로 기록되었을지도 모를 일이다. 연산군은 이러한 치세에도 불구하고 정치적 모색을 꾀하지도 못해 결국 중종반정에 의해 폐군이 되었다.

오후, 옥곡 거쳐 시지 우드에 갔다가 대구 에셀 카페에 다녀왔다. 에셀에서 영천으로 곧장 향했다. 커피 배송 차 다녀왔다. 오후 다섯 시쯤에 일을 모두 마칠 수 있었다. 오늘은 어디를 가도 줄곧 비가 내렸다. 시지 우드는 저녁에 다시 다녀와야 했다. 에스프레소 그라인더가 제대로 작동하지 않는다는 점장의 말씀에 새 기계로 교체하고 기존의 쓰던 기계는 본부에 가져왔다. 분해하여 수색한 다음, 다음 주에 다시 갖다 드리기로 했다.

저녁, 광해군에 관한 내용을 읽었다. 광해는 연산에 비하면 현명한 군주였으나 조선의 유교적 질서를 무너뜨린 큰 실책을 범하게 된다. 정치적 당론에 의한 어쩔 수 없는 치세라 하지만, 인목대비 폐비는 신중했어야 했다. 아들이 어머니를 폐한다는 것은 있을 수 없는 일이다. 광해군 집권시 만주는 여진족의 통일 기운이 높아지고 있을 때였으며 명나라는 국운이 이미 쇠했다. 이러한 대외정세를 잘 알고는 있었다지만, 광해가 대내 정치를 소홀히 한 것은 인조반정의 덜미를 준 것이다.

선소 때 사림의 분열과 붕낭의 형성을 이해할 필요가 있다. 사림은 동인과 서인으로 갈라서게 되는데 동인은 대북과 소북으로 나뉜다. 광해는 대북(동인의 계파)의 지지를 받는 군주였으나 대북은 정치적인 세력기반이 약했다. 이러한 단점을 극복하기 위해 광해는 연립정권을 꾀한다. 자세히 말하자면 이조판서와 이조전랑, 승지와 대간 등의 실직은 대북, 최고위직인 정승은 서인(이항복)과 남인(이원익, 이덕형)에게 주었다.

하지만, 폐모는 유교 국가 조선에서 왕권의 범위를 넘는 이념 문제였다. 대북, 그리고 서인과 남인은 말할 것도 없고 소북도 폐모에 대해서는 반대했다. 반대한 신하는 귀양 가거나 쫓겨났다. 광해군은 대북 강경파 이이첨 등에게 휘둘려 당론 조절의 역할을 포기하고 내심 폐모론을 지지했다. 드디어 다른 당파를 모두 내쫓은 대북은 광해군 10년1618 인목대비의 호를 삭거하고 그녀를 서궁에 유폐했다. 이복형제와 선왕의 장인을 죽인 것도 모자라 계모를 폐서인한 광해군과 대북의 과잉조처는 조선의 사대부들에게 큰 충격을 주었다. 이 일로 광해군은 유교 정치 체제의 공적이 되었다.

광해군과 연산군을 생각한다. 모두 조종의 휘호를 받지 못한 군주다. 두 군주의 치세는 분명히 달랐다. 폭군으로 인식한 군주도 있으며 대외정책에 뛰어났다고 하나 내부적 갈등은 소홀한 군주도 있었다. 역사는 승자의 것이라고 했던가! 실록의 집필자에 따라 후대에 미치는 영향도 적지 않음을 볼 수 있었다. 바깥은 비가 계속 내린다. 조감도 부건 군이 연락이 왔다. 비도 오는데 소주 한 잔 마시고 싶다며, 아무래도 남자 직원은 모두 임당에 모이겠지!

부건, 태윤, 효주, 인열, 동원, 정석 군이 모였다. 슬레이트 지붕 아래 모여 소주 한 잔 마셨다. 빗소리가 줄기차게 들리는 막창 집 안, 하루 노고를 씻는다.

鵲巢日記 16年 09月 03日

종일 비가 내렸다.

아침, 울진 이 사장과 동업하시는 모 사장 다녀갔다. 스팀기 기기를 확인했다. 이 기계는 수입품으로 컴퓨터보다는 높이가 작고 컴퓨터보다는 길이가 조금 짧다. 솔직히 우유를 데우는 기능이 될까 싶었지만, 그런대로 스팀 압력과 용량은 괜찮은 거 같다. 모 사장은 기계점검에 감사함을 표했다.

토요 커피 문화 강좌 개최했다. 새로 오신 분이 세 분 있었으며 기존에 오시던 분이 네 분이다. 커피 시장은 앞으로 얼마나 더 발전할 것인지 얘기했다. 현재 경제활동인구와 문화 수준으로 보아 시장은 조금 더 커질 것으로 기대한다. 커피에 대한 꿈을 갖고 내일을 준비하고자 하시는 분께 강한 믿음을 제시했다.

오후 청도에 커피 배송 다녀왔다. 사동 조감도 천장 몇 군데서 빗방울이 떨어진다며 보고를 받았다. 올 상반기 때 빗물이 새어 나와 옥상 방수를 문중에서 했다. 원래는 건물 지을 때 방수작업을 해야 했는데 건물 시공업자 한 사장은 업자와의 불화로 그만, 하지 못했다. 그리고 몇 달 뒤 방수 페인트로 마감했지만, 그때뿐이다. 다시 비가 많이 오니, 천정에서 한두 방울 맺혔다가 아래로 떨어진다. 나는 에어컨 쪽에서 새는가 싶어 사다리 놓고 천정을 짚어 보았다. 분명 천정에서 새는 것임을 확인했다. 문중 총무께 말씀드리려고 전화했지만, 전화를 받지 않는다.

화원에 사업하는 후배 이 씨가 광주에 갤러리 카페를 열겠다던 손님 모 씨를 데리고 조감도에 왔다. 약 30여 분간 대화했다. 우리가 앉은 자리 맞은편에 중고 기계 밀라노가 전시되어 있어 이 기계를 바라보며 대화 나눴다. 광주에 카페를 열겠다는 모 씨는 임당 사람이다. 결혼 후, 전라도 광주에서 살았다. 남편은 대학교수라고 했다. 후배는 나의 책 한 권을 그녀에게 선물했다. 기계는 추석 때 실어가기로 했다.

조감도 한 달 마감을 직원 모두 앉은 가운데 발표했다. 지난달과 더불어 8월도 흑자경영을 하여 감사함을 표했다. 상여기순은 지난날과 같이할 것임을 얘기했다.

조감도 직원과 함께 저녁을 먹었다. 태윤, 효주, 부건, 순영이가 있었다. 저녁 먹고 신대 부적리에 사업하는 세빠에 다녀왔다. 생두 블루마운틴 10K 배송했다. 신대부적리 나오며 인열 군을 생각한다. 이 동네에 창업하겠다며 엊저녁에 얘기가 있었다. 가게는 약 40여 평 되는가 보다. 1층이 아니라 5층이라 걱정되었지만, 인열이는 구체적인 계획을 짜겠다고 밝혔다. 몹시 말렸지만, 무슨 다른 계책이 있을 거로 믿는다.

전란을 겪은 임금, 선조와 인조에 관한 글을 읽었다. 전란을 겪은 임금이지만, 전락을 겪을 수밖에 없는 임금이다. 선조는 방계승통한 조선 첫 번째 군주다. 왕위계승에 콤플렉스가 영 없다고는 볼 수 없겠다. 임진왜란과 선조의 정치 상황은 지도자로서 자격 부족이다. 한 군주를 깎아내리는 것은 잘못된 일이겠지만, 전쟁을 미리 방지하려고 노력했어야 했고 이에 못 미치면 적극적으로 임해야 했다. 하지만, 여러모로 선조는 그렇지 못했다.

정묘호란과 병자호란을 겪은 인조는 선조보다 더한 고초를 겪고 가족에도 해서는 안 될 일을 했다. 신하로서 임금을 내쫓고, 아버지로서 아들과 며느리를 처참하게 죽였다. 할아버지로서 손자를 죽이니 그의 묘호가 인조仁祖라는 것은 부끄럽기 짝이 없다. 맏이 소현세자가 왕위를 잇도록 했으면 인조반정은 어쩌면 새로운 시대를 연 옥동자의 출산을 위한 산고쯤으로 평가받을 수도 있었다. 성리학은 더는 조선을 이끌 학문이 아니었음을 소현세자는 알고 있었다. 새로운 사상에 바탕을 둔 현실적 개혁정책이 이 시대에 따랐다면 훗날 일제강점기와 같은 치욕적인 일은 없었을 것이다.

鵲巢日記 16年 09月 04日

종일 흐리고 비 왔다.

며칠 비가 오더니 집에 군데군데 빗물이 새어 나왔다. 이 패널 집도 근 20년 가까이 쓰다 보니 낡고 후한지 베란다와 안방, 목욕탕에도 빗물이 떨어진다. 오전에 시지 우드카페에 다녀왔는데 이 이야기를 했더니 지붕에다가 철판을 덧대라고 한다. 사장은 얼마 전에 집수리한다고 지붕 판을 얹었는데 약 150만 원 들어갔다며 얘기했다. 사장은 아는 집이라 소개해주겠다고 했지만, 더 지켜보고 나중에 연락하겠다고 했다.

오후, 본부에서 쉬었다. 이덕일 선생께서 쓰신 『조선 왕을 말하다 1』을 모두 읽었다. 성종과 영조 편을 읽었다. 성종의 즉위는 훈구 내신들의 힘에 크게 작용했다. 훈구 공신들을 어떻게 다루었는지 이야기한다. 영조는 탕평책을 써서 신하들을 고루 등용시켜 내정에 힘쓰려고 했지만, 결국은 뜻대로 되지는 않았다. 임기 말년에 노론 일당 독재 체제로 굳히게 되었으니 말이다. 성종과 영조의 치세를 읽다가 태종만치 집안 정리를 잘한 군주도 없다 싶다.

사동 조감도와 본점에 잠시 있었다.

저녁, 준과 찬이와 함께 저녁 먹었다. 본부에서 영조시대의 정치를 얘기하는 역사저널을 보았다. 이건창의 『당의탕략』이라는 책이 잠깐 소개되었는데 이 책을 번역한 서적이 있어 주문했다. 이건창의 본관은 전주로 조선 제2대 왕 정종의 아들 덕천군 후손이다. 그는 전형적인 소론 가문이었다. 학문적으로는 양명학에 심취하였으며 강화학파의 정체성을 가지게 되었다. 그가 저술한 당의탕략黨議通略은 조선 후기 당쟁에 관한 입장을 정리한 책으로 비교적 당색黨色에 치우치지 않고 객관적으로 당쟁을 정리한 책으로 평가받는다.

본점 마감 때 경모가 보고한다. 1급 바리스타 필기시험에 합격했다고 한다. 참으로 기특하다. 경모는 올해 고등학교 2학년이다.

鵲巢日記 16年 09月 05日

무척 흐린데다가 비가 왔다.

조회했다. 지난달 임금을 마감했다. 올해는 나에게는 특별한 한 해가 될 것 같다. 카페 조감도 매출 3,400을 올린 적도 있으며 지난달 매출은 개점 이래로 최고의 매출을 올렸다. 3,800만 원 나왔다. 인건비 포함하여 제반 비용을 제하니 약 300여만 원 영업이익을 냈다. 3,400이면 약 200만 원 정도 영업이익이 나며 3,000이면 손익분기점이다. 그 아래는 적자다. 대구 유명 카페다. 지난달 한 달 매출 3,800을 올렸다고 했다. 이 정도 매출을 올렸는데도 약 200이 적자 났다고 했다. 여기는 한 달 임대료가 870만 원이라 한다. 조감도 손익계산서를 작성해 보니 틀린 말이 아니었다. 조감도는 한 달 임대료가 220이다.(세금-전기·물·이자·부가세가 800여만 원, 인건비 13,500,000원, 사대보험 1,300,000만 원, 커피와 빵 관련 자재 500여만 원, 과일 및 부자재 400여만 원, 우유 120여만 원, 도시가스와 방역비 25만 원) 문중께 감사할 따름이다.

덧붙여 기술해 놓는다. 대구 유명 카페는 정직원 두 명에 세 명에서 네 명은 아르바이트 즉 임시고용으로 운영한다고 했다. 한 달 세가 비싸니 이렇게 운영할 수밖에 없다. 조감도는 정직원만 다섯인 데다가 아르바이트 세 명을 고용했다. 매출 최고로 올린 지난달 얘기다. 아침 조회하면서 한 달 경영 상황을 점장과 직원 모 씨에게 얘기했다. 이렇게 얘기한 이유는 이번 달부터 비수기에 접어드니 마음의 준비를 하기 위해서다. 여름 6, 7, 8월은 그나마 흑자경영을 하게 되어서 모두에게 감사하다.

전에는 영업이 변변치 않아 손익계산서를 작성하지 않았으며 직원에게 발표도 하지 않았다. 늘 힘들다는 얘기만 자주 했다. 매출이 올라도 힘든 것은 마찬가지라 직원도 대표 보기에 마뜩잖았지 싶다. 이건 나의 생각일 수 있다. 하지만, 카페가 적은 평수도 아니라서 또 여기에 일하는 직원도 한둘이 아니라 대표도 보고할 필요가 생겼다. 투명하게 보여야 그 내막을 알 수 있고 또 일해도 보람이 날 것 같아서다. 한 달을 마감하니 눈으로 보기 쉽고 어떻게 일해야 하는지 하나의 좌표가 생긴 셈이다. 그러고 보면, 사람은 근면성실해야 하고 근검절약해야 한다. 세상을 바르게 보도록 노력해야 하며 부단히 넓혀 가도록 안목도 길러야 한다.

오후, 대구 북성로 공구골목에 다녀왔다. 사무실에 쓰는 콤푸레샤가 고장 났다. 어딘가 자꾸 바람이 세는 듯하고 공기가 차면 전원이 꺼져야 하지만, 전원도 꺼지지 않으니 수리하기 위해 다녀왔다. 전에 샀던 곳이 K 회사다. 기계를 맡기니 수리가 안 된다는 거다. 이쪽 회장님과 제조회사 회장님과 한바탕 싸웠다며 제조회사 쪽에서 부품을 공급받지 못한다는 얘기다. 참 듣고 보니 어이없다. 제조회사 전화하니까 전주라 한다. 기계 상황설명을 하니 대구에 수리하는 곳이 있다. 네비 찍어 간다. K 회사 바로 지척이다. 제조회사는 기념이라 했는데 목적지에 와 보니 진영이다. 기사는 늘 만지는 기계라 뚝딱뚝딱 뜯고 붙이고 조립하고 약 30분 하니까 끝났다. 57,000원이라 한다. 카드 되느냐고 물었더니 현금 주소! 하며 슬쩍 웃는다. 그라마! 오만 원 하신다. 썩 괜찮은지 씩 웃는다. 왠지 정이 간다. 기계는 완전 새것이 되었다.

저녁에 안 사장 다녀갔다. 오늘은 봉고를 타고 오셨는데 안색이 꽤 안 좋아 보였다. 커피만 내리고 금방 가셨다. 자정 가까워 경산 모 형님께서 다녀가셨다. 두 시간 가까이 대화 나눴다. 말言語로 상대에게 상처를 주고 말로 사람도 죽일 수 있겠다는 사실을 알게 되었다.

鵲巢日記 16年 09月 06日

흐렸다.

천재 예술가 레오나르도 다빈치의 명언이다. “만월이 되면 굴조개는 활짝 입을 연다. 게는 이때를 놓치지 않고 돌이나 해초를 조개의 입속으로 던져

넣는다. 그러면 조개는 입을 닫을 수 없어 게에게 먹힌다. 입을 너무 크게 여는 사람은 이와 똑같은 운명을 맞는다." 말을 전혀 안 하고 살 수는 없지만, 말은 상대에게 깊은 상처를 남길 수도 있으며 상대에게 격려가 될 수도 있다. 엊저녁에 오셨던 모 형님의 말씀은 너무 충격적이었다. 사람의 도리로 할 수 없는 얘기였다. 나는 들으면서도 내내 거짓말과 같은 말씀만 들었다. 아침이었지만, 잊히지 않아 잠시 적는다.

오전, 동원이 가게에 다녀왔다. 지난달 총 마감을 들었다. 커피 전문점은 여름이 성수기다. 6월, 7월, 8월은 다른 어떤 달보다 매출이 조금 더 나아야 한다. 하지만 가장 비수기인 2월보다 매출이 15%나 떨어졌다. 아니 더 떨어진 것 같다. 애가 얼굴이 비쩍 마른데다가 상도 어둡다. 커피 마케팅 차원에서 교육해보라고 했지만, 어떻게 해야 하는지도 모르고 어떤 방법으로 꾀해야 하는지도 모른다. 가게는 완벽하게 갖췄다지만, 경영은 갈 길을 못 잡고 있다. 우선, 로스팅 기계를 갖추고 커피를 홍보할 수 있는 여러 가지 방안을 만들어야겠다. 비용은 모두 본부 부담으로 하기로 했다. 동원이는 누차 전화가 왔다. 아무래도 어려울 것 같다며 얘기하는데 돈 때문이겠다는 생각이 들었다. 매출이 하향으로 기울었는데 무슨 수를 써야 하는 것은 사실이었다. 일을 만들어야 일이 생기며 또 일을 하게 된다.

점심때다. 조감도 점장 배 선생께서 전화가 왔다. 싱크대 노즐이 터졌는지 수돗물이 샌다고 했다. 상황이 어떤지 몰라 사진 찍어 보내달라고 했다. 싱크대 노즐이 낡아 옆쪽에 물이 샌다. 공구상에 들러 싱크볼 세트를 사서 모두 갈아 끼웠다.

오후, 문중 총무님과 한성 사장께서 오셨다. 조감도 2층 천장을 확인했다. 비 오면 물방울이 맺혔다가 뚝뚝 떨어지니 어느 지점인지 확인했다. 한성 사장은 옥상에도 올라갔는데 나도 따라 올라가 옥상을 확인했다. 바닥에 바른, 방수 페인트는 바다처럼 푸르기만 하다. 어디서 물이 차고 들어가는지 분간이 가지는 않지만, 아무튼, 방수작업을 다시 하겠다고 약조했다.

문중 총무님은 오래간만에 뵈었는데 조감도 칭찬을 아끼지 않았다. 생존에 바동거리는 것만큼 아름다운 일도 없다. 카페가 들어오고 나서 이 산 중턱은 하루가 분주하기 그지없다. 바깥에서 총무님과 여러 대화 나누는 와중에도 차는 물길 차고 오르는 연어 떼를 보는 것 마냥 끊이지 않고 올라오고 있었다.

한학촌에 다녀왔다. 조감도에서 책 읽으며 보냈다.

늘 먹는 것이 걱정이다. 안 먹자니 허기가 지고 눈이 핑 도는 것이 어지럽다. 마트에 가, 간 고등어 한 손 샀다. 집에서 구웠다. 한 끼 밥을 먹고 나니 눈이 맑아지고 머리가 맑아지는 것 같다.

저녁, 효종과 현종 편을 읽었다. 효종의 시대를 간략하게 말하자면, 북벌이겠다. 효종은 병자호란의 볼모로 잡혀 중국 심양에 머물기도 해서 청나라 사정을 매우 잘 아는 군주다. 실지로 나선정벌 때는 청나라보다 혁혁한 실적을 올리기도 했다. 사실 이때 북벌을 단행했더라면 하는 생각도 가지게 한다. 하지만, 역시 조선은 문치주의 국가이자 문벌주의를 타파하지는 못했다. 이러한 와중에 효종은 급서하게 된다. 북벌은 영영 사라지나 했지만, 숙종 때 윤휴에 의해 재개된다. 하지만, 정치적 당쟁에 휘말려 사사되니 기대권자인 사대부세력을 꺾기에는 역시 역부족이었다.

현종 때 정치적 상황을 간략하게 말하자면, 예송논쟁이겠다. 1차, 2차 예송논쟁이 격렬하게 있었다. 1차 예송논쟁은 효종이 죽자 효종의 어머니 택이다. 인조의 계비 자의대비 조씨의 상복을 몇 년으로 입느냐는 것이다. 이때 집권당이었던 서인은 1년 복으로 정했다. 이에 반발하고 나선 남인에 의해 예송논쟁을 펼쳤다. 2차 예송논쟁은 효종의 비가 죽자 역시 시어머니격인 자의대비 조 씨의 상복을 몇 년을 입어야 하는지 관한 논쟁이다. 당시 집권층이었던 남인은 기년제인 1년으로 정했다. 서인은 대공설(8개월)을 주장했지만, 채택되지 않았다. 예송논쟁은 간단한 문제인 것 같아도 그렇지는 않다. 왕권에 관한 중차대한 문제다. 사대부는 자신의 권익은 보호받고 싶고, 왕권은 사대부보다 조금 나은 사대부로 간주해버렸다. 이러한 예송논쟁은 치열한 당쟁을 낳았다. 결국, 노론 1당 체제를 낳는 비극적 사태까지 발생하여 조선후기는 이미 국운이 쇠하게 된다. 이외에 대동법에 관한 사실, 현종 때 일어난 기근에 관한 사회의 여러 현상 등이 있지만, 정치적 쟁점만 적는다.

鵲巢日記 16年 09月 07日

맑다가 흐렸다. 저녁 늦게 비가 왔다.

본부 옆은 나대지다. 근 2년 가까이 재활용 수집장으로 썼다. 땅 주인은 건물 짓는다며 이 땅을 점거하여 쓰던 모 씨 아저씨께 얼른 비워달라고 독촉했다. 그리고 한 달이 좀 지났나! 포클레인이 먼저 오고 덤프트럭도 따라 왔다. 경사가 꽤 있어 땅을 한 이틀 팠지 싶다. 그리고 목수가 오고 몇 차례 폼 짜더니 레미콘 차가 와서 콘크리트를 부었다. 폼을 벗기니 1층은 대충 윤곽이 나왔다. 오늘은 어떤 아주머니께서 길에 나뒹구는 나무토막을 줍고 청소까지 하기에 분명 주인일 것 같아 가까이 가 물었다. '실례합니다. 여기 뭐 짓습니까?' 했더니, 커피 전문점 들어온다고 했다. 바로 옆이 어느 모 스님께서 운영하시는 카페가 있고 길 바로 건너면 젊은 총각이 하는 카페가 있다. 젊은 총각이 하는 카페는 건물 주인이라 한다. 여기서 몇 보 걷지 않으면 본점이다. 건물이 심상치 않아 물었지만, 역시 카페였다. 1층은 카페고 그 위는 테라스로 꾸미겠다고 했다. 땅은 약 100평가량 되지만, 주차할 수 있는 공간은 한 대나 두 대밖에 되지 못한다. 길가라서 될 수 있으면 테이크아웃으로 하면 모를까 20년 가까이 이 동네 살아온 나로서는 이해가 가지 않는다. 본점도 약 70평대 카페지만, 하루 매출로 보면 벌써 문 닫았다. 하지만, 교육과 홍보 및 로스팅 목적으로 이용하니 그나마 운영할 수 있게 됐다. 아주머니는 'L' 사와 접촉이 있었고 또 'P' 사와도 접촉이 있었다고 했다. 나의 소개도 했다. 바로 옆 건물을 가리키며 여기 산다고 하니, 조금은 놀라는 눈치였다. 이때 나를 소개한 것은 잘한 것 같다. 이 동네 주민은 20년 가까이 이 땅에다가 쓰레기봉투를 놓아두었다. 아침이면 쓰레기 수거차가 와서 실어갔다. 근데 오늘, 이 땅 바로 앞에 전주를 끼고 모아둔 쓰레기가 하나도 없이 깨끗하다. 바로 앞 건물 주차장 입구에다가 모두 옮겨놓은 것이다. 인사를 안 했더라면 우리 집 화단 앞에 전주에다가 모아 두지 않았겠나 하는 생각도 해본다. 커피 전문점이 들어오니 주위가 깨끗해야겠다만, 20년 가까이 이곳에다가 쓰레기봉투를 버렸다. 주민은 또 어떻게 할 것인지? 이 땅 주인은 또 어떻게 대처할 것인지? 한동안 소란스럽겠다.

저녁 늦게 앞집 건물주인지는 모르겠다. 아까 옮겨놓았던 쓰레기를 제자리에 고스란히 옮겨놓았다. 그리고 앞집 건물 주인으로 보이는 어떤 사람이 아예 의자를, 옮겨놓은 쓰레기더미에 갖다놓고 앉았다. 분리수거를 잘해놓은 쓰레기봉투 더미가 아니라 마구 흩트려진 쓰레기다.

동원이 가게에 다녀왔다. 로스터기를 어떻게 넣을 건지 앞으로 마케팅은 어떻게 진행할 건지 논의했다. 로스팅 기기는 전적으로 본부 부담으로 넣겠다고 했다. 비용은 설치비까지 하면 모두 천여만 원이 들어가겠지만, 한 달 사용료만 10만 원 부담하기로 했다. 물론 매출이 오르면 기곗값을 갚아나가도 되며 하지 않아도 된다. 설령 가게가 문 닫는다 해도 기곗값은 부담 갖지 않아도 된다. 커피를 직접 볶는다면 이 10만 원이라는 비용은 충분히 뽑고도 남는다. 마케팅은 드립 교실과 라떼 아트 교실을 만들고 구체적인 계획도 짰다. 동원이도 같이 하기로 했다.

오후, 철공소에 다녀왔다. 동원이 가게에 쓸, 생두 저장할 수 있는 서랍장을 주문 넣었다. 본부로 들어오는 길, 동원이는 안 되겠다며 전화가 왔다. 아버님께서 여기서 더는 투자하기 싫다는 말씀이다. 앞에 계획했던 모든 일을 취소해야만 했다. 커피만 파는 곳은 그리 오래 못 버틴다. 마케팅을 더불어 하는 곳은 그나마 오래간다. 마케팅은 판매와 다르다. 대외적으로 커피를 어떤 방법으로 알릴 것인가 하는 문제는 조그마한 가게를 경영하는 대표라도 고민해야한다. 혹여나 같은 장소가 아니더라도 옮겨가더라도 커피에 대한 비전을 잃지 않고 사업을 다양하게 전개해 나가는 업소를 많이 보아왔다. 동원이가 무척 걱정되었지만, 어쩔 수 없는 일이다.

저녁, 숙종과 예종에 관한 글을 읽었다. 숙종은 조선 후기 가장 강력한 군주였다. 당쟁도 많았지만, 이 당쟁을 이용하여 자신의 왕권을 강화하는 데 이용한 군주다. 왕권 강화가 따르면 일례로 나라도 부강하고 민생도 안정되어야 마땅하지만, 숙종 때는 그렇지 못했다. 백성의 삶은 가난과 기근에 피폐했기에 숙종은 유능한 군주라 볼 수 없다.

이건 숙종과는 크게 관계있는 내용은 아니지만, 민생의 삶을 도탄에 빠뜨린 것은 신분제도에 있다. 사대부는 자신의 권익을 보호받기 위해 이러한 제도개편을 하기는커녕 오히려 성리학이라는 문치주의로 더 강화했다. 이러한 정치적 결과는 한마디로 사대부만 넘쳐나는 국가가 되었다. 이것을 타파하기 위해 그나마 유능한 선비는 북벌을 주장했지만, 조선 후기 어떤 왕도 북벌을 주장하며 실행에 옮기려고 했던 군주는 오래가지 못했다. 내부의 문제를 내부에만 푸는 것이 아니라 외부로 돌렸다면 조선은 아마 강력한 국가가 되지는 않았을까! 하지만, 숙종은 남인과 서인의 정권교체를 교묘히 이용하여 사대부의 개체만 줄였다.

예종은 조선 군왕 중 독살설에 오른 몇 안 되는 군주다. 태종은 정치적으로 위험이 있다 싶은 공신 집단을 해체하여 깨끗한 조정을 세종에게 물려주었다. 이러한 정치 바탕에 세종은 성군이 될 수 있었다. 하지만, 세조는 그럴만한 명분도 없었으며 명분 없는 권력은 공신의 등에 업어야만 했다. 강한 공신의 조정은 고스란히 예종에게 물려 줄 수밖에 없었다. 예종은 왕권에 대항하는 강력한 공신 집단을 해체하기 시작한다. 예종과 공신 집단 간의 갈등은 예종의 급서로 해소되고 구체제로 회귀했다.

현대에 사는 우리는 왕조 국가나 크게 다르지 않은 삶을 산다. 직장에서나 사회에서나 하물며 가정만 보더라도 위계질서에 맞춰 산다. 내가 뜻하는 바를 추구하려면 안정적인 바탕을 이루는 것이 먼저다. 공자께서도 이런 말씀을 하셨다. 수기이경修己以敬, 수기이안인修己以安人, 수기이안백성修己以安百姓이라 했다. 나를 닦음으로써 경에 이르고 나를 닦음으로써 다른 사람을 편안하게 하고 나를 닦음으로써 백성을 편안케 한다. 자기 수양이 먼저다. 바탕을 이루면 그 어떤 문제도 안 풀리는 것이 있겠는가!

鵲巢日記 16年 09月 08日

맑았다가 저녁 늦게 비가 왔다.

아침 한진해운 부도사태에 관한 글을 읽었다. 우리나라 물류를 대표하는 기업으로 책임이 막중하지만, 이러한 사태를 초래한 것은 기업을 이끈 경영진이 얼마나 중요한 역할을 하는지 보여준다. 앞을 내다보는 직관과 통찰력 또한 없는 경영과 사태수습에 도덕적이지 못한 것은 비난받아도 마땅하다. 물류 대란이라고 하니 손발이 끊긴 우리나라 경제를 본다.

곽병원에 커피 배송했다. 본부 들어오는 길, 동원이 가게에 들렀다. 어제 일로 부담 갈 것 같아 가게 들러 차 한 잔 마셨다. 본부 소식도 전했다. 본부 옆에 나대지, 카페 들어온다는 얘기를 했더니 무척 놀란다. 동원이는 저녁 되면, 주차난 때문에 아주 심각하다며 얘기했다. 하루라도 언쟁이 없는 날이 없다는 것이다. 하물며 아파트 앞에 나 있는 길은 이중주차로 습관화됐다. 차 한 대가 겨우 빠져나가는 길이 됐다는 것이다. 전에 들렀을 때, 술 취한 손님 이야기를 들은 적 있다. 그 손님에 관한 얘기가 있었다. 동원이는 팔뚝에 문신 그림을 붙이고 나니 좀 조용했다는 얘기다. 이 이야기를 들으니 웃음이 터졌다. 그러고 나니, 예전이었다. 몇 년 됐다. 커피 이론 교육을 하던 날이었다. 젊은 형제의 교육을 맡았는데 젊은 동생은 교육을 마치면 무슨 그림 그리로 간다는 얘기가 생각났다. 나는 또 그러느니 했다. 교육 끝나고 오 선생은 그 젊은 친구 문신했다며 얘기하기에 하루는 보자고 했더니 웃통을 벗는다. 오! 등판은 완전히 용 한 마리가 승천하는 장면이다. 그 문신을 보는 순간 소름이 짝 돋았다. 참 우스운 것은 이렇게 큰 등판을 보고 나니까 팔뚝이나 허벅지 정도의 작은 문신은 아무렇지 않아 보인다. 용 그림에 비하면 말이다.

어떠한 일이 있더라도 하루 처리해야 할 가장 중요한 것은 독서다. 책을 읽지 않으면 남을 지도할 수 없다. 스스로 주체적인 삶을 찾기도 어렵다. 동원이가 커피에 대한 비전을 갖고 그 어떤 어려운 일도 잘 처리해 나갔으면 싶다. 한두 시간가량 앉았다가 나왔다.

대구 커피업체 모 회사에 전화했다. 백 사장께서 직접 받으시기에 오래간만에 안부 전했다. 시럽과 가스를 주문했다. 서울 모 형님께 커피 택배 보냈다. 조감도에 직원과 면담 있었다.

저녁 삼성생명 이 씨 다녀갔다. 아내의 병원비 관련 일로 다녀갔다.

저녁 늦게 카페 우드에 다녀왔다. 카페에 들리니 점장께서 생강차와 새로운 메뉴를 만드셨는지 파인애플 주스 한 잔씩 마셨다. 생강은 직접 다려서 만든 생강즙을 사용했고 파인애플 주스는 식초를 곁들여서 만들었다. 뭔가 탁 쏘는 맛이 있었다. 카페 안에서 뒤쪽 문으로 출입할 수 있는 작은 공간이 있다. 사장님 전용 작업실이다. 목재를 다룬다. 각종 공구가 양쪽 벽면에 걸려 있고 천장을 가로지르는 여러 가지 에어 호스가 지나니 작업실이 꽤 복잡한데도 내부는 깔끔하다. 목재를 다루면 나무에서 이는 먼지가 꽤 될 텐데 대패나 또 다른 연장에도 에어호수를 달아놓아 모두 빨아 당길 수 있도록 했다. 사장은 카페에 찾는 고객이나 또 어떤 지인을 통해서 각종 가구를 만든다. 식탁에서 옷장까지 못 만드는 것이 없다. 사장은 올해 춘추가 꽤 되는데 나보다는 반 세대 앞선다. 얼핏 보아도 나이 들어 보임이 이제는 하루가 다르게 느껴진다.

늦은 저녁, 독살설에 오른 임금 중 경종에 관한 글을 읽었다. 경종시대는 왕권이 미약했음을 알 수 있었다. 치열한 당쟁은 택군도 할 수 있다는 논리에 이르렀고 역모에 가까운 일들이 많이 일어났다. 노론은 '경종 축출, 연잉군 옹립'이라는 당론을 정할 정도로 당력이 막강했다. 왕조 국가에서 신하가 국왕을 취사선택하는 행위는 곧 역모다. 하지만 노론은 강한 당세만 믿고 이러한 실천에 한 치 주저함이 없었다. 결국 목호룡의 고변 사건으로 인해 임인옥사가 일어난다. 노론 사대신이라 불리는 김창집, 이이명, 조태채, 이건명은 사형 당했다. 이를 두고 신축년과 임인년에 일어났다고 해서 신임사화라 한다.

결국, 국왕 경종은 재위 4년 2개월, 만 36세의 한창 나이에 죽게 되는데 이러한 당론에 영향이 안 미쳤다고는 볼 수 없다. 그러니 독살되었다고 보이는데 실록에는 그 정황을 여러 군데 찾아 읽을 수 있다. 거저 독서로 가벼운 일기다. 자세히 적지 못한 것에 송구하다.

밤늦게 동원이가 전화 왔다. '본부장님, 정석이가 일 그만두겠다고 합니다.' 변호사 사무실에 일자리가 생겼다는 전화다. 애초 동원이는 진동벨 갖춰 혼자 일하겠다고 여러 번 말한 적도 있었다. 혼자 하기에는 카페 일은 힘든 일이다. 그간 마음 맞춰 일을 잘해왔다. 하지만, 매출 떨어지는 일은 정석이도 아는 사실이라 적지 않게 부담이었을 것이다. 동원이 처지로 보면 한 사람 쓰기에는 맞지 않은 매출이고 혼자 하자니 여간 힘든 일이 됐다. 이제는 혼자 일을 해야 한다는 사실과 친구를 챙길 수 없는 아픔까지 겪게 되었다. 이러한 처지에도 불구하고 더 큰 문제는 갑자기 단체손님이라도 오면 주방은 중압감에 힘이 겹다. 난감하게 됐다. 동원이는,

흐렸다.

조회 때다. 여 밑에 보면 ○○정이라고 한식집 있다. 조감도 점장과는 친구 사이다. SNS에 오른 ○○징 얘기를 했다. 여기도 산 중턱이라 자연경관은 아주 빼어나다. 한식집 개점한 지는 몇 달 되지 않지만, 직원은 10명이나 된다. 하루 매출이 꽤 된다고 들었다. 점장은 여기 친구는 한 달에 순수익 2천여만 원이나 남긴다고 했다. 아무래도 식당이니까 다를 것으로 생각했다. 그러고 보면 큰 수익도 없는 카페에 사람은 많이 몰리기도 하며 또 문 닫기도 한다. 커피에서 조금 더 생각을 가지면, 얼마든지 이상을 가질 수 있는 사업을 찾을 수 있으려만 처음부터 쉽고 남 보기에 그나마 좀 나은 것을 찾다 보니 뛰어든다. 막상 해보면 내 인건비 찾아가는 것도 어려운 일이라는 것을 잘 모른다.

공구상에 다녀왔다. 집 화장실에 변기 물통 호스가 낡아 그런지 물이 샌다. 관련 부품을 샀다. 이 부품을 가리는데 변기 물통 쪽 호스를 뽑으려면 흐르는 물은 감수해야 한다. 그러니 관련 업자께 수리를 맡겨도 피하는 것이 변기 쪽 호스 가리는 거다. 한 집을 오래 사용하니 군데군데 손 볼 곳이 점점 많아진다.

포항에 커피 택배 보냈다. 중앙병원에 커피 주문이 있어 잠깐 다녀왔다. 들어오다가 사동 분점에 들렀다. 점장님 뵙고 인사했다. 커피 한 잔과 떡고물이 탐스럽게 묻은 떡을 주시어 먹었다. 찐 고구마에다가 먹기 좋게 나누어가에 떡고물을 묻혔다. 커피 한 잔과 더불어 먹기에 좋았다. 사동 조감도 오후 다섯 시쯤 긴급회의를 가졌다. 주방에 위생관련으로 조금 더 신경 써 달라는 부탁과 9월, 10월, 11월은 비수기니 아무래도 인원조정이 불가피할 지도 모른다는 사실, 추석이 가까워오니 판촉에 좀 더 신경 쓰게 했다. 요즘 바깥 경기가 심상치 않다. 조감도 매출도 며칠 사이 기복이 심하니 마음도 꽤 심란하다.

본부 옆에 건물 짓는 카페를 생각한다. 여기 땅값은 한 평 삼백오십만 원이다. 지금 짓는 땅은 약 100평이니 땅값만 3억 5천쯤 된다. 건물은 대충 눈으로 본 것으로 얘기하자면 약 사십여 평쯤 된다. 주인은 1층만 짓겠다고 했다. 그렇다고 모양이 40여 평만 되는 건물은 아니다. 한쪽 선은 콘크리트로 벽을 세웠다. 그 길이가 약 20여 미터나 된다. 건물구조를 보면 화장실이 뒤에 가 있고 주차장이라고 보이는 공간도 건물 뒤쪽에 자리한다. 땅값과 건물 비용만 보아도 족히 5억은 투자해야 할 것 같다. 5억 투자에 이 동네 카페라니 참으로 부질없는 일이다. 5억 투자에 대한 이자보다는 세는 비싸야 한다. 하루 매출 20여만 원도 올리기 어려운 이 동네에 너무 많은 돈을 썼다. 어떤 일이 일어날지는 개점해보아야 알겠지만, 나는 기대가 된다.

대목 앞이라 그런지 너무 조용하다. 본점도 조감도도 텅텅 비웠다. 카페가 적막감이 돈다.

저녁에 『조선 왕을 말하다』, 그 중 성공한 임금 세종을 읽었다. 세종은 책을 꽤 좋아했다. 독서는 업무의 연장선으로 보았다. 모든 일은 독서를 통해서 생각을 정리했다. 그러고 보면 책을 좋아한 임금 중 성공하지 않은 임금도 없다. 조선 후기, 정조가 그렇다. 만백성을 위해 무엇을 해야 할지 세종은 알고 있었다. 글을 읽고 싶어도 읽을 수 없는 백성을 위해 훈민정음을 창제했다. 군사력이 아무리 강해도 문화 수준이 낮으면 강국이 될 수 없다. 한글 창제와 더불어 보급에도 꽤 힘을 썼다. 소리글자, 훈민정음은 세종께서 직접 창제했다. 이는 훈민정음 창제 사실을 처음 전한 세종실록 25년 12월 30일자 기록에도 나와 있다. 세종실록은 임금이 직접 언문 28자를 만들었다고上親制彦文二十八字 했다. 훈민정음은 인간의 구강에서 나오는 모든 소리를 표기한다. 하지만, 일제강점기를 거치면서 식민지 언어정책으로 훈민정음의 발음

체계가 크게 제한함으로써 특정 발음을 못 하는 절름발이가 되었다. 지금 세계에 들어낼 가장 한국적인 브랜드는 나는 한글이라 생각한다. 한글로 인해 우리의 문화는 세계 유수로 뻗어 나갈 것이다.

일제 강점기가 생각나서 그냥 적어놓는다. 오늘 아침 읽은 신문에 관한 내용이다. 군대에 관한 글로 새누리당 소속 경기 모 지사가 대선에 출마하면 한국형 모병제를 내걸겠다고 하는 내용을 읽었다. 참 웃긴 이야기다. 우리나라가 언제 강대국이 되었다고 뜬금없는 모병제란 말인가! 나는 나라 팔아먹은 매국노와 별다를 게 없는 발언이라 생각한다. 아직도 우리나라는 휴전 중이고 일제 강점기의 그 아픔도 다 씻지 못한 상황에 무슨 망발을 하는 건지 정치하는 사람일수록 더욱 나라를 생각하고 말조심해야 할 일임을 참, 어이가 없다.

鵲巢日記 16年 09月 10日

대체로 흐렸다.

아침 조감도에서 장 사장 만났다. 장 사장 덕택에 대평지구 모 카페 교육한 지 두 달에 이른다. 이제 내부공사도 다 되어서 집기가 들어가야 한다고 했다. 나중에 집기 목록을 뽑아드리기로 했다.

본점에서 커피 문화 강좌 개최했다. 오늘 새로 오신 분 한 분 있었다. 모두 10여 명 참석한 가운데 라떼아트 수업했다. 영천 모 카페 사장께서도 오셔서 교육 들었다. 교육 진행하는 모습을 잠깐 보다가 촌에 다녀왔다. 처가 농사로 포도가 아주 실하게 익어, 처형 편으로 한 상자 부탁하여 받은 게 있었다. 집에 부모님께 드시게끔 한 상자 갖다 드렸다.

오후 1시쯤 본부에 왔다. 어제 주문받은 커피를 싣고 한학촌, 자인 모모 건강원과 사동 분점에 배송 다녀왔다. 조감도 오르는 길, 사동에 사업하는 송 사장도 만나 뵈었다. 전에 모 병원에 기계를 설치한 적 있는데 감사함을 표했다. 마침 천 사장도 함께 있었는데 전에 울산에서 지인을 통해 호피 색 진돗개 한 마리 얻은 게 있어, 그 개를 어루만지고 있었다. 몸이 비쩍 말라서 여간 사납게 보인다. 더구나 얼룩 색깔이라 좀 범상치 않다. 하지만, 가까이 가면 반가운 것인지 꼬리 살랑살랑한다. 천 사장과 송 사장은 함께 일한다. 오늘은 토요일이라 한가한지 두 분 모두 가게에 있었다.

조감도에서 정조에 관한 글을 읽었다. 4시쯤에 왔으니까 7시까지는 가게가 아주 조용했다. 직원과 저녁을 함께 먹었다. 저녁을 먹고 나니까 손님 꽤 오신다. 아까 퇴근하셨던 점장도 오늘은 어찌 된 일인지 저녁에 또 오시어 일 함께했다. 너무 반갑기도 하고 감사할 일이다. 본점에 급한 전화다. 여자 화장실에서 청소용 수도에 물이 계속 샌다며 이야기한다. 공구 통 들고 본점에 급히 가, 수리했다.

정조는 이덕일 선생께서 말씀하신 대로 조선의 왕 중 성공한 임금 중 한 분이다. 정조의 즉위과정과 그 배경을 읽었다. 노론이 보낸 자객은 존현각에 머문 정조 암살을 시도한다. 이 글을 읽을 때 영화 〈역린〉이 생각났다. 영화의 내용은 정조 암살과 관련하여 하루 동안 벌어지는 일이다. 하루 동안 얽힌 이야기지만 정조가 처한 정치적 배경을 대충은 읽을 수 있다. 정조가 즉위했을 때 조정은 노론 일색이었지만, 다당제로 변화하려는 정조의 노력을 볼 수 있다. 남인 출신 채제공의 우의정 발탁에 관한 이야기, 천주교와 노론 정권 유지를 위한 유일사상의 종교가 된 유교 이야기, 서자 출신 지식인 등용으로 노론 특권층 연합에 맞서는 이야기, 화성 신도시 건설, 끝에는 정조의 죽음을 두고 여러 가지 의문을 읽었다. 정조는 독살된 것이 분명하게 보인다. 200년 전의 이야기다. 정조가 10년 아니 5년만 더 살았다면, 조선 후기의 정치는 크게 달랐을 것이다.

본점 11시 40분에 마감했다. 마감을 본 경모, 집에까지 태워주었다.

鵲巢日記 16年 09月 11日

대체로 맑았다. 저녁 늦게 비가 왔다.

조감도에 전시해놓은 기계를 점검했다. 샤워망과 고무가스켓을 교체하고 스팀노즐을 확인했다. 추석쯤에 후배 이 씨 쪽 사람이 가져간다고 했으니 손보았다.

시지 우드에 다녀왔다. 여기도 기계 점검했다. 사장은 어제 늦게 잤는지 오늘 아침은 먹지도 못하고 가게 나와 일하고 있었다. 점장께서 뒤늦게 나오시어 김밥 말 테니까 함께 먹자고 했다. 아침 먹은지라 사양했다. 아이스 커피 한 잔 청했다. 커피 거름 역할인 샤워망을 바꾸었으니 커피 맛도 확인할 겸 한 잔 청해 마셨다.

오후, 울진에서 전화가 왔다. 커피 지금 당장 필요하다며 20봉 있느냐고 했다. 4시쯤 전화 왔었는데 아무리 급해도 지금 어떻게 할 수 없는 처지라 내일 오시라 했다.

본점 11시 30분에 마감했다. 경모는 할아버지 할머니께서 오래간만에 부산 다녀오셨다고 했다. 자갈치시장에서 고등어를 사셨다고 한다. 경모는 고기를 좋아한다. 전에 회식 때, 돼지고기를 아주 잘 먹는 모습을 보았다. 경모야 너는 육류를 좋아하니? 어류를 좋아하니, 했더니 아무래도 육류죠, 한다. 소고기보다 돼지고기를 좋아한다고 했다. 특히 소고기는 구워서 먹는 것을 가장 싫어한다. 우리나라에 소고기를 제대로 구워 먹는 집안이 과연 몇 집이나 되겠니? 나도 40여 년 살았지만, 소고기 구워 먹었던 기억이 별로 없구나! 경모야.

나라를 여닫은 임금, 태조와 고종 편을 읽었다. 태조 편에서는 이성계의 뿌리에 관한 이야기 나온다. 이성계 4대조인 고조부 이안사(목조)는 전주에 있을 때 관기를 두고 산성별감과 다툼이 있자 170호를 거느리고 삼척으로 이주했다가 다시 두만강 하류를 거슬러 올라가 경흥 동쪽 30리의 오동(중국 연길)으로 이주했다. 이곳에서 원나라 장수 산길의 지원을 받아 관직을 얻게 되었는데 이것이 개국의 터전이 되었다고 설명한다. 물론 태조실록에 나와 있는 말이다. 물은 배를 띄우기도 하지만 엎기도 한다는 말이 있다. 고려말의 정치적 상황은 조상 대대로 물려받은 땅을 권세가들이 모두 빼앗고 노비로 삼았다는 얘기가 나오듯 불법적 사전확장이 큰 문제였다. 농업국에서 자영농의 몰락은 망국의 조짐이었다. 이러한 농지부족으로 아마, 요동 정벌론이 나온 것으로 보인다. 정도전은 이때 토지개혁을 단행하여 과전법을 시행한다. 우왕의 요동 정벌을 반대한 이성계, 그가 남긴 한시가 있어 공부삼아 아래에 적는다.

등백운봉 登白雲峰

인수반라상벽봉 引手攀蘿上碧峰

일암고와백운중 一庵高臥白雲中

약장안계위오토 若將眼界爲吾土

초월강남기불용 楚越江南豈不容.

백운봉 오르며

백운봉白雲峰은 서울 북쪽 삼각산의 가장 높은 봉우리다. 반攀은 무엇을 붙잡고 오르는 것을 말한다. 라蘿는 담쟁이덩굴이다. 벽碧은 푸르다는 뜻으로 옥玉에 많이 쓴다. 1연을 해석하면, 담쟁이덩굴 휘어잡아 푸른 봉우리 오르니

암庵은 암자, 초막을 말한다. 한 암자 하얀 구름 속에 높게 누웠구나!

안계眼界는 눈으로 바라보는 범위를 말하는 것으로 보이는 세계를 말한다. 왕조 시대니까 내가 본 땅의 경계, 지평선까지다. 눈에 보이는 지평선까지 내 땅이 되려면 초나라 월나라 강남도 어찌 수용하지 않을까!

이 시 한편으로 태조 이성계의 마음을 볼 수 있음이다. 장수의 기개가 담긴 시로 새 나라를 세울 야심뿐만 아니라 대륙을 넘어 중원까지 차지하려는 웅지를 품었다고 볼 수 있다. 실지, 이성계 집안은 본질적으로 대륙에 아주 친숙해서 요동정벌을 한시一時도 잊은 적 없었다.

고종 편을 읽을 때는 참담하기 그지없다. 고종의 우유부단한 성격은 결국 망국의 군주가 되었다. 고종은 수신修身 실패가 제가齊家 실패로 이어 당연한 결과를 초래했다. 황현의 매천야록에 의하면 고종은 등불을 환히 밝히고 새벽까지 놀다가 오전 4~7시경이 되어야 비로소 잠을 잤다고 한다. 둘째 고종은 시대 변화를 거부했다. 고종이 어린 나이 11세 때 즉위해서 처음 내린 명령이 자신에게 군밤을 주지 않은 계동 군밤 장수를 처형하라는 것이었다고 전하는데 정환덕의 남가몽에 있는 말이다. 이 말이 사실인지는 모르나, 어떻든 고종을 잘 대변한 말은 사실이다. 일본은 메이지유신 같은 입헌 정치체제를 수립했지만, 고종은 개화를 추진하다가 입헌 정치체제가 전제왕권을 조금이라도 저해하면 하루아침에 돌변해 모두 무너뜨리기 바빴다. 갑신정변으로 급진 개화파를 죽이고, 아관파천으로 온건 개화파를 죽였다. 외국군을 끌어들여 동학 농민군을 죽였다. 왕권 강화에 병적으로 집착하면서도 고종은 왕권 강화에 가장 큰 걸림돌인 노론을 자처했다. 경술국치를 단행한 이완용에게 베푼 처사는 이를 잘 대변한다. 한마디로 고종 정치의 특징은 편의적인 정치 행태를 반복했다. 대세에 순응하는 척하다 틈을 보아 뒤집는 것이었다. 결국, 고종은 정권의 위협을 느낀 나머지 극진히 인정을 베푼 이완용과 이기용이 숙직한 그 날 밤, 서거했다. 1919년 1월 20일이다.

이것으로 이덕일 선생께서 쓰신 『조선왕을 말하다』 1권과 2권 책거리한다. 내일부터는 『사마천 평전』을 읽겠다.

鵲巢日記 16年 09月 12日

대체로 흐렸다가 뜸뜸이 비가 왔다. 오후 7시 45분이었다. 심한 지진을 느꼈다. 건물이 흔들렸다. 전에는 잠깐 진동이 있었는데 오늘은 느낌상 10여 초 이상 진행한 것 같다. 무척 놀랐다. 오후 8시 30분에도 지진이 또 일었는데 심한 공포감을 느꼈다.

오전, 정수기하는 동생 허 사장 다녀갔다.

오후, 울진 더치공장을 운영하시는 이 사장 다녀갔다. 커피 20봉 볶아 차에 실었다. 결제는 현금 81만 원과 중소기업 상품권 59만 원 치 받았다. 이 사장도 구미 모 기업체에 납품 넣고 받은 것이라 했다. 마침 아내가 옆에 있었는데 상품권은 모두 가져가, 이번 추석빔을 마련해야겠다고 반가워했다. 이 사장은 사업의 어려움을 이야기하다가 가셨는데 어려운 것은 나도 마찬가지였다. 이 사장은 이런 말씀을 하셨다. '없는 게 죄입니다.' 그러니까 돈이 없으니 부모님 잘 찾아뵙지 못하는 것이고 돈이 없으니 사람 만나는 것도 꺼리는 것이라 했다. 맞는 말씀이다. 대표는 자금의 모든 위험에 촉수를 내밀고 감지하여야 하며 예언하는 자리다. 괜찮다면 직장 다니는 것도 괜찮을 거라며 여기서 이제 망하면 미련 없이 일 나가겠다고 했다. 이 사장은 법인체를 운영하지만, 월급이 125만 원 잡혀있다며 얘기하시는데 받으면 고스란히 통장에 다시 넣어야 한다고 씁쓸하게 웃음을 보였다.

오후, 7시 45분이었다. 소리는 요란하게 울렸으며 땅은 심하게 흔들거렸다. 지진이 발생했다. 마침 본부에 앉아 이것저것 생각하고 있었는데 갑자기 '구르릉 쿵쿵 구르릉'거리는 소리와 건물 흔들림을 느껴 나도 모르게 바깥에 뛰쳐나갔다. 바깥에 뛰쳐나오니까 임당 원룸에 사는 사람이 하나둘씩 나와, 길에 모두 서 있는 모습을 보았다. 본점에 이상이 있는지 사동 조감도에도 전화하여 이상 있는지 확인했다. 사동 조감도에 가 있는 오 선생은 안에 커피 마시던 손님이 일제히 바깥으로 뛰쳐나가 있다가 잠잠하니 다시 들어와 커피를 마셨다고 했다. 나는 요즘 북한 핵실험과 인공지진이 어떻다는 얘기가 생각나 도발 행위로 미사일 공격을 받은 건 아닌가 하며 생각했다. 여태껏 내가 느낀 지진으로는 가장 심했다.

오후 8시 30분이었다. 안 사장께서 오셨다. 바깥에 서서 이야기 나누고 있었는데 땅이 또 흔들렸다. 이번에는 아까보다 더 심했던지 많은 사람이 바깥에 나와 섰다. 전화가 잠시 끊겼는지 연결이 안 되었다. 네이버 창은 지진 강도가 5.8이었다고 나왔다. 6 이상이면 건물이 파괴될 수 있다며 소식은 전한다. 처음보다는 공포감은 덜했지만, 한 시간 만에 흔들렸으니 매우 걱정되었다.

자정쯤, 땅 밑에서 무슨 소리가 들리는 듯했다. 오늘을 못 넘길 것 같은 예감도 든다.

지은이 지전화이,『사마천 평전』김이식, 박정숙 선생께서 옮긴 책이다. 약 삼분의 일가량 읽었다. 책의 앞부분이라 사마천의 가계와 성장과정을 읽을 수 있었다. 사마천의 집안 내력은 주나라 왕실의 태사였다. 우임금과 하임금 시절 천관의 일을 맡았다. 후세에 와서 중도에 쇠락하다가 아버지 사마담에 다시 태사직을 맡게 되었다. 아버지 사마담이 아들 사마천에게 한 말은 잊히지 않는다. 무릇 효도란 부모를 섬기는 데서 시작해 다음에는 군주를 섬기고 마지막으로 입신하는 데서 끝난다. 후세에 이름을 드날려 부모를 드러나게 하는 것이 가장 큰 효라 했다. 훗날 아버지 사마담이 죽고 나서 3년이 지난 뒤 사마천은 태사령이 된다. 사마천이 태사령이 되어 문서를 관리

하지 않았다면 고금의 역사를 꿰뚫어볼 수는 없었을 것이다. 태사령이 된 사마천은 역법을 고치는 작업에 착수한다. 수십 명 전문가가 힘을 합쳐 사마천이 주도한 역법은 그 유명한 태초력이다. 이는 백성들에게 꼭 필요한 것이었으므로 널리 칭송받았다. 이 태초력은 근대까지 쓴 것으로 나는 알고 있다.

사마천이 사기를 쓰게 된 가장 큰 영향을 준 사람은 역시 아버지 사마담이다. 다음은 사마담의 말이다. '이제 한나라가 일어나 천하는 하나로 통일되었고, 현명한 군주, 충성스런 신하, 의를 위해 죽는 선비가 나왔다. 나는 태사가 되고도 그것을 논하여 기록하지 못하고 천하의 역사기록을 내버려 두었다. 나는 이것이 매우 두렵다. 너는 이 점을 명심해다오.' 사마천이 사기를 쓰면서도 이 작업을 기필코 끝마치려는 결정적 마음을 갖게 된 것은 아무래도 이릉의 화를 입은 것이겠다. 이 일로 한 무제의 노여움을 사게 된 것이다. 이 때문에 중형의 벌을 받게 되는데 궁형을 받은 사마천은 나이 48세였다.

사마천이 한 말이다. 이 말은 꼭 가슴 깊이 새기고 싶다. '사람은 누구나 한번 죽게 마련이지만 어떤 죽음은 태산보다 무겁고 어떤 죽음은 터럭만큼이나 가볍기도 한데 그것은 어떻게 죽느냐에 따라 달라지는 것입니다.' 옛날부터 부귀를 누렸지만 이름이 사라져 버린 사람은 헤아릴 수 없이 많았다. 오직 기개 넘치고 빼어났던 이들만이 칭송을 받았다. 예를 들자면, 문왕은 갇힌 몸이 되어도 '주역'을 남겼고 공자는 곤란한 처지를 겪고 돌아와 '춘추'를 지었다. 굴원은 쫓겨나서 '이소'를 지었으며, 좌구명은 눈을 잃은 뒤에야 '국어'를 지었다. 손자는 발이 잘리고 '병법'을 편찬했고 이외 여불위, 한비자의 예를 들어 저술만이 세상에 향한 울분을 토하고 문장을 남김으로 자신을 드러낼 수 있었다.

鵲巢日記 16年 09月 13日

맑았다.

아침 일찍 포항에서 전화다. 제빙기 열어보니 얼음이 하나도 없다는 것이다. 기계 도는 소리도 시원찮더니 이제는 영 섰는지 소리도 안 나다가 또 어쩌다가 돌아가면 너무 시끄럽다며 얘기한다. 냉동 압축기 고장이 분명했다. 전에도 한 번 수리한 적 있어 이번에는 수리하기에는 마뜩찮은지 아예 새것으로 바꾸었으면 한다. 급히 용달을 불러 제빙기를 먼저 포항에다 실어 보냈다.

어제 주문받은 중앙병원과 청도, 압량 건을 급히 배송 다녀왔다. 시간은 12시쯤 지났다. 압량에서 관련 공구를 챙기고 곧장 포항에 내려갔다. 그 전에 정수기 허 사장에게 필터도 가릴 겸 포항에서 만나자고 했다. 실은 기계를 내려 보내면 허 사장이 모두 처리하지만, 사장님 얼굴도 보고 그간 인사도 나누어야 해서 내려간 것이다. 근데, 허 사장이 남대구에 급한 일 때문에 시간이 조금 늦었다. 사장은 얼른 일을 마치고 싶었지만, 또 이에 보조를 맞추기 위해서 관련 호스와 니플(nipple 기계 연결 부위) 구하느라 시간이 지체되었고 그러다 보니 허 사장은 가게에 도착했다. 설치는 별로 어려운 일은 아니지만, 허 사장이 늦게 오는 바람에 모두가 불편을 느낀 하루였다.

포항에서 경산 넘어오니 오후 다섯 시다. 내일 후배 이 씨가 가져가겠다든 그라인더를 분해하여 청소했다. 근 2년 간 청소 한 번 하지 않은 기계다. 양 날을 분해하여 사이사이 낀 커피 찌꺼기를 털어내고 호퍼 통에 묻은 기름때는 세정제를 묻혀 깨끗이 청소했다. 다시 조립하며 가동해보는 데 한 시간 걸렸다. 이 기계는 전에 카페 우드에서 가져 온 것이다. 커피가 잘 안 갈린다 해서 새 것으로 무상 설치했다. 그러니 중고 값을 받는다면 새 것에 반하는 것이다.

황금백만량불여일교자黃金百萬兩不如一教子, 명심보감 훈자편에 나온다. 오늘 아침 신문에서 읽은 내용이다. 고 안중근 의사의 글씨와 손도장이 찍힌 족자가 K옥션을 통해서 경매에 나온다는 것이다. 안중근 의사는 이토 히로부미를 저격한 뒤 수감된 뤼순감옥 경수계장에게 써 준 글이라고 했다. 황금

백만량불여일교자, 금 백만 냥도 자식 하나 가르치는 것만 못하다는 말이다.

『사마천 평전』을 읽었다. 사마천은 사기 저술에 어떤 관점에서 썼는지에 관한 내용을 읽었다. 사기는 공자의 '춘추'를 이어받고 "하늘과 사람의 관계를 궁구하고 고금의 변화를 관철하여 일가의 학술을 이룬" 태사공서다. 한말 영제. 헌제 이후로 모두가 일반적으로 사기라 칭하여 부르고 있다. 사기는 황제에서 시작되어 한 무제(기원전 104~기원전 101) 연간에서 끝나는데 통틀어 3000년 동안 발전한 한족의 역사를 담는다. 그 전체는 12본기, 10표, 8서, 30세가, 70열전으로 모두 130편이며 52만 6,500자다.

鵲巢日記 16年 09月 14日

맑았다.

조회 때, 예지가 선물한다. 엊저녁에 집에서 정성껏 과자를 만들었던 모양이다. 아침, 태윤 군과 배 선생이 함께 있었는데 선물 봉지를 하나씩 나눠주기에 무척 놀랐다. 예쁘게 포장된 상자를 풀어 그중 하나를 맛보았다. 바싹하게 튀겨 씹는 맛이 다분하다.

동원이 가게에 다녀왔다. 어제 주문받은 커피를 배송했다. 아침인 데다가 가게 혼자 있기에 함께 일하는 김 군 문제로 대화 나눴다. 김 군은 이번 주 일요일까지 일하기로 했다. 김 군의 어머님도 다녀가셨던 모양이다. 커피는 이제 그만하겠다고 했다. 오늘 동원이에게 들은 것은 어머님이 대구 수성구에 원룸 건물 하나 샀다고 했다. 시가 15억 정도 되는 건물이다. 김 군은 커피보다는 차라리 원룸 관리하는 것이 더 나을 것 같다며 한 말씀 주셨다. 가게 매출은 둘이 하기에는 여간 아니라 동원이는 혼자 일을 해보겠다고 했다. 진동 벨도 갖췄다.

지진이 일어났던 날, 동원이는 영화관에 있었던 모양이다. 영화관은 지하라 첫 번째 지진이 났을 때는 그냥 흔들리는 것은 감지해도 영화는 계속 보았다. 두 번째 흔들렸을 때는 객석에 앉아 있던 사람이 모두 일어나 급히 바깥으로 뛰쳐나갔다고 한다. 나는 아직 부산행을 보지 않아서 모르겠다만, 동원이는 그 비유를 부산행처럼 빠져나갔다고 한다. 에스컬레이터 오를 때 반대쪽에 아기를 안고 내려가는 남자분이 있었는데 사람이 무작정 뛰쳐니가기에 밑으로 진행하는 에스컬레이터를 채 바꿔 타지도 않고 뛰어올랐다고 한다. 한마디로 그 순간은 무질서하고 혼돈의 상황이었다.

조감도 오르는 길, 부건이는 예취기 들고 풀을 베고 있었다. 예취기는 재실에서 빌렸다. 가게에 빗자루 들고 와, 부건이가 벤 풀을 쓸고 길가에 쓸어 붙였다. 뒤뜰에 난 풀은 직접 예취기 들고 베었는데 그간 일을 안 해봐서 그런지 손에 물집이 군데군데 생겼다. 오후 잠깐 일했다만, 옷은 온통 땀으로 젖었다.

풀을 베고 정리하는 사이, 동원이가 전화했던 모양이다. 아는 선배가 운영하는 ○○구찌 커피 집에 커피가 많이 팔려 커피가 없다는 내용인데 우리 커피를 가져다줄 수 있는지 묻는다. 당연히 갖다 드릴 수 있지 하며 대답했더니 주소를 전송한다. 대구 모 카페에 잠깐 다녀왔다. 여기는 매출이 우리 조감도와 비슷하다. 주방은 한 사람만 일한다. 아르바이트 학생으로 보이는 젊은 학생이 커피를 받아 주었다. 추석 대목 앞이라 본사에서 미리 받아야 하지만, 받은 물량이 동이 난 모양이다. 커피 한 상자 배송했다.

『사마천 평전』을 모두 읽었다. 사마천은 중국 역사에 지대한 영향을 끼친 인물이다. 후대의 모든 역사는 사마천의 영향을 받지 않았다고는 말할 수 없을 것이다. 물론 우리나라도 마찬가지다. 사마천은 문장력만 뛰어난 것도 아니다. 인본 중심의 서술은 후대에 그의 인품을 말해준다. 사기는 충분한 독서력만으로 지은 것도 아니다. 역사적 인물로 꼭 필요한 서술은 전국 곳곳 찾아가 주위 사람을 만나보기도 했으며 일의 경과를 눈으로 확인했다. 사기는 3,000년의 역사를 담았지만, 지금 2천 년이 지나도 우리가 꼭 읽어야 할 책으로 자리매김했다. 과연 앞으로 후대에 꼭 남겨질 그런 책을 쓸 수 있는 사람은 몇이나 될까!

오동나무는 한 잎 틔우며 하늘 만드네. 梧開一葉 向天進改 이 문장이 맞는지는 모르겠다. 한자로 지어봤다. 오梧는 오동나무를 뜻한다. 오梧는 오吾와 소리가 같다. 오吾는 '나'라는 뜻이다. 오梧는 나를 비유한 것이다. 하루 한 잎씩 틔우듯 나무는 모양을 만든다. 하늘을 닮을 수는 없지만, 하늘은 이상이다. 그렇게 이상을 추구하며 나무는 기를 소진한다. 하지만, 사는 동안 그 틔웠던 맛은 태양을 바라보기에는 충분하다. 일기가 작품이 될 수야 있을까만, 거저 소시민이 쓰는 취미로 낙으로는 충분하다.

자정, 둘째 찬이가 기계를 차에 싣는 데 도왔다. 내일 후배 이 씨 쪽 사람이 조감도에서 기계를 실어가기로 했다.

鵲巢日記 16年 09月 15日

대체로 맑았다.

아침 7시에 차례를 지냈다. 둘째 데리고 조감도 개장하고 어제 자정에 니플과 콘넥트 작업한 새 기계를 옮겼다. 아침 기계 포장하며 있으니 배 선생과 예지가 출근한다. 모두 추석 아침이지만, 이렇게 나오셔 일해주시니 마음 한 편으로는 고마웠다.

오전 10시 30분 조금 지나니까 아침에 만나기로 했던 후배 이 씨 쪽 손님이 오셨다. 기계를 차에 실어 드렸다. 부부와 딸도 함께 왔다. 교육은 사모가 받았으며 사장은 조선대 교수였다. 사장은 나보다는 키가 좀 작아 보였으며 나이는 비슷하거나 한두 해 낮게 보았다. 기계 한쪽은 내가 들고 다른 한

쪽은 사장이 들었는데 힘이 여간 없어 보인다. 한쪽이 완전히 땅에 기울다시피 들었다. 가게에 앉아 인사 나누었다. 광주에 갤러리 카페를 곧 개장한다. 18c~20c까지 각종 미술작품을 전시할 계획이다. 전시할 작품을 인터넷상으로 먼저 감상했다. 솔직히 미술은 잘 모르지만, 보여주신 작품을 보니 대체로 소박하고 시골풍도 있어 보이니 마음 한결 푸근하게 닿았다. 시모는 한잔 내드렸던 커피, 블루마운틴에 극찬하였다. 광주에는 이만한 커피 맛보기 어렵다며 한 말씀 주셨는데 어느 집에 들러도 뜨겁기만 하고 혀가 갈라지기까지 한다는 표현을 했다. 혀가 갈라지기야 하겠는가마는 그만큼 맛이 없다는 뜻으로 들었다. 사모는 오늘 두 번 뵈었고 사장은 오늘 처음 보았다. 나의 소개 겸해서 전에 썼던 『카페 간 노자』를 사인해서 드렸다. 사모는 무척 놀라워했다. 앞의 머리말을 읽어 드리고 싶다고 하니, 쾌히 받아주어 두 쪽 가량 읽었다. 두 분 모두 차분하게 들어 감사했다. 카페는 처음 하시는 거라 어떻다는 것을 조금 이해하셨으면 해서 책을 선물했다.

오전 11시쯤에 촌에 다녀왔다. 아들 준과 찬을 데리고 갔다. 가는 길이 거북걸음이었다. 어찌나 차가 막히던지 가다서고 하다 보니 가는 길이 두 시간 가까이 걸렸다. 집에 별로 챙겨 드릴 것도 없어 송구했지만, 아이들과 점심 한 끼 하며 보냈다. 한 시간가량 머물다 곧장 경산 넘어왔다. 가는 길 오는 길, 고속도로는 여전히 막혔지만 그나마 다시 돌아오는 길은 아까보다는 좀 나았다. 본부에 잠시 들렀다가 처가에 곧장 갔다. 처가는 얼마 전에 마당을 포장했다. 전에 보다 더욱 깔끔하고 널러 보인다. 등마루를 펼쳐놓고 처형은 고기를 썰고 굽고 동서와 형님 자리 앉아 서로 인사 나누며 식사를 함께 했다. 처가에 이렇게 찾아뵙는 것도 올해로 17년째가 된다. 이제는 아이들이 모두 장성해서 대식구다. 동네가 깊숙이 들어와 있고 산 밑이라 공기가 좋다. 장인어른도 장모님도 건강하게 뵈니 기분이 좋다. 본점, 조감도 모두 영업상황이라 오래 앉아 있을 수 없어 오후 8시 좀 넘어 나왔다.

鵲巢日記 16年 09月 16日

종일 흐리고 비 왔다.

조회 때다. 어제 아침 아무래도 배 선생께서 기분이 아주 언짢았지 싶다며 얘기했더니 예지가 그럴 거라고 대답했다. 청소문제로 오 선생은 엊저녁에 직원들에게 부탁했지만 잘 따르지 않았던 거로 보인다. 예지 말로는 아침에 이것저것 일을 하는데 나름의 규칙을 갖고 한다고 했다. 오 선생은 늘 다섯 시에서 여섯 시에 나오니 그때쯤이면 이미 많은 손님이 다녀가시기에 가게가 다소 지저분할 수 있다는 것이다.

엊저녁에 처가 다녀온 일을 생각한다. 장인어른께서는 가계家系에 약간은 자격지심 같은 것이 있으신 것 같다. 결혼 초에도 집안에 관해서 많이 물어보셨지만, 엊저녁에는 동네에서 약주를 거하게 드시고 오셔 족보에 관한 얘기를 하셨다. '왕족의 성도 돈 많으면 살 수 있는 거 아니냐?'는 말씀을 하셨는데 그 많은 말씀 중에 잊히지 않는 말이다. 지금은 조선 시대도 아니건만, 장인어른은 여전히 성씨 얘기를 하셨다. 내가 보기에는 처가댁이 오히려 유교문화를 더욱 잘 보존하고 또 지키려는 의지가 더 강하다. 나의 집안은 3대째 독자로 내려 온 데다가 그 위는 종가도 아니다. 그나마 아버지는 형제가 많았지만 어릴 때 병으로 일찍 죽었다. 증조부와 조부도 병이 있어 일찍 돌아가셔 집안은 늘 가난했다. 하지만 처가는 종가인데다가 대가족이니 집안은 조선 시대로 얘기하자면 어느 사대부집에 비유할 바가 못 된다. 장인어른 아래로 6형제가 있으며 그 위도 여러 형제가 있어 명절이면 집안은 늘 손이 많다.

왕족의 성이든 그렇지 않든 지금은 무슨 소용이 있나! 가계는 10대를 흘러도 제대로 된 사람이 한 대만 나와도 그 집안은 성공한 것 아니냐는 생각이다. 역사책을 보아도 근현대사를 보아도 모두 죄인이 아닌 집안이 없고 또 유능한 집안이 아니었던 집도 없다. 내가 어떻게 살고 어떤 사회를 만들며 무엇으로 이바지할 것인가가 중요하겠다. 명절이면 온 가족이 모인다. 모이면 술

좌석이다. 물론 가볍게 마시며 인사 나누면 좋으련만 술은 과하고 뒤풀이에 몸도 감당하지 못해 실수하며 보내는 사람도 적지 않을 것이다.

친가든 처가든 오래 앉아 있으면 짐이다. 가볍게 얘기하고 식사 한 끼 하며 담소 나누었다가 용무가 끝나면 바로 내 머무는 곳에 오는 것이 바르다. 결혼 후 나는 어느 집이든 하룻밤 자고 온 일은 여태껏 한 번도 없다.

광주에서 입금되었다. 어제 기계를 잘 실어 가셨는지 궁금했다만, 일은 모두 잘 되었던가 보다. 소식을 후배 이 씨께 문자로 알렸더니 추석 연휴라 알바가 쉬는지라 가게 일 보고 있다는 문자가 왔다. 언제 시간 봐서 국밥 한 그릇 하자고 얘기한다. '네 석락 씨 잘 쉬었나요. 국밥 꼭 한 그릇 합시다. 안 먹은 지 꽤 되어 국밥이 뭔지 잊었네요. 시원한 국물 생각 절로 나네요.' 답변했다. 그러니까 이 씨는 전화하고 출동하겠다는데 기대가 된다.

오후 내내 책 읽으며 보냈다. 매천 황현 선생께서 쓰신 『오하기문梧下記聞』을 읽었다. 오하기문은 책의 원제목이고 번역서는 '오동나무 아래에서 역사를 기록하다'로 되어 있다. 선생은 1855년 생生하여 1910년에 졸卒하였다. 책은 일기 형식으로 되어 있지만, 개인의 일기가 아니라 국가의 일로 매천 선생께서 아시는 바를 적었다. 구한말 격동의 시절 여러 사건이 많았는데 이러한 일을 적으며 선생의 말씀도 덧붙여 놓았다. 약 100여 쪽 읽었다.

이건창 선생께서 쓰신 『당의통략黨議通略』을 읽었다. 이건창은 전에 일기에 적었지만, 본관은 전주며 조선조 정종의 왕자 덕천군 후생厚生의 후손이다. 그의 집안은 소론 집안이라 노론이 득세한 당시 큰 빛을 발하지는 못했다. 선생의 5대조 이광명1701~1778이 강화도에 은거한 스승 하곡 정제두를 만나 이곳에 이주하며 자손 대대로 이어지는 가학이 시작되었다. 강화도는 조선 양명학의 본산이 되고 이른바 '강화학파'라는 한국사상사의 특이한 한 학맥이 형성되었다. 그의 가문을 더 얘기하자면 조선 후기 위대한 사학자이자 실학자로서 방대한 『연려실기술練藜室記述』을 저술한 이긍익이 있다. 그는 광명의 종제인 이광사의 장자다. 『당의통략黨議通略』은 당쟁의 시작과 그 역사를 말해준다.

아까 읽었던 매천 선생께서 쓰신 『오하기문梧下記聞』은 그 당쟁의 역사 막바지에 이르는 내용으로 노론의 독주가 국가를 결국 폐국으로 치닫게 되는 과정을 그린 것이라 보아도 무관하다. 왕조 국가에 당쟁을 읽으니 어느 조직이든 어느 가계든 안 그럴까마는 사람이 모이는 곳은 분쟁이 있기 마련이다. 커피도 마찬가지다. 협회를 만든다느니 우리의 권익을 보호하자니 정보를 교환하자며 얘기하는 것도 그렇다. 좁은 시장 헤쳐 나갈 길은 좁고 괜한 이익이라도 보겠다는 것밖에는 보이지 않는다. 그저 소신껏 내 일을 바르게 하며 덕을 쌓는 것이야말로 진정 사회를 위하는 것이고 나를 위하는 것이다. 당을 만들고 편협한 마음을 가지며 수신修身마저 잃으면 더불어 사는 것은 커녕 곧 죽는다.

鵲巢日記 16年 09月 17日

종일 비 왔다.

조회 때다. 배 선생은 어제 쉬었다. 추석 연휴라 대학생인 딸아이가 집에 와 있었는데 백화점에 볼일 있어 다녀왔다고 했다. 근데, 경기 이리 안 좋다고 하지만, 백화점은 인파로 발 디딜 틈이 없었다고 한다. 어찌나 사람이 많았던지 괜히 갔다며 한 말씀 덧붙였다. 조회를 마치고 조감도 내리막길로 향하는데 재실에 사시는 어른께서 나오시어 도랑물 보고 있었다. 며칠 비가 억수로 내렸는데 흙탕물은 콸콸거리며 흘러가니 도랑이 미어터질 것 같았다. 나는 차창을 내리며 인사했다. 인사하며 내려가는 흙탕물 보니 물 관리 어지간히 살펴야겠다는 생각이다.

청도에 커피 배송 다녀왔다. 카페○○ 점주 강 씨는 추석연휴 내내 영업하였다. 평상시보다 손님이 더 오시니 문을 열지 않을 수는 없었다. 마침 손님도 없고 해서 강 씨가 내어주신 차 한 잔 마셨다. 강 씨는 친정어머니가 여기 청도에 사시는데 어머님 얘기를 하셨다. 올해 칠순을 맞았는데 당뇨도 좀 있고 허리가 좋지 않아 수술을 3번이나 했다. 허리 바로잡기 위해 철 핀을 박았다. 수술 후 고름이 고여서 재차 수술을 가졌다고 했다. 뼈와 뼈 사이 연골이 닳아 이를 바로잡기 위한 수술이었다. 칠순은 이제 몸도 어지간히 가는 연세쯤은 되는 것 같다. 촌에 어머님도 당뇨가 저리 심하니 솔직히 몸은 쇠하고 늙는다지만, 정신은 젊을 때와 다를 바 없다.

대평지구에 얼마 전에 개업한 모 카페에 다녀왔다. 여기는 닭을 주로 한다. 개업한 지 얼마 되지 않았다. 오늘에 와서 보니 어느 정도 짜임새가 갖춰진 것 같다. 여 인근 교회에 커피 값이 1,500원 하니까 커피 값을 높게 받을 수 없다며 2,000원을 매겼다. 이 금액으로 한 이 주간 영업했는데 여간 맞지 않는다며 얘기한다. 2,000원이면 타산이 맞지 않는 것은 분명하다. 교회는 규모로 밀고 나가니 맞는 얘기지만, 여기는 하루에 찾아드는 손님도 한정되어 가격을 생각 안 할 수는 없다. 사장은 커피 값을 얼마 받으며 되겠냐고 물었다. 가격대비 영업상황을 이모저모 얘기했다.

오후, 공구상에 들러 실리콘 몇 개 샀다. 집에 물이 샌다며 전화가 왔는데 오늘은 기필코 지붕에 올랐다. 지붕에 오른 것은 십 년도 더 됐지 싶다. 그간 건물 참하게 사용했다만, 아이들이 커가는 만큼 여닫는 문도 잦고 그 강도도 강해서 아무래도 어딘가 틈이 생긴 것이 분명했다. 건물 모서리 쪽 몇 군데서 물 새는 것을 발견했지만, 실리콘을 바르지는 못했다. 안방과 거실 주방 전등 구멍에만 실리콘을 밀어 넣었다. 어차피 물은 들어오면 어느 길은 빠져나가야 한다. 천장이 뭔가 축 처진 것 같은 기분이다.

오후, 카페 우드 사장과 지인 몇 분 다녀갔다. 지인께서 건물을 보러 다닌다. 살림집과 가게를 할 수 있는 건물을 찾지만 마땅한 것이 없어 우리 본점 건물 어떠냐고 얘기했더니 금시 오신 거다. 지인은 일면식 있다. 커피 한 번씩 배송 나갈 때 카페 우드에서 몇 번 뵌 분이었다. 본점을 보시더니 마음에 꽤 들어 한다. 하지만, 살림집이 없으니 그것이 아쉽다. 건물은 증축도 할 수 있으며 5층까지 지을 수 있다며 말씀은 드렸다. 이 건물이 팔릴지는 모르겠다. 내부에 일하는 직원, 권 씨와 권 씨 애인 모 씨, 경모가 있었는데 모두 불안한 눈치였다. 나중은 권 씨가 나에게 물었다. '본부장님, 본점 파시나요?' 팔리는 것이 아니라 그냥 보러 왔으니 걱정하지 말라고 했지만, 안에서는 나름 수군 거렸다.

이때 처형이 커피가 필요해서 잠깐 들렀는데 주위 여러 분위기를 보고는 본점 파느냐고 물었다. 나는 반 농담으로 그렇다며 얘기했더니 '그럼 나는 어디 가노?' 하며 한마디 한다. 처형은 여 임당에 사는데 아무래도 동생이 있으니 큰 위안이었다.

저녁이었다. 지정된 주거지 없이 돌아다니는 고양이 리코는 본점 주위에만 맴돈다. 본점과 본부는 약 30여 m 떨어져 있지만, 길고양이로 보면 도로 하나를 건너야 하니 자연적으로 경계가 된다. 리코는 더욱 홑몸도 아니다. 곧 새끼를 낳을 것 같다. 카페 우드에 갈 커피를 챙겨 본부 나오니 리코가 어떤 수고양이 한 마리 거닐며 걸어가고 있는 거 아닌가! 그래서 리코야 했더니 나 쪽으로 보며 야옹거린다. 밥그릇 찾아 고양이 밥 한 옴큼 담아주었다. 카페 우드에 커피 배송 다녀왔다.

매천 선생의 글을 읽었다. 동네 어느 친숙한 할아버지가 들려주는 이야기처럼 읽힌다. 하지만, 이러한 이야기가 좋은 내용으로 가득하면 얼마나 좋을까만, 조선의 기운은 이미 기울었으며 정치가 죽었으니 민생은 말해서 뭐하리! 내부가 썩을 대로 썩었으니 어느 강대국인들 눈독 들이지 않은 국가 없었다. 민 씨 혈족의 국정 농간, 민란과 동학 운동에 관한 얘기를 읽었다.

鵲巢日記 16年 09月 18日

흐렸다가 간간이 비가 왔다.

아침 늦잠을 잤다. 바깥에 웬 소란스러워 창가 서서 골목길 내다보았다. 여자 서너 명 남자 서너 명이 서 있었는데 싸움이 일었다. 키가 180에 기까운 남자 한 명은 좀 체격이 있어 보였고 다른 한 남자도 키는 비슷했지만 마르다. 체격이 있는 사람이 그렇지 않은 사람을 구타하고 있는 장면을 보았다. 얼굴을 두 대 정도 갈겼는데 아주 강한 귀싸대기다. 아침 8시경에 보았는데 조감도 개장하고 커피도 한 잔 마시고 다시 본부에 들어오니 아까 그 사람이 골목에 서서 옥신각신한다. 동네가 원룸 단지다 보니 별일이 다 있다. 어제는 카페 우드 사장과 지인이 왔는데 골목길이 마치 자동차 전용도로처럼 씽씽 달리는 차도 있었다. 카페 우드 사장은 느긋하게 길가로 피하는데 사람을 아주 업신여기는 것처럼 씽 하며 달리는 차가 있었다. 카페 우드 사장은 할 말 잃었다. 지나는 차를 얼핏 보니 젊은 사람이었다.

태윤 군이 추석 쉬고 일에 임했다. 종가인데다가 장자라 추석 연휴는 쉬었다.

오후 책 읽으며 보냈다. 처가에 잠깐 다녀오기도 했다. 처형은 손수레(리어카) 장사를 한다. 마침 처가에 갔을 때 반곡지에서 영업 마쳤는지 손수레(리어카) 끌며 오기에 차를 얼른 주차해 놓고 대신 끌었다. 조감도에 앉아 있으려니 답답하고 날씨도 꽤 흐려 마음이 적적했다.

오래간만에 경산 문 형님께서 카페에 오셨다. 소식을 주고받으며 차 한 잔 마셨다. 아내 오 선생이 전화다. 처가에 장인어른께서 포도를 땄는데 좀 가져가라는 말씀이었다. 문 형님과 함께 다녀왔다.

저녁, 본점에서 책 읽었다. 아이들이 놀고 있기에 한자 공부를 시켰다. 근데 잠시 후, 애 엄마가 전화가 왔다. 맏이가 목이 아프니 병원에 가서 링거 좀 맞히라는 것이다. 큰 아이를 불러 목을 확인했다. 아무 이상이 없다. 목이 많이 부었다고 했지만, 겉보기에 멀쩡하다. 애가 한자 공부하기 싫으니 제 엄마께 꾀병 부린 것이다. 집에 가 그냥 쉬라고 맏이에게 얘기했다만, 애 엄마는 병원에 안 데려갔다고 도로 호들갑이다. 조금만 아프면 병원부터 가니 집안 꼴이 말이 아니다. 황금백만량불여일교자黃金百萬兩不如一敎子라 했다.

鵲巢日記 16年 09月 19日

흐리고 비 왔다. 저녁 8시 33분쯤에 또 지진 있었다. 그 규모가 4.5라고 했다. 건물이 흔들렸으며 땅 밑에서 나는 으르렁거리는 소리를 들었다.

지난번 본점 진열장 수리한 적 있다. 수리한 지가 얼마 되지 않았지만, 진열장은 또 고장이 났다. 지난번 AS 맡겼던 업소에 전화했다. 전에 방문한 기사가 점심때 오셔 다시 살피더니 냉동 압축기가 또 고장이라 했다.

아주 두꺼운 책이 왔다. 책은 『사통史通』이다. 저자가 '유지기'라는 사람인데 당나라 때 사관을 지낸 역사학자다. 이 책은 역사학 개론서 정도 된다고 했는데 앞에 소개한 부분만 읽었다.

오후, 한학촌, 진량 조마루에 커피 배송했다. 정평에 일하는 강 선생께서 전화가 왔다. 기계가 이상이다. 버튼을 눌러도 말을 듣지 않는다. 상황을 들으니 PCB 나갔다. 5시쯤 들러 수리 마친 시간이 6시였다.

저녁때 계양동에서 사업하는 이 사장 다녀갔다. 커피 한 봉 사 가져갔다. 이번에도 추석이 끼여 약속한 기계대금을 바르게 넣지 못하겠다며 양해를 구했다. 한 시간쯤 흘렀을까! 또 땅이 흔들거렸다. 으르렁거리는 소리도 있었는데 진원지가 경주라고 했다. 지난주 월요일에 있었으니까 정확히 일주일 만이다. 바깥은 비까지 내리니 마음은 더욱 심란하다.

鵲巢日記 16年 09月 20日

아주 맑았다.

아침에 예지가 청소하다가 '꼽등이'라며 빗자루로 쓸어 담았다. 나는 처음 들은 말이라 쓸어 담은 것을 확인했다. 메뚜기처럼 생겼는데 메뚜기도 아니고 진한 갈색인데다가 등이 아주 굽었다. 좀 통통하다. 메뚜기보다는 엄체 크다. 바깥에 내다 주었다. 어제 아침에는 지네가 계산대 앞에 동그라미 그리며 움직이지 않았는데 나는 이것이 죽었는지 알았다. 빗자루로 쓰니까 꿈틀거려서 매우 놀랐다. 문 앞 왼쪽 화단에다가 몰며 쓸었다. 아주 큰 놈이었다.

가을이라 그런 것인가! 한 며칠 비가 와서 그런 것인가! 곤충이 죄다 제 집도 아니면서 들어와서 한숨 쉬었다. 아침인데도 움직이지 않고 곤하게 자는 것을 우리는 깨운 셈이다. 예지는 경악하면서도 차분히 쓸어 담았다. 만지기에는 모두 징그러운 것이다. 예지는 휴지통에 버리려고 했다. 나는 쓸어 담은 쓰레받기 채 들고 바깥에 나가 도구(물곬)에 탁탁 틀며 쏟았다. 꼽등이는 힘없이 미끄러졌다. 누가 집을 꿰차고 들어갔을까 만, 곤충이야 무슨 죄가 있을까!

가비 갈 물건을 챙겼다. 점장은 커피 담는 포대기 있으면 따로 챙겨 달라고 했다. 챙겼다. 사동 조감도에 쓸 롤 휴지가 다되어서 모 통상에 주문 넣었다.

점심때, 사동 조감도 제빙기 이상이 생겨 잠깐 들러 확인했다. 얼음은 어는데 속이 하얗다. 맑고 투명하여야 제대로 된 얼음이다. 원인을 몰라 관련 회사에 전화하니 물 분사구가 막히면 그럴 수 있다며 얘기한다. 내부를 뜯고 청소했다. 다시 조립하고 대구 모 카페 커피 배송 가는 길에 예지는 사진과 문자를 보냈다. 모두 정상이다.

내일 다이노, 에르모사에 들어갈 커피 챙겼다. 오래간만에 지리산 휴게소에서 사업하는 장섭 군의 문자다. 생두 챙겨서 택배 보냈다.

저녁, 『사통史通』을 읽었다. 유지기가 쓴 사통에서는 여러 사서가 나온다. 나는 이 중에 사마천의 사기와 반고의 한서나 범엽의 후한서만 읽었다. 이 책은 여러 사서를 비평하는 책이다. 기전체紀傳體와 편년체編年體의 장단점이라든가, 붓을 잡을 때 꼭 지켜야 할 사항 같은 것이다. 번역서라 원문도 실어서 번역문만 읽는다면 오래 걸리지는 않겠다.

최동호 시인께서 쓴, 시제 「빗방울」을 읽었다. 묘사가 탁월해서 필사해본다. 새벽바람을 불러오는 목탁소리라 했으며 먹물 든 산 그림자를 지우고 있는 사람이라 했고, 마당을 북처럼 두드리다 바다로 가는 빗방울이라 했다. 종연은 더욱 압도적이다. 머리에 피뢰침을 꽂고 간 요절 시인이라 했다.

鵲巢日記 16年 09月 21日

맑았다. 오전 11시 53분에 또 땅이 흔들렸다. 재난문자는 규모 3.5라 했다. 이때 동원이 가게에 있었다. 건물이 흔들렸고 땅 밑 으르렁거리는 소리도 들었다.

오전, 동원이 가게에 다녀왔다. 이제 동원이는 혼자서 일한다. 김 군은 지난 일요일에 일을 그만두었다. 월요일은 쉬었으니 어제 하루 혼자 영업한 셈이다. 하루 해보니까 못할 것도 없다며 자신 있게 말한다. 하지만, 어느 정도 시기 봐서 아르바이트 한 명은 구해야 할 것이다.

동원이는 카페리코 커피를 쓰지 않는 곳은 모두 이단이며 특히 교육생 출신으로 쓰지 않는다면 그건 반역이라 했다. 동원이 가게 다이노는 매출보다 커피가 많이 나가는 업소다. 그렇다고 다른 목적으로 쓰는 경우는 절대 없다. 오로지 매장에만 쓴다. 그러니 다른 업소는 얘기 안 해도 짐작이 간다. 국가도 애국자가 있었으며 반역자 매국노도 있었다. 사업도 마찬가지다. 하지만, 사업은 국가와 다르다. 정말 올바르게 고객 앞에 서려면 모두 홀로서기 해야 한다. 동원 군에 바르게 설 수 있도록 로스팅에 관한 정보도 전달한바 있다. 하지만, 동원이는 오로지 카페리코만 고수한다. 동원이 가게가 아주 잘 되었으면 하고 마음으로 빌고 또 빈다. 젊은 친구가 저리 애쓰는 모습을 보니 한편으로는 마음이 애틋하다.

밀양에 다녀왔다. 터널 몇 개를 뚫고 지났는지 모르겠다. 고가도로 위 씽씽 달리며 첩첩 산을 보며 밀양 에르모사에 향했다. 밀양에 도착하자 자리 앉아 그간 소식을 주고받았다. 조금 전에 땅이 흔들렸는데 여기도 그랬느냐고 물었다. 상현이는 미소 띤 얼굴로 고개 끄덕였다. 이제는 아무렇지 않은 반응으로 지진은 늘 있는 양 일을 한다.

상현 군은 해물 스파게티를 아주 맛있게 한 그릇 만들어왔다. 언제나 들리면 이 한 그릇은 꼭 대접하고 싶다며 말한다. 조개 하나씩 까며 먹고 있었다. 여기 고객이다. 할리 데이비슨도 아니고 그렇다고 가벼운 오토바이는 더욱 아니다. 앞 동태가 두 개다. 자동차만 한 길이로 좀 큰 오토바이로 보이는데 남녀 두 사람이 내리더니 매장에 들어온다. 점심 먹고 커피도 한 잔씩 주문해서 마셨다. 상현이는 아주 정성스럽게 서비스하는 것을 곁눈질로 보았다. 그리고 손님은 가셨다. 오토바이 타기 전에 준비하는 모습을 유리창 너머 보았다. 남자는 키도 작고 볼 품 없다만, 여자는 다리맵시 좀 있어 보인다. 상현이는 손님 가실 때까지 오토바이 옆에 서서 뭐라고 얘기 나누는 것 같았다. 그리고 웅장한 오토바이 손님은 씽 갔다. 상현이는 들어와 나에게 한마디 했다 '저 두 분, 우리 집 단골손님입니다.' 근데 부부는 아니예요. 두 분 애인 사이입니다. 남자 손님은 무엇을 하는지 여자 손님은 또 무엇을 하는지 소상히 얘기해주었다. 남자는 산부인과 의사로 부동산까지 덤으로 하여 돈 꽤 벌었다. 여자는 모 대학 교수로 동양화 전공이다. 예술계는 전시실이 필요하다고 했다만, 그 뒤로 손님이 오셔 자세한 얘기는 듣지 못했다. 어쨌거나 손님께 신경 쓰는 모습은 A+다.

상현이는 앞으로 계획은 어떻게 나가겠다고 얘기해주었다. 에르모사 진로 방향을 세운 것이다. 외식 전문가가 다 된 모습을 본다. 아직 총각이지만, 연애 한 번 못한다며 토로하는 상현이다.

저녁, 안 사장 다녀갔다. 본부 바깥에 서서 지진에 관한 얘기를 나누다가 북한 핵 이야기도 있었으며 미군 B-1B 폭격기 얘기도 있었다. 무엇보다 안 사장 휴대전화기에 저장된 뮤직비디오 몇 편을 함께 감상했는데 나는 아주 놀라웠다. 안 사장은 음악에 취미를 둔다. 6, 70년대 기타 음악은 죄다 다운받아 소장하고 있었다. 그 중 몇 편을 보여주었지만 솔직히 모르는 음악이었다. 이건 알 거라며 두 편을 더 소개했는데 징기즈칸과 보니엠이다. 정말 오래간만에 보았다. 징기즈칸 음악을 들었을 때 왜 그리 유치한지, 보니엠의 음악을 들었을 때는 옛 생각이 지나간다. 고등학교 때였지 싶다. 참 많이 듣던 음악 중 하나였다.

鵲巢日記 16年 09月 22日

흐렸다. 조용한 하루를 보냈다.

며칠 아니 몇 주 상간에 땅이 흔들렸다. 자주 지진이 나니까 이제는 유언비어까지 돈다. 이번주 토요일 오전, 규모 7정도 되는 지진이 올 거라는 예상을 일본 어느 전문가가 말했다는 얘기까지 들리니 말이다. 이런 와중에 일본에서는 규모 6.3 정도의 지진이 있었다는 뉴스까지 듣게 되었다. 일본 판도와 우리나라 판도는 판이하게 다르며 그 영향도 전혀 관계없다고 얘기하지만, 꼭 그렇지만은 않게 들린다.

아침 거래하던 시장에서 전화가 왔다. 진열장 수리가 다 되었던 모양이다. 정오에 기계를 실어왔다. 대평지구에 들어갈 기계도 함께 실어오겠다고 했지만, 아직 내부공사가 끝나지 않아 천상, 미루었다. 내부공사를 맡은 장 사장은 오늘 칠한다며 기계를 들일 수 없다고 딱 잘라 말했다.

점심, 보험하시는 이 씨가 왔다. 본부에 가까운 보쌈집에서 점심 함께 먹었다. 아내는 몇 주 전에 이齒를 치료한 적 있다. 관련 병원에 치료했던 자료를 챙겨 드렸다. 이 씨는 삼성생명에 다녔다. 삼성생명 다녔을 때 보험 몇 건 가입했다. 아내 보험과 촌에 아버님과 어머님 관련 보험도 들었다. 지금은 보험을 종합적으로 보는 회사에 자리를 옮겼다. 삼성과 아무런 관련이 없어도 이리 챙겨주시니 감사하다.

오후, 조감도에서 책 읽었다. 유지기의 『사통史通』을 읽었다. 유지기의 글은 여러 사서를 넘나들며 잘잘못을 이야기한다. 모두 중국역사다. 사기와 한서 그리고 다른 역사서다. 글을 어떻게 적어야 하는 것인가 하는 그런 얘기다. 전에 반고의 한서를 읽을 때였지 싶다. 당시, 한漢의 역사를 적은 사람이 꽤 있었다. 그나마 지금까지 남아 내려오는 것이 반고가 쓴 한서다. 붓을 잡은 이는 상당히 많다. 그 중 살아남은 인冊은 불과 몇 명 되지 않는다.

나는 일기를 적으면서 많이 뉘우친다. 하루를 너무 무책임하게 보내지는 않았나 하는 생각과 더 올바른 방향으로 이끌어야 했음을 후회할 때가 있다. 추석 쉬고 나서는 경기가 매우 안 좋다는 것도 느낀다. 어제는 경산문인협회에서 전화가 왔다. 년 회비와 일 년에 한 번 내는 작품집에 글을 내라는 전화였다.

『사통史通』을 그만 읽을까 보다. 약 1/3 읽었다만 내용은 모두 중국 사서를 비판하는 것으로 당나라 때 유지기가 쓴 글이다. 유지기는 사관을 역임했다. 자꾸 읽을수록 집중이 안 되며 읽어 뭐하나 하는 생각도 든다. 우리나라 역사도 제대로 알지도 못하면서 분에 넘친 짓거리 같다. 오후, 고구려에 관한 책을 샀다. 고구려에 관한 글을 읽어야겠다.

鵲巢日記 16年 09月 23日

꽤 맑았다. 하늘은 꽤 높고 저 먼데 산은 선명했다.

오전, 장 사장께서 맡은 내부공사를 확인했다. 영대 생물학과 교수로 각종 곤충 표본실과 회의와 강습용으로 꾸몄다. 약 30평 정도 된다. 이제 막 새로 해놓은 거라 안은 새 옷처럼 깔끔하고 예쁘기만 하다. 장 사장과 대화를 나누다가 놀라운 사실을 알게 되었다. 신대부적에 개업한 모 카페가 있다. 약 50여 평 정도 되는 제법 규모를 갖춘 집이다. 주차장도 여기는 널러 전체 카페 면적은 꽤 된다. 하루 매출 150정도 올린다고 했다. 유명 체인점도 아니라서 나는 이 말이 믿기지 않아 거짓말처럼 들렸다. 대구 유명 브랜드도 그만큼 올리지 못한다며 딱 잘라 말했더니 생색하며 오히려 더 강조한다. 그러니 그런가 보다 하며 또 믿는다. 이만한 매출을 올리려면 안은 미어터져야 한다. 개업한 지 이제 한 달이다.

장 사장의 말은 가끔은 자극이 된다. 주말 문화 강좌를 개최하고 또 기존 거래처 관리도 더불어 하지만 분명 문제는 나에게 있다. 카페 사업이 정체되어 있음은 맞는 말이다.

오후 본부 옆, 건물 짓는 광경을 잠시 보았다. 인부 한 사람이 이쪽으로 걸어오더니 여기에 세워둔 자판기 커피 한 잔 뽑으며 한마디 한다. '커피 하루에 몇 잔은 애용합니다.' 하는 것이다. 인부께 여쭈었다. 저 건물 1층이 다 지요? 했더니 그렇다는 것이다. 그러니까 건물은 다 지은 거나 다름없다. 무엇이 들어올지는 지켜보아야겠지만 전에 주인장께서 했던 말이 생각난다. P

업체가 들어올지 L 업체가 들어올지는 말이다. 나대지가 건물로 들어서니 동네 이미지는 깔끔하게 변했다.

오후, 조감도에 한성 사장이 방수용역업체 인부를 보냈다. 옥상에 올라가 틈이 갈라진 부분을 찾았다. 하얀 페인트로 표시했는데 나는 들여다보아도 모르겠다. 그리고 방수페인트를 군데군데 발랐다. 잠시 땜질하는 것처럼 보인다.

병원과 한학촌에 커피 배송 갔다가 본부 들어오니 마치 약속이라도 한 듯 '책' 배달하는 기사와 마주쳤다. 어제 주문한 책을 받았다. 『고구려는 천자의 제국이었다』 책 앞부분 몇 단락 읽었다. 민족의 발원과 그 뿌리를 얘기한다. 고구려는 고조선의 강역인 옛 땅을 이었으며 북부여에서 발원한 우리의 민족이다. 우리의 사서 삼국사기나 삼국유사, 중국의 사서를 빌려 설명한다.

늦은 저녁에 맏이와 집에 들어올 때였다. 맏이 준이는 오늘 학교에서 한국사를 배웠다. 이 중 발해 멸망 원인을 얘기했다. 모두 세 가지 설이 있다. 첫째는 백두산 화산 폭발이 원인이라는 설, 둘째는 지배계층의 분열 셋째는 외부세력 거란 침입으로 보인다고 했다. 그래 너는 이중 원인이 무엇이라 생각하느냐고 물었더니 '복합적이지 않을까요.' 하며 대답한다. 중국의 동북공정에 관한 얘기, 그러니까 발해 역사를 중국인은 자기네들 역사라며 일컫는 것과 일본인은 만주 역사라며 우기는 상황이다. 중국의 동북공정을 막지 못한다면 우리의 선조가 활동한 옛 강역은 물론이거니와 지금의 북한 영역은 모두 중국 땅이 된다. 그러니 역사를 바로잡는 일이야말로 무엇보다 중요하겠다. 모처럼 맏이 준이 얘기를 들으니 뿌듯했다. 역사에 관해 제대로 배운 것 같아서 말이다.

영화 〈터널〉을 다운 받아 보았다. 이 영화를 보면서 사회가 무엇인지 깨닫게 한다. 함께 사는 사회 말이다. 부실공사로 인한 터널 붕괴와 터널에 갇힌 한 생명을 두고 구조작업, 그리고 이 사실을 보도하는 여러 매스컴의 활동과 또 얽히고설킨 이해관계 우리 사회의 현주소를 바르게 표현했다고 해도 과언은 아닐 것이다.

어제는 영화 〈인천상륙작전〉을 다운받아 보았다. 이념은 피보다 진하다는 말, 물론 공산주의자들의 말이다. 이념이 어떻든 모두가 잘살아 보자며 민족은 사상으로 갈라서게 되었다. 지금은 좋은 시대에 사는 것만은 분명한 것 같다. 이념과 사상은 자유가 되었으니까! 어찌 되었든 한반도는 쑥대밭이 되었다. 맥아더는 민족의 영웅으로 추대 받는 듯 그렇게 보인다.

지금 상황은 어떤가! 매일 북한 김정은의 핵 공격에 관한 얘기와 우리의 대응으로 신문, 뉴스, 어느 네트워크에 검색이 안 되는 데가 없다. 심지어 '선제공격론'까지 얘기한다. 북한도 마찬가지다. 우리에 대한 그들의 비방은 예나 지금이나 별 차이는 없다. 이러다가 정말 전쟁이 일어나는 건 아닌지.

어쩌면 경기불황의 타개책으로 전쟁으로 모면하자는 것 같은 느낌도 든다. 이래나 저래나 죽기 마찬가지라는 것이다. 지진까지 더해 분위기는 더욱 어수선하다. 아까 맏이 준이가 했던 발해의 멸망이 스쳐 지나간다.

鵲巢日記 16年 09月 24日

맑았다.

오전, 토요 커피 문화 강좌를 개최했다. 새로 오신 분이 다섯 분 있었다. 카페 개업하는 데 비용이 얼마나 드는지 체인점 개설비용은 어떻게 하는지 질문 있었다. 13년 전이었던가! 그때도 카페가 참 많았다만, 커피 하는 사람으로 기우는 자판기 사업을 접고 차렸던 카페였다. 다섯 평으로 시작했다. 그때나 지금이나 카페가 많은 건 사실이다. 조금 다른 것은 카페가 들어갈 곳 같지 않은 곳도 요즘은 들어간다는 게다. 경제활동의 첫 시작 그러니까, 사회에 첫발은 카페에서 시작하는 것 같은 느낌도 든다. 그만큼 많이 차리는 것이 카페다. 사람은 비전을 잃은 건지 아니면 정말 비전을 본 것인지 누구나 한 번쯤 해보는 사업이 카페가 되었다. 오늘도 꽤 많은 분이 오셨다. 그간 커피 경력을 짧게 소개했다. 로스팅 수업했다. 오 선생께서 수고했다.

정문 기획 사장께서 전화다. 전에 맏이와 함께 스페인 여행 다닌다며 소식이 온 이후 첫 전화다. 점심 함께했다. 사동에 무슨 만두집 가게에 갔다. 체인점이다. 약 15평에서 20평 정도 되는 가게다. 만두는 중국 음식 아닌가! 내부 공간미는 일본풍이다. 물론 일본을 다녀온 경험은 없지만, 분위기가 그렇다. 만두는 종류가 다양하다. 두 가지 정도 주문해서 먹었는데 맛이 독특했다. 메뉴 하나에 어떤 것은 만두 2개가 담긴 것도 있고 어느 것은 8개 든 것도 있다. 2개 든 것은 그 크기가 어린애들 손바닥만 하다. 모두 맛이 꽤 있어 둘째 생각에 만두 2인분 주문했다. 가만 생각하니 사동 조감도에 가까운 곳이라 직원 생각해서 2인분 더 주문했다. 둘째는 만두를 꽤 좋아하는데 일주일 만두 없이 보내는 날이 없을 정도다.

오후, 울진 더치 공장 운영하신 이 사장께서 본점에 오셨다. 오늘 볶은 커피 30봉을 차에 실었다. 이 사장께서 내린 더치를 맛보았다. 우리가 내린 더치도 함께 맛을 비교하며 보았는데 큰 차이는 없었다. 우리는 한 병씩 정성껏 내린다지만, 이 사장은 대량으로 뽑아내는 설비를 갖추고 있으니 훨씬 경제적이었다. 커피 한 봉에 300㎖ 용량 더치가 약 16병 뽑는다고 했다. 우리는 130g에 300㎖ 한 병을 뽑으니 말이다.

사동, 옥곡, 청도에 커피 배송 다녀왔다. 옥곡은 마침 점장께서 가게를 보고 있었다. 현관문 앞에 손님이 쉽게 드나들 수 있게 방부목으로 받침대 해놓은 일 있다. 이것도 8년의 세월이 지나니 낡고 후지며 어느 곳은 움푹 빠질 듯 삭기까지 하여 목수께 견적을 의뢰했다며 얘기한다. 문 앞에 깐 방부목 받침대를 수선하는데 약 100여만 원 들어간다고 한다. 가게를 보수하며 이미지를 바꿀 필요는 언제부터 가져야 했지만, 그간 돈이 없어 하지 못했다. 이제야 고친다니 반가운 말이다.

사동에 들렀을 때다. 점장도 있었고 함께 일하는 아주머니도 있었다. 아주머니는 방금 볶은 커피를 신문을 펼쳐놓고 쏟은 다음 부채로 부치고 있었다. 연기가 모락모락 나며 식어간다. 콩을 자세히 보니 볶은 시점은 잘 맞추었으나 들어내고 식힐 때 타는 과정은 미처 생각지 못한 것 같다. 그러니까 조금 늦게 뺀 것 같다. 조금 진하게 보였다. 드립 한두 잔 내리기에는 결코 부족한 양은 아니다. 조그마한 밥솥 같은 로스터로 볶았다.

저녁에 조감도에서 오 선생과 대화를 나누었다. 본점에 일하는 직원 한 분이 일을 그만두고 싶다는 내용이다. 집 안에 무슨 일이 생긴 건지 자세한 것은 이야기하지 않아 모르는 일이다만, 새로운 사람을 구했으면 하고 보고했다. 2월쯤에 들어왔으니 만 8개월 일했다. 새로운 사람으로 어떤 사람이 좋을지 서로 의논을 가졌다. 오 선생은 여러 사람을 거론했지만, 그래도 젊은 사람이 좋을 것 같아 그렇게 했으면 하고 조언했다. 오 선생은 이 씨가 그간 일을 참 잘해주었다며 한마디 했다. 이 씨는 11년 3월 14일에 카페리코 교육등록을 하였다. 약 두 달간 커피 교육을 받았다. 그간 중앙병원에서도 또 다른 분점에서도 일한 바 있다. 중앙병원 점장께서도 이 씨를 꽤 칭찬한 바 있다.

늦은 저녁에 『고구려는 천자의 제국이었다』 책 읽었다. 광개토대왕과 장수왕 시절 국제 정세를 읽었다. 중국은 이때 오호 16국 시대를 맞았는데 북위에 사관이었던 최홍이 쓴 『16국춘추十六國春秋』로 이 시대를 대변한다. 사실은 십육국 이상이었다. 그만큼 중국은 혼란의 시대를 맞았다. 이러한 시대에 장수왕은 주변국에 대한 사신을 파견하며 국제정세를 알려고 노력한 사실을 알게 되었다. 고구려는 광개토대왕과 장수왕 시절에 최대의 전성기를 맞았다. 정치가 안정되니 국민의 생활이 안정되었으며 국민 생활의 안정은 곧 국부를 창출하여 이웃 나라도 넘보지 못할 만큼 강력한 힘을 가졌다. 대학의 수신제가修身齊家 치국평천하治國平天下라는 말은 이를 두고 한 말이겠다.

본점 11시 34분에 마감했다. 경모가 애썼다.

鵲巢日記 16年 09月 25日

맑았다.

조회 때다. 배 선생과 김 군, 예지가 있었다. 스페인 여행에 관한 얘기가 있었다. 배 선생은 몇 년 전에 다녀온 일이 있는데 약 400만 원 경비로 보름이 걸렸다고 했다. 스페인 명소로 아직도 짓는 성당이 있다. 가우디 성당이라고 했던가! 어제 정문기획 사장님께서도 이 성당에 다녀왔다며 얘기했다. 기획사 사장님 말씀으로는 지금까지 건축은 백 년 넘게 걸렸으며 완성은 한 10년은 더 지나야 할 것 같다며 얘기했다.

예지는 남천으로 이사 갔다. 오늘 아침은 이사한 새집에서 첫 하룻밤을 자고 출근했다. 예지 말로는 아주 촌 골짜기며 집까지 들어가는데 비포장도로라 했다. 동네에 마트 갈 일은 없다. 마트가 없으니까! 출근은 예전 집보다 거리상 그렇게 먼 곳도 아닌가 보다. 비포장도로 지나는 것이 문제지 자동차 전용도로 오르기만 하면 10분 채 걸리지 않는다.

본점 일하는 이 씨와 아침에 커피 한 잔 마셨다. 이 씨는 오래 일하지 못해 죄송하다는 말을 했다. 어쨌거나 허리가 안 좋기는 안 좋은가보다. 자리 앉는 모습도 바르게 앉기보다는 비딱하며 무언가 불안한 자세다. 허리 좋지 않은지는 꽤 됐다고 한다. 심할 때는 잠을 못 이루고 깰 때도 있다니, 병원에서는 수술해야 할 정도로 말이 있었다고 한다. 수술 들어가기 전, 최대한 운동이나 물리치료를 해보겠다며 얘기한다. 이 씨는 경술년 개 때 생이니 아직 오십이 넘지 않았다. 이 씨와 오래간만에 대화 나눈 것 같다. 아무쪼록 몸이 완쾌되었으면 한다.

오후, 맏이 준이와 함께 본점에서 책 읽었다. 맏이에게 책 한 권 읽으라고 건넸다. 처음부터 꼼꼼히 읽으면 지루할 것 같아, 책의 내용을 대충 설명하고 단락마다 중요한 내용을 두루마리식 끊어 요약한 부분만 읽게 했다. 다 읽은 소감을 서로 얘기 나누었다. 책은『폰더 씨의 위대한 하루』다. 맏이랑 대화할 좋은 기회를 마련한 것 같다. 준이는 이 책 내용을 아주 호평한다.

아이가 서점에 볼일 있어 태워다 주고 정평동 세차장에서 세차했다. 저녁에 잠깐 조감도에 올라 오 선생 빵 굽는 일을 들여다보다가 또 제빙기가 시원찮다는 보고다. 제빵기도 하나 더 있었으면 하는 바람이다.

아무래도 전쟁이 일어날 것 같다. 중국의 대북제재와 관련하여 단둥지역 최대의 갑부이자 전국인민대회 대표 마샤오훙(馬曉紅, 북한 핵 개발에 적극적으로 도움을 준 중국 기업인, 북한 정권 장성택과도 깊은 관계가 있다며 말하는 이도 있다. 이건 일본 말이다.), 중국 당국에 체포되었다는 신문 사설내용, 중국 매체들이 북한 김정은 정권을 비난하는 이례적인 보도, 이것은 중국도 더는 우호적으로 바라볼 수 없다는 내용이다. 미군 폭격기 비행연습과 각종 매스컴의 북한 정권 타격에 관한 발언은 범상치 않아 보인다. 전쟁이야 일어나겠냐만은 모를 일이다.

鵲巢日記 16年 09月 26日

꽤 흐렸다. 아침에 잠깐 비 내리다가 말았다. 오후에도 잠깐 내렸다.

대구, 칠곡에서 전화가 왔다. 토스트 전문점을 운영하는 사장이다. 교육받고 창업한 지 5년은 됐지 싶다. 기계 중간 온수 뽑는 밸브에서 물 계속 샌다는 거였다. 기계는 전기 꺼 놓은 지 꽤 됐다고 했다. 조감도에서 조회 마치고 곧장 칠곡에 향했다.

여기는 전문대 교문 앞이라 손님이 꽤 많다. 모두 학생으로 토스트 사려고 줄 이었다. 주방에 들어가 기계를 분해하고 들여다보니 노즐이 낡아 터진 것 같다. 커피 뽑는 밸브 위 플라스틱 뚜껑도 낡아 하나는 이미 터졌고 스팀 노즐도 나사가 풀렸는지 건들거렸다. 모두 수리한 시간이 12시 30분쯤이었다. 사장은 토스트 하나 구워 주신다. 학생들이 줄 이을 정도로 맛이 꽤 있었다. 교육하면 집안 사정도 어떤 때는 개인의 소상한 일도 알게 된다. 교육받으실 때가 50 중반 갓 넘었을 때니 올해 환갑이시겠다. 사모님과 단 둘이서 토스트 구워내느라 여간 바쁘다. 함께 일하는 모습이 좋아 보인다. 인사드리고 본부에 곧장 왔다.

본부 오는 길, 아내 오 선생 전화다. 어떤 손님인데 전화하며 어찌나 짜증과 불만을 토로했는지 죄송스러웠다는 얘기다. 무슨 일이냐고 물었더니 네이버 검색 창에 조감도 전화번호와 주소가 나오지 않으니 잘못된 정보로 딴 곳에 갔다는 것이다. 나의 불찰로 오 선생이 욕 꽤 먹은 셈이다. 본부에 와, 전화번호부에 곧장 등록했다.

오후, 압량에 커피 배송 다녀왔는데 이곳에 일하는 오 씨 얘기다. 하루에 서너 통은 사동 조감도로 착각하고 길 묻는 전화다. 주말이면 10통, 명절이면 3배나 된다며 한마디 하는 거였다. 전화 우째 좀 하라는 것이다. 네이버 검색하면 압량 조감도만 올라와 있으니 사동을 오인해서 오시다가 자리가 없어 큰 낭패 본 셈이다.

충청도 서산, 경기도 화성에 갈 커피를 택배로 보냈다. 청도 운문에 들어갈 커피 케냐를 급히 볶아 가져가게끔 조감도에 비치했다.

연然

아주 오래간만에 만난 클래식처럼

폭 삶은 감자

껍질처럼

진대법賑貸法은 기록상 우리나라 최초의 빈민구제법이다. 매년 3월에서 7월까지는 춘궁기로 식량이 부족할 때 나라의 곡식을 내어 백성들에게 빌려주었다가, 추수가 끝난 10월에 되돌려 받는 제도다. 이 제도를 시행한 임금은 고구려 제9대 고국천왕이다. 이 법과 관련해 이름이 오르내리는 인물은 을파소다. 을파소는 조선을 얘기하자면, 황희 정승에 비유할만하다. 을파소는 어느 부락(당론이나 색깔에 치우지지 않은)에도 속하지 않았으며 원래 농사꾼 출신으로 관포지교管鮑之交라는 숙어도 있듯 친구 덕에 정치에 몸담았다. 조선은 진대법에 대신할 만한 제도로 환곡이라는 구휼제도가 있었다. 요즘은 춘궁기에 식량이 부족해서 굶어 죽는 사람은 없다. 오히려 취업난에 일자리를 구휼할 판이다. 그러니 정부는 일자리 마련하는 것이 급선무다. 이에 보조라도 하듯이 각종 금융제도로 창업에 내모는 것도 사실이다. 그러니 가계부채가 OECD 국가 중 최고라느니 또 증가속도가 그 어느 국가보다 높다고 한다. 참! 오늘 신문이었던가! 부채 증가속도가 이들 국가 중 3위라고 했다. 실은 임금수준과 물가사정 정부에서 마련한 최저임금은 노동자 측에서나 사용자 측에서나 어느 쪽을 봐도 맞지 않는다. 그만큼 정규직과 비정규직과의 임금 격차도 높아 소득불균형은 심각하다. 재능, 기회, 행운, 노력 이 시대에 무엇이 가장 어울리는 옷인가! 을파소와 같은 황희와 같은 명재상에 앞서 강력한 왕권에 따르는 대통령으로 자본주의의 심각성을 타파했으면 하는 바람도 있다.

鵲巢日記 16年 09月 27日

대체로 흐렸다.

오늘 종일 편두통으로 꽤 불편했다. 아침 조회 때 배 선생은 이제 본부장님께서도 나이 들어간다는 뜻이라며 한 말씀 하신다. 나는 그런 것인가 하며 생각한다. 이 순간에도 항아리에 망치로 톡톡 두드리듯 통증이 있었는데 눈살 찌푸리기까지 했다. 조감도 점장 배 선생은 타이레놀이나 게보린을 먹어야 한다고 했지만, 어떤 때는 이것도 듣지 않는다고 했다. 이때는 병원에 가, 진한 처방으로 약을 먹는 것이 좋다며 얘기한다. 두통으로 스트레스 받는 것보다는 개운한 머리로 하루 보내는 것이 낫다는 얘기다. 본부에 다시 들렀을 때 편의점에 들러 타이레놀 사서 4정을 먹었다.

대평지구 영대 모 교수께서 여신 카페 ○○에 들어갈 기계를 실었다. 조감도에서 예지가 도왔다. 제빙기는 마침 서울서 물건을 싣고 온 화물 기사께 부탁하여 대평동으로 향했다. 장 사장이 기다리고 있었는데 자리 대충 정해서 기계를 놓고 나머지 기계는 내일 시장에서 오니 그때 다시 보도록 했다.

장 사장은 이곳 말고도 도로 건너 화원에도 일이 있는지 그곳으로 나를 안내했다. 카페에서 보면 불과 몇 미터 떨어지지 않는다. 화원은 어항도 있고, 어떤 큰 유리관은 하늘소만 키우는지 꽤 많았다. 아직은 어수선하다. 이제 무엇을 갖추려고 준비하는 단계다. 이곳은 영대 모 교수의 생태학 실습장이며 어린이에게 보여줄 학습장이기도 하다.

점심은 장 사장과 함께 먹었다. 여기서 얼마 떨어지지 않은 정평동에서 고등어 정식으로 했다. 장 사장은 그간 내부공사하며 어려운 얘기를 한다. 지금 가게는 옆 공간까지 얻어 확장하여 만들었다. 전에는 무슨 가게로 썼는지는 모르겠다만, 밑바닥이 움푹 파여 흙을 돋워서 미장한 부분이 있고 또 어떤 부분은 금속을 되어 마룻장을 붙였다. 전체적인 공간미는 아주 잘 나왔다. 이번 건은 생태학 실습에 맞게 나비 표본실로 조그마한 상자 같은 것이 포인트다. 입구에 들어서면 양쪽 벽에 모두 그 조그마한 상자를 볼 수 있다. 조금 더 들어가면 주방이 있고 주방 옆은 작은 방 하나가 있다. 이 방은 강의실로 이용할 수 있으며 단체실로 이용도 가능하다. 전에 교수님께서 한 말씀 주셨는데 현미경과 컴퓨터 모니터를 놓아두겠다고 했다. 미세한 어떤 생물도 들여다볼 수 있다는 것이다.

식사 마치고 정평에 카페 하나 소개했다. '그놈의 커피' 여기는 이용할 수 있는 테이블이 모두 세 개뿐이다. 점장 김 씨는 외근이라 없었고 직원이 있었다. 시원한 아메리카노 두 잔 주문했다. 한 30분쯤 지났을까 점장은 급히 들어왔는데 몇 달 만에 본 거라 아주 반가웠다. 몸이 꽤 좋다. 헬스를 한다. 팔뚝이 굵고 어깨가 전과는 많이 다르다. 나는 그 팔뚝 좀 만져보고 싶다며 얘기했더니 웃는다. 요즘 더치커피 홍보로 바깥 영업을 많이 다닌다. 점장 김 씨는 직원에게 이 분이 카페리코 사장님이시자 조감도 사장이라며 소개했다. 직원은 무척 놀랐는데 경산에 모든 카페리코와 그렇게 큰 조감도를 운영하시느냐며 놀라운 눈빛으로 얘기하는 거 아닌가! 자리 앉아 있기가 좀 난감했다. 방금 내려주신 커피 아주 맛있다며 얼버무렸다. 직원은 전에 경산 모 카페에서 일한 바 있고 이곳에서 일하게 되었다. 그는 구레나룻이 참 멋있다. 진짠가 싶어 점장 김 씨에게 물었다. 진짜다. 솔직히 말하자면 그 수염도 함 만지고 싶었다. 수염은 그렇게 길지는 않았으며 약 5mm 정도로 자라 보였다. 키는 작고 온화한 느낌이라 상대에게 호감 가는 상이다.

오후, 중앙병원, 본점, 조감도 커피 배송했다. 조감도에 제빙기 AS기사가 왔다. 물 뿜는 어느 부품을 바르게 해주고 갔다.

저녁, 카페 우드에 다녀왔다. 집에서 농사지은 거라며 삶은 밤과 대추를 가져오시어 점장님과 사장님 그리고 준과 찬 모두 앉아 함께 먹었다.

고구려 역사에 관한 내용을 읽다가 후기에 이르렀을 때 국력이 꽤 약했는데 원인은 역시 내부분열이다. 왕권이 강한 시기는 대체로 정복군주가 이끄는 시대였다. 전쟁과 왕권 강화는 밀접한 관련이 있다. 왕권이 극구 약한 시기를 읽다가 조선 시대를 생각했다. 조선은 고구려 역사와 달리 왕정 시대를 충분히 들여다볼 수 있는 사료가 충분하다. 내부조정이 아니라 외부 즉 북벌을 주장하고 시행에 옮겼으면 하는 시기가 있었다. 효종 때다. 만약 북벌을 도모하였다면 조선의 신분제도는 타파하였을 것이고 서양의 문물도 더욱 빠르게 받아들였을 것이다. 정치는 왕이라고 해서 안전한 것도 아니었다. 조선이 강력한 사대부가 있었다면 고구려는 왕권을 둘러싼 외척과 귀족세력이 있었다. 광활한 땅을 가졌던 고구려도 궁정을 바로 잡지 못하니 그 어떤 외부세력도 막을 수는 없다.

鵲巢日記 16年 09月 28日

흐렸다. 간간이 비가 왔다.

폼을 들고 나르고 망치로 치고 어떤 무게감 있는 널빤지 하나 포개듯 소리가 요란하다. 망치 소리는 끊이지 않는다. 본부 옆은 대형 커피 전문점 하기위한 카페 건물을 짓고 있었다. 아침 조회 때 얘기다. 대구 성서 쪽이다. 대형 커피 전문점이 생겼다며 얘기가 나왔다. 1층에서 6층까지 공간이 트였다며 조감도 점장 배 선생은 얘기한다. 우리는 1층과 2층 조그맣게 터놓았지만 말이다. 어제는 카페 우드에 들렀을 때 우드 점장께서는 황금동에 200평대 카페가 생겼는데 가보지 않았느냐며 묻기도 했다. 네이버 검색하며 들여다보았다. 카페 규모가 장난이 아니었다. 나는 이러한 카페를 보며 땅값 대비 수익성은 나오는지 의문이었다. 물론 조회 때 나온 카페가 전부는 아니다. 요즘 어느 곳에 가더라도 대한민국은 우후죽순雨後竹筍처럼 카페가 많이 생긴다.

어제 하루 매출은 개점 때처럼 저조했다. 불안하다.

오후, 대평동 신규 카페에 다녀왔다. 어제 다 못 들어간 잔여 기계가 들어갔다. 시내 냉동기 관련 대리점에서 하부 냉장고, 냉동고, 오븐, 진열장을 가져왔다. 정수기 허 사장도 왔다. 에스프레소 기계와 온수기, 제빙기에 물을 공급할 수 있게 선을 연결했다. 기계 들이기 전에 이미 가구가 들어 와 있었는데 테이블이 모두 7개다. 가게 평수 대비 조금 가득 찬 기분이다. 점주 장 선생도 교육받은 장 씨도 내부공사 맡은 장 씨, 모두 장 씨다. 기계 다 들이고 나서 내부공사 맡은 장 사장이 한마디 했다. 배도 출출한데 끄레마 듬뿍 들어간 짜장면 한 그릇 합시다. 그러니까 점주 장 선생께서 벌건 끄레마 듬뿍 들어간 짜장면 좋지! 하며 바로 주문 들어간다. 한 십여 분 있으니까 금방 배달 왔다. 만두 한 접시 서비스로 들어온 것 같은데 점주 장 선생께서 한마디 하는 거다. 이건 뭐꼬? 그러니까 옆에 있던 장 사장은 조각 케이크 아닌교! 우리는 모두 그 조각 케이크 두 점씩 간장에다가 혹은 짜장면 먹다가 남은 소스에다가 찍어 먹었다. 접이식 도어를 활짝 연 가운데 바깥은 비가 쫄쫄 내리고 있었다. 지나는 차 소리 들으며 장대 같은 아파트가 바라보는 카페에서 먹었다.

한학촌에 커피 배송 다녀왔다.

저녁, 고구려에 관한 글을 읽었다. 왜 고구려는 삼국을 통일할 수 없었을까? 고구려는 정복군주였던 광개토태왕과 장수왕 때가 가장 국력이 강했다. 신라는 이때 왜의 침입으로 국력이 소진한 상태며 고구려와 뿌리가 같은 백제도 그렇게 국력이 강한 상황은 아니었다. 고구려는 백제와 부여의 정통성을 논하기라도 하듯 전쟁은 잦았지만, 복속시키지는 않았다. 이는 고구려가 북방 이민족과의 관계 때문이다. 실지 광개토태왕은 백제 그리고 왜와 싸우는 틈에 후연의 침공이 있었다. 후연은 고구려 영토 700여 리를 쉽게 빼앗았다. 설령 강력한 힘으로 백제를 멸망시켰다 하더라도 이곳을 지배할 명분이 있어야 지역민을 다스릴 수 있다. 고구려로서는 대외정세에 신경 아니 쓸 수는 없어 이를 포기한 것 같다. 고구려와 백제는 같은 부여족에서 나온 민족이다. 시조 동명왕을 모신 사당을 세우고 제사를 지냈다.

만약에 고구려가 백제를 멸망시켰다면 백제는 어떻게 되었을까? 하는 생각이 들었다. 백제와 왜와의 관계는 아주 밀접하다. 왜와 적극적인 문물교류도 그렇거니와 지배계층은 백제의 왕족과 아주 가까운 사이였다. 지금의 일본은 아마 백제가 되지 않았을까? 하는 생각이다. 백제라는 말은 일본에서는 '쿠다라'라 한다. 이는 무슨 뜻일까? 어느 일본 역사학자는 이를 '커다란'이라는 뜻이 있음을 말한다. 백제는 일본의 처지에서 보면 큰 집이었다.

고구려는 만주의 광활한 영토를 지키기 위해서는 중국의 불안한 정세와 북방 여러 이민족의 동태를 파악하여야만 했다. 광개토태왕과 장수왕은 정복군주로서 위엄을 다하였지만, 결코 무리수를 두어 내부의 안정을 위험에 빠뜨리지는 않았다.

鵲巢日記 16年 09月 29日

대체로 흐렸다.

조회 때 김영란법을 두고 얘기했다. 28일부터 시행되었으니 하루가 지났다. 음식물은 3만 원, 선물은 5만 원 경조사비는 10만 원이 상한선인가 보다. 어제 모 카페 기계설치 시 짜장면 한 그릇 얻어먹은 게 순간 지나간다. 나만 먹은 것도 아니라서 마음은 그저 그러느니 한다.

아래였나! 제빙기 수리기사가 다녀갔는데도 얼음은 종전과 비슷하게 나온다며 예지가 보고했다. 수리기사께 다시 이 문제를 얘기했다만, 내일이나 모레쯤 들리겠다고 했다. 근데, 오후에 예지가 호스가 덜 꼽혀서 그렇다며 바르게 했다는 문자가 왔다.

오전, 하양에 모 부동산 가게 커피 배송 다녀왔다. 대구 칠성시장에 사업하는 '싱싱' 사장을 만나 뵈었다. 에스프레소 기계와 냉동기 관련 제품을 다룬다. 기계 전시장에 주목할 만한 기계가 있다. 로스터, 로스터 만드는 회사로 태환 자동화기기가 유명하다. 그리고 대전에 모 업체가 있다만, 이곳은 가격은 저렴하지만, 디자인은 좀 투박하다. '싱싱' 사장께서 전시한 기계는 디자인도 탁월하지만, 가격도 그런대로 괜찮다. 업자가격은 얼마라고 제시해주었는데 태환자동화 기기에서 나온 기계보다 이점이 꽤 된다. '싱싱'은 원래 주방기계를 다루다가 3년인지 2년인지는 모르겠다만 커피 기계만 전문으로 다루기 시작했다. 이쪽 분야로 투자를 많이 하시는 것 같다. 가게는 모두 커피 기계만 보이는 듯하다. 지금의 커피 시장을 볼 수 있음이다.

대구 카페 다이노에 다녀왔다. 월말 마감서를 전달했다. 점장 동원이는 이제 진동 벨을 갖췄다. 일을 혼자 하니까 오히려 스트레스는 덜 받는 것 같다며 얘기한다.

오후, 어제 기계 설치했던 대평지구 모 카페에 다녀왔다. 에스프레소 기계를 운영해보았다. 그라인더 분도 조절도 하고 제빙기 상태를 다시 점검했다. 제빙기는 내일 다시 들러 보아야 한다. 뒤쪽 배수구 물 구비를 잘 맞추지 못해 옆쪽 칸막이를 일부 뜯어내야 할 일이 생겼다.

저녁, 안 사장 다녀갔다. 공장을 증축한다고 했다. 잠시 안 사장 꿈을 들었다. 음악을 좋아하시니 음악실 같은 어떤 공간 하나쯤 만드는 게 꿈이다. 나는 내 머무는 곳을 며칠 청소했다. 너무 지저분해서 버릴 것은 버리고 나니 공간이 조금 더 넓어졌다. 더 좋은 공간을 찾으려고 자꾸 외부로 눈 돌렸다. 가만히 생각하면 지금 앉은 이곳이 더할 나위 없이 좋은 자리이건만, 천정만 수리한다면 한 십 년은 더 쓰겠지, 이 건물 말이다.

우리 민족이 중국과 대등하게 싸워 이긴 경우는 그리 많지 않을 것이다. 5호 16국 시대와 위. 진 남북조 시대라는 혼란의 중원을 수 문제가 통일했다. 중원의 통일은 곧 고구려의 위협이 아닐 수 없다. 이에 만발의 준비를 한 고구려 군주가 있었다. 영양왕嬰陽王, 재위: 590~618이다. 우리는 수나라와의 전쟁에 을지문덕 장군은 알고 있어도 정작 국난을 극복한 임금은 모르고 있는 게 사실이다.

영양왕은 수나라의 1차 침공 30만 대군과 2차 침공 200만 대군을 막아냈다. 서기 600년에 태학박사 이문진에게 고구려 역사를 편찬케 하였다. 고구려 초기에 만든 유기遺記 100권을 다듬어 신집新集 5권을 완성했다. 이외에 신라에 빼앗긴 영토를 회복하였으며 왜와 돌궐 등 주변국과도 관계를 개선하였다.

1456년 조선 세조 때다.* 집현전 직제학 양성지梁誠之, 1415~1482는 세조에게 전대의 임금과 재상에게 제사를 지낼 것을 상소하였다. 이로 인해 단군을 비롯해 삼국과 고려의 시조 등 12명의 역대 임금과 을지문덕 등 16명의 역대 신하들이 사당에 배향配享 되었는데, 여기에는 영양왕도 포함되었다. 그가 수나라 대군을 대파하고 고구려를 지킨 공을 후손들도 인정한 것이다.

*네이버 참조 '영양왕' 인물 한국사

鵲巢日記 16年 09月 30日

흐리고 비왔다.

오늘로 백 군은 조감도에 바리스타로 들어와 마지막 일을 했다. 예전, 석 군과 박 군이 나갔을 때 남은 직원은 조금씩 보태어 선물한 바 있다. 백 군은 들어온 지 몇 달 되지 않아 선물은 하지 않기로 했다. 선물은 금 두 돈 분량이다. 자정에 남자 직원 모두와 효주와 오 선생이 참석한 가운데 회식 가졌다.

오전, 대평 지구 신규 카페에 다녀왔다. 어제 못다 한 일을 했다. 제빙기 배수 구조를 손보았다. 본부에서 직소jig saw를 챙기고 드릴을 챙겼다. 개수대 하부 왼쪽 옆쪽 창을 드릴로 뚫고 직소로 가로 20, 세로 25 정도를 잘라내어 제빙기를 밀어 넣었을 때 하수구를 쉽게 볼 수 있도록 창을 냈다. 이 일도 오래간만에 한 일이라 몸은 무척 무디고 힘들었다. 일의 경과는 내일 되어봐야 안다. 얼음은 떨어지지만, 내부에 물이 고이면 얼음은 녹기 때문이다. 배수가 잘된다면 얼음은 고스란히 남을 것이다.

우유 대리점 사장께 오래간만에 전화했는데 그간 병원에 있었다며 소식을 전한다. 인대가 거의 늙어 수술을 안 할 수는 없었다고 하니 노환이다. 어제는 백설탕 사장께서 설탕을 싣고 본부에 온 일이 있는데 늘 혼자 다니시는 분께서 사모님과 같이 오셨다. 나는 20여 년 거래했어도 사모님은 처음 뵈었다. 관절이 좋지 않아 수술했다고 한다. 산을 좋아해서 자주 가니 관절이 닳았다는 말씀이다. 모두가 낡고 닳았다는 말인데 거저 주신 말씀이겠다. 몸은 노화라 어쩔 수 없는 일이다. 내 나이도 40 중반을 넘어가니 조금씩 부분별로 신호가 오는데 오십 대나 60대는 오죽할까!

오후, 동원이 가게에 다녀왔다. 동원이는 혼자 일하는 것이 적응 된 듯하다. 가게 안은 손님이 꽤 있었는데 보는 것만도 조금 바빠 보였다. 바bar에 주인장이 있으니 가게가 살아 움직이는 듯하다.

본부에서 월말 마감을 했다.

순돌이와 순덕이 입양한 지 2일째 맞는다. 근 하루를 조용하게 웅크리며 있었다. 오늘 밤에서야 조금 뛰어논다. 순돌이는 변도 보았다. 아는 사람으로부터 고양이 새끼 두 마리를 얻었다.

鵲巢日記 16年 10月 01日

무척 흐린 날씨였다.

토요 커피 문화 강좌 개최했다. 새로 오신 분 3분 있었다. 기존 배우시던 분께서 재등록하시어 교육받는 분 한 분 있었다. 아침 신문에서 읽은 내용을 소개했다. 조선 숙종 임금 이름은 '순'이었고 고양이를 무척 좋아했다. 고양이 얘기를 하려고 끄집어낸 것은 아니다. 내 좋아하는 일을 하면서 커피를 더불어 하는 것도 괜찮다는 말이었다. 좋아하는 일과 고양이와 관계가 없는 것 같아도 요즘 뜨는 펫카페라든가 애완동물을 다루듯 커피를 좋아하고 사랑한다면 분명 사업은 이루겠다. 작은 가게지만, 사람과 더불어 사는 방법을 찾는 것도 좋겠다. 오늘 오후, 전에 기획사 운영했던 모 사장님 본점에 오시어 얘기 나누었다만, 성공한 인생은 무엇인가? 첫째 인간관계, 둘째 연대관계에 관한 말씀을 들었다. 인간관계는 어떻게 맺는 것이 좋은 것이며 연대관계는 또 어떻게 맺는 것이 좋은 것인가? 사람은 혼자서 살 수는 없는 일이다. 나는 누구와 인간관계를 맺으며 또 맺으려고 노력하는지, 어떤 연대관계를 형성하는지 형성한 연대에 나는 어떤 역할을 하는지? 나는 모두 커피 교육으로 인간관계를 맺으며 그 연대를 형성하려고 애쓰는지도 모르겠다. 오후에 만난 화원에서 사업하는 이 씨가 있었다. 이 씨는 돈을 받고 교육하는 것은 아니지만, 커피를 가르치기 시작했다. 무료 교육 10명 선착순이라는 강령을 내

걸고 했는데 반응은 뜨거웠다. 앞으로 전문가적 모양새를 갖추면 본격적으로 하겠다. 교육 내용은 로스팅에서 드립의 순으로 했다. 이 교육을 하고 난 이후부터 드립 매출과 로스팅한 커피 매출이 많이 증가했다. 물론 이 교육은 교육만으로 끝난 것이 아니라 교육에 오신 고객의 인명등록과 관리가 철저했음을 말한다. 예를 들면 커피 볶는 날은 언제며 무슨 커피를 볶는지 문자로 보냈다. 이것도 매번 반복적으로 하니까 이제는 그 주문이 꽤 된다. 이 씨를 알 게 된 것도 본점 로스팅 교육으로 관계를 맺은 거 아닌가! 저녁은 이 씨와 함께 먹었다. 소고기국밥집에서 먹었는데 참 오래간만에 이 집을 찾았다.

오후, 칠곡 넘어가는 동명 어딘가! 한티재라 했다. 아주 큰 성당이 있는데 이곳에서 4분이 오셨다. 성당 안에 선물코너와 커피집 차리는 목적으로 상담했다. 나를 소개한 분은 조감도 자주 오시는 손님이었다. 조감도에서 내가 쓴 책을 무료로 가져가시게끔 했는데 카페도 많고 이 중은 자기 자랑이라도 하듯 널려 있는 카페도 많아 여기는 책을 쓰니까 남다를 것 같아 오시게 되었다며 인사 주었다. 오늘 처음 뵌 분이었는데 아주 친근감이 든다. 나이는 분명 나보다는 10년 앞서 가시는 분 같다. 그러니까 사회 대선배다. 본점에 오시어 상담하며 아직도 기억에 남는 것은 성공은 무엇이라 생각하는지? 성공의 조건은 어떤 것이 있는지 나에게 물었다. 성공 인자에 관해서 말했다. 나는 정말 남과 다른 성공인자가 무엇이며 그것은 매일 실천하고 있는지 말이다. 근면, 성실, 교육, 관계, 공부 그러니까 독서를 들 수 있겠다. 한 가지를 더 들겠다면 일기는 적는지 말이다. 다음 주 자제분을 여기 오게끔 하여 교육받도록 하겠다고 말씀을 주셨다.

고구려에 관한 글을 읽었다. 고구려 풍속에 데릴사위제가 있다. 동옥저의 풍속에는 민며느리제에 관한 것도 있었다. 아직 우리는 이 풍습이 남아 있지는 않은가 하는 생각이 들었다. 나는 결혼하며 신혼여행을 가지 않았다. 장인어른 말씀은 아직도 기억한다. 신혼여행 가지 않으려면 처가에 와 하룻밤

자고 가게 그게 예의네. 그리고 모 병원에 분점을 운영하시는 점장님은 딸을 작년에 출가시켰다. 예쁜 손녀를 보았다. 딸은 몸조리하기 위해 친정에 와 몇 달 쉬었다고 한다. 이러한 것은 모두 데릴사위제의 변형으로 보아도 괜찮을지 말이다. 데릴사위는 한 편은 성을 매개로 노동력을 확보하겠다는 것 아닌가! 조선시대의 선비는 더했다. 아예 출산은 처가에서 하며 몇 달을 보내기도 했다. 지금은 사회가 많이 변했지만, 처가에 가는 일은 여전하다.

저녁 본점에 예전 대학가 앞, 기획사를 운영했던 모 선배께서 오시었다. 두 시간 가까이 대화를 나누었다. 지금은 시내에서 기획사 운영한다. 사무실에 함께 일하게 된 전 사장님도 오셨는데 예전, 대구대에 카페를 낼 때 한 번 만나 뵈었던 분이었다. 그쪽 일을 그만두고 기획에 관한 일을 하게 됐다며 인사 주었다. 모 선배는 지금 혼자 산다. 이혼한 후, 아내는 거들떠보지 않는지 오래고 두 아들마저 연락을 취하고 싶지만, 제 엄마의 반대에 심한 말까지 하여 아들 또한 관계를 끊은 셈이다. 두 분 다 아시는 분이라, 참 얘기 들으니 안 돼 보였다. 모 선배는 인물도 좋고 술 담배도 안 하시며 대화를 좋아한다. 어디를 보아도 이혼할 사람으로 보이지 않는다.

鵲巢日記 16年 10月 02日

대체로 흐렸다.

코감기 걸렸나 보다. 콧물이 나고 재채기가 심하다. 조감도 2층 오르는 계단 샹들리에 등이 꽤 나갔다. 예지는 등을, 위에서 다는 것보다는 밑에서 쏘는 건 어떤지 건의했다. 사람 불러 일 처리하는 것보다는 직접 하는 것으로 비용을 줄이자는 말이다. 지난달 월말마감에 대해 간단히 말했다. 오후, 5시 직원 모두 모인 가운데 마감을 다시 얘기했다. 수익과 지출을 일일이 설명했다. 추석이 끼여 그런지는 모르겠다. 기본 근무일수 보다는 대체로 적게 일했다. 9월도 적자 보지는 않았다. 영업 이윤은 320여만 원이 발생했다. 직원은 점장 포함하여 월급이 적어 모두 조금씩 인상하여 지급하기로 했다. 그러면 영업 이윤은 260여만 원이 된다. 구월, 비수기로 생각했지만, 우리가 생각하는 목표 매출은 넘겼다. 모두 수고했다. 시월은 한 사람이 나가고 기존 5명으로 돌아가니 혜택은 이번 달보다는 나을 것이다. 시월 인건비는 모두 200벌이는 할 수 있도록 맞출 것을 약속했다. 한 사람이 줄어드니 충분히 가능할 것 같다.

오늘은 아버님의 만 일흔하나 생신을 맞았다. 촌에 아버지와 어머니 모시고 집에서 식사 한 끼 했다. 아내는 갈비찜과 고기도 볶고 갈치도 지졌는데 부모님은 꽤 좋아하셨다. 식사 마치고 본점에서 블루베리 스무디 한잔 해드렸다. 어머님은 이 메뉴를 특히 좋아하신다. 식사한 후, 블루베리 한 잔 마시니 속이 편하다고 하셨다. 조금 앉아 쉬시다가 촌에 집까지 모셨다. 아버지는 늘 차만 타시면 흥에 겹다. 오늘도 차 안은 트로트 음반을 틀고 가볍게 손을 저으며 가셨는데 다리는 양반다리로 앉으시고 왼손 팔꿈치는 곁에 지지대에 얹고 오른손은 왼쪽으로 한 번 갔다가 오른쪽으로 틀며 반복적으로 리듬에 맞춰 신나게 저었다. 한 번은 왼손으로 빠이빠이 하듯이 젓기도 했는데 뒤에 앉으신 어머님께서 언성을 좀 높여 한소리 하셨다. '누가 보면 치매 걸린 사람 델꼬 다닌다 칼까봐 남사시럽다. 좀 고마해라!' 아버지는 아무렇지도 않게 흥만 겹다. 트로트 가요 들으니 이것만큼 좋은 노래도 없다 싶다. 자세히 들으면 서글퍼지기도 하고 정말 인생을 논하는 노래며 이것만큼 흥에 겨운 것도 없으리라!

저녁 조감도에 볼일 있어 잠깐 나갔다가 본부 들어오는 길, 본점에서 경모가 사진 한 장과 문자를 보냈다. '본부장님 손님께서 2층에 있는 책인데 한 권 주실 수 없느냐고 물어보시는데요?', '드려라.' 답변 보냈다. 그리고 본부에 도착해서 늘 읽던 고구려에 관한 책을 한 권 들고 본점에 갔다. 근데, 손님은 아직 가시지도 않았다. 책에 사인 해달라고 부탁했다. 울산에서 오신 분이다.

나이는 스물일곱 아가씨다. 근래에 낸 『커피 좀 사줘』도 읽었으며 나의 책은 죄다 구해서 읽었다며 팬이라 한다. 나는 순간 등줄기 땀이 죽 내리는 듯 오싹함을 느꼈다. 한 권도 아니고 죄다 구해서 읽었다니, 책을 앞으로 낼까 말까 고민하는 와중에 이렇게 고운 보답을 주시니 용기가 생겼다.

처형이 전화가 왔다. 반곡지에 나의 책을 놓아두었는데 뜻밖에도 나를 안다고 하시는 분이 꽤 많다는 것이다. 나는 유명인이 된 것인가! 하며 생각한다. 참 부끄러운 일이다. 먹고 살자고 했던 일이다. 조금 더 깨닫고 더 밝은 자세로 내일을 보기 위해서다. 일기와 책은 말이다. 참 부끄럽다.

고구려 안악 3호분에 관한 내용을 읽었다. 나는 이 고분의 주인공이 미천왕이 아니면 미천왕의 왕비, 즉 고국원왕의 어머님 묘가 아닌가 한다. 아직도 이 고분의 주인공은 누군지 논란이 심하다고 한다. 북한 학자는 '동수'라고 하는데 이 '동수'라는 인물은 중국 연나라 사람이다. 연나라의 정치적 불안으로 인해 망명한 사람으로 당시 고위직 인물이다. 벽화와 고분의 규모로 보아 한낱 신하의 신분으로 이러한 묘를 장식한다는 것은 사리에 맞지 않는다. 나는 이 고분의 벽화 중 행렬도에 웅장함을 느꼈다. 그림에 동원된 인원만 250여 명에 이른다.

鵲巢日記 16年 10月 03日

대체로 흐렸다. 시월인데도 날은 꿉꿉했다. 나만 그런가 싶어 주위 사람에게 더러 물으니 덥고 습하다 한다. 틀리지 않은 갑다.

오늘 장인어른 만 일흔네 해 생신을 맞았다. 아내는 어제 자정이 넘도록 케이크를 만들었다. 하대리 장인어른 댁에서 가족이 모두 모인 가운데 축하했다. 조금 늦게 참석했지만, 케이크 절단식 있었고 축하 노래도 있었다. 식사 끝나고 가족이 빙 둘러앉아 농사를 얘기했는데 장인어른 말씀에 놀라지 않을 수 없었다. 포도농사, 600여 평에 도지賭只로 나가는 돈이 200, 포도 상자 사는 데 200, 거름과 기타 비용으로 200이 쓰인다는 말씀이다. 소출은 900만 원 정도 얻는다. 그러니 300여만 원 남기는 남으나 내년 농사를 준비하기 위해 거름과 비료를 아니 살 수는 없는 일이니 그러고 보면 남는 게 없다. 거저 농사로 한 해 노동만 하는 셈이다.

처형은 반곡지에 난전亂廛을 한다. 커피도 팔지만, 촌에서 생산된 호박이나 복숭아나 포도를 가져다 놓고 팔기도 한다. 이웃에 생산된 것도 죄다 가져다 놓고 판다. 언제부턴가 반곡지는 전국 명소가 됐다. 특히 TV 드라마나 연속극에 자주 등장하니 많은 사람이 오기도 하며 유명 출연배우가 오는 날이면 차는 주차할 때 없이 빼곡하다. 반곡지는 언제 설치한 것인지는 모르나 팔각정도 하나 있어 관광객은 이 팔각정에 올라 좀 쉬었다가 가기도 한다. 팔각정에 올라 반곡지 바라보면 연못 전체가 눈에 들어오며 300년 수령의 버드나무도 볼 수 있어 장관壯觀은 따로 없음이다. 아무튼, 이 팔각정 옆에 난전 하나가 있는데 처형이 운영한다. 하루 매출 꽤 된다. 포도를 수확해서 수매되는 것보다 싸게 팔더라도 소비자께 바로 파는 것이 훨씬 이득이다. 수매된다면 3천 원 받기 어렵지만, 소비자께 바로 판다면 적어도 5천 원은 쉽게 거래가 된다. 두 상자 1만 원이면 어느 시장에서 사도 이만한 가격은 어려워 오시는 손님은 모두 사가는 가보다. 어제오늘 모두 합하면 200상자 팔았다고 하니 정말 대단하다.

저녁 대평동 카페에 다녀왔다. 지난주 에스프레소 세팅을 했다만, 왼쪽과 오른쪽 물량이 좀 차이가 난다며 전화가 왔다. 현장에 들러 오른쪽만 다시 세팅했다. 지난주는 왼쪽만 했는데 보통 왼쪽 버튼만 세팅하면 오른쪽 버튼은 따르는 일이라 별달리 세팅하지 않아도 되나 여기는 이것이 먹히지 않나보다. 다시 세팅하여 맞췄다. 그리고 세팅하는 방법을 여기 일하는 장 씨에게 가르쳤다. 장 씨는 오늘 불침번 서듯 밤을 새워야 한다. 아래였던가! 도둑이 들었다. 이제 갓 개업하려고 준비하는 집이다. 안에 뭐가 있을까만, 긴 빠루로 문 하단 부위에 움푹 젖힌 흔적을 남겼다. 나는 이러한 사실이 있었다는 걸 듣고는 무척 놀랐다. 경기 좋지 않아 이러한 일이 생기나 하는 생각도 들었다. 안전시스템을 장착하려고 관련회사에 신청은 했다만, 연휴가 끼여 내일이나 되어야 온다고 하니 오늘은 불침번을 아니 설 수 없게 됐다.

본점의 일이다. 교육 끝난 지 오래되었다. 40대 중반 여성으로 남편은 꽤 성공한 사업가였다. 교육 끝나고 실습하였다. 본점에서다. 본점에 일하는 이 씨도 40대 중반 여성으로 가만 생각하니 동갑이다. 한 사람은 본점 직원으로 한 사람은 본점 실습생으로 함께 일하게 되었으니 이것저것 얘기 나누게 되었고 이에 이 씨는 아무래도 자격지심에 마음이 적지 않게 상처를 받은 것 같다. 가정사 일일이 얘기하는 것이 여자라 남편의 사업은 곧 자랑이 아닐까! 이런 일 있고 난 후, 이 씨는 본점을 그만두겠다고 했다. 물론 허리가 안 좋은 것이 먼저다. 꼭 이러한 일로 그만둔다고 얘기하는 것은 석연찮기 때문이다. 남편 일은 남편이고 내 일은 내 일이다만, 꼭 그럴 필요가 있겠나 싶다. 나는 평생 커피 배송으로 일했다. 인지 와서 내가 무엇을 하겠는가! 돈 크게 버는 직종도 아니고 그렇다고 남들 꽤 존경받는 직종도 아니다. 그나마 나의 일을, 단지 격을 높였다면 글이었다. 이 씨가 나간다고 보고한 것은 소홀한 판단이다. 적어도 1년은 해야 그나마 일과 경험을 모두 보상받을 수 있는 시간이라 그렇다. 참 안 됐다.

鵲巢日記 16年 10月 04日

맑았다. 높고 푸른 하늘처럼 마음도 저리 맑았으면,

고양이는 매일 자라는 발톱을 가눌 수 없어 어느 나무나 거친 어떤 재료가 있으면 본능적으로 긁는다. 긁으므로 날카로운 발톱을 만든다. 경쟁자나 어떤 먹이를 낚을 때 쓸모 있게 만든다. 인문은 매일 자란다. 아니 매일 다르다. 인간이 만든 무늬는 어떤 정석이 없다. 이 속에 내가 있다. 나는 한없이 나약하며 외부의 힘에 다치기 쉽다. 혹은 외부의 힘이 아니더라도 내부의 인내력 부족으로 스스로 자멸한다. 실은 후자로 인해 무너지는 경우가 더 많다. 책을 읽지 않으면 사람이 모여 이룬 이 사회를 이해할 수 없으며 이해가 되지 않으니 독단에 빠지기 쉽다. 더 나가 살고자 하는 욕심 같은 것도 없게 된다. 손톱이 자랄 수 있게 나는 무엇을 먹었는가? 먹은 것이 있는가 말이다.

오후, 여섯 시 본점 모 씨를 상담하다가 생각한 것을 글로 남긴다.

오전, 한학촌에 다녀왔다.

오후, 월말 마감 통지서를 다시 통보했다. 이 중 한군데서 늦어 죄송하다는 말씀을 문자로 왔다. 3, 4개월 전에 계약했던 어느 업체에서 기계, 임대되느냐고 전화 왔다. 얼굴도 모르고 그간 어떻게 지냈는지 알 수 없어, 더구나 임대는 하지 않아, 안 한다고 답변했다. 울진에서 전화가 왔다. 급하게 30K 볶아 줄 수 없느냐는 얘기였다. 20K는 본부 물량으로 나머지 10K는 본점에서 오 선생이 급하게 볶았다. 택배 보냈다.

본점은 한 사람이 나가겠다고 이미 사직 의사를 표명했고 새로운 사람이 오늘부터 일하게 됐다. 인수인계 과정이 끝나면 다음 달부터는 정식으로 일하게 된다. 본점 오후 근무하는 모 씨의 일로 오 선생은 너무 힘들었는지 전화가 왔다. 문제는 모 씨는 오후에 더는 일 하기 싫다며 보고했는데 사람은 이미 들어와 있는 상황이라 어떻게 조정이 불가피하다는 것이다. 나는 울산의 모 카페를 예로 들어 설명했다. 가게 운영에 경비 중 가장 큰 것이 인건비다. 인건비가 나오지 않으면 가게는 문 열 필요가 없다. 그간 그나마 일하는 직원은 자신의 인건비를 가져갈 수 있었으니 문 열었다. 실은 매달 100여만 원 이상 적자 나는 가운데 운영은 어렵다. 본부 기계 매출과 커피 납품으로 그간 운영한 셈이다. 그러니 교육과 로스팅만으로 이용하고 저녁은 문 닫았으면 하고 조언을 했다. 울산의 모 카페, 강릉의 모 카페도 이렇게 운영한다. 커피 매출로 인건비 충당이 어려우니 실질적으로 큰 이점만 누리고 문 닫은 가게들이다.

저녁, 카페 우드에 다녀왔다. 우드 점장께서는 오늘 부산에 다녀왔나 보다. 외플 기기가 필요했다. 새것을 사려니 백만 원이고 중고를 사려니 믿지 못해 번개시장에 오른 좋은 물품이 있었다. 부산 드롭 탑 모 가맹점에서 내놓은 물건이다. 한 번도 쓴 적 없는 물품으로 본사에서 재료 공급이 중단되어 필요 없게 됐다. 물건은 사용한 흔적이 거의 없는 새것과 다름이 없었다. 가격도 1/3이라 정말 잘 산 것 같다.

鵲巢日記 16年 10月 05日

오전에 비 오다가 오후 잠깐 꽤 맑았다.

조회 때, 김 군은 집이 괜찮은지 물었다. 천정에 물샌지 오래되어 이번 태풍에 어떻게 됐는지 궁금했나 보다. 실은 집도 그렇지만, 본점, 조감도 모두 비만 오면 물 새는 곳이 몇 군데 있다. 조감도는 얼마 전에 문중에서 사람을 보내 옥상 몇 군데를 손보았다. 오늘 아침 개장하며 위층에 올라 확인하니 전에 물 새던 곳은 괜찮았다. 하지만, 옆 벽에 조금씩 새는 빗물은 있었다. 밀대로 바닥에 흐른 물을 닦았다.

가끔이다. 카페 영업이 회의적일 때가 있다. 나는 무엇 때문에 이 영업을 하나?

오늘 신문에 이런 기사가 났다. 직업별 연봉 격차가 해가 갈수록 커진다는 내용이다. 가장 낮은 소득은 980만 원이며 직종은 연극배우로 나왔고 가장 높은 소득은 1억 6,404만 원으로 기업 고위임원으로 나왔다. 가만 생각하니 바리스타 월급을 연봉으로 합산하니 가장 높은 소득에 1/10도 못 된다. 4대 보험, 퇴직연금까지 합산하여도 못 미친다는 것이다.

조감도 매출만 보더라도 작은 가게는 아니지만, 올해 소득세가 없다고 하여 내지 않았으니 나로서는 참 부끄러운 일이 아닐 수 없다. 역사를 읽고 생각을 다지고 미래를 생각하는 대한민국 중년 남성으로 세금을 낼 수 없다니 참 부끄러운 일이다. 회계를 맡은 관련 세무서에서는 매출보다 고용인원이 많다고 하지만, 정작 인원을 줄이면 누가 카페에 또 일할까!

커피 전문점이 많은 것도 사실이다. 경제학에서 논하는 수요와 공급의 법칙에 공급이 많으니 당연히 가격은 내려갈 수밖에 없다. 노동시장은 아이러니하다. 하지만, 인력 구하기는 아직은 별 어렵지 않은 것 같다. 그렇지만, 인건비는 그 어느 직종보다도 싼 것은 마찬가지다. 당연히 이 업종을 선택한 경영인 또한 투자에 대한 수익은 다른 직종에 비해 낮거나 아예 기대하기 어렵다. 그러나 이 업종에 투자하려는 사람은 아직도 많은 것이 사실이다. 우리나라 경제의 이상 징후다.

오후, 안 사장 다녀갔다. 본부 전용으로 쓰는 커피가 몇 차례 좋지 않은 적 있다. 곧 개업한 대평 지구 모 카페는 커피가 왜 이리 쓴지? 항의했다. 커피 볶는 일은 사람이 하는 일이라 한 차례 어쩌다가 과하게 볶을 수도 있지만, 몇 번 좋지 않은 것은 원인이 있는 것 같아 대화했다. 안 사장 처지로 보면 우리 카페리코는 소규모 업체다. 일주일 60~70K 물량은 작은 업체나 마찬가지다. 작년인가 대구 경북을 바탕으로 급성장한 모모 카페가 있다. 이 카페에 쓸 커피를 볶기 시작했다며 말씀한 적 있다. 안 사장은 생산물량의 약 80% 해당하는 양이라 했다. 그러니 혹여나 이 일로 변수가 생겼나 싶어 다시 확인했다.

본점 오후 근무하는 모 씨가 몸이 아프다 하여 일찍 퇴근했다. 나는 오전 근무하는 사람이 나가는 일로 이 일 때문인가 생각도 든다. 참 힘들고 어려운 일이다. 마감은 경모가 했다.

鵲巢日記 16年 10月 06日

꽤 맑은 날씨였다.

태풍이 지나갔다. 여기 경산은 별 피해 없이 지나갔다만, 울산은 시장 골목길인지 하천인지 분간이 안 갈 정도로 물바다였다. 차가 둥둥 떠다니는 사진을 신문에서 보았다.

지난밤 오 선생의 말이다. 월급 145를 받아도 많다고 얘기하는 사람이 있는가 하면 그렇지 않은 사람도 있다는 것이다.

아침, 방역업체에서 다녀갔다. 지난달은 지네가 두 번 출현했다고 말씀드렸더니 오늘은 좀 더 신경 써주셨다. 지난달은 현관문에 어떤 액체 같은 것을 바르지는 않았는데 오늘은 깡통에 담은 어떤 약품을 큰 붓으로 발라 현관문 바닥을 칠했다. 겨울은 방역하지 않지만, 특별히 오겠다고 했다. 곤충은 따뜻하고 습한 곳은 찾아가는 습성이 있다며 한마디 덧붙였다.

영천에 다녀왔다. 아래 주문받은 물품이다. 어제는 태풍 때문에 문 열지 않았다. 오늘 들러 커피를 납품했다. 점장은 이달 말까지 영업하고 가게 정리한다. 중앙병원도 이달 말까지 영업하고 정리한다. 병원은 법정소송까지 갔다. 법원은 지금 영업하는 7평 남짓한 부스 하나에 감정가 400을 불렀다. 400이면 커피 전문점으로는 맞지 않는다. 점장은 정리하겠다고 했다.

영천 온 김에 전에 안 씨가 땅을 샀다는 곳에 잠시 다녀왔다. 영천점에서 불과 500m도 되지 않는다. 아직 점포는 비워지지 않았다. 이달 23일경 모두 비운다. 그러면 저 건물은 철거하고 새로 짓는다. 안 씨는 진정한 사업가다. 아직 40도 되지 않았는데 일 년에 대형 식당만 도대체 몇 개를 개업하는지 모르겠다.

한학촌에서 문자가 왔다. '안녕하세요? 한학촌입니다. 요번에 커피가 좀 다르네요. 손님께서 항의가 계속 들어와요. 쓰기만 하고 맛이 없다고, 제가 느끼기에도 맛이 좀…… 전과 다릅니다. 너무 강하게 볶인 듯 탄 맛이 많이 나요.' 답변했다. '아! 조금 과하게 볶았나 봅니다. 선생님, 남은 게 몇 봉 있는지요. 전량 바꿔드리겠습니다.'

대평동 모 카페, 시지 우드 외 몇 군데 들러 전에 납품한 커피를 회수하고 다시 볶은 것으로 바꿨다. 옥곡에 들러 기계를 관리했다. 소모품 고무링과 샤워망을 갈아 끼웠다.

오후 7시쯤 주문한 책을 받았다. 『고조선은 대륙의 지배자였다』.

'어이, 돌무치. 먹고 산다는 것이 쉬운 것이 아녀?' 영화 〈군도〉에 나오는 조 씨 대감 하인이 돌무치에게 한 말이다. 무슨 고기를 정리했는지 몰라도 손수레 가득 담아 받친 노동비가 엽전 한량이다. 약 150년 전의 이야기다. 조선 철종 3년 민란이 들끓던 시절이다. 그때보다는 살기 좋은 나라임은 틀림없다. 정말 살기 좋은 나라인가? 점심은 김치와 달걀부침 두 장, 저녁은 라면을 끓여 먹어도 밥 굶는 시절은 아니니까 말이다. 물론 그 시절과 비교하면 정치도 안정적이다. 호! 안정적인가? 농민 백남기 씨의 사인은 바른 것인가 말이다.

鵲巢日記 16年 10月 07日

오전에 잠시 맑았다가 오후 내내 비가 왔다.

오전, 직원 퇴사와 관련해서 여러 가지 서류를 정리했다. 4대 보험과 퇴직연금에 관한 일이다. 이 일을 오늘 다 끝내지 못했다.

오후, 대구에 커피 배송 다녀왔다. 대구 남구 봉덕동 가는 길 촌에 어머님께서 전화가 왔다. 마당에 심은 감나무 몇 그루 가을이라 감을 땄나 보다.

사돈댁 주소 어에 되노?

아! 예 경북 경산시 반~

가마꺼라보자.

네

불러봐라?

경북 경산시 남산면

난산면

아니, 남쪽 할 때 남

남산면

반곡리

방곡리

아니 1반, 2반 할 때 반 계곡 할 때 곡

그래 곡식칼 적에 그 곡 아이가

네

그간 복숭하고 포도 얻어머거서이 감이라도 쪼매 붙여야 안 되겠나!

오후, 우체국 가시어 택배 보냈나 보다. 감 값보다 택배비가 더 나왔다며 전화가 왔다. 택배비 칠천 원이나 들었다. '뭉디자석, 그 쪼매 보내는 걸 사 그러코롬 반노' 한마디 하셨다.

대구 남구 봉덕동에 사업하는 '카페 모모'는 다음 달부터 떡케이크와 베이커리 강습소로 사업을 재개할 거라고 다부지게 말했다. 그간 카페로 운영했지만, 작년 매출에 그 반도 올리지 못하는 실정이라 문을 닫으려고 가게를 내놓았지만 나가지 않았다. 점장은 떡케이크 만드는 방법을 그간 연구를 많이 한 것 같다. SNS에서도 작품을 많이 올리기도 했지만, 오늘 가게에 오니 떡을 꽤 만들었는지 몇 개를 맛보기로 주신다. 마침 점심을 먹지 못해 주신 거 몇 개는 차에서 먹었다. 맛이 그런대로 괜찮다. 맞아! 카페로 영업하는 것보다는 오히려 케이크와 베이커리 만드는 강습과 실습용으로 이용하는 것이 훨씬 나을 것 같다. 점장은 작년에 개업했다. 개업 후, 기존에 카페도 많았지만, 새로 생긴 카페도 많다.

점장은 떡케이크 강습으로 다시 시작하고 싶다.

대평동에 다녀왔다. 마침 이곳에서 장 사장을 만났다. 전에 도둑이 들어 문이 파손되었는데 부분 수리한다. 주방은 새로 들어온 친구로 보이는데 한 사람이 그라인더로 커피를 갈며 계속 커피를 뽑는다. 무언가 맞지 않는지 그라인더 소리밖에 들리지 않았다. 교육받아도 자신감이 없으니 내가 지켜야 할 자리마저 내주는 격이다. 주관이 바로 서야 남을 지도할 수 있을 텐데 여기는 주객이 전도된 셈이다.

계양동에 사업하는 모 카페 내일 토요 커피 문화 강좌 개최 시 카페 매매로 소개해달라며 부탁 문자가 왔다. 본점 오후 근무하는 모 씨, 더는 일 못 하겠다며 문자가 왔다. 사람을 구하라는 얘기다.

오동 梧桐

선명한 나이테처럼 소나무는 울었다 시월 초 이래 탁 등이 보는 작은 화단 몇 달 자라지 못한 풀을 뽑고 옥돌 채웠다 오동은 물에 뜬 달을 지우고 싶었다 둥근 쟁반은 계단을 타며 이슬을 흘렸다 어제 닦은 회색빛 바닥에 굵은 이슬을 더는 밟지도 않을 계단을 바다는 얼룩처럼 붉었다.

鵲巢日記 16年 10月 08日

오전 비 오다가 오후 그쳤다.

토요 커피 문화 강좌 개최했다. 새로 오신 분 몇 분 있었다. 오늘은 남자분이 꽤 많이 왔다. 모 선생은 창업비를 자세히 물었다. 시중에 내놓은 카페

중 한 군데를 소개했다. 계양동에 사업하는 모 씨 가게다. 권리금 보증금 모두 합하여 1,500만 원에 나온 가게다. 집기는 모두 새것이다. 교육받으시는 분 중 모 선생은 아주 놀라워했다. 집기 모두 새것에 1,500이라 하니 사실이냐고 물었다. 사실이다.

본점에서 본부로 걸었다. 본부 바로 옆에 짓는 건물, 건물주가 서 있었다. 앞에 현수막이 걸려 있어 물었다. 임대·매매라는 글귀가 아주 선명하다. 임대는 얼마며 매매는 얼마인지 여쭈었더니 임대는 5천에 350, 매매는 10억이라 한다. 나는 이 동네 350이면 세받기 어려울 거로 생각한다. 매매 10억에 은행융자도 6억이나 7억까지 나온다고 하니 이 동네 땅값이 그만큼 올랐나 하며 생각한다. 여기서 50보 채 안 되는 본점 건물 70여 평은 매매 5억에 내놓아도 그 어떤 기별도 없다만, 과연 저 건물이 나갈 것인가 하는 의문이다. 아무래도 신축이니 나가겠지!

본점 교육 마치고 모 선생의 상담이 있었다. 선생의 춘추는 60 갓 넘으셨다. 팔공산 자락에 땅을 사놓은 것이 있다. 약 3천 평이나 된다. 지금은 일부 밭으로 일부는 복숭아나무를 심어 경작한다. 이곳에 카페를 지으면 어떨란가 싶어 물었다. 말씀을 나누다가 현장을 보지 않고 카페 이야기를 할 수는 없어 가 볼 수 없느냐고 물었는데 금방 자리 일어서 가게 되었다. 본점에서는 약 30여 분 거리며 가는 길은 그리 따분하지는 않았다. 그만큼 경치가 좋다. 팔공산 아래라 산 좋고 물 좋은 곳이다. 며칠 비가 많이 와서 계곡은 물이 꽤 흘렀다. 우리가 바라본 땅은 도로 건너 계곡이 있으며 계곡 바로 곁에 자리한다. 자리는 동향이다. 산 능선을 등지고 있어 해를 오래 볼 수 없는 것이 좀 흠이다. 아주 큰 소나무 한 그루 자라고 있어 이점이고 곁에 흐르는 계곡도 좋아 보인다. 대체로 음습한 느낌은 어쩔 수 없으나 도로변이라 어느 방향에서 보아도 눈에 잘 띈다.

선생은 청도에 모 카페에 다녀왔다. 요즘 세간에 이목을 받는 카페다. 산에 자리한다. 누가 보아도 이곳은 커피를 마시기 위해 갈 수 있는 평범한 자리로 보지 않는다. 하지만, 주말이면 이삼백 평이나 되는 주차공간은 부족할 정도로 사람은 많다. 선생은 이 카페는 왜 이리 많이 찾느냐고 묻기도 했다. 사람의 마음은 다 비슷하리라 생각한다. 아직도 우리나라는 땅이 부족한 나라라 여기지만, 또 그렇지도 않다. 이런 산을 개발하여 카페를 만드는 사람도 있으니 또 적지 않은 인파를 불러들이기도 했으니 많은 사람에게 희망을 심은 것은 사실이다. 누구나 이런 제국의 궁전 같은 카페를 만들고 싶은 욕망은 충분히 있기 때문이다.

선생은 카페 조감도도 너무나 잘 아시었다. 한 달 경영에 수익은 얼마나 나는지 나에게 물었다. 나는 차마 말하기 부끄러웠다. 수익이 천여만 원 나지? 하며 도로 반문하셨는데 나는 그렇다고 했다. 단지 인건비가 좀 든다고 얼버무렸지만 말이다. 그러니까 더 자세히 물었는데 이것저것 따 떼고 나니까 솔직히 말하자면 100여만 원 남기 힘든 사업임을 알 게 되었다. 그러나 카페는 돈보다 더 큰 장점이 있다며 말씀을 드렸는데 물론 대외적 영향과 어떤 명예 같은 것으로 위안한다.

선생은 젊을 때 기자 생활하셨다. 아침에 교육 소개할 때 나는 취미로 책을 쓴다는 말씀에 선생께서도 여러 말씀이 있어 선생의 약력을 알 게 되었다. 글이란 자신을 벗기는 작업이라는 말씀은 크게 동감한다. 젊을 때 기사를 쓰는 것도 타사와 타사의 기자와 비교가 되고 자꾸 쓸수록 부끄럽다는 말씀은 충분히 이해 가는 대목이었다. 글은 객관적이며 충분한 정보가 모인 가운데 공정하고 합리적이어야 함을 강조했다. 그러고 보면 나의 글은 굉장히 주관적이며 그 어떤 정보를 바탕으로 적는 것은 더욱 아니며 순수 내가 본 처지만 적으니 더 부끄러운 일이 아닐 수 없다.

선생의 땅을 보고 여기서 가까운 순두부 집에 가 점심을 한 끼 했다. 팔공산 자락을 보며 먹는 음식이라 그런가! 아니면 이 집만의 비법인가 순두부는 그 어떤 곳에서 먹는 것보다 맛났다. 정말 맛있게 먹었다.

식사 마치고 선생께서 바라던 카페였을까! 여기서 가까운 카페 한 군데 들렀다. 대구와 경산 경계상에 자리한다. 팔공산이라 아까 그 자리가 산자락이었다면 여기는 산 중턱쯤 되는 자리다. B 카페에 들렀다. 카페는 위층 아래층 합하여 80여 평 되어 보인다. 커피값이 기본 6,000원 한다. 그러니 다른 메뉴는 더 높다. 전망도 좋고 소나무 숲이 우거져 있어 조용히 차 한 잔 마시기에도 턱없이 좋은 곳이다. 주말인데도 손님은 그리 많지는 않았다. 선생의 여러 말씀을 들었다. 카페를 하면 과연 될 것인가? 라는 주제로 말이다.

다섯 시 조감도 직원과 면담이 있었다. 어제 부가세 신고했다. 약 600여만 원 냈다. 실질적으로 세금과 인건비 정리하면 소득이 없다는 것을 실감한다. 비관적인 이야기를 논할 이유는 없다. 앞으로 자기 관리 차원에서라도 모두가 책을 읽고 책을 쓸 수 있었으면 하는 말을 남겼다. 모두가 책을 쓸 수 있다면 우리 카페는 그 어떤 카페보다 경쟁력을 갖출 것이다. 카페는 생각한다. 생각하는 카페, 생각할 수 있는 카페, 살아 숨 쉬는 카페 말이다.

기氣

석류나무, 대추나무 지나갑니다 콘크리트 건물은 하늘만 보고 아파트는 금호강 바라봅니다 하얀 운동화는 까만 개미만 봅니다 다 자란 풀숲 너머는 새로운 세상입니다 단단히 묶은 끈은 숨통을 조이며 또 풀며 대추나무 석류나무 지나갑니다 굽이쳐 흐르는 물길에 반합니다 인조 태양을 끌어안고 낮빛을 씻습니다

鵲巢日記 16年 10月 09日

맑고 화창했다. 하늘 참 높다.

도듬

깊은 생각 끝에 산 밑 뚫은 터널 지나간다 탁 트인 황금 들녘 생각 없이 바라보며 빈속 내장처럼 찾아간 길, 청도 모 카페, 모 식당. 한 끼 밥 먹는다 마음에 허공 들고 아무 의미 없는 저울처럼 반찬 집는다 단이 없는 통유리 너머 주홍빛은 참 저리도 곱다 끊임없이 차는 오르고 또 내려가고 한적한 시골길은 부산하다

오후, 세간의 이목을 받는 모 카페, 모 식당에 다녀왔다. 오 선생과 둘째 찬이 함께 길 나섰다. 날은 참 맑았다. 조감도에서 약 25분 거리다. 조감도에 필요한 물품을 내려놓고 길 나섰다. 차 막힘이 없어 순탄하게 간 셈이다. 용암 온천을 가로질러 유등지로 가는 길 산을 넘는다. 산길은 구불구불하다. 오르는 것도 내려가는 것도 그렇다. 청도 들녘에 익어가는 황금 같은 벼를 쉽게 볼 수 있다. 우리가 가고자 한 카페에 이르면 이 카페 곁에 감나무밭이 있다. 주홍빛처럼 익는 감은 가을을 더욱 실감케 한다.

구릉지에 지은 건물은 두 동이다. 한 동은 카페로 쓰며 한 동은 식당이다. 모두 안도 다다오식 노출 콘크리트 건물이다. 노출은 역시 깔끔하면서도 이상하게 그 멋스러움은 더한다. 햇볕에 유달리 밝게 보이기도 하며 산이라 또 시골이라 주변에 그 어떤 건물 하나 없는 것도 이 건물은 도로 빛을 더하는 것 같다. 건물 앞은 주차장으로 군대식 1열 사열하듯 펼쳐져 있고 주차는 만 차라 한 동 지나 한 동 뒤로 가면 주차공간이 있는 듯 화살표가 있지만 가보면 역시나 주차는 만차다. 우리는 카페보다는 식당으로 길 나섰다. 점심을 먹지 못했으니 배가 고팠다. 식당은 약 120여 평에 가까웠다. 주방만 40평은 족히 넘어 보였으니 말이다. 테이블은 모두 20개 정도며 창가에 펼쳐 보이는 청도 들녘을 한눈에 볼 수 있다. 들녘이 있는가 하면 우리가 넘어온 산도 볼 수 있어 장관이었다. 여기 메뉴는 한 가지뿐이다. '도듬'이라는 차림표로 한 상 25,000원이다. 둘째와 오 선생과 함께 먹었으니 식사비만 해도 꽤 된다. 된장찌개라 하기도 그렇고 비빔밥이라 하기도 그렇다만, 여기에 갈비 세 점이 더 나왔다. 근래에 먹은 음식값 중 가장 비싸게 지급한 것 같다. 식사 마치고 나오면 잔디가 펼쳐져 있는 마당을 거닐 수 있다. 걸어 다니는 사

람이 많다. 몇 보 걷지도 않아 카페 옥상을 볼 수 있는데 아까 그 식당보다는 건물은 조금 낮게 자리한다. 건물은 쌍둥이다. 이 옥상에 오르면 시야가 그야말로 확 트인다. 끝없이 펼쳐져 있는 자연을 볼 수 있다. 그 어떤 도시적 냄새는 없으며 그러니까 높은 빌딩이라든가 고가다리나 인공적인 것은 여기서는 전혀 볼 수 없다. 커피 한 잔 마시자는 오 선생의 권유에 아래층에 내려갔다. 정말, 여기는 촌 아닌가! 사람은 어디서 왔는지 줄을 꽤 이었다. 줄이은 사람만 한 스무 명은 넘어 보인다. 카페 주방은 건물에 비하면 좁아 보였다. 안에 일하는 직원은 모두 여섯, 일곱 명으로 모두 바빴다. 이 중 한 사람은 잊히지 않는 모양새를 한다. 콧수염을 기른 데다가 팔뚝은 문신까지 하여 좀 그렇지 않나 하는 생각이다. 하지만, 이것도 멋이겠지! 오 선생은 기어코 커피를 마시자고 했지만, 이 줄 선 사람을 모두 기다리려면 오래 걸릴 것 같아 카페만 둘러보고 조감도에 왔다. 조감도에서 오 선생이 직접 내린 커피 한 잔 마셨다. 커피는 역시 조감도 커피가 최고다.

추秋

카페에 앉아 어둠처럼 커피를 마신다 시월, 가을은 내 앞에 앉아 한 해를 마저
가져가겠다고 한다 이미 다 담은 한 해를 안고 가을은 내 몸속에 하얗게 퍼진다 벌
써 마흔다섯 번째 세월은 몇 번 남은 지도 모르는 또 한 해의 가을을 나는 따른다

저녁, 고조선에 관한 내용을 읽었다. 소싯적이다. 한사군의 위치와 이름을 외운 기억이 있다. 그때 배웠던 사실은 모두 일제강점기 식민사관의 잔재였음을 나는 안다. 『고조선은 대륙의 지배자였다』 이 책은 우리 역사의 시작에서 최초 우리의 국가로 고조선에 관한 명확한 답을 준다. 한사군은 우리나라에 있었던 것이 아니라 지금의 요동과 만주에 있었음을 중국 사료와 우리의 사료를 통해 밝힌다. 그렇다면 당시 평양의 낙랑이라 표현한 우리 역사서에 나오는 표현은 무엇인가? 이는 하나의 독립적 정치 체제였다. 그러니까 압

독국이나 사로국과 같은 최초의 중소 국가 형태체제였다. 이를 표기하는 방법은 낙랑군이 아니라 낙랑국이다.

묘猫

방석 위에 흑백 고양이 누웠다 책장 넘기는 소리에 두 눈은 말똥거린다 책을 베개로 삼아 누웠다가 또 한 장 넘기면 고개를 들다가 빠끔히 쳐다본다 돌처럼 굳은 책을 나는 또 한 장 넘긴다 고양이처럼 빠끔히 쳐다본다 방석 위에 고양이 한 마리 또 있다

鵲巢日記 16年 10月 10日

대체로 맑았다.

근로복지공단 경산지사에 근무하는 조 대리가 다녀갔다. 본점에 근무하는 이 씨와 권 씨, 사동에 백 씨의 퇴직연금 정리와 사동에 근무하는 노 씨, 연금에 가입했다. 조 대리는 근 6개월 만에 봤다. 그는 영대를 졸업했다. 전에 퇴직연금과 관련하여 삼성생명에 근무하는 모 씨를 통해 나의 일을 들었다. 내가 쓴 책을 선물했다. 약 한 시간 동안 여러 가지 이야기를 나누다가 갔다.

오후, 조감도에 들렀다가 한학촌에 커피 배송 다녀왔다.

오후, 국민건강보험 공단에 다녀왔다. 본점에 일했던 이 씨와 권 씨, 사동에 일했던 백 씨 4대 보험 자격상실 신고했다.

헐歇

한 나무에서 뻗어 오른 가지, 바람 불면 다시 만나는 이파리, 떨어지고 나면 다시 붙을 것 같지 않은 구름, 꽤 흐린 날씨

저녁 카페 우드에 다녀왔다. 점장은 올겨울에 쓸 생강차를 만들었다. 생강을 사서 깨끗이 씻은 다음 잘게 쓴다. 잘게 쓴 생강을 깊고 넓은 통에 넣고 설탕에 저리면 생강즙이 나오는데 이를 다시 믹스기로 간다고 했다. 그러면 생강차 만들기 위한 진액이 완성된다.

고조선에 관한 글을 읽었다. 고조선의 강역은 어디까지인가? 우리의 사료가 턱없이 부족하니 중국 사료와 유물로 비정할 수밖에 없다. 우리 선조의 생활무대는 우리가 생각했던 영역보다도 훨씬 넓었다. 고인돌과 청동에 관한 유물만 보더라도 알 수 있는 사실이다. 이는 중국과도 확연히 다른 문화생활을 표현한 셈이다. 청동제만 보더라도 중국과는 구별이 된다. 우리 것은 아연이 많다. 중국은 납 성분이 많다고 한다. 아연이 많이 들어간 것은 황금색을 더 띠며 더 단단하다. 이것뿐만 아니라 후기에 들어와 제련 기술도 세계적 수준이었음을 알게 되었다.

본점 마감은 구 씨가 했다.

鵲巢日記 16年 10月 11日

맑았다.

이른 새벽에 앞 건물 짓는 공사로 잠이 깼다. 북쪽에서 바라보면 2층이고 남쪽에서 바라보면 1층 건물이다. 며칠 전에 부은 콘크리트가 양생이 되었으니 폼을 걷어야 한다. 막일하는 사람은 이른 새벽부터 일한다. 폼 떼는 소리는 요란하다. 쿵. 쿵. 쿵 쾅. 꽝 거린다. 오늘은 아침을 먹었는지 점심은 먹었는지 분간이 안 간다. 기억에 없다.

오전에 몇 군데 커피 배송 다녀왔다. 이 중 동원이 가게에서 일이다. 동원이는 지난 주말에 있었던 일을 이야기했다. 50대 중년 남성분 3분이 가게에 오셨다. 모두 술을 드시고 오신 분이다. 라떼와 아메리카노 주문받고 2층까지 서비스해드렸다. 근데 이 중 한 손님께서 내려오셔 커피에 관해서 갖은 욕을 다하시고는 리필 더 안 되느냐는 말이다. 동원이는 마음이 꽤 상했지만, 손님이라 정중히 해드렸다. 리필은 1,000원씩 해드리는 것이지만, 이것도 돈을 받지 않고 무상 서비스했다. 근데 손님은 그 자리에서 커피를 마시더니만, '아까하고 맛이 같잖아' 하며 커피를 동원이 쪽으로 던졌다.(이 일로 동원이는 상의와 하의가 다 젖었을 뿐만 아니라 화상도 입었다.) 이 일만 있는 것이 아니라 갖은 폭언을 일삼았는데 동원이는 경찰을 불렀다. 경찰은 바로 출동해서 현장에 도착했으며 손님은 도주했다. 한 십여 분 뒤에 어떤 아주머니하고 딸이 가게에 오셨다. 동원이는 기분이 상해서 도저히 영업할 상황이 아니라 방금 오신 손님께 다음에 오시면 커피를 잘 해드리겠다며 말씀을 드렸다만, 아까 그 손님의 아주머니와 딸이었다. 아주머니는 왜 손님으로 가신 사람께 무례한 행동을 했느냐며 따졌는데 동원이는 상황을 자초지종 설명할 수밖에 없었다. 나중에 다시 찾아와서 사과했다는 말이다. 사건의 경과를 간단히 적은 것이지만, 상황은 글보다 심하다. 나는 이 말을 들었을 때 아직 우리나라 사람의 의식 수준이 후진국임을 깨닫는다. 동원이는 그다음 날 병원에 갔다. 병원 의사 선생은 동원이 몸을 보고는 취업준비생이냐며 물었다. 뜨거운 커피를 덮어 썼다가 피부가 생각보다 예민해 물었다. 커피전문점에 바리스타로 일한다고 했더니 그렇게 힘드냐며 사장이 일을 많이 시키는가 봐요? 하며 물었단다. 아닙니다. 제가 사장입니다. 커피 전문점이 그렇게 힘이 드느냐며 도로 묻기까지 했다. 이러한 사실이 있었다는 것을 주위에 얘기하니 다들 믿지 않는다는 것이다. 동원이는 다른 시골도 아니고 대군데 그래도 여기는 대한민국 몇 안 되는 대도신데 말이다.

저녁 8시 이후 40대 이상의 남성 손님은 출입을 금합니다. 동원이의 희망사항이다. 바bar에서 들어오시는 손님을 유심히 바라보는 것도 이제는 습관이 됐다. 셋에 하나는 모두 술 드신 손님이다. 이 중 카페를 이용하고 좋게 나가시는 분이 잘 없다는 얘기다.

시월 들어 매출은 더 떨어졌다. 서민은 경기가 좋지 않고 살기는 더 힘들다. 하루 매상 신경 쓰는 것도 힘들고 월말 경비 뜨는 것도 보통 일이 아니다. 거기다가 손님의 폭언과 무례한 행동까지 감내해야 하니 이 얼마나 힘든 일인가!

저箸

젓가락 좀 닦아라 젓가락 펼쳐놓고 말이야 젓가락 가져와 젓가락 대단한데 젓가락 길 젓가락이에요 와우 정말 대단, 젓가락 시에 오픈 숟가락 시 마감, 어딘데? 이 젓가락은? 서울 강남……. 아! 그렇구나. 저 오늘 쉬어요. 젓가락 맛집 다니고 젓가락 중, 젓가락 되면 젓가락에 놀러 와. 시원한 젓가락 한잔 하자. 현? 네 젓가락 드리고 방문할게요. 젓가락 필요하기도 하고요.

젓가락은 오지 않았다.

오후, 청도에 커피 배송 다녀왔다.

저녁 치우蚩尤에 관한 글을 읽었다. 치우는 2002년과 2006년 월드컵에서 붉은 악마가 사용했던 깃발의 주인공이다. 중국인에게 치우가 누구냐고 물으면 치우는 한국, 일본, 만주족의 조상이라고 일컫는다. 그러므로 치우는 동이족의 조상이다. 치우는 전설 속 인물이지만, 구려족九黎族의 수령으로 '양호兩皞, 태호 복희씨와 소호씨' 집단의 중요한 구성원이었다. 그의 활동 중심은 지금의 산둥성·허난성·허베이성 경계 지대로 알려져 있다. 형제 81명이 모두 짐승의 몸뚱이에 사람 말을 하는데, 머리는 동銅이고 얼굴은 쇠였다고 한다. 이런 형상을 하고 어딜 가나 싸움을 일으켰다고 한다. 치우는 성질이 강하고 사나워 어느 무리와도 용맹하게 싸웠다. 신화전설 시대의 가장 위대한 제왕이자 중화인의 선조로 꼽히는 황제와 천하를 다툰 동이족의 대표적인 수령이었다. 그가 황제와 벌인 탁록 전투는 신화시대 최대의 전투이자 전쟁으로 꼽힌다.*

*[네이버 지식백과] 치우[蚩尤, Chī yóu you] 중국인물사전, 한국인문고전연구소

鵲巢日記 16年 10月 12日

대체로 맑았다.

대구 망우공원에 다녀왔다. 동호 형께서 운영하는 가게에 들렀다. 몇 달 만에 보았다. 동호 형은 가게를 두 군데 경영한다. 하나는 범어동에 있다. 형은 카페 경영은 아주 회의적임을 말씀하신다. 매출은 그나마 여기 만촌이 조금 낫기는 하지만, 이 가게도 술집이 들어오든 카페로 하든 내놓은 상황이다. 형은 이 가게가 정리만 되면 무역에 손을 댈까 한다. 의류 수입을 하려고 지금도 여러 지인과 교류 중이었다. 만촌동 기계가 버튼이 고장 났다. 부품을 챙겨 드렸다.

대구 자판기 굴지의 회사, 삼원에 다녀왔다. 엊저녁에 들어온 AS다. 집 앞 막창 집 미니 자판기가 언제부턴지 물이 샜다. 엊저녁에 들러 확인하니 밸브가 낡았다. 부품을 챙겨 오후, 막창집에 들러 수리했다. 자판기 수리 끝내고 잠시 여담을 즐겼다. 사장은 여기 막창집 땅 주인이기도 하다. 옆에 건물 짓는 것에 여러 가지 정보를 들였다. 사장은 이 막창 집 땅뿐만 아니라 대구에 25억짜리 건물도 있다. 한 달에 세 수익만 천만 원 정도 받는다. 지하에 대백마트가 입점해 있는데 여기만 해도 월세로 400을 받는다. 마트에 관한 여러 가지 정보를 들려주었다. 하루 천만 원 파는데 인건비 포함, 모두 정리하면 약 4천에서 5천 정도는 남는다는 얘기다. 사장은 아까 망우공원에서 만나 뵈었던 동호 형과 나이가 비슷하다. 한 분은 미국 이민생활에 아무것도 없이 시작해서 커피 일로 어렵게 일을 하며 한 분은 자산운영을 잘하시

어 재산을 꽤 모았다.

사장은 나에게 한마디 했다. 그래도 이 동네에서 사장만큼 편하게 사는 사람은 없을거요? 나는 피식 웃었다. 사장은 내가 글 쓰는 것만 보고 말한다. 취미가 고상하다는 뜻이다. 그래서 한마디 했다. 솔직히 노는 방법을 몰라 글 씁니다. 글 읽고 글 쓰는 것이 낙이지요. 그러니까 아이고 우리는 놀 때 많습니다. 몸이 좀 달려 이러고 있지요. 사장은 책은 전혀 보지 않는다. 머리 아픈 일을 사서 하지 않는다는 얘기다. 사장은 언제나 보아도 호탕하고 여유가 있다. 다음에 또 회식하러 오겠다며 인사하고 나왔다.

본점에 지적 장애 학생인 모 군이 들어왔다. 모 군은 경산자인학교 재학 중이다. 학교에서 실습으로 보냈다. 대화를 나눠보니 학생은 밝고 말을 무척 하려고 노력한다. 나이가 스물두 살이다.

저녁, 안 사장 다녀갔다. 대구 지역 잘 나가는 상표를 소개했다. 가맹사업이다. 어느 집은 벌써 100여 군데나 되고 또 어느 집은 점포 몇 개 더 냈다는 얘기다. 안 사장은 커피를 대량으로 볶아 팔아야 산다. 이번 달 우리는 두 군데 문을 닫게 되었다며 이야기했더니 그러는 거다. 가맹점은 많이 낸다고 좋은 것이 아니다. 그만큼 책임과 의무를 다하여야 한다. 이름을 같이 해서 좋은 것도 있지만, 힘에 겨운 것도 있다. 다른 사람의 전적을 들으면 부러울 일일 수도 있으나 결코 그럴 일도 아니다. 일은 솔직하고 능력껏 하는 것이 몸에도 좋고 사회에 손가락질도 덜 받는다.

침浸

양촌리 스타일, 가마에 장작 넣고 불을 땠지 활활 타오르는 양촌리 하얗게 굳은 잔에 까맣게 담은 바늘 보며 짤 데 짧은 시간을 보냈지 어제 일을 떠올리며 말이야 바늘은 하늘만 보지 하늘은 파란색 신호등 앞에 대기 중이었지 배 하얀 까치가

날아와 앉네 더는 안 움직이는 고양이 뜯고 있었네 경적 두 번 울렸지 파다닥 거리
며 하늘 나네 미련을 버릴 수 없는 저 눈빛 말이야 작은 웅덩이 담은 바늘 말이야

저녁 신정일 선생의 고조선 답사기를 읽었다. 지금은 중국 땅이다. 여행의 이모저모를 읽었는데 중국인의 생활과 문화를 볼 수 있었다. 선생은 역사를 통찰하며 글을 썼는데 지금의 중국 정부의 동북공정을 이해할 수 있었다. 그만큼 한국 여행객을 의식하는 것이다.

鵲巢日記 16年 10月 13日

맑았다.

신대·부적리에 사업하는 세빠 권 씨를 만나 생두 블루마운틴을 전달했다. 권 씨 며칠 보지 못했는데 오늘, 비쩍 마른 몸이라 어디 아프냐고 나는 물었다. 권 씨는 병원에 가, 종합 진단을 받았는데 아무 이상 없다는 얘기다. 결혼하고 나서는 더 말라 보였다. 주위 카페가 한 집 건너 있으니 영업에 그만큼 신경 썼던 것일까! 여기서 지척이다. 모모 토스트 가게가 생겼다. 10평이다. 한 달 세가 150만 원이라 한다. 토스트 팔아서 이 세가 나오는지 나는 의문이다. 세빠 권 씨는 토스트 가게 주인을 잘 아는가 보다.

옥곡 분점에 다녀왔다. 옥곡은 문 앞에 방부목이 꽤 삭아 다시 단정했다. 비용 100만 원 들여서 했다. 해놓고 보니까 아주 깔끔하고 가게가 달라 보였다. 점장은 깔끔하게 정리해놓고도 왠지 얼굴은 맑아 보이지는 않았다.

밀양에 다녀왔다. 에르모사 대표 천 씨를 만나 커피 전달했다. 상현 군은 마침 시간이 괜찮았는지 표충사와 밀양댐을 안내했다. 나는 덕분에 여행 나온 기분으로 눈요기를 잘한 셈이다. 표충사는 상현이 말로는 통도사 담당이

라 한다. 임진왜란 때 승병僧兵을 일으켜 나라에 큰 공을 세운 사명대사四溟大師의 충훈忠勳을 추모하기 위한 표충사당表忠祠堂이 있다. 나는 표충사는 처음 와 보게 됐다. 밀양을 그렇게 오가며 다녀도 이곳에 한 번 들리지 않았다. 표충사 입구에 펼쳐놓은 난전을 보니 조선 시대 때나 지금이나 우리의 사는 모습은 크게 다를 바 없다는 생각이다. 호박이며 대추며 각가지 특산물을 놓고 파는 어르신들이 많다. 관광객이 많아야 팔릴 텐데 평일은 이곳 찾는 사람도 적어 장사가 되겠나 하는 생각도 든다. 표충사 가는 길 좌우 산자락과 산 중턱은 펜션으로 군락을 이룬다. 길가에 하나둘씩 지은 카페 건물이나 기타 영업을 위한 상가도 많다. 상현이는 어떤 건물은 아주 멋있게 지었는데 폐가로 내버려둔 것도 여러 있어 이들 건물 하나하나 가격을 불렀다. 이 건물은 35억짜리며 저 건물은 십 몇 억쯤 한다는 얘기다. 펜션도 주인이 자주 바뀐다며 얘기한다. 어떤 건물은 몇 년, 아니 십 년 이상 묵은 것도 있다. 이 중 한 건물에 잠시 들렀는데 나무 난간이 삭아 뭉그러지는 집도 있었다. 앞에 소나무 두 그루가 있는데 주인은 없지만, 소나무는 아주 때깔 좋게 자라 도로 이 집을 빛나게 한다.

밀양댐에도 함께 올랐다. 밀양댐 바로 아래에 모 대학에서 운영하는 연수원이 있다. 연수원 옆은 개인 주택으로 보이는 데 아주 멋지게 지어 우리는 이 건물도 한번 둘러보았다. 근데 카페도 있으며 간이 수영장도 있다. 물론 시간이 괜찮아 함께 둘러보았지만, 상현이는 가게 자주 오시는 고객의 집이라 했다. 이 집 주인장은 한번 들리라며 인사도 주셨다고 한다. 피자를 자주 사 가신다. 카페는 영업해도 괜찮을 것 같았지만, 문이 닫혀 있었다. 여기서 조금 내려가면 아주 큰 카페가 있는데 여기에 들러 커피 한 잔 마셨다. 처음은 펜션으로 지은 건물이다. 지금은 펜션으로 이용하지는 않는다. 모두 카페와 노래방 시설을 갖췄다. 이 펜션 바로 옆이 카페로 이용하는 큰 건물이다. 그러니까 카페 건물이 몇 동 되는 셈이다. 마침 주인장을 뵙기도 했는데 상현이는 아주 잘 아는 분인가 보다. 하기야 밀양에 사니 이웃을 어찌 모를까만, 이 건물과 아까 35억짜리 건물을 아주 탐나게 바라보는 것 같았다. 표충사와 밀양댐을 둘러보고 경산 들어온 시각이 5시 조금 넘었다.

저녁, 김유신과 김춘추에 관한 글이다. 김유신은 신라 사회에서는 비주류*라 할 수 있다. 하지만, 자신의 처지를 비관하는 자세가 아니라 사회를 바꿔 나가기 위한 노력을 한다. 신라가 삼국을 통일할 수 있었던 여러 가지 이유를 읽었다. 하지만, 만주와 일본까지는 넘볼 수는 없었다. 신라의 골품제도, 능력보다는 신분제도의 한계를 극복하지 못했다. 만약 해양국가로 일컫는 백제가 삼국을 통일했다면, 또 중원의 대륙을 장악한 고구려가 삼국을 통일했다면 하는 생각도 든다. 무엇보다 내 하는 일이 중요하다. 수많은 카페가 난립한 가운데 나는 어떻게 살아야 하나 말이다.

본점에서 구 씨와 잠깐 대화를 나누었다.

개蓋

사각 철재 위 올려놓은 은박지, 동그스름한 물의 세계를 덮다. 둥둥 떠다니는 빙산, 빙산들, 세계는 투명한 유리관, 누구나 보아도 한 잔의 물만큼 속 시원히 풀 수 있다면 주름 짝 펼쳐놓은 은박지처럼

무거운 유리병 밑에 깔린 은박지, 등잔 밑이 어둡다는 말도 있듯 철재와 유리병 사이에 낀 은박지, 어쩌면 나는 투명한 유리관 같은 사각 철재와 같은 그 사이에 낀 종이 한 장

*주류와 비주류에 대해서 예전에 글을 쓴 적 있다. 나의 책 『구두는 장미』 406쪽에 있다.

鵲巢日記 16年 10月 14日

맑았다.

과果

뒷산에 감나무 두 그루 있네 가지가 휠 정도로 둥근 감 많이 열렸네 아무도 따지 않는 감을 나는 고개 숙여 익은 감만 몇 개 땄네 까치가 와서 쪼아 먹고 남은 것도 있네 한 며칠 더 지나면 먹기 좋게 익을 감도 있네 감나무는 주렁주렁 한해의 성과를 그저 우리에게 내 드리네

카페 조감도 건물 뒤, 감나무 두 그루가 있다. 감이 주렁주렁 열려 있는 것만도 보기 좋고 주황색으로 익어 가니까 보기가 더 좋다. 오늘은 이 중 네 개를 땄다. 모두 홍시다. 감나무는 무게에 겨운지 가지가 축 널어졌다. 오늘은 날도 맑아 전형적인 가을 날을 맞았다.

중앙병원에 커피 배송 다녀왔다. 손님으로 오신 분이었다. 경산 오거리에 있나보다. 10평 좀 안 되는 가게가 있는데 몇 년째 비워져 있어 무엇을 하면 좋을지 묻는다. 아주머니는 연세가 칠순은 넉넉하게 보였다. 종합 진단을 받고 여기 카페를 보니 빈 가게가 생각났던 것이다. 신축건물에 분양받은 가게다. 커피 전문점이면 딱 좋겠다는 말씀은 하지 않았지만, 이것처럼 했으면 하는 바람을 내비쳤다. 그저 아주머니께서 하시는 말씀을 줄곧 듣기만 했다.

청도에 커피 배송했다.

오후, 정평 카페 디아몽에 다녀왔다. 생두 블루마운틴을 배송했다. 마침 전에 본점에서 일했던 진 씨와 옥곡과 계양 분점에서 일한 바 있는 임 씨도 볼 수 있었다. 진 씨는 벌써 아들과 딸의 출가를 얘기했다. 딸은 곧 결혼하는가 보다. 딸 혼수문제로 여러 이야기를 들었다.

저녁 카페 우드에 다녀왔다. 전에 생강을 담았는데 오늘 생강차 한 잔 맛보기로 주신다. 종전에는 달았는데 오늘은 당도는 좀 덜해도 매운맛은 더해 마시기에 훨 나았다. 촌에 아버님께서 농사로 수확한 쌀이 있다. 우드 점장님은 한 포 달라한다. 참 고마운 일이다.

반칠환 시인의 시처럼 삶이란 '벙어리의 웅변처럼 / 장님의 무지개처럼 / 귀머거리의 천둥처럼' 살아야 한다. 일기는 나의 일이지만, 나는 시처럼 살았던가!

鵲巢日記 16年 10月 15日

맑았다.

토요 커피 문화 강좌 개최했다. 조감도 점장 동생이 왔다. 새로 오신 분이다. 오늘 교육도 대체로 나이 많으신 분이 꽤 많았는데 창업을 관심 두는 분도 몇 분 있었다. 이 중 한 분은 지난번 팔공산자락에 개업하고자 현지답사를 가졌던 분이다. 지난번보다는 더 자세히 얘기 나눴다. 모두 카페에 대한 실상이다. 건물을 짓는다면 어떻게 짓는 것이 좋은지 조경과 카페 마케팅에 관한 대화도 있었다. 선생의 성함은 채○○다. 대화에 나는 창업과 수성에 관한 말을 했다. 인간의 행복은 언제 가장 행복한 것인가? 사람은 모두 대단한 일을 또 그 일을 바탕으로 대단한 성과를 원한다. 창업은 쉽게 이룰 수 있어도 관리가 어려우면 일은 이루기 힘들다. 선생은 카페 사업에 매우 관심을 가졌다.

교육을 진행할 때였다. 40대 여성으로 카페 매매 나온 것 없느냐고 물었다. 토요 문화 강좌를 적극적으로 듣는 분이다. 나는 몇 군데를 얘기했다. 모 씨는 아주 관심을 가졌다. 앞에 오 선생의 실습 강의 진행에 멋있고 부럽다는 말을 남겼다.

오후, 맏이를 데리고 촌에 다녀왔다. 며칠 전, 어머님께서 농사로 수확한 쌀을 찧다고精米 전화가 왔다. 촌에 들러 쌀 열다섯 포, 차에 실었다. 마당가에 심은 감나무가 감이 꽤 열려 몇 봉지 따서 담았다. 어머님은 이중 모양이 괜찮고 크기가 좀 있는 것은 달리 챙겼다. 어디 쓰는가 보다. 나도 몇 개는 봉지에 담았다.

진량에 큰 식당 몇 개 운영하는 후배 안 씨와 시지에 카페 우드 점장님께 쌀을 전달했다. 후배 안 씨는 영천에 큰 식당 하나 더 개업하려고 했지만, 계약자가 계약을 파기하는 바람에 취소되었다. 이 일로 그 뒤쪽에 나대지 매물로 나온 것을 대신 샀다며 이야기한다. 약 천 평으로 매매가 18억이다. 후배 안 씨는 알면 알수록 참 신기할 따름이다. 땅은 이것만 산 것도 아니다. 나의 근황을 이야기했더니 팔공산 중턱에 임야 400여 평을 산 것도 있는데 이것도 팔면 값은 꽤 나간다. 후배는 60억 대 자산을 이루었다. 후배 안 씨는 모두 자신의 손으로 이 재산을 일구었다. 아직 40도 안 되었지만 말이다. 참 부러울 따름이다.

카페 우드 점장께서는 마침 콩을 볶고 계셨다. 사장도 함께 있었는데 오늘 주말이라 부부동반 어떤 모임이 있나 보다. 내가 들렀을 때는 막 나가려는 참이었다. 그 순간에 어떤 고객 한 분이 볶은 콩 주문이 들어와 콩을 볶고 있었다. 사장은 아직 식사 안 했으면 함께 가자고 했다. 오리고기 먹으러 간다며 얘기한다. 나는 마다했다. 맛있게 드시고 오시라 했다. 촌에 아버님께서 이룬 농사라 쌀은 윤기가 좋고 맛도 좀 다를 거라 말씀드렸다.

항缸

나는 꽃가게에 간 적 있다 일주일 한 번씩 장미를 사서 가게에 놓인 꽃병에 꽂아 놓았다 꽃병은 참 왜소하다 왜소한 꽃병이라 하지만 꽃은 나름으로 빛난다 꽃은 작고 볼품없는 꽃병을 탓하지 않는다 도로 밝게 웃는다 굳은 꽃병은 또 무엇을

더 바라서 까맣게 꽃을 만드나

鵲巢日記 16年 10月 16日

종일 비가 왔다.

오후 신대·부적리 애견카페에 다녀왔다. 기계 AS 전화다. 스팀이 나오지 않는다며 전화가 왔다. 현장에 들러 기계를 뜯고 확인했다. 에스프레소 기계 압력스위치 불량인 듯하다. 접점 불량으로 일시적인 현상으로 보인다. 상황을 더 지켜봐야 해서 우선은 운영할 수 있도록 해두었다.

견犬

훈도 애견 카페 월 매출 천만 원 족히 넘어간데 정말 대단하지 지난주 금요일 70 찍었데 가맹문의도 몇 건 들어왔데 친형, 신대부적에 가게 낸데 애견 샵. 멋지네 역시 훈도는 잘 하는군 3시 반까지 ○○만 원 팔았데 오늘 비가 와서, 근데 좀 있으면 사람 많이 몰려온데 요즘 신대부적 잘 나가네 훈도는 여러 가지 많이 팔더라 겨울 옷, 간식, 생리대 등 훈도가 데리고 있는 개들은 모두 모델인 것 같아 휘리는 유행이 지난 T를 입혔는데 오시는 손님마다 묻네 옷 예쁘다고 재고 달리니까 선주문 받아 놓기도 하더라 원두는 생리 중이라 기저귀 채웠더라 또 원두하고 같은 종인데 한 마리 농장 갈 뻔한 개도 있었네 농장 가면 새끼를 낳아야 한데 못 낳으면 그 길로 죽는데, 그러니까 훈도가 살린 셈이지 다양성은 사는 길이네 훈도야말로 성공케이스네

손을 많이 쓰는 것은 참 버거운 일이다. 신경이 이만저만이 아니다. 비 오고 날씨 추워지니 마음은 더 답답하다. 집에서 쉬어도 불안하다.

鵲巢日記 16年 10月 17日

맑았다.

오전, 영천 삼사관 학교에 다녀왔다. 오후, 팔공산 카페 건으로 채 선생께서 조감도에 다녀가셨다. 구체적인 계획을 그려오셨다. 약 삼천 평 가운데 천 평 정도 할애하여 이중 130여 평 카페 8도로 지을 수 있다. 선생은 전보다 더 자신감을 가졌다.

정평에 다녀왔다. 진 씨, 임 씨, 모 씨와 점장 강 선생께 쌀 한 포씩 드렸다.

공空

미옥은 오후 공 오 시에 와서 공 육 시까지 커피 한 잔 마시며 보험 얘기하더라 미옥은 국내 유수 보험회사 다닌 지 꽤 됐다 하더라 월 이십 만원도 좋고 삼십 만 원도 좋으니 이자 이점 육칠은 잘 나오지 않아 얼른 들어라 하더라 이왕 형편 괜찮으면 한 백만 원은 넣으라 하더라 미옥은 주말은 어떠한 일 있더라도 쉰다더라 동창회 및 각종 모임은 물론이거니와 바닷가나 국내 축제는 어디든 간다더라 얘기 줄곧 듣다가 좀 쉬어가는 마당에 이자 이점 육칠보다 대출이자 오 프로 대는 버거운 거라 있는 거 없는 거 다 얘기하니 쪽 팔리더라 미옥은 그래도 틈틈이 쉬는 그러니까 줄곧 일하는 아내 친군데 말이다.

오후, 노동청에서 전화가 왔다. 올해 감시 한 번 받아보았느냐고 물었다. 받지 않았다고 했다. 직원 임금 지급에 관한 일이지 싶은데 언제 나오겠다는 말도 없이 전화는 끊겼다. 조감도는 백 군이 나가고 효주가 새로 들어왔으니 효주의 근로계약서를 작성했다. 효주는 이 계약서에 서명했다.

저녁에 조감도에 갔을 때 일이다. 효주는 꽃다발을 선물 받았다. 전에도 꽃집에서 꽃을 배달했는데 나는 궁금해서 누구냐고 물었다. 효주는 짐작 가는 사람은 있지만, 누군지 정확히 말하지 않았다.

鵲巢日記 16年 10月 18日

맑았다.

오전, 한학촌에 다녀왔다. 오후 새로 들어온 직원 퇴직연금 가입 서류를 챙기느라 잠깐 조감도에 있었다. 전에 압량초등학교 앞, 문구점에서 뵌 모 씨를 만났는데 아주 반가웠다. 손님 한 분과 같이 오셨다. 손님은 커피에 아주 관심이었다. 불교 관련 사무직에 종사하다가 지금은 휴직상황이다. 벌써 두 달이 넘었다. 커피를 배워 커피 일을 하고 싶다며 여기까지 오신 것 같다. 분명 창업은 아니었다. 모 씨와 모 씨께서 모시고 온 손님은 모두 50대다. 손님은 대구에 커피로 이룬 골목은 있는 대로 찾아다녔다. 물론 일하기 위해 다닌 것은 아니다. 커피 집 상황을 알아보려고 그런 것 같다. 그뿐만 아니라 강릉에도 포항에도 해변에 커피 골목이 형성된 곳은 안 가본 데가 없다. 커피 일을 하고 싶다면 커피를 배워야 한다. 주말 카페리코 본점에 토요 커피 문화 강좌를 안내했다. 손님은 주말에 오겠다고 했다.

저녁, 화원에서 전화가 왔다. 꽃집을 경영한다. 이 집은 바깥 사장께서 관급공사를 많이 하여 제법 돈을 버는 집이다. 정 씨는 카페도 하지만, 카페와 더불어 다른 일도 여러 있다. 오늘은 카페 경영에 회의적인 말을 한다. 한 달에 팔백만 원씩 적자 보며 운영한다는 말이다. 하지만, 카페는 홍보 차원에서 운영하는 거로 보인다. 그러니까 팔백만 원씩 적자 보는 카페가 있는가 하면, 정원이나 조경사업으로 몇 십억을 번다. 대부분 관급공사다. 화원에서 제법 가까운 곳이다. 5천 평 정도 되는 땅이 있나 보다. 이것을 개발하여 카페 2백 평 정도 짓는 것은 어떤지 아주 심도 있게 묻는다. 하기야 요즘은 모두 차로 움직인다. 시내에서 커피를 마시고 즐기는 것은 이제 한계에 다

다랐다. 가까운 곳에 명소가 있으면 드라이브를 즐기며 휴양지 같은 카페만 찾는 ○○족이 많다. 이렇게 카페가 많고 또 대형카페도 이제는 한 해에 몇 개나 출현하는 시장에 여차 없이 뛰어드는 자본가는 아직도 많다는 것이다.

많은 사람은 조감도를 묻는다. 경영이 어떠냐는 것이다. 이는 무엇을 뜻하는가? 최소한 조감도 규모는 넘겨야 하지 않을까 하는 마음으로 묻는 것이다. 팔공산 임아 삼천 평을 개발 착수 일보 직전에 있다. 화원 쪽도 심싱치는 않다. 오늘 전화상 내용은 당장은 아니더라도 곧 개발하겠다는 뜻이다. 물론 이러한 일은 오늘 상황만은 아니다. 여태껏 상담한 대형 카페만도 도대체 몇 개인가?

본점에 컵케이크를 만드는 공장 사장이 왔다. 케이크를 우리 라인에 공급하고 싶다는 말이다. 맛보기로 가져온 케이크는 높이 7cm, 지름 10cm 정도 된다. 맛은 꽤 달았지만, 그런대로 괜찮다. 개당 가격을 물으니 얼마 하지 않았다. 이것을 몇 개나 납품 들어가야 수지타산이 맞을지 나는 그게 의문이었다. 동네마다 카페가 한 집 건너 하나씩 있으니 카페에 파는 것만도 괜찮을 것 같기도 하다. 직접 영업해서 납품받고 싶은 곳이 있으면 하시라 했다. 본부에서 담당하는 것은 맞지 않는다.

책冊

선생은 선생을 벗한다 나이가 들수록 세상은 더욱 좁고 시장은 더 경쟁적이다 선생은 어렵고 힘든 과정을 모두 겪었다 심지어 목숨까지 위태한 상황도 있었다 길은 있어도 길이었고 길은 없어도 그 길을 만들며 나아갔다 어차피 뚫어야 하는 것은 보이는 길이 아니라 내 마음에 어두운 그림자가 먼저였다

선생은 선생과 벗한다 주위가 메말랐다면 수천 년을 거슬러 올라가 선생과 벗한다 선생은 언제나 나를 벗한다

鵲巢日記 16年 10月 19日

맑았다.

도道

가만히 있으면 변기 바깥에 눈 똥만 생각나네. 똥 위에 꽂은 담배꽁초 두 낫도 함께 말이야. 계획을 짜고 실행하게. 가벼운 것부터 먼저 하는 거야. 적극적이어야 해. 우리의 머리는 온통 쓰레기지. 일말의 희망이 있다면 책을 들어야겠다는 생각 같은 것, 이것도 실행하는 사람이 있고 그렇지 않은 사람이 있지. 읽게. 읽으면 길이 보일 걸세.

오전, 곽병원에 커피 배송 다녀오다가, 수성 1가 다이노 카페도 잠시 들렀다가 왔다. 동원이는 며칠 전에 이런 일이 있었다. 술 취한 손님으로 화장실 이용하고 가신 손님이었다. 대변을 변기 안에다가 눠야 하지만, 바깥에 누고 간 일이 있었다. 그 똥 위에 담배꽁초까지 꽂혔다니 이 거리가 과연 대도시로 시민의식의 수준을 의심케 한다. 손님을 가려가며 받는 처지도 못되고 고민이 이만저만이 아니었다. 동원이 말로는 이 동네가 갑자기 개발하여 혜택을 누린 사람과 그렇지 않은 사람으로 갈리게 되어 그렇지 않은 사람은 일종의 불만과 소외와 같은 심리적 표현이라 했다. 동원이는 아주 결심한 것 같았다. 저녁 8시 이후는 40세 이상 남자 손님은 받지 않습니다.

오후, 본점에서 전에 토요 문화 강좌 오신 모모 분의 상담이 있었다. 친구와 함께 왔다. 모두 50대 아주머니다. 친구분께서 카페를 무척 열고 싶어 그간 보아온 자리와 내부공사 그리고 집기 등을 얘기했다. 친구분을 모 선생이라 하자. 모 선생은 가진 것이 없다. 그러니까 자금이 그리 많지 않았다. 자리는 옥산 2지구였다. 가게 규모는 10평이다. 내부공사 비용은 얼마가 들어갈 것이며 집기는 또 얼마가 필요할 것이라는 얘기를 했다. 모두 최소비용으로 뽑았다. 카페는 많은 돈을 들여 멋지게 꾸미는 집이 있는가 하면 정말 있을 것만 갖추고 운영하는 집도 있기 때문이다. 모 선생은 후자를 빌어 설명해 달라고 했다. 커피 집에 대한 여러 가지 이상(로망) 같은 것이다. 실제로 카페 영업은 몹시 어렵고 힘들며 손님 시중드는 일이라 여간 마음 상하는 일로 감당하시겠느냐고 물었다. 그러나 손님에 대한 생각은 그렇게 깊게 생각을 가져보지는 않은 것 같다. 그 아주머니의 말씀에 잊히지 않는 것이 있다. '저는요 처음 보는 사람은 좀 가리는 편이에요.' 카페는 내가 친하다고 생각한 사람은 거의 오지 않는다. 손님은 모두 처음 뵙는 분으로 하루가 낯설다. 가실 때 나의 책『커피향 노트』한 권 사가져 가셨다.

팔공산에 카페 여실 채 선생께서 오셨다. 오늘도 설계사를 만나 더 자세히 얘기 나누시다가 오신 것 같았다. 건축 면적이 150평이 넘으면 전문 회사에 맡겨야 한다는 말씀이다. 150평 이하면 일반 건축업자도 건축할 수 있다는 말씀을 하셨다. 200평은 족히 지어야 한다는 말씀을 언젠가 드린 적 있다. 카페가 대규모로 여는 집이 많아 이 경쟁시대에 맞춰 얘기했던 내용이었다. 다음 주 목요일 카페 조감도 오전 11시에 건축사와 함께 만나기로 약속했다. 이외에 구체적인 계획을 논했다.

鵲巢日記 16年 10月 20日

맑았다.

카페 조감도 오전 8시에 문 열었다. 며칠 전에 들어온 제빵기계 전기가설과 콘센트 몇 개 더 설치했다. 약 2시간 가까이 작업했다. 한학촌과 중앙병원에 커피 배송 다녀왔다. 중앙병원 점은 카페 안이 썰렁했다. 이제 여기서 영업하는 것도 1주일밖에 남지 않았다. 자질구레한 짐은 일부 치운 셈이다.

압량 조감도에 다녀왔다. 오 씨는 옆 성당에 카페가 생긴 이후 커피가 잘 판매되지 않는다며 말을 남겼다. 문제는 여기 이 카페 위에 또 하나 생긴 것이 더 큰 영향을 받은 것 같았다. 오 씨는 사는 아파트에 있었던 일을 얘기한다. 아파트 상가에 문 열었던 카페가 장사가 안되어서 문 닫은 이야기를 한다. 이 가게가 문 닫고 나서 세 개가 더 생겼다며 얘기한다. 원래 가게는 문 닫고 상가 주인이 이 자리를 인수하여 운영하며 그 옆과 앞에 또 새로운 카페가 생겼다는 것이다. 참! 웃을 일은 아니지만, 웃음밖에 나오지 않았다.

감監

대봉은 익어간다 가지마다 봉곳하게 달렸다 하나씩 또는 무리를 이루며 매달렸다 보는 것만도 마음은 포근하다 벌써 한입 가득 베어 문 듯 철철 흐르는 감내는 이미 닿았다 가지는 메마르고 열매는 굵다 터질 듯 꽉꽉 잡는 것은 너의 윤기다 비누처럼 물컹한 것은 씨앗이다 그 씨앗을 감싸는 너의 속살이다 봄부터 아니 처음 본 날부터 찌꺼기는 죄다 가져와 너의 발밑에 묻었다 올봄은 고양이도 한 마리 묻었다 한여름 지나 호박 덩굴이 지나가고 여러 짐승이 지나갔다 따가운 햇볕에 붉게 담아내는 너의 열정에 우리는 눈 돌릴 수 없었다 매일 아침 너를 보며 나는 붉은 열정을 심는다 봉곳한 것은 하나는 무리는 마음은 한입 가득 베어 문 것은 열매는 터질 듯 꽉꽉 잡는 것은 비누처럼 물컹한 것은 무엇인가? 찌꺼기는 고양이는 호박 덩굴은 짐승은 따가운 햇볕에도 그 열정은 무엇인가?

오후, 본점에 새로 들어온 직원 모 씨와 근로계약서에 서명했다. 동환이가 와 있었다. 동환이는 인사성이 참 밝다. 이제는 인사를 줄곧 잘한다. '본부장님 오셨어요.', '본부장님 안녕하세요.' 하며 말이다. 인사만 잘해도 상대의 마음은 밝다. 동환이는 지적 장애가 있지만, 이리 인사를 잘하니 상대도 밝으며 상대가 밝으니 동환이를 달리 보지 않을까! 우리는 영업장에 어떤 어려움이 있더라도 그 내면을 숨기고 손님께 정말 따뜻한 마음으로 인사를 해 보았는가!

옥산 1지구에 다녀왔다. 옷 가게다. 오래간만에 커피 주문이 들어와 이 동네도 오래간만에 왔다. 근데, 옷 가게 주인은 이쪽 선으로 해서 하나둘씩 커피 집이 생겼다며 얘기한다. 엠 상표와 비 상표 조금 더 가면 리 상표도 들어와 있다. 물론 옷가게가 위치한 자리와 같은 선상이다. 골목마다 들어선 카페는 또 얼마나 많은지 요즘은 사람마다 커피 이야기 안 하는 사람이 없을 정도다. 주인장은 나에게 물었다. '커피 장사 좀 어떤가요?' 나는 빙긋이 웃었다. 그냥 흐뭇한 표정으로 말이다.

청도에 다녀왔다. 리코가 리오로 바꾼 모 씨 가게에 들렀다. 모 씨는 나에게 홍시를 담아준다. 곧 터질 듯한 감도 몇 개 보였다. 이 감을 조감도에 내려놓았다. 감 좋아하시는 분 있으면 드시라 했다.

鵲巢日記 16年 10月 21日

맑았다.

오전, 소표 대리점 운영하는 최 사장께서 다녀갔다. 오후, 동원이 가게에 다녀왔다. 그간 별일 없었는지 물었다. 하도 별일이 많은 곳이라 그릇된 손님이 그간 있었나 물어보았다만, 아니나 다를까 어제 아침에 이런 일이 있었다고 한다. 나는 동원이 말을 들으면서도 이것이 진짠가 싶기도 하고 의심나기도 했지만, 동원이는 헛된 말을 할 사람은 애초 아니라 나는 믿는다. 너무 진지하게 말한다. 어제 아침, 40대 아주머니 두 분이 일찍 카페에 오셨다. 2층에 올라 담소를 나누었는데 한 시간 가까이 주문도 없이 그렇게 얘기를 나눴다고 한다. 얘기를 나누다 보니 목이 마르고 물 좀 달라고 부르니 물을 갖다 드리며 주문은 1층 계산대에서 도와 드린다며 공손히 말씀을 건넸다. 문제는 아주머니가 발끈 화를 내면서 '커피 주문하지 않으면 나가란 말이냐며' 언성을 높였다. 동원이는 결코 그런 뜻이 아니라며 사과 아닌 사과를 드려야 했으며 손님은 그 자리에서 일어나 나가시다가 그래도 한 시간 넘게 앉아 있었으니 계산대에서 아메리카노 한 잔 주문하시는 것 아닌가! 그런데 곧 나가시는 손님이 테이크아웃 잔에 받아 달라는 것이 아니라 머그잔에 담아달라는 것이다. 그래서 머그잔에 담았다. 손님은 한 모금 마시더니 다시 종이 잔에 담아달라는 것이다. 담아 드렸더니 이제는 아까 그 머그잔을 다시 달라는 것이다. 그 머그잔에 침을 텍 뱉으며 계산대에 도로 건네는 것 아닌가! 그리고 그 아주머니는 한마디 더 했다. 이래야 설거지할 것 아니냐며 뻔뻔하게 문을 박차고 나갔다는 것이다. 참 이 말을 듣고 나는 할 말을 잃었다. 전에는 똥을 어디에다 눠야 할지 분간 못 하는 손님에다가 커피를 도로 던지는 사람이 있는가 하면 이번에는 침까지 뱉은 사람이 있으니 말이다. 하루는 넥타이 매고 정장 차림으로 손님을 대하였으나 어떤 나 많은 사람은 넥타이를 왜 매고 오냐며 여기가 무슨 회사냐며 얘기하시는 손님도 있었다. 엊저녁 일이다. 10시 반에 손님도 없고 해서 일찍 마감에 들어갔다. 나 많은 손님으로 여러 명이 오셨는데 이제는 진상 손님일까 싶어 받지 않았다니 동원이는 신경이 여간 예민銳敏하기까지 했다. 손님은 왕이라는 말도 있다. 정말 왕처럼 깍듯이 대하라는 뜻이다. 커피 전문점이 한 집 건너 한 집이듯 손님은 이제는 왕이 아니라 진상이 아닐까 업주는 두려워하는 시대가 되었다. 정말 우리가 문화시민이라면 또 그와 같이 대우를 받으려면 예의를 갖춰야 하지 않을까! 당신이 바라보는 상대는 나의 아버지와 같은 나의 어머니와 같은 누이와 동생 같은 사람이 아닌가! 말이다. 함께하는 사회에 말이다.

성城

처음은 비쩍 마른 몸으로 아니 납작한 城이었다 말끔하고 깨끗하고 단조롭고 부드러운 그런 城이었다 네 귀가 열리는 순간 무엇이든 가리지 않고 먹는다 네가 버린 것은 모두 나의 것이다 손톱 발톱 똥도 똥 묻은 휴지도 나는 먹는다 밑구멍은 온전해도 옆구리 터질 때는 종종 있다 네 귀를 묶는 것은 나의 완성이다 때로는 날

파리도 바퀴벌레도 지나는 길고양이도 불러 만신창이가 된다 억지로 먹은 것은 뱉어내기 어렵다가 기어코 버티다가 쏟아내는 하품은 지저분한 거리만 만들었다 우거적우거적 씹는 특차가 오기까지 구긴 파지처럼 썩지 않는 방부목처럼 누구나 쉽게 넘는 담처럼, 나는

鵲巢日記 16年 10月 22日

맑았다.

커피 문화 강좌 가졌다. 전에 조감도에서 뵈었던 김 선생과 조 선생께서 오셨다. 김 선생은 불교 쪽에 일을 한 바 있는데 지금은 휴직이다. 커피를 조금 더 알고 싶어 오셨다. 교육하게 되면 동기부여를 받는 쪽은 다름 아닌 바로 나다. 새로운 것은 무엇인가? 깨닫는 것은 무엇인가? 희망을 얻는 것은 또 무엇인가? 바로 교육이다.

팔공산 갓바위 오르는 길, 카페 사업을 계획하시는 채 선생께서 오셨다. 약 1시간가량 상담했다. 1층 면적 100평 2층 면적 50평 규모로 잠정 계획되었다. 1층 바닥면적은 가로 24m, 세로 14m가 되며 1층과 2층 간 높이는 5m가 되었으면 하는 바람을 얘기했다. 1층과 2층에서 바깥을 바라볼 수 있는 그 어떤 장애가 없어야 하며 바깥 주차장에 철골구조로 가설무대를 설치하는 것도 얘기했다. 그러니까 1층과 2층에 앉은 손님께서 가설무대에 행하는 그 어떤 예술적 행위도 보고 들을 수 있게끔 말이다. 이러한 설계가 가능할지는 이번 목요일에 약속한 설계사를 만나보아야 알 수 있을 것이다.

이제 카페는 규모에서 월등히 크든가 아니면 굉장히 철학적이어야 한다. 큰 건물은 인간에게 경외감을 불러일으킨다. 하나의 마케팅적 요소를 갖춘 셈이다. 이는 자연스럽게 관광명소가 되며 신화가 아닌 신화로 커피를 존립케 하며 종교가 아닌 종교로 믿음을 부여한다. 더구나 갓바위 오르는 이 길은 시너지 효과가 훨씬 더 크다는 것은 분명하다.

카페는 이제 평상시 중압감에 시달리는 시민께 휴식을 주는 효과로 앞뒤 막힘이 없는 뻥 뚫은 경관을 제공하여야 하며 이로써 커피 한 잔에 자연과 더불어 오는 쾌락과 회복의 심리를 안겨주어야 한다. 거기다가 건전한 공연문화를 만들며 이를 즐길 수 있는 공간을 조성하는 것은 커피 한 잔의 효과보다 더 크다는 것은 말해서 무엇하리! 이는 곧 카페 장의 명예와 직결되는 문제이기도 하다.

우리 민족을 하나로 묶는 것은 단군이다. 이제 단군은 신화가 아니라 역사의 실존 인물이다. 커피를 하나로 묶는 것은 칼디다. 칼디의 전설은 커피인에게는 신화다. 신화와 같은 존재로 우뚝 서려면 커피를 오로지 커피만 맹신하여도 모자라다.

수手

뻣뻣하다 구부리지 못한 마음이다 풀이 아니라 굳은 뼈다 마음이 닿지 않는 곳 기어코 낙서하는 곳 아무런 의미 없는 곳 하지만 잠시 쉴 수 있는 생각도 다질 수 있는 어쩌면 시간을 만드는 활력소 그렇게 박박 긁어 주는 효자도 아니면서 효자와 같은 내 마음 따라가는 굳은 뼈다

鵲巢日記 16年 10月 23日

흐렸다.

말襪

우리는 북방민족으로 광활한 대륙을 거닐었다 만주의 무덤 지나 요동의 늪지대를 거쳐 한때는 중원을 넘나들기도 했으며 산둥을 지배하기도 했다 바다 건너 반도에

이르러 우리의 터전을 마련하고 삶을 다졌다 날씨는 흐리거나 맑아도 목련이 피고 벚꽃이 피고 무궁화도 피었다가 갔다 멍하니 앉아 있거나 풍경은 없어도 달은 매일 같이 떴다 동복을 걸쳐놓고 오천 년을 담아도 아득한 세월에 쉬어가는 마당이다 마계처럼 억겁을 더하여도 잠시 신은 별이다

토요 문화 강좌에 오셨던 분이다. 신대부적리에 중국집 운영한다. 압량사거리에서 조폐공사 가는 방향이다. 길 가에 5층 건물 짓는 곳이 있다. 중국집은 약 20억 들여 이 건물을 짓는다고 했다. 온 가족이 함께 이 중국집을 경영한다. 장인 장모 처제 식구와 더불어 중국집을 함께 경영한다. 전에 이 집 경영하는 사모님께서 식당을 옮기게 되면 커피를 갖추겠다는 말씀이 생각난다. 지금 짓는 건물 바로 옆은 모 카페가 있다.

어제 장 사장 만난 일이 있었는데 청도, 모 카페에 대한 얘기가 나왔다. 세간에 떠들썩할 정도로 입에 오르내리는 카페다. 한 달 매출이 무려 칠천만 원이다. 나도 한 번 다녀왔다. 카페는 구릉지에 있으며 사방팔방은 들녘과 병풍처럼 낮은 산뿐이다. 이 카페는 은행 대출 19억을 냈다는 얘기를 들었다. 이자보다 규모가 이 정도면 충분히 해볼 만 한 사업이다.

동원이 가게에서 가까운 유명 가맹점인 'P' 카페가 있다. 한 달 세가 무려 800여만 원이라 한다. 약 100여 평으로 이 가게를 내는데 10억이 들었다고 한다. 매출은 4천이 안 된다. 그러니 도시 외곽지역에 이 돈만큼 투자되었다면 오히려 더 낫지 않았겠나 하는 생각이다. 한 달 세와 이자를 고려해서 하는 말이다.

鵲巢日記 16年 10月 24日

신呻

슬리퍼 신고 길을 건넜다 노을은 산 넘어가고 차 여러 대가 지난 꽁초만 보았다 은행나무 밑에는 빈 피자 상자가 있고 뜯긴 과자 봉지가 나뒹굴었다 동네 마트 지나 옥돌이 깔린 커피 집 들러 커피 한 잔 마셨다 구렁이처럼 바닥을 보며 아무것도 바르지 않은 거친 벽을 만지며 어데 한 군데 구부림 없는 철재처럼 누런 탁자 위 올려놓은 까만 커피 한 잔 들고 마셨다 생각건대, 웅족과 호족처럼 예족과 맥족이었다 예족으로 시작했다가 나중은 맥족으로 길은 다녔다 가로등 없는 어두운 거리를 안간힘으로 잔은 내려놓는다 마늘은 이 커피 한 잔에 넣을 수 없는 것인가?

사동에 에어컨 기사가 다녀갔다. 에어컨 총 열 대 중 한 대가 고장이다. 약 한 달 전에 AS 수리를 넣었지만 관련 업체는 부품조달이 어려워 마냥 기다려야만 했다. 결국, 지난주에 LG 본사에다가 접수했다. 아침에 고장 난 콤프레샤가 있음을 확인했다. 문제는 수리비가 만만치가 않다. 기중기로 부품을 옥상에 올리는 비용 제외하고 약 100만 원이 든다. 아침에 배 선생과 예지가 있었는데 에어컨 개수가 되니 수리하지 말자는 의견이다.

옥곡에 사시는 분이다. 오늘부터 커피 정식교육을 받는다. 카페의 과거와 현재를 이야기했다. 카페리코에서 배워 나가 활동하시는 여러 카페와 앞으로 어떤 카페가 개업을 준비하는지도 이야기했다. 교육생은 나이가 좀 있다. 오십 줄은 넘었다. 언제부터 카페 창업에 꿈을 안고 있었지만, 마땅한 기회 얻기가 어려웠다. 당장 창업하는 것보다 커피와 카페에 대해서 제대로 아는 것이 먼저다. 항상 늦었다고 하는 시점은 없다. 인생 백세시대라고 했다. 성공은 10년이면 충분하다. 내 뜻을 세우고 반듯한 업으로 사회에 이바지할 나이는 많고 적음이 아니라 얼마큼 아는 것인가가 중요하겠다.

저녁에 안 사장 다녀갔다. 본 공장 뒤에 공장 한 동을 증축하나 보다. 철골구조로 21평 짓는데 2,800만 원 든다고 했다. 골조비용은 어찌 10년 전보다 더 싸게 느껴지는 것은 무엇인지. 안 사장은 시간이 좀 더 지나서 여유가 있으면 공장에 약 50평 정도 되는 연구실 짓는 게 꿈이다. 음악을 상당히 좋아하시는 분이다. 말은 연구실이지만, 개인 주택이다. 가능할 것 같다. 나는 얼른 지으라고 맞장구쳤다. 노출 콘크리트로 짓겠다고 했는데 콘크리트 벽 두께를 무려 30을 놓겠다고 하니 단열도 필요 없을 것 같다는 생각이 들었다. 실지로 단열은 그 속에 이뗜 소재로 마감처리 된다는 얘기까지 나왔다. 이야기 들으니 이 불경기에 속이 후련할 정도로 잠시 희망이 생긴다. 패널 집도 빗물은 영 안 새는 건 아니라서 말이다. 나도 언젠가는 집을 새로 지어야 한다. 1억이면 집 지을 수 있겠지 하는 막연한 희망을 안는다.

풍風

굳은 콘크리트 벽에 딱 붙은, 한 10년도 끄덕하지 않을 나무늘보만 밟고 올랐다 도시락 가방처럼 공구 주머니 매고 하늘 정원에 닿은 그는 감나무도 전깃줄에 앉은 비둘기도 파, 배추 고추 무가 촘촘히 자라는 텃밭도 보지 않고 곧장 옷깃을 풀었다 만 14년 한 번도 벗지 않은 모자를 어루만지며 주름과 주름을 짚었다 동력을 넣을 때는 한 번씩 딸꾹거리다가 뚝 끊어지기도 했는데 이것도 잠시, 이제는 숨은 영 멎었다 나는 바다처럼 매끄러운 비늘을 밟고 저 푸른 하늘만 바라보았다 훨훨 날고 싶었다

鵲巢日記 16年 10月 25日

오전에 비가 왔다. 오후 들어 비는 그쳤으나 꽤 흐렸다.

묘猫

고양이는 붓의 몸통과 끝의 조정이었다 필통에 꽂은 자를 이빨로 물고 늘어지며

결국 자국은 늘어난다 기둥을 잡고 박박 긁는다 숨죽이며 털을 고른다 귀 쫑긋 새우고 눈 감는다 사놓고도 잊은 칼을 어느 상자에서 발견하고 어느 골목길 지나다가 샀던 사과만 깎고 싶었다 한쪽 손으로 노리개 탁탁 친다 가늘고 긴 송곳니 그리고 따끔한 혀 붓은 잡을 수 없는지 하얀 볼펜만 물고 뱅뱅 돌리다가 던지는 고양이, 방석 위에 쬐는 열기만 뜨겁다

오전, 커피 역사를 강의했다. 인류 역사에 있어서 커피는 아주 짧은 역사를 가지고 있다. 커피 발견에서 세계 전파과정과 우리의 커피는 어떻게 받아들였으며 현재는 얼마큼 시장을 형성하며 앞으로는 어떻게 발전해 나갈 것인가에 대한 얘기다. 선생은 어제 드렸던 나의 책을 읽었던가 보다. 어떤 절박한 마음이 있어야 일을 도모할 수 있겠다며 한 말씀 주셨다. 교육 들어가기 전에 나의 시집 『카페 조감도』 詩 「커피 5잔」과 「커피 6잔」을 낭독하고 설명을 곁들였다. 오전 11시에 수업 시작하여 오후 1시가 다 되어서야 마쳤다.

오후 3시 정각에 팔공산자락에 카페 낼 채 선생님께서 오셨다. 과연 150평 정도 건축하여 수익성에 맞는 사업인가 하는 질문이었다. 미래를 보지 않고 어떤 확답을 드리기에는 막대한 책임이 따른다. 무려 몇 억 아니 십 몇 억이나 들어가는 일이다. 나는 나의 경험을 바탕으로 설명했다. 조감도 사업을 시작할 당시 여러 가지 조건을 얘기하며 반드시 되는 일임을 확신했다. 선생은 청도에 모 카페와 부산과 창원에 있는 아주 큰 카페 몇 군데도 다녀왔다. 지난주 주말에 모두 가보시라고 얘기했던 곳이다. 이중 창원은 나의 컨설팅하에 이루어진 곳이라 조금 남다르게 보았을 것이다. 카페 규모가 약 200여 평이다. 선생께서는 카페를 약 100평으로 단층으로 하자는 의견을 제시했다. 누가 이 산 밑에까지 오겠느냐는 뜻이다. 나는 반대의견을 몇 가지 이유를 들어 설명했다. 첫째 경비 면에서 100평이나 150평이나 별 차이가 없다. 어차피 내부 인원은 1부, 2부 분담하여 일하여도 필요한 인원은 있어야 한다. 둘째 인근에 아주 큰 평수로 단독건물과 정원과 주차장을 완비한 카페는 없다.

셋째 향후 5년만 지나도 지금의 중년은 장년으로 지금의 장년층도 마찬가지지만 앞으로 가족의 생활문화가 바뀌어 나갈 거라는 것이다. 규모는 그만한 소비를 만든다. 카페의 웅장함과 숭고함에 대해서 건축미학에 대해서 소비자는 꽤 큰 관심을 불러일으킬 것이다. 내부 바bar의 위치와 바 크기에 관해서도 논의했다. 그 위치는 중앙이 되어야 하며 크기는 약 20여 평정도 차지할 것이다. 메뉴는 커피와 빵을 위주로 하며 차츰 넓혀 나가야겠다. 특별한 카페 이름이 없으면 카페 조감도 이름을 제시하여 함께 사업해 나갔으면 하는 바람이다. 카페 마케팅으로 각종 행사와 유치, 도서사업까지 논의했다. 선생은 모 신문사 기자 출신이라 글에 대한 특별한 관심을 보였다.

선생은 목요일 건축사와 함께 다시 오시겠다고 했다. 오전, 조감도에서 만나기로 했다.

저녁에 카페 우드에 다녀왔다. 지난번 내부공사하며 목수가 버린 나무를 주어다가 놓은 게 있다. 목재가 아까워 책꽂이용으로 쓸까 싶어 우드 사장님께 부탁했다. 역시 전문가는 많이 틀리다. 자르고 붙이고 못을 치는 것까지 완벽하다. 금방 하나 만들 수 있었다.

鵲巢日記 16年 10月 26日

맑았다.

과瓜

오이를 펼쳤다 몇 년 전에 썼던 오이를 다시 본다 어두운 공간에 늘 꽂아두었다 草上之風초상지풍 上行下效상행하효, 덩굴손은 덩굴손을 만들고 잎은 눈빛을 잃지 않는다 영화처럼 복제한 침목을 바람과 이슬에 새로움을 찾고 불안한 문자는 자갈

밭에 뿌리자 DNA처럼 지울 수 없는 개미 군단 너는 펼치는 순간 이미 끝에 다다를 것이다 다소 냉정한 다소 급박한 다소 핍박과도 같은 형세는 너의 처지를 만든다 습관이 바뀌면 행동이 바뀌고 행동이 바뀌면 운명이 바뀐다 오이는 오이를 낳는다

오전, 신대·부적리에 다녀왔다. 애견카페를 운영하는 가게다. 에스프레소 기계가 열이 오르지 않아 점검했다. 기계 설치한 지 6개월이다. 압력 스위치 불량이다. 11시에 기계를 뜯고 12시쯤에 수리 완료 했다. 몇 달 전에는 사동 모 카페에서 이와 똑같은 증상으로 AS가 난 적이 있다. 지금은 가게 문 닫았다. 그때 수리한 기계는 충남 서산에 갔다.

오후 정평에 다녀왔다. 얼마 전에 개업한 카페다. 마침 점주께서 계셔 커피 한잔 함께 마셨다. 이제 정식 개업 한 달 좀 미친다. 점주는 이런 말을 했다. '이렇게 돈이 많이 들어갈 거로 생각했으면 미처 하지 않았을 거요. 진작 말을 하지 않았소.' 물론 장 사장 보고 하는 말이다. 30평에 내부공사와 집기 모두 포함해서 1억 3천만 원 들어갔다. 문제는 여기서 끝난 것이 아니라 앞으로 운영에 있어도 계속 돈이 들어간다는 것이다. 애초에 우리가 교육했던 장 씨는 일 그만두었나 보다. 원인을 물으니 장 씨를 쓸 인건비가 가장 컸다. 점주는 다른 방도로 사람을 쓸 계획인 것 같다. 본업은 학교 교수라 충분히 가능한 얘기다.

저녁, 생두 수입상이 다녀갔다. 마라와카 블루마운틴 수입 측 사람이다. 서울 모 상사와 거래한 지가 오래되었다. 모 상사에서 파견된 사람이나 마찬가지다. 지금은 하양에 머물고 있다. 앞으로 오늘 오신 전 씨와 거래하게 됐다.

모 학교에 볶은 커피 가격을 견적 넣었다. 사동 에어컨 고장 수리 의뢰했다. 중앙병원에 커피 주문받았지만 배송하지 못했다. 내일은 꼭 가야겠다.

문門

사과는 깎을수록 하얗다. 씨가 없는 사과는

어제까지는 철석같이 믿었다가 오늘은 바bar에 선다 구워내는 와플 냄새 한 잔의 커피 냄새는 머리가 맑다 커피를 가져온 선박도 커피를 볶은 박 씨도 어느 나라 커핀지 분명히 아는 시대 우리는 커피를 마시며 대화한다 우리는 발끝에 선 기업을 압박하여 재단을 설립하고 창조경영이 아니라 돈을 세탁했다 우리는 탄광부를 잊고 간호사를 잊었디 우리는 고급주택과 호텔을 사고 종이비행기를 날렸다 협동과 번영을 날렸다

鵲巢日記 16年 10月 27日

맑았다.

진塵

마구 뛰어다녀라 귓속에 먼지가 소복하게 쌓이도록 말이야 여의봉 같은 면봉에 깊숙이 넣는 것에 대해서 두려움 같은 것은 잊어라 냄새도 색깔도 없는 등고선 같은 땟자국은 조직이 들어나 보일지 몰라 눈 찔끔 감길 거야 어느 길이든 평탄한 것은 없어. 사실 포장 같은 것도 필요 없지 걷는 게 약간 불편할지 모르지만, 지나면 모두 직선으로 보여 나는 다시 면봉을 하나 꺼낼 거야 구멍의 깊이와 넓이에 관계없이 넣고 빼는 것에 아무런 의미를 두지 않고 말이야 하나씩 쌓아가는 먼지, 먼지 같은 것 말이야

오전에 중앙병원에 커피 배송 다녀왔다. 본부에서 오늘 약속한 건축사와의 일을 생각하다가 장 사장을 만났다. 지난달 기계 들어간 금액을 모두 받았다. 세금계산서를 발행하고 앞으로 일을 의논했다. 대평에 개업한 가게 관한 문제와 팔공산에 카페 계획에 관한 이야기다. 대평은 결재가 완불되지 않

았나 보다. 아직 하우스 내부공사가 끝나지 않은 상황이었다.

정오, 팔공산에 카페 낼 채 선생님을 만나 뵈었다. 선생의 친구이신 윤 모 모씨도 함께 보았다. 어떤 뚜렷한 도화지 한 장 없이 담소 나누다가 청도 모 카페로 자리 이동했다. 모두 점심을 먹지 않아 조감도에서 가까운 대구탕 집에서 식사했다. 나는 처음 들르는 집이다. 반찬은 그리 많지 않고 탕 한 그릇과 밥공기 하나다. 탕 참 좋다. 얼큰해서 한술 뜨자마자 숨 콱 막히는 듯했다. 한 그릇에 고기도 넉넉하게 담았다. 우리가 이 식당에 들어온 시각이 1시 좀 못 미쳤는데 앉을 자리 하나 없었다. 줄 설까 했지만 마침 한 식탁이 비워지고 아주머니가 자리를 닦아 곧장 그리 가 앉았다. 바로 주문했다. 채 선생께서 탕 한 그릇씩 하면 되겠지요? 하며 말이 있었고 식탁 닦든 아주머니는 곧 주문으로 알아들었다. 거뜬히 식사하고 우리는 청도로 곧장 갔다.

탕宕

대구탕 집이었다 문 앞에 가죽나무와 대나무 한 그루 심은 모습을 보았다 나는 처음 들린 집이었지만 마치 봄처럼 여기에 있었던 것처럼 느꼈다 좌석에 앉은 사람은 꽤 많았다 모두 정신없이 이야기하며 주문한 메뉴를 기다렸다 우리는 벌써 한 그릇 비우고 바깥에 나가는 찰나였다 고양이가 다랑어 죽 좋아하듯이 가죽나무는 확 트인 하늘에 마구 쓰는 것을 좋아한다 그 가죽나무 옆에 어린아이가 아이스크림을 들고 선 모습을 본 적 있다 구름 한 점 없는 맑은 하늘같았다

청도 모 카페는 평일이지만 사람 꽤 많은 편이었다. 자리마다 빈 곳이 잘 없을 정도였으니까! 설계사와 채 선생은 여러 말이 있었지만, 모두 건축과 디자인에 관한 것이고 나는 바bar 구조적인 측면에서 약간 언급했다. 대충 훑어보았으니 다시 경산으로 길을 돌렸다. 채 선생께서 운전하시고 친구분은 옆에 앉았는데 이번 '최순실' 사건에 관해 여러 말씀이 있었다. 나는 거저 두 분 하시는 말씀만 줄곧 들었다. 정말이지 나라꼴이 말이 아니었지만 참 부끄

러운 일이 아닐 수 없어 그 어떤 말이라도 위안할 수 없는 일이다.

공자께서 하신 말씀이다. 정치란 무릇 올바름이다. 군주가 바르면 백성은 정치에 따르고 군주가 하는 일을 백성은 따를 것이고, 군주가 하지 않는 일을 백성이 어떻게 따르겠는가! 현 대통령은 사과로 끝날 일이 아니다. 사과는 오히려 의혹을 증폭시켰다. 어떻게 해서든 국민께 납득이 가는 어떤 해명이 있어야겠다. 조그마한 가게를 운영해도 대표가 바르지 못하면 직원은 따르지 않는데 하물며 국가를 다스리는데 원수의 도덕성은 말해서 뭐하겠는가! 에휴! 나라가 어수선하다.

鵲巢日記 16年 10月 28日

비 왔다.

엊저녁 자정 무렵이었다. 에르모사 천 씨 다녀갔다. 임당 어느 호프집에서 맥주 한 잔 마셨다. 닭고기 하나 주문해서 먹었다. 전에 함께 일했던 정 씨는 칠곡에 가게를 차렸나 보다. 빚을 2억이나 냈다고 한다. 정 씨는 에르모사에서 일할 때 아르바이트로 들어온 모 씨와 눈이 맞아 함께 일을 그만두었다. 천 씨보다는 다섯 살 아래다. 근데 요즘 경기가 좋지 않은 것도 문제지만 무엇보다 칠곡은 너무 경쟁적이다. 경쟁업체가 한 집 건너 하나니 한 달 세 맞추기도 어렵다는 소식을 들었다. 아직 서른이 안 되지 싶은데 장사의 쓴맛을 톡톡히 보는 것 같다. 그러고 보면 영업이란 참 어려운 것이다. 사람이 많아 여기는 되지 않겠나 하는 곳도 뜻밖의 일을 초래하며 사람 한 명 없는 길가에 가게를 낸 천 씨는 그나마 매출을 올리고 있으니 말이다. 더없이 중요한 것은 천 씨는 외식을 주로 하며 커피를 부로 하는 것도 크게 도움을 얻었다. 만약 객 단가 낮은 커피가 주였다면 주차난과 공간 부족에 꽤 고심했을 것이다.

컵홀더 주문제작 의뢰했다. '잔○'라는 업체에 발주 넣었다. 일반 종이컵홀더가 아니라 에어홀더라는 제품으로 신제품이다. 물론 가격은 조금 더 비싸다. 몇 달 전에 아이스 컵을 용량을 증가시킨 것과 카페리코 상표부착으로 컵 제작한 것은 나의 큰 실책이다. 이제 '카페리코'라는 상표는 판매할 곳도 없지만 판매하기도 어렵게 됐다. 모두 '조감도' 상호로 바꾸어야 함을 깨닫는다.

객喀

정어리 떼다 바다가 아닌 구릉지다 바람을 가르며 헤엄쳐가는 무늬다 꾸덕꾸덕 굳은 똥이다 다소 무를 때 베어 먹다가 타면 숲길이다 숲은 달을 가렸다 나는 도끼를 들고 나무 한 그루 찍어 눕혔다 향기만 가득하다 결코, 큰 숲은 철새를 부르지 않는다 나는 달을 가르는 철새는 되지 말자고 숲에 다녀왔다

점심때 보험 일하시는 이 씨가 찾아왔다. 오래간만에 보았다. 이 씨는 몇 주 전에 유럽 여행을 다녀왔다. 독일과 오스트리아 헝가리 체코 등을 두루 보고 오신 듯하다. 유럽에 바로 가는 비행기가 있느냐고 물었는데 터키를 거쳐서 간다고 했다. 경비는 130만 원 들었다. 사진을 무려 천장을 찍었다고 하니 그중 일부를 나에게 보여주었다. 즐겁게 지낸 듯하다. 이 씨와 조감도에서 가까운 어느 밥집에서 점심을 함께 먹었다. 조감도에서 커피 한 잔 마셨다.

오후, 하양에 부동산 가게와 한학촌에 커피 배송했다.

신독愼獨이라는 말이 있다. 홀로 있을 때도 도리에 어그러짐이 없이 몸가짐을 바로 하고 언행을 삼가 한다는 말이다. 양진거금楊震拒金을 읽다가 알게 되었다. 속담에도 "군자는 암실에서도 속이지 않는다君子不欺暗室"라고 했다. 신독에 가장 현명한 해석으로 삼을 수 있다. 많은 사람이 나를 지켜보지는 않지만 많은 사람이 나를 보고 있듯이 그 어떤 유혹에 직면하더라도 자신을 지키며 더 나가 진정한 품성을 지닐 수 있도록 노력해야겠다. 참 어려운 말이다. 단어가 어려운 것이 아니라 사람은 기본을 지킨다는 것은 기본이지만 과연 이 기본을 제대로 지키는 사람은 얼마나 되겠는가!

鵲巢日記 16年 10月 29日

맑았다.

토요 커피 문화 강좌 개최했다. 새로 오신 선생이 두 분 있었다. 계양동에서 카페 '아메○○' 운영하시는 점주께서도 오셨다. 교육 듣기 위해 오신 것이 아니라 가게 소개를 부탁했다. 교육 들어가기 전 잠깐 소개가 있었다. 점주는 내년에 학교에 들어가 공부를 더 하겠다고 했다. 올해 50이다. 가게 임대보증금 200, 집기 및 권리금 1,300 불렀다. 가게 월세는 30이다.

오후, 중앙병원에 다녀왔다. 오늘로써 그간 영업을 모두 정리했다. 그간 햇수로 보면 만 10년 영업이었다. 중간에 병원이 부도나는 바람에 몇 년 쉰 적 있지만, 점포 내에 부스로 영업한 것은 오래 한 셈이다.

오후 3시쯤 들렀는데 이미 재활용품 다루는 곳에서 바bar를 대충 정리했다. 빵 사장도 오시어 진열장을 거둬 가져갔으며 의자와 테이블은 옥곡 분점을 운영하시는 점주께서 가져갔다. 불과 몇 시간 채 걸리지 않아 점포가 깔끔하게 정리되었다.

대평에 다녀왔다. 점주 장 선생께서 계시어 잠깐 뵈었다. 개업한 지 얼마 되지 않아 선생은 매우 예민했다. 커피 맛에 다른 업주와 달리 민감해서 결국, 그라인더 하나 더 갖추게 되었다. 아마, 아메리카노 용도로 커피를 따로 구분해서 쓰려고 하는 같다.

저녁, 아이들과 식사 함께 했다. 임당에 어느 고깃집에서 먹었다. 이 집에 가는 길이었는데 전에 막창집 사장과 함께 일했던 모 씨를 만났다. 모 씨는 나보다는 연배가 네댓 해 많다. 돼지국밥집을 인수하여 영업한다. 길가에 담배 피우며 나와 섰는데 서로 인사했다. 아주 반가웠다.

업業

저녁 무렵에 동네 뒷골목에서 바로 뒷집에서 뒷고기 먹었네 벌겋게 달아오른 돌

판에 얹은 고깃덩어리 뒤집어 가며 세대와 다음 세대가 앉아 먹었네 붓이 아니라
젓가락으로 쌈장과 마늘과 김치를 곁들이며 한 젓가락씩 먹었네 다 탄 재처럼 시는
쓰지 말자고 다부지게 먹었네 고기 한 접시 또 얹었네

저녁에 카페 우드에 다녀왔다. 점주께서는 카페리코에서 배워 나가 창업하신 분이 많으니 협회를 만들어보지 않겠느냐며 한 말씀 하셨다. 커피 정보 교환과 친목 도모가 그 목적이다. 정적인 것을 좋아하는 내가 협회라는 것이 그렇게 당기지는 않았다. 점주께서는 몇몇 카페를 얘기하시기도 했다.

鵲巢日記 16年 10月 30日

아주 맑았다.

아침에 옆집 오리집 사장님께서 오시어 커피 한 잔 마셨다. 그간 장사해오신 심정을 풀었다. 오리집은 올해로 만 4년 영업한 것 같다. 오리집 사장님의 말씀이다. '첫해는 AI 파동이 와서 다음은 세월호 뒤집어져서 다음은 메르스 파동 때문에 올해는 김영란법으로 돈 벌기 참 어렵네.' 나는 그나마 오리집은 객 단가 높아 장사 좀 되지 않을까 하며 생각했다. 이번 달은 적자만 해도 돈 천만 원 난다고 하니 이야기 듣고 보니까 남 일 같지 않았다. 옆집이 잘 되어야 우리도 잘 되는 것이며 또 옆집이 잘 돼야 서로 보는 낮에 그 어떤 어둠도 가려진다. 오늘은 직원 주차를 가려가며 하자는 말씀이었다. 손님도 주차할 곳이 부족한데 직원은 저 재실 앞에다가 차를 대놓고 좀 걷는 것도 괜찮지 않으냐는 말씀이었다.

오후 조감도에서 책 읽으며 보냈다. '공간이 사람을 움직인다'라는 책이다. 공간이 인간에게 어떤 영향을 끼치는가? 건축과 인간의 심리를 다룬다. 책의 서두에는 거석문화를 가졌던 고대인의 스톤헨지에서부터 시작한다. 우리나라도 고인돌이 있다. 스톤헨지에 가보지는 않았지만, 그 웅장함과 숭고

함이 밀려오겠지. 책을 읽으며 카페를 생각했다. 어떤 광장을 연상케 하며 이런 광장 같은 곳에 앞이 탁 트인 카페 건물이면 또 이와 같은 건물에 층간 높이는 우리의 키 높이보다 몇 배 높으면 그러니까 대기실 같은 카페라면 어떨까 하는 생각을 했다.

전에 채 선생께 바bar는 중간에 자리 잡이야 한다며 얘기한 적 있다. 사람의 심리는 어느 곳을 가든 가장자리에 가 휴식을 취한다. 가장자리가 찬 다음에 가운데 자리가 채워진다. 주변이 잘 보이거나 쉽게 빠져나가기 쉬운 곳을 찾는 심리가 우리 인간에게는 있는가 보다. 그러니 공간 활용 면에서 바bar는 단연 중간이 맞다. 중간에 자리하더라도 단을 높여 많은 사람이 볼 수 있도록 어떤 무대 감을 살리는 것도 괜찮겠다. 하나의 구경거리를 제공하며 이 속에는 스타와 같은 역할로 고객께 미칠 것이다.

저녁, 조감도 직원이 모두 모인 가운데 옆집 오리집 고기로 식사했다.

鵲巢日記 16年 10月 31日

맑았다.

기온이 많이 떨어진 것 같다. 날씨가 많이 차다. 오전에 기아자동차 서비스센터에 다녀왔다. 차를 정비했다. 기사는 타이어 마모가 심하니 갈 때가 됐다며 얘기한다. 작년 이때쯤 새것으로 간 것인데 벌써 또 갈아야 하나!

오후 청도에 커피 배송 다녀왔다. 서울에 거래하는 모 통상에서 전화가 왔다. 기계를 한 대 내려보낸다는 전화다. 아내 친구인 모모 씨가 전화 왔지만, 받지 않았다. 모모 씨는 보험을 한다. 전에도 한 번 뵌 적이 있다.

거래처 몇 군데 마감했다.

목木

차 몰며 지나가네 길가에 까만 고양이 한 마리 웅크리며 있네 고양이지 아마 고양이일 거야 고양이인가 싶어 차 멈췄네 내부자들처럼 까만 봉지 보았네 실내등 켜고 내부자가 아니라고 내 얼굴 보았네 다시 운전대 잡으며 까만 도로 달리네 분명 은행나문데 하나씩 지나가네 관공서 직원 몇몇 나와 구린내 나는 은행에 대해서 좀 심하게 항의한 곳은 들러, 가지 채 잘랐네 은행잎 가을로 가네 나는 아내가 구운 빵을 뜯으며 잘근잘근 씹었네 은행나무는 아니라고 나는 굳게 믿은 적 있었네

저녁에 카페 우드에 다녀왔다. 기계가 이상이 있다며 전화가 왔다. 들러서 확인하니 아무런 이상이 없었다.

鵲巢日記 16年 11月 01日

아주 맑은 날씨였다. 천고마비라는 아! 가을이다.

택배회사 건영에서 서울서 보낸 기계를 싣고 왔다. 정수기 허 사장이 다녀갔다. 지난 주말에 중앙병원에서 떼어 가져온 정수기를 가져갔다. 허 사장은 신대·부적에 카페 세빠가 팔릴 것 같다며 조심스럽게 얘기한다. '형님도 아는 사람이에요.' 그래서 나도 안다며 대답했다. 주말에 조감도 손 씨가 아마 백 군이 이 가게를 인수할 거라는 얘기가 있었다. 모두 교육생이다.

오후 정평에 다녀왔다. 기계 배수가 막혔는지 물이 내려가지 않는다며 문자가 왔다. 긴 꼬챙이 하나 챙겨갔다. 현장에 들러 배수 구멍에 넣고 여러 번 찔렀다가 뺐다가 다시 넣고 빼며 뜨거운 물 부었더니 그제야 물이 조금 내려간다. 이곳 점주 강 선생은 카페 세빠에 관한 일을 알고 있었다. 세빠는 카페 리코에 있을 때 강 선생이 지도한 학생이다.

옥곡에 다녀왔다. 지난 주말에 중앙병원 폐점할 때 간판과 소파를 가져왔는데 낡은 것은 교체해서 사용한다. 간판은 아직 달지도 못하고 구석에 그냥 그대로 놓아두었다. 곧장 조감도에 올랐다. 영업상황을 지켜보다가 나왔지만 올해 들어 가장 조용한 달로 보낼 것 같다. 여러모로 좋지가 않다. 조용한 카페 모습을 본다. 엊저녁에 옆집 사장님과 지인께서 오시어 커피 한 잔씩 주문하여 마시고 가셨다. 옆집도 조용하기는 마찬가지지만 사장님은 지인과 무슨 모임을 가졌다며 얘기했다.

울진에 커피 보냈다. 그간 출고한 커피, 세금계산서도 함께 보냈다. 대평에 납품 들어간 기계 건 모두 송금했다.

저녁, 지난 일기를 읽고 수정했다. 책을 낼까 싶어 보다가 어느 날은 마음에 닿아 자신감이 생겼지만, 또 어느 날은 영 아니다 싶어 차라리 버리고 싶었다.

타他

그러니까 이것은 헐렁한 청바지, 안장 없는 자전거, 원시 부족의 타부와 돌촉, 물 밖에 나온 고래의 숨소리, 지게 작대기에 걸친 광대 끈, 쓰레기봉투에 담은 깨뜨린 거울, 여전히 나뒹구는 줄 없는 콘센트, 중력에 버티는 빨간 사과, 미로에 갇힌 민달팽이, 얼마 담지 않은 가을, 수프 빼먹고 끓인 라면 그러니까 녹슨 페달

鵲巢日記 16年 11月 02日

맑고 푸른 하늘이었다. 기온이 많이 떨어진 것 같다.

아침, 옆집 오리집 사장님께서 오셨다. '저 뒤에 감, 누가 다 따 갔나 봅니다.' 하며 한 말씀 주신다. 그것참, 누가 다 따 가져갔을까요? 가끔 홍시 열리면 하나씩 따 먹기는 했지만……. 하며 대답했다. 실지로 어제 오후에 잠깐 들렀을 때 누가 감을 땄는지 감나무가 헐렁했다. 오리집 사장님은 단단히 화가 좀 난 듯했다. 나가시며 한 말씀 더 주신다. 서리 내리면 그때 땅의 기와 양기가 극에 차서 감이 참 맛있을 텐데 누가 저리 땄을꼬! 맞다. 서리가 내릴 때쯤 따면 감은 그때야 무르익기 시작한다. 대봉, 하나씩 맛보며 주홍빛 하늘까지 그간 보는 맛도 있었는데 누가 따가져 갔는지 참 어이없다.

오전, 대구 곽병원 매점과 동원이 가게에 커피 배송 다녀왔다. 동원이 가게에서 불과 50m도 안 된다. 약 이십여 평 되어 보였는데 공사 들어갔다. 1층 바닥공사를 어제 마쳤다고 했다. 우리는 카페에서 얼마 떨어지지 않아 현장까지 걸어가 보았다. 동원이는 이런 얘기를 했다. 어제 오후 콘크리트 타설할 때 어느 나이 많은 어르신께서 길바닥에 들어 누었다고 했다. 그러니까 공사 방해다. 이유는 엊저녁에 철근 조립한 것을 억지로 빼려다가 공사 감독에게 들켰는데 이 일로 경찰서에 다녀와야 했다. 이에 앙심을 푼 듯하다며 얘기한다. 정치가 어수선하니 동네야 말을 해서 뭐하겠는가!

오전 본점에 커피 교육 상담 오신 분 있었다. 오십 대로 보이는 남자분이다. 정식교육을 받는데 어떤 과정을 거치며 수업은 어떻게 하는지 물었다. 자격증 취득에 관한 것도 묻기도 했다. 조금은 초라하게 보였다. 왼쪽 눈은 충혈이었는데 얼굴이 좀 어두웠다. 가방을 메며 왔는데 상담이 끝나고 가실 때 『카페 간 노자』를 선물했다. 커피에 관한 궁금증을 어느 정도 해소하리라 싶어 드렸다.

점심때 조금 지나 어제 전화 주셨던 아주머니께서 오셨다. 아들과 함께 왔다. 시지 어느 골목이다. 아주머니께서 자리를 설명했는데 아는 곳이었다. 15평 정도 가게 내는데 비용은 얼마나 드는지 교육비는 얼마 하는지 물으신다. 자세히 설명했다. 아주머니는 초면이었지만 매우 힘들어 보였다. 어떤 말씀을 하시고 싶은데 꾹꾹 참는 것 같았다. 교육비를 설명했을 때는 부담 갖는 듯 그렇게 보였다. 교육장을 안내하며 가게 모습은 대충 이런 모습이 될 거라며 설명했다. 혹여나 내부공사 들어가면 공사 맡은 업주께 한 번 방문하시게 했다. 설비를 갖추어야 한다. 대부분 커피 전문점이라 대충 어림짐작해서 하는 경우가 많아 어떻게 갖추어야 하는지 설명했다. 가실 때 『커피향 노트』 한 권 선물했다. 머리말을 잠깐 읽어 드렸는데 마음에 닿았는지 그 뒤 몇몇 말씀이 있었다.

오후 3시쯤 팔공산에 카페 사업을 계획하시는 채 선생께서 오셨다. 본점에서 커피 한 잔 마시며 여러 말씀을 나누었다. 선생은 공사비에 관해서 부담을 느낀 것 같았다. 7억 한도 내에서 모든 공사를 마무리했으면 하는 말씀을 주셨다. 나는 토지를 개발하는 비용까지 합한 금액이냐고 물었다. 선생은 토지 개발비는 제외라 했다. 건축과 내부공사 그리고 개업까지다. 아무래도 빠듯할 것 같지만, 못할 것도 없겠다는 생각이다. 선생은 카페와 문화, 조감도, 그리고 출판에 관한 여러 가지 말씀을 더 나누다가 가셨다.

오후 사동 분점에 커피 배송했다.

저녁, 카페 조감도 월말 손익계산서를 작성했다. 시월 한 달 영업이윤은 841,431원이 나왔다. 지난달 영업이윤보다 더 줄었다.

鵲巢日記 16年 11月 03日

맑았다. 어제보다 날이 좀 풀린 것 같다.

엊저녁에 카페 조감도 주방 제빵실, 보일러 통하는 배관에 물이 샌다는 보고가 있었다. 아침 가스 납품하는 모 씨에게 수리부탁 했더니 금방 오신다. 모 씨는 물 새는 배관을 보더니만 이건 건축할 때부터 한성에서 잘못한 일이라 딱 잘라 말했다. 맞는 말이었다. 한성 사장께 사진을 찍어 전송했다. 한성 사장은 전화가 왔다. 말씀을 여러 나눴지만, 흐지부지 어떤 결말이 나지 않았다. 가스 납품하는 모 씨께 수리를 부탁할 수밖에 없었다. 모 씨는 이삼십 분 뒤 다시 올라와서 물 새는 부위를 그라인더로 자르고 다른 닛불로 이어 붙였다. 수리비 얼마냐고 물었더니 싱긋이 웃으며 받지 않는다. 참 고마웠다. 쇠 배관인데도 옆에 터지는 것도 있다.

아침에 김 군이 보고한다. 에어컨을 냉에서 온으로 전환하는데 되지 않는다는 보고다. 예지 말로는 에어컨 안에 전환 스위치 같은 것이 있는데 그 부품을 갈아야 한다는 것이다. 전에 에어컨 기사가 와서 그렇게 얘기를 들었다. 그간 다른 업체 에어컨 기사가 몇몇 다녀갔지만, 들어 주지는 않았다. 오늘 며칠 전에 온 기사께 한 번 보아달라며 문자 보냈다.

오후, 팔공산에 카페 계획하시는 채 선생께서 오셨다. 팔공산 갓바위 오르는 길에 그러니까 채 선생께서 카페를 계획한 땅의 바로 밑이다. '선빌리지'라는 곳을 다녀왔다. 커피를 대량으로 볶는 공장이다. 직원 3명이 있었는데 한 사람은 콩을 볶고 있고 다른 두 사람은 포장한다. 팔레트에 차곡차곡 상자를 쌓았는데 일이 아주 많은 것 같다. 직원은 정신없이 일하고 있었다. 이 공장에서 바로 나오면 한옥으로 집 짓는 곳이 있고 펜션을 짓는지 이 한옥 밑에 몇 채를 짓고 있다. 한옥은 땅값 포함해서 약 70억 공사라 했다. 채 선생은 아마 이곳에 카페가 들어올 것 같다는 말씀이다. 예전 이 자리에 커피를 다루는 다방이 있었는데 이 다방을 허물고 한옥을 짓는 거라며 얘기한다. 건물주는 건축을 해서 돈 꽤 벌었다는 말씀도 있었지만, 자세히 들을 수 없었다. 이곳에서

채 선생 땅까지 올라 가보았다. 차를 밑에 주차하고 카페 들어 설 자리를 보기 위해 산을 올랐다. 산자락에 밭이 있는데 배추가 보기 좋게 자랐다. 이 밭 밑에는 개울이 흐른다. 산을 오를수록 복숭아나무가 즐비하다. 어느 정도 오르니 이곳에 카페를 안치겠다고 선생은 말한다. 경사가 15도는 더 돼 보였다. 중장비 들여 일하면 한 달 안에는 모두 끝내지 않겠느냐며 얘기하신다. 땅은 아주 너르고 전망 또한 좋다. 지대가 높아 앞이 확 트이는 맛은 일품이었다. 땅 보고 다시 본점 들어오는 길, 선생과 여러 대화를 나누었다. 카페에 관한 일과 선생의 기자 생활하셨던 이모저모를 들었다. 글 쓰는 일은 막일과 다름없다는 말씀이다. 친구는 아직 신문사에 있는 분도 있다. 선생은 정년퇴임 10년을 앞두고 사회 나오려고 여러 일을 조금씩 해오셨다. 주로 부동산에 관한 일을 했다. 그간 지은 건물과 매매에 관한 얘기, 고수익을 누릴 수도 있지만, 위험에 빠질 수 있음을 강조했다.

저녁, 본점과 조감도, 모두 관리하기 어렵다는 오 선생의 전화다. 몸이 열

개라도 모자란다는 말이다. 고객께 시식할 수 있도록 시식용 빵을 챙겨두었는데 직원은 제대로 전달하지 못했다. 썰렁한 가게 모습에 더욱, 화가 났다. 주인이 있어야 하는 것 아니냐 말이다. 참 힘들다. 매출은 자꾸 떨어지는데 카페를 내겠다고 하시는 분은 이리 많으니 말이다. 정치가 어수선하니 마음도 이상하고 불안하다. 서민의 마음이 풀려야 카페에 와서 커피를 마시며 얘기도 나눌 것 아닌가 말이다.

저녁 9시, 조감도에 들러 지난달 손익계산서를 부건 군과 효주에게 설명했다. 수익과 지출 내용이다.

분噴

잠시라도 누우면 어김없이 나옵니다 몽싯몽싯 피어오르는 꿈과 굉음을 동반합니다 제소리에 놀라 끔뻑끔뻑 뜨이는 눈은 전선보다 더 엉켰습니다 불곰보다 더 무거운 동굴에 스스로 갇혀 삽니다 수십 리 걷는다 하지만 늘 제자립니다 걷지도 않은 다리는 뻑적지근합니다 부르르 떠는 입술에 거저 웃고 맙니다 산을 몇 겹을 탔는지 숨 콱콱 막힙니다만 산은 그 어디라도 찾을 수 없습니다 하루는 하루를 하루같이 살았으면 좋겠습니다 겹겹 안은 날은 하루에 얹고 하루는 또 하루에 얹습니다 숨 콱 막힙니다

鵲巢日記 16年 11月 04日

맑았다.

아침 점장, 김 군, 예지가 있을 때 지난달 마감을 설명했다. 지난달 매출은 또 지출은 어떤 항목이 있으며 얼마나 나갔는지 명확하게 설명했다. 모두 눈에 보이는 매출과 지출이다. 이번 달 월급은 또 얼마 되는지 설명했다. 모두 이해하고 흡족하게 받아들였지만, 카페 이윤은 받는 월급보다 적다. 100

평대 카페가 제대로 돌아가려면 인원이 5명 이상은 되어야 한다. 만약 매출이 받아 주지 않는다면 인원감원도 감수해야 하지만 남은 사람도 일은 어렵다. 모두 분발해서 잘했으면 하는 바람이다. 사람은 기본만 갖추어도 어디 가더라도 대우를 받는다. 카페의 기본은 미소와 인사다. 기본만 잘해도 기본은 한다. 인사가 없는 가게는 오시는 손님께도 안정을 심을 수 없다. 편안히 쉬려고 오시는 손님이다. 먹먹한 카페는 피하는 게 손님이다.

오전 대구 진청동에 다녀왔다. 소스와 커피를 어제 택배 보내야 했지만, 여러 가지 일로 그만 잊었다. 진청도 A카페에 커피를 내려놓고 설탕 시럽 만드는 방법을 여기 일하는 아르바이트 모 씨에게 가르쳐 주었다. 아르바이트 모 씨는 나의 책을 모두 읽었다며 인사한다. 읽은 책을 다시 또 본다며 테이블 위에 올려놓은 책을 보였다. 순간, 부끄럽기도 하고 내심 책은 어떠했는지 궁금했지만, 거저 고맙다는 말만 건넸다. 아르바이트 모 씨는 나의 책을 카페를 직접 운영하는 친구에게도 권했다. 모 씨가 남긴 말은 아직도 안 잊힌다. '일기라서 읽기 편하고 군데군데 담은 역사가 무언가 깨달음이 있어요. 하지만, 한자는 좀 많더라고요.'

진천동 A 카페에서 후배 이 씨가 운영하는 가게는 불과 몇 분 거리라 여기까지 온 김에 들렀다. 이 씨는 달성군청 어디쯤 가게 하나 더 얻었다. 로스팅 겸 카페를 낼 참이다. 로스팅 기계는 용량 6K짜리로 장만하겠다고 했다. 새로 얻은 가게를 함께 가 보았다. 가게는 약 10평쯤 되어 보였으며 주위가 휜하고 건물이 다소 듬성듬성하다. 분명 토지개발공사에서 잘라놓은 땅이지만, 한창 개발지역인 것 같다. 건물은 몇 채 없어도 이곳 땅값이 평당 600을 줘도 팔지 않는다며 얘기했다. 달성군청은 여기서 불과 5분 거리도 되지 않는다. 점심은 달성군청 구내식당에서 먹었다. 짬밥을 먹은 지가 얼마 만인지 참 반갑고 오랜만이었다. 이 씨는 식권 한 장을 내게 주었는데 가끔 여기서 식사한다며 후배는 말한다. 그나마 싸고 괜찮은 식사다. 짬밥을 먹으며 나는 이런 생각을 했다. 사업하려면 역시 바깥에서 밥을 먹어야 한다. 나는 그간 집에 밥을 너무 충실히 먹었다. 겉늙었음이다.

카페 우드에 다녀왔다. 아침에 사장께서 전화 주셨다. 기계가 뭔가 이상이 있다는 것이다. 현장에 들러 에스프레소 몇 번 추출해 보았다. 압이 9기압이 나와야 정상인데 기계는 신호는 가는데 한참 만에 바늘이 움직인다. 압을 제어하는 모터 펌프 헤더가 나갔다. 이 부품을 교체하려면 최소 한 시간은 걸린다. 일단 한 번 더 지켜보자고 점장께 말씀을 드렸다. 실은 당장 갈아야 할 부품이다. 수리시간을 생각 안 할 수는 없기 때문이다.

한○○에 다녀왔다. 점주께서는 어제 문자 주셨다. 커피 맛이 좀 못하다는 말씀이다. 한 달 커피를 꽤 쓰는 집이다. 점주께 블루마운틴을 권했지만, 가격이 너무 높다는 얘기다. 하지만 일단 맛보기로 블루마운틴 한 봉 드렸다. 다음에 기존 납품가보다 조금 낮은 커피를 갖다 드리기로 약속했다.

오후 5시, 조감도에서 우연히 채 선생님 만나 뵈었다. 따님과 함께 카페에 오셨는데 잠시 주방을 보였다. 따님은 빵을 여기서 직접 굽느냐는 질문에 채 선생과 함께 제빵실을 보였다. 이참에 가게 주방 구조도 일일이 설명했다. 주방은 바리스타 손 군과 효주가 있었다. 모두 인사했다. 팔공산에 카페를 계획하시기에 어떤 모양인지 보여야 했다.

틈闖

카페 문을 열자 고양이들이 떼 지어 몰려온다 달빛에다가 서리에 어디 누울 자리는 있었겠나 또 다른 신문 주어 들고 안에 들어간다 안은 골동품처럼 서재가 있고 바지선 같은 책은 따뜻한 손만 기다린다 나는 고양이 밥그릇에다가 밥을 충분히 놓는다 고양이 밥은 점점 주는데도 고양이는 만질 수 없다 야생이란! 자동차 밑에도 돌담에도 후다닥 뛰어가는, 그러다가 나무에 재빨리 오르다가도 꼬리 치며 달아나는 저 풍경 하늘 참 맑은데 드립 전용 주전자를 들고 따뜻한 커피 한 잔 내린다 케냐다 에헤야 워오호야 에헤야 워오호야 마사이 마사이다

鵲巢日記 16年 11月 05日

맑았다.

본점에 아침 일찍 채 선생께서 오셨다. 내부공사를 어떻게 했으면 하는 바람으로 여러 이야기를 나누었다. 잠시, 토요 커피 문화 강좌 소개를 하며 또 이야기 나누었다. 선생은 이렇게 큰 가페를 운영하는 곳이 경산에 몇이나 되는지 물으셨다. 경산 모 교회, 영대 앞 스타벅스, 그리고 카페 조감도, 정평에 모 카페가 있다. 영업이 모두 되는지 묻기도 했으며 채산성은 있는지 물었다. 100여 평 되는 카페와 10평 되는 카페를 어쩌다가 이야기 나오게 되었다. 그러니까 얼마 전에 폐점한 중앙병원 매출과 수익을 이야기하고 카페 조감도 매출과 수익을 이야기하다가 선생은 약간은 의구심마저 갖는 듯했다. 그럴 만도 하다. 매출 천이삼백을 팔아도 남는 이윤이 오륙백이 되는 집이 있는 반면 삼천을 팔아도 백도 못 남기는 집이 있으니 말이다. 그 이유는 무엇인지 묻는다. 모두 인건비 차이다. 사람을 줄이면 그만큼 가져가는 것이 되지만 그만큼 내부에 일해야 한다. 선생과 카페와 음악에 관한 이야기를 나누다가 영화 〈피아니스트〉를 소개했다. 점심은 여기서 가까운 보쌈집에서 선생과 함께했다.

오후 1시, 사다리차와 에어컨 수리기사가 왔다. 사동에 1시 좀 못 미쳐 당도했다. 사다리차가 미리 와 있었고 이미 사다리까지 옥상에 걸쳐두고 기다리는 상황이었다. 한 십 분 기다리니 에어컨 수리 기사가 막 오른다. 기사는 관련 부품을 차에서 꺼내 사다리에 옮기고 옥상에 올리자마자 사다리차는 '이제 됐죠' 하며 가려는 것 아닌가! 이왕이면 수리 다 끝나고 교체한 부품도 내렸으면 했지만, 사장은 바쁜지 가봐야 한다며 짐을 챙겼다. 잠시 부품 올린 값이 6만 원이었다. 어제는 조금이라도 친절히 살피는 것처럼 이야기하더니만 돈 받자마자 가려는데 '그러면 내려올 때는 어떻게 해야 하느냐고 물었더니?' 차에서 밧줄을 내린다. 이걸로 하라는 것이다. AS 기사도 아무 말 못 했고 나는 그저 그러느니 바라보았다. 에어컨 수리가 다 끝났을 때 다른 기사한 명이 더 왔다. 하여튼, 에어컨 수리비가 100만 원 나왔다.

오늘 주말이라 손님 좀 오시지 않겠나 하며 있었지만, 카페는 영 조용했다. 오후 에어컨 수리가 끝났을 때가 3시쯤이었는데 촌에 부모님 뵈러 향했다. 고속도로는 상하행선 모두 차로 가득했다. 고속도로를 이리 넓혀도 길은 좁기만 하다.

부모님 모시고 읍내 어느 중국집에서 중국요리 한 끼 먹었다. 어머니께서 추천한 중국집이었다. '야야 저 집이 참 친절하고 싹싹하게 잘하구나, 가락국수도 그렇게 맛있다.' 차는 어머니께서 지목한 중국집에 향했다. 가락국수 두 그릇 자장면 한 그릇 주문했다. 집에서 잠시 쉬었다가 경산에 다시 왔지만, 오는 내내 참 인생은 가난하고 외롭고 높고 쓸쓸하니 언제나 하늘은 넘치는 사랑과 슬픔 속에 살게 하신 것 같다는 백석의 시구가 지나간다.

모慕

한 손은 핸들 잡고 페달 밟은 두 발로 까만 세상을 탄다 까만 세상은 왼손의 조력자다 새벽은 오르막길 오르며 뜨는 해 안았다 운동장은 까만 세상을 품고 한 모퉁이 쉬어간다 노을은 내리막길 달린다 이삭 없는 밑동은 잘려나간 들판 가로 지른다 대추나무밭 지나간다 메타세쿼이아 거리 지나 촛불 가득한 연못 지나간다 하이시로 뜨아 헤이아 시이익 식 식식 촛불 같은 별빛이 빙빙 돈다 빙빙 도는 두 바퀴 거친 바닥 닦는다

鵲巢日記 16年 11月 06日

흐렸다.

하인리히 법칙이란 말이 있다. 대형사고가 발생하기 전에 그와 관련된 수많은 가벼운 사고와 징후들이 반드시 존재한다는 것을 밝힌 법칙이다. 1931

년 허버트 윌리엄 하인리히Herbert William Heinrich가 펴낸 『산업재해 예방: 과학적 접근Industrial Accident Prevention : A Scientific Approach』이라는 책에서 소개되었다. 최근 우리나라 정치를 보며 느낀 글이다. 최순실 사태로 신문, 방송 어느 매체에서도 언급하지 않는 곳이 없을 정도다. 이 일을 설명하자면 박정희 시절부터 아니 일세강점기 시절부터 이야기하는 것이 맞을 것이다. 최순실의 아버시, 최 모 씨 때부터 말이다. 여기서 정치를 이야기하자고 적는 글은 아니다. 경기가 좋지 않은 것은 분명 원인이 있다. 각계각층 바르게 행함이 있어도 살기 힘든 세상인데 윗물이 흐리니 아랫물이 좋을 일은 없지 않은가!

또 한 편으로는 경기가 이리 안 좋다고 하지만, 날 맑으면 고속도로는 주차장을 방불케 할 정도로 차가 많다. 전국 어디서나 일일 생활권 문화라 괜찮은 곳이 있으면 어디든 유람하는 것이 현대인의 삶이 되었다. 어제 촌에 부모님 뵈러 다녀오면서 차가 어찌나 많든지 날 좋으면 다들 어디든 가는가 보다.

아침, 아내와 둘째 데리고 소고기국밥집에서 아침을 먹었다.

오후, 조감도 에스프레소 기계 점검했다. 샤워망과 고무가스겟을 교체했다.

저녁, 사동에 모 형님께서 본점에 오셔 커피 한 잔 마셨다.

사술

하얗게 닦은 얼굴 캐리커처 그림 한 장 책꽂이 안개 눈에 양말은 벗어놓고 소복이 앉은 아랫배 다 부질없는 헛손질 툭 튀어나온 광대뼈 그은 귓밥만 만지작거리다가 얼핏 돌아보는 사거리 한 모퉁이에 가로등 빛 참 따갑다.

鵲巢日記 16年 11月 07日

맑았다.

오전 문구점에 다녀왔다. 지난번 토요 커피 문화 강좌 들으시는 모 씨를 만났다. 모 씨는 정치권 얘기를 하였는데 최순실 사태는 모든 국민이 큰 실망을 안긴 사건이라며 개탄했다. 중학생 딸이 하나 있다. 딸은 대통령 개인으로 보면 참 안 된 사람이지만 이번 사건은 용서할 수 없는 일이라며 일축했다. 이제 온 국민이 다 아는 사실이며 어떤 희망마저도 잃은 상태다. 기회와 평등이 잘 주어지지 않는 서민이라 이 아픔은 더욱 크다.

오후, 기획사에 다녀왔다. 지난 1년 치 일기를 링 제본했다. B5 용지로 무려 800장이 넘는 양이다. 지난 10월 일기를 읽다가 그때 카페를 어떻게 운영했는지 알 수 있어 감회가 새롭다. 기획사 사장은 자네는 이 글 때문에 사업이 더 클 수 없는 것이라며 충고했다. 나는 이 글 때문에 그나마 지금껏 해오지 않았나 하는 생각이다. 이 모두를 책으로 엮는다면 몇 권은 될 것 같다.

사동에 머물며 지난 글을 읽고 수정했다.

저녁에 카페 우드에서 소개하신 모 씨를 본점에서 만났다. 모 씨는 일본에 한동안 머문 것 같다. 국내에 들어온 시기는 얼마 돼 보이지 않아 보였다. 카페와 더불어 도자기 초벌에 그림 그리는 작업을 하고자 한다. 카페와 커피에 관해서 전혀 문외한이다. 주방구조를 어떻게 해야 할지 설명했다만, 내일 내부공사를 바로 한다는 거였다. 어떤 구조로 빼야 하는지 일일이 설명했다. 기계는 어떤 것이 있으며 값은 또 어떤지 설명할 때 상당히 놀란 듯했다. 기계 값이 그만큼 하는 줄 몰랐다며 이야기한다. 들어가는 적금마저 깨야 한다며 당황하는 모습이 역력했다. 교육 안내가 있었다. 그리고 나의 책 한 권을 소개하며 선물했다. 모 씨는 나의 책을 보고 다시 더 놀란 듯했다. 카페 쉽지 않은 길이다. 조금이라도 도움이 되었으면 해서 선물했다. 모 씨께서 교육 오실지는 모르겠다만 카페에 대한 이모저모를 최선을 다해서 설명했다.

鵲巢日記 16年 11月 08日

대체로 맑았다. 오후 들어 기온이 좀 떨어진 것 같다. 예전과 아주 다르다.

아침 신문에서 본 내용이다. 최태민-최순실 재산환수 특별법을 제정하겠다는 얘기가 나왔다. 일반 서민은 1억을 모으려면 10년이 걸려도 어렵다. 근데 어찌 몇백 억대의 재산을 이렇게 이른 시일에 만들 수 있었겠는가! 이러한 법 제정과 시행은 반드시 이루어져야 한다. 안 그래도 서민은 경기 퇴조로 어떤 희망마저 품기 힘든 삶을 살아간다. 이러한 난국에 정치권마저 흔들리니 무슨 일말의 희망을 품겠는가! 무릇 정치란 바름이어야 한다.

오전에 서울에서 에스프레소 기계 한 대 내려왔다. 오후에 울진 더치공장을 운영하시는 이 사장께서 전화다. 이달 말쯤에 생두를 다량으로 입고시킬 계획인가보다. 생두 들이는 가격을 물었다. 본보기로 케냐와 블루마운틴 한 봉씩 로스팅하여 보내달라며 부탁한다. 내일 보내야겠다.

한학촌에 커피 배송 다녀왔다. 사동 조감도에 필요한 물품을 내려놓고 잠시 있었는데 채 선생께서 전화다. 선생을 만나 커피 한 잔 마셨다. 카페에 대한 여러 가지 이야기다. 선생은 카페를 하고자 토요 커피 문화 강좌에 오신 것 같지는 않았다. 커피가 뭔지 더 자세히 알고자 오셨는데 근 두 달 만에 커피 사업으로 빠지게 되었다. 오늘은 마케팅에 관한 이야기를 나눴다. 개업식은 해야 하는지 물으신다. 하면 어떻게 해야 하는지 자세히 물었다. 조감도 개점상황을 이야기했다. 그때 음악회 가졌던 상황, 오시는 손님께 선물로 타올 한 장씩 증정한 내용, 될 수 있으면 개업식은 가지는 것이 좋다. 선생과 대화를 나누다가 노이즈 마케팅이란 단어를 알 게 되었다. 선생은 공연문화를 달리 표현한 것이다.

저녁은 옆집 오리집에서 채 선생과 함께 먹었다. 오늘 여기 오리집은 무슨 날인가 보다. 단체 손님이 꽤 많이 왔다. 식사 마치고 바깥에 나와 카페 쪽으로 걸으니 차가 오르막길 가에다가 죽 새워두었는데 꽤 많은 손님이 오심을 알 게 되었다. 어떤 한 손님이었다. 차를 이중 주차해 두어서 본인 차를 빼지 못해 난감한 처지였다. 오늘 모임은 몇 군데 되나 보다. 또 어느 한 군데 들렀다가 다시 여기 와야 한다며 말한다. 약속했다던 또 다른 장소까지 태워주었다. 마침 나는 본부로 들어가는 길이었다만 내 가는 길이라 태웠다. 아주 고마워했다.

노자에 관한 책을 샀다. 다시 노자를 읽기 시작했다.

'좌기예挫其銳 해기분解其紛'이라는 말이 있다. 노자 도덕경 4장에 나온다. 날카로움을 무디게 하고 복잡한 것을 푼다. 즉 단순하게 만드는 것을 해기분이라 한다. 날카로움은 약간은 세속적임을 언급하는 것 같기도 하다. 칼처럼 반듯한 것은 오히려 이웃에 외면당하기 쉽다. 배움이 모자라도 노력하는 사람에 따라갈 수 있으랴! 복잡하고 얽혀 사는 것은 금방은 좋은 것 같고 무언가 융성하게 하는 것 같아도 마음은 흐리고 몸은 피로하다. 단순하게 관계 맺으며 사는 것이 도로 좋을 수 있다. 오히려 신경은 덜 쓰이게 되고 마음은 너그러워 하루가 편안하다. 먼저 욕심을 버려야겠지!

鵲巢日記 16年 11月 09日

맑았다.

오전 대구 곽병원에 커피 배송 다녀왔다. 중앙병원에 관한 소식을 여쭤보았다. 가게 계약은 된 것 같은데 내부공사는 하지 않는 것 같다며 얘기한다. 내나 커피 전문점이 들어올 것 같다. 한 달 세 400을 맞출 수 있을지 의문이다. 12평에 400 맞출 수 있는 가맹점이 있겠나 모르겠다. '스타벅스'가 들어온다 해도 나는 불가능할 거로 보인다.

오후, 울진 더치공장에 커피 택배 보냈다.

조감도, 손 군은 각종 민원서류를 준비한 적 있다. 처음은 차를 사기 위한 서류였지만, 오늘 어떻게 되었나 싶어 물었더니 아버님 장사가 어려워 대출받아 드렸다고 한다. 소액대출이었다. 5백을 5년 상환으로 약정했다. 아버님은 꽃게 집을 운영하는데 전에는 꽤 장사 잘되었지만, 근래 김영란법 시행 이후로 영업은 급격히 떨어졌다. 하루 매상 70은 올렸으나 법 시행 이후 20만 원 매출도 어렵다고 하니 관리가 어렵게 됐다.

저녁, 전에 교육 마쳤던 권 선생께서 식사 한 끼 하사녀 전화 왔다. 마침 조감도에 볼일 있어 잠깐 있었는데 옆집 오리집으로 정했다. 오전에 가비에서 문자가 왔다. 가게 누가 인수하실 분 있으면 넘기고 싶다는 내용이다. 오후 권 선생께서 전화 주시니 대충 이해가 간다. 권 선생은 사동에 사시는 데 청도 운문까지는 거리가 약 4, 50분은 족히 되는 거리라 마음에 있을까 싶었지만 교육 마치고 실습으로 가게 된 것이 가비를 이해하는데 큰 도움이 된 듯하다.

가게를 만드는 것은 그나마 쉬운 일이다. 사정상 내놓으면 마땅한 사람 찾기가 어렵다. 또 있어도 매매 가격이 맞아야 한다. 흥정하는 과정에 대부분 무산되는 경우도 적지 않다. 권 선생은 가비의 여러 가지 환경에 흡족해 하는 것 같다. 가게 조경도 마음에 들지만, 카페리코에서 컨설팅한 것도 그러니까 메뉴와 집기, 재료관계가 연계되었으니 말이다. 권 선생은 매매가를 얼마쯤 했으면 하는 바람을 얘기했다. 영 이치에 안 맞는 말씀은 아니었다. 계약 기간과 초기투자금액 그리고 잔존가치를 명확히 설명했다. 문제는 현 가비 점장께서는 어떻게 할 것인가가 문제다.

노자에 관한 글을 읽었다. 노자는 주나라 수장실守藏室에서 일을 했다. 수장실이라 함은 도서관이라고 얘기하는 학자도 있으며 창고지기가 아닐까 하는 학자도 있다. 생애 말년에 어떤 정치적 이유로 보는 것이 맞을 것 같다. 서쪽으로 길을 가다가 함곡관을 거치게 되는데 이곳 관령인 윤희의 청에 의해 도덕경 오천 자를 썼다고 한다. 그러면 노자가 남겼던 도덕경은 누구를 위한 글인가? 도덕경에는 '성인聖人', '후왕侯王', '사士'라는 인칭대명사가 나온다. 얼핏 읽어도 평범한 민民을 위한 글이 아니다. 천하의 패권을 차지하기 위해 정치적, 군사적, 문화적, 과학 기술적 실천을 행하는 사람이다. 그러면 이를 지향하는 사람은 노자를 읽어 바라든 바를 가질 수나 있는 것인가? 나는 그렇게 보지는 않는다. 노자는 한마디로 말해 무위자연이다. 그저 큰 역사의 물줄기를 잡은 통치자라 하지만 방향만 제시할 뿐이다.

나는 노자를 읽고 무엇을 얻은 것인가?

鵲巢日記 16年 11月 10日

맑았다. 저녁에 흐리고 약간 비가 왔다.

오전, 옥곡 거쳐 밀양 그리고 청도에 커피 배송 다녀왔다. 옥곡에 들렀을 때 일이다. 점장은 전에 중앙병원 폐점할 때 로고 간판을 하나 얻게 되었다. 집에 사장께서 달 줄 알았더니만, 여태껏 구석에 놓아두고 있었다. 간판 다는 것도 엄두 나지 않았던 모양이다. 기존에 있는 것과 바꿔 달라며 부탁하는데 연장이 없어 다음에 해드리기로 했다. 밀양 에르모사 대표 상현이는 일본에 여행 갔나보다. 직원이 내일 들어온다며 말한다. 상현이는 틈틈이 해외에 나간다. 커피 배우기 전에는 미국에도 있었다. 여기서 곧장 경산 모 분점에 향했다. 샤워망과 고무가스겟을 교체했다.

점심 장 사장과 임당에 짬뽕 집에서 먹었다. 장 사장은 한 열흘 정도 해외여행 다녀왔다. 전에 보험회사 다니던 이 씨의 말이다. 독일, 오스트리아, 체코, 헝가리, 등 유람하는데 150만 원 정도 든다는 얘기가 있었는데 장 씨께 물으니 턱도 없다는 말이다. 1인당 삼백은 족히 든다는 얘기다. 살이 좀 빠졌다. 얼굴이 핼쑥했다.

식사 마치고 본점에 들르자 어느 모 씨의 창업 상담이 있었다. 오늘 처음 본 사람이다. 50대로 보이는 아주머니다. 병원에 자리가 있어 가게를 내고 싶다며 말한다. 나는 중앙병원을 두고 하는 말인가 싶어 그곳이냐고 물었더니 확답을 주지 않는다. 가맹점과 일반으로 내는 데 차이와 비용을 자세히 설명했다. 교육비는 150이 들지만, 속성이 필요하다면 70에 가능하다는 얘기도 있었다. 아주머니는 사정이 여간 어려운가 보다. 대화를 나누면서도 자리도 불명확한데다가 그러니까 결정 난 것도 아닌데다가 어떻게 하면 저렴하게 가게를 낼 수 있을까 하는 그런 고심 같은 게 보였다. 말하자면 반찬은 없는데 어떻게 밥을 맛있게 먹을 수 있을까와 같은, 하지만 평수 대비 들어갈 것은 들어가야 하지만, 무엇을 줄인다고 제대로 돌아갈 일 있을까! 하지만, 업자로서 고객의 입맛에 맞춰야겠지만, 오늘 상담은 좀 아닌듯하다.

기계 중고는 어떤지 커피는 어떤 것을 사용하고 납품은 어떻게 하는지 가맹금은 얼마며 이점은 있는지 물었다. 서민은 무엇이라도 한 푼 벌고자 애를 쓴다만, 자본주의 시대에 자본의 벽은 한없이 높기만 하다. 설령 어렵게 창업을 했다손 치더라도 병원 같으면 월세 맞추고 나면 정녕 남는 것은 없다. 요즘은 모두 입찰이라 영업이윤은 거의 없다고 보는 것이 맞다. 자본가들도 마찬가지다. 자본은 또 거대 자본의 힘을 빌려 자본을 낳기 때문이다. 정작 내 인건비만 챙겨도 이것은 잘하는 것이 된다. 그러니 어떠한 일이 있어도 자본을 쌓아야 한다.

저녁 노자를 읽었다. 리드는 조직을 위해 바른길을 찾아야 한다. 지금의 최순실 사태를 보고 대통령은 어떤 길을 택할 것인가? 생각을 잠시 했다. 리드의 생각은 선의적이며 전체를 위한 분명한 목적이 있었는지도 의문이다. 노자의 도가도道可道 비상도非常道라는 말은 무엇인가? 가히 도라고 하는 도는 도가 아니다. 내가 가는 길이면서도 이 길이 길 같지도 않으며 어떤 법칙으로 움직이는 것 같아도 꼭 그렇지만도 않은 것이 도道다. 여기서 집착은 금물이다. 석가는 이런 말을 했다. '세상의 법은 모두 불법佛法이다. 불법이 아닌 것도 불법이 아니라 할 수 없다.' 노자는 석가와 다르다. 어떤 자기 기준이 있되 꼭 그렇지만도 않은 것이 노자다. 그렇다고 우유부단한 결정에 어떤 미봉책 같은 것은 더욱 아니다. 그냥 큰 물줄기 같은 흐름이 노자다. 가는 길 가는 방향에 여러 난국이 있겠지만, 이를 풀어나가는 어떤 해결책을 찾지 못한 것은 리드의 책임이다. 하루가 구부정하더라도 끝은 반듯해야겠지. 이런 일 저런 일 겪더라도 반듯한 책을 집을 수 있는 자세는 있어야겠다.

鵲巢日記 16年 11月 11日

맑은 날씨였다.

오전, 삼성현중학교에 다녀왔다. 진로 교육차 다녀왔다. 10시쯤 학교에 들어가 여러 선생님과 함께 교장 선생님 뵙고 인사했다. 우리를 초청한 이 선생의 인사가 있고 난 뒤, 배정받은 교실에 들어가 강의했다. 배정받은 시간은 두 시간이었다. 남녀공학으로 중학교 1년생이다. 커피를 하게 된 동기와 여태껏 어떻게 일을 했는지 앞으로 계획은 무엇인지에 관한 이야기다. 학생들에게 커피 생두와 가공한 커피, 원두를 보이고 이미 뽑은 더치커피를 한 잔씩 맛을 보였다.

수업 들어가기 전이었다. 사동에 유치원 경영하시는 모 선생과 인사를 나누었으며 대구미래대 문학박사인 장 선생님과도 처음 인사를 나누었다. 명함 가져온 것이 없어 내가 쓴 책에 연락처와 이름을 써 드렸다. 선생은 모두 커피에 관심이었다.

오후, 채 선생과 팔공산 자락에 카페를 두루 살폈다. 선생은 어떤 한 카페를 소개했는데 나는 모르는 카페였다. 개인 카페로 보기에는 규모가 굉장했다. 마치 개인 박물관 같기도 하면서 꼭 그렇지도 않다. 산 중턱이라고 보기에는 낮은 곳에 있으며 경사가 꽤 있었다. 주차장에 차를 주차하고 오르는 길은 기울기가 제법 있었다. 오르는 계단은 맷돌 형식의 동그스름한 원판 같은 돌이다. 두께가 있는 돌이었으므로 제법 멋스러웠다. 각종 조각 작품도 볼 만 했다. 경주에서나 볼 수 있는 첨성대와 포석정도 볼 수 있었다. 이들 작품은 경주 것에 아주 축소한 석 공예품이다. 카페는 더 볼 만하다. 1층 좌석은 빈자리가 없을 정도로 찼는데 어느 통기타 가수가 라이브콘서트 한다. 2층 오르면 계단 측면에 박정희 대통령의 정치 시절 사진을 볼 수 있고 지금 최순실 사태를 겪는 박근혜 대통령의 영애 시절 군대 사열하며 찍은 사진도 볼 수 있었다. 2층은 각종 유물을 볼 수 있는데 7, 80년대 생활상을 볼 수 있는 자질구레한 물품 같은 것인데 이것도 전시하니까 그나마 옛 추억을 떠올릴 수 있으니 나 많은 어른께서는 감회가 새롭겠다는 느낌이다. 실지로 오늘 여기 모인 카페 손님은 모두 나이가 많다. 대충 보아도 최소 50대는 넘어 보였다. 다시 바깥에 나오며 여러 조각 공예품을 본다. 대리석으로 다듬은 거북이도 볼 수 있으며 학이지 싶다, 돌로 다듬은 것도 있으며 중국의 이순신이라 할 수 있는 '악비' 장군 같은 그러니까 '관우'로 보기에는 어려우나 분명 그런 동상 같은 것도 볼 수 있었다. 참, 카페 들어서는 문 앞에 멧돼지와 고라니가 있다. 이들은 모두 박제다. 위층에는 박제로 된 동물상이 더러 있다. 부엉이와 수리 보았다. 하여튼, 굉장한 카페를 본 셈이다. 함께 간 선생은 이런 말씀을 하셨다. '이런 카페 하나 있으면 대대손손 밥 굶고 살지는 않을 것이오.' 그럴 만도 하다.

여기서 나와 팔공산 위를 오르며 다시 둘레길 돌다가 동화사까지 갔는데 이곳에도 큰 카페는 몇 개나 된다. 가맹점인 투 썸 플레이스, 두다트, 파스구찌가 있다. 물론 내가 컨설팅해서 문을 연 '커피 ○○'도 있다. 이중 모 카페에 들러 커피 한 잔 마셨다. 선생께서 지으시려고 한 건물과 얼핏 비슷해서 두루 살폈다. 여기 천고는 약 4m쯤 된다. 중량 철골이 뼈대며 바닥은 모두 콘크리트다. 커피 맛은 솔직히 영 아니었다. 선생은 완전 로부스타 커피만 볶은 거 같다며 한 말씀 주셨다. 실은 내가 하고 싶은 말이었다. 나는 아이스 아메리카노를 주문했고 선생은 따뜻한 아메리카노 주문했다. 입가심으로 번빵 하나 주문했는데 실은 이 번빵이 아니었더라면 커피는 그 반도 못 마셨을 것이다.

본부 들어오는 길, 뜻하지 않은 사고가 있었다. 어느 나 많은 어른께서 불법 유턴하다가 우리와 부딪혔다. 나중 알고 보니까 음주운전으로 면허증이 취소되었는데 동생이 급히 와서 사고를 정리했다. 이 사고로 뜻하지 않게 한 시간 이상을 허비하고 경산 들어왔다. 저녁은 선생과 함께 압량 모 식당에서 했다. 이 식당은 압량 조감도 맞은편 있었는데 나는 오늘 처음 들린 집이다. 고등어 정식을 먹었다. 괜찮았다.

홍紅

붉고 노르스름한 단풍은 익어간다 눈처럼 수북이 쌓은 낙엽도 본다 하늘은 높고 카페는 참 많다 거리와 카페 곳곳 다홍치마 같다 따뜻한 봄날 기대하며 단장하는 집도 있다 낙엽만치 많은 돈 들이는 집도 있다 춘추전국시대도 이러지는 않았을 거라던 모 카페도 지나간다 구불구불 돌아가는 곳마다 단풍나무는 왜 저리 붉은지 물 따라 흐르는 계곡은 깊고 가을은 또 왜 이리 깊은지 낙엽은 저리 많은데 단풍처럼 익어가는 계절 단풍 같은 카페는 무엇인가?

鵲巢日記 16年 11月 12日

맑았다.

토요 커피 문화 강좌를 개최했다. 실습강좌 시작하기 전에 계양 모 카페 사장은 또 오시어 부탁한다. 전에 가격보다 조금 더 낮춰 거래할 수 있다며 신신당부한다. 시설자금밖에 더 낮출 것이 없지 않은가! 매매 가격 천오백에서 아마 천까지도 내릴 듯했다. 그러면 정말 집기 비용밖에 들지 않는다. 하기야 그대로 철수한다면 초기투자에 집기비용마저 버려야 한다. 사장은 내년은 학교를 더 다니고 싶다고 했다. 겨울 다가오는 이 시점, 최순실 사태에 더욱 나빠진 경기에 누가 이 가게를 인수할 것인가! 나는 오늘 아침 강의 들어가기 전에 이 가게를 특별히 소개했다. 소매 장사로는 맞지 않는 자리일 수도 있으나 혹여, 사업적 방법을 꾀한다면 더할 나위 없는 자리라 했다. 월세 30만 원 보증금 포함 천여만 원이다. 집기도 다 있다며 강조했다.

채 선생께서 오셨다. 오늘은 사모님도 오셔 오 선생의 실습강좌를 들었다. 그리고 따님과 사위도 삼산 본점에 오기도 했다. 이제 디니며 보았던 카페를 두루두루 말했다. 팔공산 어느 산자락이었다. 그러니까 수목원에서 좀 더 지났을 것 같다. 대구 유명 상표인 H 가게 신축공사 현장도 들어가 본 일이 있었다. H 카페는 단층에 동남향으로 자리 잡았다. 규모는 백 평은 족히 넘어 보였다. 경량철골 구조로 패널을 입혔다. 주차공간도 다소 넓어 손님은 편안히 머무를 수 있겠다. 채 선생은 예전보다 카페에 더 관심을 보이는 것은 분명했다. 여러 가지로 많이 물으셨다.

오후 칠곡 어느 토스트 가게에 다녀왔다. 기계 그룹 하나가 커피 뽑을 때 옆으로 물이 샌다는 AS 전화다. 현장에 들러 확인하니 그룹헤더 청소하며 고무가스켓을 잘 못 끼워 넣는 바람에 고무가 찌그러졌다. 서툴게 다루었으므로 고무는 못 쓰게 됐다. 새것으로 갈아 끼워야 했다. 사장은 현장에 없고, 사모님과 맏이가 나와 일한다. 이 집은 아들이 둘 있다. 모두 대학 졸업했다. 토스트 가게는 전문대학 교문 앞이라 다른 어느 집에 비해 영업이 아주 잘된다. 오늘은 사모님께서 이런 말씀을 주셨다. 전에는 커피가 제법 나갔는데 요즘은 하루 단 몇 잔밖에 못 판다는 얘기다. 솔직히 주차하기 위해 마땅한 자리를 찾는다고 골목골목 빙 두르게 되었는데 한 집 건너 커피 집이었다. 나는 참 놀라지 않을 수 없었다. 이런 상황에 다들 장사가 되는지 의문이었다. 사모님 말씀은 영 틀린 말은 아니었다. 아들도 마땅히 취업할 때 없으니 토스트 가게에 나와 일을 한다. 예전은 여기 매출은 어느 자리보다 나았지만, 요즘은 꼭 그렇지만도 않다. 수리 마치고 곧장 청도에 향했다.

청도, 모 카페에 도착한 시간은 약 2시쯤 됐다. 여기도 샤워망과 고무가스켓 문제로 전화가 왔다. 청소하며 부품을 끼워 넣는데 고무가 뚝 부러졌다는 것이다. 일종의 소모품이라 교체해야 한다. 하루 커피 파는 것이 얼마 되지 않다 보니 이런 소모품 교체하는 것도 모두 부담이다. 부품비 2만 원이지만, 그것도 출장비도 곁들이지 않은 가격이다. 어렵기만 하다. 기계 보아주고 가는데 점장은 단감 한 봉지 준다. 집에 가, 깎아 드시라며 준다. 고마웠다.

어떤 일이든 끈기가 있어야 한다. 강행자유지强行者有志. 노자는 굳세게 행하는 자는 의지가 있다며 얘기했다. 우공은 거대한 산도 옮겼다. 세상 사람은 우공이 어리석다며 얘기한다. 우공은 어리석을지는 모르나 분명 결과를 얻었다. 우공은 꾸준히 한 결과 결국 산을 옮겼다. 세상을 변화시켰다. 공자는 '불가능한 것을 잘 알지만 그래도 한다明知不可爲而爲之'라고 했다. 물론 학문의 길을 두고 한 말이다. 한 가지 일을 하여도 꾸준히 하는 것이 좋다. 이 일에 만족하며 사는 것만큼 더 큰 부자는 없을 것이다. 이를 두고 노자는 지족자부知足自富라 했다. 지족자부는 곧 나를 이기는 사람이며 나를 이기는 만큼 강한 사람도 없을 것이다. 노자는 이를 두고 승인자유력(勝人者有力: 다른 사람을 이기는 자는 힘 있는 자)며, 자승자강(自勝者强: 나를 이기는 것은 강한 자)이라 했다.

鵲巢日記 16年 11月 13日

맑았다.

아침에 엊저녁에 다녀가신 손님인 것 같다. 문종이에 써놓은 붓글씨다. 佛心仁者, 慢慢成何事 悠悠送此年. 누군지는 모르겠다만, 불교 믿는 사람이겠지. 불심이 있는 자는 어진 사람이다. 어찌 일을 느릿느릿 이루려 하오. 이 해는 아득하고 근심으로 보내나니. 해석이 맞는지 모르겠다.

오후, 상가에 다녀왔다. 대학 친구다. 올해 어머니 연세가 76세라 했다. 대기업에 다니는 친구다.

본점 마감하고 경모 집에까지 태워 갈 때였다. 경모는 동네 웬만한 커피집은 가 본 모양이다. 이 집 저 집 커피 맛을 논한다. 이 집은 드립 커피를 한다는 듯, 하지만 로스팅 기계가 아주 조그미하다. 저 집은 에스프레소 맛이 아주 새콤해서 설탕 하나 분질러 넣고 마시면 꽤 맛있다는 이야기다.

도덕경 8장*에 나오는 말이다. 거선지居善地라는 말이 있다. 자신이 마땅히 있어야 할 자리를 알고 거할 줄 안다는 말이다. 먼저 배워야 한다. 배웠으면 가르쳐야 한다. 이러한 이치를 행하지 않는 것은 거선지라 할 수 없다는 말이겠다. 배움의 자세를 갖추지 않는 것도 이미 알고 있으면 행하지 않는 것은 거선지라 할 수 없겠다.

*道德經 8章
上善若水 水善利萬物而不爭 處衆人之所惡 故幾於道
居善地 心善淵 與善仁 言善信 正善治 事善能 動善時
夫唯不爭 故無尤

鵲巢日記 16年 11月 14日

흐렸다. 빗방울이 좀 보이기는 했으나 비는 오지 않았다.

옆집 오리집 사장께서 바깥에 나와 계시기에 인사했다. 아침에 커피 한 잔 내려, 갖다 드렸다. 사장은 경산에서는 제일 큰 교회에 다니는가 보다. 교회 다닌 지는 얼마 돼 보이지는 않는다. 아마도 인맥 차원인 것 같다. 이달 들어와 매출이 급격히 떨어졌음을 서로 얘기 나눴다.

아침에 대구 모 커피 회사에 전화했다. 근황과 일은 어떤지 물었다. 영월에 신축 개업 준비한다는 소식을 들었다.

아침에 기획사에 다녀왔다. 대학교 총학생회 선거기간이라 바쁜듯했다. 잠시 커피 한 잔 마시며 있다가 태호가 제본하는 모습을 지켜보았다. 인쇄와 더불어 인쇄한 출판물 뭉치 들고 풀칠하는 일과 겉표지 자동으로 입히는 과정, 그리고 이것을 들고 재단하는 것을 보았다. 소량 인쇄는 더할 나위 없는 공정이다. 책 한 권 작업하는데 순식간이었다. 나는 만약 커피를 하지 않았다면, 아니 커피 일 말고, 하고 싶은 일이 있다면 이런 인쇄사업일 것이다. 책 만드는 것을 좋아한다. 어느 시인이다. 시인 김민정이었던가! 책 만들고 싶어 시집 한 권 낸다며 어느 기사를 본 적 있다. 책을 낸다는 것은 용기도 필요하지만, 그만큼 나에게 솔직하다는 것이다. 많은 돈을 들여 거짓을 얘기할 이유는 없다.

오후, 국민건강보험공단에 다녀왔다. 직원 4대 보험에 관한 일을 보았다.

오후, 4시 30분 조카 병훈이를 보았다. 올해 고3이다. 학교 정문에서 수업 마친 시간에 맞춰 나와 있었다. 병훈이 집까지 태워다주며 진로에 관한 이야기를 들었다. 큰 욕심 없이 능력껏 지원하는 것이 좋겠다. 건축가를 희망한다. 엿을 사주기에는 그렇고 용돈을 조금 마련해 주었다.

저녁, 노자 도덕경을 읽었다. 도덕경 2장에 처무위지사處無爲之事, 행불언지교行不言之敎라는 말이 있다. 처무위지사處無爲之事는 무에 처함으로써 일을 행하며 행불언지교行不言之敎는 말 없는 가르침을 행한다는 뜻이다. 처무위지사處無爲之事는 법치로 행불언지교行不言之敎는 덕치로 보는 이도 있다. 이 문구를 읽으며 정말 문구대로 태연하게 처하는 리드는 있을까! 무위無爲란 인위적인 어떤 행함이 없는 자연적인 것을 말한다. 그러니까 인연에 얽매이지 않은 것이 된다. 그러니 물 흐르는 순리를 말함인데 이를 법치法治라 명할 수 있겠다. 불언不言은 말을 하지 않는 것을 뜻하지만, 벙어리처럼 있는 것이 아니라 필요 없는 말을 하지 않음으로 난을 없애는 것이다. 한 가족이든 한 기업이든 구멍가게든 대표는 조직의 리드다. 대표라서 처리하는 일이 많다. 더욱 가족을 만들었다면 여러 가지 법망이 얽혀 있다. 직원 입사와 퇴사와 그리고 이것과 관계되는 노동부 산하에 이를 둘러싼 여러 가지 일은 말해서 뭐하겠는가! 이것뿐일까? 처리해야 할 경영의 제반 일은 산더미 같다. 처무위지사處無爲之事, 행불언지교行不言之教는 하루를 살더라도 곱씹어 볼 문장이다.

鵲巢日記 16年 11月 15日

맑았다.

오전, 한학촌, 대구 곽병원과 동원이 가게에 커피 배송 다녀왔다. 대구 칠성시장에 주방 자재를 다루시는 유 사장님 만나 뵈었다. 요즘 장사가 좋지 않다며 하소연이다. 전에는 몇몇 손님이 물건을 보며 고르는 모습도 더러 볼 수 있었으나 오늘은 조용하다. 유 사장은 가게를 혼자서 본다. 예전은 몇 명의 직원이 있었다. 지금은 직원 없이 일하니 경비가 크게 덜 일은 없어 그나마 마음 편히 가게 운영한다. 바 숟가락과 숟가락 통 이외 자질구레한 물품을 샀다.

동원이는 무례한 손님에 관해 말했다. 저녁 시간 9시 넘기면 이제 술 드신 손님은 절대 받지 않기로 했나 보다. 단체손님이라면 모를까 몇몇 오시는 손님 열에 아홉은 좋지 않다는 것이다. 갖은 욕설은 기본이라 돈 몇 푼 더 벌겠다고 하루 일한 감정을 버릴 수는 없다. 이제는 마음을 추스르겠다며 얘기했다. 동원이는 그간 고생이 많았나 보다. 요즘 '화'를 다스리는 책을 읽는다며 한마디 했다.

오후 본점에서 커피 포장했다. 오 선생과 직원 홍 씨가 도왔다. 어제 볶은 커피 30K 물량이다. 오후, 울진에 택배 보냈다.

오후 2시 30분쯤에 아내 오 선생과 늦은 점심을 먹었다. 전에 채 선생과 함께 먹었던 곳이다. 압량 조감도 맞은편 '뜰안'이라는 곳인데 이 집 청국장이 꽤 맛있었다. 아내와 이것저것 대화하며 점심 먹고 나오는데 이 식당이 영화 〈푸른 물고기〉에 나오는 그 식당 같다며 얘기했더니 〈초록 물고기〉 아니냐며 얘기한다. 그러고 보니 맞다. 하여튼, 조폭 두목 넘버 1이었던가! 배우 문성근이었다. 백숙 한 그릇 했던 꼭 그 집 같았다. 마당은 자갈로 흩어놓은 데다가 가장자리에 심은 나무가 있고 집은 7, 80년대 슬레이트 지붕 마감이라 아! 이러한 것은 참 오래간만에 본다. 안에 들어가면 서까래를 볼 수 있는데 각목을 썼다. 옛날 목수의 손때를 그대로 볼 수 있다. 바닥은 거친 시멘트며 식탁은 양철로 된 연탄을 넣을 수 있는 구멍 뻥 뚫은 원통이다. 밥값은 18,000원이다. 예전 같으면 밥값이 아까워 집에서 먹곤 했는데 이제 일이 바쁘고 처리할 것이 많아 그만 일에 묻히고 만다.

저녁 노자를 읽었다. 도덕경 18장에는 이러한 문장이 있다. 국가혼란國家昏亂 유충신有忠臣*이라는 말이다. 지금의 국가 현실을 보면 참 아득하다. 최 씨의 국정농단과 궁지에 몰린 이 나라 최고 지도자를 보면 말이다. 어머니는 이런 말씀을 하셨다. 정말 살기 어렵다고 해도 7, 80년대가 좋았다며 얘기한 적 있다. 그만큼 어두웠으나 모르고 지나니 별 큰 걱정이 없었다. 세태가 바뀐 요즘 세상은 하루가 어떤 일이 생길지 자고 일어나면 일파만파인 정치로 서민의 마음만 불안케 했다. 불안한 가운데 어찌 일이 손이 잡힐까 말이다. 혼돈에 빠진 국가에 과연 충신은 누군가! 언론인인가! 아니면 정치인인가! 다들 제 밥그릇 싸움에 무엇이라도 건질 게 없나 싶어 상대의 허점만 노리는 H 같다. 정말 걱정이다.

무엇이든 떠벌리며 헐뜯는 문화는 없애야 한다. 잘못이 있으면 검찰이 나서고 이를 정갈하게 보도하는 언론이 있으며 모두가 각자 일에 충실히 하는 사회였으면 얼마나 좋을까 말이다. 하루가 속 시끄러운 날의 연속이니 아무래도 큰일 벌어질 것만 같다.

늦은 저녁, 영화 〈그물〉 한 프로 보았다. 남과 북 분단국가의 현실을 이야기한다. 북한 한 어부의 삶은 먹고 살기 위한 고기잡이를 나선다. 배 모터가 그물에 걸리고 그만, 남한으로 배는 떠밀려오게 되었다. 남한의 정치적 모함에 곤욕을 치르는 주인공 남철우는 자유라는 허울 좋은 남한의 실정도 알 게 된다. 북한에 남은 가족 생각에 마음만 더욱 졸인다. 결국, 북한으로 돌아가게 되지만, 북한에서도 마찬가지다. 갖은 신문을 받게 되는 주인공 이부 남철우다. 며칠 고역 끝에 집에 돌아오시만, 몸은 고문에 의해 망가진 데다가 가족의 생계를 위해 고기잡이 나서는 남철우, 하지만 북한 당국은 허용하지 않는다. 고집 끝에 길 나서는 남철우, 북한 초소 경비병은 어부를 사살한다. 영화의 줄거리다.

영화는 많은 것을 시사한다. 주인공 남철우는 어느 편도 설 수 없다. 아니 처음부터 어느 편도 아니었다. 오로지 단란한 가족의 가장이다. 이러한 단란한 가족도 정치적 모함은 피해갈 수 없었다. 영화는 남과 북의 대치상황을 그렸지만, 세계와 국가, 국가와 사회, 사회와 나를 확대해석해 볼 필요가 있다. 우리는 과연 독립적 주체로 이 사회에 사는가 말이다. 각종 그물에 얽힌 물고기처럼 개인의 생명까지 위협받고 있지는 않는가! 우리는 스스로 짠 각종 그물에 얽매여 생존을 위한다지만, 진정 이것은 생존을 위한 사투란 말인가!

*道德經 16章
大道廢 有仁義, 慧智出 有大僞,
六親不和 有孝慈, 國家昏亂 有忠臣.

鵲巢日記 16年 11月 16日

단풍잎이 눈처럼 내린 그런 날이었다. 하늘 꽤 맑았다.

오전, 사동에서 커피 한 잔 마실 때였다. 그러니까 조회다. 배 선생은 별별 손님 이야기를 하신다. 고급 차 몰며 나이도 많은 손님이 오히려 커피 값을 더 운운한다는 것이다. 그러니까 커피 잘 마셨다가도 리필 한 잔 더 요구할 때면 계산대는 리필은 2천 원이라고 친절히 답변 드린다. 그러면 손님께서는 기분이 팍 상한다며 한마디 하는 것이다. 커피 값 얼마 하겠나 하는 그런 마음인 듯하다. 하지만, 엄연히 노동부 산하 각종 규정에 맞는 임금과 국가에 내는 세금은 어느 업체든 피해갈 수는 없다. 그러면 객 단가 낮은 종목인 커피가 경영에 가장 어려운 종목이라는 것은 부유한 사람은 모른다. 단지 마! 한 잔 주면 안 되나 이런 뜻인 것 같다. 그러고 나서 좀 있다가 손님께서 섭섭할까 봐 나중에 차라도 한 잔 더 서비스하면 그때야 마음이 풀린다는 말씀이었다. 그러니 영업이 얼마나 어려운 것인가!

어쩌다가 부유한 사람 이야기 나오다가 대구는 100평대 가까운 아파트가 참 많다는 얘기가 나왔다. 이렇게 큰 평수는 누가 들어가 사느냐고 나는 반문했다. 그러니 네 식구나 다섯 식구 정도 살지 않겠느냐는 배 선생의 답변이 있었다. 청소는 누가 하며 이 큰 아파트 관리하는 것도 일이겠다며 얘기하니 청소부도 따로 있다는 것이다. 나는 웃었다. 무슨 일 하기에 이런 부동산을 갖출 수 있었을까 나는 그게 더 의문이었다. 하여튼 있긴 있나 보다.

오전, 옥곡점에 들렀다. 차단기 하나가 떨어진다는 전화였다. 현장에 들러 확인하니 개수대 밑 온수기에 누수가 있었다. 제일 처음 온수기 들렀던 곳에 전화했더니 기사는 금방 왔다. 관련 부품을 수리할 수 있는 처지가 못 되니 전체를 교체해야 한다는 말이다. 점장은 추후 다시 연락하겠다며 기사분을 보냈다. 이왕 온 김에 로고 간판을 교체했다. 전에 중앙병원에서 떼었던 깨끗한 것으로 바꿨다.

칠성시장에 다녀왔다. 유 사장님 만나 뵈었다. 어제 주문한 물품을 차에 실었다. 유 사장님은 대구에서 청도 쪽 팔조령 넘어가는 데 보면 커피 집 괜찮은 곳이 있다며 소개한다. 물론 여러 가지 보라는 뜻에서다. 영업이 꽤 잘된다는 곳이다. 또 이런 말씀을 하셨다. 돈 벌려면 단타로 홈런 쳐야지 긴 방망이로 홈런을 때릴 수는 없다는 얘기다. 일리 있는 말씀이다. 나는 너무나

긴 방망이로 살았다. 하지만, 돈이 전부가 아니잖아! 나 스스로 위안하면서도 인생 끝에서 헛스윙만은 아니길 바란다. 어쩌면 세상은 치고 박고 때리고 도망가듯 달아나는 그런 사람의 것으로 보인다. 하지만, 정신은 맑고 좋은 이야기를 들으려 노력하며 미약하지만 아주 조그마한 희망만 품고 사는, 이러한 마음만 가지자! 내 마음이 따뜻하면 세상은 더없이 따뜻하리라!

계界

먼지 구덩이 누비며 뛰어다니는 고양이 본다. 책은 본드처럼 무겁다. 털 하나가 나불거린다. 하얗다.

오후 커피 배송 일로 사동과 정평에 다녀왔다.

저녁, 노자 도덕경을 읽었다. 도덕경 39장에 이런 문구가 있다. 귀이천위본貴以賤爲本 고이하위기高以下爲基라는 말이다. 이는 귀함은 천함이 근본이 되며, 높은 것은 아래 것이 기초가 된다는 뜻이다. 지도자가 자신의 위치를 견고히 하려면 반드시 대중, 즉 기층 구성원의 두꺼운 지지를 받아야 한다. 배터리도 5%면 갈아 끼운다는 말은 의미 있는 말이다. 5%는 많은 것을 시사한다. 이탈리아 경제학자 파레토의 이름을 따, 파레토법칙이라는 말도 있다. 상위 5%의 자본가가 95%의 자본을 가졌다고 해석해도 틀린 말은 아닐 것이다. 왕정 시대가 끝나고 자본주의 시대가 도래한 지 불과 몇십 년 되지 않는다. 이 체제는 또 얼마나 오래갈 것인가! 사회 각 지도층의 책임과 의무를 다하는 노블이지 오블리지가 절실히 필요하다. 귀한 것은 천한 것이 근본이었다. 처음부터 귀하지는 않았다는 말이다. 어렵고 힘들고 소외된 계층을 살피지 못한다면 그 귀함도 오래가지 못한다. 서민의 삶이야말로 자본가가 생산한 자본재를 소비하며 그 바탕을 지지하기 때문이다.

왕후장상의 씨가 따로 있겠는가?王侯將相 寧有種乎 물론 이 말은 사마천의 사기 진섭세가에 나오는 진승이 한 말이다. 중국 최초의 농민 반란이었다. 진의 학정에 견디다 못한 민중봉기였다. 군중의 힘을 누가 막겠는가! 무릇 정치란 이리 어렵다. 서민을 위한 지도자로 나섰지만, 이를 바로잡기는커녕 부정부패와 각종 비리의 온산이면 서민은 무엇을 믿고 일을 하는가! 기업이나 어느 조직 더 나가 사회 각종 단체장의 신분은 귀하다. 이 신분은 어디서 나왔는지 진정 알아야겠다. 공자께 물었다. 무릇 정치란 무엇입니까? 백성이 배부르고食, 군대가 튼튼하고兵, 백성이 믿게信 하는 것이다. 세 가지 중 어쩔 수 없이 버려야 한다면 무엇을 버려야 합니까? 무기를 버려야 한다. 남은 둘 중의 하나를 더 버린다면 무엇을 버려야 합니까? 식량을 버려야 한다. 예부터 사람은 누구나 죽게 되지만, 백성들이 믿어주지 않으면 그 나라는 존립하지 못한다. 백성에게 믿음을 잃으면 정치는 설 수가 없다. 이 시대 우리가 뽑은 지도자는 과연 믿음을 부여했던가! 참으로 처참한 현실을 본다.

鵲巢日記 16年 11月 17日

맑았다.

아침 신문에 이런 기사가 있었다. 돼지 심장을 떼어 원숭이에 붙였는데 이 원숭이는 50여 일째 살고 있다는 내용이었다. 더욱이 건강하고 활발하게 뛰어놀기까지 한다. 조회 때 이 이야기를 했다. 배 선생은 돼지는 죽었을까요? 묻는다. 아마도 심장을 떼었으니 살기는 어려울 거로 생각한다. 거기다가 원숭이는 멀쩡한 자기 심장을 떼어내고 돼지 심장을 붙여 살고 있으니 어쩔 수 없는 일이 됐다. 아무튼, 날로 발전하는 과학과 의학의 기술을 본다. 앞으로 인간 수명은 100세가 아니라 150세나 200세까지도 넘보지 않을까! 어찌 보면 불행이고 또 어찌 보면 행운이겠지. 앞으로 의학의 혜택을 둘러싸고 여러 가지 이해관계가 발생할 거라는 생각도 든다.

오전, 채 선생께서 오셨다. 아들과 함께 오셨다. 아들 채 씨는 다음 달이면 제대다. 채 선생께서는 다음 주에 커피를 배울 수 있도록 시간을 맞추었으면 했다. 이름은 '성한'이다. 보직은 자주포다. 본점에서 서로 인사 나누고 성한이는 시내 볼 일 있어 나갔다. 채 선생과 시지 한식집에 가 점심 함께 먹었다. 매호동에 있는 ○○○○식당인데 많이 알려진 곳이다. 보통 사람이 들리기에는 가격이 좀 버겁지 않나 하는 생각이다. 한 끼 식사비가 16,000원이다. 코다리찜 주문했다. 오늘 수능이 있는 날이지만, 여기 식당은 나 많은 사람이 주 고객층으로 빈자리가 없을 정도로 붐볐다. 우리는 좌식에 앉아 식사했는데 창문 옆으로 보면 산이 바로 곁이다. 경사 꽤 있어 보이는 이 산은 대나무로 우거져 있다. 바람이 약간 불기도 해서, 댓잎 살랑살랑하는 모습을 볼 수 있었다. 경치는 그야말로 흠잡을 곳 없다. 밥은 돌솥 밥으로 여러 반찬에 찜에 아주 진수성찬이었다. 반찬을 이렇게 많이 곁들여 먹는 것은 참 오래간만이다. 내내 식사하면서 채 선생의 말씀을 들었다. 요즘 읽으시는 책이 있는데 건강에 관한 거였다. 전에도 말씀하신 바 있다. 우리 인체는 에너지를 생산하는 기관이 있는가 하면 소비하는 기관도 있다. 말하자면, 내장은 생산하는 기관이라 하면 머리와 손과 발은 소비하는 곳이 된다. 음식도 체질에 따라 맞는 것이 있으며 생산에 소비가 도로 더 더는 것도 있다. 예를 들자면, 인스턴트식품이나 술은 소비가 더 들어 피해야 한다. 선생의 말씀이었다. 맞는 말씀이었다. 식사 마치고 좀 더 앉아 있었는데 살짝 언 수정차가 나왔다.

식사 마치고 내가 소개한 카페에 함께 가보았다. 대구 수성못에 자리한 카페 ○○다. 이 카페는 그야말로 내부공간미는 특별히 볼 것 없으나 앞뒤 탁 틔워서 전망은 볼만한 곳이다. 공간도 넓어 답답하지가 않다. 벽은 콘크리트 자국이 선명하며 1, 2층 뚫은 공간도 있어 시원한 느낌을 받는다. 이 집 단열 처리는 외부마감이다. 건물 뒤쪽은 스티로폼에 스톤(돌가루)을 뿌려 그 자국이 선명하다. 솔직히 외부도 콘크리트 자국이 그대로 나 있으면 오히려 디자인 면에서 훨씬 좋긴 하지만, 건축법 위반이라 단열 작업을 해야 준공이 난다. 우리 본점은 외부는 콘크리트 자국이 선명하지만, 내부는 단열재 바르고 벽돌을 쌓았거나 벽돌 쌓은 데 미장을 해 노출의 의미를 살렸다. 이 집만의 독특한 특징이라 하면, 1, 2층 한 아름 여닫을 수 있는 접이식 문이다. 전체 길이가 눈으로 보는 것도 족히 6m는 돼 보인다. 여름에 이 문을 활짝 열기라도 하면 수성 못을 한눈에 볼 수 있어 그야말로 장관을 이루겠다. 잠시 앉아 채 선생과 커피를 마셨지만, 선생께서도 바라든 바라 한동안 두루 살폈다. 손님은 계속 드나들었는데 젊은 층이 많으며 중년도 꽤 오는 듯했다. 하여튼, 요즘 카페 경향을 한꺼번에 볼 수 있었다. 커피 한 잔 마시고 팔조령 지나 청도로 향했다.

전에 주방 사장께서 하신 말씀이 생각나 가게 되었다. 개그맨 전유성 선생께서 운영한다던 모 식당 옆이라 했다. 카페 단독 건물로 두 채나 있었다. 하나는 갤러리 샵도 함께한다. 이 카페 바로 앞은 청도 시에서 짓는 건물인 것 같다. 지금 한창 짓는 박물관 건물을 볼 수 있었다. 예전은 폐교된 학교 터였다. 지금은 말끔히 정리하여 저리 새 건물 짓는다. 여기서 유동 못 지나 꽤 유명세를 달리는 모 카페도 한 번 둘러보고 다시 산을 넘고 경산으로 돌아왔다. 본점에 도착한 시각 4시 좀 넘었다.

선생은 오늘 많이 초조해 보였다. 복숭나무를 모두 베어내기로 어느 인부에게 작업 지시했다. 모두 베는 데 ○○만 원이라 했다.

도전은 모든 것이 완비되었을 때 하는 것은 아무런 의미가 없다. 조금 부족하더라도 할 수 있겠다는 마음 하나만으로 충분하다. 현재를 보전하며 안주하는 자세는 미래를 보장할 수 없다. 새로운 것을 모색하며 모색한 일을 추진하며 진행하는 과정에 몰입은 오는 것이라 이에 누구보다 희열과 성취를 느끼리라!

鵲巢日記 16年 11月 18日

흐리고 비가 왔다.

노자 도덕경 57장에는 이러한 문구가 있다. 이정치국以正治國, 이기용병以奇用兵, 이무사취천하以無事取天下다. 이는 바름으로써 나라를 다스리고, 기이함으로써 군사를 쓰며, 일이 없음으로써 천하를 다스린다는 말이다. 나는 일을 하며 바르게 했는지 생각한다. 터무니없는 말로 상대의 마음을 흐리게 했는지도 모르겠다. 무사無事, 일이 없음으로써 천하를 본다고 했는데 나는 일기라는 명목으로 너무 많은 말을 쏟았다. 어쩌면 나를 들어내기 위한 어떤 목적성으로 보이지는 않았을까 하는 것도 반성한다.

어제 카페 컨설팅 목적으로 몇 군데 카페를 다녀왔다. 그 전날 나는 너무 놀라운 사실을 알 게 되었다. 대구 모 주방 사장님의 말씀이 언뜻 지나간다. '청도 잘 나가는 그 카페 말이야 팔려고 내놓았다고 하더군!' 이 말을 들었을 때 그럴 만도 하겠다 싶다. 너무 과도한 투자는 은행 돈을 빌리게 되었고 이자는 만만치 않았다. 이는 내부의 엄청난 커피 판매 매출로 이끌어야 하는 부담감을 안겼다. 소비자의 기호는 변한다. 커피가 유행이지만, 마치 한철 메뚜기 떼처럼 변하는 것이 소비심리다. 한철이라고 하지만, 투자금액을 모두 이 한철에 뽑는다면 투자가치는 분명 있다. 하지만, 이 한철에 투자금액을 모두 뽑을 수 있는 종목은 요식업계는 아니라고 본다. 꾸준히 해야 한다. 커피를 꾸준히, 평생 직업으로 삼아야 가능한 일이다. 나는 오랫동안 이 일을 했다. 이 일을 하면서 허울 좋은 커피를 과대 포장하며 상대에게 이야기한 건 아닌지 반성한다. 거기다가 마케팅이라며 책까지 써 알리기까지 했으니 이것은 노자가 말한 무사와도 맞지 않는다. 노이즈다. 얄팍한 기술이다. 하지만, 고객이 알지 못하면 어떻게 영업할 것인가?

오전, 사동 가는 길에 가게가 있다. 고깃집으로 새로 개업하는 곳이다. 얼마 전에 교육을 마친 안 씨께 기계와 기타 부자재에 관한 견적서를 사진 찍어 보냈다. 몇 차례 문자가 있었고 통화가 있었다. 기획사에 잠깐 다녀왔다. 본점에 쓸 자료다. 인쇄물 찾아왔다.

이틀씩이나 주문이 없다. 이틀이나 무료하게 보내는 것도 처음이지 싶다. 종일 본부에 있었다. 본부 옆은 카페 건물을 짓는다. 오늘 종일토록 드릴 작업한다. 옹벽 쳐놓은 것이 있는데 이것이 좀 높은지 인부 한 명이 드릴로 뚫고 깨뜨린다. 이 일로 조용한 동네가 소음으로 시끄럽다.

저녁 도덕경 68장을 읽었다. 선위사자불무善爲士者不武, 선전자불노善戰者不怒, 선승적자불여善勝敵者不與, 선용인자위지하善用人者爲之下, 시위불쟁지덕是謂不爭之德, 시위용인지력是謂用人之力, 시위배천是謂配天, 고지극古之極.*

전에 카페 간 노자에서 자세히 풀어두었지만, 여기서는 경영자 처지에서 바라본다. 경영자가 가져야 할 품격이라고 해도 좋겠다. 첫째는 온화해야 한다. 선위사자불무善爲士者不武는 훌륭한 선비는 무공을 쓰지 않는다는 뜻으로 어떤 어려운 일이 있더라도 상대와 폭언과 폭력은 절대 해서는 안 된다. 둘째는 침착함이다. 선전자불노善戰者不怒는 잘 싸우는 이는 노하지 않는다는 말로 지도자라면 태산이 무너져도 태연한 성품을 지녀야 한다는 말이다. 침착한 자세만으로도 상대와의 대면에서 승리할 수 있다. 셋째는 냉정함이다. 선승적자불여善勝敵者不與는 적을 잘 이기는 자는 더불어 하지 않는다는 뜻이다. 여기서 불여不與란 적의 도발에 흔들리거나 끌려 다니지 않는다는 말이다. 여기서 선승적善勝敵은 굳이 적을 두고 해석할 필요는 없다. 내가 바라는 어떤 목표도 대상이 될 수 있다. 가치관이 뚜렷한 경영자는 남의 말에 휘둘리지 않는다. 넷째는 겸손함이다. 선용인자위지하善用人者爲之下는 사람을 잘 쓰는 자는 그 아래에 처한다는 뜻이다. 악발토포握髮吐哺라는 명언이 있다. 머리털을 잡고 먹은 것을 토한다는 뜻으로 그만큼 내 집에 오신 손님을 먼저 정중히 맞는다는 뜻이다. 주周나라 무왕武王의 아우 주공周公에서 나온 말이다. 주공은 누가 보아도 신분이 특별하지만, 손님을 맞을 시는 격을 떠나 자신을 낮췄다. 이러한 자세야말로 겸손함이라 하겠다. 나는 노자가 말한 이러한 성품을 지녔던가! 따뜻하고 침착하며 냉정하면서도 겸손한 자세 말이다.

누구나 한 번쯤은 카페를 하고 싶다. 가게를 작게 시작하는 사람도 있으며 처음부터 크게 시작하는 사람도 있다. 카페 일은 손님과의 관계가 더없이 중요하지만, 내부의 직원이나 이로 인해 생기는 일도 많다. 그나마 혼자서 일하는 것은 덜하다. 내 가게가 구멍가게가 아니라면 사람을 써야 한다. 한 명이나 두 명, 혹은 그 이상의 인력이 필요할 때도 있다. 그러면 이야기는 달라진다. 카페는 하나의 사회가 된다. 사용자와 노동자와의 대립관계가 형성되고 경영자는 일은 기본이며 더 나가 인사人事와 관련한 일로 바쁘게 보낼 때가 더 많다. 글로 표현하는 것은 또 읽기는 아주 쉽다. 하지만, 이것을 이해하고 실천하며 깨닫는 것은 실전이라 몹시 어려운 일이다. 그나마 책을 읽고 생각을 다지며 가는 것은 그렇지 않은 사람보다 그 깊이가 남달라 그 어떤 어려움도 극복해 나간다.

*필자의 책 『카페 간 노자』 344p 참조

鵲巢日記 16年 11月 19日

대체로 맑았다.

오전, 토요 커피 문화 강좌 개최했다. 계양동 모 카페 사장께서 오셨다. 이번에는 500을 낮춰 소개해달라며 부탁한다. 교육하기 전, 가게 보증금과 시설투자자금 모두 해서 천만 원에 거래할 수 있다며 소개했다. 사장은 무언가 쫓기듯 말은 빠르고 상은 좋지 않았다. 오늘 교육은 모두 네 명 참석한 가운데 진행했다. 이 중 두 분은 계양동 카페에 다녀오신 바 있어 잘 알고 있었다.

오후, 유시민 선생께서 쓰신 표현의 기술을 읽었다. 거의 반은 읽었다. 글을 쓰는 목적 그러니까 글과 예술, 이외 정치적 목적이 있음을 조금 더 알 게 되었다. 자기소개에 관한 글을 읽었는데 어떻게 써야 의미전달이 분명한지 이해하기 쉽도록 일러주었다. 여태껏 내가 쓴 책에 저자 약력은 너무 소홀했다.

옥곡, 청도에 커피 배송 다녀왔다.

저녁에 울진에 더치 공장을 운영하시는 이 사장님 오셨다. 오늘 서울 다녀오면서 여기 잠깐 들린 것 같다. 생두관련 문제로 다녀왔다. 앞으로 케냐 AA로 주로 볶았으면 하는 얘기다. 생두 10백bag을 주문하면 단가조정이 되는지 물었다. 오늘 만난 서울 M사는 가격이 그렇게 만족스럽지는 못한가 보다. 내가 거래하는 곳은 어떤지 물었다. 월요일 되어봐야 알 것 같다. 어느 업체든 낮은 쪽으로 해서 생두를 들여놓기로 했다. 이 사장은 이번에 정부정책 자금으로 *억을 지원받았는데 이 중 꼭 갚아야 할 돈은 얼마라 했다. 아무래도 제조회사니 각종 특혜를 받을 수 있음에 솔직히 부러웠다. 이것으로 몇 달 미수로 걸렸던 커피 볶은 금액을 지난주 모두 받았다. 나도 숨통이 트인 건 사실이다. 이 사장은 저녁 9시 30분쯤 다시 울진으로 향했다. 이때 본점에는 경모와 맏이 준이가 있었는데 이 사장께 소개했다. 인사드렸다.

성공이란 무엇인가? 예전에 나는, 어제보다 조금 더 나은 오늘을 만들었다면 성공이라 쓴 적 있다. 옛사람은 입덕立德, 입공立功, 입명立名이라 했다. 입덕은 품성이 훌륭함으로 널리 알려진 것을 말함이며 입공은 뛰어난 업적을 입명은 이로 인해 널리 나의 이름을 바르게 떨치는 것을 말한다. 그러니까 사회에 인정받는 지도자쯤으로 해석할 수 있다. 여기서 강조하고 싶은 것은 국가나 세계적으로 유명 인사가 아니라도 좋다. 사회에 혹은 내가 만든 사회도 좋다. 인정받는 리드라야 한다.

노자 도덕경 29장에는 이런 말이 있다. 장욕취천하이위지將欲取天下而爲之, 오견기부득이吾見其不得已, 장수가 천하를 취하고 그것을 위한다면, 나는 이미 얻을 수 없음을 아네. 세상은 그리 호락호락하게 내 원하는 길로 되지 않는다는 말이다. 천하라는 그릇은 신기해서 취할 수 없다는 얘기다.天下神器, 不可爲也 위하는 자는 실패하고 잡으려는 자는 잃는다.爲者敗之, 執者失之 이에 노자는 자세하게 덧붙인다.

혹행혹수或行或隨라 했다. 앞서 행하는 사람이 있으면 반드시 뒤따르는 사람이 나타난다. 좋은 메뉴를 선보이면 벌써 옆집에서 따라 하는 것은 사회사다. 혹허혹취或歔或吹라 했다. 무슨 일을 하든 좋지 않게 말하는 사람이 분명히 나타난다. 조직을 이끌면 보인다. 따르는 이가 있는가 하면 따르면서도 뒤에서는 손가락질하는 사람이 있고 아예 따르지 않는 이도 있다. 겉보기는 따르는 척하는 사람도 있다. 혹강혹리或强或羸라 했다. 여기서 리羸는 파리하다, 약하다는 뜻이다. 때로는 강하게 도우려는 사람 즉 동조하며 도와주는 이가 있는가 하면 오히려 궁지에 빠뜨리려고 애쓰는 사람도 있다. 혹좌혹휴或挫或隳라 했다. 때로는 꺾는 사람이 있는가 하면 때로는 무너뜨리는 사람도 있다. 그러니 성공은 그리 쉬운 것이 아님을 노자는 설명한다. 그러면 노자는 어떤 처방을 내렸나?

과분한 욕심을 먼저 버려야 한다. 이를 거심去甚이라 한다. 둘째는 사치를 버려야 한다. 이를 거치去奢라 하고 셋째 교만이나 편안함을 없애야 한다. 이를 거태去泰라 한다. 도덕경 29장 끝에 노자는 이렇게 썼다. 시이성인是以聖人 거심去甚, 거사去奢, 거태去泰라 했다.

鵲巢日記 16年 11月 20日

대체로 흐렸다.

오전, 유시민 선생께서 쓰신 『표현의 기술』을 모두 읽었다. 책을 읽는 것은 좋은 선생을 만나는 것과 같다. 세상의 모든 책을 다 읽을 수는 없다. 이 중 나와 맞는 분이 있다. 읽다가 맞지 않으면 굳이 끝까지 읽을 이유는 없다. 나와 맞는 친구와 함께 지내는 것도 인생은 턱없이 짧다는 선생의 말씀은 의미 있는 말이라 적어 놓는다.

오후, 채 선생께서 본점에 오셨다. 내일부터 따님과 아들 커피 교육 시작하기로 했다. 카페 지을 장소와 카페 지을 시 건물에 관한 이야기를 나눴다. 건축설계가 정확히 나와야 하지만, 보는 몇 개가 들어가고 위치는 어디쯤 들어갈 것 같다는 얘기였다. 두 시간 가까이 대화를 나눈 것 같다. 나는 청도 잘 나가는 카페 소식을 전했고, 선생은 장사 잘되는 모습에 뜻밖의 소식이라 놀란 듯했다. 카페 수익에 관한 이야기를 좀 더 자세히 했다. 어느 정도까지가 수익대비 안전한 투자인가와 같은 설명이다. 아직 토목 설계가 나오지 않아 땅 개간은 들어갈 수 없고, 목적한 땅까지 도로개설도 해야 한다.

검찰의 중간발표를 들었다. 사실 이 나라 최고 지도자의 범죄 사실을 인정한 것과 다름없었다. 대통령은 피의자 신분으로 조사를 계속하겠다는 내용을 들었다. 그리고 어제 촛불집회를 영상으로 보게 되었는데 가수 전인권이 나와 노래 부를 때는 눈물이 팍 쏟아졌다. 아주 연로한 가수로 까만 선글라스를 끼고 한 손은 박자를 더듬고 한 손은 마이크를 잡았다. 이렇게 나이 많은 가수가 나와 노래 부르고 국민은 이 아까운 시간에 나와 촛불시위를 하고 있다는 것만도 얼마나 서글픈 현실인가! 전인권의 찢어지는 목소리는 보고 듣고 있자니 내 가슴도 찢어지는 것 같았다. '그대여 아무 걱정 하지 말아요. 우리 함께 노래합시다~' 옆은 수화로 통역하는 사람이 나와 손으로 표현하는 장면은 더욱 처참한 현실을 분노케 했다. 현장에 모인 모든 국민은 더 했을 거로 생각한다. 모두 잘살아 보겠다고 꿈과 희망을 품고 사는 이 나라 국민이 아닌가!

치대국治大國, 약팽소선若烹小鮮이라는 말이 있다. 노자 도덕경 60장에 나오는 말이다. 큰 나라를 다스리는 데는 작은 생선 삶는 것과 같다는 말인데 경영인은 강한 인내심이 있어야 한다는 말이다. 생선을 자주 뒤집으면 원래 모양을 갖추기 어렵다. 소정의 어떤 목적한 바를 이루기도 어렵다. 어느 정도의 화력과 적당한 뒤집기는 잘 갖춘 고기를 만들 수 있다. 약팽소선若烹小鮮이라는 말과 같이 나는 내 일에 인내력을 갖고 처리한 것은 있는가!

저녁, 영화 〈제독 미힐드로히테르〉를 보았다. 우리나라로 보면 이순신 장군과 같은 분이다. 네덜란드 영웅이라 할 수 있겠다. 시대 배경은 17세기며 네덜란드는 신흥 해상무역 강국으로 떠오를 시기다. 내부의 정치적 위험을 안고 있으며 외부는 영국과 프랑스라는 강대국의 위협을 수차례 받는 과정에 풍전등화와 같은 국가의 위기를 제독 미힐드로히테르가 구한다. 여러 번의 전쟁을 모두 승리로 안겼지만 끝내는 정치적 위험은 극복할 수는 없었다. 왕당파의 정치적 모함에 공화국체제는 다시 무너진다. 제독 '미힐드로히테르'는 정치적 위협에 휘말리게 되며 왕의 지시에 따라 마지막 전투가 될 지중해로 떠난다. 왕의 처지로 보면 어쩔 수 없는 일이었을지는 모르나 국가로 보면 아까운 인물이었다. 국가는 무엇이며 전쟁은 또 무엇인지, 이 속에 정치와 화합 같은 것을 느낄 수 있는 영화였다.

鵲巢日記 16年 11月 21日

흐렸다.

오전, 울진에 더치 공장 이 사장과 오랫동안 통화했다. 생두 입고에 관한 일이었다. 생두는 기존 여기서 거래하는 집으로 하기로 했다. 경기도 B 업체에 전화하여 생두 케냐 AA 10백bag 바로 주문 넣었다. 사장은 이번 주 안으로 트럭에 한 차 싣고 내려오시겠다며 말했다. 10백이면 모두 600kg이다. 수율 계산하면 1kg 봉투 약 480~500개 물량이다. 이 사장은 이 금액을 모두 오후에 지급했다. 고마웠다.

오후 1시, 본점에서 '커피'로 강의했다. 모두 채 선생의 자제분이다. 역사를 배우며 이를 바탕으로 역사를 만들어 나가는 것은 늘 흥미로운 일이다. 한비자 해로에 나오는 이야기지 싶다. 직근直根과 만근曼根은 사업에서 특히 깨닫게 하는 말이다. 직근直根은 사업을 세우는 기초며 만근曼根은 그 사업체 생명을 보존하는 역할을 한다. 나무의 줄기 아래로 곧장 뻗어 나가는 것을 직근이라 하며 사방으로 퍼져 나가는 것을 만근이라 한다.

교육은 크게 보면 마케팅이다. 새로운 세계를 볼 수 있게 한다. 내가 못한 일을 능히 해낼 수 있게 하며 시장을 더 넓힐 수 있는 절호의 기회다. 교육은 교육으로 끝나면 아무런 효과도 없을 뿐만 아니라 에너지 낭비다. 교육은 믿음을 부여하며 이 믿음을 통해 완전경쟁인 이 시장에 서로 버팀목이자 소비문화의 공동체를 만든다. 오후 2시 30분에 마쳤다.

오후 3시, 조감도에서 경산에 사시는 모 시인과 포항에 사시는 시조시인 제갈태일 선생께서 오셔 인사했다. 제갈태일 선생은 오늘 처음 뵙는다. 전에 책으로 먼저 뵈었기에 오늘 무척 반가웠다. 선생의 시집 『향아의 마당』이 있다. 사설 시조집이라 해도 되겠다. 몇 달 전이었다. 시조에 꽤 관심이 있었는데 이때 읽은 시조집이 수십 권이며 비평집도 수권에 이르렀는데 선생의 시조집도 있다. 제갈태일 선생의 시조는 끝에 그러니까 각운이라 얘기해야겠지 다른 시인과 분간이 갈 만큼 특색이 있다. 뭐 뭐 했어, 있었어, 빠졌어, 들어갔어, 뭐 뭐 ~어 로 끝나니, 잊히지 않았다. 꽤 연로하신 시인이셨다. 너무 재밌게 대화를 나눴다. 오늘 경산 오시게 된 것은 '경산문인협회'에 실은 글에 수정 보는 일로 잠깐 오셨다고 했다. 선생은 시조 시인 '서벌'과의 있었던 이야기를 해주셨는데 책을 통해서 알게 된 시인이었지만, 선생의 말씀에 서벌의 인간적인 면을 더 알 수 있었다. 오후 4시 30분쯤에 가셨다.

노자 도덕경 73장에 천망회회天網恢恢 소이불실疏而不失이라는 말이 있다. 오늘 오신 제갈태일 선생께서도 이 말씀을 해주셨다. 하늘의 그물은 넓고 넓어서 드문 듯해도 잃지 않는다. 그러니까 빠뜨리지 않는다는 말이겠다. 어떤 일이든 하늘이 모를 일 있겠는가! 선한 행동을 하여도 그릇된 일을 했어도 하늘은 안다. 나의 책, 『카페 간 노자』에도 이야기해두었지만, 자업자득自業自得이다.

鵲巢日記 16年 11月 22日

흐렸다.

오전, 전에 한 번 거래했던 집이다. 달성군, 어디쯤이다. 교회에 하부 냉장 테이블 한 대와 제빙기 한 대 주문받았다. 전화상으로는 내부공사가 아직 끝나지 않은 것 같다. 제빙기 크기를 몰라 주문하는 것 같은 느낌이다. 내일 설치하기로 했다. 이 일로 정수기 허 사장과 냉동기를 다루는 모 사장과 통화하여 내일 시간을 맞췄다.

오후, 1시 커피 교육했다. 어제 못다 한 커피 역사에 관한 이야기를 했다. 앞으로도 큰 카페 위주로 커피 문화는 더 발전해 나갈 것이다. 복잡한 시내 중심보다는 외곽지역으로 그리 먼 곳에 자리한 것이 아닌 자동차로 이삼십 분 거리면 좋겠다. 이러한 카페는 붐빌 것이다. 경제성장이 조금 둔화한 것은 사실이지만, 국민의 소비와 문화는 향상되어갈 것임으로 카페는 지금보다 더 발전해 나갈 것이다. 각종 모임이나 가족 단위의 모임은 지금보다 더 많을 것이며 카페에서 행하는 각종 문화적인 상품도 많아질 거로 본다.

교육 마치고 영천에 다녀왔다. 영천 H카페에 다녀왔다. 믹스기 볼이 낡아 새것을 드렸다. 에스프레소 그라인더도 보았다. 분쇄한 커피를 포타필터에 담을 시 그라인더 부위에 당기는 레버가 있는데 좀 뻑뻑하다. 기계가 오래된 것이라 어떻게 볼 수 있는 처지가 못 되었다. 부품이 나오지 않는 제품이다. 수리하기에는 가치가 맞지 않는다.

H 카페는 지금은 창업주 이 씨가 가게를 보지 않고 언니가 본다. 이 씨는 청주에 있다가 잠깐 영천에 와 있는데 오늘 오래간만에 뵈었다. 한동안 쉬었다고 한다. 이 씨는 가진 부동산 중 남천에 있는 집을 얼마 전에 팔았던가 보다. 대구 남구 대명동 어디쯤, 고택 있으면 한 채 사고 싶다고 했다. 커피를 그만둔 지 몇 달 되어가지만, 그렇게 영업이 안 되었다고 해도 커피를 못 잊겠다며 얘기했다. 요즘 가끔이라도 시장 조사차 대구에 가보기도 한다며 얘기한다. 나는 예상 투자금액을 물었다. 얼마라고 들었는데 그 자금이면 오히려 청도나 외곽지로 가는 것이 좋지 않을까 싶다. 물론 이것은 나의 생각이지만, 이 씨는 별달리 생각한 것이 있을 것이다. 당장 개업하는 것이 아니라 마음에 두고 있던 말이었다.

이 씨는 올해 오십 중반이다. 앞으로 고령화가 되어갈수록 커피 전문점은 더 증가하면 증가했지 줄어들지는 않을 것 같다. 정부에서 일자리 마련으로 어떤 정책적인 사업이 없는 한은 커피 소비와 무관하게 카페 산업은 많은 인력으로 넘칠 것이다. 카페는 영업이 되는 곳은 될지 몰라도 영업이 안 되더라도 그저 취미나 재미로 문을 여는 집도 상당히 많겠다. 지금도 이와 같지만 말이다.

그러니, 커피와 더불어 무엇을 곁들여야 한다. 창의적이고 실용적이면서도 널리 이로운 어떤 획기적인 상품 개발에 몰입해야 한다. 예술도 어느 정도 생활수준이 받아줘야 인정받는 것이기에 우리나라는 아직 이른 것 같다. 몰라! 내 형편이 어려워서 이런 생각을 가지는 지도 모르겠다. 하지만, 우리나라 서민의 대부분은 이와 같다고 본다. 그러면 무엇이 창의적이고 실용적이며 널리 이로운 것은 무엇인가? 나는 깊게 또 생각한다.

鵲巢日記 16年 11月 23日

맑은 날씨였다.

요즘 세간의 이목은 박 대통령과 최씨 일가다. 조회 때였다. 예전 같으면 모르고 지날 사건도 인터넷 시대는 속속들이 읽을 수 있으며 들을 수 있으니 가장 높은 자리에 앉은 정치권 이야기는 옆집 이야기보다 더 사실적이다. 한 사람의 변론이라면 모를까 주위 여러 사람의 이야기는 그 한 사람의 정체가 속속 드러나니 실망과 개탄에 마지않는다. 오늘도 새로운 뉴스에 이런저런 이야기 나누다가 배 선생은 이런 말씀을 하셨다. 우리 엄마는 박근혜의 그렇게 펜이었다며 이야기한다. 지금은 어떠냐고 물었더니 '뒤져야 한다'며 말씀하시기에 아침 웃어야 할 일은 아니지만, 왜 그리 웃음이 나던지 참 암담한 현실이다. 나이 많은 세대뿐만 아니라 사회에 몸담고 일하는 모든 세대는 이와 같을 것이다. 어떤 일이든 잘해야 한다. 있을 때 잘해야 한다. 유행가도 있지 않은가! 한 방에 훅 간다는 말, 말이다.

점심때였다. 용달차로 제빙기를 먼저 실어 보냈다. 어제 주문받은 대구 달성군 하빈면 하산리 모 교회에 다녀왔다. 경산서 약 한 시간 30분 거리다. 현장에 도착하니 신축건물이었는데 아직 건축이 끝나지 않았다. 뒤에 도착한 정수기 허 사장이 제빙기 설치했다. 하부 냉 테이블은 3시쯤 도착했다. 일 모두 마친 시각이 오후 4시쯤이었다. 왜관 톨게이트로 빠져나와 경산 들어왔다.

노자 도덕경 72장에는 '자애불자귀自愛不自貴'라는 말이 있다. 나를 사랑하되 나를 귀하게 여기지 않는다는 말이다. 나를 사랑한다는 말은 나를 아끼며 보살핀다는 뜻이겠다. 나를 아끼며 보살피는 것은 육체적인 것도 있겠지만 여기서는 정신적인 내용이 더 강하다. 좋은 옷, 좋은 차, 좋은 집이 전부가 아니다. 허름한 옷, 허름한 차, 허름한 집에 살더라도 마음이 깨끗하다면 그것이야말로 자애다.

태어날 때 주먹 쥐며 나서 죽을 때 손 풀고 간다는 말이 있다. 요즘 세간의 이목을 받는 최 씨 일가를 보자. 최태민은 살았을 때는 그 많은 재산을 모았다. 하지만 죽음은 그 재산 중 한 푼도 가져가지 못했다. 오히려 살아생전 잘못된 일로 죽어서도 비판받는 실정이다.

인생은 남에게 보여주기 위해 사는 것이 아니다. 현실은 부족한 생활 일지라도 내면의 행복과 아름다움이 가득하다면 그 인생은 분명 아름답다고 할 수 있다. 그 내면의 충족은 먼저 나와 진솔한 대화에서 출발한다. 그 대화에서 나를 수양하며 다른 사람과 조화를 이루어야 한다. 타인과 어울리며 이룬 사회가 온전할 때 행복은 배가 될 것이다.

노자 도덕경 62장에 나오는 말이다. '사자차용舍慈且勇, 사검차광舍儉且廣'은 인자함을 버리고 용맹함을 들이고 검소함을 버리고 넓음을 들인다는 말이다. 노자는 이는 죽음을 부른다고 했다. 인자함이 없는 용맹은 잔인하다. 검소함이 없는 넓음은 아무리 많은 돈을 벌어도 쓰임에 부족하니 일에 몸이 상하고 인간관계 맺음에 피로를 부르니 정신은 더 메마르게 된다. 그러니 어찌 죽음에 이르지 않겠는가!

검儉

잠 잘 수 있는 공간 집이면 좋다
입어도 깔끔하면 옷은 괜찮다
한 끼 밥 굶지 않고 뜨는 숟가락
몸에 밴 검소함은 삶을 부른다

鵲巢日記 16年 11月 24日

맑았다. 하늘은 높고 짱짱하여 먼지 한 톨 없어 보였다. 날이 꽤 추웠다.

서민은 여느 때와 다름없이 추운 겨울을 보내지만, 올해는 더없이 춥게 보낼 것 같다. 불공정한 우리의 정치문화를 보며 어떤 희망을 품을 수 있을까. 경제는 날이 더할수록 더 힘에 겹다. 언제였는지 모르겠다. 어떤 토론을 보다가 전 보건복지부 장관을 지냈던 유시민의 말씀은 잊히지 않는 사실이다. 우리나라 산업구조가 익히 취약하다는 것은 알고 있었다만, 정확한 수치로 보는 선생의 말씀은 한마디로 놀라운 현실이있다. 나는 이러한 수치에 실지로 현장에서 발로 뛰며 체감한다. 세조업 17%, 긴설업 7%, 1차 산업과 2차 산업 합하여 30%밖에 되지 않는다는 말, 나머지 70%가 자영업과 서비스업종이라는 말이다. 나는 자영업자다. 자영업자가 바라본 자영업 세계는 한마디로 처참하다. 너무 많다. 너무 많아 시장 나눠 먹기식도 아니며 아예 공포 분위기까지 감도는 것이 현실이다. 하루가 멀다 하여 뛰어드는 커피 전문점 개업상황은 오히려 소름 돋을 뿐이다. 그렇다고 어떤 미래가 보장되는 산업도 아니건만, 사람은 왜 이리 몰려드는지 안타까울 때가 많다. 물론 커피 전문점만 그런 것이 아니다. 식당, 미용실 등 여러 요식업과 서비스업종도 마찬가지다. 직업의 다양화와 분업화는 좋은 현실이지만, 대책 없이 무분별하게 개점하는 집중현상은 자본의 소멸과 자멸로 이어질까 두렵다.

오후, 압량에 잠시 다녀왔다. 오 씨는 장사가 너무 안돼서 내가 뭐 잘못하고 있나? 하며 스스로 묻기까지 했다. 이달 들어서 내가 나에게 스스로 물었던 질문과도 같은 말이었다. 하루 오만 원 판매도 되지 않는 영업장소다. 그래도 10만 원은 팔아야 가게 세 나올 수 있다며 암울한 말만 거듭했다. 그 옆에 성당도 카페는 아주 멋지게 열었다. 그렇다고 성당에서 운영하는 카페가 잘 되는 것도 아니다. 나는 성당은 어떤가 싶어 잠깐 둘러보기도 했다. 공간은 꽤 넓고 내부공간미는 신축이라 흠잡을 곳 없이 예쁘고 너르다. 오 씨는 옆집 성당 카페를 운영하는 모 씨와 부딪힌 일도 얘기해주었다. 주차 문제 때문이었다. 오히려 일에 성화를 일으킨 쪽은 성당 카페를 운영하는 모 씨가 먼저였다. 아주 조그마한 가게를 운영하지만, 우리가 먼저 했고 장사가 안 되지만, 그저 조용히 하루를 보내는 것도 우리지만, 뒤늦게 들어온 성당 쪽 사람은 오히려 주차문제로 분노를 터뜨렸다. 솔직히 이 분노를 들어야 하는 사람은 이 나라 정치를 잘못 운영하는 저 위쪽 사람이야 맞다. 민생 안정을 위해 실업을 없애고 산업을 증진해 나아가도 시간이 모자랄 판에 대기업에 각종 특혜와 불공정한 거래의 미끼로 돈 뜯어내고 재단을 만들었다. 이 재단은 또 뭔가! 선의적이고 생산적인 산업 육성으로 잇는다거나 사회문화적으로 공익사업에 일임하였다면 그나마 지탄을 덜 받을지도 모른다. 하지만, 비선 실세의 1인을 위한 기업모금이었다니 참으로 입에 담기도 부끄러운 일이다. 그 기업을 통해 모금한 액수는 오 씨와 같은 자영업자를 구한다 치면 무려 2천 명 아니 3천명도 구제할 수 있는 돈이다. 공정한 거래를 통해 모두가 합심하여 일자리를 만들고 이를 바탕으로 취업을 높이며 경제가 활성화가 되었다면 지금쯤은 이 추운 바람이 그다지 춥지만은 않을 것이다.

이번 사건으로 인해 우리나라 정치문화는 몇십 년이나 후퇴시켰다고 나는 본다. 나라가 이 지경에 이르게 한 현직 대통령은 탄핵하여야 마땅하다. 바른 법질서 하에 누구나 잘못을 저지르면 벌을 받아야 함을 보여야 한다. 대통령 임기 끝날 때마다 오는 이런 불행은 경제까지 미쳐 불경기는 끝이 보이지 않는다. 많은 시민이 앞장서서 촛불시위 하는 것은 단지 잘살아 보고자 하는 염원 때문이다. 한 집안의 가장이 잘못되었다면 그 집안의 몰락은 넘보지 않아도 뻔한 사실이다. 하물며 일국의 대통령이 이런 비극을 조작했으니 말해야 뭐 하겠는가!

鵲巢日記 16年 11月 25日

맑았다. 날이 꽤 춥다. 가로수로 보이는 저 은행잎은 거진 다 떨어진 것 같다.

오전, 동원이 가게에 다녀왔다. 이제는 무례한 손님은 꽤 줄었다며 이야기한다. 동원이 가게에서 그리 멀지 않은 'P' 가게가 있다. 지난달 영업은 400이나 적자가 났다. 가게를 팔려고 내놓았다는 얘기까지 있었다. 이번 달은 더 안 좋을 텐데, 어떻게 버티려나 싶다. 하기야 남 걱정할 때가 아니다. 나 또한 마찬가지 아닌가! 그러고 보면 경기라는 것은 홀로 그 물살을 만드는 것이 아님을 알 수 있다. 이웃이 잘되어야 나도 잘 되는 것이다. 이외 주차문제로 구청에 민원 들어간 일이 있었나 보다. 구청 직원이 나온 일을 이야기한다. 가게 바로 앞에 내 차를 주차하는 것도 사사건건 민원이 들어가니 분명 주위, 나쁜 마음을 갖고 한 것이 분명했다. 하지만, 이웃을 잘 대해야 한다. 악의적인 행위를 악의적으로 행하면, 도로 나쁜 결과만 초래한다. 동원이는 이웃의 인심을 사려고 노력하지만, 여기는 시내라 만만치가 않은가보다.

계양 모 카페에 다녀왔다. 이번 달 기계 값이 들어오지 않았다. 사장 이씨는 잘 다니던 교회마저 그만두었다. 이제는 수입이라고는 이 조그마한 카페뿐이다. 하루 매출 3만 원도 제구 오르는 가게다. 더 난감한 것은 법원에서 결정한 개인회생에 관한 통지문이다. 빚 오천만 원을 갚지 못해 2,400만 원을 40만 원씩 해서 60회로 갚도록 권장 조치했다. 당장 이달부터 관련 은행에 내야 하지만 여태껏 한 푼도 넣지 못했다. 이런 상황에서 기계 값을 요구하는 것도 참으로 어려웠다. 사장은 가게를 내놓았지만, 팔리지도 않아 애를 먹고 있었다. 오늘 오후, 또 누군가 온다며 조금만 더 기다려 달라며 부탁했다. 천오백에 내놓았던 가게가 천에 이제는 오백이라도 인수할 사람이 있으면 당장 팔겠다는 의사를 밝혔다.

권장 소비자 가격 760원짜리 한 끼 점심을 먹었다. 김치와 달걀을 곁들였다. 이 식사를 하면서 나는 우리나라 상류층 문화를 생각한다. 아침, 조회 때 배 선생께서 하신 말씀이 잊히지 않는다. 예전에 이불과 홑청에 관한 일을 한 바 있었다며 얘기했다. 시내 중심가에 지인의 가게에서 일했다. 상류층만 쓸 수 있는 그런 이불이었던가 보다. 이불과 베개가 오백만 원짜리도 있다며 얘기한다. 조그마한 쿠션 하나가 오십만 원 상당이라니, 참! 말이 안 나온다. 이들 제품은 모두 수입품이라 했다. 이 나라 애국자는 정말 서민이라는 것을 다시 확인한다. 라면도 우리 것이며 입고 다니는 옷, 타고 다니는 자동차, 지금 두드리는 이 컴퓨터 모두 국산 제품을 사용하지 않은가.

오후, 압량 조감도에 기계를 보아주었다. 샤워망과 고무가스켓을 갈았다. 영업이 안 되는 곳은 부품비는 꽤 부담이다. 소모품 비용을 청구하는 것도 어려운 일이다. 버섯 명가에 커피 배송 다녀왔다. 김 사장님은 요즘 근황을 물으신다. 모두가 힘든 시기임을 알지만, 특별히 무슨 소식은 없는지 어쩌면 인사차 주신 말씀일 게다. 한학촌에 커피 배송 다녀왔다.

전에 교육받은 안 씨에게 주방에 들어가는 기계를 견적 넣은 바 있다. 오늘은 안 씨의 남편이 전화가 왔다. 금액은 절충이 되는지 물었다. 어떤 거는 공장에서 받는 가격으로 제시했고 어떤 거는 3만 원이나 5만 원 정도 붙인 것도 있다. 안 씨는 견적을 여러 번 요구했기에 가격이 모두 내려간 셈이다. 오늘 또 전화로 기계값을 절충하자니 마음이 답답했다. 기계를 팔아도 AS까지 보장하기에는 이제는 위험수위까지 온 셈이다.

저녁, 옆집 터줏대감 주차장이 썰렁했다. 저녁 시간이면 차가 아무리 없어도 다섯 대는 보였지만, 오늘은 한 대도 없었다. 다시 AI 파동이 온 것이다. 카페도 마찬가지였다. 본점, 조감도 모두 이달 들어 최저의 매출을 올렸다.

자정쯤, 카페 우드에서 전화가 왔다. 기계가 이상이다. 현장에 들러 확인하니 모터펌프 고장이다. 수리 끝난 시각이 오전, 1시 10분이다. 본부 1시 30분에 들어왔다. 오늘 하루 마감한다.

鵲巢日記 16年 11月 26日

흐리고 비 왔다.

오전, 토요 커피 문화 강좌 가졌다. 모두 다섯 분 선생이 참석했다. 교육 들어가기 전에 모 선생께서 질문 있었다. 집집이 커피 가격이 왜 다른지 물었다. 커피 가격이 낮아도 채산성은 있는지 물었다. 요즘 저가상표가 많이 출현하고 있는데 이들 모두는 영업은 되는지에 관한 질문이었다. 커피를 저가로 팔아도 많이 팔면 남기야 남는다. 얼마만큼 많이 팔아야 하는지가 관건이다. 하루 매출 30만 원 이상이면 운영은 된다. 30만 원 매출을 올리려면 커피를 몇 잔 팔아야 하는가 한 번 생각하여야 한다. 간이과세와 일반과세의 차이도 커피 값에 영향을 받는다. 대부분 중소형 카페는 간이과세다. 그러므로 커피 값은 비싸지 않아도 경영은 된다. 하지만, 대형 커피 전문점은 중소형 카페보다 인력도 많이 들어가며 각종 비용은 많고 세금까지 안고 있다. 그러니 큰 카페는 대부분 잔당 가격이 5천 원 이상이다.

커피 영업은 어떤지 매우 관심이었는데 자세히 얘기했다. 무슨 일이든 열심히 하지 않으면 힘든 사회에 우리는 살고 있다. 단일 점포에 직접 운영하는 가게라면 모를까 여럿이 모여 한 가족을 만들었다면 사회가 된다. 사회면 여러 가지 규칙과 법을 준수해야 한다. 이에 맞게 경영하려면 서로가 노력해야 한다.

채 선생과 약 두 시간 가까이 대화를 나눴다. 대지 3천 평이면 엄청나게 큰 면적이다. 카페를 짓고도 땅은 남으니 여러 가지 구상을 할 수 있다. 말하자면, 마치 도시계획을 하듯 이곳저곳 균형미 갖춘 공간 디자인이 필요하다. 채 선생은 이모저모 말씀하셨다. 단시간에 이룰 계획은 아니었다. 카페를 개업하고도 오랫동안 천천히 작업하여야 할 일이었다.

조감도에 일하는 가족과 대화를 나눴다. 경기가 좋지 않은 것에 대해, AI 파동에 좀 더 신경 써서 영업했으면 하는 바람이다. 인사는 바르게 해야 하고 계산대나 드립바에 한 사람은 있었으면 하는 바람, 오늘은 비가 오지만, 눈 올 때 대비상황을 서로 의논했다. 며칠, 아니 이달 들어 영업이 좋지 않으니 모두 의기소침해 있었다. 모두가 활기 넘쳤으면 싶은데 갓 들어온 효주 말고는 상은 모두 좋지 않았다.

저녁, 카페 본점과 조감도 모두 조용했다. 오늘은 제5차 촛불시위가 있는 날이다. 나는 우리나라 현대사를 통해 해방 이후 친일세력을 제거하지 않은 것부터 그 원인이 있었다고 본다. 아직도 주요기관은 모두 그 친일세력의 후손이 장악하고 있지 않은가! 국민이 알 권리를 철두철미하게 봉쇄한 기관, 말했어, 뭐하겠는가! 현직 대통령에 대한 보도는 들을수록 가슴만 답답하다. 어찌 나라가 이 지경에 이르렀는지! 누굴 탓하겠는가!

鵲巢日記 16年 11月 27日

꽤 흐렸다.

평상시 보다 잠을 좀 더 잤다. 늦게 일어났다. 조감도에서 커피 한 잔 마셨다. 요즘은 사람이 모이면 현직 대통령 이야기나 최순실 얘기뿐이다. 오후, 처가에는 김장을 했는데 잠깐 인사 다녀왔다. 처남과 동서와 함께 늦은 점심을 먹다가 아니나 다를까 현 대통령과 최순실 얘기가 나왔다. 올해 수능을 본 큰 조카 병훈이도 정치얘기를 하니 나라가 온통 국정농단과 부정부패 얘기로 도배하다시피 한다. 처남은 언론이 너무 떠드는 것 아니냐 이로 인해 국가 신용이 말이 아니라는 뜻으로 얘기했다. 나 또한 예전에는 그렇게 보았다만, 언론은 국민이 소상히 알 수 있도록 부정부패가 있다면 특종으로 다루어 세밀히 파헤치는데 여념이 없어야 한다. 국민은 100만을 넘어 150만 이상의 평화적 촛불시위를 했다. 세계적으로도 이러한 군중의 힘을 발휘한 나라는 없다고 본다. 비록 우리의 정치문화는 몇 십 년 후퇴하였을지라도 나라의 주권은 국민에게 있다는 것을 더 나가 이 나라 생명력을 보여준 것이다. 어떤 어려움이 있더라도 능히 헤쳐 나갈 수 있음을 보인 것이다. 하반기 경제 성장이 별 좋지 않은 가운데 서민은 더욱 허리띠를 조여야 한다. 이러한 경제의 어려움은 그 원인이 있다. 집안의 가장이 일을 잘못 처리하니 아니 그 이상의 바르지 못한 일로 살림은 무너진 것이다. 차기 대권은 누가 될지는 모르나 이러한 국민의 정서를 충분히 보았을 것이다.

이번 국정교과서 문제도 마찬가지다. 잘못된 역사 흐름으로 기득권 세력의 조성은 현대의 각종 비리로 잇는 악순환 고리를 만든 것이 사실이 아닌가! 중국의 동북공정에 대비하기 위해 만든 동북아 역사재단의 비리도 있었지만, 이번 교과서 문제도 말문이 막히는 일이다. 이는 친일세력이 만든 것이지 우리나라 사람이 만든 책이라고는 볼 수 없다. 여기에 적극적으로 가담한 현 정부는 과연 어느 나라 정부인가!

교과서를 국정 주도하에 만드는 것도 문제지만, 더 웃기는 건 책 내용이 문제다. 친일과 독재를 미화한 것은 엄연한 사실이었다. 여태껏 한국 근현대사를 너무 부정적인 시각으로 바라보았다는 게 역사 집필자의 말이다. 어이없는 일이다. 이러한 논리를 펴는 숨겨진 이유는 분명히 있다. 해방 이후 반민족행위를 행한 친일세력을 애초 제거하지 않은 데 그 원인이 있다고 본다. 친일세력은 모두 죽었을지는 모르나 이들의 후손 모두는 아직도 우리나라 주요관직에 몸담고 있으니 말이다.

鵲巢日記 16年 11月 28日

대체로 맑았다.

아침, 커피 한 잔 마시며 나눈 얘기다. 어쩌다가 좌파냐 우파냐를 얘기하다가 좌파가 무엇인지 우파가 무엇인지 묻는다. 한마디로 말하자면, 좌파는 진보성향을 띄며 평등을 주장하는 사람을 말한다. 우파는 보수성향에 자유를 강조한다. 유럽 정치문화를 예로 들자면, 18세기 프랑스, 서민을 대신하며 급진적인 변화를 주장하는 쪽은 좌파, 부자계층을 대표하며 점진적인 변화를 꾀하는 쪽은 우파다. 이는 왕을 기점으로 왼쪽에 자리한 것은 서민을 대표하는 공화정파, 오른쪽에 자리한 것은 왕을 지지하는 왕당파가 있었기 때문에 이렇게 불리게 되었다.

우파 즉 보수진영은 법이나 제도를 대폭 바꾸기보다는 서서히 개선해 나가길 원한다. 기존 대기업 체제를 옹호하며 큰 변화를 모색하지 않는다. 한마디로 자유다. 정부의 간섭을 꺼리며 자유로운 경제활동으로 부를 축적하길 원한다. 다른 사람에게 다소 손해가 있더라도 보아 넘기는 쪽이다. 함수관계를 더 축소하여 회사로 비유하자면, 대표는 보수며 노동자는 좌파 즉 진보다. 진보는 늘 평등을 주장한다. 내가 노동한 대가는 공정하고 바른 대가를 또 그 이상의 잉여생산이 있었다면 절대 저버리지 않는다.

좌파는 시장경제의 문제점을 해결하기 위해서는 정부가 간섭하고 개입해야 함을 주장한다. 그러고 보니까 대학에서 배웠던 정부 개입 주도의 거시경제학자 존 메이나드 케인즈는 어쩌면 좌파겠다. 그러면 경제학의 아버지라 불리는 애덤스미스는 자유주의를 표방했으니 우파다. 그가 쓴『국부론』에 경제라는 단어가 나왔다. 시장 가격 결정을 보이지 않는 손이라는 유명한 말을 남기기도 했다. 그러니까 애덤스미스는 우파 즉 보수진영이다. 자유를 지향한다.

우리나라는 우파냐 좌파라는 말보다는 보수와 진보라는 말을 더 많이 사용한다. 왜냐하면, 한국전쟁 이후 벌써 북한은 좌파로 남한은 우파로 부르게 되었기 때문이다. 요즘은 여기다가 종북 좌파나 뉴-라이트new-right라는 말도 등장했다. 종북 좌파는 한마디로 사회주의 학문을 표방한다. 다시 말하면 스탈린주의나 마르크스주의자다. 뉴-라이트는, 말 그대로 신-보수주의자다. 이는 국가 개입을 별로 좋아하지 않으며 시장원리에 따라 움직이는 경제 체제를 원한다. 작은 정부를 지향하는 무리다. 요즘 우리나라는 역사를 또 다른 시각으로 바라보는 사람이 있다. 뉴-라이트 학자라 하는데 솔직히 밥맛이다. 이들은 나쁜 말로 말하면 친일 반민족행위자라 일컬어도 무관할 듯싶다. 어쩌면 국가는 필요 없다는 논리 같기도 하다. 참, 내가 뉴-라이트 학자를 친일 반민족행위자라 얘기하면 이들은 나를 극우파라 내몰지도 모른다. 그나저나 왼쪽이나 오른쪽이냐 따지는 것도 좋지만, 양쪽의 대립과

균형이 없으면 발전은 없다. 어떤 일을 하더라도 두 손을 써야 하며 한 손은 무엇을 하더라도 어렵다. 단 바른 사상이어야 한다. 조선 말, 노론 독주체제는 나라를 위기로 내몰기도 했다.

오후, 대구 칠성 시장과 곽병원에 다녀왔다. 경산 옥곡점과 조감도 거쳐 대구 월배에 갈 커피를 택배업소에 들러 맡겼다. 오후, 채 선생께서 전화가 왔다. 시간 괜찮으면 한티재에 가보자고 했는데 도저히 시간 낼 수 없었다. 다음에 가기로 했다.

鵲巢日記 16年 11月 29日

꽤 맑은 날씨였다.

아침, 가게 출근할 때였다. 대구, 월배에 카페 경영하시는 모 사장께서 전화다. '본부장님 요즘 어떻습니까?' 아침이라 납품 갈 곳도 챙겨야 하고 개점도 해야 하는 상황이라 바빴지만, 사장의 말씀을 들어야 했다. 하루 매출은 3만 원에서 10만 원 사이라며 얘기한다. 한 달 가게세가 백여만 원이다. 아르바이트도 한 명 쓰고 있으니 솔직히 말하자면, 이렇게 가게를 운영하며 버티는 것도 대단한 것이다. 더구나, 올 가을 들어오기 전에 경쟁업체가 바로 옆에 개점한 상황이며 기존에 있던 경쟁업체(이 가게는 그 옆에, 옆에 자리한다.) M은 내년 5월이 가게 기한이라 기한 지나면 그만하겠다며 얘기까지 있었나 보다. 경쟁업체가 미치는 영향도 있겠지만, 경기가 좋지 않아 고객은 이제 돈을 쓰지 않는 게 문제다. 시국이 불안하고 각종 들려오는 소식은 미래를 더 불안하게 한다. 그렇다고 가게를 닫으시라 말하는 것도 예의가 아니었다. 그저 어려운 상황을 들을 수밖에 없었다.

오전, 하양 모 부동산 가게와 청도 강 씨가 운영하는 가게에 다녀왔다. 커피 배송했다.

오후 2시 30분, 우리나라 최고 지도자다. 대통령의 담화문 있었다. 다 듣고 느낀 점은 솔직히 암담했다. 나라가 하나의 배라면 선장은 이미 떠난 것이다. 바다에 떠 있는 것도 불안하다. 여기다가 각종 풍파에 내맡긴 배를 보는 것과 다름없다. 대통령은 여태껏 살면서 사익은 절대 추구하지 않았으며 사심도 품지 않았다고 했다. 앞으로 임기 단축 문제는 국회의 결정에 따르겠다고 했으니 탄핵은 피하겠다는 뜻으로 보인다. 오늘도 기자들의 질문은 받지 않았다.

울진에 커피 보냈다. 케냐 20K, 예가체프, 안티구아, 블루마운틴 각 한 봉씩 보냈다.

아침에 있었던 일이다. 어느 모 선생께서 아침 일찍 오셔 카라멜마끼아또를 주문하고 집필묵이 놓여 있는 곳으로 가시어 화선지를 찾으셨다. 화선지 두 장을 챙겨드렸는데 논어에 나오는 글귀 한 줄 쓰시는 거다. 나는 옆에 서서 그 선생께서 쓰시는 글귀를 유심히 보았다. 문장이 제법 되는 것 같았다. 화선지도 작은 종이는 아니었는데 쓰고자 하는 글귀를 다 못 쓰고 마감했다. 나는 그 옆에다가 더 쓰시라 했는데 선생은 쓰지 않았다. 선생은 나에게 논어를 보았느냐고 물었다. 글은 읽었지만, 쓰지는 못한다고 대답했다. 선생은 나에게도 붓을 내주었는데 논어 한 글귀를 써보라는 것이다. 나는 선생께서 쓰신 그 글귀 옆에 여백이 좀 있어, '無信不立'이라 썼다. 선생은 학자임에 틀림이 없었다. 글자를 써놓고 잠시 대화를 하였는데 논어에 관한 여러 말씀을 하셨다. 나는 이해가 어려웠다.

오후에 붓과 붓을 걸 수 있는 걸대와 종이와 종이를 받치는 깔개와 조그마한 벼루 하나 더 샀다. 글을 제법 쓸 수 있게 자리를 더 다듬어야겠다. 글 좋아하시는 분이 가끔 오시는 것도 또 이렇게 한 줄씩 쓰고 가시는 손님을 볼 때면 기분이 좋다.

鵲巢日記 16年 11月 30日

오전에 꽤 흐리더니 오후에 비 조금 내렸다.

경기도에서 생두new-crop가 들어왔다. 케냐 10백bag, 만델링 1백, 예가체프 한 백이다. B업체 대표께서 직접 가지고 내려오셨다. 직원 같기도 하고 동업자 같기도 했는데 어느 나이 많으신 분과 함께 내려왔다. 콩을 2층 창고까지 모두 옮겼다. 생두 무게가 한 백당 60kg 정도 나가니까, 아침부터 힘 꽤 쓴 셈이다. B 업체 대표와 함께 오신 모 사장은 50대 후반이나 60 초반은 되어 보였다. 대표께서는 아들 하나 있다고 했다. 아들은 올해 서른셋이다. 외국 어딘가 있다가 국내에 들어왔나 본데 내년은 함께 일할 생각이다. 사장은 1층 바닥 면적만 60평 되는 카페를 짓겠다고 했다. 이미 설계는 나와 있으며 건물도 짓고 있는가 보다. 카페 경영은 아들에게 맡기려고 한다. 카페 경영에 있어 여러 가지 자문하겠다며 인사차 말씀 주셨다. 늘 문자로 거래하다가 오늘 이렇게 서로 만나 뵈니 반가웠다. 12시쯤 다시 경기도로 향했다.

곧장 밀양에 갔다. 에르모사에 커피 배송 다녀왔다. 1시쯤 도착했는데 상현이가 장만한 음식을 먹었다. 오늘 시간 맞춰 온 것은 상현이 어머님 친구 때문이었다. 에르모사 맞은편은 골동품 상회다. 골동품 다루시는 모 사장님과 친구 사이다. 바깥어른께서는 부산에 모 대학 교수다. 여기서 가까운 곳에 나대지를 샀는데 에르모사에서 불과 몇 미터 떨어지지 않은 곳에 자리한다. 내년 3월에 카페 개업을 목표로 지금부터 공사가 들어갔다. 나는 건물 용도는 무엇인지 물었다. 사장은 커피 전문점과 골동품 파는 소매점이라 했다. 도면을 보여주셨는데 1층 바닥면적은 60평이었다. 내부에 들어갈 집기에 관해서도 설명이 있었다. 아들이 모 대학 경영학과 졸업했는데 아마, 내년에 함께 일할 거라는 말씀도 있었다. 선생은 지금 시장 현실에 관해서도 한 말씀 있었다. 기존의 카페는 여러 가지로 보아 영업에 있어 부족함을 강조했다. 사장은 카페 영업은 어떤 것인지 보여주겠다며 확신했다. 상담이 끝난 뒤 상현이와 현장에 다녀왔다. 약 300평쯤 된다. 땅 고르기 위해서 석축 쌓은 것을 보았다.

모 대학 선생과 상담할 때였는데 대구 화원 A 카페에 일했던 김 씨가 전화가 왔다. 사장으로부터 전에 소식을 받기는 했다만, 기계 때문에 전화한 것 같다. 서부 정류장 부근에 15평쯤 되는 가게를 얻었다는 소식을 들었다. 김 씨와 모 대학 선생은 모두 본점이다. 본점이라는 것은 앞으로 카페 컨설팅도 함께 하겠다는 뜻이다. 모 대학 선생은 그 포부를 내비쳤다.

청도 가비에 다녀왔다. 가비는 참 오래간만에 온 듯하다. 오늘 이렇게 온 이유는 카페 매매에 관한 여러 가지 마음을 들었다. 얼마쯤이면 팔고 싶다는 것이다. 매수 희망자가 권 씨다. 가격 절충안을 두고 많은 말이 오갔을 것 같다. 그렇다고 쉽게 매매 될 일은 아닌 것 같다. 양쪽 다 심리상황은 이야기 들어서 알겠다만, 어떤 말을 하는 것은 필요하지 않다. 어느 쪽도 편향한 마음을 가지면 안 된다. 현 점장은 매수 희망자가 희망한 가격만큼 내렸다. 하지만, 권 씨는 여기서 더 내리려고 금액을 더 낮춰 불렀던가 보다. 현 점장은 기분이 꽤 상했다. 나중에는 분명히 타협점이 나올 거로 보인다. 아니면 거래가 무산되겠지. 권 씨는 올해 60이 조금 안 된다. 과연 이 가게를 인수하여 운영할 수 있을지 의문이다. 그냥 아르바이트로 일하는 것과는 달리 모든 책임을 안으며 경영하는 것은 아주 다르다. 신경은 몇 배나 더 써야 한다. 신경 쓴다는 것은 그만큼 몸을 피로하게 만든다. 피로는 육체를 그만큼 또 상하게 한다. 육체가 상하는 만큼 기대수익이 더 낫다면 아니면 경영에 어떤 즐거움이 있다면 권 씨는 분명 사겠다. 일이 어떻게 될지는 두고 볼 일이다.

오늘 하루 일하며 느낀 점은 아직도 카페 개업할 곳은 많다는 것이다. 한 군데 제외하면 모두 신축개업이다. 모두 본점이다.

鵲巢日記 16年 12月 01日

맑았다.

아침, 신문을 읽다가 의미 깊은 글귀가 있어 적어 본다. 논어에 나오는 말이다. 자장이 정치에 관해 묻자, 공자는 이렇게 대답한다. “항상 마음을 국정에 두어서 게을리 하지 말며 정사를 행할 때는 충실하게 하라子張 問政 子曰 居之無倦 行之以忠” 무릇 정치만 그러겠나 하는 생각이 들었다. 어떤 일을 해도 자리를 비운다는 것은 책임 회피다.

오전, 서부 정류장 부근에 가게를 얻은 김 씨 내외가 왔다. 가게는 13평이다. 보증금 3천에 월 200이다. 사거리에서 약 오십 미터 안쪽 조금 더 들어간 도로가다. 지난달까지만 해도 화원 A 카페에서 일했다. 올해 나이 40 중반이다. 김 씨는 커피 하는 건 괜찮은지 자문했다. 나는 커피 일 하는 것을 극구 반대했다. 물론 그 주위로 커피 집 없다 하더라도 커피 일 하는 것은 힘들겠다는 생각을 내비쳤다. 대신, 국수집하는 것은 어떠냐고 도로 물었다. 로고와 상표를 디자인하며 상호를 만드는 것이다. 예를 들자면 ‘국시는 밀가리로 만든다.’ 이런 서술형도 괜찮지 싶다. 상표 등록도 신경 써야겠다. 가맹점을 하는 것보다는 가맹사업을 하는 것이 중요하겠다. 세상을 바라보는 시각은 주체적이어야 한다. 물론 국수 물 우려내는 것도 기술이며 국수를 삶는 것도 기술이다. 어디서 배우는 것도 중요하지만, 인터넷에 공개가 많아 여럿 프로그램 보고 실습해 나가는 것도 괜찮을 것 같다. 커피는 나는 아니라 본다. 커피 집을 개점하고도 나중에 그 옆에 또 들어오지 말라는 법은 없다. 요즘은 무분별하게 커피 집 들어서니 커피를 하는 나로서도 솔직히 선뜻 하라는 말은 어려웠다. 김 씨는 채소가게는 또 어떤지 묻기도 했다. 아는 선배가 있는데 '아저씨'라는 상호로 꽤 성공한 집을 예로 들었다. 서부 정류장 부근 노점도 많고 유사 점포도 많아서 피하는 것이 좋을 것 같다는 얘기를 했다.

오후, 채 선생님과 함께 팔공산에서 한티재 넘어가는 길로 하여 순회했다. 나는 파계사 방향과 동화사 가는 길은 몇 번 간 적 있었지만, 한티재 넘는 이 길은 솔직히 몇 년 만이었다. 정말 놀라운 것은 도로 양 길가로 꽤 발전한 모습을 보았다. 커피 집은 한 집 건너 한 집이다시피 모두 신축 건물과 다름없이 깔끔하며 멋지며 모텔과 여러 숙박 시설로 가득한 거리였다. 문제는 저리 많아도 아직도 개발할 땅은 많아 보인다는 것이다. 오후 3시쯤 이 거리를 죽 지나며 보았는데 카페마다 손님으로 가득해야 할 시간에 모두 비었다는 것도 이색적이며 이 중 한 군데 들렀는데 100평 가까운 카페에 손님으로는 남자 손님 한 분 앉아 커피 마시는 거였다. 그리고 우리가 들러 아메리카노 두 잔과 초콜릿케이크를 주문하여 카페에 관한 말을 계속해 나갔다. 물론 여기까지 온 것은 어느 특정한 집을 보기 위함이었다. M 카페에 여러 돌 조각상과 미술작품을 보기 위함이었다. 사진 꽤 담았는데 나는 정말 한강 이남에서는 최대의 작품을 보유한 것 같다는 생각이다. 이순신 장군 상 같은 석공예품과 사자며 돼지며 해태상 같은 석공예품과 인공 연못과 오작교 같은 것도 있었는데 나는 그 위를 일부러 거닐어보기도 했다. 이렇게 하여 채 선생과 죽 거닐며 사진도 담고 하니까 저쪽 펜션 같기도 한 건물에서 오십 대 후반쯤 되는 아재가 이쪽으로 걸어오는 것 아닌가! 아재는 우리에게 한 말씀 주셨다. 이런 돌조각을 좋아하시는 것 같아 내가 소장한 다른 미술작품도 있어 보여드리고 싶다며 인사를 주시는 거였다. 우리도 인사를 하며 아재 따라

갔는데 미술 소장품이 있는 곳은 M 카페 바로 옆에 1층 건물이었다. 아재는 이 미술작품을 경매시장을 이끌면서 하나씩 장만한 거로 보였다. 괴상한 돌도 다이아몬드와 같은 돌도 미끈한 것도 거친 것도 수입한 것도 여러 번 갈면은 모양이 생긴다는 그런 돌도 있었다. 이조 때 쓰던 엽전도 한 꾸러미 있었고 이 엽전을 보관할 수 있는 궤짝도 있었다. 궤짝은 그야말로 조선 시대 양반 내들이 쓰던 그런 불건이었을 것이다. 사람 한 길은 족히 되었고 높이도 성인 무르팍 정도는 되었으니까 말이다. 이 궤짝 하나가 천오백만 원짜리라며 귀한 말씀까지 있었다. 그러니까 궤짝도 장석을 뭐로 했느냐에 따라 시대 구별이 된다는 거였는데 우리는 들어도 뭐 알면서 듣지는 못했다. 그런가 보다 하며 탄식만 했다. 물론 이것뿐이었겠는가! 도자기며 동양화며 오강(요강)단지며 홍두깨 다루깨 소죽 끓일 때 쓰던 성냥갑이며 사랑방에 있을 법한 화로도 있었다. 참말로 그 어떤 관람료 한 푼 없이 구경 한 번 잘했다. 아재께 정중히 인사드리고 우리는 나왔다. 나오는 길도 들어갔던 길이 좀 석연찮아서 카페를 거쳐 나왔는데 카페는 내나 조용했다.

오후 네 시쯤 해서 다시 본부로 길 나섰다. 가면서 채 선생은 연못을 자꾸 말씀하였다. 어떤 연못을 갖출까 하는 고심이 보였다. 또 어떤 아주머니 얘기도 있었고 정치 얘기도 있었다. 요즘 속 시끄러운 현직 대통령과 그 주변에 관한 이야기다. 이리 좋지 못한 경제에도 불구하고 오늘 여럿 보고 온 이 사실은 경제와는 아무런 관계가 없어 보인다.

저녁, 뉴스타파의 '친일과 망각' 2부를 시청했다. 우리나라는 해방은 되었지만, 친일한 세력가로부터는 아직 해방 되지 않았다. 오히려 이 나라는 친일 세력가의 후손에 의해서 움직인다고 해도 과언은 아닐 테다. 정치인, 기업인, 대학교수, 문화예술과 법조인, 언론인까지 기득권층을 이루는 명문가 집안은 대부분 친일파 후손이라는 것에 놀라지 않을 수 없다. 이들 후손 1/3은 일명 SKY 대라 불리는 명문 대 출신이며 27%는 유학경험이 있으며 14%

는 파워엘리트 그룹이다.

鵲巢日記 16年 12月 02日

맑았다.

子曰: 君子之於天下也, 無適也, 無莫也, 義之與比.
(자왈: 군자지어천하야, 무적야, 무막야, 의지여비)

공자께서 이르기를 군자는 천하에 처하기를 고집함이 없어야 하며 하지 못 하는 것도 없어야 하며 정의와 가까워야 한다고 했다. 지之는 주어와 동사 사이 조사 역할을 하며 어於는 따르다, 의지하다, 처한다는 뜻을 지닌 동사다. 이 말을 곱씹어 본다. 정치나 경영은 맞을 것 같다는 생각도 들지만 따르는 것도 어려운 일은 있을 것 같다. 일은 영리 목적이 있는가 하면 사회봉사도 있을 것이다. 대부분 영리 목적이지만, 어떤 이윤을 추구한다는 것은 그만큼 경비에 신경을 아니 쓸 수는 없다. 가장 큰 경비가 인건비다. 인건비를 줄이자니 인사변동이 잦을 것이며 거기다가 박한 인심에 평판도 잃을 것이다. 그렇다고 인건비를 타 업체보다 조금 낫게 하자니 이문이 없어 경영은 어렵다. 적適은 마땅하며 적당한 도리를 말한다. 무적야無適也, 적당함이 없다는 것은 적중適中이 없다는 것이다. 고집을 내세우지 않는다는 뜻이겠다. 정말 고집을 내세우지 않는 경영인은 있을까! 상대를 이해시키는 것은 어느 정도는 나의 철학을 이해시키는 것이다. 그 철학은 나에게만 맞는 것이지 대부분 상대는 맞지 않는다. 상대를 이해시키지 못한다면 경영은 어렵다.

군자는 무막야無莫也라 했다. 막莫은 저물다 해지다는 뜻도 있지만, 부정적인 언어인 하지 말라는 뜻도 있다. 하지 못 하는 것도 없다는 것은 일을 가리지 않는다는 말이겠다. 거래를 가려가며 하는 것은 군자가 처할 일은 아니다. 부르면 가야 한다. 사회에 몸담은 이상 내게 주어진 일을 회피해서는 안 되겠다. 나는 그 어떤 일도 회피하지는 않았는지 다시 생각한다. 의지여비義之與比는 의에 견주는 것과 같다는 뜻으로 의에 가깝다는 그러니까 의롭다는 뜻이다. 한마디로 정의롭다는 뜻이다. 어떤 일이든 가릴 것 없어야 하며 고집 같은 것도 내세우는 일은 없어야 한다.

몸이 꽤 피곤했다. 본점 교대시간은 다섯 시다. 다섯 시부터 일하는 경모와 그 전에 일하는 홍 씨와 임금에 관한 문제를 해명해야 했지만, 영천에 커피 배송 일로 갔다가 들어오는 길, 차가 어찌나 막히던지 제시간에 들어올 수 없었다. 30분이 지나서야 본점에 왔지만, 이미 홍 씨는 퇴근한 뒤였다. 임금 차등은 보는 이와 달리 당사자에게는 불평등으로 닿을 수 있지만, 그렇다고 차등을 두지 않는 것은 일을 구별할 수가 없다. 영업은 이루기가 어려운데 맺지도 못한 성과만 운운하는 일도 듣기가 어려운 일이다. 사람을 쓴다는 것은 정신을 피로하게 만든다. 어떤 일이든 공정한 일이었는지 생각하지 않을 수 없다. 하물며 정치는 얼마나 머리 아픈 일인가! 만인이 만족하는 정치는 없기 때문이다.

저녁에 카페 우드에 커피 배송일로 다녀왔다. 지난주부터 매출이 급격히 떨어졌다. 영업에 관한 여러 이야기를 나눴다. 모두 저녁을 먹지 못해 점장께서는 컵라면을 끓였다. 점장과 이 사장님 그리고 내 것까지 주방에서 함께 먹었다.

鵲巢日記 16年 12月 03日

맑았다.

삼군가탈수, 필부불가탈지三軍可奪帥, 匹夫不可奪志라는 말이 있다. 물론 논어에 있는 말로 공자께서 하신 말씀이다. 삼군은 장수帥를 빼앗을 수 있지만, 필부는 뜻을 빼앗을 수는 없다는 말이다. 이 문장을 보면 삼군三軍과

필부匹夫는 대조적이다. 삼군은 제후국을 다스릴 수 있는 정도의 군사력을 말하는 것이지만, 필부는 한 남자 즉 보잘것없는 남자를 뜻한다. 장수帥와 지志도 대조적이다. 장수는 힘이나 권력을 뜻하겠지만, 지는 마음이나 의지다. 장수는 쉽게 바꿀 수 있을지는 모르지만, 뜻은 함부로 바꾸지 않는다.

경제는 혼자 힘으로 이끌 수 있는 그런 문제가 아니다. 모두가 좋지 않은데 어찌 혼자서 좋을 일 있을까! 그럼에도 불구하고 뜻을 저버린다는 것은 그야말로 대장부라 할 수 없겠지! 경기는 삼군만큼이나 불가항력不可抗力이다. 하지만, 나는 필부만큼이나 빼앗기지 않을 뜻이라도 있었던가! 한 치 소인의 마음으로 일하지는 않는지 다시 하루 되새겨 본다.

오전, 토요 커피 문화 강좌 가졌다. 새로 오신 분이 두 분 있었다. 교육 들어가기 전에 논論 자에 관해 이야기했다. 논은 말씀 언言에 둥글 륜侖 자로 합성어다. 말씀 언言도 합성어라 할 수 있다. 일종의 칼이나 혹은 도끼 같은 날붙이나 죄인을 다스리는 형구를 뜻하는 신辛 자 아래에 입口이 있다. 그러니까 말을 함부로 해서는 안 된다는 뜻이 담겨 있다. 이런 말이 둥글게 말아놓은 것이 논論이다. 예전, 한 이천 년 전에는 종이가 없었다. 그때는 대나무를 쪼개어 그 위에 글로 써 보관했다. 이를 죽간이라 했다. 죽간처럼 둘둘 만 것을 륜侖이라 한다. 책冊이라는 글자도 마찬가지다. 죽간을 묶어놓은 형상이다. 토론討論이나 의논議論을 잘하는 사람은 장래가 밝지 않겠는가! 풀어야 할 숙제를 놓고 그야말로 풀어나가는 과정이 논論이다. 논의 대상이 없다면, 일기日記를 적자. 일기는 곧 나와 토론하는 것이다. 이외에 커피 역사를 간략히 언급하였다. 유럽은 언제 카페가 생겼는지, 우리나라는 어떤 형태로 발전했는지에 관한 얘기도 있었다. 오늘은 에스프레소 교육했다. 오 선생께서 지도했다.

오후, 사동점과 옥곡점에 커피 배송했다. 오후 늦게 촌에 다녀왔다. 부모님 모시고 집 가까운 중국집에서 저녁을 먹었다. 어머니는 꼭 중국집에 가시려고 한다. 이 집에 나오는 가락국수가 그렇게 맛있는가 보다. 어머니는 동네 사정 이모저모를 말씀해 주셨다. 집집이 쌀농사를 짓지만, 팔지 못해 애 먹는다며 얘기했다. 심지어 어느 집은 작년 묵은 쌀도 있어 그야말로 처치 곤란이다. 이렇게 쌀이 남아도는 집이 있는가 하면 도시 어느 거리는 밥 한 숟가락 못 먹는 사람도 있을 것이다. 농사를 짓게 되면 정부에서 주는 직불금이 있다. 직불금에 관한 얘기도 듣게 되었다. 집에서 좀 쉬었다가 경산에 왔다.

鵲巢日記 16年 12月 04日

맑았다.

카페 조감도 11월을 마감했다. 올해 들어 최저의 매출을 올렸다. 총 매출 3천을 넘지 않은 경우가 없었지만, 이달은 훨씬 못 미쳤다. 지금껏 상여금을 지급했지만, 이달은 넣을 수 없게 됐다. 월 급여가 다른 달에 비해 상대적으로 적기 때문에 이달 12월 중순쯤에 지난달 받지 못한 상여를 받을 수 있도록 격려했다.

子夏曰: 百工居肆以成其事, 君子學以致其道

(자하왈: 백공거사이성기사, 군자학이치기도)

자하가 이르기를 모든 기술자는 가게에서 그 일을 이루며, 군자는 배움으로써 그 도를 이룬다고 했다. 백공百工은 모든 기술자를 말한다. 거사居肆는 가게를 말한다. 사肆는 늘어놓은 잡화점 같은 것을 말하며 옛말은 사전肆廛이라 한다. 전廛도 가게를 뜻한다. 백공과 군자는 대조적이며 거사居肆와 학學이, 일事과 도道는 대조적 표현이다.

11월 한 달을 마감했다. 손익분기점은 삼천이라 그간 여겼다. 이달은 매출은 적은데도 불구하고 적자는 아니었다. 다른 가게에 비하면 상대적으로 세가 적은 편이라 문중에 감사할 일이다. 천만다행이지만, 비용이 적은 것이지 수익이 크게 나은 것은 아니었다.

거사居肆, 이리 불경기임에도 불구하고 내 머무를 수 있는 가게가 있음을 감사하게 여기자. 매출이 많이 떨어졌다고 하지만, 우리는 우리의 일을 마땅하게 했음이다.成其事 모든 기술자百工는 군자君子다. 배움을 등한시하면 앞날을 볼 수 없으니 앞날을 볼 수 있다는 것은 불경기라도 환히 웃을 수 있는 배포를 갖게 한다.

굳이 돈 버는 것에 즐거움이 있는 것이 아니라 배우는 것에 즐거움이 있음을 깨닫자! 자하는 이렇게 말했다. 일지기소망日知其所亡, 월무망기소능月無忘其所能, 가위호학야이의可謂好學也已矣라 했다. 이는 하루 그 모르는 것을 아는 것과 매달 능히 할 수 있는 바를 잊지 않는 것은 가히 배우기를 좋아한다고 할 수 있을 것이다.

논어는 아주 쉬운 문장으로 이룬 것이지만, 수천 년 여러 선비가 즐겨 읽었던 책이었다. 일이 힘들 때나 걱정이 있거나 또 그렇지 않은 날 즉, 즐거울 때 읽어도 마음은 이미 다 잡은 것이니 어찌 천하에 처하기를 우환만 가득하겠는가! 鵲巢 曰, 君子之於天下也, 何常憂患之有

鵲巢日記 16年 12月 05日

대체로 맑았다.

오후 1시, 커피 교육과 관련해서 상담했다. 30대 주부로 대구 혁신도시에 분양받은 상가가 있다. 이 가게를 세 놓았는데 세입자는 1년 장사하고는 그만두었다. 종목은 커피 전문점이었다. 약 서른 평 가게다. 개업 시에는 장사가 제법 되었다고 한다. 6개월쯤 지나 매출은 점점 떨어졌고 뒤에는 가게세 내기도 어려워 몇 달 치 세도 못 받았다고 했다. 가게 세입자는 안에 시설을 모두 놓아두고 그만두었다. 주인은 가게 분양받은 금액에 3억 가량은 대출로 이루었다. 은행에 대출 이자를 내야 하는 형편이라 교육받기를 희망했다. 여기서 혁신도시까지는 거리가 얼마 되지 않아 현장에 함께 다녀왔다.

대구 혁신도시를 다녀온 소감은 한마디로 말하자면 부동산 시장은 암담한 현실이었다. 빈 점포가 꽤 많은데도 불구하고 상가건물은 계속 짓고 있었다. 새로 지은 상가는 입주시키기 위해 갖은 서비스를 제공했다. 예를 들자면, 1년 치 세를 받지 않겠다는 조건을 내세운다거나 내부공사비 오천만 원을 지원하겠다는 등, 여러 가지 조건을 내걸었다. 사람은 없는데 차는 많아 상가 지을 것이 아니라 공영주차장이 절실히 필요해 보였다. 빈 상가가 많아도 우선 들어오는 종목은 역시 커피 전문점이다. 세입자가 비워놓고 간 가게 바로 옆은 모두 빈 점포였다. 가게 주인장 서 씨는 이 가게를 운영하는 것은 어떠냐며 나에게 조언을 구했다. 나는 될 수 있으면 새로운 세입자가 있으면 내는 게 좋겠다는 의사를 밝혔다. 이런 얘기를 나누는 와중에 마침 부동산 가게에서 여러 사람이 왔다. 이 가게를 훑어보더니 자기가 직접 하겠다며 인사 말씀을 주시는 것이다. 서울에서 내려온 어떤 아주머니이었다.

가게 계약이 이루어질지는 모르겠다만, 잘 되었으면 했다. 서 씨는 이 가게를 잘 이끌지 그것이 내심 걱정이다. 그간 장사를 보아왔기에 이쪽 시장을 너무 잘 아는 서 씨다. 서 씨는 만약 세 나가지 않는다면 직접 경영하여 다만, 점포 이자라도 나왔으면 하는 바람이었다. 이자가 백십만 원이라 한다. 커피로 맞추기에는 부담 가는 금액이다.

저녁에 청도 카페 가비 인수 의사를 예전부터 밝혔던 권 선생께서 오셨다. 약 한 시간 가량 대화 나눴다.

子曰: 見賢思齊焉, 見不賢而內自省也

(자왈: 견현사제언, 견불현이내자성야)

공자께서 이르기를 현명한 사람을 보면 따르기를 생각하고 현명하지 않은 사람을 보면 자기를 깨우치라 했다. 이 말은 물론 공자께서 말한 삼인행三人行, 필유아사언必有我師焉 택기선자이종지擇其善者而從之, 기부선자이개지其不善者而改之와 같은 말씀이다. 배울 점이 있으면 어린 사람이라도 마땅히 물어야 하며 이에 부끄러워해서는 안 된다. 不恥下問

鵲巢日記 16年 12月 06日

맑았다.

오늘 신문에 난 내용이다. 우리나라 하층(하위 10%)민의 가처분 소득은 71만 7천 원이라 발표했다. 지난해 같은 분기보다 16% 감소한 금액이다. 가처분 소득은 소득에서 세금과 연금, 보험료 등 비소비 지출을 뺀 것으로, 의식주 생활을 위해 한 가구가 실제로 지출할 수 있는 금액을 말한다. 사회 계층 구조를 생각하면 빈부 격차가 심할 것이다. 그런가 하면 오늘 재벌그룹의 총수가 한자리에 모여 국정조사 청문회를 받았다. 아침, 은행에 가면서도 가맹점 갈 때도 국회 청문회를 들었다. 세계 언론인은 이 일을 두고 이례적이라며 보도했다는 데 국회에서 잘한 것인지 아니면 되레 국가의 수치를 만방에 뜨던 것은 아닌지 참 한심한 일이다. 솔직히 국정조사라 치고 불려 나온 재벌 총수가 국회의원의 묻는 말에 시원스러운 답변이라도 있으면 모를 일이다. 모두 한결 정해놓은 답변이나 아니면 모른다고 일축해 버리는 것을 듣고 있자니 오히려 국민을 우롱하는 짓거리라 할 수밖에 없다. 끊을 수 없는 정경유착은 그 뿌리가 깊어 어찌 다 뽑아버릴 수 있을까! 소국 경제에 대기업 위주로 육성한 국가 경제를 보며 이것은 어쩔 수 없이 끌고 가야 할 일인가!

상류층과 하류층의 소득 격차는 아주 심할 것으로 생각한다. 상류층의 사람은 얼마나 될까 모르겠지만, 중산층과 하류층이 받는 소득으로 우리나라 물가사정에 비해 한 달 버티는 것은 짐작건대 어렵다. 솔직히 미래를 설계하며 현재를 마음 터놓고 쉴 수 있는 그런 환경을 만드는 가장은 얼마나 되겠는가!

올겨울 기온은 이상 증상이다. 추워야 할 날씨인데도 그렇게 춥지 않으니 하지만, 정치권의 이상 한파는 도리어 경기만 위축시켰다. 서민은 춥지도 않은 날씨 속에 더 움츠리며 주머니 사정만 눈치껏 살피게 됐다. 어디 시장통에 들어가 뜨끈뜨끈 국밥 한 그릇 시원히 사 먹을 수 있는 그런 날은 언제쯤 올 것인가!

子貢曰: 君子之過也, 如日月之食焉. 過也, 人皆見之; 更也, 人皆仰之

(자공왈: 군자지과야, 여일월지식언. 과야, 인개견지; 경야, 인개앙지)

자공이 이르기를 군자의 잘못은 일식과 월식과 같아서 잘못은 모든 사람이 그것을 볼 것이며 고치면 모든 사람이 그것을 우러러본다고 했다. 최순실의 국정농단이다, 기업 총수들의 재단 모금에 동조하였다든가 하는 암담한 현실을 본다지만, 정작 군자는 나를 뜻한다. 조그마한 가게를 이끌면서도 나는 잘못을 범하지는 않았는지 생각한다. 그 어떤 작은 잘못이라도 일식과 월식처럼 모두가 볼 수 있으니 부끄러운 일은 없어야겠다. 어쩌다가 잘못이 있다면 고치며 뉘우치는 일은 반드시 있어야겠다.

우도(주)에 드립관련 기구를 주문했다. 조감도와 본점 지난달 우유 대금을 지급했다. 고양이 사료를 주문했다.

鵲巢日記 16年 12月 07日

맑았다.

국정조사 청문회 기간이라 그런지도 모르겠다. 세상은 조용하기만 하다.

단지, 시끄러운 곳은 국회며 심란한 것은 국민의 마음일 것이다. 오늘 청문회 간간히 듣거나 보았다만, 한마디로 권력무상勸力無常이다. 현직 대통령의 운이 다했으니 여러 가지 말로 의심과 의혹만 증폭시킨 가운데 혼란스럽기만 하다. 사마천 사기에 나오는 말이다. 이권리합자以權利合者, 권력과 이익이 결합한 자는 권리진이교소權利盡以交疏 권력과 이득이 다하면 발길이 끊긴다는 말이 있다. 소疏는 소통하다는 뜻이 있지만 여기서는 드물다, 멀어진다는 뜻이다. 나라가 먼저냐 내가 먼저냐는 갈림길에서 사람은 동물적 자기 본능이 우선이라는 것도 김 전 비서실장의 말에서 볼 수 있었다. 애정 관계였는지 아니면 조직의 상하관계였는지는 모르겠지만, 사람을 무시하거나 대우에 미흡한 것은 결국 그 대가를 받는다. 애완견보다 더 못한 처우를 받았을 때 인간적 그 모멸감은 생각 안 해도 뒤 일은 당연지사다. 그러므로 유가에서 말한 관리의 바른길은 바로 수신제가치국평천하다. 수신에서 평천하까지 가는 길은 참으로 멀고도 험한 길이다. 논어에는 이런 말이 있다. 수기이경修己以敬하고 수기이안인修己以安人하며 수기이안백성修己以安百姓이라는 말이 있다. 나를 먼저 수양함으로써 공경하고 나를 먼저 수양함으로써 다른 사람을 편안하게 하며 나를 먼저 수양함으로써 백성을 편안하게 한다. 그러니 나를 먼저 닦고 사회를 보아야 옳은 일이다. 걸레가 더러운데 어찌 내 머문 바닥이 깨끗할 일이 있겠는가! 그러니 정치란 어려운 것이다. 어찌 보면 촌 동네 머물며 큰 카페, 작은 카페 운영하는 것만도 속 편한 일인지도 모르겠다.

어제 주문했던 드립 관련 부자재가 입고되었다. 청도 가비에서 전화가 왔다. 에스프레소 3봉을 챙겨 조감도에 두었다. 점장은 저녁 늦게 가져 가셨다. 조감도에 잠시 있을 때였는데 채 선생으로부터 전화가 왔다. 팔공산 갓바위 오른 길, 카페 계획안에 관한 내용이다. 도면이 나왔다. 선생께서 조감도에 오셔 도면을 보여주었다. 정면도만 우선 뽑아 오셨는데 여러 말이 있었다. 오늘 청문회에 관한 얘기를 두고 여담이 오갔지만, 저녁때가 다 되었다. 옆집 오리집에서 식사 한 끼 함께 했다. 식사하면서도 정치 얘기를 나눴다. 선생과 나와는 반 세대 딱 15년 격차다. 그러니까 나와 동원이 관계쯤 된다. 아무래도 세대차로 서로 느끼는 관점이 다를 수 있겠다는 생각을 했다. 우리나라 경제 규모와 삶의 수준을 두고 말할 때였는데 나는 그래도 중산층도 중하층이 많을 거로 생각한다. 그러니까, 피라미드 구조형태로 형편이 좋지 못한 사람이 많을 거로 얘기했다만, 선생은 그렇게 보지 않았다. 어렵다고 해도 자가용은 다 타고 다니며 휴대전화기는 초등학교 학생도 가지고 다닐 만큼 형편은 좋다는 것이다. 할 것 다 하고 다른 생활을 보려고 하니까 힘든 거라는 얘기다. 듣고 보니 맞는 말씀이었다. 말하자면, 휴대전화기 끊고 공중전화 사용하며 삐삐 치고, 자가용 타고 다니는 것보다는 대중교통을 이용하며 커피 배송한다면 어렵다는 말은 나오지 않을 거라는 얘기다. 커피 배송은 하루에 두 건만 처리해도 시간은 모자랄 것 같다는 생각이 얼핏 지나간다.

이외에도 부동산에 관한 여러 말씀을 듣기도 했으며 끝에는 카페의 수익구조에 관해 오늘도 물으셨다. 나는 솔직하게 말씀드렸다.

鵲巢日記 16年 12月 08日

맑다가 흐리다가, 흐리다가 맑다가

아침에 있었던 일이다. 10시에 개장이지만 모 선생은 9시 좀 지나서 가게에 오셨다. 커피를 주문했다. 그리고 붓이 놓인 자리에 가시어 보시고는 선생도 한때 붓을 잡았다고 했다. 그래서 나는 선생께서 써보시라고 먹을 갈았다. 이참에 나는 몇 자 연습 삼아 써보았다. 맹자의 말씀이다. 오늘 아침 신문에서 읽은 내용이다. '민위귀民爲貴 사직차지社稷次之 군위경君爲輕' 백성이 귀하며 사직은 그다음이며 임금은 가볍다는 말이다. 사직社稷은 나라 또는 조정을 일컫는다. 제사를 지낼 수 있는 토지신과 곡신을 말한다. 이 말을 곰곰이 생각한다. 카페로 비유하자면, 손님을 귀하게 여기며 손님이 머무는 카페를 그다음 중하게 여겨야 한다. 경영인은 사사로운 이득을 챙겨서는 아니

되겠다. 그러면, 일은 오래 할 수 있을 것이다.

군자치기언이과기행君子恥其言而過其行, 군자는 자신의 말이 행동보다 지나친 것을 부끄럽게 여긴다는 뜻이다. 그러니까 말을 아껴야 한다. 선행기언先行其言, 이후종지而後從之라 했다. 그 말에 따라 먼저 행하고 다른 사람도 따르게 한다. 붓으로 여러 번 써보았다.

오전, 대구에 다녀왔다. 경산 가맹점 몇 군데 다녀왔다. 이 중 옥곡에서 일이다. 점장은 기계가 불안한지 말씀이 있었다. 기계를 대여할 수 없는지 물었는데 참 난감했다. 형편이 매우 안 좋은가 보다.

점심때였다. 채 선생께서 전화가 왔다. 경산에 스타벅스가 건축하여 들어설 거라는 말씀이다. 건축 인허가가 난 사실을 알렸는데 나는 처음 듣는 얘기다. 시내 중심 어디쯤 될 거라며 말씀하신다. 이제 경산도 스타벅스가 몇 개나 된다. 새로 짓는 이 건물은 드라이브스루의 형태가 될 거라고 얘기했다. 아무래도 시청에 공무 관련으로 인맥이 닿으니 쉽게 알 수 있었나 보다.

오후, 기계를 정비했다. 교육장 기계는 안 씨가 가져가기로 했기에 교육장에 새 기계를 다시 넣어야 한다. 지난번 중앙병원에서 가져온 기계를 처리하지 못하고 본부에 놓아둔 일이 있다. 중고만 전문으로 하는 서울 모 업체도 이제는 받아주지 않아 할 수 없이 이 기계를 정비해야만 했다.

아내 친구의 딸, '다빈'이가 교육받게 되었다. 조감도에 일하는 효주도 아내 친구 모 씨의 딸이다. 모두 20대다. 조카 병훈이는 수능을 보았고 시험성적이 아마, 오늘 발표가 났겠지! 세월 무상이다. 먹고 사는 일은 변한 것이 없는데 주위는 모두 변하였구나!

鵲巢日記 16年 12月 09日

흐렸다가 맑았다.

오전에 이발했다. 내일 모임에 깔끔한 모습을 갖추고 싶었다. 내일 부탁받은 커피는 모레로 미루었고 또 오늘 다녀와야 할 것은 앞당겨 다녀왔다. 그래도 일은 뜻하지 않게 발생한다. 시마을 여러 선생님 뵙고 인사하며 즐겁게 지내고 싶었지만, 송구하게 됐다. 어쩔 수 없는 일이다.

오후에 채 선생님과 대구 커피 박람회에 다녀왔다. 여기서 그간 여러 해 뵙지 못한 업체 사장 몇몇 분을 뵈었다. M 업체 백 사장님도, D 업체 장 사장도 또 커피 업계에 일면식 있는 분도 뵈었다. 이 종목만 20년째 하다 보니까 많은 것이 지나간다.

젊은 세대가 새로이 등장하는 모습도 보이고 기성세대는 사업을 다지듯 노력하는 모습을 볼 수 있었다. 정보가 만연하다고 하지만, 아직도 소비자가 바라보는 커피 기계 관련 업종은 문턱이 높기만 하다. 내가 보기에는 아직도 거품이 많다. 이밖에 로스팅 기계는 눈여겨 볼만했다. 커피를 직접 볶지 않는 업체는 이제는 없을 정도다. 그만큼 로스팅 기계 수요가 많다는 얘기다.

좀 특이한 것은 외국인도 볼 수 있었는데 관람객이 아니라 판매자로 보았다. 그것도 커피를 판매할 듯한 흑인 여성 두 명은 지갑을 판다. 우리말도 꽤 잘한다. 몇 마디 나누어 보았다. 가진 지갑이 시원찮아서 아주 조그마한 반지갑 하나 샀다. 상의 티에 오른쪽 주머니에도 쏙 들어가는 지갑이다. 이 지갑에 돈이 들어가느냐고 물었는데 흑인 여성은 5만 원짜리 한 장 넣어 보여주기도 했다.

행사장 오른쪽 구석 끝에 책 판매하는 곳이 있는데 이곳에서 커피 관련 책을 몇 권 샀다. 채 선생께서는 거저 함께 다녔다.

오늘 영주 컵 공장에서 카페 조감도 전용 컵이 입고되었다.

鵲巢日記 16年 12月 10日

맑았다.

오전 토요 커피 문화 강좌 열었다. 모 선생께서 질문 있었다. 지금 제주도에서 커피를 재배하는 거로 아는데 우리나라 사람이 먹을 수 있을 만큼 그 양이 되는지 묻는다. 그리고 앞으로 커피 재배가 상업성은 있는지도 물었다. 제주도에서 재배하는 커피는 거저 관상용이지 우리나라 사람이 음료로 사용할 수 있을 만큼 양도 안 되거니와 재배에 경제성도 없음을 이야기했다. 커피를 재배하는 국가는 대체로 후진국이거나 개발도상국이라 우리나라 인건비는 커피 소비에 합당한 생산을 하기에는 맞지 않는다.

어떤 일을 하든지 그 핵심을 알아야 한다. 남과 비교하여 나는 비교 우위적인 기술은 무엇인지 있다면 얼마나 노력하며 닦는지 생각해 보아야겠다.

점심 집 앞에 중국집에서 아들 준과 찬이와 함께 먹었다.

오후, 청도와 한학촌에 다녀왔다. 어제 주문받은 커피를 배송했다. 옥곡에 그라인더가 고장 났다며 전화가 왔다. 오늘 들리지 못했다. 내일 아침에 들리겠다며 문자했다.

저녁, 준과 찬을 데리고 촌에 다녀왔다. 부모님 모시고 동네 가까운 모 식당에서 저녁을 먹었다. 아버지는 이가 안 좋으신지 밥을 씹을 때마다 꽤 고통스러워했다. 집에 들어와 잠시 쉴 때였는데 아버지는 어금니는 다 빠졌고 앞니 몇 개만 남았음을 오늘 알았다. 어머니는 이 하자며 말씀을 해도 아버지는 병원이 무서워 가지 않는다는 것이다. 어머니는 이 없이 사신지 꽤 오래되었다. 이식물(임플란트, implant)로 심은 아랫니 몇 개로 위쪽 아래쪽 틀니를 고정하며 식사에 의존한다. 어머니는 아버지께 임플란트 심은 이야기를 늘 해오셨는데 그 표현을 들자면 이렇게 말씀하셨다. 마치 도로공사에 드릴로 뭔가 뚫는 듯한데 소리는 굉장하며 피까지 튀어 장갑 낀 의사 손목과 그 위까지 솟구친다는 것이다. 의사는 의사 같지 않으며 간호사는 간호사 같지가 않다. 간호사는 옆에서 이인 1조가 되어 턱을 잡고 고정하기까지 하여 매우 무섭고 아프다는 얘기다. 어머니는 그 표현에 몸동작도 아주 사실적이라 '드릴로 뚫는다는데' 그만, 나는 섬뜩하여 움찔거렸다.

鵲巢日記 16年 12月 11日

맑았다.

옥곡점에 다녀왔다. 에스프레소 그라인더 바꿔드렸다. 기존 쓰던 제품은 만 8년 썼다. 보통 카페 2년하고 그만두는 집도 많은데 처음에 들어간 기계로 이렇게 오래 쓴 집도 잘 없을 것이다. 그간 점장은 여러 번 바뀌었다. 지금 일하는 점장은 세 번째다. 매번 바뀔 때마다 기계 문제를 끄집어냈지만, 모두 투자할 여력은 없었다. 지금 쓰는 에스프레소 기계도 오늘내일하지만, 바꿀 수 있는 자본의 여력은 없어 보인다. 한 달 세 맞추고 전기세, 물세, 각종 경비 생각하다가 한 달 마감하는 것이 서민의 가게다. 정작 본인의 인건비 챙기기도 어려운 것이 요즘 경기다. 현장은 남학생으로 보이는 아르바이트가 일하고 있었다.

오후, 경대 병원에 가족 모두 데리고 다녀왔다. 처남댁(아주머니) 수술 받았다. 갑상선 암이었다. 수술은 잘 되었다. 병원에 형님도 함께 계셨는데 수술과 치료에 관해서 여러 말씀을 들었다. 처남댁은 내일 퇴원해서 요양병원에 한 며칠 더 몸조리한 후, 돌아올 것 같다. 병원비 보태었으면 하고 부조하였다.

오후, 4시 반쯤 울진에 더치공장 운영하시는 이 사장님 오셨다. 조감도에서 만나 뵈었다. 이 사장 친구인 것 같다. 모 여사님도 함께 자리했는데 근황을 주고받았다. 전에 이 사장께서 샘플로 주신 생두를 모두 볶은 일 있는데 일부 담아 드렸다. 이 중 괜찮은 커피가 있는지 이 사장은 나에게 물었다. '브라질 카투아이' 꽤 괜찮았다. 조감도에서 이 커피로 드립과 에스프레소로 내려 모두 함께 마셨다. 드립은 연하면서도 감칠맛 나는 맛을 느꼈으며 에스프레소는 아주 진한 과일 맛을 느꼈다. 이 사장은 아침에 일어나 이 상큼한 맛 나는 커피 한 잔 마시면 하루가 꽤 괜찮을 것 같다며 한마디 했다. 내가 느껴도 아주 상큼한, 신맛이 풍부한 과일 한 입 베어 먹는 듯했다. 더치 미니어처 천 병 주문했다. 포장용 상자 디자인도 부탁했다.

이 사장은 가실 때 나의 책 몇 권 샀다. 나는 그냥 드리려고 했지만, 구태여 계산했다. 함께 오신 친구께 두 권 드리고 근래에 낸 책 『커피 좀 사줘』는 직접 읽겠다고 했다. 모두 사인했다.

본점 마감할 때였다. 경모는 오늘 당번도 아니지만, 본점에 와, 정민이가 마감하는 과정을 도운 것 같다. 오늘, 커피 박람회에도 다녀왔다고 보고한다. 경모와 준이는 한 살 차이지만, 사회를 바라보는 시각은 너무나 큰 것 같다. 훨씬 적극적이며 무엇이든 새로운 것이 있으면 찾아보는 것은 경모가 뛰어나다. 스스로 할 줄 안다. 중용에 있는 말이다. "자기를 수양할 줄 알면 다른 사람도 다스릴 수 있으며, 다른 사람을 다스릴 줄 알면 나라와 천하도 다스릴 수 있다. 知所以修身, 則知所以治人. 知所以治人, 則知所以治天下國家矣"고 했다. 나라와 천하를 운운하는 것은 거창한 말이다. 그만큼 자신을 다스리는 것이 어렵다는 뜻이겠지.

鵲巢日記 16年 12月 12日

맑았다.

오전, 커피 관련 책 한 권을 읽었다. 송인영의 『커피덴셜』이라는 책이다. 커피덴셜은 합성어다. coffee와 confidence라는 단어로 말하자면, 콩글리쉬 단어로 보인다. confidence는 신뢰, 자신감이라는 뜻도 있지만, 은밀한 무슨 숨겨진 이야기를 뜻하기도 한다. 그러니까 여기서는 커피에 숨겨진 이야기쯤으로 보는 것이 맞을 것 같다. 실제, 책의 부제목으로 '커피 하는 사람의 시선으로 바라본 커피업계 이야기'라 적고 있다. 저자는 나와는 12, 3년 정도 차이가 나는 것 같다. 물론 책의 내용을 보아서 이레 짐작한 나이다. 젊은 친구다. 커피업계에서 다양한 경험을 하였으며 해외에 많이 다닌 것 같다. 나에게는 생소한 커퍼(커핑cupping을 하는 식업)를 소개했다. 커핑은 세계 여러 나라 산지에서 생산한 커피를 직접 맛을 보며 감별히는 것을 말한다. 이러한 직업을 갖기 위해서 노력한 저자의 경험을 읽을 수 있었다. 이 책을 통해서 세계 커피 시장을 대충 이해하기도 했으며 세계 여러 커피 중 체즈베라는 커피, 이브릭의 일종인데 이 커피 만드는 방법을 더 정확히 알 수 있었다. 예전에는 밀가루처럼 조밀하게 간 커피를 주전자에 넣고 물 넣고 끓인 것만으로 이해했는데 커피 맛을 잘 우려내기 위해서는 즉 끄레마를 살리는 것이 중요한 거라 급히 끓이는 것이 아니라 서서히 데워 가는 과정이 중요함을 알 게 되었다. 이는 커피의 오일성분이 서서히 녹아나오는데 중점을 둔다. 우리나라에서는 '이브릭'이라는 용어로 많이 알려져 있지만, 터키에서는 '체즈베'라 통용한다.

저자가 말한 것 중 잊히지 않는 것은 커피의 종착지는 '커피 전문점'하는 거라며 얘기하는데 말도 많고 경쟁도 많아 또 차리면 경쟁에 밀려 문 닫는 경우도 비일비재하여 우선 프리랜서로 더 적극적인 활동을 하겠다는 얘기다. 이 책으로 이야기하자면, 어쩌면 나는 커피 종착지에서 발버둥 치는 것은 아닌지! 너무 경쟁적인 업계에 일하고 있음이다. 또 한편으로는 눈을 돌려 볼 필요가 있음을 느낀다. 이렇게 많은 업종이 들어와 있는 상황에 분명 할 수 있는 일이 무언가 있을 것 같다는 생각도 든다.

오전, 세무서에 다녀왔다.

오후, 계양동 카페 로뎀에 다녀왔다. 사장은 이제는 더는 포기한 것 같다. 기계 가져가라는 말이다. 점포 매매로 내놓은 지 몇 달이 되었지만, 전화만 몇 통 왔을 뿐 일은 성사되지 않았다. 문제는 지금 사는 방세까지 두 달이나 밀려 독촉을 받는 상황이라 방세라도 만회하려는 뜻으로 보인다. 물론 나는 그 기계값을 온전히 다 받지도 못했지만, 결국 기계 중고값 얼마 매겨 도로 드려야 하는 상황이 되었다. 기계는 사장과 금시 빼서 내 차에 실었으며 그간 일은 어떠했는지 몇 마디 나누다가 다섯 시쯤 내 머무는 본부에 왔다. 잔금 60만 원 송금했다. 기계는 새것 설치한 지 정확히 5개월 조금 지났다. 새것에 반값으로 기계가 급할 것 같은 몇 군데 문자 넣기도 했다. 모두가 형편은 어렵다. 오늘내일할 것 같은 금방이라도 고장 날 것 같은 몇 집이 생각나기는 했지만, 이건 나의 우환일 뿐이었다. 며칠 후면 교육장 기계를 전에 주문한 안 씨께 설치해야겠기에 이 기계를 빼내어 놓고 방금 싣고 온 기계를 넣었다.

오늘 이외에 안부 상 몇 군데 전화했다. 모두가 경기가 좋지 않은지 목소리는 좋지 않았다. 큰일이다. 모두가 연말 분위기로 역동적인 모습을 갖추기도 모자라는 판국에 위축된 경제에 살얼음판이다.

저녁 늦게 채 선생께서 전화 주셨다. 경산 새로 문 열겠다던 '스타벅스'의 정확한 위치를 알았다. 경산 오거리에서 불과 얼마 떨어지지 않은 곳이다. 도면을 보여주셨는데 전체 2층 건물로 드라이브스루다. 채 선생께서는 커피도 드라이브스루 할 수 있느냐며 이렇게까지 커피 좋아하는 마니아가 있느냐며 물으신다. 솔직히 말하자면, 없다. 커피를 팔기 위해 드라이브스루 하기보다는 스낵과 먹거리 일부를 다루겠다는 표시로 보인다. 오늘 계양동에서 마지못해 기계를 빼서 당장 방값을 지급해야 할 처지에 놓인 사람이 있는가 하면, 미래 어떤 희망찬 도시에 온 듯한 도면의 설계는 만감이 교차한다. 스타벅스의 주인은 누구냐고 물은 적 있다. 경산 모 병원 대표이사라고 했다. 도면만 보아도 여태껏 내가 본 스타벅스 건물 중 단연 압도적이다. 커피 값이야 얼마 하겠는가마는 아! 참 스타벅스지, 그렇다 하더라도 꽤 비싼 대가를 치르더라도 대리만족을 만끽할 수 있는 공간은 되겠다. 나도 한번 상상해 본다. 저 멋진 건물에 앉아 된장남이라 비난해도 좋다. 한 잔 멋지게 들고 경산 시내를 내려다볼 수 있는 그런 날은 오고야 말겠지, 기대한다.

鵲巢日記 16年 12月 13日

흐렸다.

엊저녁 아내의 말이다. 부산 강서구 송정동에 아주 멋진 카페가 생겼다며 인스타그램에 올려놓은 사진과 정보를 보여준다. 사진은 굉장했다. 우리나라 커피 시장은 어디든 안 뜨겁겠나 마는 부산 강서구 송정동도 큰 카페는 몇 개쯤은 되는 것 같다. 바닷가라 출렁거리는 파도를 볼 수 있으니 멋진 자연경관은 따로 없겠다. 이곳에 앉아 마시는 커피 맛은 그야말로 흡족하겠다. 아내는 요즘 미국에서 뜨는 커피, 블루 바틀Blue Bottle Coffee을 아느냐고 묻는다. 이 상표도 나는 생소했다. 미국에서는 스타벅스보다 유명한 커피라며 소개한다. 마침 아침에 커피 관련 책을 읽다가 블루 바틀에 관한 소개서를 읽게 되었다. 이 회사 로고가 인상적이었다. 단순했다. 그냥 연푸른색의 병 하나가 로고였다. 누구나 보아도 잊지 못할 그런 로고였다. 정말 멋진 아이디어다. 이 회사의 성공비결 몇 가지를 간단히 적어놓는다. 첫째 성실한 기업가 정신 둘째 유기농 친환경 컨셉으로 차별화 셋째 로스팅 프로파일을 꼼꼼히 기록 넷째 신선한 커피 다섯째 커피와 맞는 디저트 개발이었다.

오후 2시, 전에 교육 마쳤던 안 씨, 곧 개업 준비하는 가게에 다녀왔다. 조폐공사에서 사동 가는 방향 우측에 자리한다. 가게 이름은 '무한 농장'이다. 육류를 취급하는 레스토랑이다. 안 씨가 이끌어 갈 가게는 무한 농장 뒤, 주차장에 컨테이너로 이룬 가게다. 컨테이너 두 대를 일자형으로 길게 두었다. 오늘 가보니, 내부 단열작업은 마친 상태였으며 창을 다는 공사가 진행 중이었다. 집기가 놓일 자리를 확인하고 내부 공사 일정을 다시 확인했다. 공사 책임자는 오늘 만나볼 수 없었다. 기계는 다음 주 목요일쯤 설치할 수 있을 것 같다.

지蜘

거미는 거미줄처럼 숨 쉬었다. 나비는 아주 가까운 곳에서 거미를 바라본다. 나는 그것도 모르고 밥풀떼기처럼 거미줄에 앉았다. 거미는 보자기처럼 더듬이를 펼쳤다가 닫았다. 거미는 언제나 그랬듯이 줄 이을 일만 준비한다. 안 중에 없는 더듬이 다리만 길다. 풀잎은 흔들리고 개미도 풍뎅이도 노루발도 다녀간 작은 숲에 개미, 풍뎅이, 노루발 바라보는 이 숲에 높고 푸른 하늘 구름 한쪽 없는 그런 날이었다.

오후, 채 선생께서 본점 다녀가셨다. 스타벅스 경산 입점을 두고 여러 말이 있었다. 나는 미국 스타벅스 다음가는 커피 업체 '블루바틀Blue Bottle Coffee'과 부산 강서구 송정동에 있는 아주 멋진 카페를 소개했다. 블루바틀은 상표 이미지 측면에서 부산에 아주 멋진 카페는 건물 디자인이 다른 카페와 달리 색다름을 얘기했다. 눈으로 보기에도 건축비가 상당히 들어갔을 것 같다.

鵲巢日記 16年 12月 14日

흐리고 비가 왔다.

점심때였다. 본점에서 연락이 왔다. 커피 교육 문의로 뵙고 싶다는 전화다. 30대 후반의 여성이다. 인근에 창틀(새시) 만드는 회사에 총무를 맡고 있다. 교육과 관련해서 여러 설명을 해드렸다. 교육을 왜 받으시려고 하는지 묻기도 했다. 커피를 배워서 트럭(이동 판매 차량)을 사서 커피 영업하겠다고 했다. 가게 차려서 커피 판매하는 것도 어려운데 차량으로 영업하겠다고 하니 답답한 마음이었다. 결혼한 여성으로 남편은 1톤 트럭 탑재 만드는 회사에 기능공으로 일하니 맞벌이 부부다. 월급도 그렇게 적은 것도 아니었지만, 또 많이 받는 것도 아니다. 토요일 무료 강좌 소개하며 커피에 더 관심 있다면 본 교육 받으시는 것도 괜찮아 안내했다. 가실 때 나의 책 한 권을 드렸다.

오후, 본점에서 커피 볶았다. 울진에 더치 공장 이 사장께 보낼 물량이다.

저녁 늦게, 우드에 커피 배송 다녀왔다. 잠장은 연말 분위기 어떤지 나에게 물었다. 영업이 좋지 않아 인사차 주신 말씀이었는데 집집이 어수선하기만 하다. 이러한 어수선한 분위기에 본점 바감하며 경모는 여 인근에 살인사건 났다며 보고하기까지 한다. 새벽에 진량 모 편의점에서 일어난 일이다. 50대 남성으로 편의점 종업원35을 흉기로 찔러 숨지게 한 사건으로 페이스북에 올랐다. 사건 현장과 바닥에 피범벅이 된 사진을 공개한 것은 사회 정서상 좀 아니지 않은가! 어수선한 연말 분위기에 한층 더 불안감만 조성했다.

鵲巢日記 16年 12月 15日

맑았다.

아침 신문에 난 내용이다. 대구 신세계 백화점이 오늘 오픈하는가 보다. 그러니까 대구 여러 백화점의 초 긴장감을 읽었다. 예를 들면 현대백화점은 예상 고객과 금액 손실분을 롯데백화점은 일종의 노이즈마케팅으로 손님 유치를 하겠다는 내용이다. 무한경쟁에 모두 살아남기 위한 전략을 읽을 수 있었다. 시장경제체제에서는 어느 정도는 몸집을 불리지 않고는 경쟁에 살아남기는 힘들다. 또 한편으로는 어설프게 투자한 대형업체가 먼저 쓰러지는 것도 사실이지만 말이다.

오전, 정우조명에서 카페 조감도 둘레에 등 달기 위해 인부 2명이 왔다. 전에, 태양열로 빛을 발산한다는 등을 달았지만, 별 효과가 없었다. 정우조명은 이 등을 모두 철거하고 다시 전기를 이용하는 등을 달기로 했다. 비용은 150만 원으로 계약했지만, 이번 일 마치면 금액이 어떻게 될지는 모르겠다. 한 번 철거하고 다시 다는 거라 조금 더 달라고 할지 모를 일이다.

옆집 오리집 사장님 만나 뵙고 인사드렸다. 입구에 지금은 무용지물로 서 있는 가로등이 있다. 이 가로등은 오리집에서 설치한 것이지만, 괜찮다면 등을 새로 넣어서 사용하면 어떨까 싶어 의논을 드렸다. 사장은 쾌히 하라는 말씀을 주신다. 밤에 손님이 이 길 오를 때면 어둡기만 해서 등 달아놓기만 하면 이 거리가 환할 것 같다.

점심때 보험회사 다니시는 이 씨가 본점에 왔다. 본점 앞에 돈가스 집에서 식사 함께했다. 내년도 달력을 몇 부 주신다. 시내 경기상황을 말해주었는데 꽤 안 좋은 얘기를 한다. 광고회사에 물량이 많이 줄었다는 얘기를 했다. 서민은 일반적인 광고 즉, 현수막 작업도 요즘은 많이 하지 않는다는 얘기다. 이 씨는 여 앞에 짓는 건물에 관해서 물었다. 나는 카페라고 대답했다. 보증금 5천에 월 350이다. 이제 이 건물도 다 지어간다. 식사 마치고 본점에서 커피 한 잔 마셨다.

오후, 진량공단에 자리 잡은 모 씨 가게 다녀왔다. 온수 물통 고장이다. 현장에 들러 확인하니 물통 안에 일종의 부레로 물이 차면 더는 못 들어가게끔 막는 부품이 있다. 가진 부품이 없어 관련회사에 전화하여 급히 신청했으니 내일이나 다음에 수리될 것 같다. 여기까지 온 김에 문구총판에 들러 화선지와 책받침 하나 샀다.

저녁에 경산문인협회(이하 경산문협)에 참석하였다. 옆집에 옆집, 콩누리집에서 했다. 내가 아는 분이라고는 시인 전 씨와 김 씨, 전에 카페에서 만나 뵈었던 제갈○○ 선생님뿐이며 나머지 50여 명은 모르는 분이다. 경산 문협 한 해 마감을 보게 되었다. 이번에 문학수상과 관련하여 입상 쾌거를 이루신 여러 선생님 소개가 있었는데 상금이 일천만 원이나 걸렸다던 동서문학상 받으신 선생도 있었다. 하양에 모 고등학교 교사라 하였다. 이번 문집에 수상 작품도 실려 있었는데 나는 여러 번 읽었다. 흐린 하늘 본 듯했다. 거기다가 장장한 선생님이 많아서 솔직히 내가 여기에 낄 군번인가 싶기도 하고 어떻게 하다 보니 앉기는 앉았다. 콩누리 사장과 종업업과 사모님께서 요리를 나른다. 나는 내오는 음식은 꼭 챙겨 먹다가 마지막 기념 촬영한다고 모두 자리 일어섰는데 아무리 생각해도 내가 낄 자리는 아닌 것 같아서 모 선생께 양해를 구하고 나왔다. 이번에 출간한 『경산문학 32집』을 받았다.

鵲巢日記 16年 12月 16日

맑았다.

오전 8시, 컵 공장에서 컵 뚜껑이 왔다. 오전, 조감도에서 붓글씨로 한자 몇 자 썼다. 오전, 옥곡을 거쳐 대구 곽병원에 커피 배송했다. 오전에 전에 주문했던 시집 2권이 왔으며 그토록 기다렸던 오 선생님의 시집이 왔다. 나는 단박에 몇 장 읽었다. 정말 고마울 따름이다. 오 선생님은 겸손을 빼고 나면 아무것도 없는 분이다. 마음이 이리 풍부하시니 덩달아 내 마음마저 훈훈하게 닿는다.

오전, 동원이 가게에 다녀왔다. 지난달부터 매출이 급감했다. 여전히 무례한 손님은 많았는데 이제는 이러한 손님은 받지 않아, 저 위쪽 P 카페가 곤욕을 치른다는 얘기를 들었다. P 카페 점장은 일 그만두겠다는 말까지 나올 정도다. 어제는 어떤 아주머니 두 분이 오시어 커피를 한 시간쯤 마시다가 계산대에 내려와 이런 말을 했다고 한다. 커피 한 잔은 검고 한 잔은 왜 회색이냐며 따졌다는 것이다. 솔직히 그냥 커피 한 잔 서비스해 줄 수 없는지 양해를 구하면 드릴 텐데 말이다. 동원이는 커피 한 잔 무료로 뽑아 드리기까지 했다.

오후, 진량공단에 다녀왔다. 모 식당에 어제 가져온 온수통 대체품을 설치했다. 주말이라 부품 받기가 어려워 임시로 사용할 수 있게끔 했다. 오후, 정문기획에서 어제 주문했던 까마귀 ai파일을 받았다. 카페 조감도 로고로 사용할까 보다. 잔이나 홀더 이외 인쇄물에도 적극적으로 활용할까 한다. 한 번 더 곰곰이 생각하여 결정해야겠다.

은행에 다녀왔다. 250만 원 대출했다. 내일 아버지께서 이 돈을 받으셨으면 한다. 이 아픈 지 오래되었다. 수술비에 보태었으면 하는 마음이다.

저녁, 카페에 장 사장이 왔다. 아내 이 씨도 함께 왔다. 오래간만에 커피 한 잔 마셨는데 근, 두 시간 가까이 대화하며 지냈다. 신세계 백화점 개업과 관련하여 얘기하다가 빨간 팬티가 나왔다. 백화점 개업에 그것도 훨씬 큰 매장에서 이 팬티를 사용하면 행운이 따른다고 했다. 중요한 계약이 있거나 기대할 어떤 일에는 이 팬티를 입고 나가면 큰 덕을 본다는 얘기다. 이러한 얘기의 기원은 어부에게서 나왔다며 오전에 배 선생으로부터 듣기도 했다. 어부는 배가 만선이 되어 돌아올 때는 항상 깃대에 빨간 깃발 꽂고 입항한 것에 유래한다는 거였다. 나는 웃음이 좀 일었지만, 이러한 일은 없는 것보다는 또 있는 것이 삶을 사는 데 유익하다고 본다. 이외에 여러 이야기 나누며 차를 마셨다.

鵲巢日記 16年 12月 17日

맑았다.

오전, 토요 커피 문화 강좌 개최했다. 새로 오신 분 한 분 있었다. 교육소개와 더불어 교육 시작할 때였다. 어느 학생께서 질문이 있었다. 기계 값이 천차만별인데 10만 원부터 몇백만 원까지라 어떤 기계가 좋은 지 물었다. 학생은 가정용을 생각하며 질문한 것으로 보였다. 거기다가 에스프레소에 한정한 질문이었다. 답변했다. 커피 추출 방식은 크게 두 가지로 나눌 수 있다. 드립과 에스프레소다. 돼지고기를 비유하자면 살코기와 삼겹살쯤 보는 것도 괜찮지 싶다. 여기서 기계라는 것은 에스프레소에 관한 질문으로 들었다. 그러면 에스프레소 정의가 무언지 알아야겠다. 약 7g의 커피로 9기압의 강한 압력에 25초에서 30초 사이 뜨거운 정수물로 30㎖ 뽑은 커피를 에스프레소라 한다. 보통 9기압의 압력이라 했다. 10만 원짜리 기계는 이 압력 다루는 것이 많이 미흡하다. 이러한 조건을 갖추려면 가격대는 보통 350 이상 되는 기계이어야 하며 보일러 용량이 최소 5ℓ 이상은 되어야 한다. 또 학생은 이러한 질문을 했다. 그라인더는 어떤 것이 좋은지 물었다. 요즘 시중에 나와 있는 그라인더 대부분은 다 좋은 물품이다. 이 중에서 특별히 괜찮다는 제품도 몇몇 개 소개했지만, 여기서는 생략한다. 우리나라 에스프레소 역사는 극히 짧다. 89년 자뎅에서 에스프레소 기계를 처음 사용했으니 말이다.

오후, 잠깐 촌에 다녀왔다. 막냇동생이 있었고, 어린 조카도 있었다. 부모님께 인사드리고 대화 나누다가 다시 경산에 왔다.

오후, 다섯 시, 조감도에서 조회했다. 지난달 마감하며 약속했던 상여금 지급한 내용과 바깥 경기가 아주 안 좋은 현실을 이야기했다. 어쩌면, 여기 머문 우리 가족은 모두 행운일지도 모른다. 연말 모두 분발하여 목표 금액을 달성할 수 있도록 격려했다.

늦은 저녁에 기획사 사장님 만나 뵈었다. 사업에 관한 여러 이야기를 나눴다. 사동 모 술집에서 만났는데 9시 반부터 11시 반까지 앉았으니 두 시간 정도 얘기 나누었다. 오늘은 주말인데도 손님은 한 팀밖에 없었다. 평일보다 더 썰렁한 분위기였다. 사동에서는 번화가라 한 달 세가 만만치 않을 텐데 말이다. 경기가 매우 안 좋다는 것을 실감한다.

鵲巢日記 16年 12月 18日

맑았다.

아침, 논어에 있는 말이다. 지자불혹知者不惑하고 인자불우仁者不憂하며 용자불구勇者不懼라 했다. 이 문구를 붓으로 몇 번이나 썼다. 집에서 아침밥을 안치면서도 썼고 조감도에 출근한 후에도 몇 장 썼다. 나는 미혹되지 않을 정도로 지혜로운 자인가? 나는 근심하지 않을 만큼 어진 사람이었던가? 나는 두려움이 없을 정도로 용감했나? 몇 번이고 뉘우쳤다.

점심 때 정수기 허 사장 다녀갔다. 온수통(핫워터디스펜스기) 한 대 가져갔다. 편의점에 설치할 거라고 한다.

오후, 압량 조감도와 대구 곽 병원에 다녀왔다. 조감도에서 책을 읽었다.

저녁, '그것이 알고 싶다' 시청했다. 대통령 5촌 살인사건에 관한 내용이다. 나는 이 프로그램을 보고 그 어떤 범죄에도 안전하지 않은 국가라는 것을 느낀다. 마치 제3국에서나 벌어진 의문의 사건 같은 것이 우리나라도 벌어지고 있다는 게 놀라웠다. 예를 들면, 조선족 살인청부를 한다거나 조직폭력 같은 이야기가 나오니 실제 상황이 마치 영화를 보는 것 같다. 그것도 대통령 측근에서 벌어진 일이다. 더 중요한 것은 누가 보아도 의문의 사건이지만, 수사는 종결로 처리됐다는 것도 놀라운 일이다.

자정, 경산 옥산 2지구에서 본점과 조감도 전 직원과 회식하다. 2시쯤 배 선생과 예지가 자리 일어서다. 덩달아 나왔지만, 나머지 직원은 더 마셨을 것 같다.

鵲巢日記 16年 12月 19日

흐리고 비가 왔다.

아침, 조감도 개점하며 본부에 들어가려는 차에 옆집 사장님 바깥에 나와 서 있는 모습을 보고 인사했다. 나는 멀리서 커피 한 잔 마시자며 손짓하니 이쪽으로 오신다. 나는 예가체프 한 잔씩 내렸다. 옆집 사장은 이제 확실히 마음을 굳힌 것 같다. 오리집을 접고 소를 다루겠다고 했다. 어제는 지인

16명이 모여 괜찮은 상호까지 의논했다. 이 중 가장 괜찮은 것이 '천연 숯불'과 '청량 숯불'이 나왔다. 나는 둘 다 아닌 것 같다며 말씀을 드렸더니 그러면 이름을 한 번 지어보라고 한다. 나는 곰곰이 생각하여 이렇게 지었다. '논둑을 걷는 소' 줄여 '논둑소'가 낫겠다며 말씀을 드렸다. 물론 상호지만, 풀이해 드렸다. 논을 걷는 소가 아니라 일종의 그 경계점인 논둑이다. 논이라는 어감도 어떤 자연미가 있고 정감미도 있이 시골적인 풍류가 문어난다. 우리는 어쩌면 삶과 죽음의 경계선 상에 있는지도 모르겠다. 그 경계를 소처럼 걷자는 뜻에서 나는 이렇게 이름 하였다. 옆집 사장은 모두 들으시고는 아주 놀라워했다. 당장 특허신청 하겠다며 고맙다는 말씀을 주셨다. 옆집이 잘 돼야 우리 집 커피도 나갈 수 있기 때문이다. 정말 잘 되었으면 한다. 사장은 이달 27일 그 옆집과 모두 셋집이 함께 송년회 가지자며 날을 정하시고 가셨다. 그렇게 하기로 했다.

오후, 정평에 다녀왔다. 커피를 뽑거나 청소할 때 김빠지는 소리가 난다. AS 전화다. 솔밸브 위에 씌우는 일종의 모자 같은 것이다. 낡아 부러졌다. 왼쪽 그룹이 고장이었지만, 오른쪽 솔밸브 캡(덮개)까지 무상으로 교체했다.

은행에 커피 배송 다녀왔다.

옆집 터줏대감 사장님 잠깐 뵈었다. 모과 청을 만든 것이 있는데 아침에 드린다는 것이 깜빡 잊었다. 한 병을 선물했다. 속이 좋지 않거나 천식에 좋아 뜨거운 물에 태워 드시면 좋다. 옆집 오리집은 AI 파동으로 하루가 난국이다.

저녁에 어제 다운 받아놓은 영화를 봤다. 〈파이니스트 아워The Finest Hours〉를 보았다. 조난에 인명구조 영화다. 실화를 바탕으로 한 영화다. 감동적이었다. 어제는 '쓰리 데이즈The Next Three Days'라는 영화를 봤다. 범죄 드라마인데 단란한 가족에 뜻하지 않은 위기가 발생한다. 살인하지 않았지만, 누명을 쓴 아내는 감옥에 가고 이를 구출하는 남편의 이야기다. 정말 괜찮은 영화였다. 긴장감도 있었으며 감동도 있었다. 잘 봤다.

子曰: 愛之, 能勿勞乎? 忠焉, 能勿誨乎?

공자께서 하신 말씀이다. 사랑하면서, 능히 일을 안 시킬 수 있으며 충성스러운데, 능히 올바른 길을 알려주지 않을 수 있겠는가? 이는 관리자 입장에서 사람을 어떻게 써야 하는지 알려주는 말씀이다. 근무 일수가 적고 월급 많으면 직원에게는 더할 나위 없는 근무조건이다. 이러한 조건을 맞출 수 있도록 관리자는 노력해야겠다. 또 이러한 방침이 제대로 서려면 기업은 매년 성장하여야 한다. 하지만 경기는 좋지 않고 이 업종에 진입한 업체도 많으니 어떻게 하여야 이 난국을 헤쳐 나갈 수 있을까!

鵲巢日記 16年 12月 20日

대체로 흐렸다.

아침에 영대 모 교수께서 커피 드시러 오셨다. 부부가 함께 왔는데 오늘 결혼기념일이라 했다. 우리 가게는 처음 들렀다며 인사한다. 원래는 대구 범물동에 살았는데 이쪽 사동에 이사 온 지 며칠 되지 않았다. 문 앞에 놓인 나의 책을 보며 여러 가지 말씀이 있었다. 특히 노자에 관한 이것저것 물었다. 노자 도덕경을 직접 번역했느냐는 질문을 받았다. 참고한 도서는 없는지도 물었다. 나는 대만의 남회근 선생의 『노자타설』과 김원중 선생의 『노자』를 읽었다며 답했다. 솔직히 이분들은 모두 학자다. 나의 책 『카페 간 노자』는 장사꾼 입장에서 쓴 것이라며 소개했다. 하도 이 책을 눈여겨보시기에 나는 책 한 권을 사인하여 선물했다. 야생화를 전공하시는 영대 모 교수였다.

오후, 사동에 곧 개업 준비하는 안 씨 가게에 다녀왔다. 컨테이너 두 대가 일렬로 나열한 집이다. 이제 내부공사는 마무리 단계다. 내일 하고 모레쯤이면 기계를 넣을 수 있을 것 같다. 집기가 들어갈 수 있는지 다시 확인했다.

저녁은 사동에서 먹었다. 부건이와 효주 그리고 조카 병훈이와 함께 먹었다. 효주가 볶음밥을 했다. 콩기름을 얼마나 넣었는지 밥 한 그릇 다 비우고 나니 밥그릇이 벌겋다. 종일 병훈이는 조감도 내에서 서빙을 했다. 병훈이를 집에 태워갈 때였는데 역시 기름은 소화하기 힘든가 보다. 내내 졸리고 눈이 감겼다.

저녁 늦게 시지 카페 우드에 다녀왔다. 커피 배송 다녀왔다. 우드 점장님은 남동생 하나 있다. 대구 시내 노점을 하는데 하루 매상이 꽤 되는가 보다. 어묵과 납작 만두만 40~50 정도 판다고 하니 놀라운 일이다. 나는 압량 조감도 하루 3만 원 판다며 답답한 현실을 얘기했다. 노점도 40 이상을 파는데 세금을 정식으로 내는 가게에서 3만 원이면 참 우울하기 그지없다. 어묵이나 납작 만두가 자꾸 아물거렸다.

鵲巢日記 16年 12月 21日

흐리고 비가 왔다. 겨울비다.

아침에 옆집 오리집 사장과 그 옆집 콩누리 사장께서 카페에 오셨다. 커피 한 잔씩 대접했다. 대화의 주요 안건은 여기 상가가 셋집이니 모두 함께 송년회 가지자는 얘기다. 고기는 오리집에서 장만하시겠다고 하며 콩누리 사장께서 두부를 갖다 주시면 두부 김치를 아주 맛있게 준비하시겠다는 말씀도 있었다. 그러니까 오는 28일 수요일 9시로 정했다. 두 번째는 영업문제다. 오리집 어제 매출은 개점 이래로 최악이었다. 10만 원대 매출을 올렸다. 100평대 가게를 운영하는 집에 10만 원대 매출은 죽음이나 다름없다. 어깨에 힘은 없었으며 눈빛은 예전과 달랐다. 오늘 아침은 소고기를 어떻게 다루어야 하는지 콩누리 집 사장과 서로 의논을 가졌다. 콩누리 집 사장은 소고기 유통만 전문으로 하는 모 사장을 일단, 소개가 있었으며 통화도 했다. 오리집 사장은 아래 말씀을 드렸던 '논둑소'로 상호를 확정했다며 말씀을 주신다. 오리집 매출 급감은 커피를 운영하는 우리 집까지 밀려왔다. 올해 영업은 지난달 매출이 아주 급감했지만, 이번 달도 만만치는 않기 때문이다.

청도와 한학촌에 커피 배송 다녀왔다.

어제 아침에 들렀던 영대 모 선생께서 카페에 오셔 직접 쓰신 책을 주신다. 『풀꽃도감』이라는 책인데 우리나라에 자생하는 풀꽃은 죄다 실은 것 같다. 사진도 선명해서 무엇이 어떤 풀인지 명확히 알 수 있는 책이다. 이렇게 선물로 받으니 정말 귀한 책임을 알 수 있었다.

울진에 더치 공장에서 전화가 왔다. 케냐 50봉 볶아달라는 주문을 받았다. 볶았다. 동호동에 독서실 운영하는 사장께서 전화가 왔다. 독서실 리모델링 한다며 이제 자판기와 진열장은 필요 없으니 필요하면 가져가라는 말씀이었다. 중고 상사에 전화하시게끔 돌렸다. 솔직히 더는 필요 없을 뿐 아니라 기계 빼는 비용이 더 들기 때문에 경제성이 없다. 조폐공사 가는 길목 안 씨 가게에서 전화다. 기계 내일 설치해달라고 했는데 그렇게 하기로 모두 입을 맞췄다만, 저녁 늦게 다시 취소되었다. 전기공사가 끝마치지 않아 다음 주 월요일 해달라는 전화가 왔다. 어쩔 수 없는 일이 됐다.

鵲巢日記 16年 12月 22日

맑았다.

이른 아침, 영주에서 컵 뚜껑이 왔다. 모두 열다섯 상자를 받았다.

오전, 조폐공사 가는 길목 안 씨 가게에서 전화가 왔다. 예정대로 오늘 기계를 설치하자며 얘기했다. 엊저녁에 모두 취소한 일을 부랴부랴 각 업체에 다시 전화하여 오늘 일할 수 있도록 다시 맞췄다. 오후 1시쯤 현장에 도착했다. 한 20여 분 있으니 정수기 업자가 왔고, 그 뒤 두 시간이 흘렀을까! 하부냉 테이블이 왔다. 설치는 모두 잘 된 것 같다.

이 집은 컨테이너 두 대로 일렬로 나열했다. 앞집은 상호가 '무한농장'으로 고깃집이다. 소고기를 다룬다. 개업 집이라 며칠 홍보마케팅 하는 모습을 볼 수 있었다. 아가씨 두 명이 마이크 잡고 차들이 다니는 도로를 향해 무엇이라 얘기하는 모습을 볼 수 있었다. 지금 경기가 좋지 않아 그렇게 큰 효과를 볼 수 없었나 보다. 기계 설치하며 이것저것 물어보았더니 개업한 지 얼마 되지 않아 썩 좋은 건 아니라 한다.

카페 주인장 안 씨에게 물었다. 컨테이너 두 대와 내부공사 하는데 비용은 얼마나 들었느냐고 했더니 삼천 조금 더 들어갔다고 한다. 컨테이너에 도장도 했으며 내부 단열도 했고 바깥에 테라스로 방부목 작업까지 하였으니 생각보다 금액은 저렴하게 한 것 같다.

오후, 카페 로뎀에 다녀왔다. 빙삭기를 가져왔다. 사장은 중고로 되파는 것이다. 사장은 아직 이 가게를 인수할 분이 없느냐고 묻는다. 어제는 손님이 제법 왔다는데 얼마 파셨느냐고 물었더니 아메리카노 몇 잔 카푸치노와 또 라떼 마아악 얘기하더니 한 삼만 원 판 것 같다며 얘기한다. 오늘도 꽤 많은 손님 다녀갔다고 했다. 이제는 여 인근에 동사무소에서 자주 오시는데 단골이 되었다며 얘기한다. 오늘 판 것은 아직 삼만 원이 넘지 않았다.

저녁, 사람은 자기 자신을 볼 수 없다는 것을 다시 느낀다. 문구점 운영하는 전 씨와 여러 얘기를 나눴다. 압량 조감도 문제를 얘기했더니 '도시락' 사업으로 전환해보라는 충고다. 대구에서 진량공단 들어가는 길목이라 생각보다 도시락 사가져 가는 분이 꽤 될 거라는 얘기다. 지금 커피보다는 낫겠다는 생각도 든다. 문제는 또 사람이다. 누가 도시락을 쌀 것이며 판매할 것인가?

鵲巢日記 16年 12月 23日

대체로 맑았다. 조금 흐리기도 했지만,

며칠 전에 신문에 난 내용이다. 우리나라 하층민 가처분 소득이 평균 717,000원이라 발표했다. 오늘 신문은 우리나라 자영업자 다섯 명 중 한 명은 월 소득이 100만 원 미만이라 한다. 이는 모두 통계청에서 발표한 자료를 바탕으로 한다. 모두 사실이다. 지금 바깥 영업을 다녀보면 어느 업체든 월 매출 500 안 되는 집이 70%는 넘는다. 신문에 발표한 자료가 틀리지 않음을 알 수 있다. 피부로 느끼는 상황에 신문은 더욱 암담하기까지 하다.

이런 상황에서 미국 트럼프 당선에 따른 이자율 상승은 경기가 더 냉각되면 되었지 나아질 이유는 없어 보인다. 지금도 소비를 아끼지만, 이자율 상승은 더 심각한 상황을 초래할 것만 같다.

오후, 채 사장님 본점에 다녀가셨다. 어제는 가창 일대에 카페를 순회하고 오셨다. 며칠 전에는 부산 기장이다. 모 카페도 다녀오셨다. 가창은 커피 맛과 분위기를 보셨고 부산 기장 모 카페는 건물을 보셨다. 커피 맛과 건물 디자인 그리고 현장에 들어가는 도로포장을 얘기했다. 시청에서 어느 정도 작업 진척이 있었던가 보다. 폭 4m 도로포장이 내일이면 어느 정도 끝날 것 같다는 말씀이 있었다.

대구 만촌동에서 사업하는 장 사장이 왔다. 장 사장은 에스프레소 기계를 다룬다. 늘 뵙던 분이 아니라 나는 무척 놀라웠다. 하여튼 이모저모로 반갑게 맞이했다. 함께 온 사람도 있었는데 통성명을 나누지는 못했다. 함께 사업하는 거로 보인다. 기계에 관한 이야기를 무척이나 했다. 결론을 말하자면, 기계를 다루니 좀 써달라는 얘기였다. 장 사장은 커피 쪽 일한 지 10년이 넘었다. 장 사장 건물인지 아니면 함께 온 동행인의 건물인지는 모르겠다. 만촌동에 지금 건물 짓는다며 얘기한다. 1층 단면적만 50평, 모두 3층 건물이다. 커피 쪽에 일하는 사람은 다들 돈 못 번다고 하지만, 건물은 다들 잘 올리는 것 같다. 하여튼, 축하할 일이다.

오후, 사동 안 씨가 다녀갔다. 필요한 자재를 본부에서 직접 실어갔다. 사동점에 커피 배송 다녀왔다. 본부 들어오는 길, 촌에 어머님께 안부 전화 드렸다. 경기 좋지 않은 것도 문제지만, 촌에 뭐 있다고 그렇게 도둑이 많다며 얘기하신다. 어제는 친구네 집의 일이다. 두 분 어른께서 병원에 다녀오시고 집에 들어가니까 웬 남자 두 명이 화들짝 놀라 뛰쳐나가는 걸 보았다는 것이다. 방에 지갑을 놓아두었는데 현금 25만 원이 없어졌다. 경찰차 두 대가 동네에 왔으니 떠들썩했다는 말씀이다. 또 그저께는 어느 집에 찹쌀 도둑맞은 이야기를 하신다. 모두 CCTV로 도둑을 잡았다는 얘기였다. 찹쌀 도둑은 남편은 없고 자식이 둘 있는 어느 아낙이 동지라 먹을 것이 없어 훔쳤다. 찹쌀 주인은 그 찹쌀을 받지 않았다.

참! 놀랄 일이다. 조선 말기 때나 중국 역사를 읽다가 어느 혼란한 시기쯤에 읽으면 민중봉기니 기아니 이러한 것을 읽기는 해서도 지금 나라 사정이 이렇다는 것을 직접 느끼고 있으니 참담한 일이 아닐 수 없다.

鵲巢日記 16年 12月 24日

대체로 맑았다.

오전, 커피 문화 강좌 개최했다. 오늘도 새로 오신 선생이 두 분 있었다. 아주머니 같기도 하고 아가씨 같기도 하다. 이 중 한 분의 선생께서 얼마만큼 교육을 받으면 실전에 응할 수 있는지 물었다. 교육 기간이 길수록 바bar

설 수 있는 용기는 더 가질 수 있다. 실례로 카페 창업자 몇 군데 이야기를 들려주었다. 오늘 오신 학생은 모두 10여 명쯤 되었다.

오후, 본부에서 일했다. 아들 둘과 함께 이것저것 정리했다. 사동 안 씨 가게에 다녀왔다. 기계 배수 선이 짧아 조금 더 긴 것으로 바꿨다. 옥곡점에 커피 배송했다.

오후쯤이었다. 조감도 점장 배 선생으로부터 문자가 왔다. 4시 반쯤 커피 한 잔 하자는 내용이었다. 나는 무슨 큰 일이 난 것 아닌가 하는 우려도 했었지만, 조감도 올라가 보니 배 선생은 수육과 양념 닭과 통닭을 준비했다. 조감도 전 직원이 모처럼 함께 모여 식사했다. 배 선생 덕택으로 크리스마스이브를 참 따뜻하게 보냈다. 나는 배 선생의 말씀이 없었으면 오늘이 크리스마스이브인 줄도 모르고 보냈을 뻔했다.

잠깐, 사동에 있을 때였다. 전에 책을 선물하신 모 선생께서 오시어 커피를 서비스했다. 어느 나이 많은 고객께서 바 앞에 앉으시기에 드립 커피를 맛보기로 보였다. 노부부가 함께 오셔 이리 앉아 계시니 훈훈했다.

저녁에 아이들과 영남대학교 교정까지 산책했다. 롯데리아에 들러 감자튀김과 햄버거, 콜라를 먹고 들어오는 길, 상가에 들러 직원 선물용으로 목도리를 샀다.

鵲巢日記 16年 12月 25日

좀 흐렸다.

오전에 예지와 김 씨가 출근했다. 어제 샀던 목도리를 하나씩 선물했다. 나머지는 오후에 출근하는 효주와 부건 군에게 하나씩 가져갈 수 있게 김 씨에게 맡겼다. 올겨울은 겨울 같지가 않다. 아침에 커피 한 잔 마시면서도 화단을 보았다. 어떤 풀은 아직도 새파랗기만 하다. 다음 달은 설이 끼었는데도 오늘 기온은 영상이었다. 천만 다행한 것은 여태껏 눈이 오지 않았다. 겨울비만 좀 내렸으니, 참! 직업은 어쩔 수 없나 보다. 눈이 오면 눈 오는 대로 즐겨 보아야 할 일이다만, 끔찍하게 생각하니 어처구니없다.

오전, 영화 〈마지막 한 걸음까지〉 보았다. 실화를 바탕으로 한 영화다. 2차 대전 때 주인공 클레멘스 포렐은 소련군의 포로가 되었다가 주위 도움으로 탈출한다. 탈출과 수용소 소장의 집요한 추적, 험난한 역경 끝에 10여 년 만에 고국에 돌아오는데 정말 괜찮은 영화였다. 허허벌판인 시베리아와 이 속을 헤쳐 나가는 생존을 위한 싸움은 인위적인 어려움만이 아니었다. 눈 폭풍과 배고픔 그리고 추위도 만만치는 않았다. 지금 경기가 좋지 않다고 하지만, 수용소 갇힌 죄수의 처지보다, 저 시베리아를 횡단하며 사경을 헤맸던 포렐보다는 나은 처지가 아닌가 생각한다.

오후에 영천에서 사업하는 해오름 카페 장께서 오셨다. 친구 분도 함께 오셨는데 본점에서 차 한 잔 마셨다. 해오름 사장은 춘추가 나보다는 반 세대나 앞선다. 라떼 아트에 관해서 꽤 관심이었다. 라떼 아트만 수업을 받을 수 없는지 물었다. 교육에 관해서 여러 가지 안내했다. 가게를 운영하는 처지라 교육받기 어려워했다. 가실 때 커피를 챙겨드렸다. 드립으로 볶은 커피, 일부 서비스로 드렸으며 잔과 잔 받침도 일부 챙겼다. 꽤 고마워했다.

저녁에 아내 오 선생과 대화하다가 놀라운 일을 들었다. 경모가 오토바이를 사겠다는 말을 들었다. 나는 극구 말렸다. 관해난수觀海難水라 했는데 젊은이들은 공부는 하지 않고 제 하고 싶은 것만 찾으니 참 답답한 일이다.

鵲巢日記 16年 12月 26日

종일 비가 내렸다.

오전에 금고에 다녀왔다. 잔돈 한 오십만 치 입금했다. 모두 자판기에서 나온 것인데 근 1년이나 모은 돈이었다. 동전 100원, 오십 원, 십 원짜리로 조그마한 상자에 한 상자나 되었다.

본부에 들어오는 길, 엊저녁 부건이가 했던 말이 잊히지 않았다. '본부장님 여태껏 크리스마스 선물은 처음 받아 보았습니다.' 손은 다소곳이 모으고 걸음은 조심스러웠다. 나는 본부장인데 시인 조동범의 시, 「울고 있는 빅브라더」가 생각났다.

연탄난로 가에 앉아 군고구마를 먹었다. 18c나 19c에 내가 서 있는 듯했다. 어떤 잡화상처럼 동심 가득한 행복을 싣고 간다. 베토벤은 없었지만, 베토벤이 머물렀다가 가고 고흐는 없었지만, 고흐처럼 그림을 그렸다. 선반은 그간 만들고 구웠던 도자기가 있었고 그 아래는 수많은 책이 꽂혔다. 노릇노릇 군고구마 냄새가 피어오른다. 파도처럼 시간을 탄다.

사동에 커피 배송했다. 본부 들어오는 길, 압량에 들러 오 씨를 만났다. 오 씨는 경기에 크게 개의치 않았다. 매출은 없지만, 집에서 놀 수도 없는 거라 나와 있다는 것이다. 나는 걱정했어, 이것저것 말을 했지만, 신경 쓰지 말라며 도로 안심을 놓는다.

늦은 저녁에 카페 우드에 다녀왔다. 오늘은 쉬는 날이지만, 카페에 모임을 하는 듯했다. 10시쯤에 들렀는데 동네 친구분인지 여러 명이 앉았다. 어제는 결혼 35주년이라 포항에 나들이 다녀오셨나 보다. 포항에서 과메기와 복어를 사 오셨다. 과메기와 소주 한 잔씩 나누고 계셨다. 복어도 바로 요리를 하였는데 탕으로 끓이고 있었다. 사장은 얼른 자리에 앉아 탕 한 그릇 하시라 한다. 두 그릇이나 비웠다. 얼큰하고 구수하고 따뜻한 복어탕이었다.

鵲巢日記 16年 12月 27日

맑았다.

오전, 사동 점장께서 본점에 오셨다. 대화의 주요 안건은 카페 매매에 관해서다. 지금껏 3년 가까이 운영했다. 대부분 카페는 그 생명주기가 보통 2년이다. 영업이 잘되든 못 되든 2년은 한다. 사동점은 요즘 경기에 비하면 그런대로 괜찮은 곳이다. 요즘 실업자가 많고 부업으로 일을 찾는 분이 많아 실질, 카페 매매는 많이 이루어지는 것도 사실이다. 어떤 터무니없는 장소가 아니면 매매는 쉽게 이룬다. 하지만, 사동은 가맹점이라 매매가 되더라도 가맹규율에 따라 행해야 해서 점장께서 여러 말씀이 있었고 나는 덧붙여 조언했다. 11시 반에 오시어 1시 반에 가셨다.

오후, 옥곡에 잠시 들렀다. 커피 그라인더 고장이라 AS 다녀왔다. 현장에 들러 그라인더를 확인했다. 콩을 들어내고 분쇄 칼날을 확인하니 단추 같은 어떤 고무 재질이 들어가 있었다. 이것이 분쇄기에 걸려 콩은 내려가지 않고 칼날은 헛돌게 되었는데 간단한 수리라 천만 다행한 일이었다.

동원이 가게에 다녀왔다. 이번 달 매출은 지난달 매출보다 더 떨어졌다. 영업매출을 올리기 위해서는 어떤 큰 변화가 있어야겠다. 로스팅 기계를 들여서 영업망을 넓혀 나간다거나 교육을 도입하여 홍보한다거나 아니면 또 그 무엇을 해야 한다. 돈을 버는 사람은 대부분 임대사업가다. 영업이 크게 낫지 않으면 카페는 스스로 감옥살이 하는 것과 마찬가지다. 내 시간을 적절히 투자하지 못하니 사람은 스스로 궁하다. 동원이는 젊은 사람이라, 자가 건물에 커피 영업은 그 기회비용이 자꾸 크게 보인다.

子曰: 富而可求也, 雖執鞭之士, 吾亦爲之; 如不可求, 從吾所好

(자왈: 부이가구야, 수집편지사, 오역위지; 여불가구, 종오소호)

공자께서는 부가 추구할 수 있는 것이라면 비록 채찍을 잡는 사람이라 해도 나는 역시 그것을 추구하겠다. 추구할 수 없는 것이라면 나는 좋아하는 것을 하겠다고 했다. 비록 커피가 내 좋아하는 종목이라 하나, 자금이 따라주지 않으면 이것도 오래 할 수 없다. 내 좋아하는 품목이라면 바탕을 잘 이루어야겠다. 바탕을 이루기 위해서는 부를 추구해야 한다. 부를 추구하기 위해서는 나에게 모질게 채찍을 가해야 한다. 더 근면하고 더 성실하며 더 배우고 더 실행하며 더 찾아 나서며 연구하는 사람 말이다.

하양에 어느 부동산 집에 커피 배송했다. 여기서 진량 조마루에 곧장 가, 커피를 전달했다. 저녁을 조마루에서 먹었다. 조마루에 근무하는 모 씨는 나에게 이런 질문을 했다. 커피는 이윤이 좋아 괜찮지요? 사람들은 커피가 꽤 남는 거로 안다. 이문을 생각하면 그 어떤 종목이든 비슷하다. 완전경쟁 사회에 정말 특출한 이문을 누리는 종목이 과연 있을까 말이다. 모 씨에게 한마디 했다. 이 경기에 좋을 일 있겠습니까?

鵲巢日記 16年 12月 28日

맑았다.

오전, 대구 곽병원과 동원이 가게에 커피를 가져다주었다. 동원이는 아침 일찍 병원에 다녀왔다. 가게는 불이 켜져 있었고 문은 잠겨 있었다. 가게 맞은편 김밥집에다가 커피를 맡겼다. 한 달 평균 사오십만 원 쓰던 집이 이달은 십만 원도 안 된다. 한 달 마감하다가 알 게 되었다. 커피가 이리 안 들어가니 하루 영업에 무슨 말이 더 필요하겠는가! 동원이는 참, 어려운 시간을 보내고 있음이다.

화원에서 사업하는 후배 이 씨가 왔다. 점심을 영대 서편 온천골에서 소고기 국밥집에서 함께 먹었다. 이 집도 참 오래간만에 왔다. 국밥 한 그릇 하고 본점에서 후배가 볶은 커피, '케냐'로 한 잔씩 마셨다. 후배는 그간 어떻게 지냈는지 여러 묻기도 했다. 달성군청 앞에 가게 하나 얻은 게 있는데 커피 가게로 아직 꾸미지는 못했나 보다. 개인 사무실 겸 로스팅 작업실로 쓰겠다며 얻은 건물이었다. 로스팅 기계는 6K 용량으로 갖추고 싶다며 말한다. 자금이 달려 지금은 여러 상황을 보고 있다. 나의 책『가배도록』,『커피향 노트』를 다시 읽는다고 했다. 후배는 정말 괜찮은 책이라며 말을 아끼지 않았다. 후배는 지금도 글을 쓰시냐며 물었다. 나는 하루 A4 두 장은 써야 직성이 풀린다며 한마디 해주었다. 여태껏 책으로 내지 못한 글이 꽤 된다. 자금이 달려 그냥 컴퓨터에 있는 셈이다. 다음 작품은 '확성기'로 내고 싶다며 얘기했다. 확성기를 모르는 사람이 별로 없겠지만, 나는 시적 의미를 부여하고 싶었다. 후배는 확성기가 뭐냐고 물었는데 "네가 소리 지르면 나는 더 크게 지를 거야! 너와 만인을 위해서" 라 했다. 후배는 오후 3시가 다 되어서야 갔다.

나는 일기를 쓰다가 이러한 것을 느낀다. 일기는 나의 역사라면, 확성기는 이 시대의 말의 역사라 생각했다. 누가 알아주든 상관하지 않겠다. 시 번역 같은 것도 아니고 그렇다고 개론서나 시작법에 관한 글도 아니다. 누구는 졸렬한 글이라 비판할지도 모른다. 하지만, 나는 내 시간을 죽이기 위하는 것도 있겠지만, 스스로 갖는 의무감으로 시를 읽겠다. 나는 이러한 것을 모아, 책을 내겠다고 다짐한다. 전에 낸『구두는 장미』라는 책도 다시 다듬어야겠다. 출판사를 거치며 많은 글이 삭제되었다. 원판은 카페 조감도 서재에『카페 선별기』라는 책으로 묶어 장식했지만, 이 책을 다시 제본하겠다고 다부지게 약속한다. 이러한 것이 빛을 발할지는 모르겠지만, 나의 취미라면 이것도 제대로 해야겠다.

나는 이제 드는 시 쓰지 않기로 약속한다. 되도 않은 글 자꾸 써봐야 머리만 아프다. 정말 제대로 쓰는 날까지 경전 같은 글만 읽도록 하자.

오후 3시 30분쯤 울진에서 더치 공장 운영하시는 이 사장님께서 조감도에 오셨다. 더치커피 미니어처라는 상품이 있다. 이 커피를 수주받기로 했다. 병에 붙이는 라벨은 전에 보내 드렸던 로고와 상표 이미지로 깔끔하게 제작했다. 보기에도 괜찮았다. 미니어처 다섯 병을 담을 수 있는 포장 상자 디자인을 놓고 여러 말이 있었다. 이달이 며칠 남지 않았는데 나는 이 상자까지도 제작을 의뢰했다. 함께 일하는 동료로 보인다. 오늘은 일행도 있었다. 나의 책 『카페 간 노자』를 원해서 한 권 드렸다. 이 사장은 자사제품인 더치커피가 내년에는 중국에서도 판매되었다는 소식을 전했다. 커피는 앞으로 어떻게 볶았으면 하는 바람을 얘기 나누기도 했다. 가격과 품질 면에서 케냐만큼 좋은 것은 없어, 큰 변함이 없으면 이 커피로 당분간 쓰기로 했다. 오후 5시 좀 지나서 다시 울진으로 가셨다.

오후, 8시 시집 두 권이 왔다. 예스24 배달만 전문으로 하는 사장은 오면 문부터 쾅쾅 두드린다. 고양이는 화들짝 놀라 도망가고, 나는 반갑게 맞이한다. 오후 9시 상가 셋집 사장 모두 모여 송년회 가졌다. 콩누리집에서 가졌다. 안주는 터줏대감 사장께서 마련하였고 술은 콩누리집 사장께서 준비했다. 나는 두 분 사장께 더치커피 선물했다. 자정 넘도록 대화 나누었다. 사장은 모두 최소 내보다는 10년, 15년이나 더 사신 분들이었다. 나는 사장께서 하신 말씀을 거저 듣고 분위기만 읽었다. 막걸리 대여섯 잔과 소주 석 잔을 마셨다. 대리운전해서 본부에 왔다.

鵲巢日記 16年 12月 29日

맑았다.

아침에 조회하고 본부 들어가는 길, 옆집 사장님 주차한 모습을 보니 짠했다. 점장 배 선생께 커피 뽑아 두 분 사장님께 서비스하도록 부탁했다.

본부에서 월말 마감을 보았다. 경기가 이러니 솔직히 마감 볼 일은 있었나! 밀양에서 문자가 왔다. 이번 달 마감은 어떻게 되는지, 12월은 아무것도 들어간 것이 없었다. 포항에서 전화가 왔다. 내일 커피 두 봉 내려달라는 주문과 내부공사 들어가겠다는 전화였다. 포항은 거래한 지가 근 10년 가까이 돼 가지만, 거래를 튼 이래로 가장 적은 물량이었다. 이달은 커피 쓴 물량을 보면 매출이 대충 얼마일 거라는 것이 나온다. 내일 물량과 합하면 총 7봉이다. 한 봉 기준에 어림잡아 삼십을 보면 월 매출이 삼백이 되지 않는다는 말이다.

청도와 한학촌에 커피 배송했다. 월말 마감도 정리하여 드렸다. 오가며 듣는 뉴스는 암담한 소식뿐이다. 내년은 더 안 좋다는 소식이다. 경제 성장을 2%대로 삼정추정하고 내년도 예산집행을 다른 해보다 일찍 풀겠다는 말이다. 세수수익은 경기보다는 그 어느 해보다 낫다는 얘기다. 정부에서 집행하는 경제 안이 소비경기를 얼마나 견인할 것인지는 두고 볼 일이다.

저녁은 조감도에서 먹었다. 효주와 부건 그리고 며칠 전부터 실습을 하게 된 성한 군과 함께 먹었다. 진량에 사업장이 있는 이 사장께서 전화가 왔다. 대구 공항 쪽 어디라고 했다. 약 서른 평 되는 가게가 있나 보다. 상호를 '카페리코'로 해서 가맹점을 열고 싶다는 전화를 받았다. 이 사장은 커피 쪽에 일한 지가 꽤 된다. 커피 사업은 뭐라고 설명을 하지 않아도 잘 아시는 분이라 특별한 얘기는 할 것은 못되지만, 무슨 이유가 있을 것 같다. 내일 시간 나시면 조감도에서 커피 한 잔 마시자고 했다.

鵲巢日記 16年 12月 30日

맑았다.

오전, 진량에서 사업하는 이 사장님께서 본점에 오셨다. 어제 저녁때 얘기하신 가맹점 개설에 관한 얘기였다. 대구공항 맞은편 동네 지저동, 동생 건물인데 얼마 전까지 편의점으로 운영했다. 이 건물이 비워졌는데 카페를 하면 어떨지 문의한다. 아무리 동생 건물이라 하지만, 임대료는 있을 것 같아 물었더니 한 달 200 달라고 한다. 종전에 편의점은 영업이 꽤 잘 되었다. 이 편의점이 그만 둔 이유를 물었더니 임대료가 한 달 160에서 200으로 올랐기 때문이라 한다. 편의점은 세를 올려 드리면서 까지는 경영은 어려웠던가 보다. 월세 200은 커피 전문점으로는 맞지 않는다는 것을 여러 실례를 들어 설명했다. 서른 평 가게다. 총투자비용이 약 1억은 충분히 들어갈 거로 생각하면 맞지 않는다.

이 사장님은 올해 연세가 72세였다. 커피만 40년 하셨다. 주로 고속도로 휴게소만 다루었는데 예전에는 한창 영업하실 때는 약 오십여 군데나 운영하였고 지금은 다섯 군데만 경영한다. 연세가 많으신 데도 젊은 사람 못지않게 영업한다. 에쿠스를 타시는데 5년에 30만 킬로를 넘겼다. 정말 놀라웠다. 지금도 어떤 자리가 나오거나 또 괜찮은 곳이 있으면 서슴없이 투자한다.

커피 한 잔 마시다가 이런 말씀을 하셨다. "내 나이 오십이라면 여기 재산 반은 정리해서 뉴질랜드에 가 정착했을 거요." 이 사장님은 해외에도 가끔 다녀오시기도 하는데 뉴질랜드에서 다소 머물다가 오시기도 했다. 살기가 그렇게 좋다며 얘기하시는데 글로 다 표현하기 어려울 정도다. 몸짓과 표정만으로도 그 행복감을 알 수 있었다.

오후, 거래처 몇 군데 마감했다. 마감서를 보내면서 연말 인사말씀을 드렸는데 몇 군데서 답장이 왔다. 답장 받은 곳은 그나마 여유가 있으신 분이었다. 대부분 살기가 힘드니 묵묵부답이었다.

오후, 채 선생님께서 본점에 오셨다. 건물 1층 구조도면을 다시 그려 오셨다. 전에는 바bar를 정 중앙에 놓기로 했다. 이번에는 뒤쪽 붙여서 놓자며 의논했다. 아무래도 뒤쪽으로 놓으면 골조를 뽑아 올릴 때 이 층 하중은 꽤 도움 있겠다는 생각은 했지만, 바bar를 부각하며 고객의 관심을 유도하는 것은 종전만치는 못하겠다. 어쩔 수 없는 일이다.

채 선생님과 본점에서 커피 마시다가 지금 설계사께서 이미 지은 건물 한 군데를 보기 위해 대구에 다녀오기도 했다. 월드컵 대로였는데 여기도 카페가 있었다. 건물 모양은 평이하기는 해도 그런대로 보기에 괜찮았다.

오후 늦게 포항에 커피를 보냈다.

저녁에 본점에서 책을 읽었다. 『중국철학사』를 읽기 시작했다. 책을 읽다가 몸이 피곤하여 임당동네를 한 바퀴 조깅했다. 금호강 너머 보이는 대구 동호지구가 눈에 선하게 들어온다. 불빛이 별빛 보는 것 같았다. 깜깜한 임당은 원룸으로 둘러싸여 삭막하기 그지없다. 바람이 매우 차다.

鵲巢日記 16年 12月 31日

맑았다.

연말이자 주말이다. 오전에 토요 커피 문화 강좌 개최했다. 새로 오신 분 두 분, 재등록하신 분이 한 분 있었다. 학생 한 분 질문 있었다. "선생님, 아르바이트하면 커피 배우는데 도움이 될까요? 어느 선생님은 커피를 제대로 배워서 하라는데……." 배우는 것도 중요하지만, 무엇이든 하는 것이 더 중요합니다. 커피를 가리키는 모든 선생님은 자기가 하는 방식이 맞는다고 얘기할 겁니다. 하지만, 정확한 방식과 맞는 방법이란 없습니다. 많은 것을 배우고 실천하고 느끼는 과정에 정말 내 것이 나오지 않을까요. 그러니 어디든 일하며 배운다면 그것보다 더 좋은 배움의 길은 없다고 봅니다. 이렇게 하여, 진정 내 것이 나올 때 그것이 맞는 겁니다. 또 한 학생이 질문이 있었다. "어디에 창업하면 성공적인지 아니면 성공할 수 있는 특별한 방법은 있는지요?" 첫째 사람 됨됨이가 되어야겠지요. 인덕이 있는 분은 무슨 장사를 하든 성공하지 않겠어요. 둘째 목도 중요합니다. 주차할 수 있는 공간은 요즘 소비자들이 바라는 사항입니다. 셋째 내가 다루는 상품에 대한 정확한 지식과 바른 맛을 추구해야겠지요. 실례로 몇 군데 예를 들어 설명했다.

오후, 본부에서 책을 읽으며 쉬었다.

저녁에 오전에 교육 받으시는 하 씨께서 문자가 왔다. "한 해를 몇 시간 남겨두지 않은 지금 이렇게 또 인연을 맺어 좋은 사람들과 매주 토요일 즐거운 수업을 하게 되어 기쁩니다. 새로운 것에 도전한다는 것이 이렇게 가슴 뛰게 하는 기쁜 일이라는 걸 다시 생각하게 되었네요. 이호걸 본부장님이 쓰신 『커피향 노트』라는 책을 읽으며 누구나 시행착오를 겪으며 지금의 위치가 하루아침에 이루어지는 건 아니라는 걸 다시 생각하게 합니다. 카페리코나 조감도는 쉽게 이룬 결과물인가? 싶었는데 책을 읽으니 성공하기까지 힘든 여정이 있으셨네요. 내년 2017년 다가오는 정유년에도 사업 번창하시고 건강하시고 행복한 일 많으시길 빌게요." 오전에 교육하며 질문하셨던 분이었다.

저녁 늦게 카페 우드에 다녀왔다. 커피 배송했다. 연말이라 그런지 며칠 매출 호조를 보여 점장은 기분 꽤 좋아 보였다. 이제 우드는 시지에서 꽤 성공한 카페가 되었다.

鵲巢日記 17年 01月 01日

맑았다.

오전, 신년을 맞아 몇 분의 선생님께 안부 문자를 넣었다. 몇 군데서 답변이 왔고 한 후배가 전화가 왔다. 처가에 장모님께서 전화를 주셨다. 어제는 감기가 심해서 병원 다녀오시기도 했다. 금고에 전문님께 안부 문자를 넣었다.

2017년을 맞았다. 내 나이 마흔일곱47이다. 여태껏 커피를 위해서 일했다만, 앞으로도 줄곧 커피만 생각하겠다. 올해도 마땅한 자리가 있으면 서슴지 않고 투자할 것을 다짐한다. 로스팅과 드립, 그리고 째즈베 커피를 할 수 있으면 좋겠다. 자리가 있다면, 아니 자리가 있는지도 물색 해보아야겠다.

그간 쓴 글도 묶어 정리하여 책을 내겠다. 비용이 많이 들겠지만, 카페 조감도를 했던 목적만 생각하자. 나만의 글을 쓰겠다고 다짐했던 카페가 아니었던가! 꼭 책을 내겠다.

점심시간, 채 선생께서 오셨다. 사모님도 함께 오셨다. 아내와 모두 넷이서 경산 옥산1지구에 자리한 소고기 전문 식당에서 식사했다. 새해 인사를 나누었다. 갈빗살 구우면서도 옆집 터줏대감이 지나간다. 올해부터 소고기를 다루겠다고 했다. 간판 작업이 들어갔다고 하셨으니 조만간 내가 지어 드린

상호가 곧 오를 것이다. 소고기는 잘 먹는 식품은 아니다. 물론 가격이 고가니 쉽게 손이 가지 않는다. 어쩌다가 한 번씩 오지, 자주 들리지 못한다. 성한 군의 교육과 실습 그리고 집안 여러 이야기를 나누면서 먹었다.

3시쯤 조감도에서 장 사장 내외를 맞았다. 새해 인사차 오신 것 같다. 장 사장은 요즘 일감이 없나 보다. 일에 대한 여러 고민을 풀어놓았다. 얼마 전에 경쟁업체인 '카페 P'라는 가게를 내부공사 맡아 한 적 있나 보다. 대구 파동이다. 이 집 상황을 들려주었는데 피자 '고르곤졸라'가 그렇게 많이 나간다는 얘기다. 전에 사업했던 시지 그 가게는 팔았다는 소식을 전했다. 4시쯤에 갔다.

4시쯤 사동에 계시는 모 형님께서 오셨다. 형의 사업에 관한 여러 이야기를 들었다. 사업은 어렵기만 하다. 많은 돈이 들어간다. 투자한 만큼 큰 소출로 이어졌으면 좋겠다. 문학에 관한 얘기도 있었다. 올해는 등단과 저술에 꼭 기여하겠다며 다부지게 말씀을 놓으셨다. 형의 성격으로 보아 분명히 해낼 거라 믿는다.

저녁에 영화 한 프로 보았다. 일본 사무라이 영화다. 〈13인의 자객〉. 19c 초에 에도 막부시대의 일이다. 쇼군의 동생이자 포악한 영주인 나리츠구를 암살하기 위한 계획을 세운다. 쇼군의 최측근인 도이의 요청으로 신자에몬을 중심으로 13인의 자객이 모인다. 포악한 영주 측근인 한베이와 이를 죽이려는 신자에몬과의 결투다. 이 영화를 보면서 영화 〈킬빌〉이 생각나기도 했다. 정말 괜찮은 영화였다. 조금 잔인하게 그린 것도 있지만, 나름의 철학이 있는 영화다.

鵲巢日記 17年 01月 02日

맑았다.

고요한 월요일을 맞았다. 오전에 세무서에서 전화가 왔다. 지난달11월 직원 인건비 마감을 팩스로 보내달라는 전화였다. 점심때 보냈다. 벌써 한 분기가 지났기 때문에 곧 세무 신고를 해야 한다. 일은 하려고 하면 어렵지 않으나 신경은 쓰이는 거라 몸은 꽤 피곤하기만 하다. 모두 돈 문제 때문이다. 이런 불경기에도 불구하고 정부는 세수가 크게 증대하였다고 한다. 그럴 수밖에 없는 것이 소비자는 현찰보다는 카드 사용이 많아졌기 때문이다.

혁신도시에 상가가 있는 모 씨의 전화다. 지난번에도 통화했고 상가도 다녀온 일이 있다. 윗동서와 내일 한 번 방문하겠다는 전화였다. 전에는 본점에 들렀으니 내일은 조감도에 오겠다고 했다. 상가가 빈 점포로 있은 지 몇 달이나 지났다. 당장 이자가 걱정이다. 처음은 세를 놓았지만, 세입자도 1년 버티다가 물러났다. 각종 집기는 그대로 놓아두고 떠났다. 주인장께서 직접 하라는 호의적인 말도 남겼다. 커피집이다. 모 씨는 이제 교육을 받겠다며 결정한 거로 보인다. 가맹점도 좋지만, 돈을 적게 들여 하는 방법은 교육밖에는 없어 보인다. 내일 오전에 보기로 했다.

밀양에서 전화가 왔다. 모레쯤 한 번 내려오라는 상현이 전화다. 오후, 본점에서 블루마운틴 볶았다. 물량이 동이 나, 생두 두 백bag 주문했다. 콜롬비아 수프레모도 주문 넣었다. 경산 모 치과에 커피 주문이 있어 다녀왔다.

저녁, 본점 마감 볼 때까지 중국철학사 묵가사상에 관한 글을 읽었다. 공자가 인이라면 묵가는 한마디로 겸애다.

'한베'

하이

전란이 계속되던 시절은 언제나 이랬겠지?

아마도요

그것 참 멋지군!

사람은 죽음을 앞두면 살아 있음을 감사하게 되지

그냥 살아갈 뿐이라면 이 세상은 얼마나 지루할까 그래 '한베'

영화 〈13인의 자객〉에 나오는 주군과 하급무사 '한베'와의 대화 내용이다. 전쟁은 이미 피로 뒤범벅되었고 이러한 상황에서 나온 대사였다. 세상은 온통 전쟁과 다름없다는 생각을 잠시 했다. 단지 칼이나 총을 들지 않았을 뿐이다. 사회는 무리를 만들며 내가 어떤 무리에 들어가 있든 경쟁은 피할 수 없는 일 아닌가! 글을 읽지 않으면 까마득히 모른다. 모른다는 것은 유능한 무사에 의해 죽음을 부르겠지.

글을 쓰지도 않고 읽지도 않는 부류가 있다면, 글만 바라보고 글이 전부인 부류가 있다. 글의 세계에 있다면 벌써 한차례 칼부림이 지나간 것이다. 좌절을 맛본 사람도 있을 것이며 단칼에 죽은 사람도 있을 것이다. 이것으로 이 악물고 다시 일어서려고 하는 이도 있을 것이다. 요즘 신춘문예로 모두 화제다. 오늘 아침에 매일신문을 읽다가 신춘문예 당선작이 올랐다. 「두꺼운 부재不在」 언뜻 읽어도 마음 깊이 닿아 바로 감상에 붙였다.

鵲巢日記 17年 01月 03日

맑았다.

오늘 아침에 신문 내용이다. 우리나라 자영업자 비율이 2013년 기준 27.4%, 영국의 14.4%보다 두 배나 많다. 한마디로 정글의 싸움과도 같다. 자영업자는 하루 3,000명쯤 생겨나 하루 2,000명 정도가 문을 닫았다. 부동산 경기와 은행 가계 부채는 암담하기까지 하다. 소비는 더욱 절벽이다. 이런 마당에 올 한해를 어떻게 이끌어야 할지 암담하기만 하다. 생존과 성장, 그리고 투자를 어떻게 다루어야 할지 좀 더 고심할 필요가 있다.

오전 11시쯤에 혁신도시에 상가를 가진 모 씨가 왔다. 집안의 형님도 함께 왔다. 통성명 나누며 인사했는데 동명이인이다. 모두 이름이 '은정'이며 성은 달랐다. 커피 교육에 관해서 여러 질문이 있었다. 곧 개업하면 어떻게 해야 하는지 그 절차를 상세히 설명했다. 우선 보건소에 가야 한다. 보건증을 받은 뒤 담당구청에 가, 영업신고를 하며 영업신고증이 나오면 세무서에 가 사업자등록을 한다. 사업자등록증 나오면 포스기기를 개설해야 하므로 관련 서류를 어떻게 준비해야 하는지 소상히 얘기했다.

문제는 영업을 어떻게 하느냐다. 커피 교육받으면 커피만 하는지 와플은 빵은 사이드메뉴는 무엇으로 하는지 공급은 되는지 말이다. 당장 교육비 내는 것도 부담으로 보였다. 아주 짧은 교육으로 가장 효율적인 현실방안을 찾아야 할 판이다. 무엇보다 당장 실행에 옮겨야 한다. 하지만, 아이가 어리다. 자가 상가라지만, 이자가 보통 다른 가게 임대료만큼 되니 어쩔 수 없는 일이 됐다.

모 씨가 가고 점장 배 씨에게 상담을 요청했다. 올해 인건비에 관한 안건이다. 지난해 임금보다 조금 더 조정하며 매출에 따른 상여금을 ○○% 더 올리기로 했다. 이에 다른 분은 어떤지 의견을 수렴하도록 했다. 우리 가게는 노동청에서 제시한 급여보다 높고 경쟁업체에 비해서도 높으니 모두 자부심을 느끼고 일했으면 한다.

오후, 옥곡에 커피 배송했다.

조감도 내, 덤웨이트 버튼이 접촉 불량이라 관련 회사에 수리 넣었다. 버튼 하나 수리하는데 12만 원이라 한다. 2층 오르는 샹들리에 등도 이제는 몇 개만 남았으니 전기 관련 업자에게 수리를 의뢰했다. 인부 2명 이십만 원에 등 값은 별도로 요구했다. 이제는 인건비가 만만치 않은 사회다. 그러니 커피 값도 시대에 부응하여야 하는 것도 사실이다.

오 선생과 커피 값 인상을 두고 여러 대화를 하였다. 며칠 고민해 볼 일이다. 라떼는 기존의 가격에서 모두 500원 인상과 주스와 스무디도 올려야 하며 달걀이 특히 많이 들어가는 와플과 빵 종류도 심중히 생각해야겠다.

카페는 매년 신장세를 유지했다. 사상 불경기를 맞아도 올해 출발은 괜찮았다. 이미 많은 사람으로부터 사랑받는 가게가 되었다. 가게 정비와 더 나은 서비스를 할 수 있도록 노력할 것을 다짐한다.

鵲巢日記 17年 01月 04日

맑았다.

아침에 대구 달성군 하빈면에 소재한 신축 모 교회에 다녀왔다. 한 달이나 지났다. 일부 기계를 들여놓고 건축이 마감이 나오지 않아 여태껏 기다렸다. 오늘은 상황이 어떤가 싶어 연락드리고 방문하게 되었다. 아직 내부공사는 마감이 덜 된 상황이었다. 인부 한 명이 테라스 방부목을 칠하며 있었고 카페 실내는 마감코팅제로 보이는 하도 페인트가 마르지도 않은 걸 보아, 금방 작업 끝낸 상황으로 보였다.

목사님과 사모님도 함께 계셔 기계에 관한 여러 사항을 말씀드렸다. 건축으로 자금이 달릴 수도 있을 상황이라서 중고기계도 일부 소개했다. 하지만, 사모님께서는 중고는 절대 안 하시려고 했다. 새것으로 하되 설치는 다음 주 월요일에 되었으면 하는 바람이었다. 기계와 더불어 다른 잡다한 집기까지 일부 챙겨드리기로 하고 곧장 밀양으로 향했다.

12시 30분쯤에 출발하여 밀양 도착은 한 시간 좀 더 걸린 것 같다. 경부고속도로를 이용하여 부산 가는 고속도로를 이용하여 빠져나왔다. 밀양도 참 오래간만에 온 듯하다. 그만큼 경기가 좋지 않다는 얘기다. 밀양 에르모사 상현 군 가게에서 불과 몇 미터 떨어지지 않은 지금 한창 공사 중인 모 카페도 둘러보았다. 근 한 달 만에 본 것 같은데 공사 진척은 굉장히 빠른 것 같다. 전에는 기초토대도 마련하지 않았다. 오늘은 경량철골로 집 모양은 다 잡은 듯 보였고 패널도 하부는 일부 붙였다. 인부 4명이 와서 일하고 있었다.

점심은 상현이 가게에서 먹었다. 상현 군은 부산에 아주 큰 카페가 생겼다며 소식을 전한다. 어떤 공장을 인수하였는지는 모를 일이다만, 아예 공장 안에다가 카페를 차렸다는 얘기다. 그 평수가 어마어마해서 놀랄 일이라는데 다음 주 보고 함께 가보자고 했다. 그렇게 하기로 했다.

3시, 조감도, 덤웨이터 버튼이 작동이 잘 되지 않아서 AS 불렀는데 3시에 도착한다는 사람이 오지 않아 점장 배 선생께 수리비를 맡겼다. 작업을 신경 써서 지켜보도록 했다. 후에 점장으로부터 전화가 왔다. 새로 교체한 버튼도 잘 되지 않아 수리비를 지급하지 않았다. 상황을 보고 수리비를 내는 게 좋겠다는 것이다.

저녁, 정평에서 카페 하는 강 선생께서 본점에 왔다. 교육용으로 쓰던 그라인더 한 대 가져갔다. 아메리카노 맛을 분간하며 커피 팔고 싶다며 중고 값으로 매겨 지급했다.

鵲巢日記 17年 01月 05日

하늘에 온통 먹구름이 자욱했다. 비라고 보기는 어렵지만, 조금 내렸다.

오전 대구 곽병원에 다녀왔다. 오늘은 점장 바깥어른께서도 오셨는데 마침 인사했다. 항상 웃는 얼굴에 밝게 맞아 주시니 반갑고 고마웠다. 해가 더할수록 젊어지시는 것 같다며 한 말씀 드렸더니 더 웃었다. 전에는 관공서에 일하셨는데 지금은 퇴직하시고 동문에 관한 여러 일을 한다며 말씀하신 바 있다. 딸도 아들도 모두 출가했고 손자와 손녀도 작년에 모두 보았다. 점장님도 마찬가지지만 참 성실하게 사시는 분이다.

점장님께 컵 크기가 바뀔 거라며 말씀드렸다. 종전에는 10온스 잔이었다면 13온스 잔으로 바뀐다. 커피전문점이 갈수록 경쟁에 치열하니 잔 크기도 요즘 추세에 맞춰야했다. 젊은 사람은 옛사람과 달리 키도 큰 데다가 먹는 음식도 서구화가 되어가니 잔은 종전보다 더 크게 맞추어야 한다. 이미 경쟁업체는 빅 사이즈로 가는 추세라 따를 수밖에 없는 현실이다.

전에 경상병원 자리는 어떻게 되었는지도 소식을 물었다. 아직 가보지는 않았지만, P 업체 로고가 바깥에 크게 붙어 있는 모습만 보았다. 점장은 이곳 사정도 속속들이 알고 있었는데 라떼가 6천 원이고 또 커피도 가격이 꽤 비싸, 어떻게 장사가 되겠느냐는 것이다. 한 달 세가 몇백이나 되니 그것도 어려운 일이 아닐까 싶다. 내가 보기에도 어렵다는 생각밖에는 들지 않는다.

오후, 문구점에 다녀왔다. 여기 문구점 운영하시는 모 씨는 영남 문학을 통해 등단했지만, 글은 좀처럼 쓰기 힘들다. 하지만, 모 씨는 그림을 가끔 그리는 데 언뜻 보기에도 비범할 정도로 매우 잘 그린다. 조그마한 종이에다가 그린 몇몇 작품을 보았는데 다음에 낼 책에 쓰겠다며 그림 몇 장, 청하니 해주겠다고 한다. 너무 고마웠다. 모 씨는 문구점을 몹시 어렵게 경영한다. 더군다나 올해는 초등학교도 여 인근으로 이전한다니 더욱 암담하게 되었다.

오후, 본점 경모와 정민이가 함께 한 자리에 한 달 마감을 격려했다. 경기가 어려운 가운데도 모두 희망을 잃지 않고 일했다. 손님이 많이 오는 그런 카페가 아니라 얼마나 지루했을까 하는 생각도 든다. 하지만, 오시는 손님께 더 친절하게 인사성은 더 밝게 한다면 더 좋은 카페로 거듭날 것이다. 영업에 좀 더 신경 쓰게끔 부탁했다.

오후, 전라도에서 일하는 김 씨가 안부 문자를 주었다. 아무쪼록 이 어려운 경기에 건강 잘 지켜가며 일했으면 하고 답장했다. 김 씨가 운영하는 카페는 촌이나 마찬가지라 커피 영업이 꽤 어려울 거로 보인다. 지리산 들어가는 입구, 그 어디쯤이다.

저녁, 조감도에 다녀왔다. 오 선생은 신-메뉴 '베이글'을 출시했는데 효주가 맛보기로 조금 가져다주었다. 고소하게 잘 구웠다. 맛이 꽤 괜찮았다.

鵲巢日記 17年 01月 06日

흐렸다.

오전에 파출소 다녀왔다. 엊저녁 조감도에 가는 길, 접촉사고가 있었다. 어제는 괜찮다며 그냥 인사만 주고받으며 갔지만, 오늘 아침 차가 조금 긁혔으니 수리비 얼마를 요구했다. 나는 어제 그 차주와 대화 나눈 것도 이상하고 해서 신고를 했다. 나중에 알고 보니 대리운전 기사로 활동하는 부부였다. 차 수리비 ○○를 송금했다. 경찰서에 사고 접수한 것도 오후에 철회했다.

점심때 보험 일하는 이 씨가 본점에 나녀갔다.

오후에 울진에 더치커피 공장 운영하는 이 사장님께서 급하게 커피를 주문했다. 케냐 50봉을 볶았는데 저녁때 이 사장 측 사람이 와서 싣고 갔다.

우리나라 책 도매서점으로 두 번째 큰 규모라고 한다. 송인 서적이 부도났다는 기사를 읽었다. 피해 금액이 무려 370억 원이라고 하니, 문제는 이와 관련된 출판업계가 2,000여 곳이 넘는다고 한다. 정부에서도 사태 심각성을 이해하였는지 50억 원가량 자금 지원에 나섰다는 뉴스도 읽었다. 이제 책은 읽는 이에게 좋은 정보를 제공하는 것은 시대에 구태의연한 생각일지도 모른다. 모두 전자 북과 휴대전화기만 열어도 정보가 쏟아지는 마당에 구태여 책을 보겠느냐는 것이다. 이제 책은 책 쓰는 사람만의 고유 취미며 그와 함께 하는 동호인의 전유물로 전락하고 마는 것인가!

책은 무엇인가?

인류는 오래전부터 상대방과의 소통을 원활히 하기 위해 문자를 고안했다. 이러한 문자는 우리라는 공동체가 생존을 위한 중요한 도구였다. 현대사회는 디지털 사회다. 디지털은 또 다른 진시황의 분서갱유焚書坑儒나 다름없어 보이는 것은 왜일까?

저녁에 조감도에 있을 때였다. 영대 모 선생께서 오셨다. 오늘은 대구에서 술 한잔하셨던가 보다. 기분 꽤 좋아 보였다. 내일이면 그간 썼던 책이 나온다며 아주 기뻐했다. 전문서적이라 서울 모 출판사에 책을 내게 되었는데 500권 인쇄에 30권 인세를 받았다. 글을 쓰기 위해 본점에 자주 오셨는데 이 책의 2/3는 카페리코에서 쓴 거라며 아주 고마워했다. 선생은 카페 자리를 독차지한 것 같아 아주 미안해했는데 나는 전혀 개의치 마시고 편히 하시라 했다.

鵲巢日記 17年 01月 07日

흐렸다.

울진에서 더치공장을 운영하시는 이 사장께서 전화다. 엊저녁 TV 뉴스에 나왔다며 기쁜 소식을 전했다. 카톡으로 뉴스를 보내왔는데 불과 잠깐 나왔다마는 이렇게 찍은 시간은 오전 내내 걸렸다는 것이다. 약 2시간 소요했다. 경북 해양바이오산업으로 더치공장과 다른 어떤 산업이 나왔다. 정말 축하할 일이다.

아침에 커피 수업할 때도 잠깐 이 사장 소개했다. 교육생이자 지금은 울진에서 더치공장을 운영하는 중견기업체임을 강조했다. 이곳에 들어가는 커피를 직접 볶아 넣으니 나의 자부심도 한 층 더 높였다. 이 사장은 올 3월에 중국에 더치커피를 수출하는 기회를 마련하기도 했다. 이와 더불어 중국에 수출할 로스팅 된 콩과 이 설비에 관해서 공장허가와 수주물량을 우리가 맡아주었으면 하는 바람도 내비쳤다.

오전 커피 문화 강좌 개최했다. 새로 오신 분 7분 오셨다. 재등록하신 분도 2분 있었다. 오늘은 라떼 수업이다. 수업 들어가기 전, 교육 안내가 있었다. 다섯 평에서 70평대, 70평대 카페에서 현 100평대 카페를 운영하게 된 경위를 간략하게 소개했다. 오신 선생의 눈빛은 초롱초롱했다. 이제 중학교 1년인 학생부터 60대 후반의 모 선생까지 한자리에 모여 커피 이야기를 들었다. 오 선생께서 실습을 맡아 약 2~3시간 진행했다.

교육 진행할 때였다. 모 선생과 면담이 있었다. 대화를 나눠보니 나이가 비슷했다. 남편과는 동갑이고 그간 살아온 이야기를 들었다. 인생은 누구나 평탄한 길은 아니듯 모 선생도 힘든 과정을 겪었다. 대학 졸업하고 남들은 탄탄하다고 하는 금융기관에 취업했다. IMF 전후로 금융기관 통폐합에 실직과 창업, 연대보증으로 가게가 탕진했던 과정을 들었다. 지금은 또 다른 사업 한다. 모 선생은 눈에 눈물이 맺혔다. 지금 당장은 커피를 하겠다는 것은 아니다. 장래는 이 일을 꼭 해보고 싶다. 나의 책을 거의 다 읽었는데 그 소감도 한마디 해주었다. 고마웠다.

오후, 한학촌에 커피 배송했다. 세차장에 가 세차하고 촌에 다녀왔다. 아버님은 몇 주가량 감기로 고생하셨나 보다. 어머니께서 허리만 감싸는 전기요 같은 것인데 이것이 필요하다 해서 아버지와 함께 구미에 다녀왔다. 의료기기를 다루는 집에서 샀는데 생각보다 가격이 괜찮았다. 한 이십만 원 정도 생각하고 갔지만, 5만 원이었다. 집에 들어오는 길, 모 식당에서 저녁을 함께 먹었다. 어머니는 식사 한 끼하며 막냇동생 소식을 전한다. 김 서방은 더는 같이 못 살겠다며 어린 조카 수연이를 데리고 새해 첫날 집을 나갔다. 동생도 더는 같이 살지 않겠다며 다부지게 마음을 먹은 것 같다. 참 어이없는 일이다만, 부부가 함께 노력하며 언행은 조심하여야 할 일이다만, 어찌 이런 일이 생겼을까!

생두 블루마운틴 두 백 들어오다. 수프리모 1백 들어오다.

鵲巢日記 17年 01月 08日

대체로 맑았다.

아침에 조회 마치고 가게 둘레로 잠깐 걸었다. 건물 뒤쪽에 심은 매화나무가 곧 꽃이라도 피울 듯 꽃망울이 살짝 벌어진 모습을 보았다. 겨울치고는 날씨가 너무 온화하니, 나무도 여간 헷갈리는가 보다. 올해는 영하로 내려간 날이 불과 며칠 되지도 않는다. 겨울이 늘 이랬으면 좋겠다.

본부에서 종일 책 읽었다. 오후, 여 인근에 컨테이너로 가게를 연 안 씨가 다녀갔다. 압량과 사동에 커피 배송했다.

오후 책을 쓰기 시작했다. 부제로 '바리스타가 읽은 말-꽃', 제목 '카페 확성기'로 정했다. 그간 읽은 시 감상문을 다시 편집하기 시작했다. 출판사 모 팀장과 통화했다. 책을 내는 데 주의할 점은 없는지 다시 물었다. 책 도매시장인 모 업체가 부도가 났지만 그렇게 피해는 입지 않았다며 소식을 전한다.

저녁에 이번 주 설치할 기계를 보았다.

허연 시인께서 쓴 시 「보리밭을 흔드는 바람」을 읽다가 이 영화를 다운받아 보았다.

鵲巢日記 17年 01月 09日

맑았다.

오전에 서울과 부산에 필요한 기계를 주문 넣었다. 에스프레소 그라인더와 핫워터디스펜스기는 서울, 블랜드는 부산에 공장이 있다. 재고가 동이나 몇 대씩 주문 넣었다.

대구 달성군 하빈면에 소재한 모 교회에 다녀왔다. 하빈면은 대구 가장자리다. 칠곡에서 가깝다. 여기서 출발하면 왜관 나들목을 통과해서 가는 것이 빠르다. 가는 길이 훨씬 단순하다. 전에는 대구를 거쳐 갔는데 길이 복잡했다. 기계 일부를 설치했다. 서비스로 드리겠다고 약속한 물품도 내렸다.

오후 3시쯤 되어서야 본부에 왔다. 늦은 점심을 먹었다. 서울에 기계 담당자께 전화를 넣었다. 전에 병원에서 가져온 중고 기계를 어떻게 받아 줄 수 없는지 사정을 했더니 몇 군데 알아보았나보다. 다시 담당자가 전화가 왔다. 서울 모 업체로 기계를 보내라 한다. 요즘은 기계 중고가 넘쳐나 중고를 다루는 업체도 쉽게 기계를 받아주지 않는다며 얘기한다.

건영 택배가 와, 기계를 싣고 갔다.

사동점에 커피 배송했다. 조감도에 잠깐 들러 영업상황을 확인했다. 조카 병훈이가 왔다. 어제는 본점에 있었는데 아무래도 본점보다는 조감도가 있기에는 더 나을 것이다. 손님이 그리 찾지 않는 본점은 따분하기까지 하니 조감도가 있기에는 편하겠다.

오후, 늦게 기획사에 다녀왔다. 혁신도시에 상가가 있는 모 씨가 오늘부터 교육받게 되었다. 저녁에 압량에서 전화다. 기계 청소할 때 물이 위쪽으로 튄다는 AS 전화다. 내일 오후쯤 들리겠다고 했다.

저녁, '카페 확성기' 그간 쓴 시 감상문으로 감나무라는 주제로 한 단락을 만들었다.

서울 KBS 방송국에서 PD 2명 본점에 다녀갔다. '동행'이라는 프로그램이다. 1월 28일 설날 저녁 6시 15분에 방송 계획으로 촬영했다. 경모의 어려운 환경을 이야기한다. 경모는 지체 장애로 부모의 정도 제대로 받지 못했다. 중3 때 담임선생의 지도로 카페리코에서 교육받고 바리스타 2급 자격을 취득했다. 지금은 카페리코에서 아르바이트로 일한다. 올해 고3이다.

鵲巢日記 17年 01月 10日

맑았다.

오전, 서울에서 보낸 물건이 도착했다. 에스프레소 그라인더와 핫워터디스펜스기 받았다. 부산에 주문 넣었던 물품이 오지 않아 택배사에 전화했다. 택배사는 관련 기사 전화번호를 가르쳐 주었는데 기사는 탑차에 물건이 많아 확인할 수 없다고 딱 잘라 말했다. 오후 1시쯤 하빈면 모 교회에 도착 예정으로 일정을 맞췄지만 그만 시간을 어겼다. 오후 4시가 되어서야 물건을 받을 수 있었고 물건 받자마자 곧장 하빈 모 교회에 갔다.

앞에 먼저 왔던 허 사장은 에스프레소 기계를 모두 설치하고 떠났다. 허 사장이 일을 다 끝낸 시점에 도착했다. 기계 설치는 모두 완벽했다. 에스프레소 세팅과 사용방법을 하나하나 목사님께 설명했다. 목사님께서는 에스프레소 기계 사용방법을 아신다며 말씀은 있었지만, 실지 뽑는 모습은 초보였고 서툴렀다. 에스프레소 뽑는 것도 어려운데 라떼는 더 어렵겠다는 생각이 들어 기계 사용방법을 자세히 얘기했다. 오후 6시쯤 하빈에서 모든 일을 마치고 다시 경산 넘어왔다.

어두컴컴하다.

조감도에 쓸 롤-휴지와 냅킨을 주문 넣었다. 중고기계를 받은 서울 모 업체에서 전화가 왔다. 기계 상태를 여러모로 얘기했다. 모터 펌프 헤더와 노즐이 좀 이상이 있다는 전화다. 업체의 말을 따랐다.

오후, 어떤 남자분이었다. 커피 교육에 관해 물었는데 시간 괜찮으실 때 방문하셨으면 하는 바람을 얘기했다. 목소리로 보아서는 40대쯤 되었는데 그렇게 공손한 말투는 아니었다. 창업을 두고 배우고 싶다며 한마디 덧붙였다.

오늘은 종일 가슴이 답답했다. 한 분기 세무마감을 앞두고 있고 오늘 기계 문제와 지금 쓰고 있는 글까지 모두 부담이었다. 하나같이 완벽한 것은 없고 중구난방으로 흩어놓은 방구석 보는 것만 같다.

저녁 에셀-카페에서 전화가 왔다. 가게 정리를 해야 하는지 말아야 하는지 여러 고민을 얘기한다. 전에 함께 일했던 직원은 어떻게 되었는지 소식을 물었다. 나는 창업을 했나 싶어 여쭈었다만 거기도 이러지도 저러지도 못하는가 보다. 창업하려는 차에 달걀 파동이 와, 주춤거렸다는 것이다. 전에 만났을 때에 카스텔라 관련 빵집을 열겠다며 얘기는 있었다만, 경기에 엄두를 못 내는가 보다.

저녁에 카페 우드에 다녀왔다. 세금 마감에 전에 발행했던 전표가 잘못되어 정정하였다.

鵲巢日記 17年 01月 11日

맑았다.

오전, 시를 읽고 공부했다. 글쓰기는 시간 보내는 데는 좋은 취미다. 하지만, 글은 쓸수록 죄책감이 인다. 많은 말은 도로, 화를 일으킴으로 별로 좋지 않기도 하고 시간에 대한 기회비용 때문이다. 그렇다고 나는 그 어떤 일을 할 수 있는 상황도 아니었다. 경기는 좋지 않으며 거래처별 주문은 예전만치 되지 않으니까!

시인 김언희의 시 「캐논 인페르노」를 감상하며 영화 〈매드맥스〉가 생각났다. 현대인은 어쩌면 영화처럼 박진감 넘치는 삶을 원한다. 잠시, 일이 주춤되거나 아예 없으면 그것만큼 큰 고통은 없는 것 같다.

어제 설치한 기계를 잠시 생각했다. 지금쯤 목사님은 기계를 잘 다루고 있을까 하는 생각 말이다. 아직은 아무런 소식이 없다. 포항에서 전화가 왔다. 그간 내부공사가 마무리된 듯하다. 내일 정수기 일하는 허 사장께 한 번 내려와서 보아주었으면 하는 바람을 내비쳤다. 허 사장은 어투가 딱딱하고 인상도 좀 있어, 누구나 직접 말하기가 버거워 대부분 나를 통해서 건네는 말도 많다. 사장께 직접 전화해보셨냐고 물었는데 하지 않았다는 것이다.

오후에 허 사장에게 전화했다. '야야, 포항에 전화 왔는데 그 뭐고 참 내부공사가 다 된 듯하네. 한 번 내려와 좀 보아 달라고 하던데', 그러니까 허 사장은 내심 알면서도 반문하듯 억양을 높이며 '네에', '내부공사 다 됐다니까!', '아! 네'

허 사장은 천상 내일 내려가야 한다. 오후에 청도 다녀왔다. 카페리오에 커피 배송했다. 글은 참 우습고 재밌다. 가끔은 내가 써놓고도 나는 혼자서 피식 웃곤 한다. 〈매드맥스〉를 떠올린 건 하루가 상쾌하다. 마치 청도 가는 길이 〈매드맥스〉처럼 시원히 뚫렸다. 평상시 아무런 생각 없이 주행한다는 건 졸음만 오기 때문이다.

조감도에 들러 영업상황을 보았다. 조카 병훈이가 와 있었다. 병훈이는 나의 책 『커피 좀 사줘』를 집어 들며 고모부 '저 이 책 읽고 있어요!' 아찔했다. 그냥 조용히 읽으면 될 것을 굳이 표현하기까지야.

다빈이가 와 있었고, 나는 커피 한 잔 청해 마셨다.

타이어 상사에 다녀왔다. 타이어 간 지, 1년 6개월쯤 됐지 싶다. 앞 타이어가 거의 마모가 심해 오늘 교체했다. 타이어 상사 직원의 말 '1년에 주행량이 꽤 많은 듯합니다', 나는 그렇게 많지 않다며 얘기했고 2만 킬로면 많은 거냐고 도로 묻기도 했다. 직원은 많은 거라고 대답했다. 문제는 타이어 제조사가 가격별로 다양했다. 지금 생각해서는 거기 그것 같고 거기 그건데, 괜히 비싼 것 달았다는 생각이 든다. 마모가 훨씬 덜 된다는 이유로 미쉐린을 선택했다.

저녁에 계양동에서 사업하는 모 카페 사장 다녀갔다. 커피 한 봉 사가져갔다. '아직 일하시는가 봅니다.' 했더니, 가게 만료가 2월 중순까지라 보증금 차감은 모두 소진하고 가야 할 것 같아 영업한다는 얘기였다.

원고 '카페 확성기'를 썼다.

鵲巢日記 17年 01月 12日

맑았다.

엊저녁에 있었던 일을 잠시 생각한다. 어느 노부부께서 오셨다. 60대다. 선생은 진량 공단에 공장 하나 있는데 자동차회사에 배선 관련 납품 전문이다. 한 번씩 노조파업으로 납품이 끊기는 날도 있고, 파업으로 인한 손실을 만회하려고 납품처에 곤혹스러운 견적에 이문 없는 영업을 계속해왔다. 이제는 일을 그만하고 싶다며 얘기했다.

본점에 오게 된 이유는 커피 전문점 일을 해보고 싶다는 것이다. 10평에서 15평쯤이 가장 좋겠다며 얘기하시는데 나는 처음 뵈었지만, 실례를 무릅쓰고 요즘 경기 상황과 바깥의 여러 카페를 얘기했다. 신문과 매스컴에 보도하는 여러 사실에 빗대어 커피의 현시점을 분명히 말씀드려야 했다. 선생은 당혹스러워했다. 부푼 꿈을 안고 상담 받으러 오셨지만, 뜻밖의 말씀을 들었으니 꽤 실망했다. 그렇다고 좋은 이야기만 치장하여 드릴 수는 없는 일이었다. 어제 다녀가셨던 모 선생이 생각이 났다.

오전 기아자동차 서비스센터에 다녀왔다. 자동차 엔진 소리가 이상한 것 같아 점검을 받았다. 이참에 엔진오일 교환했다. 차는 별 이상이 없었다. 건강보험공단에서 전화가 왔다. 2015년 인건비 신고가 빠진 게 있다며 모 씨와 모 씨의 보험료를 내야 한다는 거였다. 모 씨는 빠진 게 이해가 되었지만 모 씨는 임시고용이라 항의를 했다. 세무서에 전화하니 세무서도 잘 모른다고 하더니 다시 전화가 왔다. 임시고용도 상시 몇 달 근무하면 보험료를 내야 한다는 거였다. 보험금이 얼마라고 얘기했다. 매달 정리하면 별 큰돈이 아니지만, 몇 달 치를 불러주니 가슴이 답답했다.

이 건은 그렇다 하더라도 16년 한 해 아르바이트로 일한 직원이 더 걱정이었다.

오후, 우체국에 다녀왔다. 세금계산서 미발송한 곳은 우편으로 보냈다. 곧장 청도에 커피 배송 다녀왔다.

팔공산에 개업하실 채 선생께서 조감도에 오셨다. 카페 건물 구조에 관해서 질문이 있었다. 선생은 2시에 오셔 3시쯤에 가셨다.

청송에 사업하는 명재 전화다. 기계 들어간 지가 1년 되었는지는 모르겠다. 중고로 팔면 얼마 받을 수 있는지 묻는다. 여기는 영업이 꽤 잘된 곳이었다. 버스 공영주차장 옆이라 하루 커피 찾는 손님이 꽤 되는데 무슨 이유라도 있나 싶어 물었더니 집주인이 비워달라는 거였다. 2월까지가 계약 만료라

더는 연장은 어렵다는 것이다.

오늘 아침 신문에 이런 기사를 읽었다. 2008년 금융위기 이후 실업률 최고라는 기사와 여러 안 좋은 이야기뿐이었다. 경제에 관한 기사가 눈에 먼저 띄었다. 모두 일자리 구하기 힘든 사회가 되었다. 그러니까 돈을 벌고 싶어도 마땅한 곳이 없다는 것이다. 이런 높은 실업률은 자영업 쪽으로 많은 인력이 유입되는데 경기불황만 더 높이는 격이다. 소비는 없고 공급시장만 늘어나니 우스운 꼴이 됐다. 그러니 한 푼이라도 더 벌 곳이 있다면 집 주인장도 나설 판이다.

저녁, 경모는 설에 방영될 모 프로그램이 중단되었다며 얘기한다. 당국에 무슨 조치가 있었다는 이유로 담당 PD는 모두 서울로 되돌아갔다.

세무신고를 앞두고 모두가 조용한 것 같다. 카페는 조용하게 보냈으며 점장은 신경이 예민하게 보이는 듯했다.

저녁에 시를 읽고 글을 썼다. 원고 '카페 확성기'를 위한 글을 썼다.

鵲巢日記 17年 01月 13日

오전에 잠시 맑았다가 오후 바람 세게 불고 눈발이 날렸다.

오전에 글을 썼다. '카페 확성기' 원고다. 엊저녁에 적은 머리말을 다시 다듬고 목차를 짰다. 이외에 박정원 선생의 「물방울」과 성기각 선생의 「붉은 소벌」을 읽고 감상문을 적었다. 성기각 선생의 시를 읽고 그 운과 시어가 좋아 선생의 시집을 사기도 했다. 시집은 붉은 소벌이다. 목가적이며 향토적이라 읽어도 따분하지가 않았다.

오전 컨테이너 상자에 가게를 꾸민 안 씨가 다녀갔다. 커피 두 봉 사가져 갔다.

오후에 코나 안 사장께서 오셨다. 근 한 달 만에 뵌 것 같다. 요즘은 커피 소비량이 많지 않으니 택배로 물량을 받게 되었다. 안 사장도 군위에서 여기 경산까지 오는 것은 꽤 힘든 일이라 한 달에 한 번씩 보자는 인사가 있었다. 서로의 소식을 주고받았다.

안 사장께 이번에 쓴 '카페 확성기'를 보였더니 굉장히 놀라워한다. 머리말을 잠깐 읽어 드렸다. 안 사장은 글 쓰는 사람을 매우 부러워한다. 나는 글을 쓰지 않으면 하루가 무의미한 것 같아 매일 쓴다고 얘기했다. 읽어드렸던 글은 내심 부드러웠나 보다.

혁신도시에 곧 개업할 전 씨와 함께 상가에 다녀왔다. 말은 혁신도시지만 실상은 그렇지 못하다. 상가와 원룸단지를 끼고 전 씨의 상가까지 운행하다 보면 점포가 거의 70%는 공실이다. 전 씨의 말로는 상가 주인이 세가 나가지 않아 주인이 직접 운영하는 집도 많다는 거였다. 모두 집 지은 지 1년 채 안 되는 건물이다. 전 씨 가게도 세를 받으려면 150은 되어야 하지만, 많은 사람이 보고 그냥 간다는 거였다. 한 달 전에 내가 가게를 보고 간 사이에 8명이나 다녀갔다고 했다. 세 300을 요구하니 모두 고민하다가 갔다는 것이다. 전 씨의 가게는 그 옆집과 합하여 30평대 가게로 만들었다. 옆집은 친언니가 분양받은 가게였다. 한 달 이자만 두 동 합쳐 200 조금 넘는다고 했다.

혁신도시에서 올겨울 들어 처음으로 눈발 날리는 모습을 보았다. 바람도 세게 불어 머리가 날릴 정도였다.

전 씨와 함께 최근에 개업한 컨테이너 가게인 안 씨의 가게에 다녀왔다. 안 씨는 가맹점보다 커피를 더 많이 쓰는 업체다. 커피 한 잔 1,500원에 판다. 그것도 눈에 띄는 자리가 아니다. 고깃집 주차장에 컨테이너 상자를 놓고 가게를 꾸민 집이다. 고깃집 손님과 직원만 이용하는 데도 하루 칠팔십 잔은 판다고 했다. 전 씨는 매우 부러워했다. 자본에 구애받지 않고 일할 수 있으니 말이다. 컨테이너 안 씨의 가게 이름은 카페CAFE 101이었다.

오늘 카페리코 냅킨과 조감도 휴지와 냅킨이 들어왔다.

鵲巢日記 17年 01月 14日

아주 맑았다. 마치 가을 하늘 같았다. 구름 한 점 없는 그런 날이었지만, 창공은 세찬 바람이 지나가는 듯 우웅 거렸다.

토요 커피 문화 강좌 개최했다. 오늘 새로 오신 분은 없었다. 지난번 등록하셨던 분으로 교육했다. 모 선생께서 질문이 있었다. 장마철에 커피를 어떻게 다루어야 할지 그러니까 커피 볶음에 관한 물음이었다. 커피 맛을 좌우하는 것은 커피 생두에서 커피 추출에 이르기까지 모두 신경 써야 한다. 즉 생두 고르는 것부터 볶음 정도, 분도 조절, 추출방법에까지 모두 분별할 줄 알아야 한다. 오늘은 로스팅에 관한 역사를 짤막하게 얘기했다. 실습은 오 선생께서 지도했다.

오후에 책 읽으며 보냈다. '카페 확성기' 원고 확인하며 글을 다듬었다.

카페 조감도에 있을 때였다. 전에 카페 오신 모 선생께 나의 책 한 권을 드렸던 적 있다. 그 선생께서 오셔 직접 쓰신 시집 한 권을 선물로 주셨다. 도서출판 모모에서 낸 책으로 선생의 글은 모두 짤막짤막하며 읽기에 부담은 없었다. 이중 시 한 편 「꽃샘바람」을 읽었는데 마치 오늘 부는 바람이 꽃샘바람 같았다. 겨울인데도 연일 따뜻하다가 쌀쌀맞게 분다. 근데, 선생의 약력을 보니까 화려했다. 그때 서로 인사 나눌 때는 경황이 없었다만, 연배로 보아도 반 세대쯤은 앞서지 않을까. 하여튼, 카페에 다시 오셔 이렇게 책을 주고 가시니 반갑고 고마웠다.

점장 배 선생과 잠깐 면담이 있었다. 직원 인건비 문제다. 여름이 다가오면 아르바이트 쓰시는 것보다는 직원의 근무시간을 연장하여 운영했으면 하는 바람이었다. 그렇게 하기로 했다. 승강기 수리 기사는 전화 오지 않았다고 보고한다. 오후 수리비 넣어달라는 문자가 왔다. 수리전과 후 변함이 없어 수리를 기다리고 있다만, 기사는 다녀갔다는 이유로 수리비를 청구했다.

본부장님 식사 함께 하실래요? '아, 네' 우리는 모두 식탁에 앉았다. 밥이 모자라 햇반 두 개 데웠고 김치와 찌개가 올랐다. 근데, 돼지찌개를 한데다가 라면 사리를 넣었다. 차라리 라면만 먹었으면 더 좋았을 뻔했다.

저녁, 카페 우드에 다녀왔다. 우드는 간이에서 일반으로 전환되면서 세금 부담이 높아졌나. 짐장은 세금을 줄일 수 없는지 물었다. 과세 신고 자료를 보니 줄일 방법이 없다. 매입을 더 받든가 아니면 현금매출을 줄이는 길밖에 없어 신고서대로 내야 함을 강조했다. 한 해 세금 잘 내고 하루 세끼 굶지 않으면 정말 잘 산 거라며 더욱 부추겼다.

세금을 매달 낸다면 별 큰돈은 아니지만, 분기별로 내니 서민은 부담이다. 미래를 위한 적금이 아니라 분기별 맞춰 세금 낼 수 있게 적금을 드는 것도 좋은 방법이겠다.

鵲巢日記 17年 01月 15日

맑았다. 바람이 좀 불었고 올겨울 몇 번 안 되는 영하의 날씨라 더 추웠다.

오전, 조회 때다. 예지가 이번 달까지만 일하고 그만두게 되었다. 제과제빵에 관한 기술을 더 쌓기 위해 다음 달부터 학원에 나간다. 그간 조감도에 있었던 직원은 1년 이상 근무하면 금 두 돈의 값어치만큼 선물했다. 남은 직원이 합심하여 조금씩 모아 선물했다. 효주가 들어온 지 몇 달 되지 않았지만, 예전에 정의 군 나갈 때 정직원은 모두 합심한 사례가 있어 이번 동참에 넣기로 했다. 예지가 나가면, 그간 본점에서 교육받았던 다빈이가 함께 일하기로 했다. 오늘 아침에는 다빈이도 있어 커피 한 잔 마시며 이것저것 얘기를 나누었다.

오후, 원고 '카페 확성기, 바리스타가 읽은 말–꽃'을 다듬었다. 머리말을 다시 읽고 곰곰이 생각했으며 어떤 것은 수정했다. 오늘은 '후기'와 시 몇 편

더 감상했다. 일부는 '시마을'에 올렸다. 이 글을 쓰는 지금 느낌은 머리가 '멍'하다.

잠깐 조감도에 올랐다. 시집 한 권을 읽고 있었는데 전에 시내에 가게를 내겠다며 여러 번 찾아주신 모 선생이 있었다. 가게가 비워지지 않아 아직 커피집을 차리지는 못했다. 계산대에 서서 커피 주문하는 모습 뵙고 자리에 일어서서 인사했다. 선생은 아주 반갑게 맞아주었는데 사모님도 함께 오셨다. 사모님은 전에 본점에서 내가 직접 내린 커피를 우리 남편은 잊지 못해 자꾸 온다며 한 말씀 주신다. 선생은 연배로 보면 올해 60은 넘어 보인다. 볼 때마다 웃으시고 몸소 낮추시고 붙임성도 좋으시어 늘 뵈면 마음이 흐뭇하다.

배 선생과 예지가 '김치전' 부쳤다. 조감도 직원 다빈이, 부건 군, 태윤 군, 나, 배 선생, 예지 함께 모여 먹었다. 바깥은 찬바람이 씽씽 부는데 부침은 이루 말할 수 없을 정도로 맛있었다. 5시 교대시간쯤 성한 군과 효주가 들어왔다.

본점에서 커피를 볶았다. 울진 더치커피 공장 이 사장께서 주신 물량이다. 60K 볶았다. 모두 케냐로 볶았다. 본점은 정민이가 있었다. 둘째 찬이가 와서 커피 포장하는 일을 도왔다. 경모 군은 오늘 쉬는 날이다.

후기

시를 안 본 지 한 2년은 더 됐지 싶다. 그간 고전과 역사에 미쳐 살다가 작년 연말이었다. 비선 실세인 대통령의 대국민 사과문이 나오고 실망과 분노는 이루 말할 수 없었다. 책이 손에 안 잡혔고 일은 말할 것도 없었다. 그래도 살아야지 하며 이 악물고 다시 걷겠다고 집은 것이 얇은 시집 한 권이었다. 그러나 시를 읽으니 마음은 더 복잡하고 무슨 말인지 이해도 가지 않아 나름으로 뜯어보고 읽자는 마음에 글을 쓰기 시작했다.

어쩌면 연말연시 어수선한 시기를 극복하기 위한 내 삶의 한 방편인지도 모르겠다. 시는 다의적이라 시인은 여러 가지 의미를 문장에 담는다. 그러므로 시는 각자가 다르게 읽는 것도 맞다. 이런 와중에 시를 혼자서 읽고 가끔 '피식' 웃고 말아야 할 것을 나는 괜한 짓 한 것은 아닌지 모르겠다. 거저 재미로 볼만한 책이라도 되었으면 더 바랄 게 없다.

끝까지 읽어주셔 진심으로 감사하다.

참고문헌

- 시인의 각 시집, 일일이 언급하지 못해 송구하다. 시인의 시에 각주를 달았다.
- 올해의 좋은 시, 2015, 2016년, 도서출판 시인광장
- 올해의 좋은 시, 2009, 300선 웹진 시인광장 선정, 아인북스